中国当代作家研究丛刊

王剑冰研究

刘宏志 编

中原出版传媒集团
中原传媒股份公司

大象出版社
·郑州·

图书在版编目（CIP）数据

王剑冰研究／刘宏志编.— 郑州：大象出版社，2018.4
（中国当代作家研究丛刊）
ISBN 978-7-5347-8336-4

Ⅰ.①王… Ⅱ.①刘… Ⅲ.①王剑冰—文学研究 Ⅳ.①I206.7

中国版本图书馆 CIP 数据核字（2016）第 282431 号

中国当代作家研究丛刊

王剑冰研究

WANGJIANBING YANJIU

刘宏志　编

出 版 人	王刘纯
责任编辑	石更新　杨　兰　范　倩
责任校对	牛志远　裴红燕　李婧慧
装帧设计	美　霖

出版发行　大象出版社（郑州市开元路16号　邮政编码450044）
　　　　　　发行科　0371-63863551　总编室　0371-65597936
网　　址　www.daxiang.cn
印　　刷　辉县市文教印务有限公司
经　　销　各地新华书店经销
开　　本　787mm×1092mm　1/16
印　　张　30.5
字　　数　492 千字
版　　次　2018 年 4 月第 1 版　2018 年 4 月第 1 次印刷
定　　价　78.00 元

若发现印、装质量问题，影响阅读，请与承印厂联系调换。
印厂地址　辉县市产业集聚区城西工业园区
邮政编码　453600　　　　　电话　0373-6208218

"中国当代作家研究丛刊"编委会

（以姓氏笔画为序）

王刘纯	大象出版社社长、编审
王鸿生	同济大学人文学院教授
白　烨	中国社会科学院文学研究所研究员
孙　郁	中国人民大学文学院院长
李国平	《小说评论》杂志主编
李建军	中国社会科学院文学研究所研究员
李敬泽	中国作家协会副主席
吴义勤	中国作家协会书记处书记
吴思敬	首都师范大学文学院院长
何　弘	河南省文学院院长
何向阳	中国作家协会创作研究部主任
张　闳	同济大学文化批评研究所所长
张颐武	北京大学中文系教授
张燕玲	《南方文坛》杂志主编
陈晓明	北京大学中文系教授
陈福民	中国社会科学院文学研究所研究员
於可训	武汉大学文学院教授
孟繁华	沈阳师范大学教授
施占军	《人民文学》杂志主编
贺绍俊	沈阳师范大学教授
耿占春	海南大学人文传播学院教授
黄发有	南京大学中文系教授
阎晶明	中国作家协会副主席
谢　冕	北京大学中文系教授
谢有顺	中山大学中文系教授

总　序

中国的新文化运动是以改革语言为肇端的，这也呼应了西方20世纪前后的语言学革命。然而，20世纪西方文学的主流是现代派文学，20世纪中国文学的主流则是现实主义。中国现实主义的哲学基础是庄子，是以象为本。这种以象为本的认知方式就是故事决定论，以事载道是现实主义小说叙事的本质，作品的旨意是对社会的批判，这种以社会学为主导的文学观限制了作家在叙事学上的创造力和想象力。

新时期以来，西方现代、后现代哲学与以此为思想基础产生的现代主义、后现代主义文学大量传入中国，被我们广泛接受并对我们的文学观产生影响。同时，20世纪50年代以来，在我们的现实生活中出现的荒诞、暴力、无政府主义倾向、集权主义及生存环境对人的生命本体、人与人、人与社会、人与环境的异化等，已经构成了滋生现代派文学的土壤。西方现代派文学的传入使我们认清了这种存在，所以中国新时期的现代派文学的产生既是自然的，也是必然的。我们的文学现实无论是小说还是诗歌都日益重视叙事语言，重视对生命的神秘性与未知性的认识，重视对人的欲望与死亡的认识，重视对时间、记忆与语言的认识，并由此进入人的生存境遇与精神困境。

基于以上因素，"中国当代作家研究丛刊"的入选者，与20世纪80年代茅盾先生倡导，并由多家出版社参与出版的"当代作家研究资料集"、21世纪初期天津人民出版社出版的"中国当代作家研究资料丛书"略有差别,入选的对象为新时期以来,对叙事语言与艺术形式不断进行探索与创新,以此呈现中国社会本质并产生影响的作家。"中国当代作家研究丛刊"计划出版若干辑,每辑入选作家10位,每位入选者独立成册,五年内陆续编辑出版。从体例上,我们尊重每部研究文集编选者的编辑结构与意图,文集以研究论文、作家的生平与创作谈、研究论文总目、作家创作年表或作品总目等为主体,从总体上全面反映对入选作家的研究成果。

为了推动中国当代文学的发展与研究,我们真诚地希望得到广大读者和文学研究者的支持。

"中国当代作家研究丛刊"编委会
2013年6月

2013年，在西藏

王剑冰简介

　　王剑冰，河北唐山人，1956年11月生，1978年考入河南大学中文系，1982年分配至河南省文联《奔流》杂志社，1986年任《文艺百家报》采通部主任，1992年任《散文选刊》副主编，1997年任《散文选刊》主编，2009年转为河南省文学院专业作家。

　　1993年加入中国作家协会，1998年获正高级职称，2003年入鲁迅文学院第二届高研班学习，2005年享受国务院特殊津贴，同年获河南省宣传文化系统首批"四个一批"人才称号，2012年评定为河南省首批正高二级。

　　河南省作家协会副主席，河南省散文学会会长，河南省散文诗学会名誉会长，中外散文诗协会副主席，河南省文艺评论家协会第一届副主席，全国鲁迅文学奖第二、三、四届评委。

　　1979年在《河南青年》发表处女作，后在《诗刊》《当代》《十月》《中国作家》《花城》《人民文学》《天涯》《随笔》《人民日报》《光明日报》《文艺报》等百余家报刊发表作品。

　　已出版诗集《欢乐在孤独的那边》、散文集《绝版的周庄》、长篇小说《卡格博雪峰》、评论集《散文时代》等著作33部。

　　散文《绝版的周庄》入选上海高中语文课本，被刻石于江苏周庄，本人被周庄授予荣誉镇民；散文《吉安读水》被刻石于江西吉安白鹭洲；散文《天河》被刻石于湖北郧西天河广场，本人被郧西授予荣誉市民；散文《洞头望海楼》被刻石于浙江洞头景区；散文《陕州地坑院》被刻石于河南陕州景区。

《瓦》《澄江一道月分明》《古藤》《荒漠中的苇》等30余篇散文被选入高考、中考试卷或模拟试卷及课外阅读资料。

短篇作品曾被《新华文摘》《读者》《人大复印报刊资料》《青年文摘》《海外文摘》《名作欣赏》《作家文摘》《意林》《书摘》《中华文学选刊》《小小说选刊》《散文海外版》《文摘周报》《新世纪文学选刊》《散文选刊》《品读》《意汇》《阅读与作文》《民族文汇》《大学语文》《高中生之友》《中学生阅读》《语文世界》《语文天地》《语文报》等选载。长篇小说《卡格博雪峰》被《红岩》《海峡》《创作》大型文学期刊选载、《羊城晚报》等六家报纸副刊连载。

作品被收入《中华百年游记精华》《中外著名散文100篇》《你一生应诵读的50篇美文经典》《60年散文精选》《百年百篇经典美文》《影响人一生的文章》《六十年青春散文经典》《青少年必读经典美文全集（中国卷）》

《中国当代散文排行榜》《新课标语文同步读本初中卷》《中国记忆·散文卷》《中国散文诗百年经典》《新诗百年纪念典藏》等多部图书。

著作《喧嚣中的足迹》被中国现代文学馆和宁波天一阁藏书楼收藏，《绝版的周庄》被德国国家图书馆收藏。

曾获全国首届及第三届冰心散文奖，全国首届郭沫若散文随笔奖，中国文联理论奖，河南省文学奖，河南省政府第三、四、五、六届文学作品奖，中国散文诗九十年重大贡献奖，首届杜甫文学奖，中国散文学会三十年散文理论奖以及诸多报刊奖。

主编或选编《百年百篇经典散文》《鲁迅文学奖散文获奖者丛书》《精短散文》《最适合中学生阅读散文年选》《中国年度散文》《中国年度散文诗》等百余部文学书籍。

曾在北京大学、北京师范大学、解放军艺术学院等百余所大中学校做专题讲座。

⊙1978年，刚上大学

⊙1986年，在尚未开发的海南亚龙湾

⊙1982年，大学毕业到《奔流》杂志当了文学编辑

⊙1987年，同苏金伞、赵青勃、王绥青在河南电视台参加文学节目

⊙1990年，同郑宗培在云南老山主峰

⊙1990年，在海南琼海县采访当年红色娘子军战士

⊙1996年，在怒江大峡谷中滑溜索

⊙1994年，同蓝翎在游船上

⊙住在周庄的日子

⊙1996年，在卡格博雪峰前

⊙1995年，到平顶山八矿井下体验生活

⊙2001年，同贾平凹、谢大光等在西安

⊙2002年，在北大参加中国散文论坛

⊙2002年，同铁凝、高洪波、叶文玲在溪口

⊙2002年，在首届冰心散文奖颁奖会上，接受冰心女儿吴青颁发的证书

⊙2002年，在宁波青年作家讲习班上

⊙同哀牢山深处的孩子们在一起

⊙同贺绍俊在德天瀑布

⊙ 同雷达、赵丽宏、任芙康在广西边境

⊙ 同余秋雨等在享受农家乐

⊙ 同孙荪参加一个文学活动

⊙ 同周明、阎纲在江西仙女湖

⊙ 在鄂尔多斯草原

⊙ 参加在北京举办的一个文学活动

⊙ 同余秋雨、林非、雷抒雁、舒婷在一起

⊙ 2003年，在鲁迅文学院第二期高研班上同雷抒雁、张胜友、傅晓红在一起

⊙ 同梁晓声在北京参加一个文学讲座

⊙ 同李存葆在广西苗寨

⊙ 同谢冕在浙江参加文学活动

⊙ 在世界华人散文诗大会上

⊙ 2006年，中国作协副主席叶辛、谭谈参加《绝版的周庄》刻石揭幕典礼

⊙ 2003年，同余秋雨、舒婷参加彝族花脸节

⊙ 在江西吉安白鹭洲《吉安读水》石刻前

⊙ 同二月河参加一个文学活动

⊙ 2009年，在青岛"名家讲坛"活动上

⊙ 在莫斯科大学前

⊙ 在中越边境罗家坪大山主峰阵地前

⊙在海拔4824米的巴颜喀拉山山口

⊙同徐贵祥在汕头炮台

⊙签售现场

⊙在祖国地图雄鸡冠子处的木板房中

⊙同李佩甫、朱秀海在广州电视塔最高层

⊙同熊召政、叶延滨、邱华栋在烟台参加养马岛读书节

⊙在祖国地图的雄鸡尾巴处

⊙作品签售

⊙受土耳其之邀,同阿忆在伊斯坦布尔

⊙同蒋子龙在阆中

⊙2011年,同梁衡在中国作协第八次全国代表大会上

⊙同毕淑敏参加文学活动

⊙在湖北郧西参加散文《天河》石刻揭幕仪式

⊙ 参加《人民文学》主办的2015首届中国当代文学高峰论坛

⊙ 在全国中学语文课堂写作有效教学研讨会上

⊙ 同刘兆林在南澳岛

⊙ 2016年，同马瑞芳在中国作协第九次全国代表大会上

⊙ 在玉树考察三江源启动仪式上

⊙ 在澜沧江的文化源头

⊙ 在去往长江源头的途中营地

⊙ 同马丽华在巴塘草原

⊙ 穿越4602米的可可西里

⊙ 2017年7月,到达海拔4800米的黄河源头约古宗列

⊙ 在黄河源头宿营的帐篷前

⊙ 2017年5月,到达海拔5300米的长江源头格拉丹东

目 录

第一辑　王剑冰其文

003　林　非　多姿多彩的艺术面貌
　　　　　　　——读王剑冰先生的散文

007　南　丁　王剑冰的《散文时代》

010　贾平凹　读王剑冰的散文

012　雷　达　青春的探寻
　　　　　　　——简评王剑冰的长篇小说《卡格博雪峰》

015　孙　荪　剑冰的创作盛年

019　邵　丽　周庄的王剑冰

022　梅　洁　阅读王剑冰

029　何　弘　为散文时代立言
　　　　　　　——读《散文时代》

032　王怀让　那边是美丽的
　　　　　　　——读王剑冰《欢乐在孤独的那边》

035　马新朝　阳光　激情　赞美

039　单占生　从上善若水到道法自然
　　　　　　　——王剑冰诗歌简论

048	张俊山	稳健的诗旅
		——评王剑冰的诗歌创作
057	林　非	《散文时代》读后感
059	高有鹏	雪峰是一种情结
		——王剑冰和他的长篇小说《卡格博雪峰》
064	耿林莽	寂寞而不吝汗水的攀登者
		——谈王剑冰先生的散文诗
068	王永宽	散文之史与史之散文
		——读王剑冰先生新著《散文时代》
071	杨晓敏	鲜活与纯美
075	樊洛平	铭刻在大地与碑石上的心灵散文
		——王剑冰散文随想
085	张鲜明	行走的目光
		——王剑冰散文集《大雪无言》阅读札记
088	赵富海	人文精神的承续与重塑
105	刘海燕	王剑冰的散文视界
112	刘宏志	用诗绘就文化图谱
		——谈王剑冰的文化散文
120	孙永庆	云自舒卷韵自流
123	张延文	回归本源的文化精神
		——王剑冰散文创作小议
127	张　鹏	文化家园中的人文精神光辉
		——读王剑冰散文集《大雪无言》
135	潘　磊	君子情怀，温润如玉
		——读《王剑冰精短散文》
145	龚奎林	异乡人的精神原乡与他者的文化探寻
		——王剑冰《吉安读水》解读
150	秦宗梁	在人文历史和自然风景之间诗意穿行
		——游记写作学：以王剑冰作品集《吉安读水》为例
157	李树友	在自然山水中融汇独特的体验
		——读王剑冰散文集《喧嚣中的足迹》

159	付秀宏	散文在行走中壮丽
		——读王剑冰散文集《大雪无言》
161	任　瑜	一个散文家的"东京梦华录"
165	娄晓凯	漂泊与回归　反思与追问
		——论王剑冰的散文世界
172	娄晓凯	诗意的真诚
		——论王剑冰散文的美学特征
178	剑　鸿	高僧只说平常话
		——浅读王剑冰《吉安读水》
180	付秀宏	山水锦绣作华章
		——读王剑冰散文集《吉安读水》
182	赵庆超	在审美的维度上铸造地域文化的徽章
		——评王剑冰散文集《吉安读水》
185	何佳乐	纯白如水，如水存在
		——评王剑冰散文集《吉安读水》
192	和娟子	人文与自然笔下的吉安
		——王剑冰《吉安读水》解读
197	钱　虹	只有"我"与"你"的古雅周庄
199	雒青之	收藏周庄
		——读王剑冰散文《水墨周庄》
202	余继聪	王剑冰的周庄情怀
207	余继聪	贾平凹、王剑冰散文散谈
209	刘　军	《绝版的周庄》：一种空间地理诗学的建构
212	王　妃	不可复制的美
		——王剑冰《绝版的周庄》读后感
216	付秀宏	柔水在美文妙画间流淌
		——读作家王剑冰、画家杨明义联袂之作《绝版的周庄》
219	书女英慧	尘嚣烟云的一曲绝唱
		——读王剑冰散文集《绝版的周庄》
222	赵　炜	绝版的文字
224	张　驰	我是慕名来南充的

227	梁星钧	读王剑冰《绝版的周庄》
230	陈洪金	理想生活的理想状态
		——《绝版的周庄》赏析
233	梅玉荣	水墨点染的风情
		——读王剑冰《水墨周庄》
235	胡刚毅	阔大的气势　诗性的语言
		——《吉安读水》感想
238	涂国文	笔补造化天无功
		——王剑冰《洞头望海楼》简评
240	赵　瑜	望海楼上读吴越
		——王剑冰《洞头望海楼》读札
242	叶明旭	不一样的海
		——读王剑冰《洞头望海楼》有感
244	施立松	存活在心间的诗意
		——读王剑冰《洞头望海楼》
246	刘　创	海阔天空望海楼
		——读王剑冰《洞头望海楼》
248	戴婉贞	绘入仙境的望海楼
		——读王剑冰《洞头望海楼》
250	李丹崖	楼上的散文
252	周　莹	去洞头看楼
255	陈海英	诗性洞头
		——读王剑冰《洞头望海楼》
257	袁　勇	阆中,为你打进才华的楔子
		——读王剑冰《阆中》
261	何希凡	灵犀不负江山秀
		——品读王剑冰散文《阆中》
265	素罗衣	笔下阆中,纸上情怀
		——读王剑冰《阆中》有感
268	田崇雪	"慢慢走,欣赏啊!"
		——读王剑冰散文《放鹤徐州》

274	王景陶	一景生百情　一城贯千秋
		——拜读《放鹤徐州》
277	陈义祥	爱与美的交融
		——读王剑冰先生《天河》
279	高　齐	《天河》经年
		——品读王剑冰美文《天河》
282	陈　琳	邂逅王剑冰的《天河》
284	李秀峰	虚实相生　水到渠成
		——读王剑冰美文《天河》有感
287	魏荣冰	一条流淌着爱情的河流
		——读王剑冰散文《天河》
290	彭林家	语言,抖落一串文字的幽香
293	王　剑	纯净的甘山
295	兰　心	永远的桂花香
		——读王剑冰《八月桂花》有感
298	朱　霞	把最美的情感写在文字里
		——《清明上河》读后感
301	乔忠延	流水光色　无限壮美
305	俞　胜	王剑冰先生的新浪博客
308	张桑麻	我看王剑冰
311	刘琼仙	阅读王剑冰

第二辑　王剑冰其言

317	马晓鸣	"鸣访名谈"之王剑冰
322	杨少君	被碑刻的作家
		——访著名散文家、评论家王剑冰先生
333	安　然	白鹭会客厅:从《吉安读水》说起
		——访著名散文家王剑冰

337　王远白　关于写作的话题
　　　　　　　——访著名作家王剑冰

341　姜红伟　难忘那个火热的年代
　　　　　　　——王剑冰访谈录

352　赵宏兴　散文诗要革命
　　　　　　　——访散文家、评论家王剑冰

356　蒋　蓝　王剑冰：在色彩纷呈的"散文时代"

362　刘丽玲　我以仁心读吉安
　　　　　　　——著名作家王剑冰谈散文集《吉安读水》创作

366　孙永庆　写作与阅读
　　　　　　　——对著名作家王剑冰先生的访谈

371　刘　婷　语言是一个作家最重要的能力
　　　　　　　——国际图书博览会上访著名作家王剑冰

373　舒　浩　吉安的水是男性的
　　　　　　　——《今晚八点》栏目专访著名作家王剑冰

376　雨　馨　散文就是拼人格
　　　　　　　——《散文家》杂志独家专访王剑冰

383　杨志军　孙　维　"他是个认真对待散文的人"
　　　　　　　——访我校七八级校友、散文家王剑冰

387　刘明霞　自言自语就是最好的散文

390　关于《吉安读水》

392　对《奔流》杂志所谈

394　寻访郑州那些历史人物

397　我写《八月桂花》

399　我写《绝版的周庄》

402　小小说是小说的精短章

第三辑　王剑冰其人

405　廖华歌　向王剑冰先生致敬

410	刘　敏	感觉王剑冰
412	吕铭康	绝对绝版
		——初识著名散文家王剑冰
414	岳　熙	散谈王剑冰
420	李梦星	我读剑冰
423	符昆光	我和散文家王剑冰
426	沈晓烜	我和剑冰老师
429	吴忠波	致王剑冰的信
433	侯修圃	走近王剑冰
437	徐宜发	"阳光不锈"的联想
440	何林子	爱是散文的太阳
		——在文字里走近王剑冰老师

444　**附录**

444　王剑冰散文入选试卷索引
452　王剑冰著作索引

454　**编者后记**

第一辑

王剑冰其文

多姿多彩的艺术面貌

——读王剑冰先生的散文

林 非[①]

剑冰先生的精力真是太充沛了,既写散文和评论,又写诗歌和长篇小说。尝试着在各种文学样式中间弯弓射箭,广泛地摸索艺术的规律,这样就更有可能采取其种种长处,集中地融化在一个门类的文学创作里面,使它可以大放璀璨的光芒。也许正是因为像这样宽阔地拓展着自己探索的视野,我觉得他在近年的散文创作领域取得了明显是超越着往昔的成就,境界得到了更大的升华,情感得到了更浓的抒发,文字得到了更美的表达,风格变得更为鲜明和绚丽,还形成了自己多姿多彩的艺术面貌。

他的散文《落日》,描摹在年轻时充满着英雄气概的祖父,以及祖父走完将近一个世纪的人生历程之后,犹如耀眼的落日那样冉冉地下降,整个场面描写得十分和谐与明媚。老人的死亡"为大家提供了一个聚会的场所",平时产生过矛盾的亲朋也团圆在一起了,面对着这位把生命看得如此平淡的老人,真是让"谁的心灵都会开窍的",看似疏疏淡淡的描写,却不住地烘托出一种融合着形象与哲理的肃穆的境界来。而在《晨雨,走进一个境界》中,却又完全是另外一种诙谐的关怀,先是同情与感叹"这样年纪轻轻的,怎么就离开纷繁的生活,到此皈依佛门",接着又写出那些窈窕的女尼们,如何适应着孤凄与清苦的生涯,钦佩这是何等的坚毅、决心与勇气;然后就顺流而下,更进一步挥发出自己深入的思索,怎么能够从烦恼与痛苦中解放出来,使至高的理智、至富的情感及无限

[①] 林非:著名文艺理论家、散文家,曾任中国散文学会会长、中国鲁迅研究会会长、中国社科院博导。

的能力，达到最为圆满的境地。剑冰先生在无意地漫游峨眉山麓的这一座尼姑庵，观看与体察了那些年轻女尼的生存状态之后，竟怀着祝愿与苦苦的思索，十分自然地升华到了人类生活中峰峦般的境界。他努力追求着的此种行云流水般抒写的程序，无疑是他多年以来创作生涯中宝贵经验的结晶，也是他继续向前迈进的牢固的基石。

从追求作品的情韵来说，剑冰先生在这几年的散文创作中，也留下了分外鲜明的痕迹。他那一篇写景的散文《水城》，将江南水乡的小镇周庄跟云南高原的古城丽江，做出了洋溢着诗意的对比，很有情致地写出了这两个地方的异同。它们的相异之处，在于接受现代物质文明的程度有所差别；而它们的相同之处，则在于都有一场"清新湿润的雨，掠过灰色的屋顶，像谁在播洒音韵"。剑冰先生在雨水的声音和闪光中，将这两个地方相同的美妙情韵写得有声有色，让我这个未曾游历过那两处名胜的读者，也迸涌出无穷的向往。

去年的初夏季节，我曾在美国休斯敦做过一场学术讲演《什么是最理想的散文》，提出：如果能够实现四个方面的因素，即最能够触发读者长久感动的，最能够唤醒读者回忆起或向往着种种人生境遇和自然风光的，最能够引起读者深深思索的，最能够在艺术技巧和语言的文采方面满足读者审美需求的，这样就能够使得自己撰写的散文作品达到最为理想的境界。我的此种设想不一定很全面和确切，然而在读完了《水城》之后，我确乎是对从未去过的那两处景致，生发出一种难于忘却的向往，这是因为剑冰先生文中所抒发的情韵，已经深深地打动了我心灵的缘故。

如果说在《水城》里闪烁出来的，是一种清新、幽香与隽永的情韵，那么《源远济水》里迸涌出来的，则是一种奔腾与呼啸的情韵。从一条河流想到了远古以来的文明，想到了千百年间民生的苦乐，这是一种何等可贵的道德情操！读着这篇短短的散文，不能不让我想起范仲淹的《岳阳楼记》来。一个真正意义上的散文家，确实应该在自己心灵中震荡着充满忧患意识的责任感，剑冰先生的篇章启示和鼓舞着我也应该像他这样，努力抒发出关怀整个民族的情韵来。

当人类慷慨高歌着进入更具挑战性和更为纷纭复杂的 21 世纪前夕，散文创作的思想深度就是一个异常值得重视的课题了。我许久以来常常读到剑冰先生的散文作品，清晰地感觉到他总是在不断地提升着自己思想的深度。像他的《蓝色的回响》，充满激情地与自然和人对话，在二律悖反的人生困境中，询问着生存的理由和价值,从这儿我深深地感到他善于勇敢地进行思索的心灵力量。像他的《春天,秀女般的黄河》,紧张地思索着工业文明造成的噪声的吵闹、空气的污浊等问题,而更为纯洁和原始的农业文明,却又显得匮乏与单调,那么究竟应该如何生存下去?这个哈姆雷特式的疑问,在我自己的散文写作中间,也常常很苦恼地出现,在今后应该怎样更深邃地进行思考呢?真想立即前往辽阔的中原大地,条分缕析地向这位比我年轻得多的朋友讨教。

正像法国大散文家帕斯卡尔所说的,"思想形成人的伟大","人的全部的尊严就在于思想"。只要有更多的散文家能够异常自觉地在自己的创作中间,充分地注意思索这种重要的因素,散文篇章整体的境界自然就会大幅度地升华。剑冰先生对于散文创作中间必须蕴含的思索的因素,既是时刻都震响于自己的胸襟之中,又追求着游刃有余地去进行挥发。他在《乾陵回望》中,对武则天的抒写与分析,真是在侃侃而谈中显得全面而又周到:一方面指出她为了争夺专制帝王的权力,竟残忍、卑劣和丧尽人性地扼死自己亲生的骨肉,确实比蛇蝎还要狠毒;另一方面又指出她待人大度的一面,更紧要的是在国家逐渐富庶起来的过程中,她也做出过卓越的贡献。剑冰先生把自己的这些见解匀称地播撒于整个篇章中间。这样的布局和谋篇,就比我所写的《从乾陵到茂陵》要好得多了。我并非不懂得应该对武则天进行全面的评价,可是当我想到她为了争权夺利,竟先后杀害过自己的好几个儿孙时,就只顾到热血沸腾地抓住道德评价的这一个侧面,狠狠地鞭挞和诅咒她的残暴与丑恶,而放弃了政治的、社会的及经济方面的种种评价尺度。道德评价固然是十分重要的,不过如果只是单独和片面地抓住它而不及其余,肯定就无法获得全面和准确的结论。阅读了剑冰先生的这篇散文之后,真像是听到了他催促我警醒的呼声。怎样进行全面和深邃的思索,这确乎是散文创作中一个举足轻重的问题啊!

剑冰先生于语言与文采方面的刻苦追求,也给我留下了极为鲜明的印象。他尽量选择种种单纯明朗抑或是纷繁绚丽的辞藻,通过汩汩流淌抑或是沉郁顿挫的方式宣泄出来,他竭力追求写得形象、跳宕和多变。读着他那些写得相当巧妙的文字时,我不能不想起美国象征主义诗人庞德描摹巴黎地下铁道的那两句诗:"人群中这些面孔幽灵一般显现,/湿漉漉的黑色枝条上许多花瓣。"(《在一个地铁车站》)如此高度浓缩的意象,确实蕴含和暗示着丰富的情绪与哲理,值得人们反复地咀嚼和会意。剑冰先生的不少散文诗,也跟庞德的《在一个地铁车站》十分相似,确乎是存在着异曲同工之妙。像《敲门吧》竟能够将平常的生活小事,琢磨出"敲门吧,不要犹豫""所有的犹豫都变作了抖擞的精神",接着就又顺理成章地谱写成这样的结论,"敲门是学问是艺术是哲学,一如做人"。我自己在一生中曾经敲过无数次的门,怎么就没有想到过如此具有哲理内涵的诗意呢?说明我在写作时从事推敲的功夫,实在是远不如剑冰先生来得勤勉的,虽然我已经来日无多了,不过既然发现了自己存在的不足之处,我将自觉地锤炼着往积极的方面去做。还有,像在他的《远方的那夜》里,"忆念的鳞片"这一句,竟巧妙地把抽象的情思化成为具体的形象,这样才能够"掠过湖底,如烟斜柳",这样才能够"拂扫着远方的眼睛",像这样一种意象的叠加和快速推进,真是充满了艺术的情趣。杜甫所说的"为人性僻耽佳句,语不惊人死不休",竟成为剑冰先生实践的目标,如此孜孜不倦地开拓和思考下去,将会出现更多精彩的篇章。

  散文创作的核心与要点,总在于生动形象地叙述情景,真诚炽热地抒发感情,广阔深邃地思索人生,精彩非凡地结构文字。剑冰先生在这些方面所做出的磨砺与突破,就使他在这条创作的道路上不断地向前攀登着。我多么希望能够读到他更多出色的篇章。

1999 年 12 月 28 日于北京静淑苑

王剑冰的《散文时代》

南　丁[①]

剑冰送来了他的新著《散文时代》。数月前,他曾告知我将要出版此书,我正等着它。30余万言,厚重,不待说。装帧也大方,俨然是一本大书。我欣喜,就不禁当面夸了这本书、夸了他,又夸了河南文艺出版社。经不住夸,剑冰笑,有点得意马蹄疾的意思。

如此繁杂丰富的有关当代散文观念、状况、态势的信息扑面而来,我急切地先粗略领受,细细品味放在日后。

自1995年至2007年,历时13年,对历年的散文创作状况逐年进行扫描;自第二届至第四届的鲁迅文学奖和散文奖的申报篇目和获奖篇目,皆有论述;并有专文论及文化散文、生活散文、先锋散文、精短散文、散文诗、女性散文作家、新生代散文作家、散文的个性化写作;还就散文时代的进入与拓展、本质观念、三次革命、存在的问题等诸多散文家及散文读者关注的热门话题,予以专文评说。当然会涉及新时期开始散文创作兴起、新的散文时代来临时的盛况,甚至回溯"文革"前十七年散文创作的情状,兼及"五四"以来的散文大师们。全书侧重描述新时期也就是剑冰所说新的散文时代,但对"五四"以来的前辈散文家,也多有公允的评说,见出论者对传统的尊重。对新时期有争议的散文家和散文文体诸如小女人散文等,也持公允的包容态度,显示出论者的大气。

《散文时代》欢呼与改革开放新时期同步的散文新时代的到来,对散文新时代的起步发展繁荣昌盛做了如数家珍般的细密梳理和全景式的观照,是作者日复一日年复一年阅读与思索所结下的果实,这果实浸润着作者的劳动、智慧与

[①] 南丁:著名作家、评论家。

汗水。辛苦了，剑冰。就我的阅读所及，还是第一次看到如此全面阐释新时期散文的著作，先不说这就是"权威发布"，对于欲了解新时期散文全貌的读者，可以说这是一本极有价值的书。

这使我想起八年前，即新世纪开始的2000年，那年剑冰出版了他的第一本有关散文的评论集《散文创作谈》，比起眼前的这本《散文时代》，那是本不算厚重的书，我曾为之作序。我的"序言"也就是篇千字文，如今翻看，自己觉得有些说法还有点儿意思。我说，高校中文系的毕业生，到河南省文联来工作，虽然福利诸条件不好，但其多数岗位，比如编辑岗位，可以提供继续学习的环境和机遇，认真当作事业来做，可以自己将自己深造。那时，剑冰从河南大学来省文联工作已有18年，一直是在做编辑，后十年是在《散文选刊》。作序时，剑冰已出任《散文选刊》主编三年左右，就任时，我曾"温馨提示"：要坐得住，要投入，要心无旁骛。"序言"中对此也有记述。我还说："作为我们中国这个泱泱大国的《散文选刊》的主编，剑冰当会知道这副担子的重量，也会知道如何将它扛起。能在这个岗位上磨炼锻造，剑冰有福了。"

剑冰是否自己将自己深造了呢？

从第二届至第四届，他连续三届出任鲁迅文学奖散文杂文奖评委；到北京大学等著名高等学府的论坛发表有关散文的演讲；主编了若干套（本）散文丛书和散文年选；不少散文家请他为自己的散文集作序、作跋……热热闹闹，红红火火，出息成中国当代散文界相当量级的人物啰。

剑冰有福了吗？

我猜想，不论含蓄与否张扬与否，他内心里定是充盈着成就感的，成就感即幸福感，实实在在的幸福的感觉。他当然知道，这种感觉是从他所服务的这个《散文选刊》提供给他的环境与机遇里磨炼锻造出来的。

剑冰当然是个散文家。在那篇八年前的"序言"中我略有提及，我说了他先弄诗后来出版了几册散文集还写了长篇小说，我说："他的《绝版的周庄》，给我留下很深的印象，以为是当代散文中极精粹的一篇。"后来，《绝版的周庄》在周庄勒石铭刻。《绝版的周庄》与美丽的周庄同于江南水乡的明媚阳光下和负离子样的洁净湿润空气中，成为永恒。不夸张吧？

在我这个老人看来，剑冰虽已在编辑岗位上工作了26年，占了他已有生命历程的大半，他依然是个年轻人，五十啷当岁的年轻人，正是收获的季节，因此，我仍想重复我当年的"温馨提示":要坐得住,要投入,要心无旁骛。散文编辑、散文创作、散文研究,就干这个,一路前行,做到极致,若干年后,希望能够看到如此标题的文章或专著:王剑冰的散文时代。不是我这篇由《散文时代》生发出的议论,是由某位高人书写的针对王剑冰的散文生涯所做的评论研究。那就别是一番风景了。剑冰以为如何?

我这篇文字这番饶舌,对于剑冰,大约都是多余的话。多余的话,说了,说了也就说了。打住。

(原载 2008 年 9 月 24 日《文艺报》)

读王剑冰的散文

贾平凹[①]

我以前读《古文观止》,读得要下跪,就四处搜寻选本中那些作家的另外作品,甚或将某些文集统统浏览。但我随之惊异地发现,那些著名的作家,他们的抒情性散文其实少得可怜,大致也就是《古文观止》中选的那几篇,而大量的写作是谈天说地的篇什,譬如表、奏、铭、序跋、书信和辩文。这便让我想,抒情散文对于他们并不是刻意的,凿池植荷,为的是淤泥里白白胖胖的藕,而要开花了,就开一朵冰清玉洁的莲。这并不像我们现在,专门地要写散文,一写散文专门就要抒情。人的一生能有多少散文可写呢?又有那么多的情要抒吗?

研究过了历史上的散文名家,再琢磨 20 世纪前 40 年的散文名篇,似乎都有一个规律,作家成熟,写作进入一定层次,文章愈进入了漫谈和杂说,随心所欲,无章无法,可读后却觉得每一句都是作家自己的生命体验,深刻、生动又独特。所以,真正好的散文并不仅仅在那些我们通常认为的优美呀、诗意呀的抒情,它不在乎写了什么,告诉读者多少东西,而在于让读者想到了什么,有多少唤醒。正是基于这样的认识,现代的散文我推崇鲁迅、林语堂、张爱玲和钱锺书,在阅读当代的散文时,我也以此标尺做我的取舍。数年前起,我注意了王剑冰。

王剑冰是《散文选刊》的主编,编一本选刊,位置的责任必然使其心胸宽博,目光远大,而我在主编《美文》,就少不了要从他那里了解情况,捕捉信息,向他学习。王剑冰也是先作家而后主编,他这个作家主编不是那种坐在书斋里的文化人,他跑动得那么多,每到一地所写的文章当然有游记的味道,也要抒情,但

[①] 贾平凹:著名作家。

他的文章大开大合,高谈阔论,想象力极好,正是我喜欢的那类。而他所写到的地方,几乎我也都去过,为什么他会有那样的眼光,抒发那样独特的幽思呢?读到一个人的文章,就竭力想了解这个人,从人的角度来分析他的文章产生的原因,于是我邀他为《美文》的《九十年代》栏目写"我的散文观",更有幸弄到了一本他的文论集《散文创作谈》。王剑冰是个认真对待散文的人,以他的理论思考、创作实践和编辑工作及许多文学活动,是对新时期散文做出了贡献的人。正因为他以自己优秀的创作为依据,所做的理论方面的思考与整个散文界的写作没有脱节,他主编的身份又使他站在了散文写作的每一次潮头上,没有简单和保守,再加上他的才华,他是不能被忽视也无法被忽视的。当朋友去河南出差时,我叮咛朋友一定去拜会他,并带去一句:向王剑冰先生致敬!

当今的散文写作,正处一段热闹期,遂使一些"竖子"成名。如果仅从中国的中间画一条直线,东边余秋雨有余秋雨的面目,西边周涛有周涛的个性,中原郑州的王剑冰虽未有余、周的极致,却有他的中庸,中庸并不是平庸,它有它的浑厚和鲜活。他的一本散文集名为《苍茫》,这名字是他的追求,也是他的特色。现在他又不断有新作结集,其苍茫之色更浓。作为同志,我忽然想起了古人的诗句来祝福他,这诗句是:野旷天低树,江清月近人。

(原载贾平凹《朋友》,重庆出版社2005年版)

青春的探寻

——简评王剑冰的长篇小说《卡格博雪峰》

雷 达[①]

王剑冰的长篇小说《卡格博雪峰》放在案头已多时,一直未及细读,也许这多少有点无意识的轻慢。近年来,写长篇小说蔚成风气,舞文弄墨者多会于此,大有不出手个把长篇小说就算不得有出息的作家的架势。我虽不十分了解剑冰,却也知道,他是个出色的散文作家、编辑家,小说的大制作于他属偶尔为之。然而,读完《卡格博雪峰》我却要说,此书颇为好看,富情趣,多悲欢,思人生,叹不平,长智慧,广见闻,至少,在正经历着情爱和奋斗的青年知识者群体中,它极有可能引起一定的共鸣和好感。这就很不简单了。剑冰先生我认识,我想,时下的人情评论固然无聊,但相识相熟者中有人果真写得不错,倒也不必故作公正状而回避言说,那同样无聊。所以,我要在此自由表述对这部作品的一点看法。

我初觉得,"卡格博雪峰"这题目似乎有点儿勉强,我还以为是写登山或冒险的作品呢,看了才发现不是那么回事儿。原来,这是作者苦心营构的一个象征,用来暗喻某种精神高度和浪漫情怀。卡格博雪峰在云南,是云贵高原的极顶,尽管人们早把珠穆朗玛峰踏在脚下,但据说此峰至今尚未被征服,故有"处女峰"之称。前几年,中日联合登山队还曾全军覆没于此。毫无疑问,作者是把卡格博雪峰作为圣洁、坚挺、刚毅、高贵的青春象征的。

如作品中女主角之一的曲晶晶的爷爷就是二战中的飞行员,曾在此失踪;晶晶热恋的老教授严炎愤而出走后,为了神圣的艺术,也殉身于卡格博雪峰;而

[①] 雷达:著名文艺评论家。

爽朗又娇艳的曲晶晶呢,她与严老合作的长卷,画的竟也是卡格博雪峰;甚至另一女主人公路雪设计的服装,商标也叫"卡格博"。

虽然作者实写的是河南的平民生活,而卡格博雪峰远在云南的天边外,相距甚远,但小说中的人物却始终心向往之。不过,路雪和晶晶她们与卡格博雪峰之间似有缺环,气质上有点不兼容,还难以真正地融为一体、化成一气。

当然,关于这个题目及其意义的引申还可讨论,但它对于整部作品并不特别重要,影响不了作品的形象系统和主要价值。在我看来,这部书首先以其鲜明的时代感和充分的生活化、世俗化描写见长。一些情节和细节是那么逼真、平易、鲜活、刺激,读起来有种置身当代生活潮流之中的推涌感、冲撞感、裹挟感。到现在为止我还是感到惊奇:王剑冰乃一文坛中人,他何以对大学校园生活了如指掌,何况还是今天的大学生活?在他的笔下,金塔大学的学生,一到"大四",就不由进入了一个"迷乱时期":毕业论文啦,实习问题啦,分配问题啦,婚恋问题啦,好像全在一个早晨排队涌来,叫人手足无措。一切从当下出发。就拿大学生在学校周围"租民房"的风气来说,它所引发的一系列故事,非个中人很难写出或编出。再如路雪在火车上遭到三个流氓骚扰、猥亵的描写,真如羔羊入虎口,惊心动魄,不但富于现场氛围,而且带出了社会风气的侧影。校园文学以前也有过模式和套路,无非是些发生在相对单纯环境中的迷失和转变、徘徊和提升的故事,但此作的构思好像来自校园的第一手材料,打破了原先的疆界,提供了不少我们闻所未闻的事情。读此书给我的感觉是,如今社会欲望的浪头正在不断拍打校园的围墙,而开放的校门也日甚一日地直接融入了社会。小说从性爱、求职、经济收入、社会关系和师生关系等方面入手,提供了真实的当下感和现场感。作者很善于抓住"跨出"(校园)与"跨入"(社会)之间最紧张和问题最密集的间隙做文章,在作者看来,这时候的一堂课比真正进入社会后的一课还要关键。

就这样我们跟随作者走进金塔大学,禁不住故事的诱惑,一步步陷入,逐渐熟悉了路雪和晶晶这一对姐妹花。小说是以性爱为中心的,以路雪和晶晶为两个点,扇面般地展开了比较复杂的生活。这两个女性,一个求实,一个浪漫,一个本分,一个恣肆,互为补充,相得益彰。应该说,关于路雪的描写更加具有动人的力量,也是最易引起共鸣的部分。路雪起先太纯了,纯洁如雪、如山泉,几乎不含任何杂质,清澈见底。然而,这样一个可爱的人儿又很不幸,父亲早逝,母亲下岗,摆一个水果摊,艰难度日。更不幸者,是她太善良,并为自己的善良所累,吃尽了苦头。她起先委身于救过她的石中,结果备受伤害,后来为求生存她连续遇到周校长、何主编、封主任、范经理之流,送礼呀,恳求呀,却发现个个皆有所图,不怀好意,给人以陷阱四布、社会复杂之叹。她并不是没遇上过好人,比如林之南、谷为等,问题在于她一度不善识人,在迷雾中挣扎。事实上,路雪所遭受的打击,归根结底还是一种依附性的悲剧。正像小说中写的,她想以大学生的牌子换取一个家庭的稳定而不可得。她也曾感叹,能让女人倚靠一生的男人太少了。这个贫家女的觉醒是朴素的;懂得了自立,靠自己的双手,勇敢地面对生活。"蓬门未识绮罗香,拟托良媒益自伤",作为一种审美范式,今天也未必过时,我们常说的平民情结与之未必没有相通之处。

　　我在前面说过,小说的平民写实生活与卡格博雪峰的比喻与形象比照,略显有点缥缈,但并不是说小说没有自己具体的道德理想,只是不那么简单罢了。小说自有它的理想价值和精神渴望,它既鞭挞坏男人又塑造好男人,林之南就是作者精心塑造的好男人形象。作者推崇坚定、冷面、有学识、有涵养、大度、幽默、充满人情味的硬汉。这些仍带有平民色彩。只有关于晶晶的描写带有"洋气",它很重要,也很矛盾。晶晶其人大胆、热烈,敢爱敢恨,充满青春之火。从她毫不畏惧地挂出严先生为她画的裸体画,即可见一斑。她爱上了父辈的严老,严老也因她而春情勃发,此举不管怎么评价,都应该承认是生活之真实。她对严老也并非没有微词,但严老死后,为了给他办画展,晶晶在筹款中所表现的豪气、野气、义气,不能不令人佩服。这是否就是卡格博精神?作为并非专门小说家的王剑冰的长篇处女作,《卡格博雪峰》很见特色,据说有几家报纸正在连载。我欣赏它的叙述、善于大故事套小故事的本领,也欣赏作者对女性的观察细腻、体贴入微,还有不时跳出的朴素的生活哲理,都很有意思。然而,象征性意象的勉力嵌入,大团圆结尾的匆匆收束,还是带来了一些缺憾。

(原载 2002 年《人民日报》《文学报》)

(《卡格博雪峰》由太白文艺出版社出版,《羊城晚报》《绍兴日报》《九江日报》等 8 家报纸连载,《中华文学选刊》《红岩》《创作》《海峡》等选载,后由漓江出版社再版时书名改成《谁让我疼痛》)

剑冰的创作盛年

孙 荪[①]

一

我对剑冰比较熟悉，南丁老已经把剑冰这30年对河南散文界的贡献列举了，先是做主编，然后是散文学会的会长，做了大量的组织工作。剑冰同时又是一个很好的作者，先是诗人、小说家，现在基本上成为一个比较纯粹的散文家。

河南真正成为散文家的只有两个，先有周同宾，后有王剑冰。这个本身就有意义。因为文学的选择跟人生的选择有时候是一个问题，我们感慨人生是很短暂的，一个人做不了多少事，到七老八十了想想真的做不了什么事，能够把自己的一亩三分田种好就不错了。所以剑冰做这样的选择，说明他对散文的理解超过一般作家，这一点我很赞赏。他的选择注入了他对散文的理解、对散文价值的理解、对散文难度的独到理解。他在这方面比很多散文界的朋友做得更客观、更耐琢磨，也可能更有价值。我们经常读史书、读文学书、读散文书，那么，在散文史上能留下一两篇也就不虚此生了，现在剑冰已经留下好几篇了，已经可以称为不朽了。

二

我现在比较关注剑冰的作品。剑冰是当代一个成熟的散文家，甚至于说是

[①] 孙荪:著名文艺理论家。

正在走向经典的一个散文家——可能我表扬得有点过了,但是我很喜欢。我们都想走向经典,都想走向历史,现在剑冰正在走向经典,正在走向历史。或许在我们身边这一点不容易被放大,做到这一步,很不简单。

剑冰善于运用各种写作技巧,掌控各种表达方式,他的文章圆融精到,每文必有新意,集中起来富于表达,别出心裁,匠心独运,让人神往。由于眼睛的问题,我现在的阅读变得很苛刻,都是挑着读的,但是对剑冰的作品却是读了大部分,他的每一篇都有吸引人的东西,总体来说,是相当好的。

综合看,剑冰发展的阶段现在已经很老到,就是没有什么题材不可以写,各种文体都掌控得比较好,文字的劲道已经不太容易挑出瑕疵,反正我是不太容易挑出很明显的败笔。这是一个整体的感觉。

关于剑冰的创作,这两天我也在想两个问题。第一个问题,一个成熟的散文家进行行旅散文创作的困难,是在于满眼的五彩世界、一肚皮的学问、万千的思绪,但是没有让你做案头的准备,眼下实地的考察和由此而升华的无限思绪,怎么凝聚到一个点上,然后托出引人入胜的表达路径呢?这是大家经常遇到的问题,对于这个问题剑冰有他自己的办法。

我们经常会觉得写周庄、写徐州容易写得很散,或者写得很华丽,但是看到剑冰写周庄就忍不住赞叹。现在,很多地方跟周庄相比,周庄是一个江南的周庄、一个深厚文化传统的周庄,作为参照系的一个支点、一个基础,这考验一个作家的能力。剑冰写周庄的文章每一篇都很细腻,具有重要的价值,每次写的都不一样,都不重复,写得很从容,几乎让小小的周庄在剑冰的手中搭建了一个极大的通透性的楼台,使周庄成为剑冰这位作家的一个很重要的参照系。

另外一个问题,中国作为文学古国、文学大国,首先最基础的还是散文,最伟大的、能够影响到各个领域的还是散文。

中国散文的萌芽是《尚书》,其文学特点是讲究文采。河南是散文的故乡,最简单的话都包含了文学元素,最简单的东西都在《尚书》中,叙事、抒情、对话都是,从先人们的讲说中可以看出散文精神的成熟程度和思维的发达程度,散文已经非常完善。散文从短处来讲,它写人物、叙事,不如小说;跟诗相比,抒情到极致的能力不行;跟绘画相比,它的描写能力不如绘画;跟音乐相比,它抽象的抒情能力也达不到。但是散文的迷人之处就是它可以把文学的十八般武艺都拿过来用。

剑冰在这个方面也是兼容、借鉴、吸收、融会了文学的各种功能,他的文字或者着重在写人物,或者着重在抒情,或者简直就是在绘画。比如写爷爷的一生的《落日》,佩甫谈到了,同样让我十分感动,在爷爷弥留之际,回顾他的一生,断断续续的,这样一个伟大的老人,孙子写爷爷富有感情是肯定的,但是剑冰把感情处理得如此纯粹、如此清爽,这不是一般散文作者所具备的,十八般武艺到剑冰手里完全耍开了。

上一次在讨论冯杰的时候,剑冰说到俄罗斯文学最重要的一个价值标准是诗性,这部作品好不好就是看是否达到了"诗"样的境界和程度,这是俄罗斯文学传统的价值观。剑冰作品的终极目的还是诗性,他的杨柳岸晓风式的也好,阴柔之美也好,或者是舒缓的、缠绵的特点都要挖掘出描写对象的诗性特征,这不是每一篇文章都能达到的。

还有一个重要的感觉,就是剑冰对思想的重视。思想是一切作品的关键,剑冰在散文创作中,在锻炼和提炼自己的思想上下了功夫,使他成为一位成熟的作家。

比如说《三星堆》这一篇,三星堆我去过,三星堆这样一个闻名的地方,它的文明展现在什么地方?前面也没有铺垫,后面也没有结果,但是剑冰找到了,把三星堆放在中原文化和全国文明最先进的地区的当下和当时,就是三星堆那个年代和当时中华文明的星云图上是什么位置,当下是什么位置,他的笔墨在这里游走,思绪也在这里游走,就能升华出新鲜的东西。

吉安是一个地方,我看了《吉安读水》之后第一个感觉就是想去吉安看看,那里是唐宋以来文明史上的一个亮点,他用一篇短的散文写出了吉安人文的长卷,它是很丰富的,在河南、在中原找不到吉安,他的文章写的历史与现实、自然与人文,纵横捭阖,真是到处都是活色生香的文字,这又是一篇叫得响的文章,而且文章这么精短。

戈壁滩我也去过,剑冰写到了戈壁滩的向日葵和芦苇,其中《荒漠中的苇》就是借自然的物象作为一个绽放思想的载体,这样的文章还有很多人写过,我觉得剑冰写出了自己的东西,有思想,把它置放在更宏大的人文关系,然后用自己的生命感觉,用种种的思绪培植它,用很明白、很节约的文字把对自然风光的描述和表达变成对人类生命的表达、对自然生活的表达,这是很不容易的。

三

  总之,散文之难,难于满眼的五彩世界、一肚皮的学问、万千的思想如何凝聚到一个点,托出一条引人入胜的线路。文学的十八般武艺散文尽可使用,但是如何为某一篇散文使用,诗性是户籍,思想是魂灵,王剑冰为创作做出了说明。周庄的七彩楼台,吉安的人文长卷,三星堆的文明,爷爷的雕像,都可成范例。井冈山也是他很漂亮的文字,也写得很有思想,不只是颂歌。这个颂歌已经不是原来很传统的颂歌,信息量很大,但是很多信息我们都知道,在王剑冰当今思想的解读下,具有微言大义,甚至更新鲜的东西。

  所以我很看好剑冰,他正在创作盛年。

  (此文为作者在王剑冰作品研讨会上的发言,原载《奔流》2015年第4期)

周庄的王剑冰

邵 丽[①]

最近几次见到剑冰,一直想给他提个建议,干脆把名字改成王周庄算了。我是这样想的,即使自己不改,天长日久,总有一天会有人这样喊他。

这可不是调侃,一个作家对某个地方情有独钟倒不鲜见,只是在自己的作品里对一个地方如此流连忘返者不多。我们的朋友圈子里,刘亮程算一个,这个连狗的一辈子都摸得门儿清的家伙,自然对生养自己的村庄念兹在兹。我记得他的那个村子叫黄沙梁,是一个卑微到狗都不敢嚣张的地方。我还记得有一年,参加中国作协组织的去内蒙古鄂尔多斯创作基地挂牌的仪式。到了包头,连哄带骗地被几位老兄劝了几杯酒,让我放肆了一回,竟然壮着胆子跟他们唱了一次卡拉OK。结束之后,已经差不多夜里两点钟了,大家都没有睡意。有人提议去看黄河,应者云集。谁知爬上了朋友的越野车,却没人知道路怎么走。刘亮程很诡异地说,让我闻闻便知道了。果然,他煞有介事地嗅了半天,然后指了一个方向。我们顺着他指点的方向杀过去,还真走到了黄河。

那时候,你才知道,在风中的柴门后面,确实有高人。

与他比起来,人家周庄的王剑冰可从来没有如此张狂过,不管在任何时候任何地方,"王周庄"总是韬光养晦,绝不当头,很有民国知识分子的范儿——说话有板有眼,办事有张有弛,对待任何事情都能够"得过且过"。不过只要触到他的底线,肯定是一把硬硬的骨头在那儿顶着。当然,作为中国的散文重镇,他曾经带着那么大一拨人,坚守着中国散文的高地,而且从来没有失守过,实属不易。但这不是完整的他,也不是成为他的理由。该怎样描述他才算合适?内

[①] 邵丽:著名作家,河南省作协主席。

敛、寡言固然是他,而一往情深地表白"我真的不知道,你在那里等我,等我好久好久。我今天才来,我来晚了,以致使你这样沧桑"的人,也是他;不嗜烟酒,风清月白的人是他,拔剑四顾,歌呼"夕阳已去,天光暗合,提剑入鞘,仓啷如闻一声脆响,随寒光飞出窗外,直上云天九霄"的人,也是他。

不管怎么说,刘亮程和王剑冰都是当今我最喜欢的散文大家。刘亮程的散文是在无趣里捡拾天真,布衣芒鞋,荷把锄头在肩上,下雪不忘穿棉袄,天晴不忘戴草帽,那是"梦为蝴蝶,栩栩然蝴蝶也。自喻适志与。不知周也"的超然。王剑冰的散文是在天真里打捞有趣,白衣飘飘,羽扇纶巾,那是"居处恭,执事敬"的儒雅。

王剑冰不但是一个散文家,他还写诗,写散文诗,写小说,而且在这横跨几个文体的写作中,样样做得风生水起。当然,我最喜欢的还是他的散文。在散文中,他进入描写对象时的那种无技巧的技巧,确实是神来之笔。记得有一次随中国文化代表团访问德国,著名钢琴家郎朗在回答德国电视台记者的采访时,曾经说过这么一段话:"开始弹钢琴时,完全是注重技巧,指头必须一丝不苟地敲在琴键上,一点都不能走样。到后来,完全是弹在自己的情绪上,弹在空气里。"大师斯言,可谓一语中的。关于周庄的那一篇篇精美的散文,不是写在情绪上和空气里吗?"周庄睡在水上。水便是周庄的床。床很柔软,有时轻微地晃荡两下,那是周庄变换了一下姿势。周庄睡得很沉实。一只只船儿,是周庄摆放的鞋子。鞋子多半旧了,沾满了岁月的征尘。我为周庄守夜,守夜的还有桥头一株灿然的樱花。这花原本不是周庄的,如同我。我知道,打着鼾息的周庄,民族味儿很浓。"

那便是王剑冰的语言和意境。我相信,每个成功的作家,在这个大千世界里都有一个自己的小宇宙。不管外在的世界如何侵扰和伤害他,他都能在自己的宇宙里断尾求生,用他自己的语言、自己的生活态度安慰自己,也抚慰别人,也用来与这个冰冷的世界和解。在答记者问时,王剑冰也谈到了这个问题,他说:"个性特色是最重要的,没有个性就没有了特色,中原作家笔下的中原特色越明显,就越出彩,越能赢得读者。另一个问题是语言问题,语言的问题解决不了,就不会出好作品,也打不出去。语言是一个作家最重要的能力,能力不够的,就是还没有做好创作的前提准备,或者说是智性先天不足。全世界都一样,一个能够获得公众认可的作家,语言占主导地位。"

我相信,游弋在庄里庄外的王剑冰,既不会带着"归去来兮,田园将芜"的心情入眠,也不会带着"夫天地者,万物之逆旅;光阴者,百代之过客。而浮生若梦,为欢几何"的心情醒来。那是赤子般的天真和成熟智性的纯粹。他用最普通的眼光打量着周庄,却用最不普通的、被中国文化熏染了数千年的情绪发酵:"一块块的门板并起来,那敞亮的门便一点点合严了,最后合成了一小条缝隙,老人挤出来,拉起了边上窄窄的小门,咯吱一声脆响,制造铜壶铜铲的炉子、磨刀锯锅的工具便都关在了里边,它们将有一晚上的闲静。老人的身影一点点融在了夕阳里。"这点点滴滴,怎一个"好"字了得!在几乎白描般的书写里,是丝丝缕缕的热爱,而唯其热爱,才能成就伟大。

一个作家是否真的在场,是由其立场决定的;而他的立场,为在场平添了一份声势。因此,从这个意义上说,王剑冰成就了绝版的周庄,周庄也成就了绝版的王剑冰。但是,在作者一遍遍关于周庄的述说里,如果我们没有看到周庄,那我们就太大了;如果我们仅仅看到了周庄,那我们就太小了。

阅读王剑冰

梅 洁[①]

一

王剑冰这个名字,在中国散文界早就是相当响亮的了。何止是这个"文学"的界域呢？即使对于一般平民读者、大中院校学生,王剑冰的名字也是被人熟知和景仰的。

在中国经济急速发展、中国文学被边缘化的时代,致力于中国散文研究和写作的王剑冰,不仅没被时代的多元文化边缘、忽略、淹没,反而被时代越来越多地认可,越来越多地信任。我深以为这是令中国散文欣喜和骄傲的事情,这也足以构成王剑冰独有的生命现象。

现象覆盖下的底蕴是什么？气象万千的作品里文学的内质是什么？时代的浮华里生命追寻的真义是什么？

在丁酉年岁末这个寒冷的冬季,在南方频频暴雪的日子里,京城却一直阳光灿烂。沐浴着从窗外瀑泻而来的灿烂,我有长长一月的时间在阅读王剑冰。《绝版的周庄》《驿路梅花》《对语》《散文时代》《或天涯,或咫尺》……我一本一本地读,一页不落地读。除此,我还从网上搜索选入各种试卷的作品,重读被周庄、吉安、郧西、洞头刻碑的散文,以及他博客里的文章……

在沉静而专注的阅读中,王剑冰创作的散文经典,一天天回应着我心底太多的"是什么"。

[①] 梅洁:当代著名作家。

这是一个色彩纷呈的散文世界,这个世界里的生命底蕴、审美追求、创作体系等等,应该说全部建构在一个有精神深度、有境界高度、有智慧容量的大格局之中。于是,我深以为,王剑冰的散文对中国散文是一种贡献性、引领性的存在。

二

我读到的王剑冰首先是诗性的,散文的诗性和心灵的诗性。这是我特别喜欢的,也是我与剑冰共鸣的一种文学审美。

你看他写周庄:"清凌的流水糅成你的肌肤,双桥的钥匙恰到好处地挂在腰间,最紧要的还在于眼睛的窗子,仲春时节半开半闭,掩不住招人的妩媚。"

显然,水乡文化的清凌、柔美、古典,深深震撼着从中原文化深处走来的王剑冰。于是,一篇诗意翩飞的文字永远留给了周庄,而周庄将这篇美文刻在了石头上,那便是散文的千古绝版了。

王剑冰后来又写了《水墨周庄》,虽然叙事淡定了许多,静默了许多,但依然是诗魅无限。应该说,江南水乡如周庄一样的古镇还有好多,但周庄一直在世人眼里鲜艳夺目,其因除海外画家陈逸飞画了周庄、文化大师余秋雨写了周庄外,王剑冰的《绝版的周庄》《水墨周庄》尤使周庄的美誉倍增。千古周庄千人写,唯有王剑冰给这个庄子赋予了诗的灵魂。

诗质美一直栖居在王剑冰坚守的审美高处,在他判断某篇作品必须要运用这种审美建构时,他决不放过。我们来看他的《洞头望海楼》——

海的声音传来,灌得满楼都是。清爽潮湿的风猎猎入怀,那是海送来的问候。

有时海蓝得像一湾油漆,随便一泼,都把洞头泼得鲜艳无比。帆将海剪开又缝上,海鸟像撒出的鲜花,和云彩一同填满天空。

这篇诗风猎猎的望海美文,也被喜欢它的温州洞头刻碑在望海楼海边,成为洞头文化一景。

还有矗立在湖北郧西天河广场的《天河》散文碑——碑长8米有余,高近3

米,厚0.6米,这样大的玉质石头并不多见。刻匠用8天工夫,将王剑冰的文字精心镌刻在这面石头上。

2013年,我千里迢迢专程回故乡去看这座碑。我很感念郧西赋予这篇散文的信赖和感情。一个外乡作家的文字被刻在故乡的广场上,我感到分外惊喜和欣慰。

我想,各地用这种隆重方式对待王剑冰的文字,除却对其本土自然山水和历史文化看重之外,一定是分外地看好文字本身。在我看来,他们肯定也是被王剑冰散文中那种文词的妙道和诗意的玄美所征服,他们觉得这样的文字好看、入心,刻在石头上留给历史、留给子孙值得。

我始终认为,有诗歌修为和造诣的写作者,在进行其他文体写作时,与没有此修为造诣的写作者,在行文的审美层次上是一定有差别的。

20世纪80年代被称为"中国的文艺复兴时期",作为恢复高考后的大学生,王剑冰以青春和才情卷入了当年轰轰烈烈的大学生诗歌运动。中国作协主办的《诗刊》1981年第12期发表了王剑冰的诗歌《我是叮叮当当的洒水车》和《我在待业青年小店上班》,在全校产生轰动。后来,《奔流》《飞天》等文学刊物连篇累牍地发表其诗作。现在看来,王剑冰并没有把诗歌创作进行到底,但他却一直受用诗歌带给他的审美。综观他所有的作品,包括文化散文,甚至评论文章,无一不显现着抽象、写意、含蓄、象征等手法。他始终把语言之美看得至高无上,这也成为他的文字魅力的重要特色。

三

我发现王剑冰对文学创作一直怀着一个大的目标。沿着这个目标,我们看到其创作的深度和广度,看到题材的系统性和规模性。我以为这是王剑冰除却语言审美建构外的更重要的创作格局。他一个系列一个系列地进行创作,一个题材一个题材地耐心开掘。而一旦进入某一个题材,他又继续往题材的细部、深部掘进。他对创作资源的运用惊人地吝啬,不放过任何有价值的创作元素。

写到这里,我忽然想到那些考古学家,他们对遗址的发掘一丝不苟、纤毫不落,使埋藏千年的文物现出真型原貌,让文化的信息扑面而来。阅读王剑冰,我把他与考古学家好有一比。

王剑冰的系列化写作,包括山水自然系列、乡土乡愁系列、文化寻根系列、文学对话系列、生活哲思系列、理论批评系列等。每一系列都成其规模,都成其大书,成为那个领域的优秀存在。

我不知徐霞客是不是王剑冰心中的偶像,他以文学探寻考察的行走已遍及中国30余省市自治区,文字多达200多篇,每一篇都令自然山水在这个世间被重新发现并铭记。

你看,他写了《绝版的周庄》《水墨周庄》后,又系列化地写下去,直把一个古典周庄写成一个世界,写成一本同样古典别致而被异国图书馆收藏的好书。他写《吉安读水》,居然走了江西吉安的13个市区县。不写便罢,一写便古今一揽,一片灿烂。

对于乡土乡愁,王剑冰也是规模化写作的,你看他那本《或天涯,或咫尺》,那是对其生命的故乡最诚恳、最真情的书写,既简素、淳朴又不失诗意,呈现着作者的眷念和感恩。

王剑冰这样写《地气》:"所谓地气,其实就是你的乡村、你的故土,是那些庄稼、那些草木,是生你养你的父老乡亲。地气就是你对故土的感念、对家乡的认识;说白了,地气其实就是你的底气,是你生命的基础,你有着最扎实的最本质的最朴素的基础,你就有了活着的底气,否则你就是一叶浮萍,轻狂、无根无靠。你的生命里总是能看到地气,能闻到土地的味道,你就会活得踏实、过得充实。"

即便是对一个单独的书写对象,王剑冰也是用力透纸背的文字力量,对要写的事物"绣女刺花"般一丝不苟。有评者形容其用的是"给景泰蓝揿金丝的功夫",我深以为然。

我们来看被福建等省选为高考语文试题的《瓦》,他写对瓦的敬畏和感恩,写瓦的坚硬与坚强,写瓦在传统文化中的最终消失及自己的无奈与遗憾,层层掘进,逐步深入,硬是把许多人眼里司空见惯的瓦写成了经典。还有被选入诸多试卷的《古藤》,从对一棵千绕百缠的古老植物的书写,不难发现其散文的精神格局。

王剑冰的文化散文同样如此,有评者形容他的文化散文是以厚实而又细致的笔触、淳朴而又华贵的语言,让先贤圣人再活一次,活出了中原厚土的凝重、中华文化的精深。

曾国藩曾说:办大事要以"识"为主。这里的"识"不是才能和才气,而是识见和内心的格局。我从阅读中看到了王剑冰这种属于"识"的素养。

四

阅读王剑冰,让我时时收获着心灵的感动,这感动来自一种善良的心性。王剑冰的人生选择了文学,而这种天赋之性对他尤其重要。

在《或天涯,或咫尺》一书中,这种天性无处不在地呈现着,令我时时感受着王剑冰对生活于艰难中的生命的天然同情心。

> 我小的时候,就看到村西头的张婶儿一个人去磨面。张婶儿的男人掉河里死了,张婶儿的孩子还小,有时还把孩子绑在背上,吃力地推着那盘笨重的石磨。
>
> 母亲见了,就会偷偷地告诉我,去帮帮张婶儿,我也就二话不说,跑过去挨着张婶儿推起那个到我胸脯的磨棍子。张婶儿看见我,眼里露出了欣慰的光芒。我知道那光芒是温暖的,它抚摸着我瘦弱的身体,也抚摸着母亲的善良。
>
> ——《静静的农具》

我感动于一个年轻的母亲已经将善与同情如一粒种子注进了童蒙未开的孩子心里,这种子从此发芽、生长、葳蕤成树。

震惊世界的唐山大地震中,剑冰福大命大万劫一逃活了下来。在水已难以维持舅母家9口人的生存时,他还是毅然把水送给一位因寻找亲人而极度干渴的女孩。当善良的舅母把两块黄面饼子也递到女孩手中时,剑冰顿觉他和舅母的心相通了。剑冰一生都在感激舅母的慈悲,而他自己一生竟然还忏悔"头一次递过去的水,竟是犹豫的半碗……"

还有一系列关于震后的真情描写,使我在阅读时流泪了,我是被剑冰的心深深地感动了!我真正读出了什么是"天赋善良",看到了一个文学生命一路长大的精神本性,那是人活在世上最温暖最伟大的力量和光亮!

五

剑冰的价值和意义体现在文学的诸多领域：遍写中国自然、山水、历史、文化的散文大家；长达十几年担任中国有影响杂志《散文选刊》的副主编、主编；几十年如一日地对中国当代散文创作态势进行关注、研究和撰写理论文章的学者；长年奔波在中国大、中学堂抑或各种讲习班，娓娓不倦地传道散文美学精神的良师；为多家出版社编选数百部优秀选本达千余万字的编辑家。

我们说，一个人一生做好、做深、做透其中任何一个领域都相当不容易，但剑冰把这一切都做得有声有色、成果斐然。当他把33部个人著作贡献给这个世界时，同为写作者的我，怎能不知其中的艰难和不易呢？怎能不对文学创作有大胸怀、大追求、大格局的文学朋友肃然起敬呢？

记得1998年初夏，在"唐宋八大家"之首韩愈的故乡，我第一次认识王剑冰，那时他俊雅得似一个在校大学生，却已是《散文选刊》的主编，他在那里召集一个全国性的散文创作会议。记得到会的有刘烨园、苇岸、韩小蕙、石英、王英琦等三十余人。之后他每年都要主持一个散文研讨会，一直坚持了十年之久。20年后的今天我才看到，早在上世纪90年代他对这些人的创作几乎都写有评论，10年前他就将这些文章收在了他的研究著作《散文时代》中。我同时看到他对全国百余位作家作品都进行过认真严谨的评析。他默默关注着中国这么多人、这么庞大的创作群体，需要怎样的精力？怎样的情怀？怎样的责任感？怎样的一颗大善之心？

这些年，在一些省市组织的作家采风活动中，每每遇到王剑冰，一阵惊喜地握手后，便沉浸在"人逢知己"的喜悦里。我发现，儒雅文气的王剑冰，调侃或说起笑话来，竟也可爱得如一个"活宝"。当然，我感受最深的，还是每到一地，他都应邀为当地朋友和与会作家写字，谁要给谁写，不拒不推。每每一写就是三四个小时，甚至深夜。我有时嫌他写得太累太多，他却一本正经地说：不是我的字写得有多好，我是真不愿让人失望。让信任自己的人失望是对人家的大不尊重。他说起2000年的时候，邀请单位再三请他留字，那时他没练过书法，反复推让后他依然没写。其实剑冰甚感歉疚。从那以后他下决心练字。现在字里藏风蓄气的剑冰再也不会有这种尴尬了。他毫不吝啬地满足着人们的希望。

剑冰给我写过两幅字,一次在重庆武隆,一次在青岛崂山。我收藏着剑冰的字,便收藏着一个朋友的善心。

最后,说两句话,算是总结这次阅读的体会:

第一句:文人真的不必相轻。

第二句:在这个世上,一个人能不能成为自己的知己,应先去读他(她)的书。

(本文有删节)

为散文时代立言

——读《散文时代》

何 弘[1]

散文在中国具有悠久的传统,写作群体也极为庞大。改革开放30年来,中国散文在变革、创新中不断蓬勃发展,很多方面呈现出了迥异于中国散文传统的特点,甚至可以说开启了一个崭新的散文时代。正如王剑冰所说:"这二三十年间,中国的散文确实是一个时代的结束,而又是另一个时代的开始。"改革开放30年来的散文创作,成就有目共睹,重要性也不言而喻,甚至在整个中国散文发展史上,它也必将因开创性的贡献而占据无可替代的地位。那么,究竟应该如何正确把握和全面认识这30年的散文创作呢?王剑冰的《散文时代》为我们做了最好的解答。

王剑冰具有多年散文创作的经历,特别是从20世纪90年代初开始,他到《散文选刊》先做编辑,再做主编。在将近20年的时间里,他为编好选刊,阅读了发表于各种报刊的大量散文,论散文阅读量之大,放眼全国,鲜有出其右者。同时,这个时期中国散文界几乎所有重要的研讨、评奖活动,他都是亲历者,这更加开阔了他的视野,使其对散文创作中的创新点、难点、存在的问题等有了更广泛深入的了解。特别难得的是,作为一个有心人,剑冰在这个过程中做了大量的读稿笔记,对理论心得也认真记录,并撰写了大量理论、评论文章在有关报刊上发表。经过多年积累,当他把这些东西整理成册时,我们蓦然发现它已蔚然而成大观,具有了重要的史料和理论价值。可以说,能够全面总结改革开放30年特别是近20年来中国的散文创作的,以我个人有限的视野看,剑冰可说是

---

[1] 何弘:著名评论家。

不二人选。

《散文时代》对改革开放30年来中国散文的流变与发展进行了系统的梳理，对散文创作的成就做了全面总结，对散文的创新点及其影响进行了探讨，对创作中存在的问题进行了深入分析，对代表作家、作品进行了重点评介，形成史的规模。王剑冰散文写作、编辑、评论三位一体的身份使这部著作既带有明显的理论色彩，又有基于创作实践的切身感悟，还有建立在大量阅读新作基础上的对创作现状与走向的准确把握，这也使得该书有了既不同于一般理论著作也不同于简单创作情况概述的独特品格。

《散文时代》最大的贡献在于它全面总结了改革开放30年特别是近20年来中国散文创作的总体状况，突出特点是点面结合，连点成面。作品首先从横的方面论述近30年散文发展的历程，对文化散文、女性散文、生活散文、先锋散文等分别进行归纳阐述，使读者对不同类型散文近年的发展情况有全面深入的了解，并对其中的代表作家、作品进行了精当的点评，对其特点与成就做了准确的定位。而对几届鲁迅文学奖散文奖参评作品及1995年后每个年度的散文创作情况的综述，则从纵的方面勾勒出了近20年来中国散文的发展脉络。特别值得一提的是，作者对这些年散文界出现的各种新的创作现象进行了全面的归纳和细致的分析，对散文创作中出现的问题进行了深入的研究，并对散文创作的走向做出了准确的判断，使我们很容易就可以对这些年中国散文的总体情况有清晰、准确的把握。像《时代散文的进入与拓展》《时代散文的本质观念》《散文的时代特征》《新时代散文的三次革命》《当代散文话题解读》《正视才能发展——散文创作中存在的问题》等，都是对这些年散文创作时代特点和风格流变的全面阐述。而对于这个时期散文的代表作家、代表作品，作者则进行了深入的解读，对其特点、价值、贡献、地位做出了中肯的判断与界定。

对散文创作理论的进一步拓展是该书的又一贡献。《散文时代》以很大的篇幅对改革开放30年特别是近20年来散文创作中出现的新现象进行了系统的梳理，并对其进行理论阐释，其中很多方面应该说是对散文创作理论的全新拓展。比如通过作者对余秋雨散文写作的分析，我们发现，由此开启了文化散文写作潮，相对于传统以精短美文为主的散文写作而言，这种大散文可说是对散文文体的一种新的拓展；散文写作的虚构问题曾在散文界引起激烈争论，究竟是否允许虚构、虚构在何种限度内可以接受等，剑冰在书中做了深入探讨并提出了自己的见解;再如小说描写笔法在散文中的使用,使散文的写作手段得以拓展并增强了其可读性,先锋散文的这种写作手段是否值得提倡,其价值何在……对这些问题的探讨,我觉得是对于散文文体从实践到理论的拓展。剑冰的这些理论探讨,与大量学院派的理论家不同,他不是在进行从理论到理论、从观念到观念的简单演绎,而是建立在对具体作家、作品和创作新观念、新思潮深入解读、分析的基础上,做出的合理的理论升华。《散文时代》全书涉及的作家达数百位,作品达数千种,正是建立在对大量作品深入分析的基础上,他的理论探讨才显得非常踏实、可靠。

最后要说的就是该书的语言和写作风格。这部著作虽然整体上说属于评论和理论的范畴,但其使用的却是散文的笔法。作者对相关作品的评论,都是从自己的创作实践出发,结合相关理论,而得出的切合实际的结论,因此,他的点评、述评都十分令人信服。而该书还有很多篇幅基本可以作为散文来读,我以为这是作者通过描写具体事件来传达自己对散文的理解和感悟,其实也是在以此传达自己的散文创作观。因此,我们可以说这部著作既是散文的史论,也是史论的散文。

总而言之,我觉得,《散文时代》确实是关于散文一个时代的概括、总结和阐释,要想了解并把握改革开放以来中国散文的创作状况,《散文时代》似乎是不可忽略的必读书。

(原载《美文》2008 年第 12 期)

那边是美丽的

——读王剑冰《欢乐在孤独的那边》

王怀让[①]

我刚刚写完一首诗。我在诗中发出这样的感叹:"人间好诗今仍缺!"

门铃响了。是剑冰。

他手里拎着一个大信袋,正是《欢乐在孤独的那边》的校样。我向他祝贺,继《日月贝》之后他的第二本诗集即将问世。

剑冰不爱多说,我没有读到他的许多话语。他走了,我迫不及待地读他的校样,从这些诗中,我却读到了一个健谈的剑冰。

又回到我开头所说的感叹。读了剑冰的这个集子,我要说,他的诗可以算作王国维所呼唤的"人间好诗"。

这些诗好就好在为人间创造了一个美丽的境界——"那边"是美好的、是美满的、是美丽的,那边是甜美的、是善美的、是完美的。诗是什么?从"诗言志"到"诗是旗帜和炸弹",无论是诗理论还是诗实践,人们无不把诗作为理想和希望的寄托与化身。人们写诗,是为了创造一种意境,人们读诗,是为了走进一种意境,难道还有人不愿意创造不愿意走进美好的世界而向往走进丑恶的天地吗?

让我们走进剑冰的诗中——

噢,那一个男人和一个女人在河边走着,让我们也在河边走着,走着走着,你会发现,你走在一个伟大民族的身边,你走在一部不朽史诗的身边:"后羿之箭女娲之五色石/辉煌的旗杆与旗帜/猎猎响过东方/回首望去/灿烂又一个灿

[①] 王怀让:已故著名诗人。

烂的脚印/河一般/远长。"让我们继续走下去,不论是"上面长满了蒿草长满了风"的古城墙,抑或是那"相约在河畔聚成启示"的古墓群,不论是"在县委书记的责任上作痛"的多灾多难的兰考,抑或是"站成一个古老的传说"的多风多浪的古渡,走着走着,你会热泪涌流、热汗淋漓、热血沸腾,走着走着,你会气度不凡、气宇轩昂、气冲霄汉。你会走出一种自豪感、一种自信感,因为我们的民族;你会走出一种使命感,因为我们的民族;你会走出一种紧迫感,因为我们的民族。

噢,那我们是不是可以躺在昨日的光荣上高枕无忧、可以骑在历史的自豪上坐吃山空呢?请看剑冰的诗句:"在这种骄傲里不动声色。"记得贺敬之的著名长诗《放声歌唱》中有一个著名的诗句:"党,/正挥汗如雨,/在脚手架上。"这两个诗句实在是异曲同工。你看,我们的战士,不论是那些在"妈妈的甜蜜的吻中长出来的娇妮子",还是那些"把战争挂在树上,却分明敲击着和平"的潇洒少年,我们的人民,不论是那些"枕着方砖枕着工帽"的建筑工,还是那些"目光的线扯着手中的梭子"的纺织女,他们即使遇到了"淋湿报纸的主要版面"的"无法选择"的暴雨和风浪,"中国心中国精神/却永远在这雨中绚丽"。这是因为"中国长城是每一块中国男子的石头/中国长城是每一滴中国女子的水","长城是世界的骄傲/中国在这种骄傲里不动声色"。这就是剑冰笔下的我们的人民,人民创造了历史,并将继续创造着历史;这就是我们的人民给予剑冰的诗情,文章合为时而著,歌诗合为事而作。

噢,那边又是什么所在?是《孤独远方》所看到的"作为月亮的你"吗?是《征婚启事》在一个冬日中"期待一个季节的苏醒"吗?是《冬夜》里在雪径上"谈论夏天/谈论温暖/谈论火红"的爱吗?是《晚秋》中在小屋里"回忆一环环脱开/又一环环卷曲/毛茸茸的仍有散不去"的情吗?爱情无疑是一个世界,这个世界里有青山碧水、花红柳绿,这个世界里同样也有山之坎坷、水之波澜、绿之枯黄、红之凋谢,因此,我们行进在剑冰的诗所拓出的爱之道路、我们走进了剑冰的诗所建筑的爱之宫殿的时候,我的第一印象是他的诗笔没有把爱这个诗歌的永恒主题简单化、美化,而是多侧面、多层次地向读者展示了爱的内涵,特别是为爱打上了今天时代的烙印。我特别喜欢《欢乐在孤独的那边》这首小诗,这首诗所创造的意境应该说是广阔的,这首诗所揭示的哲思应该说是深邃的,这些意境和哲思的分量远远不是那15行诗句所能挑得起来的,然而,诗人把它们熔铸、凝聚、浓缩、密集,于是,诗才那样精彩。

剑冰的诗是一种杂交型的优良品种,现实主义的、浪漫主义的,传统派的、现代派的,你说他属哪一家?都是,又都不是,都不像,又都像。他是一个善于学习、善于消化、善于吸收、善于创造的诗人,因此,他的诗所表现出来的品质既有现实主义的生活气息,又有浪漫主义的理想色彩,既有传统派的扎实,又有现代派的空灵,所以众多的读者愿意接受也能够接受他的诗就是理所当然的了。

"此身合是诗人未?细雨骑驴入剑门。"古代诗人常骑驴吟诗,即景生情,自问是否能够算作诗人呢?古代的诗人们骑驴吟诗,正是到生活中去寻找诗情画意的形象写照。这形象又使我想起剑冰来。他是一个爱到生活中去的勤奋诗人,我就同他一起参观过工厂、下过乡,见过他坐在汽车上写诗的风景。如果这汽车可以算作当代的毛驴,那么,剑冰也可以算作骑驴吟诗的诗人了。

剑冰,愿你在"驴"背上吟出更多的好诗。

1991年11月24日

(原载《王怀让文集》)

阳光　激情　赞美

马新朝[①]

　　王剑冰的名字,响彻散文界。

　　多年以来,他一直奔波于全国各地,或是井冈山,或是周庄,或是北疆草原,或是南海渔村。他用散文这支笔、用心中的激情,写下自己对这个世界的赞美。

　　请他写散文的人越来越多,甚至时常撞车,时间安排不过来。

　　剑冰的散文《绝版的周庄》被刻石于周庄,《吉安读水》被刻石于吉安白鹭洲,《天河》被刻石于湖北郧西天河广场,《洞头望海楼》被刻石于浙江洞头望海楼。听说他为井冈山某地写的一篇散文,被当地宣传部门打印成文件下发,成为当地干部学习的范本。可见他的散文受欢迎之程度。

　　剑冰在做《散文选刊》主编时,曾在散文界指点江山,颇受瞩目。他多次当过鲁迅文学奖散文奖的评委,还出过多本有关散文的评论集,对中国散文写作和走向时常发表精辟的论述。他不仅是一位好的散文家,也是一位好的散文评论家。

　　了解剑冰的人知道,他的散文,明亮、细致、光滑、开阔、富有诗意,无论是意境还是语言的构成,都蕴含着诗的元素和因子。我说的并不是那种简单的诗意散文,他在诗和散文的关系上是有所警惕的,他并不愿意把散文语言诗意化。他的叙述语言有着地道的散文的散和味,甚至努力往小说叙述语言上靠,目的是避开简单的语言诗意化。诗意在他的散文中的确存在,但是以另一种较为隐蔽的面貌出现的,你只能感觉到,却看不到,它只是在散文的内核产生作用。

　　剑冰与一般散文家的区别在于,他还是一位优秀诗人。

[①] 马新朝:已故著名诗人。

是诗把他带入文学、带入散文的。在他的大学期间,以及整个20世纪80年代,一直延续到90年代前期,剑冰都在默默写诗,并出版过多本诗集,还做过河南省诗歌学会秘书长。那期间,他是以一位诗人的声音说话的,是以一位诗人的面貌出现的。后来,剑冰调到《散文选刊》工作,因为工作之需要,他开始了漫长的散文写作和研究。

20世纪80年代中国的大学校园,充满了诗意和激情。很多大学生以写诗为荣,剑冰就是在那个时候热烈地爱上诗的。他那首著名的诗《我是叮叮当当的洒水车》在《诗刊》发表后,在校园里引起了不小的轰动。之后,他的创作热情高涨,不停地写诗,便有更多的诗在《飞天》《奔流》等杂志上发表。《我是叮叮当当的洒水车》明显地带有那个时代的底色,充满了青春的激情,调子是明亮的,内容是向上的,声音是高亢的。这首诗在那个时代之所以受到重视,是因为它写出了当时青年人一种普遍的精神和情绪,也可以说是那个时代青春的雕像。

收入这本诗集中的诗歌,大多写于20世纪80年代或90年代初。这些诗的基调是明亮的。在批判与赞美之间,剑冰选择了赞美,这符合剑冰当时的心态。一个20多岁的大学生,面对这个世界,面对花花绿绿的大学校园,也许什么都是新鲜的。他赞美洒水车,赞美待业青年,赞美矿工,赞美黄河,赞美校园,赞美母亲,赞美爱情,也赞美盲女孩。在年轻的剑冰眼中,这个世界是美好的。所有的事物上似乎都铺着一层薄薄的阳光。

即使写孤独,也是青春的孤独,青春的孤独的底色仍然是亮色的,那是希望的孤独,不是绝望。他写道:

孤独的日子
应该是最能创造自己的日子

这就是那个年轻的大学生,即使在孤独时,也在想着创造、想着未来。他写黄河,基调也是明亮的:

是黄河走过这里
凝固了

成为一座座凸起的
无声土
奔忙了一生
还要相约在河畔
聚成
启示

这是写黄河边上的古墓群。黄河、古墓、夕阳构成了辽远、悲壮、无常,甚至是人生的绝望。然而,剑冰说,这些坟墓,是凝固的黄河浪,它们相约在这里聚成"启示"。这个"启示"在所有写黄河的诗中,来得意外,颇有新意。诗人看待这个世界,是用幻视的方式,也就是说是用第三只眼睛,因为,在那个理想年代的年轻大学生,即使在古墓群上所看到的也不是死亡或死亡的幻象,而是"启示"。

多年来,我们看到的诗歌,大多是写孤独、无奈、冷漠,看到是中心被解构以后,在边缘处散落的冰冷的碎片。世界充满了绝望,即使写爱情,写的也不是纯情和美感,而是性的发泄或短暂的快感,也许还会伴随着无奈和怜悯。剑冰也写爱情,他的爱情诗写得很凄美,也很纯情、干净。他写道:

该回家了,
我在叶子的飘落里等你,我在春天的鸣叫中等你,我在黄昏的后面等你。

渴望
沾满一冬的寒冷

远远的一颗果实,
随着风,刮到了你来的地方

我在落叶里等你,在春天里等你,在黄昏里等你,这并不是过时的爱情观,这是人类因为爱而保留的最为美好的黄金。这仅存的爱的黄金,诗意地保留在剑冰的诗中，使我们对爱、对人间的友情、对人与人之间的关系，依然保留着某种信心。

王剑冰除了写诗、写散文，还写散文诗。

剑冰的散文诗依然保持了作者以往关于阳光、激情、赞美的基本格调，他依然在赞美，只是换了一种形式。他赞美成吉思汗，赞美周庄，赞美故乡的山水。然而，他的笔触在更加开阔的同时，也更加细腻。他开始关注一些微小的事物、具体的事物、日常的事物，并能够在这些事物中发现诗意的光亮。他年轻时幻想的目光，一下子落到了坚实的大地上，更多地关注具体，而减少抽象言说。他写瓦、写雪、写雨、写电梯、写胡杨，文字既飞扬又坚实。

他在《五月速写》一文中写道："一条狗从地沟里蹿出来，不发出一丝声响，瞬间就撵上一只路过的野兔，野兔打了一个滚，又极快地顺着麦地逃走了。狗嘴上沾了灰灰的兔毛，回来的时候，把地头儿一只屎壳郎拨弄来拨弄去。"这些语言已经不再抽象，极为朴实、具体，有着生活的实感。用细节入诗，也许是剑冰从散文或小说中学来的。细节就是文学，诗也同样需要细节。鲁迅先生的散文诗名篇《野草》就充满了细节，可以说《野草》是以细节取胜的，尽管它的细节有的是客观存在，有的只是心里存在的幻象，但它们都是具体的、可感的、真实的。

散文诗本质上应该是诗。像墨西哥诗人帕斯的散文诗，像瑞典诗人特朗斯特罗姆的散文诗，几乎就是诗。因此，散文诗原则上不叙事。然而，散文诗中的细节只是并不连贯的现实的碎片，并进行诗意的拼接。剑冰散文诗中的细节选取，也不同于他的散文或小说，他的细节呈现既来自生活的现实，也来自内心的真实。

剑冰的散文诗写作比起他80年代的诗歌写作更为复杂、开阔，且有着生活的深度和内心的深度。这可能是因为他的散文诗的写作年代较近的缘故。

他是一位越写越好的作家。

2015年9月15日

从上善若水到道法自然

——王剑冰诗歌简论

单占生[①]

在一路走来的文学创作道路上,王剑冰有着多重身份。他是诗人、散文家、散文理论家。至于他曾经担任《散文选刊》的主编,那应该只是他文学身份的衍生物,只是附着在他文学主体身份上的"苔",是可以随时抹去的。但他的文学,却无法随时抹去。时间可以慢慢地强化它,也可以慢慢地消解它,但那是以后的事,现在我们用不着花过多心思关心此事。今天我们在这里要讨论的是王剑冰的诗歌。

现在的王剑冰,以其散文与散文理论和评论立世。不少人在研讨他的散文与散文理论。其实,在我看来,讨论王剑冰的散文也好,讨论王剑冰的散文理论也罢,都是无法越过他首先是一个诗人,同时也是首先拿着诗走上文坛之路的这个事实。从某种意义上讲,一个文学家,一个艺术家,乃至一个科学家抑或一个政治家、经济学家、历史学家等,作为一个诗人的素养与心性都是不可或缺的。这里需要说明的是,并不是所有具有诗歌形式样态的文字都是诗,诗亦不必总以一种固有的形式样态呈现。它可以是一种状态,瞬间即逝;可以是一种思想元素,融会于人的思维过程;可以是一种气息,氤氲于某一场合。应该说,它是一种让人无法全然描述,但可以尽情体会的东西,是让你的经验思维羽化的一种灵智思维的东西,是创世的肇始,是众妙之门,是通向无限可能性的路径。如果同人基本体认我的这种多少带点儿浪漫性的描述大体上是靠谱的,那么,你也许就认可了诗对我们人及我们人类的重要性。因此,我们亦可知道诗

---

① 单占生:著名评论家。

人王剑冰由诗步上文坛这沉潜于生命肌理的玄奥力量。

一

　　王剑冰诗的面貌由两种诗体构成：自由诗与散文诗。把他的一系列诗作读下来，我顺手在笔记本上写下了本文的题目：从上善若水到道法自然。这是我对王剑冰诗作思想内涵的审美趋向的判断，也是对他诗歌创作历程的宏观描述。

　　王剑冰的诗引起人们的广泛关注是在20世纪80年代初。那首被大家广为赞扬的诗《我是叮叮当当的洒水车》和《我在待业青年小店上班》就发表在《诗刊》1981年第12期上，1985年被收入由潘洗尘编选的《中国当代大学生诗选》。其实，王剑冰的这两首诗写作于1979年冬。据作者介绍，同时写出的还有另外两首诗。一首诗写一个残疾的鞋匠，在大学门前为大学生钉鞋子，以使那些学生走得更远。另一首诗写了一个青年坐在田间写诗，写得很得意的时候，看到一个姑娘不停地看着自己，以为是艳羡吧，谁想那浇水的姑娘是想让自己起起身子，因为水就要流进这块地了。这是一个小资情调的大学生诗人对生活的再认识。也是这个时期的前后几年，诗人其实还写了不少与这些题材或审美趋向相近的诗，如书写战争与正义的《前线医疗所女兵》《名字》，写公仆与民本思想的《兰考回望》五首，还有一首可以称为纯诗的《坐在阳光里的盲女孩》。我把诗人的这些诗归于一类，并给这一类诗大体定性在关注民生中善的力量的宏大叙事。从某种意义上讲，若要对这类诗做出较为准确的判断，实在是一件不容易的事。尽管这类诗天生一副简单明了的样子，但在其诗的内核、诗的背后及诗与周围相关元素之间到底蕴含了些什么，要做出比较切合实际的解读其实还是较为棘手的。细读王剑冰这个时期书写凡人小事和《兰考回望》等诗作，发现这个时期王剑冰的诗的状态既单纯又复杂。单纯的是，这些诗里都有一种向善的力量。这种向善的力量，无论是在诗作发表的那个年代，抑或是诗歌出世若干年后的今天，其性质与感人的力量却没有改变。我们可以研判一下这些诗中的一些生活细节。那首使他成名的《我是叮叮当当的洒水车》和另一首《我在待业青年小店上班》，写的都是生活在底层的普通人，社会地位低下，收入微薄。但他们都有一个共同的理想，即通过自己的劳作为别人带来快乐，为国家减轻负担。《前线医疗所女兵》和《名字》写的是战场上的战士,前者写女兵用似水柔情疗治战争的伤痛,后者写诗人在烈士纪念碑前想到年轻的生命的逝去,并由此想到"老吾老以及人之老"的传统美德。而《兰考回望》这组诗,写的是作为一县之"长"的县委书记焦裕禄的精神和老百姓对他的深情、诗人对他的敬仰。在兰考,焦裕禄所面对的是苦难,是黎民百姓对美好生活的期待,他做的回答是奉献与牺牲,他留下的遗产是善待百姓、无私奉献。由此,我们可以基本认定王剑冰此时诗歌创作的基本审美趋向:向善与无私、忘我。

不可否认,王剑冰写作这些诗作时,受中国诗坛在那个时期尚未被解构与颠覆的宏大叙事的影响还是较为严重的。对此,我们可以站在两个时空来研判这一问题。其一,站在诗人写作这些诗作时的那个时空。其二,站在今天我们阅读这些作品时的当下时空。说实话,这种站在不同时空对一首诗进行研判的方式,只有研究者才会这样做。而作为一位纯粹为审美而阅读的读者来说,唯一的时空就是阅读那首诗时的现场时空。那么,如果我们站在诗人写作这些诗作时的那个时空来研判这些诗,我们会对这些诗的历时性价值做出怎样的判断呢?站在已经过去了的当时的那个时空,也就是这些诗作发表时的20世纪80年代初期的诗坛的时空来看,这些诗显然不在当时受朦胧诗影响的诗坛格局之内,即这些诗不在以小我的理想张扬大我的精神的审美格局之内。那么,这些诗是不是可以归属于渐行走上诗坛的"第三代诗人及大学生诗派""他们文学社""非非主义"诗群之类的有意走出朦胧诗的影响的诗歌一类呢?应该说,它与这些旗帜鲜明的第三代诗人的诗不属于一路,但在审美理念上又有相关之处,即摆脱朦胧诗的艺术影响,创作出另具艺术个性的诗作。那么,王剑冰的这些诗与这个时期第三代诗人的诗作不同的地方是什么呢?在我看来,值得关注的不同点在于,当第三代诗人大多都非常坚执地由朦胧诗的以小我实现大我转向更为具体更为个性的自我这个个体之时,王剑冰则把目光投向社会最底层那些卑微但自尊无私的劳动者身上,如他的"叮当的洒水车"和"待业青年小店"。当别人大多都在自我情结的暂时与偶然中寻找诗性价值的时候,王剑冰则向传统的特殊人物身上寻找恒久的精神素养,如他的《兰考回望》组诗。这里,我想说明的是,第三代诗人及其同道自朦胧诗后走向先锋与探索的路径是应给以充分肯定的。与此同时,对于王剑冰及其同道在朦胧诗后走向更为坚实的现实主义创作,其价值与意义更应给予肯定和重视。

说到这里,我们似应回到我在此前说过的对一首诗进行研判时的第二种时空向度即读诗的当下时空这一问题上来了。之所以回到读诗的当下时空来判断一首诗的价值,其主要原因是因为一首诗的价值意义往往是由其历时性和共时性的二元时空生命来确定的。从恒久的意义上讲,诗歌作品审美价值的共时性价值,则应为诗人追求的终极价值。因为有了共时性,才可能有恒久性,才可能有不朽的诗篇。从这点出发,我们即可从王剑冰那时的一些诗中看出更多的东西。显然,站在诗作原创的那个时空,这些诗肯定是考虑了那个时空的历时性,读者和社会所需,正所谓诗合为时而作。但从诗的诗性内核来看,这些诗作显然又超越了时空意义而具有了共时空,比如诗中所呈现的"止于至善""上善若水"等缘善而诗、因善而美的价值取向,使这些诗没有停留在无论是朦胧诗抑或是第三代诗人及无派别的其他诗人都难以摆脱的意识形态化创作羁绊的基点上,而向着更超越当下政治环境、当下意识形态势态发展,使这些诗更具有思想文化价值。

二

如果说我们今天的这个判断是基本合理的,那么,我们也就不难判断王剑冰在那个时期创作的另外一些诗的心理束缚与价值取向了。翻阅王剑冰那个时期创作的诗作,我们可以看到,还有两类不同内容的诗应该进入我们今天的视野。一类是书写古老的黄河及中国古代文化遗迹的诗作,如《默望黄河》《古城墙》《黄河墓群》等;一类是通过各种自然物象以生活场景对自我所进行的心灵反思,书写了一个逐步觉醒的自我,如《我是花语的一部分》《欢乐在孤独的那边》《破败》《总是》《冬之末》《影子》《长亭外》和《一个诗人,在淇河的右边》等。在滔滔东去的黄河岸边,诗人要确认的是自己的文化生命归属:"黄河呵人说你是命泉是母亲/是恶龙是野马我都在你身边生活。"从某种意义上说,诗人在此时正在觉醒着一次文化自觉。这对任何一个为文为诗的人来说,都是至关重要的。因为这是在追寻文化生命的根性。漂泊是生命的一种本真状态,寻根则是人类永恒的宿命。反过来讲,人类正是有了这样的文化根性自觉,虚无的生命才有了切实的意义与价值。

文化寻根所带来的必然是对自我生命与自我生存状态的反省。这样的判

断在王剑冰这个时期的诗作中得到了明证。让我把《欢乐在孤独的那边》抄在这里:

> 决意打开窗子的时候
> 也就打开了孤独
> 打开了孤独未必是让孤独开花
> 而是让孤独的果子熟透
> 远方有一只鸽子
> 咕咕
>
> 孤独的日子
> 应该是最能创造自己的日子
> 任何灵感遐思都开垦自己的荒地
> 美味的种子总是最奇特
> 花朵悠悠燃烧在以后的日子里
>
> 学做孤独的时候
> 应当学做蔷薇
> 即使在柔弱的墙角
> 也抱着刺

这首诗写于1990年7月。在这个时期的中国大地上,政治热情已颓然淡去,金钱欲望沸腾在大小老板的胸中。记得那个时候似乎流行着这样一种忧虑:"整个中华大地放不下一张安静的书桌。"生活于这种几近于文化荒漠的时代,对于一个文艺青年来说,无疑是灾难。"烦着呢!别理我"被刺眼地印在各种文化衫上招摇过市;流向富有的河流由清变浊;孤独,理所当然成了一代有着文化理想和诗性理想的青年走向成熟的必由之路。从某种意义上讲,在20世纪90年代初的中国土地上,有没有孤独感似乎也成了看一个青年是否具有现代意识的重要标志,尽管这个时期诸多青年的孤独都带有"为赋新词强说愁"的印迹,这代文艺青年还是在这并不真实的孤独中成长起来了,有人丢弃孤独走进血与泪的市场,有人怀揣着孤独步入自然的静极。作为诗人的王剑冰,属于后者。就是在大多数人安于在金钱狂潮中沉沦之时,中国诗坛一些"未能"为金钱沉沦的人,也许是被迫,也许是无奈,也许是自觉上岸,开始了他们或反叛、或隐逸、或作壁上观的行程。而这时的王剑冰,似乎与他们还有些不同。他在中原的一个编辑部里,安放了一张小小的书桌,开始了他在散文诗的世界里寻找人与自然之美的行程。

三

就在写作这篇文章时,我偶尔翻看手机中的微信,看到了一位名为喇嘛哥的仁兄写的一篇文章。文章的题目叫《孤独是人到中年的必经之路》。不知是我迎合了喇嘛哥的观点,还是喇嘛哥的文章正巧迎合了我在此文前面的描述,我更相信了心灵感应这多少有些不可思议的事情。喇嘛哥在其文中说:"孤独是一个人成熟的必经之路,走进它才知道孤独与安静、坦然、从容甚至智慧、沉静结伴而行,身前身后是气象万千的沧桑和接纳。"我不知道而立之年时的王剑冰是否孤独过,也不知道人到中年时的王剑冰是否有过孤独的自觉,但在我阅读他人到中年之后的一些诗作时,的确从中读到了他的安静、他的坦然、他的那种对无私之善和对天然之美的坚守。现在,让我把王剑冰的一首名为《坐在阳光里的盲女孩》抄在这里:

盲女孩
坐在阳光里
静静的
不说话

阳光把她的素描
画在地上
从这边画到那边
很美丽

一只流浪猫
守在她的脚旁
精心地洗那双
晶亮的眼

女孩的周围
是大片的田野
很多的颜色和芳香
向她诉说
又一年的时光

女孩能听到
因为有时
会有笑
从好看的嘴角
不经意地
洒出来

女孩还能听到
天上的鸟儿
可劲地飞
女孩会微微歪起头
让花样的耳
承接落下来的声音

阳光有时来得很晚
盲女孩就等
等的时候
风有些凉
流浪猫

不知了去向

静静的盲女孩
坐在阳光里
不说话

我不知王剑冰写这首诗时的心态与心理活动是怎样的。那不重要,因为那是瞬间即会流逝的东西。而流不走的,是恒久在白纸黑字中的诗人的性情。也许或者肯定此后的诗人王剑冰还会有诸多变化,但写作此诗时的王剑冰被他的文字永久地定格在这里:此种安静、此种静美、此种寂静、此种淡然、此种天人之间的亲近,也许只有在此地、此时,在唯一的此时此地方可显现。也许这是人的一生中仅有的一次,那情景与诗人的心境相遇了,那阳光那盲女孩那静极的充实的虚空被诗人定格在那里。这里,我不想对此诗做更多的解释。我在这里要强调的一点是,诗中的这种带有自然盛典式的静极,恰是王剑冰在其后来的散文诗中追求的至美——自然之美。

王剑冰的文字生涯大体可分为这么四大块:诗、散文诗、散文、散文理论与批评。这四大块于他创作的经历而言,诗与散文诗、散文诗与散文、散文与散文理论在其创作时序上会有交互并行的情况,但大体顺序应该是这个样子。于此提出这个问题,其实并没有我想要特别强调的观念性判断。我只是想更简单地梳理一下诗人王剑冰审美心理变换的路径,以期对其创作有个更为客观的认识。

现在让我们走进王剑冰的散文诗的世界。

和他早期的自由诗相比较,王剑冰的散文诗显然有其更为突出的审美特征。如前所述,王剑冰的自由诗中的审美取向,大体是以善为美,止于至善,这应是其自由诗的至高审美境界。而他的散文诗,则更倾向于对自然之美的追寻,借用一句古圣先贤老子的话来说,那就是道法自然。这里,我们无法把他的散文诗篇在此尺幅中予以展示,让我们在这里列举一下相关篇目,也许,从这些篇目的名称中,你就会感受到诗人对自然之道的沉浸程度:《落叶》《春雪》《五月速写》《河之语》《童年的雨》《晨》《月就这样来临》《乡间的花》《无言的雪》《夜往深处去》《西部的树》《大漠胡杨》《沙碛之兰》等。还有一些已羽化为自然的人的文明创造:《瓦》《石窟》《江边纤夫石》等。在这些诗篇中,诗人反复观照的,是自然之镜中人的血脉与气息,以及人的灵魂性情在自然之物中的镜像意蕴。在《落叶》中,我们看到的是诗人从自然中感受到的生死规律和永远都执着的再生的梦想;而《春雪》,同样是一个冰雪之后有春的再生生命理想;而那条在旷野上狂野着的河,不正是诗人狂放生命的原型写照吗?西部的树木、大漠的胡杨,无非是诗人生命的另一种形式,而人造的"瓦"、供神的石窟,乃至被火柴点燃而明明灭灭终自成灰的烟卷,难道不正是人的生命的又一种形态吗?在自然镜像中感悟生命之大化,使诗人王剑冰在他的亦诗亦文的散文诗中更加近诗,也更加近人,更加知道他作为人的自己,更加推进他自明的进程。

从至善之美,到自然之心,这就是诗人王剑冰。

稳健的诗旅

——评王剑冰的诗歌创作

张俊山[①]

从70年代末迄今,王剑冰与缪斯结缘已有十余年的历史。十年苦恋,十年追求,他的诗艺建树正在形成富有个性的基本品貌。因此,今天评说王剑冰的诗歌创作也许正当其时。

1979年,王剑冰开始发表诗歌的时候还是一个23岁的大学生。为理想而燃烧的青春年华和闯入高等学府而成为"时代骄子"的双重条件,使他获得一个明朗的胸襟。尽管在此之前他也曾一度作为"知青"下乡,但他不像他的同代人或稍早于他的一代知识青年,在生活中烙下过多苦涩的记忆。因此,他的歌声从初始之际便有别于当时剧烈震荡着诗坛的"朦胧诗派"。如果说后者是以痛苦的反思和忧伤冷峻为诗情基调和诗美特征的话,那么王剑冰当时的诗歌却是以抒写时代的欢欣和奋进为基本倾向的。在诗歌艺术上,他也没有盲目趋同那种"朦胧"及晦涩的诗风,而是以明快酣畅的笔触老老实实地抒发胸中的情愫,真诚地拥抱日新月异的时代生活。在此后十余年间,诗坛上"新潮"迭起,各类"先锋诗歌"竞相标新立异,青年诗界处在躁动不安与奔迫的心理氛围之中,而王剑冰却能"处变不惊",以相当冷静的态度审视这一切,并严肃地吸收各方有益的营养,使自己的诗艺日益成熟。可以说,在创作态度上他不是故步自封的"少年老成",也不是随风摇摆、毫无主见的"跟风派",这就使他的诗歌创作一直保持着稳健的步态,扎扎实实地行进着。这也许正是王剑冰个性的体现。所谓"文如其人",若以"文"和"人"互相印证的话,我猜想生活中的王剑冰一定是

[①] 张俊山:著名评论家,河南大学教授。

位有追求、重实干,而又不失于莽撞的年轻人吧。

"诗之海很广阔,井底之蛙不歌唱这种广阔。""诗总是力不从心,面对日益变幻的生活。"这是王剑冰在他发表的一则诗论里说过的话。从这里我发现王剑冰的诗歌创作一个可贵的品格,那就是对于"生活"的器重。也正是这则诗论照亮了我的思想,让我清楚地看到他的许多诗篇为什么那样钟情于生活中那些默默奉献的普通人。他歌唱拉板车的搬运工(《长街放排》),歌唱建筑工人(《午间,一群建筑工》),歌唱年轻女漆匠(《那个年轻的女漆匠》),歌唱老山前线的男女战士(《八月,十五的月亮》《前线医疗所女兵》)……且不说这类歌唱是诗人诗情的庄严投入,仅以题材而论,就是十余年来的许多青年诗人很少关注的,而王剑冰恰恰在这一点上保有了自己诗歌创作的鲜明特色,这确是难能可贵的。至少,它说明王剑冰清醒地认识到"诗之海"并非局促在狭小的"自我"心灵,它的海域之广阔应在"生活"本身。正因为这样,他始终不脱离"日益变幻的生活",满腔热情地从沸腾的生活海洋里去捕捉诗意、涵养诗情。因而,他的这类诗篇以浓郁的生活气息和强烈的时代感在当今诗坛上占据着主旋律的位置。

当然,王剑冰的诗情贴近生活并不意味着他创作上仍旧停留在"十七年"诗歌精神的水平上。不容忽视的事实是,他在继承"十七年"诗歌优良传统的基础上,又有所探索、有所前进。这突出地表现在他那些直接取材于普通人生活的诗篇不是仅仅歌唱一些令人感动的现象,如工人的忘我劳动、战士的流血牺牲等,他是将诗笔伸向歌咏对象的心灵世界,从更深的层次来揭示这些普通人圣洁、崇高的精神境界。如《前线医疗所女兵》所写的那些"白衣女兵",本来"都是妈妈的甜蜜的吻中长出来的娇妮子/都是些太阳岛的风西子湖的水揉成的俏姑娘/都是些见了蝙蝠见了画皮见了狼外婆失声尖叫的小妹妹",一朝"告别了红裙子告别健美操也告别了爱情",现在却在血与火交织的前线与各式各样的男子汉结识,"伴他们拼杀伴他们滚爬伴他们喊伴他们笑伴他们为仇恨和失悔默默哭泣":

> 她们把女儿心贴在这些男人身上了
> 把女儿身无偿地献给了正义和神圣
> 在这些伤员身边

她们是柔情的水万能的药
　　是战歌是故事是音韵是柔美的诗
　　在她们母亲一般的笑容里
　　伤口会睡着痛苦会睡着死神也会睡着
　　醒来的
　　是勇敢是坚毅是生命的冲击

　　这种深入人物心灵的刻画，因对象精神境界的崇高而令人震撼和景仰，比单纯地抒写其行为表现，自然更平添一层耐人寻味的意蕴。
　　《位置》一诗也是展示老山前线战士的心灵世界的。诗篇不是从战士们的群体形象着墨，而是写一个战士在临战前的一刻（时值夜晚）的思想活动。无疑，这是战士生活中最严峻的时刻，因为战斗一打响，其个人的命运即在未卜之中，那么他此刻的思绪当然是不会宁静的。诗篇即从其感觉切入，首先写他觉得眼前的世界"似乎显得很实在又似乎很空"，这种紧张中的沉静正是很微妙的心理体验，所以眼前的任何动静都会给他留下深刻印象："一颗星星/从这头一划就划到那头去了"，接着就写在他烟卷的缓缓燃烧中思绪的延伸：

　　烟卷走着自己的路
　　时间丝丝缩短
　　顺着烟卷
　　能走到很远
　　静静的此刻
　　什么都不重要唯独使命
　　一分之差的懊悔
　　一步之遥的名誉
　　一级之争的钱币甚至
　　站台上一长串热的泪滴
　　抑或阴冷的别离

　　这不啻是战士对平生的回瞻。然而所有过往的遗憾、懊恼、温馨或怅惘，与

眼前就要履行的庄严使命比较起来,都显得微不足道,"什么都不重要"了。因此,他此刻正站在人生制高点上,做着悲壮的反思:

在这个时刻这个制高点最能
俯瞰的
是人生

诗篇的意蕴含蓄而深沉,却不难让人看到战士那丰富、刚毅、果决的内心世界。这种艺术表现,显然是深层次的透视,超越了传统的诗歌视野。我想,这就是王剑冰在向生活投注热情时表现出的艺术深化意向。从这种意义上说,王剑冰正在超过他的前辈诗人,在诗艺建树上已经不是墨守成规了。

我并非仅仅在狭窄的意义上赞赏王剑冰诗歌创作对生活的热情。我认为一个钟情于生活的诗人固然不应该忽视对现实生活的观照,不应放弃对现实生活中美的诗意的发掘;但是,如果他仅仅做到了这一点,而不能以更宽宏、更深邃的目光去审视历史的来龙去脉,那就未免流于清浅和浮泛,其诗歌的思想力量就要大打折扣了。看来王剑冰不是思想肤浅的诗人,因为他有为数不少的诗篇,追求的正是历史的纵深感。这说明诗人在观照现实生活的时候,其诗思同时也伸向了历史生活的深广领域。

王剑冰思考历史有一个突出特点,即立足于时代的情感支点上对历史回望,从而领悟历史生活的启示,从中吸取走向明天的精神力量。他站在河边"默望黄河","久久地看着那远远流来远远流去的波涛",心情是不平静的:

雨季里黄河是千万个漂涌的坟头
那气势让人想起硝烟想起泛滥

心情沉沉如肃静的岸石
而果真不也埋过那许多列国许多诸侯
许多颓朽抑或辉煌的世纪
我知道将来我也会被这黄河埋没
成为一滴水一粒细小的沙土

这是黄河千年苦难的历史在诗人心灵的投影,其中浸透着诗人对民族悲壮往昔的深刻体验。但是,诗人并没有因此而沉浸在颓丧之中,相反,他从这些苦难历史的负面看到了力量,获取了信心。他不无自豪地放声吟哦:

> 黄河我这么说我可不悲哀
> 只要你长流着只要太阳在你的身上辉煌
> 黄河啊人说你是命泉是母亲
> 是恶龙是野马我都在你身边生活
> 地球上有伏尔加密西西比多瑙河尼罗河
> 我是黄肤色的龙种
> 我骄傲我的血管里流动的是黄河

这首题为《默望黄河》的诗回荡着沉雄昂扬的旋律,情感基调是奋发向上的。正因为这样,这首充溢着历史悲慨的诗作闪射出时代精神的光芒,人们从它那凝重的历史感里深切地感受到通向未来的精神力量。与这首诗具有同样情感走向的,还有《古渡》和《渡口·桥头》。前者是诗人在黄河古渡的沉思,后者是他面对花园口黄河公路大桥的遐想,都贯穿着历史—现实—未来的时空线索。譬如在古渡他想到"那奋争和着尸首和着黄水堆积的名字呵/仍旧是一条船/仍在风雨中/颠簸着奋争着引进着随那/大河汹汹涌流"(《古渡》),在黄河桥头他仿佛看见"一个远古汉子/曾在这里摆渡/渡无数艰辛智慧"。及至看到这里终于"又来一群汉子"在河上架起大桥,为黄河这部千年史书"加一条新的批注",他就获得了新的感悟:

> 我痴迷地读着这举世闻名的地方
> 读我巍巍壮观的民族
> 心中咆哮五千年波涌的时代涛声

(《渡口·桥头》)

这不是从现实听到了历史的呐喊和未来的呼唤么!这就是王剑冰对历史

的思考。显然,他不去孤立地凝望历史,不去割断历史作为民族生命历程的连续性,这种昂扬的、永远瞩望着未来的诗情走向,正是诗人致力于高扬时代精神的可贵之处。他在《中国长城》一诗里歌颂长城是"中国精神"的象征,"中国长城是每一块中国男子的石头/中国长城是每一滴中国女子的水",那么诗人作为一个"中国男子",他也把自己砌进长城这"中国精神"中去了。

生活和人生是密切相关的。一个人怎样对待生活,取决于其人生观,想来是不错的。因此,作为关注生活的诗人,不可能不思考人生的意义。以此道理来检视王剑冰的诗,不难发现他对人生的严肃思考。

其实,王剑冰不少吟咏生活的诗篇都闪射出人生哲思的光芒,表现了诗人对于人生的价值取向。譬如他歌唱为国捐躯的战士、歌唱普通劳动者的奉献精神,就包含人生价值的判断。"别看一个个肉胎凡骨/玉体里流动的/却是一个民族的精神"(《前线医疗所女兵》),"生命躁动着/为了无数生命的安宁"(《位置》),"举行葬礼的时刻/山间乍然开出了/那样的野菊和木棉/那是你的微笑呵微笑/使那个黄昏/富有了美丽的情感"(《山花》),"我叫着我的名字你的名字/那名字顿时响亮起来"(《名字》)……这是对卫国战士的人生价值的肯定。"没有人知道那个秀气的名字/只感到生活和小街/一天天变得鲜艳,变得清新"(《那个年轻的女漆匠》),"从沸腾的工地上来/他们把一身汗水和劳动/都扔在了那里/明天,还将用坚毅的臂膀/拉着太阳和现代化/轰轰旅行"(《长街放排》),"她们是夜巡的鸽子/是冬天的小夜曲/更像路灯,默默地/发着自己的光"(《冬夜,一群扫街的姑娘》)……这是对普通劳动者人生价值的宣扬。可以看出,王剑冰倾心思考人生的着眼点不是渺小的"自我",而是真正关乎民族、国家、全社会公利的"大人生"。如此思想境界,自然赋予他的诗篇以高远的格调。因此,当他为死者的葬仪所感动而说道"由此想起自己该怎样活着/尽管活着也不容易""可只有这一次我才体味出/你面对着人生的价值"(《生与死》),我理解他绝不是抒发一己之人生感喟,而是在深深思索怎样活得更有意义。也是因此,我相信他如下的豪言壮语蕴含着他对历史使命感的清醒而深刻的领悟:

> 只要大河瀑布般奔腾不息
> 只要沉舟浮泛可怜的残片
> 就有我的船拨浪向前

任峭岩岸石挑战的列队

任标灯忸忸怩怩还未找到航线

解缆吧老舵工

不要再投来审视的目光

让高原风吹飞沙走石

让太阳血染苍茫弥漫

掬一捧浑黄为我壮行

我去了

（《我的船》）

  我想这应是诗人对人生思考的最终结果，那就是为了人民的利益，去拼搏，去战胜艰难险阻，并在这集体的事业中实现人生的价值。

  从艺术表现上看，王剑冰也许不是靠灵气写作的诗人。在这方面，有些青年诗人比他占有更大优势：他们往往靠敏锐的感觉和敏捷的诗思挥笔而就，出口成章，而无须借助艰苦的构思和精细的琢磨。我看王剑冰不是这样。大概他是不轻易动笔的。他的诗可能都是经过认真的酝酿才逐渐成形的。这就是说，他是靠勤奋和才情写作的，因此他的诗都或轻或重地留下了各时期诗坛风尚的投影。但是，这种对别人诗艺的借鉴和吸取又不是盲目模仿，而是经过了认真消化，转化为他自己诗歌艺术肌体的血肉。这样，综观王剑冰十余年来的诗歌创作，我们就清楚地看到他在艺术上渐变的轨迹。

  他是从直抒胸臆开始诗歌创作的。看他早期的作品，多是以晓畅的诗句抒唱着真诚而炽烈的情怀，明朗欢快的吐诉为其基本特色。"别在自己的青春上漫步了/太阳的钟摆又敲响了一个黎明/让我们在原地站成一棵树/自己在自己的叶子吐丝/自己在自己的枝头歌唱/把坚毅和信心织成一张帆/摇动起一片湛蓝的天空/让春天温馨的风雨也来我们身边光顾/让时代溢发出欣喜的笑声。"（《赠友》）像这样的诗句，没有暗示，没有弦外之音，只是坦诚地直撼肺腑，以丰沛的诗情让你感动。但是这种直抒式的表达又不乏动人的形象，一系列隐喻性的印象调遣避免了标语口号式的直接呼喊，因而又是不乏韵致的艺术建构。从这里我们既能看到传统诗歌明朗畅快的风貌，又隐约感到新时期诗歌意象化的影响，并且这两方面的艺术因子达到了相当完美的结合。

80年代最初几年,以大学生诗歌为主导,诗坛一度兴起"宣叙格调式"的艺术新潮。在王剑冰的诗作中,我们也屡屡看到这种表现手法。比如《前线医疗所女兵》《野渡》《背景》《默望黄河》《古渡》《午间,一群建筑工》等,都不乏宣叙格调式的诗句。下面我们来欣赏《古渡》中的一节:

> 芦草白了沙滩白了群鸟出没的地方
> 水却仍在这里打旋泛白沫子
> 抖个弯又汹汹涌去
> 老辈人都说这里很深是龙歇脚的地方
> 大长竿子勾那芦根一堆一堆的
> 只是很少有人来
> 过去曾有一群人来过
> 举着石锄石斧在这里开出一片中原
> 火种燃着了蛮荒燃着了东方文明
> 后来就有个民族有个人站立在黄土山上
> 站成
> 一个古老的传说

那不暇喘息的语调,那排浪叠涌般的意象组合,使这种宣叙调具有荡人胸臆的艺术效果。用以描写景物,以铺张繁复见长;用以抒情,以酣畅淋漓取胜。王剑冰有节制地采用这种句法,就使他直抒胸臆的诗篇更具有撼人心魄的艺术力量。

如果说王剑冰前期的诗以直抒胸臆为基本手法,那么近年来他却逐渐引进了象征的手法,从而使他新近之作增添了蕴藉之美。《红月亮》《日月贝》《终点站》《无花果》《台风》《我们机关的位置》都属于这些作品。在这些诗篇里,象征手法不是体现在个别诗句或个别意象上,而是在诗篇整体形象上着眼于其隐喻义,用它暗示某种人生境况。因为诗篇意在言外,它那韵外之致就特别耐人寻味,只有经过反复咀嚼之后,方能悟出其中的奥蕴。因此,这一类诗篇已从根本上摆脱了直抒胸臆的表达方式,应是王剑冰在诗歌探索上迈出的最大步伐。

总之,王剑冰的诗歌创作也在发生嬗蜕,其诗歌面貌并非一成不变。只是,他的艺术更新是缓慢进行的,犹如走路,每一步都要踏出一个深深的足迹。这种探索姿态,当然不会驾领风骚,成为一代先锋;但是,他那扎扎实实的进取精神却是严肃的。也许正是由于此,他才能日积月累,逐渐建树起自己诗歌的殿堂,尽管这还远非是宏伟的景观。

(选自《文学的失落与拯救》,张俊山著,河南大学出版社1993年7月出版。初刊于《开封教育学院学报》1992年第3期)

《散文时代》读后感

林　非

作为《散文选刊》的主编,王剑冰先生肯定是广泛阅读过发表在全国各地报刊上的散文作品的。实际的情况也正好是如此,他阅读过的当代散文作品,确乎是太多了。正因为他读得如此的广泛,才能够在认真和深入的比较中间,高屋建瓴地俯视着整个散文创作的园地,得出了很精当的评价。

像王剑冰先生这样不断增加着的那么巨大的阅读量,也许是同样关心当前散文创作发展前景的不少作家和评论家所无法企及的。正因为如此,他在这部刚出版的《散文时代》中所提及的许多有关作家的篇章,以及在这里阐述和发挥出来的不少洋洋洒洒的见解,就很值得引起相应的思索。无论是产生认同抑或商榷的诸多看法,都能引起不断深入的探讨,从而推动当前散文创作和研究迅速向前迈进。

正是在这样广泛阅读和深入思考的坚实的基础之上,王剑冰先生对于散文此种文体的本体特征,就有着很牢固和确切的认识。他提出了"自由"和"自然"的问题,他在反对虚构的时候,还提出了"想象力"的问题,这是很有道理和境界的一种艺术设想。对始终立足于真实的散文创作来说,鲁莽的虚构、矫情的诉说或随风飘荡的倾向,会失去读者的信任,而运用艺术的想象力,充分和巧妙地表达自己纯洁与健康的个性,才可能引起大家的感动和共鸣。

他还认为"越朴素、越自然、越纯真的东西,就越有生命力",认为在散文创作中间应有"坚韧与永恒,鲜活与纯美",认为"散文的生命力在于它能让读者从中获得生命的感悟、思想的启迪、魂灵的慰藉、学养的滋润和审美的愉悦"。

王剑冰先生在肯定当前散文创作、对历史进行反思,以及追求人文精神和在艺术上不断提高、升华的同时,也批评了某些经过乔装打扮的贵族化的倾向和独创性的缺乏。这是应该引起注意和思考的。

他还很细致地指出,在当前的种种散文创作中间,存在着一些问题,譬如像他指出的"政治散文的说教性",他在其中尤其反对运用词语上的"绝对化";"文化散文的论文性",他反对沉溺于历史资料的论述,却难以见到作者自己内心对此的观照;"叙事散文的小说性",他反对玩弄情节和虚构的做法;"抒情散文的诗歌性",他不反对语言表达的诗意,却反对整体上刻意雕琢的诗化的做法;"游记散文的过程性",他反对那种导游式的解说;"生活散文的无序性",他反对那种事无巨细的全盘端出。这些都是从散文本体的视角抓住了问题的关键和核心,很值得引起充分的注意。

在愈益趋于开放的时代中间,王剑冰先生主张要直面现实,拓展题材,深入思索,同时在审美方面又要注意文字和艺术技巧的升华,并且要广泛吸收诸如音乐和绘画这些艺术门类的表达方法。像这样坚实地立足在整个人类的生活之上,注重哲思的深化和审美的翱翔,自然就更有可能提高散文创作与研究的水准。

王剑冰先生不仅在散文的理论研究方面取得了丰富多彩的收获,而且在散文创作方面也常常贡献出自己的佳作,像《绝版的周庄》和《回望乾陵》等,就是不少朋友熟悉的篇章。对于散文本体论的深思熟虑,颇多卓见,就肯定会促使他提升创作的水准,对于整个过程的分布与筑构,以及思想和艺术境界方面追求高旷与美好,产生了十分积极的作用。而像这样在创作和研究方面相互的反馈与促进,自然就会获得双倍的丰收。

像他这样两栖型的既从事创作又埋头研究的情况,在古今中外的文学史上是早有先例的,像这样就确实会在灿烂缤纷的触发与融会中间,获得更好的丰收。类似这样的经验是值得很好研究的。

很高兴地读完了王剑冰先生的这部散文理论著作《散文时代》,深感他对于当前散文创作整体的现状,真是有着高瞻远瞩和钩深致远的把握。对不断涌现出来的名家佳篇,他从思想与审美的视角,分别做出扼要和简洁的评点,既可以使许多朋友更好地了解大概的情况,又能够引起进行欣赏的兴致。他还在这样微观剖析的牢固的基础之上,升华出不少宏观的理论见解,对于当前散文创作拓展过程中间所取得的成绩,以及存在的若干需要解决的问题,都阐述了自己很有启迪意义的看法。他做出的这种贡献,确乎是很值得注意的。

雪峰是一种情结

——王剑冰和他的长篇小说《卡格博雪峰》

高有鹏[①]

文学的核心是情感的审美显现。

在众多的文学作品中,谁的情最深、最浓,谁就能够获得社会的厚爱。所以,我们没有必要完全否定或简单化摒弃新一代作家们的登堂入室及缠缠绵绵、匆匆忙忙的话语短促。而同时,我们回味于历史的青春,去感受老一代知青出身的作家表现新一代年轻人的作品时,我们会更执着于他们对青春主题的珍重。王剑冰和他的长篇小说《卡格博雪峰》就是这样一曲非同凡响的青春祭歌。

王剑冰,初写诗歌,又写散文,所以,他的长篇小说既有诗歌的韵致,又有散文的意境,给人以独特的感受。青春的关注与留恋成为他文学作品的重要情结。与他当年歌唱自己"一辆叮叮当当的洒水车"在时代的早晨"洒一路青春"的纯粹相比,如今,他的作品更多了一些苍茫与凄凉。他的《卡格博雪峰》着力写了两个青春典型——路雪和晶晶这两个少女;通过其心灵的透视,将整个世界镶嵌在大学毕业前几个月中。在这两个少女的身边,布满了鲜花覆盖的陷阱,纯洁、高尚的阳光总是被狂风和乌云撕扯,令人愤恨;同时,在卡格博圣山高高的雪峰之巅,我们看到不息的探索,即年青一代更为独特的追求。我想,对卡格博雪峰的哀婉歌唱,才应该是这部作品所蕴积的道理。

与时下所流行的文化时尚相比,这部作品留给人难得的净化心灵的氛围,更耐人寻思。它告诉我们,文学不但要生产快乐,而且要生产思想、生产精神。提高人的品格,是文学创作光荣的使命。而面对青春,或无病呻吟,或自暴自

[①] 高有鹏:著名评论家,上海交通大学博士生导师。

弃，或剑拔弩张，或风花雪月，终究是不同人自己的合理选择与认同。

卡格博雪峰作为青春的象征，是作品中三代人都割舍不去的情结。三代，是关于青春时代的历史重说。我们可以回想当年的文学阅读如何述说《战火中的青春》中的李铁他们，如何述说《青春之歌》中的林道静他们，以及《红旗谱》中的大贵他们和《林海雪原》中的高波、白茹他们；这是战争的青春，一切以奉献为主调。同时，我们也看到《青春万岁》中的杨小云他们，看到李準、浩然他们笔下的一群群青春形象，他们高唱着《金光大道》和《艳阳天》，包括《伤痕》中的李晓华、《班主任》中的宋慧敏他们；直到80年代出现的《女大学生宿舍》，在新时代的文学歌唱中，几乎所有的青春都是透明的，纯洁之至。当然，这些青春的纯真，我们无可怀疑。

在《卡格博雪峰》中，青春的表达与表现就明显不一样了。作品中第一代人是曲晶晶的爷爷，他是一位追求和品格都不俗的飞行员，在抗日战争运输军火的一次飞行中，在这里失踪了。第二代是严炎教授——与曲晶晶有着特殊关系的美术家，也曾拥有青春，他有很好的艺术才华，但他终于敌不过第二个妻子李晴和总支书记马正明为代表的邪恶势力，为了崇高的艺术追求，最后也献身于卡格博雪峰。第三代人是曲晶晶，时下的青春，她是"洋气、开朗、娇艳"的美术系大学生，与自己敬仰的严炎教授一起合力完成一幅长卷《卡格博雪峰》。当然，在第三代人中，还有路雪，这位"秀气、大方、耐看"的中文系大学生同样洋溢着蓬勃的青春。她们的命运，都不同程度地与卡格博雪峰联系在一起，如作品中所说，"卡格博雪峰美丽神奇，是笃信藏传佛教的藏民心中的圣山"，"迄今为止，没有谁能征服过卡格博，它至今仍为一座处女峰，它圣洁的冰体，始终裹在迷蒙与变幻的云雾之中"。显然，这里也积聚着作者对青春这一时代主题的深情和思索。

在路雪和曲晶晶两个青年学生典型的生活世界里，我们分明看到了邪恶、无耻和庸俗的淫威，也看到了崇高、纯洁和坚强的追求者不尽的艰辛，这两种情调交织着，共同构成斑驳的世界。在深情和真实中，我们的心灵一次次受到震撼。这部作品更多地展现出平凡的人生，这种人生在路雪的生命体验中体现得尤为淋漓；其中也不乏超俗的追求，这种追求集中体现在曲晶晶的生活中。纷繁的情爱，成为平凡和超俗两种意蕴的集结点。路雪和曲晶晶都不同程度地受到邪恶势力的压迫和污辱，但她们终究是圣洁的守护者，在她们的美丽中，我们领悟到许多人生的道理,从而也真正看到我们这个时代最底层的真实。

男女间的愉悦,是情爱的表层意义,也是人最自然的天性体现。欲,不论是征服也好,掠取也好,都是人不同层次追求的生活主题。路雪第一次看到曲晶晶与严炎带有乱伦色彩的做爱场景时,曾感受到羞耻、恐慌;但不久,她便陷入同样的场景之中——所不同的是,曲晶晶和严炎的情爱充满真挚,而路雪则饱受着石中这种社会渣滓的蹂躏。路雪的爱是纯洁的,她因为旅途中受到伤害时得到石中的保护,曾经认为石中是个勇敢、高尚的英雄,而当她献出自己最宝贵的贞操后,却被石中随意羞辱、践踏。她受到伤害的心灵具有了更普遍的意义——作为社会邪恶势力的代表者,石中他们蹂躏的岂止是一个路雪!在石中的身后,邪恶势力的面目是多种多样的,诸如路雪在寻找工作单位时所遇到的周校长、何主编,还有范总经理、封主任,以及连路雪的妈妈都不放过的那个道貌岸然的老人,更不用说披着学者外衣的败类马正明、李晴等一群人。这群人是社会邪恶势力的滋生物,我以为,其中最令人憎恶的是周校长、何主编和马正明、李晴等人,他们本应该是青春的守护者,但他们却和石中之流一样,成为见死不救、雪上加霜的卑鄙小人,他们的贪婪、虚伪、无耻与石中之流并没有什么不同。作者并没有仅仅停留在这种控诉的层面上,而是通过林之南、辛心和谷为等人,展现出人性的光辉。当路雪陷入绝境时,林之南及时伸出了温暖的手,并不断给予路雪精神的支持。林之南的正直、慷慨和无私,不仅比周校长、何主编他们高出无数倍,甚至比献身艺术的严炎也要高尚很多。林之南不仅热爱生活,挚爱自己的妻子和女儿,坚持为身患重病的妻子做护理和治疗,而且乐于助人,从不索取。这是一个难得的光辉的时代典型。他的出现,是路雪的幸运,更是社会良知的集中体现。辛心的出场并不很多,但这个人物也熠熠生辉,令人温暖;还有路雪的表姐和路雪的班长谷为,出场也不多,但他们的遭遇和表现,都深刻影响着路雪的生活,促使路雪自尊、自爱、自强。其他还有与路雪同寝室的麦伦、米红、温玉玉等,包括那位列车员,这群人虽然是那样平凡,却正是他们作为与邪恶势力相搏杀的力量,使我们的社会充满希望。这群正义力量的展示,同样也是真实的。卡格博雪峰的圣洁,只有这群人才能真正维护,同时,也正是这群人对生活的挚爱和他们无私的追求,才使人间保存着像卡格博雪峰那样圣洁的辉彩。

不可否认的是,路雪身上留下了太多的伤痕。她是一个平民的女儿,父亲去世后,她的母亲摆小摊,供养她读书;她对生活充满幻想,颇有爱慕虚荣的一面,如她把公用电话说成自己家的电话,不愿因此受到他人歧视,她甚至把石中轻易看作自己理想的情侣。生活是实实在在的,石中欺骗了她,使她更清醒地认识和理解了现实;她曾经为此而悔恨,但她还是坚守住自己应恪守的信念。她在林之南他们的帮助下,勇敢地面对生活;当然,在周校长和何主编这群虚伪的人物面前,她守不住清高,一次次向人送礼,一次次失望之后,她更加坚强起来。这个人物的性格在我们的现实生活中是具有普遍意义的。相比较以高校学生生活为题材的小说,这部作品具有更浓郁的生活真实性。有一些作品在涉及学生与社会这一主题时,通常是把矛盾淡化为虚幻的结局,似乎我们的社会张开了温馨无比的翅膀,正等待着拥抱涉世未深的青年学子。现实不是这样的。路雪屡受欺骗和蹂躏,都是获取认识社会真实面目的代价;她要交一笔异常沉重的"学费",才能迈向新的门槛。与她相比,曲晶晶要幸运得多。曲晶晶获得了严炎的爱,但她并没有完全相信严炎,而是在生活的波澜中,最后才真正理解他,并对他真正产生由衷的敬意。严炎在曲晶晶的视野中,起初并不完美、高大,她对路雪说"他在我这里喝够了,走了"时,很自然地流露出轻蔑的神情。特别是"站在讲台上那个道貌岸然的严教授""竟然在画完最后一笔的时候,走过来用手抚摸他的学生的乳房",这就更深切地体现出一个被生活捉弄的知识分子的兽性,难说这就是纯粹的对美的爱。作品中这样处理曲晶晶所面对的师长,并不失于真实,相反,使之有了更丰富的意蕴。"你终于露出了色狼本性,原来你的精美绝伦的理论只是个幌子",是对严炎这一形象最准确的概括;但是,当严炎和曲晶晶一起走近卡格博雪峰,在这梅里雪山共同遭遇风雪和寒冷时,他们的心灵得到了升华。所以,曲晶晶不顾他人的冷漠甚至阻挠,坚持要为严炎办展览。严炎和曲晶晶一起创作表现卡格博雪峰的油画,一同经受神圣的艺术和情感的洗礼;曲晶晶说,"我为严办展览,也是为艺术办展览",她的生活也发生了另一种意义上的变化。严炎在艺术上是卓有成就的,但他在生活上却受到了马正明他们的玩弄,使他处于尴尬的情感危机之中,其中的道理非常简单,"卑鄙是卑鄙者的通行证,/高尚是高尚者的墓志铭";严炎的追求未必是彻底的崇高,而马正明和李晴则极其卑鄙。或许,这就是青春必然遭遇的罪孽;所以,有许多人无奈于"卑鄙是卑鄙者的通行证"的普遍性!在这样的背景下,曲晶晶为严炎办画展而四处奔波筹资,就有了特殊的意义。作者偏爱着曲晶晶,当路雪为找到工作即接收单位而受尽摧残和蹂躏时,曲晶晶总能巧妙战胜敌手。最突出的一例就是曲晶晶遭遇郑大宽,异乎寻常地顺利拿到郑大宽的赞助款,并巧妙地避免伤害。但这仅仅是一次侥幸,曲晶晶和路雪在与更广阔的世界联系时,都必须经过"挫折"的补课;令人欣慰的是,当她们告别大学,走上社会这个大舞台时,她们都真正找到了属于自己的世界:自立。路雪的卡格博时装店,和她关于"卡格博希望学校"的梦想,曲晶晶去国外学习西方绘画,包括截肢的谷为,都与卡格博雪峰情结有着割不断的联系。这不是大团圆,而是作者的愿景,令我们去品味两个青春女性的遭遇。尤其是作品的结局安排了白杉苏醒,林之南、辛心和路雪、曲晶晶这群善良的人们都增添了生活的信心。它告诉我们,卡格博雪峰的圣洁是不容亵渎的;只要希望的光辉不泯灭,我们的社会就有碾不碎的信念,就有不尽的前进动力。

我在这里仍然听到"叮叮当当的洒水车"在清晨的歌唱。王剑冰把他的小说写成了诗歌,写美丽而圣洁的卡格博雪峰和一群青春的身影,写得那样慷慨、那样豪迈。青春是神圣的,不允许玷污;而青春又是那样脆弱!卡格博雪峰是清晨的青春,与太阳一同令人敬仰,它不仅属于路雪和曲晶晶,而且属于整个社会。王剑冰的卡格博雪峰是当代文学发展中的一道亮光,给人以新奇,更给人以博大和崇高。这是新世纪又一曲理想之歌、青春之歌。

(原载《殷都学刊》2013 年第 2 期)

寂寞而不吝汗水的攀登者

——谈王剑冰先生的散文诗

耿林莽[①]

对当代中国散文诗来说，王剑冰先生是一位做出重大贡献的人士，我一直深为敬重。他担任《散文选刊》主编有年，在这块具有重要影响的散文园地上，为散文诗留有一席之地，使这个至今处于半独立状态的文体多了一处立足之地；更重要的是，他每年花费很大力气编选《中国年度散文诗精选》，与郭岳汉先生主编的《中国年度散文诗》这两个选本，荟萃精华，为当代散文诗的繁荣与发展，为读者提供可靠的散文诗精品读物的贡献是非常巨大、不可低估的。中国散文诗的发展史上将会永远记住这两个令人尊敬的名字。与此同时，剑冰也是一位杰出的散文诗作家。我说"杰出"，并非无原则地吹捧，是以他的许多优秀作品为依据的。这一本新出版的散文诗集，便可为之做证。

早在1992年，他的第一本散文诗集《在你的风景里》出版后，我曾在《文艺报》撰文评论："剑冰向我们展开了散文诗的一片新的风景，人生、时代、生活在他的作品中，并非如何灿烂辉煌，或做猎奇的炫示。诗人以其慧眼，以诗人的敏感，触手所及之处，随手拈来一块块平常'卵石'，经其智性光辉的烛照、诗化手法的点染，便成为一章章精巧灵动的散文诗篇。其出色之处，首先在于他善于炼意，以诗人的敏感发现'诗因'，经其智性之熔铸，形成坚实、精练、深刻和新鲜的理性内核，由于抓得准、思想密集度高，肯于舍弃枝叶，便成就了集子中那些玲珑剔透的短章。"我将这段"旧话"一字不改地抄录在这里，用以介绍他的新作，似乎依然适宜。若有不足，可从下面结合一些作品的言说中得到补充。

[①] 耿林莽：著名作家、评论家。

剑冰不赞成"唯抒情",或以单一的抒情性来界定散文诗,尤其反对矫情和题材的狭窄与固化,这一点和我的见解一致。他也不主张以篇幅长短、字数多少来界定散文诗,这当然也是对的,集子里的《三星堆》《水墨周庄》等,虽然较长,却都是很漂亮的散文诗,而非散文。以诗性之有无为主要标准来区分散文和散文诗,或许是最主要的尺度吧,当然还有其他,限得过死不好,完全没有界限也不行,这是一个复杂的理论和实践问题,在这里就不多说了。之所以提及,一是觉得他集子里如上述两题的成功似可提供一些值得借鉴的经验;二是剑冰散文诗中最精彩、最出色、最拿手的,我以为还是那些高度提炼的精短篇章。

譬如《敲门吧》,本来是人们生活中习以为常的"小事",他却十分自然地提升到一种理性的高度,赋予了多重的人生启迪。难能可贵的是毫无概念化的诗歌气味,而是诗情洋溢的形象化生动活泼的语言警句:"所有的门都在向你开着,/只要你舍得勇气去敲。"这写得何其通俗,却又何其深奥!

再譬如《美丽》,这是被人们用滥了的一个词语,本相抽象,他却掇拾了许多形象的片段,将它写得有声有色。"美丽点亮了目光",这只能是散文诗的语言。我以为,它既不是诗的,也不是散文的,而恰恰是典型的散文诗语言。为什么?不必解释,只可以意会,真正懂得散文诗文体与语言特色的人是会同意的。这样的语言充满他的一些佳作,比如这一章中的"一定有一种歌声,像腾格尔或才旦卓玛,隐约在正面之中""一定有一些大大小小的爱情的种子,悄悄地伴随着微风"等。

《远方的那夜》更属精练之最。不过是中秋夜怀人幽思的瞬间捕捉,深沉的心理活动完全从宁静的夜色中折射出来,使一个人们常能触及的抒情谣曲,独具异彩,不落俗套。其空间感的辽阔、艺术张力的间距和高度简洁的语言风格形成了强烈的对比。说出得越少,表达得越多,留给读者去想象、去补充的余地便越大。这一短章几乎每字每句都颇堪玩味。

"那枚中秋"的"枚"字,用得新颖别致,一下提升到仿佛专供欣赏玩味的艺术境界,而不是生活中一个普通的节日了。不写月光,却写"水样的夜,没有波纹",更加冷峻而宁静地抓住了月色的精灵。"忆念的鳞片"将抽象的"思"具象化了,"掠过"使之轻盈如画,有了动感,而"如烟斜柳"更是深得汉语神韵的妙笔。烟与柳都是纤细而飘忽的,复又"斜"似往事之影、人之影,抑或忆念者的眼神呢?因是"柳",遂有"拂扫着远方的眼睛"这一想象的延伸。"柳"本是"伤别"的意象,在这里,更是一语多义,将平常的思恋写得有声有色。然后笔锋一转,轻轻一跃,归结到"在我的夜空,十五是月蚀",这个"月蚀"的意象,堪称一绝,是什么"蚀"了这一枚中秋圆月呢?是远地相思,思而难见,无限惆怅,尽在其中了。

集子里像这样特别精美的短章还有许多,如《河之语》《回望电梯》《秋之恋》《德天瀑布》《读晨》《龙门石窟》等,难以一一抄笔了。但我还想提一下《无言的雪》,写雪的篇目有好几章,都写得很好,我尤其欣赏这一章,它充满了剑冰散文诗中灵动机智的思路和语言,读起来感到特别舒坦,既有心灵沟通的那种会意的愉悦,又有一种得来仿佛全不费功夫的诗美享受。譬如:

站在雪中,用心与这雪的世界对话,所有的表达都是冷然的。

这已经是很精微的表达,笔锋一转,又写出更耐人寻味的一句:"火热在冷然之后醒来。"这正是剑冰式的机智,也体现了散文诗特有的跳跃式流动的妙处。

写山水风光,所谓"旅游诗"之类人们常见,剑冰的集子里也有,但不同于某些人那种近似导游说明的劣质品,他写出了自己独特的感受和发现,不是名胜古迹赋予诗以光辉,而是诗赋予这些名胜古迹以光辉。譬如《凤凰古城》《水墨周庄》《三星堆》《胡杨》等,都是不可多得的精品。

譬如《胡杨》,他赋予了这种树以一种性格,一种品质,一种不死的英雄的魂魄、气度与胆略,却又完全不是抽象概念的,而是具有掷地有声的诗性光辉。这是一只伸在沙尘中让人"惊恐万状"的"手",这个"惊恐万状"是创造性的语言,将原属贬义的词性,散发出光芒万丈的雄伟高度。为这一形象做了突出补充的是它"注定成为荒凉的一部分","让荒凉有了立体感"的这一创造性的阐述,胡杨成为荒凉的一个诗意的化身,"就像鹰之于蓝天,鲸之于海洋,只有大漠才能配胡杨",真是达到了淋漓尽致的诗美高度。

《水墨周庄》和《三星堆》都比较长,难以展开来介绍,我想说的是,它们与散文质的区别值得认真分析和体味。虽长,却不是散文的铺叙方式,而是以诗人的感受为章引,切割性地组合,实际上已近于组诗式的结构。其中有些段落独立出来,也是很好的散文诗,譬如《三星堆》的六、九两节,特别是"六",即"有一池荷花款款而开"那一节,完全可以作为一章优美的散文诗短章而存在。

更重要的恐怕是语言。散文诗语言的诗性美与音乐节奏感是重要特色,必须坚持。在剑冰的这两个"长篇"中,语言都很出色。如:

水贯穿了整个周庄;
水使一个普通的庄子变得神采飞扬;
高速公路将这块古老划出了一道伤痕;
那些小路是时间的化石;
有鸟在原上飞起,叫不出名字的鸟,起起落落,一些鸟曾在铜的铸件上栖落过,享受过一个王国的仰拜;
鸟不灭,时光不灭。

文章写到这里,不觉已近3000字,该打住了。我不知这是否符合"序"的体例,好在文无定法,序恐也无定法吧。结束时,忽想起王幅明先生在他为《中国散文诗90年》那部大书所写的"导言"中的一段话:"一种文体的发展和繁荣,依靠的是一代又一代衷心热爱这种文体的文学雅士们甘受寂寞的奉献和攀登。投机取巧者和动机不纯者,任何时代都会存在,但他们永远都只是支流,随着时间的推移,终会遭到无情的淘汰。历史只钟情那些甘愿寂寞,同时又不吝汗水的攀登者。攀登是艰辛的,但却一步又一步地接近顶峰的无限风光。"我注意到,《文艺报》曾将这段引文大字刊出,想是由于它准确地描述了当今中国散文诗界的现状。而我抄录于此,是想借花献佛地献予剑冰,表达我的祝福与期望。他无疑是一位值得尊敬的"甘愿寂寞,同时又不吝汗水的攀登者",散文诗艺术顶峰的无限风光,正在等待着他。

2008年4月于青岛
(原载《中国作家联盟会刊》2008年第8期)

散文之史与史之散文

——读王剑冰先生新著《散文时代》

王永宽[1]

看到王剑冰先生的新著《散文时代》，首先为这本书的大气与华美而欣喜。及至看过全书，更为书中内容的大气与华美而振奋。目录没有编序号，乍看起来全书好像是单篇文章的汇集，而通读之后我忽然明白，这是一部改革开放30年的"当代散文史"。

以1976年粉碎"四人帮"为开端，以1978年党的十一届三中全会为标志，中国的历史进入一个新的时代，而当代散文的发展也进入一个新的时代。《散文时代》一书对这30年间中国文坛上的散文创作进行了全方位的描述与评论，整体上显示出史的规模与框架，也显示出史的宏博与严谨。书的前半部分是从横的方面，即从当代散文的基本理论、类型、作者、体制等角度，分设专题，论述了新的时代散文发展的历程、时代散文的本质观念和散文的时代特征，论述了文化散文、乡土散文、情感散文等各类散文的思想与艺术，论述了老一代散文作家、女性散文作家及新生代散文作家的成就与特点，论述了精短散文、散文诗的形式与特色。后半部分从《江河读浪》开始，是从纵的方面，即从时间的角度切入，对鲁迅文学奖散文评奖的每个时段和1995年以后每一个年度的散文创作情况，分别进行专论。当然，前一部分的专论也含有对各类散文发展过程的表述和对具体作家前进轨迹的评论，后一部分的专论也含有对某一时段的各类散文创作状况的表述和对具体作家基本成就的评论。这样的纵横交织、述论结合，立体化地展示出当代散文的辉煌历史。

---

[1] 王永宽：著名评论家。

说本书是史,是由于本书中显示出丰富的史料。剑冰先生在长期主编《散文选刊》和参与全国性散文大奖评选的过程中,有机会接触全国散文作家和审读大量散文作品,详尽地占有全国30年间散文创作的第一手资料。粗略地估算了一下,本书中提到的散文作者有数百位,提到的散文作品有上千种。而且,在评述新时代的散文创作时,还要论及前一历史时期即中华人民共和国成立后27年的散文创作,甚至还要提及更远的历史时期的散文作品,显示出本书内容的历史继承意义和对比意义。对于这些构成史料的大量散文作家与作品,本书中并非简单地罗列篇目或烦琐地介绍内容,而是在解读中探其意蕴,在比照中见其特色,在品鉴中赏其才藻,在评述中衡其价值,画龙点睛,精见迭出。书中综合性的理论阐述和具体问题的论析都从作品实际出发,对于作家创作成就的评价也都以其作品为依据,在这个过程中,作者的史观、史才与史识都得到充分的体现。

然而,这样一部自成体系的当代散文史,我感到它在结构与写法上,却分明体现出散文的理念。因此,我理解为它既是一部散文之史,又是一部史之散文,即一部具有散文特征的散文史专著。究竟何谓散文?何谓散文特征?各种关于散文写作与研究的理论著作虽然众说纷纭,却是大同小异,本书《散文的时代特征》一节也有详解。但是说来说去,人们熟知的"形散而神不散"这一句常语仍然不失为一种经典性的表述。其实,散文的特征不过就是两点,一是形散,二是神不散,最简单的言词往往最具有真理性。如果再细加寻绎,在形散神不散的大原则下,应当包含着文散而意不散、言散而情不散、事散而理不散等规律。形是形式,神是内容;形是现象,神是本质;形是躯壳,神是精髓。散文的行文可以是自由的,而中心一定是明确的;结构可以是松散的,而文思一定是细密的;叙事可以是跳跃的,而意蕴一定是连贯的。根据这样的认识来看待这本专著,全书的形与神与散文的特征颇为符合。

《散文时代》的结构是散论式的。每一章节各为专论,独立成篇。把有些篇章调换一下位置,对全书的结构系统也不会有大的影响。全书的史的体系不全在于章节的顺序,而在于各章内容对于整体布局的完备性和周延性,在于各章内容之间的相互逻辑关系。全书的写法也多是散论式的。各章节的体例并非完全统一,而是根据内容各有变化。有的篇章中立小标题进行分论,而《时代散文的本质观念》《散文的时代特征》等理论性与学术性极强的章节,却是用数字标出节序,用随笔式的感悟来表达文论的观点。《适应时代的节奏》和《高难度的现代舞》两节论述散文诗,而这两节的文体也就是散文诗。以散文的形式表述当代散文的理论与创作,以散文诗的形式表述散文诗的思想与艺术,史论内容和史家笔法在散文的理念中达到完美和谐。全书结构和写法体现了散文"形散"的特点,而全书之"神"却是自始至终地集中,紧紧扣住"散文时代"这一根本宗旨。《散文时代》的书名本身也是散文式的,其含义既指散文的时代,也指时代的散文,散文与时代有着不可分割的联系。一个时代为散文的繁荣提供生存的机遇和发展的空间,也影响着散文的内容与格调;而这一时期的散文作品也必然反映着时代的面貌,体现出时代的精神。本书开篇第一章就明确指出这一点,并且说:"时代矫揉造作,散文必虚情假意;时代色彩单一,散文必清淡寡气;时代生机勃发,散文必豪放磅礴;时代多彩丰富,散文必风景无限。"这一组警句所表述的观点,可以说是全书立论的基础,各章节的专论无不密切地着眼于散文创作和时代背景的互动关系。篇末的"后记"中最后说:"我觉得这二三十年间,中国的散文确实是一个时代的结束,而又是另一个时代的开始。""散文作为一种文学样式,在这个充满生机的时代里还将会有更新的变化,我将继续关注着。"这和开篇的论述首尾呼应,始终一贯,又有卒章显志、言有尽而意无穷之妙,总之是不离散文之神。

本书史论的散文特征,还表现在书中的语言具有散文的美文品质。陆机《文赋》论古文做法,其中有四句话是"其会意也尚巧,其遣言也贵妍,暨音声之迭代,若五色之相宣",这实际上是指出了散文佳作语言的四个要素,即意蕴、文辞、节奏、色彩。30年来散文创作的大量优秀作品,其语言之美在这四个方面都程度不同地达到至美境界,立意追求奇巧,文辞着力修饰,节奏如音乐般朗朗上口,色彩如云霞般斑斓绚丽。本书论述30年间的美文,其语言也如散文一般臻奇臻美,行文叙事简洁,表述精练,其间妙语迭出,丽辞如珠,读此史论如读美文一般有愉悦之感。我想,不论是从事文学散文的写作,还是进行理论研究的著述,读一读这一部《散文时代》,都会从中获取宝贵收益。

(原载2009年7月14日《人民日报》)

鲜活与纯美

杨晓敏[1]

提起王剑冰这个名字,当下社会各界的读者朋友,尤其是热爱散文阅读与创作的朋友可能无人不晓。他的散文名作《绝版的周庄》《吉安读水》《天河》《洞头望海楼》等作品似一颗颗璀璨的明珠闪耀在中国当代散文长河中,在各地被刻碑铭记。散文集《喧嚣中的足迹》被中国现代文学馆和宁波天一阁藏书楼收藏;散文集《绝版的周庄》被评为2008年中国最美的书,并被德国国家图书馆收藏……数年来所获的各种嘉奖与荣誉更是数不胜数。王剑冰曾担任《散文选刊》副主编、主编,是集创作、理论、编辑于一身的作家,对中国当代散文事业的发展起着举足轻重的作用。

我和剑冰是编辑同道,除多年同在河南文学界、出版界谋生活外,又曾在鲁迅文学院"主编班"同窗数月。记得有一天清晨,夜雨初霁,我俩在鲁迅文学院的一座小亭旁散步聊天。这时太阳刚升起来,因有云朵半遮半掩,只有一束散淡却异常明亮的光线横亘天际,倏忽发现几竿瘦竹影里,似乎蓦然绽开了一簇迎春花。正是春意初显时节,暖暖的阳光斜照在花萼上,如繁星点点,鹅黄如炽,鲜活艳丽无比,惹人爱怜,似乎把春天一下点燃了。剑冰说,太美了,我去宿舍拿相机,赶快把它的倩影留下吧。我说正好看呢,就这么多欣赏一会儿不挺好吗?我俩这么说着,他一犹豫,竟误了时辰。一会儿太阳露出整个圆脸,光华四溢,万物渐渐淡化了那种清晰的对比度,再细看那簇迎春花时,因失去了追光灯似的聚焦效果,明显少了方才那种精气神儿。我俩相视无奈一笑,无不从心底惋惜那稍纵即逝的拍照机会。从这件事上,我由衷钦佩剑冰作为散文家观察

---

[1] 杨晓敏:著名编辑家、评论家,河南省作协副主席。

生活的能力和捕捉细节的敏锐艺术眼光。所以不久前,剑冰突然打电话说写了一组小小说时,我一点儿也不觉得诧异。

其实诗歌、散文、散文诗、小说,看似各有各的流派各有各的图腾,但那是从狭义的文学体裁划分而言。从广义上讲,各个文体之间并无严格的界线,甚至再推而广之,各个艺术门类之间如音乐、绘画、文学、建筑等彼此之间也都不是孤立的,而是有着相通相融的地方。在编辑岗位20多年,读小小说,编小小说,评小小说,过眼的文学作品何止万篇,但每每读到让人眼前一亮心中一动的佳作时,仍忍不住要击节赞赏反复吟诵。王剑冰的这一组小小说就带着这样一份惊喜而来,冲击着我的阅读视线。

毋庸置疑,王剑冰的小小说写作是一定要带着他散文写作印痕的:朴素自然如行云流水般的文字,淡淡地诉说着寻常生活里的一草一木一人一物,不追求小说情节的离奇与波折,却于字里行间不显山不露水地给人以生命的感悟、思想的启迪。读多了传奇故事,看多了太像小说的小说,冷不丁来读这样一组作品,忽然让人有种于繁华闹市置身田园之感,文字如松风泉水,清新莹澈,意境优美却并不虚空,带着一股暖暖的人间烟火之气。那些近的远的人物,仿佛就在你我身边,发生在那些人物身上的故事也让人读来备感亲切。

《安装工小马》似一幅城市底层人物的素描画,尺幅之间,寥寥数笔,就将两位实诚、吃苦耐劳、不慕虚荣、踏实追求美好生活的年轻人形象勾勒出来。要在千把字的篇幅里写活两个人物,还没有波澜起伏的故事做依托,似乎是根本不可能的事情,这篇小小说却做到了。它靠的是洋溢在字里行间的真,真诚的人,真诚的语言,真诚的感情,当然也有作家独有的匠心安排。

小说以安装工小马遗忘在客户家的一副墨镜为引子,引出小马一个寻常的生活片段,却选择了几个小细节来完成对这个城市底层小人物的刻画:一是写小马在狭小的卫生间里安装热水器,却不要主家帮忙而险些发生危险——小马工作的艰辛与敬业;二是小马工作期间与女朋友的通话——侧面描写,一个勤劳、朴实、心灵美好的年轻姑娘形象,就此立于读者面前;三是小马婉拒主家递上来的包子,体现了安装工小马良好的职业素养与职业尊严。

> 小马黑黑的,壮壮的,精精明明的,小马很是让人念想。
> 我再一次给小马打电话,告诉他我会把他的墨镜直接送到卖热水器的

商场去。

小小说的结尾也非常自然,又充满亮色与温暖。安装工上门给人服务这样的寻常小事,在城市里居家过日子的人几乎每个人都能遇到,在作家的笔下,这样的寻常人寻常事却自有一份动人心弦的力量。他在向读者传递一种人与人之间互相体谅彼此相助的温暖,也在传递一种催人向上的正能量。尽管红尘碌碌,生活多艰,依然有像安装工小马和他的女朋友那样可爱的年轻人,在脚踏实地凭着自己的劳动与汗水为未来拼搏。

《舞伴儿》《独坐桥头的影子》都是选取都市生活中一个寻常生活场景,来表达都市人之间消除冷漠隔膜、彼此敞开心扉相互温暖的作品。两篇小小说几乎都没什么陡转跌宕的情节,更无动人心魄的煽情故事,无论是《舞伴儿》中的"我"与那个舞伴儿女孩子,还是《独坐桥头的影子》中的"我"与在周庄无意中邂逅的失意女子,彼此之间的交流、交谈都是那么淡,淡到乍读似觉寡淡无味。可这两篇小小说妙不可言之处也正在于这股子淡,那是一种韵味悠长的淡,一读再读,余味缭绕:在人人都把自身紧紧封闭在自己的空间,本着"防人之心不可无"的心态,对世界对他人充满警惕与怀疑的现代社会,那样随意淡然的交往与交流是何其珍稀又何等珍贵。作家对真诚与自由的呼唤、对人与人之间美好交往的向往,都寄托在看似随意平淡的文字里。不必浓妆艳抹,天真自然有真趣,这样的书写,非高手不能为也。

《野地里有棵花椒树》,文如其题,通篇洋溢着一股子乡野间花椒树的清新之气,还有一股子淡淡的麻辣。作者在小说中描写了一对乡间年轻人朦胧而美好的情感往事,却是通过一个非常大胆又原始粗朴的情节:去地里摘花椒的二妞蹲下去尿尿,不巧被前去地里挖苦苦菜的"我"无意中瞧见,二妞又羞又恼,却向"我"提出一个在成人眼中近乎荒唐的要求:她要对方用同样的方式让她"看"回来:"说咧,一片儿白光,那是俺的羞,俺娘说了,羞不能让人家看到,看到了就不能见人了。俺得把俺的羞换回来!二妞说。"读到此处不免让人为文中这位淳朴到家的二妞忍俊不禁,这笑当然不能带半点杂质,因为你会被这一对少男少女的纯美而感染。

二妞的话音里有了潮气,湿湿的,像今早起的露水。

我的嘴不再帮我说话,我不知道咋办了。

你快点呀,你快点呀!二妞的露水尤其重了。

那我,那我……我真的不知道该咋办。我怕二妞的露水一会儿把我淹了。

二妞的眼睛大了起来,好像带了钩子,就要直勾勾地把我那伙计给钩了出来。

谁知道就在此时,二妞吱溜一下,撒腿跑了,比一只獾跑得还快。

一对少男少女,朦朦胧胧中对异性充满好奇与渴望,却是慌里慌张懵里懵懂,优美的字句,与人物身份极度契合的动作与语言,似乡野间清亮的露珠,让这样一份美妙的感情变得不染尘埃,清新可人。现在很多作家为迎合某些读者的阅读口味,于文中极尽其能事,大肆渲染情色,粗俗得不堪卒读。能将情色写到如此境界,也真可谓情感圣手了。

多年来,王剑冰笔耕不辍,创作了大量的散文、小说佳作,对散文创作理论也深有建树,他的30万字的理论著作《散文时代》在2007年全国申报的作家作品中,被列入中国作家协会重点扶持项目。

"越朴素、越自然、越纯真的东西,就越有生命力",剑冰还认为在散文创作中应有"坚韧与永恒,鲜活与纯美",认为"散文的生命力在于它能让读者从中获得生命的感悟、思想的启迪、魂灵的慰藉、学养的滋润和审美的愉悦"。这种创作追求其实不仅仅体现在王剑冰的散文创作上,在他的小小说创作中也能清晰地感受到这一点。

(原载《名家名篇情感小小说欣赏·王剑冰卷》)

铭刻在大地与碑石上的心灵散文

——王剑冰散文随想

樊洛平[①]

读王剑冰的散文,最好是在清晨时分的静谧中,徜徉在作者笔下美妙的山水天地之间,会心于大千世界的睿智感悟,伴随着窗外的晨光拂照和鸟儿鸣啾,你的心田如同花瓣一样层层舒展;那些行色匆匆时代久违了的心绪、情怀、遥想还有鲜见的感动,都一一复活起来,它们以一种情感的溪流和美的魅力,深深地融进你的灵魂,如同缕缕霞光穿越大地、树林和山川。

一、读山读水:大自然之子的情怀

读万卷书,行万里路,应该是剑冰期盼的一种生活方式,能够在散文的创作、研究、编辑领域担当多栖角色,足为见证。但就作家本色而言,剑冰更像是一个走世界的行吟诗人,一个在蓝天碧海、在山川草原流连忘返的大自然之子。

从中原腹地的嵩山、黄河一路出发,美丽的江南水乡、神奇的郧西天河、红色的井冈山、书香的白鹭洲、依水而居的吉安,还有那古老的乾陵、神奇的三星堆文化遗址、浩渺的黑龙江、遥远的青藏高原、荒凉的戈壁沙漠……无数的风景从眼前一幅幅闪过。每到一个陌生的地方,剑冰都会迫不及待地扑向大自然的怀抱,登山临海,远眺近走;向东向西,往南往北,将美不胜收的风景收入心底,行走的人生遂构成他阅读世界的另一种方式。

在行走的人生中,剑冰与大自然结下了不解之缘。仿佛是一种与生俱来的

---

① 樊洛平:著名评论家,郑州大学教授。

亲和力,他对大自然的感知有着自己特殊的方式。在剑冰眼里,大自然是一本百读不厌的大书,内容丰富,历史悠久,风格神奇美妙,意境无穷。以文人的诗心慧眼去读大自然,透过古迹、近影、高天、远地、群山、河海、草原、大漠、乡野、废墟……你会在他人眼中皆有而笔下却无的地方,读出自己独特的发现和欣喜。在剑冰的心中,大自然又是一个与你促膝交谈的老者,一个可以倾诉的朋友,甚至是一个情意绵绵的恋人。晨曦,月夜,山间,林中,花草藤蔓,岩石溪流,风雪飘飘,细雨霏霏,你和它都有说不完的话、扯不断的情;就像你在心底、笔下、镜头中将美妙的山水风景定格,你自己也成了这山水自然中的风景。深受中国文学传统浸润的剑冰,就是以这样的方式倾听大自然的心声,沉浸在一种天人合一的境界。

于是,剑冰的散文世界里,读山读水的杰作纷至沓来。有直接以阅读山水为题的,如《吉安读水》《井冈读山》《长岛读海》等作品。有从大自然中读出了美妙景致的,如伴随《斜雨过大理》沐春雨,深入《云梦草原》望碧草;从阳澄湖上观晚霞(《晚霞映在阳澄湖上》),到澄江快阁赏明月(《澄江一道月分明》);从春天里听"鸟"(《翩然与古诗的鸟儿》),到香格里拉寻"梦"(《香格里拉》)……一路阅读一路歌唱,锦绣河山尽展容颜。读山读水的旅途中,常有一些关键词在引领,好似诗眼,不由得你眼前一亮,大有"众里寻他千百度,蓦然回首,那人却在,灯火阑珊处"的惊喜。

如同沿着井冈蜿蜒的山脉读山,围绕吉安美丽的水系读水,在海浪滔天的《长岛读海》,自然是剑冰心向往之的选择。凌晨微明去读海,夜幕降临还在读海,大海有着永远读不完的内容。从海的浩瀚,读出个人的渺小;透过海的晨曦变幻,读出红日、帆影和渔歌;由海的深厚与宽广,读出天的尽头、海外的世界。在不同的时间段,作者还读出了有颜色的浪花。蓝色的、白色的、灰色的海浪翻涌着,而日出大海的那一刻,满眼都是艳红的海浪,仿佛张生煮海的神话幻境;那层层海浪呼啸汹涌的浪尖,竟是群群鸥鸟翻飞的翅膀!在这里,作者读出的是自己心中五彩缤纷的大海,抒发的是个性飞扬的审美经验。而同样是读海,《洞头望海楼》读出的则是夕阳与明月相交会的神奇画面:

> 风推着时间远去,海迎来又一次日落。落日浑圆,似在释放着一种能量,将波浪一层层镀成殷红。另一边,一轮圆月正在上升,圆月周围,云团

如淡蓝的缎带,一直接到海上。海的澎湃,让太阳与月亮的交接热烈隆重。我在望海楼远眺这种壮观。

剑冰对大自然的阅读,在崇尚雄伟的高山峻岭、奔腾的大江大海的同时,也常常被那些看似平凡、微小的自然界物象所吸引,从一草一木、一沙一石中悟出人生的真谛。对于遍地生长的野草,剑冰可谓情有独钟。沙漠中顽强生长的绿草,石头下面努力伸展的小草,云梦山上随风曼舞的草原,蜿蜒在金龙谷崖壁上的蔓草,充满献身精神的肥田草,生长于高寒山岩的九死草,都成为他讴歌的对象。在以《春来草自青》为代表的这类散文中,作者集中抒发了有关"草"的感悟:伟大出自平凡,弱小彰显坚韧,小草不为人关注地默默生存,展示了一种不屈服的人格意志,一种"野火烧不尽,春风吹又生"的生命力量。

透过《荒漠中的苇》《荒原中的葵》《大漠胡杨》《西部的树》这些篇什,读者感受到的是在严酷环境中的坚守和抗争、孤独境遇中的生长和绽放。正是因为原本属于弱者的苇,竟然在茫茫戈壁的一汪水中不可思议地生长,才串联出西部、戈壁、荒漠、苇这种美妙的景象来。而荒原中的葵,带给人们的则是一种震撼:"一粒种子,就长得这么圆满,这么灿烂,这么亭亭玉立,而且还捧着成倍的回报。一粒一粒的种子,长成树的林、花的海,长成一片光合地带。花中只有葵,能将艳丽擎得这般高。"葵的灿烂与壮观,葵在特定时代背景下曾经被人利用的误解,葵在任何世风下都率性开放的性格,又如何不是人间世相的一种写照!作者在短短的文字中,借葵之形象融入了历史的反思意识。

《藤》是一篇笔力千钧、直击灵魂的散文。尽管有着"白花鱼藤"这样诗意的名字,并且引发何仙姑绿丝带的美妙传说,但这棵经历了 1300 年风霜雨雪、没有了大树可依仗的古藤,"就像失去娘的孩子,自己为自己做桩,自己为自己相绕",留下坚毅、痛苦、挣扎的过程,赢得满眼绿色的生存。带着生命的痛感来为古藤写真,一反过去那种"偶依一株树,遂抽百枝条"的依附性形象描写,作者紧紧抓住"腾""疼"两个字做文章,写古藤那种独立自主、拼搏挣扎的生命腾飞形象,写古藤在岁月摧残中劫后余生的生命疼痛,并由此联想到累弯了腰的底层老农、孕育生命的驼背女子,从而悟出"人其实和藤一样,从一点点爬起,活得不知有多艰难"。而生命的价值,正在于艰难困苦中的拼搏和坚持,在于这云开雾散后的阳光灿烂。在这里,古藤的生命被赋予了丰富的元素,古藤无疑成为一种人格精神的象征。

由此看来,作者以托物言志的方式,在花草植物的描写中体现的正是自己的人格理想、情思志趣,在山水自然的阅读中读出的是作者心中的山水。"观山则情满于山,临水则情溢于水",强烈的主观情感的投射,美妙的自然山水的映照,让剑冰读山读水的大自然美文,无论是激越的浪花翻滚,还是淙淙的溪水流淌,都具有了草木生情、高山致意、流水发声的鲜活生动。这一切,皆出自心底的真情歌唱。

二、人间万象:散文书写者的大爱

散文作为抒发自我对大千世界认知感悟的经验、情感、个性的一种文体,如何因小见大,在看似边缘、松散的文学地带跃出,成就小散文中的大气象,写出文人笔下的大境界,"一粒沙里见世界,半瓣花上说人情",其中还需要将人性、社会性与对大自然的感悟结合起来,传达出丰富的人文情怀。剑冰散文的可贵之处,在于他诗意地穿行于历史人文和自然山水之中,以自己的文学理想、悲悯精神、历史意识和文化底蕴,熔铸成知识分子的人文情怀。

首先,对真善美的孜孜以求,是引导剑冰文学世界的一面旗帜,也是贯穿其散文创作始终的一条红线,他让利剑与冰雪相结合的侠骨柔情、真情与良善相融会的人间关爱,在美的境界追求中有了丰富的表达。在剑冰笔下,每每写到故土、亲人、乡民、百姓,他内心那片柔软不可触摸的地方,就引发出真挚、素朴的感情溪流,令你情有所感,心随情动。剑冰的人生阅历中,远离父母去当下乡知青,唐山地震中与死神擦肩而过,工作跋涉途中与重病母亲阴阳两隔,恐怕是他最深刻的人生记忆和生命伤痛,他从中感悟的成长岁月、命运骤变和亲情分离,将世事艰辛、生命易逝的另一面严峻地展示出来。所以他看生活,看人生,对普通人的生命多怀有真情的关爱,处处彰显良善之心。

在故乡的土地上,有太多的人和事触痛剑冰年轻的心。那个因为家庭政治背景牵连而备受冷遇的美儿姑娘,留在黄昏中的身影和没有说出口的爱情是那样的孤独无奈(《黄昏中的美儿》);那个在唐山地震中为救外孙女而丧命的二姨,含辛茹苦养大八个孩子,吃了一辈子的苦,唯把甘甜和念想留给了后人(《地震纪念日想起你》);那位在敌人眼皮底下掩护过女英雄的爷爷,以勤奋劳作一生的96岁高龄拥抱青草、归入泥土的爷爷,无异于中国农民的脊梁式形象(《落日》);那位死于敌人酷刑的17岁女英雄王翠兰(《永远的少女》)……每每写到这些故乡人物,作者心中真情涌动,不能自已。

在生活的角落里,有许多意想不到的人和事让你感慨并感动。那个在周庄独坐桥头、意欲自杀的女子,虽然素不相识,却因同在周庄的剑冰每天早起摄影、写作的激情感染,终于拯救了自己(《独坐桥头的影子》);那个爱诗、爱美、爱唱歌却不幸早逝的文学女孩儿(《对面的窗户》);那个在生命最后时刻,要把自身化作一捧骨灰伴着花瓣撒入麦田、树林与河水的生态文学作家苇岸(《远方》);那个每天哼着快乐小调、用竹竿探路的盲老汉(《盲老汉》);还有勤劳能干、敬业实诚的安装工小马(《安装工小马》),在工地黄昏中此起彼伏打鼾的农民工(《路边的鼾声》)……这一切都会让作者有感而发,引起对普通人的生命感动和肃穆敬意。上述描写,或情绪感奋,或情意绵长,或内在感伤,或心绪快乐,作者在审美的氛围、意境、情绪中来表现,以文学创造的美感,将生活中的美好留在了字里行间。

其次,丰富的历史人文情怀构成剑冰创作的底蕴,也拓展了他散文世界的高远意境。从红色文化源流的探寻,到山水文化、瓦文化、茶文化、生态文化的多角度发掘,作者在"小散文"的格局里,融入了"大文化"的气象。

红色文化的探寻,在剑冰散文创作中别具一格。与那种走马观花的应景式写作不同,剑冰的这类散文有着深厚的生活积累和感情触发。2008年到2009年,剑冰曾两次踏访井冈山的红绿资源,参观革命博物馆,倾听红军时代的民歌,遥想黄洋界上的炮声,观赏《井冈山》实景演出,也沉浸在有关井冈山的一摞摞资料中。虽然有三个月的情感沉淀,他还是没敢轻易动笔。作者说,后来"让我的思绪沿着井冈山的那些山脉蜿蜒而去,我才慢慢地感觉到我应该写些什么。于是,有了《井冈读山》"。井冈山之神奇,井冈山之热烈,孕育出中国的第一个红色根据地,也点燃了革命的星星之火。围绕着蜿蜒的山脉,作者找到了解读井冈的途径。登上十里杜鹃花开的笔架山,呈五角星花朵的杜鹃花映红了五百里井冈;在高高的黄洋界,有流动的白云飞落五大哨口;在大井,有毛主席当年住过的房子、开过的菜园,有贺子珍、伍若兰、曾志这些革命年代的奇女子,还有唱着《十送红军》支持革命的井冈山女子;走在拿山河边,处处感受到井冈山的深情厚谊。读着这样的红色山冈,作者不由得激情澎湃:"井冈山的山,是神奇的山。在这里久了,会感到那不是一座山,是群山,连绵不断的群山。那山不仅是具象的,也是精神的。是千千万万的山石、千千万万的植物、千千万万的水滴构成了井冈山,是千千万万的生命、千千万万的呼唤、千千万万的信念构成了井冈山。"正是源于这样一种感人至深的红色老区情感,剑冰后来一发而不可收地写出了《一生不渝的爱》《艰难岁月两封书》《春天的歌谣》《井冈情歌》《井冈山抒怀》《遇井冈》《永新女子好颜色》《井冈女儿曾志》《〈井冈山〉实景演出观感》《不能遗忘的东井冈》《八月桂花》等系列散文,深度发掘红色资源的底蕴。事实上,不仅仅是开创了革命根据地的领袖、先烈、井冈人及五百里井冈群山、无数次炮火硝烟,还有井冈山的歌谣、爱情、书信、方竹、杜鹃花、细雨、山茶、红米饭……它们有血有肉、有情有致地构成井冈山的红色元素,共同见证了那个"星星之火,可以燎原"的革命时代。

对山水文化的情有独钟,贯穿在剑冰的旅程与写作中。登山临海感受山水文化,游走大地探寻水脉路向,让作者文思泉涌,一篇篇美文如水行板,潺潺而出。井冈山、云梦山、中岳嵩山、龙门山、峨眉山、哀牢山、甘山、三清山、神农山、龙爪山、千佛山、青原山、武功山、玉笥山……一座座大山拥抱入怀;水墨周庄、水乡同里、嘉陵江、丽江、清江、澄江、赣江、呼兰河、黄河、天河、溱洧河、大河壶口、阳澄湖、仙女湖、明湖、西湖、德天瀑布、沙屯叠瀑、白水仙瀑,还有济水……千姿百态的流水浸润心田。在剑冰看来,"石生山,山生石,代表着巍峨、峥嵘、挺拔,代表着坚实、气概、沉厚""水从山间来,柔软与坚硬构成了一种和谐。石可以改变流水的方向,水可滴而穿石,万事万物相携而生"。在水的面前,你"会感到生命的延续,感到幸福的跃动,感到欢乐的湿润;会感到无声的给予与交流。单纯、优雅、洁净、活泼、奔放、自由、坦荡等字眼会逐浪而出。水是精神的体现,是经典的组合,是胸怀的畅想"。从古典的山水文章书画欣赏,到现实的山水地貌景观,从心灵的山水形象认知,再到山水文化的哲理感悟,作者寄情思于山水,借山水状写人生,寻求他心目中的山水文化建构。

在周庄的日子里,剑冰怀着一份寻找心仪女子的情愫,痴迷地出入于周庄的桥头水上、茶楼小巷、农家小屋、油菜花田;看霞光拂照,伴明月清辉,以《绝版的周庄》《水墨周庄》《周庄的月》《周庄的蓝》《周庄的雪》《周庄的香》《周庄的柳》《从天上看周庄》《白色的飘飞的鸟》等系列散文,将美丽的周庄侧影渲染得鲜活灵动、顾盼生姿。而贯穿周庄的灵魂,便是那潺潺流淌的水。四面环水的周庄,声音跌落在桥下水中的周庄,有水守卫着的周庄,夜晚睡在水上的周庄,在水中亦梦亦幻的周庄……作者把生态文化意识融入写作,淋漓尽致地表现周庄的水生态;而"周庄是以苏州的毁灭为代价的"的警言,又为城市现代化进程中遭遇的乡村失落与生态问题而纠结,一个有着原生态、古典秀、女性美、浪漫梦的周庄,能否继续保持自己的生存形态和所依赖的传统文化背景,即在此意义上成为令人忧心的"绝版"。

如果说,周庄的水属于女性的柔美,吉安的水则张扬了男性的阳刚,"生长的是旺盛的精神、人的骨气,生长的是一种很深的文化"。走进吉安,被人口耳相传、铭刻碑石的《吉安读水》记载了一座城市光荣的历史,更写活了这座依水而居的城市的特质与灵魂。当初踏访革命年代"十万工农下吉安"的这片土地,作者走遍了吉安的13个县,纷繁的思绪一下子被"水"照亮,遂悟出"是那个'水'浸染了这块土地,浸染了这块土地上的文化与历史、人格与精神"。章水、贡水、赣江、富水、恩江、沙溪、吉水,条条水脉维系的红线,穿越岁月风尘,连缀起历史、文化、名人的串串明珠,尽展吉安风采。从抗元英雄文天祥、唐宋文学大家欧阳修、南宋诗人杨万里、《永乐大典》主修解缙,到唐宋吉安"三千科举进士"的历史人文盛况;从书声琅琅的白鹭洲书院,到名扬天下的宋代瓷城吉州窑;从革命摇篮井冈山,到红色吉安走出的众多革命领袖、五大元帅和几百位共和国将军;从历史人物、事件风云际会的庐陵、吉州,到工业园、旅游区遍地丛生的现代吉安……《吉安读水》引领我们读出的是深远厚重的庐陵文化底蕴,是坚韧挺拔的红色文化精神,是以忠为本、诚实信用的吉安文化胸怀,是绿水长天、榕柳相映的生态文化家园。俯视吉安地形图,我们惊喜地发现,赣江与富水勾勒出的竟是飞翔的白鹭形象!古往今来,描写吉安风光的名篇佳作不在少数,但真正从"水"的角度、"水"的意象来写吉安,发掘出如此丰厚的历史文化底蕴和红绿资源,剑冰当属第一人。那铭刻于白鹭洲的《吉安读水》碑石,便是明证。

我们还看到,剑冰在日常生活中的文化发现,让一杯茗茶、一片屋瓦这些普通平凡的生活物象,每每有了令人耳目一新的文化美感。

从汉字的特点,看人和草和树在一起的"茶"字构造,看仿佛衣裙飘飘的古代"茶"字书法,你还没有喝茶,就被作者的茶文化想象美醉了。由周庄的阿婆茶、西湖的龙井茶、哀牢山的古茶、庐山的云雾茶,到蝉翼、雀舌、月团、芳蕊、碧绿、玉露、春芽、奇兰、叶青、茱萸、菊花、茉莉这妙不可言的茶名,那些来自泥土的、与水相伴的、有着茶马古道历史的众多名茶,就这样款款走进我们的生活。人在休闲、聊天、论世、读书、静思、悟道中品茶,茶也在旧友新知、养性修身中品人,由此形成了一种茶人相依、共赏互品的和谐关系。透过《茶》《一品瓦,二品茶》等篇什,茶文化散发的芳香弥漫在剑冰散文的字里行间。

剑冰对瓦的关注,缘于喜欢这种带有生命属性的事物,或者说有一种温暖的恋旧情怀。久久地沉醉于房顶上的灰瓦,细细地观察作坊的制瓦,还有与瓦库设计师的品瓦,特别是以瓦为题的《岁月中飞翔的瓦》《瓦》《一品瓦,二品茶》等作品,都以诸多奇妙的"瓦语",记载了作者研究"瓦文化"的足迹。"瓦是屋子上面的田地,一垄一垄,长满了我的怀想,离开好久了,怀想还在上面蓬勃着","瓦本就是代表了平民性,它不是用来装饰的,而是直接进入了生活","是那些瓦片撑住了人们的日常生活,一天天一年年","鳞是鱼的瓦,甲是兵的瓦,云是天的瓦,娘是我们家的瓦","在人们走入钢筋水泥的生活前,瓦坚持了很久,瓦最终受到了史无前例的伤害"……透过奇特的想象和思想感悟,作者多方面诠释了"瓦"的生活记忆与文化符号。由此,秦砖汉瓦的遥远历史,灰瓦、青瓦、红瓦的古色调,瓦当设计的纹饰美,民间瓦房的和谐感,还有瓦在流逝岁月中的抗争力量,就这样把我们带入一个韵味深长的"瓦文化"的天地。

三、以诗为文:哲思美文家的追寻

当今文坛的散文创作者为数众多,追求多种艺术手法的作家也大有人在,但能以散文经典走入大地碑刻的作家寥寥,剑冰则无愧于此项殊荣。当《绝版的周庄》全文刻石,以一堵老墙的形象成为水乡周庄的文化名片;当《吉安读水》的碑石屹立在吉安白鹭洲,伴随着学子们读书也读水;当落成于湖北郧西天河文化广场的《天河》碑刻,连同爱情一起永恒;当《洞头望海楼》的碑文,在温州洞头风景区迎击海浪;当《瓦》《藤》《岁月中飞翔的瓦》《春来草自青》《绝版的周庄》《水墨周庄》《荒漠中的苇》等作品或入选高考语文试卷,或走进语文课本,散文的魅力由此可见一斑。

以诗为文,寻求一种诗性表达和美文书写,是剑冰散文明确的审美追求。

作者本色是诗人,早年出版诗集《日月贝》《欢乐在孤独的那边》《八月敲门声》,更多的文集出版和创作成就是在散文领域。剑冰喜欢书法、摄影、音乐,作词谱曲,拉小提琴和二胡,19岁那年他就是带一把小提琴下乡当知青的。丰富的文学艺术背景滋养了他的散文。每每创作之时,他都是把散文当诗一样来写,用诗心感受生活,追求生活中诗的内涵,发掘平凡人生中的诗意,强调诗性内在的表达,而非一味追求形式的诗的外露。

诗的意境表达,往往经由比喻、拟人、象征等多种艺术手法,通过情景交融的画面和美的语言氛围来创造。《斜雨过大理》写洱海雨的绝妙景致,情与景、人与物高度融合。表现雨中插秧的白族姑娘的身姿,先以地毯厂飞针走线的女工比喻,状写她们将葱绿绣进田野;再以抖着翅膀的鸽子拟人,渲染白族姑娘的劳动歌声;后以大理的山茶花,来象征走向有着灰墙白瓦村庄的打伞女孩子。充满音乐感和立体美的画面,浸润在霏霏春雨中的大理,将苍山洱海的丹青水墨画诗意地勾勒出来,而那些勤劳的白族姑娘,则成为这画面上最亮丽的风景。诗中有画、画中有诗的意境,就这样呈现出来。

诗眼的发现,往往有力地提升了散文的思想意境。诗眼,作为艺术意境的焦点和脉络,是显示散文神采的灵魂、开启散文内涵的钥匙。《甘山之甘》的诗眼,可谓"甘山是让人心甘的",漫山遍野的红叶,灯笼一般高挂的红柿子,爱情浪漫的青年伴侣,都成了心甘情愿的甘山坚守者。《长岛情》的关键词在于"长岛,真是情人岛,有情人的岛",大陆版图在渤海湾构成的心形,自然成为这爱的源泉。写《荒漠中的苇》,作者寻找到这样的诗眼:"苇便是一种群像的结合体,荡漾是她的形容词。"身为植物中的弱女子,苇的结伴成长创造了荒漠戈壁上最美妙的景象。《阆中》由当地的街巷、饮食、灰瓦、桑林、女子、小舟写起,近观嘉陵江风光,遥想古代文人过往,洋洋洒洒,仿佛信手拈来,但抓住"阆"字做文章,其诗眼就在于"阆"那个门里的"良"。"那自然的生活,那清阔的江水,那千古遗留的民风,还有'庭院深深深几许'中走出的女子,如此多的'良',当然是该叫'阆中'了。"一个奇妙的诗眼,霎时点亮了散文的意境,红线般串起作者遍地抛撒的珍珠。

生活哲思的感悟,带来散文的思想穿透力,给人以睿智的启迪。哲理的发现,是生活中的盐、生命中的钙、漫漫长途的思想烛照,体现着美文的风骨与诗意。在《神迷的青藏高原》跳锅庄舞,作者透过草原风俗发现了"牵手"的爱情奥秘:"手,是人们用以交流的最好的伙伴。手的知性很好,它能传导很多的信息,包括爱的信息。所以有的手就再也不分开,不管什么人加入。最后两只手会带着两个人欢快地走或跑着离开舞群,无边的旷野海一样等待着他们。"人活世上,千难万磨,每天总有盼望。"孩童盼望长大成熟,女人盼望青春常驻,男人盼望事业有成,男人、女人和孩童都盼望得到尊重……朋友盼望真诚,爱情盼望果实,家庭盼望和谐","如果有一天再无任何盼望,你的生命就到了尽头"。在《生活随感》中,爱与恨、知足、母亲、男性与女性、幽默感、冷漠与热情、老路与新路等诸多话题,都能引发我们的沉思。"人生最大的敌人是自己。每战胜一次自我,便如蝉蜕一样,这是获得一次理性的新生。""最能够容忍你的那个人,是你的母亲。她能够包容你的一切,她最知道你的优点和缺点,即使你做了对母亲伤害极大的事情,她仍然会带着对你的全部的爱走进坟墓。"

心灵为镜,以个性风格表现诗意美文,彰显了剑冰自己的创作路子。

在作者看来,越朴素、越自然、越纯真的东西,就越有生命力。他的散文诗是心底流淌出来的美文,偏重于纯美、温润、灵动、凝练的风格,但也不乏坚韧与挺拔;走世界的鲜活生活质感,与丰富的文化底蕴结合起来,形成观山临海、解读人生的独特方式。

林非先生在为剑冰散文集《苍茫》作序时谈到,最理想的散文应该是"最能够触发读者长久感动的,最能够唤醒读者回忆起或向往着种种人生境遇和自然风光的,最能够引起读者深深思索的,最能够在艺术技巧和语言的文采方面满足读者审美需求的,这样就能够使得自己撰写的散文作品达到最为理想的境界"。这是林非先生对理想散文的期待,也是剑冰散文写作的努力方向。

在社会变革与经济发展为主导的时代,在文学失去了共振效应愈加边缘化的时代,在文学样式走向多样化却也难以经典化的时代,散文这样一种仿佛信手拈来却极尽艺术苦心的创作,其生命力究竟何在?王剑冰以他的作品,启示了小散文可以拥有的大世界、山水景致浸润中的大文化;他证明了经典散文的艺术魅力,同样能够穿越历史,发出时代新声和个性化生命感悟,而那种呼唤了真善美的心灵美文,其创作口碑也一定会在生活的土壤中,在读者的喜爱和怀想中,在历史的沉淀和记忆中,一如那些铭刻于碑石的剑冰散文,它会与蓝天大地同在。

(原载《中州大学学报》2016年第1期)

行走的目光

——王剑冰散文集《大雪无言》阅读札记

张鲜明[①]

一连几天,天天手里捧着剑冰兄的散文集《大雪无言》。那雪白雪白的封面,让我想到雪,想到白茫茫的雪野,干净、辽阔、清爽。而封面居中靠左的地方,是剑冰兄,他在某个地方——也许是在一个田埂上吧——坐着,在那里歇歇脚,并进入冥想状态。

一篇一篇地读,一页一页地读,恍若跟着老兄走了一个又一个地方,听他一段又一段地倾诉着思绪和喟叹,觉得很舒畅,很过瘾。读完了,回头想想该如何清理出一些读后感,突然发现有几个词结结实实地在我心头蹲着。

第一个词:走

在这本集子的众多篇章中,随处可以读到这样的词语:走、访、去、到(到来、到达、来到)、站在、寻(寻一寻)。这些动词,可以归结为"行走"。

在我的印象中,剑冰兄是一个行者,一年到头,满世界地走着,这些天在周庄,过些天就到了云南;今天还在郑州,说不定明天就飞到海南了。这是采风,也是他的人生状态。

读万卷书,行万里路,这应该算是古往今来写作的秘诀。你看这本书中,一篇一个地方,从梅岭到东莞桥头镇,从徐州到伊犁河谷的那拉提草原,从鄂尔多斯到溹洧河边,从井冈山到普者黑,从周庄到哀牢山……一路下来,几十篇散文串起几十个地

[①] 张鲜明:著名作家。

方,就像是一串从东到西、从南到北的脚印,记录着剑冰兄的履痕和心路历程。

于是,我就知道,剑冰兄的散文是"走"出来的。

正因为这些散文是靠脚底板"走"出来的,所以,就很接地气,带着花草的香气,带着水色和天光,带着泥土的气息。

第二个词:看

这个词,是隐藏在这本集子的字里行间的。读这些散文,你会感到有一道目光,行走的目光,在照亮一个一个地方、一道一道景致,让我们看到一般人看不到的角落和通常无从感知的层面。甚至,这目光会穿越时空,穿透事物的表象,使我们感受到一种发现的惊讶和惊喜。

记得有一天,我在开封清明上河园与剑冰兄不期而遇,他是应这个园区的邀请来参观——当然,更是来写作的。我注意到,那一刻,他的眼神显然与一般的游客不同:充满了探寻、审视,有一种穿越时空的迷离感。这是作家和诗人的眼神,它像镢头一样在挖掘。果然,在这本集子中,我就读到了《东京梦华之赏》,写的是这个园区打造的大型实景演出《大宋·东京梦华》。在这篇散文中,剑冰兄通过对一个一个场景、一阕一阕宋词的展示,让我们回到了那个梦一样遥远、梦一样美好的大宋。不仅如此,他还让我们从中品味到了幸福生活应有的味道:和平,和谐,安逸,安详。读到这里,我懂得了他眼睛的厉害、他"看功"的非凡。

这本集子里的一切,都是剑冰兄"看到"过的,是一种很用心的、缓慢的、深刻的"看"。这是一种功力,一个大作家的功力。

第三个词:说

书名曰《大雪无言》,整本书却是"剑冰有言"。

他在说,说他到了哪些地方,看到了哪些景致,有些什么样的感受等。文中有些人物——譬如《退出历史视线的那个商人》《香山上的香山居士》《俊彦潘安》《圃田的列子》,甚至《飘峰山上的红霞》等——早已飘逝在历史风尘中,我们"看"不到了,但剑冰兄依然通过一些地方、一些遗迹,通过研究和挖掘,把这些人物和他们的故事"说"给我们,从而让我们"看到"。

他的"说",是一种慢悠悠的说,是一种发自内心的说。最重要的是,他"说"出来的是感觉而不是生硬的观点和理念。记得有位诗人说过:世界被创造出来,不是为了让人去思考的,而是去感觉的。剑冰兄不仅是一位大散文家,同时也是一位很好的诗人,他过人的功力就在于感觉的敏锐和犀利。他用感觉去触摸这个世界;而感觉,正是诗意之手,是心灵的翅膀。正因为如此,这本集子中的许多篇章,如《驿路梅花》《大河壶口》等,简直就是不分行的诗。

我感到,对于剑冰兄来说,感觉就是他延伸的眼睛,他用它来"说话"。

他很懂得怎样"说"。他把他的"感觉",附着在对具体的景物、场景、物件的描写上,因而他呈现给我们的感觉是坚实的,从而使他的"说"显得扎实、有依据、有分量。

第四个词:暖

读完这本集子,我私下惊叹:这就是"主旋律"嘛,宣扬的是"真善美"啊,完完全全是"正能量"!因为,在读他的这些散文的时候,我的心里充满了浓浓的暖意。在我看来,那些"大词"的本意就是真诚、温暖、善良,就像这本书中的散文所传达给我们的那样。只是,许多时候,我们把这些词用滥了、用俗了,反倒让人不好意思接受了。

暖,是剑冰兄散文的基调。你看,这本书中写到的每个地方、每个景物、每个人物、每个细节,都是明亮的、美好的、善良的、崇高的、宜人的。从中,我们可以感受到这位作家观察生活的方式,更能感到他人生态度的美好和他心地的善良;甚至,他让我想到了"佛心"这个词,也就是慈悲、仁爱等。

对于我们所生活的这个世界,我们可以找出一千个一万个理由去指认它的不完美,但同样可以找出一千个一万个理由说出它的美好,关键是我们怎样去看待它。作家为什么写作?我们又为什么要去阅读?在我看来,答案应该是:作家能够帮助我们去正确地认识世界和人生;而我们渴望从阅读中看到人生的方向,找到在这个世界上快乐地生活下去的理由。那么,就需要有人对我们说:看,世界是多么美丽,人生是何等美好!

作为作家的王剑冰做到了。他通过他的散文,把这一切实实在在、有理有据地告诉了我们。

人文精神的承续与重塑

赵富海[①]

王剑冰笔端的郑州历史人物的叙写,是建立在自己的知识积淀和生存体验上的,其所带来的是精神空间的高度与开阔,是对中华上下五千年人文精神的承续与重塑。

2004年郑州入列中国八大古都。2000年9月,《夏商周年表》向全世界公布,引起轰动。这一年,我参与主编《郑州十大历史故事》,请名家撰写散文随笔,王剑冰用传真发来了他写陈胜的《历史的裂痕》,一时间争相传阅,赞赏有加。

我意识到,郑州是中华上下五千年的一环,除了它的考古实证,还应有人文精神承续。心中有了王剑冰的"陈胜",手中有了《古都郑州》这个平台,作为执行主编,我将这份杂志定位为立足郑州,面向八大古都,传承历史文化,兼顾科学性、知识性、可读性。我决定为王剑冰先生开专栏,写郑州的历史人物。

自2009年《古都郑州》发了王剑冰写李商隐的《大唐文学的一盏夕阳》,后又发写杜甫的《秋风楚竹冷,夜雪巩梅春》、写陈胜的《遥远的雷声》、写列子的《圃田的列子》、写李诫的《顺着朱雀门看到一个人》、写子产的《春秋第一人》、写郑虔的《郑重虔诚一世名》、写颍考叔的《颍水旁,黄城冈》、写许由的《洗耳河畔的又一个春天》、写潘安的《俊彦潘安》、写白居易的《香山上的香山居士》、写弦高的《十二头牛的机智——郑国商人弦高》、写黄帝的《赫赫始祖,吾华肇造》、写韩非的《西去的韩非子》、写刘禹锡的《诗豪刘禹锡》。

15位郑州人(洛阳人刘禹锡死后葬在荥阳,算半个吧)再一次活在王剑冰

[①] 赵富海:著名作家、评论家。

的笔端。王剑冰厚实而又细致的笔触、淳朴而又华贵的语言,让这15位先贤圣人再活一次,活出了中原厚土的凝重、中华文化的博大精深。中国作协副主席廖奔在一篇序中说,文学豫军里有"散文名家王剑冰"。王剑冰对于中原的散文写作,确实起到了引领的作用,他的文字所溢发出来的是睿智、机诡、幽默、真实和洒脱。我总是能够强烈地感受到他的语言的张力与弹性。王剑冰对于郑州历史人物的书写,不仅有文史的意义,还有文本的经典意义。"文字韵律的知识,自然淳朴的艺术和热爱读者的魔法。"纪伯伦的话,用在评说王剑冰的文字上,不为过。

王剑冰笔下的15位郑州名人来到我的面前,我以敬畏之心、崇尚之情,将他们编组,梳理出7个方面,来一次理性与感性的认知。

精　神

王剑冰写的子产、列子、李诫,让我从中看到生活在不同时期的郑州人的人文精神,作家赋予了三位古人以新的生命形象。

春秋第一人,子产是够份儿的。子产是春秋郑国的执政,王剑冰说子产是一棵让郑国乘凉的大树。2500年前的一个秋天,子产死了,"整个郑国哭成一团"。"生命大树的叶子开始下落,像一场庄严的降雪。"比子产小17岁的孔子声泪俱下:"子产,古之遗爱也。"子产,可是古代留给我们的智慧啊,"孔子一哭,树叶子就全落了"。

据史书记载,在中国历史上,子产第一个将刑法铸于鼎,对全国进行普法教育。王剑冰写道:子产"将系列法令铸于钟鼎,开创公布成文法的先例"。子产不毁乡校,广开言路,让老百姓有地方对政府、施政者提意见,有点儿民间议会的性质。在外交上,"对晋、楚强权,子产毫不惧让,维护郑国利益和独立的尊严"。我们常用的一句成语"宾至如归",就是子产出使晋国时创造的。"国政宽厚仁慈,恩威并施。既依法治国,又施善于民。"子产为国相一年,浪荡子不再轻浮嬉戏,老年人不必手提负重,儿童也不用下田耕种;两年之后,市场上买卖公平;三年过去,人们夜不闭户,路不拾遗;四年后,农民收工时无须把农具带回家;五年后,男子不必都服兵役。郑国和它的百姓就是在子产这样一棵蓊郁的大树下乘凉。

王剑冰的《春秋第一人》,以形象的语言构成了多元意象。

读王剑冰的《圃田的列子》,以下两点让人印象深刻:一是王剑冰认为列子从文化上可以定位为平民寓言家,二是王剑冰认为列子和老子、庄子有一比。我摘引一段散文家思辨性的语言分析:"我觉得对列子这样的人物重视或者说宣扬得还有些不够,列子同老子和庄子应该有一比的。按照金克木的看法,《老子》是给王侯将相讲的哲学,《庄子》是给读书人讲的哲学,而《列子》是给平常人讲的哲学。既然如此,列子就直接进入了民间的亲切中。""民间的亲切中",直白而温暖。王剑冰提醒我们:"列子曾经是家喻户晓的,实际上,现在很多人知道那些成语,却不知道来自列子。"他又进一步评价列子的思想和理念:"而且列子在思想认识与文学理念上也是先进的,按现在的话说,是一个具有前瞻性的学者和作家。"王剑冰对列子的前瞻性概括为:"无拘无束,自由放达,想象斐然,视野极为辽阔,思想极为奇峻。"

王剑冰写到,列子四十年如一日在老家圃田著书立说,讲故事给百姓听,《杞人忧天》《夸父追日》《呆若木鸡》《朝三暮四》《疑邻盗斧》《小儿辩日》《利令智昏》《愚公移山》等,都应是大众文化、平民文化,老百姓都能听得懂。王剑冰还描写了自己去圃田的情景:"圃田人越来越感到了作为列子家乡人的骄傲,他们把列子做成了一种文化。杞人忧天的故事,愚公移山的故事,小儿辩日的故事,都在这节目里展现出来。""圃田,让人进入这里就会沉迷在一种与众不同的文化之中。"

2500年前,列子强大的生命在这片热土生成,2500年后,列子的文化生命又在这里播种、张扬。

《顺着朱雀门看到一个人》,我们与王剑冰一起看到了北宋大建筑师李诫。"朱雀门是李诫所建,朱雀门是皇帝举行庆典与出游的大街的主门。"王剑冰赞道:"李诫是以实物彰显了大宋的辉煌。"

王剑冰如同史家论证式地写李诫,因为他找到了多种版本的《营造法式》。他3000余字的散文,要翻阅30000字以上的文献史料。我之所以说王剑冰论说李诫,是拨动了郑州历史的心弦,那是因为早在2000年我编写郑州十大历史人物时,曾请当时在郑州工学院工作的王鲁民教授来写李诫,月余,这位有名的建筑系博导给了我一张稿纸,只有300字,王教授说:不好写。300字自然不够,他答应再押长,可此后因他工作调动,300字永远留在我的书橱里。建筑家犯难,此文也就一直没有约到。散文家王剑冰写出了李诫,他的文字与研究李诫、研究中国的建筑史具有异曲同工之妙。

2012年,我采访梁思成的女弟子、中国一级建筑师郭黛姮教授,她说:李诫不好写。她告诉我,嵩山现存的实证范本即按《营造法式》建成的建筑物只有一座,是初祖庵。另外,她还证实,梁思成、林徽因夫妇崇拜李诫,给儿子取名梁从诫。

王剑冰写道:"一代建筑学家造就了皇家乐园,也造就了满足和安逸,造就了远方蠢蠢欲动的觊觎之心。"

从大宋王朝到新中国,千余年来,对于中国、日本、韩国的建筑家们来说,李诫是他们永远的偶像。李诫是历史的,也是文化的,更是精神的。2011年,郑州市文物局在李诫出生地新郑小双桥举办纪念李诫去世900周年学术研讨会,全国100余位建筑学家到会,研讨李诫的《营造法式》。

人　格

如果从中华文化考察,由3000多年前的民间传唱演绎而成的五经之首的《诗经》是第一个文化高峰,其次是楚辞、汉赋、唐诗、宋词、元曲、明清小说。流传至今的唐诗有4万余首,诗家千余。李、杜、白,人称诗仙、诗圣、诗魔。郑虔、刘禹锡、李商隐,郑可谓艺苑大家,刘是诗豪,李则称小李白。

王剑冰评说杜甫、郑虔、白居易、刘禹锡、李商隐的散文形式,让我耳目一新。

杜甫少时家贫,7岁能诗,20岁开始游历吴、越、齐、赵,三次考进士未中。安史之乱发生前,杜甫曾寓居长安10年,过着"朝扣富儿门,暮随肥马尘。残杯与冷炙,到处潜悲辛"的生活。这样的社会,这样的遭遇,锻造了杜甫的人格。家贫来客,杜甫用一把韭菜、两个鸡蛋和一盘豆腐渣待客,成为流传后世的经典。"杜夫人端上三菜一汤摆在桌上。第一碗是炒韭菜,上面放着两个蛋黄;第二碗也是炒韭菜,上面甩着蛋白;第三碗是清蒸豆腐渣,上面什么都没有;最后是一大碗韭菜豆腐渣汤,上面还漂着几片洁白的蛋壳。"杜甫对客人抱拳发话:

"诸位光临寒舍,深感荣幸,特备'诗宴',以表寸心。"正当客人有些莫名其妙之时,杜甫拿起筷子,指着第一碗菜说,这叫"两个黄鹂鸣翠柳";第二碗是"一行白鹭上青天";第三碗是"窗含西岭千秋雪";最后一碗汤是"门泊东吴万里船"。客人听了鼓掌叫绝。

杜甫忧国忧民,写出了许多反映社会现实的不朽诗篇,记录了唐王朝的巨大变化。"诗圣"杜甫一生创作了3000多首诗,流传下来的有1400多首,其中很多是传诵千古的名篇。王剑冰评价:杜甫继承发展了《诗经》以来的优秀传统。作为中国古典诗坛的集大成者,他"尽得古今之体势,而兼人人之所独专"。承继先贤,启迪后学,他的乐府诗,促成了中唐时期新乐府运动的发展。他的五七古长篇,亦诗亦史,展开铺叙,而又着力于全篇的回旋往复,标志着我国诗歌艺术的高度成就。杜甫在五律、七律上也表现出显著的创造性,积累了关于声律、对仗、炼字炼句等完整的艺术经验,使这一体裁达到完全成熟的阶段。

唐代诗人韩愈说:"李杜文章在,光焰万丈长。"元稹也说:"诗人以来,未有如子美者。"宋以后,王安石、苏轼、黄庭坚、陆游等人对杜甫推崇备至,文天祥则更以杜诗为坚守民族气节的精神力量。杜诗的影响,从古到今,早已超出文艺的范围。毛泽东称杜甫的诗是"政治诗"。所以长期以来,杜甫的诗被称为"史诗",杜甫也被后人尊为"诗圣"。

杜甫既是中国的,也是世界的。他在国内受到人们千百年来的崇敬与热爱,在国际上同样受到各国人民的尊敬,在1961年斯德哥尔摩世界和平理事会上,杜甫被列为世界文化名人。王剑冰以翔实的笔墨,写出了杜甫的人格魅力。

郑虔是郑州荥阳人,唐代书画艺术家、诗人。他曾把自己的诗、书法作品和画献给唐玄宗,玄宗赞叹称:"郑虔三绝。"郑虔为官清廉,生活简朴。我们记住他,还因为他艺术人生的高度。

王剑冰写郑虔从杜甫与之告别写起,有了伤感的味道。其实,郑虔的一生都是令人伤感的。你看:"郑虔虽是大家,却一生与富贵绝缘,年轻时最落魄的时候,连画纸都买不起。他曾借住在长安的慈恩寺中,苦读苦练。慈恩寺有大雁塔,那塔很是高耸,在很远的地方都能看到。塔的四周是翁郁的林木,其中最夺眼的是柿树,秋天一到,红红的柿子挂满枝头,而叶子却是先落了,厚厚的叶子让僧人们看着怜惜,就捡拾回来,天长日久,捡拾回来的叶子竟然塞满了好几个屋子。这真的是一件盛举,而且是十分生动的盛举,可以想见每日里捡拾的身影。更让人感叹的盛举,是一个人发现了这些叶子,每日里,利用它来写字作画。那一定是过了捡拾的季节,买不起纸张的郑虔就与这些叶子结下了不解之缘,直到将几个屋子的叶子全都用完。"

这样身世的郑虔,诗绝,书画也是洛阳纸贵。王剑冰说:"郑虔留存于世的书法作品还有敦煌写卷《书札》楷书残页,可惜流落到了俄罗斯,不知俄罗斯人看不看得懂。"

由此可见郑虔人品与文品的魅力。还有:"杜甫的诗名按说是大过郑虔的,但 39 岁的诗人还是称 59 岁的郑虔为先生或郑老。"

郑虔在台州做官,也死在台州,台州人视他为文化启蒙者。一千多年来,台州人总是把郑虔的墓园修了又修。每年都有人去献花。

王剑冰说:"郑虔就是为人郑重,为文虔诚。"王剑冰分析道:杜甫倾慕郑虔,是因了郑虔的人格与学品。

王剑冰的《诗豪刘禹锡》开笔将刘禹锡和白居易的人生第一啼,同时唱响人间。"唐大历七年,也就是公元 772 年,中国发生了一件大事:一代诗人刘禹锡诞生了。就此说这件事还不完整,同时诞生的还有一个人——白居易。"人世间从此有了"诗豪""诗魔"。

诗豪刘禹锡的人生有 10 年过着流放生活。朗州(现湖南常德),"离长安千里远,按当时的说法那就是蛮地,饮食生活习俗都差得远,十年的生活,对于一个中原人来说可想而知"。

其实,刘禹锡一生被贬多地:朗州、连州、夔州、和州、苏州等地。如果没有那么多被贬,他不可能写出那么深入生活的诗文。他一生传下来的诗有 810 首、文 240 篇,其中不乏脍炙人口之作。其中,有的诗作能够演唱。"杨柳青青江水平,闻郎江上踏歌声。东边日出西边雨,道是无晴却有晴。"

王剑冰在这篇文字中,多次写到刘禹锡与柳宗元的友谊、与白居易的友情。在刘禹锡的贬谪生涯中,刘禹锡、白居易在扬州相会,王剑冰写两人的情真意切,温暖而又豪迈。"两个人终于在扬州相遇了。这是他们的第一次见面,因而更是高兴异常,到酒馆里好好地喝了一场。刘禹锡醉没醉不知道,反正白居易是喝醉了,'你该当遭到不幸,谁叫你的名声那么高呢!可是 23 年的不幸,未免过分了.'白居易的《醉赠刘二十八使君》的诗,既是同情,又包含着赞美,透着白居易式的真情与幽默。刘禹锡也是感慨万分,两个人推心置腹。'真的是啊,我谪居在那些荒凉的地方,都已经23年了呀.'刘禹锡酬答白居易的一首《酬乐天扬州初逢席上见赠》,也成了名诗,其中有句'沉舟侧畔千帆过,病树前头万木春',展现出一种大胸怀。"

刘禹锡的一生,多做刺史,是一个地方的一级长官,做得都很好,深受百姓的爱戴,比如苏州就把在此担任过刺史的韦应物、白居易和他合称为"三杰",建立了三贤堂。皇帝也对他的政绩予以褒奖。刘禹锡晚年回到洛阳,任太子宾客,死后被追赠为户部尚书。

王剑冰评价刘禹锡:"人们对刘禹锡的敬慕与仰止,不仅仅是因为他诗文言辞的精锐与意境的妙道,更在于刘禹锡热情、坚毅、真挚、豪爽的人格魅力。"

与刘禹锡同年生的白居易,是新郑人,他早年丧父,在漂泊中度过了青年时代,这使他从小就对当时的社会生活与民间疾苦有较多的接触与了解。白居易在翰林学士、左拾遗位置上,向唐宪宗提出了不少利民的诤谏。后因受排斥,白居易转任太子左赞善大夫,又因得罪宦官官僚集团而被贬官为江州司马。他的千古名篇《长恨歌》《琵琶行》就是这时写成的。晚年,白居易醉心佛道,与香山僧如满结香火社,自号香山居士。

白居易死后葬在洛阳香山琵琶峰上,墓志是李商隐写的。李商隐同是河南人,也是诗坛奇俊。

王剑冰写道:"白居易被贬为江州司马,这对他思想上打击很大,自比天涯沦落人。江州水边送客,逢到了一个歌女,不禁泪洒青衫,有了一篇《琵琶行》,和《长恨歌》同属于他最成功的作品。那种声随情起、情随事迁的歌咏有一种震撼人心的力量。'东船西舫悄无言,唯见江心秋月白.''行宫见月伤心色,夜雨闻铃肠断声.'凄冷的月色、淅沥的夜雨、断肠的铃声,此背景下的人物统统染上了凄伤怅惘之色,读了令人感叹不已。"

千百年来,对白居易的称谓有两种,一种叫诗魔,我赞同。他一生有诗2800首,仅饮酒诗就有800首。他还有一号:人民诗人。我更为赞同。白居易有名的《卖炭翁》,写尽社会下层人民的生活境遇和愁苦。他还有很多写女性的诗,贫苦的农妇、守陵的宫女、沦落的歌妓、闺中的怨妇等,表明了他对女性命运的关注与同情。另一方面,他有些诗作却显现出了对女性的不恭,因而让人诟病。

王剑冰是在白居易去世1165年后的秋天,来到香山,写出了《香山上的香山居士》。

在香山,王剑冰发现,有一个组织在白居易的墓前举行简短的仪式,包括向白居易献花鞠躬,然后有人解说。"这时我才知道,这是一群韩国人。他们一起背诵白居易的诗句,回顾白居易的生平。从另一个国度冒雨而来,有老有少,年纪最轻的,就是那位长裙女子。"

"来寻根问祖?我的猜想得到了证实。我后来看到了报道,白居易的后裔30多万,分布在韩国各地。他们成立有白氏全国宗亲会,是韩国有较大影响的民间组织。我从那清秀的脸上望过去,看到一张张苍老的面容。直到我离开,他们还在那里,有的绕着墓地,有的抓起一把泥土,有的在树上挂上小纸条。我的眼里涌出了泪水。白居易,中华民族的杰出先人,依然活在人们的心里!"王剑冰写得很有现场感,读了让人生发联想。

王剑冰的《大唐文学的一盏夕阳》,写晚唐诗人李商隐。王剑冰是这样解说"夕阳"李商隐的:"唐朝是中国诗歌的鼎盛之朝,它就像中国文学的一颗光耀无比的太阳,高高地悬在历史的天空。时间进入了大唐末期,这颗太阳在即将沉落的时刻,又猛然现出了李商隐的光芒。"

"一盏夕阳",多么美妙,"一盏夕阳",多么浓烈,"一盏夕阳",有温度,又有文化高度。"文学的""一盏夕阳",早已光华四射,照亮国人的心。"一盏夕阳"是全人类的财富,它在人类精神长河里,永远透亮。它是人类的"诗魂"。李商隐在仕途走了30年,他的最高职位是九品秘书省校书郎。拿到今天,属于科级。他死后,坟头也不大,高4.2米,东西长10.4米,南北宽10.6米。坟前没有墓碑。但这不影响后人对他的怀念。盖不盖公园无碍,千年来,李商隐都是沉睡在这荒郊野外。

唐时郑归荥阳管,其治所在郑州西大街,李商隐作为幕僚,在此办公,发愁时,登西城墙上夕阳楼,留下《夕阳楼》名句:"花明柳暗绕天愁,上尽重城更上楼。欲问孤鸿向何处,不知身世自悠悠。"

王剑冰说:"李商隐家族没落,少时迁郑,仕途失意,又生活在晚唐败废的氛围中,是能化育出他极具个性的精神气质、情感世界的,养成了他悲世悯人的天性。他不多的政治诗,可见其风骨和胸襟;他的抒情诗,既展示了他情感世界的丰沛纤柔、绮丽多彩,又有隐喻在其中。"

王剑冰写道:"李商隐的一生,如何遇到了那么多的无奈?他不停地漂泊,不停地追寻。一支笔在此之中挥洒到了极致。李商隐更多的诗是写感情、写爱恋的。在政治上不顺意的他,把更多的感情投注在对爱情的追寻上,但可以看出,他同样不遂意。也正是有这么多的经历,才使他写出如此真挚感人的诗篇。"

清人做《唐诗三百首》,300首中,李商隐的达22首,数量仅次于杜甫的38首、王维的29首、李白的27首。《西昆发微序》中说:"唐人能自辟宇宙者,唯李、杜、昌黎、义山。"义山者,李商隐也。王安石曾赞李商隐:"唐人知学老杜而得其藩篱者,惟义山一人而已。"王剑冰赞:"李商隐的诗好读却又耐读,是那种曲音绕梁的美,情深而又意切,是那种拍案叫绝的真,不仅有夕阳在山的万千气象,也有潇潇暮雨的迷离景观。"

人品与文品、人性与诗情共舞,李商隐是人与诗同构合铸的伟大诗人。

王剑冰写唐五大诗人,杜甫,贫困"到处潜悲辛";郑虔,贫困到纸都买不起;刘禹锡被贬;白居易漂泊;李商隐家境没落。五大诗人仕途大失意,五大诗人光耀千秋万代,五大诗人在人世沧桑中沉淀出人文精神,永远是后世尊崇的高地!

德　行

王剑冰《洗耳河畔的又一个春天》,写的是许由。他来到许由洗耳的嵩山脚下洗耳河边。"许由直恨怎么长了两只耳朵,让这样的话进去了。许由赶忙蹲在水旁,不停地洗自己的耳朵,来人一看感觉许由一定是受了什么刺激,跑走的时候许由还在那里洗耳朵,水清凉地进去又出来,如此循环往复,一切又是清清亮亮的了,风还是乡野里带有各种啁啾和馨香的风。许由看着那条水,洗掉的已经流走了。"

那天,许由正痛快地洗耳朵,被正在河边饮牛的巢父看见,问,你在弄啥,许由气不打一处来,用力抓耳,说了帝尧请他当君王他没同意,现在,尧又让他当九州长。"这是脏话,弄脏了我的耳朵,我不得不用河水洗掉污言。"巢父大声地说:"孬孙!我得到上游饮牛,免得你洗耳的脏水喝到牛肚子里。"

豫籍诗人韩愈给许由生活的时代定位于中古时代。有史学家认为：4500年前后的中古时代，是中国人德行修炼的一个大时段，人称这一时代为尧舜禹时代，许由是尧的老师，舜的老师是善卷。

传说善卷自湖南三湘大地专程来中原沃土登封与许由论说道德，现在叫研讨，是学术性质的。许由说："道德治天下，人化。"善卷说："道德治天下，化人。"许由归隐山林，不与世俗同流合污，成为隐逸高士的鼻祖，他淡泊名利的节操赢得了后世的尊敬。中国许姓一脉可溯源至许由。

4500多年之后的一个春天，王剑冰来到嵩山，地上漫水，沾了一脚的泥，问水从何来，老农说出一个迷人的名字：洗耳河。他惊喜又满足，他还看到许由的像，对香火供许隐士，他不高兴。这一节看似细碎，却让人身临其境。

许由生儿育女，倒是弄得人丁兴旺，形成一个村子就叫许由村，又慢慢形成一个许国，这是许由没有想到的。许国建立后发生了争斗，许国也不知其果了，这也是许由没有想到的。王剑冰随意的笔触意蕴无限。

公元前627年二月，秦国大军过关越城，准备向郑国发动偷袭。领军将领为孟明视、西乞术、白乙丙。

从郑国首都新郑出来的官道上，走来一支雄健的牛队。领队弦高。他们是赶往洛阳贩牛和卖牛皮的。

《十二头牛的机智——郑国商人弦高》开头一节，王剑冰以史家的眼光，写到强秦与晋、郑的关系，写出秦偷袭郑的背景。散文家高度凝练的文字，传递出容量非常大的信息。第二节则从分析商人经商的社会地位入手，从弦高的人格切入。经商的人脑子是很好使的。弦高就是讨厌权势阶层的尔虞我诈，况且政治形势不稳，说不定什么时候就掉了脑袋。弦高活在自己的自在中。这不，这么一个牛群进入周都，就会立时赚回大笔响当当的银钱回来。这是2000多年前一个贩牛商人的处世哲学，当然也是他的人生观。有这种人生观的人，在国家有难时，会挺身而出的：国家没有了，何谈生意？

弦高听到有军队在郑国大道上，吃惊后确认是秦军。他肯定秦军是来攻打郑国的，而且郑国人还不知道。弦高冷静下来，做了两件事：(1)立即派人返回去向郑国报信；(2)自己扮成使者，以12头牛(这支队伍中所有的牛)、熟牛皮4张，去犒劳秦军。弦高拿着架势，真的像一个使者一般，行觐见礼，说是郑国国君听说秦国军队路过,特命自己前来犒军,大军所在,可以尽享供应,直待大军离去。孟明和他的副将对了一下吃惊的眼光,怎么郑国已经有了防备呢?那么内应的事情看来也暴露了,这样还怎么偷袭呢?秦军不得已离郑回秦。

"郑国不战而胜",国君要奖励弦高。王剑冰笔力劲健,激情满怀地写出了爱国商人弦高的德行,只是结尾处王文异常苍凉。

弦高做事是无私欲的,纯粹是出于对郑国的热爱,谁不爱自己的祖国呢?弦高觉得为祖国做事也就是为自己做了一件事,不值得挂记在心,更不需要国家来奖赏,而自己假冒国家使臣的行为也是一种欺瞒行为,事先也没有征得国君同意,如果加赏,就会坏了国家纲常。

王剑冰继续对弦高的心理进行刻画:"十二头牛也没想着要赔,好好做自己的生意总可以吧?举国上下一定都知道了弦高救国的事,十二头牛简直就是活广告,借此做什么生意能不亨通呢?可是,弦高竟然谢辞后就退走了,而且退得远远的,甚至退出了国门,也没有到周朝的首都洛阳那个他常去的地方。人们不知道他去了哪里,他一直退出了历史的视线。"读到这儿,我心凄然。

操　守

王剑冰的《颍水旁,黄城冈》是写郑国大臣颍考叔劝庄公与母亲修好的故事,《俊彦潘安》写的是西晋美男子潘安的故事。这两个人物生活在不同的"国度",却都有着共同的传统美德操守,颍考叔是"孝",潘安是"敬"和"孝"。

颍考叔是郑国封疆大吏,镇守登封颍谷,颍考叔打仗也很勇敢,有一次攻城,他身先士卒,乘战车直逼城下,这时,有一年轻将军子都怕老将攻城抢头功,从背后一箭将颍考叔射死,后来就有了成语"暗箭难防"。但在民间,传说最多的是颍考叔怀肉劝主的故事。

史料载有"掘地见母",说的也是颍考叔劝郑庄公与母武姜修好,在"黄泉相见"的故事。王剑冰写道:"颍考叔想好了主意,赶到京城见庄公,庄公盛情招待。可是庄公发现颍考叔偷偷往袖子里藏着吃食。庄公就问了,你这是干什么?难道怕在这里吃不饱吗?考叔回答:我是家里还有个老母呀,这么好的东西,我想给她老人家带回去点尝尝。庄公脸上就挂不住了,怅叹着说自己也有老母,却不能相见。考叔装不明白,听了庄公的叙说就笑了,这有什么难的,不就是'黄泉相见'吗？在地下挖一个隧道通到黄泉的地方，不就可以见了吗？庄公高兴了，立即就着五百人在城西南开挖隧道。"

颖考叔孝，也劝国君行孝。"地道一直挖到泉水处，而后在里边建了一间屋子，将武姜从洞这头送进去先等着，让庄公从那头迎过来。母子俩一见就抱头痛哭，而后便高兴地笑。那叫作'大隧之中，其乐也融融'，当地百姓至今还会说那句歌谣：'大窟窿，小窟窿，窟窟窿窿到黄城。'大窟窿小窟窿就是从两边挖的隧道的洞口。

"颖考叔做的这件事，可是让古人也感动得不行，'君子曰：颖考叔，纯孝也。爱其母，施及庄公。'认可颖考叔是一位真正的孝子。"

2500年前的"孝"，也让王剑冰感动了。"看得久了，就觉得有哭音和欢笑从沟底传出，宣扬着一个千古佳话。"

百事孝为先，孝可感动古人，亦可感动今人。

2500年之后的1986年，郑州城建起三大集贸市场，其中老坟岗集贸市场的北门枋，彩绘画中有一幅是《颖考叔怀肉劝主》，穿越20多个世纪的孝，再次在这个城市渲染开来。

王剑冰写《俊彦潘安》，网上点击多达十万余次，为什么？

潘安的美，曾被左思模仿，结果"群姬齐共乱唾之"；潘安的美，又让山涛妒忌，山涛告到皇上跟前，说他是化妆化出来的美，又献计让潘安夏天着冬装上朝，结果，皇帝见到的潘安是"玉色凝脂，粉里透红"。潘安的文才，被赞"潘才如江"，其《西征赋》《秋兴赋》《寡妇赋》《闲居赋》等都是诗赋中的名篇。

以上是《俊彦潘安》一文网上点击多达十万余次的原因之一。原因之二，便是帅小伙用情专一和对母孝。王剑冰写道："潘安十二岁时，与十岁的杨氏定亲。杨氏是晋代名儒杨肇的女儿。杨氏咱没见过，但可想象那人一定是既有内质的美，又有外在的秀，所以让潘安一生迷恋忠诚，二十多年，两人相濡以沫，感情甚笃。杨氏先其而殁，潘安悲痛欲绝，涕泪凝成三首《悼亡诗》，看到者无不跟着悲凄。李商隐就说'只有安仁能作诔，何曾宋玉解招魂'。多少年后，苏轼的《江城子》不知有无从这里受过感染。潘安此后一直独身未娶，更为千古佳话。'潘杨之好'成了一个美词。就这一点，也够他成为无数女子梦中情人坚若磐石的理由。"

王剑冰写潘安对母孝,突出地将事业、母亲放在天平上称,"母亲为重",所以他毅然辞官照顾有病的母亲。"造了一所房子,周围种了花草,栽了柳树,与母亲相亲相守","还经常驾车带着母亲出游解闷"。这期间他留下的名作就是《闲居赋》。潘安行孝母亲,上了典籍,二十四孝中"辞官奉母"就是说的潘安。

法 治

新郑曾经有周朝的两个重要诸侯国,一个是郑国,从陕西迁过来的郑桓公利用商人的力量励精图治,他与商人们签约《质誓》"尔无我叛,我无强贾",意即商人只要不背叛国家,政府不干涉正常的商业经营。《质誓》载《左传》,被称为中国的第一部商业法典。另一个是韩国,韩国对中国历史的贡献是出了个法家集大成者——韩非。新郑的郑韩故城系国家重点文物保护单位,简称"国保"。

王剑冰两赞又两叹地写出了《西去的韩非子》。

看似轻盈的笔调,却流淌出沉重的伤感,"小道上洒有他没有饮尽的酒"。韩非子话语迟钝,做学问却是第一流的,这个只会著书立说搞研究的人"怎么会想到能招来杀身之祸呢"?因为他的学问像鸟儿一样"飞到了秦国,飞到了秦王的案头"。王剑冰一叹,是悬念。

韩非子的《孤愤》《五蠹》《说难》,都是警世明言啊,你看,韩非主张:"国家的大权要集中在君主一人手里。应该使用各种手段清除世袭的奴隶主贵族,应该选拔一批经过实践锻炼的人才充实各部委和军队。"王剑冰一赞:"这是法治。"韩非提出了"清贵族""大权握君主之手",建立国家机器——军队等主张。所以,后世称赞韩非的法治理念,认为他是法家学说之集大成者。王剑冰二赞:"要改革和实行法治,制定了法,就严格执行,任何人不能例外。"郑国子产将法律文书铸于鼎,政府官员反对,说,这还了得,平民百姓怎么可以知道法律啊!孔子说"刑不上大夫",王子犯罪怎能与百姓同罪?韩非子实行法治,制定法律,"任何人不能例外"。这就是"法律面前人人平等"。放在现今,人人理解,人人遵守法律。2200多年前的封建社会,法家的代表人物韩非已有了"法律面前人人平等"的理念,无怪乎韩非的同学、后任秦国丞相的李斯将他推荐给秦王嬴政,秦王看了他的书,"痛快得想哭"。

就是这位"痛快得想哭"的秦王,以国礼迎聘韩非子的秦王,最终却杀掉了口吃的书生、法家代表人物韩非。秦王举刀杀韩非的推手是李斯,李斯的动因是老同学太有才,因为韩非将法、术、势思想熔为一炉,大大丰富了法家学说的思想内涵。李斯妒忌韩非。

王剑冰又一叹:韩非"让秦王对这种才华佩服的同时又暗生恐惧","何况还有人在一旁添油加醋,而这个人又是秦王信任的李斯"。王剑冰分析"时间能杀人","李斯或许也不是妒忌韩非,他是从大的方面考虑,若韩非入朝为官,作为韩国公子必定阻碍秦国攻韩,拖延统一的步伐。若是韩非回国,也必定协助韩国御秦,成为秦国无法逾越的障碍。无论从哪个角度说,韩非都是要被除掉的"。

分析是有主观性的,结果是客观的,韩非子西去了,他没驾鹤。韩非子知道他的命运吗?不一定知道,因为在此之前没有先例,他又不会如商人那样占卜看生死。还有一个现象,人去而思想留下。王剑冰说:"秦始皇很难说不想着韩非的好处,统一中国后,他采取的许多政治措施,仍旧是韩非理论的应用和发展。"

王剑冰的警句:"别人的妒忌也会生出刀来!"

警 世

草莽英雄陈胜,永远让我们心跳。

王剑冰写陈胜为刘项十八路英雄扫秦铺平了道路。陈胜这个英雄,草莽出身,一个真正的农民,盼出人头地,揭竿而起,右臂裸露,大泽乡暴动,成为中国农民起义领袖。我们看到经典性。经典性的作品,首先,要正视人生,洞悉人的生存困境;其次,张扬人性的真善美,人要活得有尊严;其三,它必须有对社会与人性的批判意识,匡正社会。

《遥远的雷声》中,王剑冰从容不迫地写人、叙事,我惊异于"雷声"不同寻常。2008 年,"雷声"响在《郑州晚报》的"郑州人故事"上,获一等奖;2009 年,"雷声"又在《古都郑州》上炸起;"雷声"响在登封,登封上下视"燕雀安知鸿鹄之志""苟富贵,无相忘""王侯将相宁有种乎"为常读常新的"老三篇"。经典要不断发、反复发,张扬开来,灌输下去。

一篇:"燕雀安知鸿鹄之志哉"。王剑冰写道:"一天,疲累的陈胜走到田埂上,满腹心事地对佣耕的伙伴说:将来咱们谁要富贵了,彼此不要忘记。伙伴们笑他,你一个穷农夫谈何富贵?陈胜微露笑意,慨叹出一句千古名言:'燕雀安知鸿鹄之志哉!'此话不知怎么让司马迁所得,以至将陈胜点化得十分形象。这句话是符合陈胜心轨的。苦役的折磨、繁华夏都的见闻,让一个普通人的心情变得复杂起来,远大的志向如带雨的云团,长时间在胸中挤压着、翻滚着。"

"燕雀安知鸿鹄之志哉"的平民理想与追求向不为人知,自陈胜起,2000多年来,人世间有多少人的追求"长时间在胸中挤压着、翻滚着",这句话是遥远的雷声,它还会在现代社会的时空里响彻。

二篇:"苟富贵,无相忘"。王剑冰写道,陈胜当农民时在田地说的话,在称王进宫后忘了。那个和陈胜曾一起佣耕的旧友,听说陈胜当了楚王,大概想起了那句"苟富贵,无相忘"的话,就喜滋滋地来陈县找他的患难兄弟,此人有些张狂,敲打宫门的架势都不一样。"我要见陈涉!"连陈王都不提,他的狂妄激怒了守门官,他被捆了起来,这才慌了,连忙申辩说是与楚王一块耕过地的朋友。守门官将他放了,却不肯通报。好不容易进入王宫,看见宽大的殿堂、陈垂的帷幕,此人又是感叹,又是羡慕。于是在宫里享起了富贵。但他忘了一点,此时的陈胜已非彼时的陈胜。他常常将陈胜的往事挂在嘴边,而且进出随便,做事无顾忌。有人就到陈胜那里打小报告,陈胜也忍够了,便把这个老乡杀了。这样一来,陈胜的故友都悄然离去,没有人敢亲近他了。

"苟富贵,无相忘",陈胜的这句话,开始是与农友共勉的,进宫则翻脸了,王剑冰慨叹:"苟富贵,无相忘"难啊。燕雀是燕雀,鸿鹄是鸿鹄。陈胜之后,李自成、洪秀全这样的农民领袖,后来做了王,同样如此对待他们的患难之友。现实社会中的刘胜、王自成、马秀全,一样一样的,有人"富贵",就有人"相忘",也就会听到"遥远的雷声"。

三篇:"王侯将相宁有种乎!"阳城人陈胜,一人呼,百家应,削木为器,揭竿而起,其势何其壮啊!虽然称王只有六个月的时间,却改变了一个雇农一生的形象。这个形象也成为数千年来的佐证:暴政和腐败必会激起反抗和斗争。

那是英雄的时代,成就帝业的刘邦是英雄,不肯过江东的项羽是英雄,敢于举起义旗的陈胜也是英雄。尽管这些人物早如烟云过眼,但不管何时想起他们来,总是让人思索些什么。似乎正是这样的一些人,才使历史变得丰富多彩。"王侯将相宁有种乎!"颠覆世袭,打破唯成分论。王剑冰的结尾有力而深沉:

"萧瑟秋风今又是,高天上,狂跑的阴云之间,人字雁阵驮来一个遥远的雷声:王侯将相宁有种乎!"

寻　根

王剑冰写黄帝《赫赫始祖,吾华肇造》是从黄帝拜祖大典写起,"三月三,拜轩辕"。春秋时期的历史典籍中就有三月三朝拜黄帝的记载,唐代以后渐成规制,盛世官方主拜,乱世民间自办。每年三月初三在新郑公拜轩辕黄帝,是中华民族的传统大典。

黄帝根在中原。《史记》卷一《五帝本纪》载:"黄帝者,少典之子,姓公孙,名曰轩辕。生而神灵,弱而能言,幼而徇齐,长而敦敏,成而聪明。"司马迁用白描手法写出了黄帝的身世、特征。关于黄帝的出生地,《史记·周本纪》所载为商代末年的有熊国,《正义》引《括地志》云:"郑州新郑县,本有熊氏之墟也。"钱穆先生的《黄帝》一书,说黄帝"是有熊国君,有熊是后来的河南新郑县,县北有轩辕丘,又有黄水"。史念海先生考证:"黄水即溱水。"

神农氏后期,各部落为了争夺土地和人口,相互攻击,战乱不已,生灵涂炭。黄帝适应社会发展形势,制定"内行刀锯,外用甲兵"的方略,对不顺从者或作乱者,采用武力征伐手段,迫使他们顺从,从而结束了部族间的战争。之后,黄帝在新郑"大会诸侯",被拥立为"天下共主",为华夏族的形成奠定了基础。"诸侯咸尊轩辕为天子,代神农氏,是为黄帝。"(《史记·五帝本纪》)黄帝建立了中国历史上第一个酋邦性质的国家机构,利用政权的力量巩固和发展了统一、和谐的社会。

王剑冰写黄帝的伟大创造精神:"轩辕黄帝的功绩之一是'艺五种'。'五种'就是黍、稷、菽、麦、稻。黄帝还掌握了平原农业的许多特点,《路史·疏仡纪·黄帝》说'岁时熟而亡凶,天地休通,五行期化,故风雨时节,而日月精明,星辰不失其行'。黄帝已经认识到挖掘土地的潜力,广耕耘,勤播种。黄帝在管理土地的制度上也有创新。黄帝之前,田地耕作混乱,黄帝以步丈亩,将全国土地重新划分,划成'井'字,中间一块为公亩,归政府所有,四周八块为私田,由八家合种,并穿土凿井。这就是延续很长一段时间的井田制。此外,黄帝还开辟园圃,种植果木菜蔬,饲养兽禽。"

王剑冰写黄帝拜祖大典,极有现场感,让人有身临其境之感:"这是一个节日,把大家聚在了一起,认识的不认识的,老的少的,有着各种各样口音的,相拥相抱,泪眼蒙眬。他们互赠礼物,互传文字,举办各种各样的研讨会、还乡会、茶话会,在会上朗诵自己的感怀,诉说自己的思念。他们来到黄河边,洛河、渭河边,登上嵩山、泰山、华山,他们激动啊,由黄帝创立的华夏之国,已经屹立于世界之巅。颂歌飘绕,钟磬萦响。他们拉起手来,就像五大洲的中国人拉起手来,像一条根系,将炎黄子孙的血脉紧紧相连。"

郑州新郑每年的黄帝拜祖大典,已成国家级非物质文化遗产。

每年的农历三月三,"中国台湾地区的,印尼的,新加坡、马来西亚的,更远的来自欧洲、非洲、拉丁美洲的,他们举着旗帜,拉着横幅,给各方人士递着他们的联络方式,表明着他们的真诚。他们感觉着,来了就是来到家了,拜了黄帝就是找到了真正的根源"。

王剑冰笔下的历史人物,是郑州这座城市的形象大使,他们创造中华文明,影响了中国的历史进程。他们的人格魅力,已汇入人类的精神长河。

(原载《莽原》2016年第2期)

王剑冰的散文视界

刘海燕[1]

感觉王剑冰总不在郑州这个城市,总在远山异水间,在会议讲学中。事实上也是吧。2013年春天,河南省文学院召开他的作品研讨会,他提前一天从浙江赶回,当天下午又飞往温州。在散文界颇具盛名的王剑冰,被这个社会广泛需要着。但会场上,坐在你对面的王剑冰,却比更多的人有着来自生命气质的静,仿佛几十年,外界都没有扰乱他。他坐在那儿,仿佛坐在他自己的世界里,每次发言也不会太长。文如其人。在王剑冰的作品里,我发现他有着与这个世界独自对话的习惯,或者说渴望。与这个世界独自对话的习惯和能力,是一个作家具有创造性的前提。

一、从公众视界里撤出,与这个世界独自对话

无论是自然的山水还是具有历史文化的山水,不管被多少文人墨客写过,王剑冰总能写出他自己的眼睛看到的这一个、烙上了他心灵印迹的这一个。这是很不容易做到的事。从徐霞客以来,中国的山水游记已历经几百年,要挣脱众文人的视界,找到自己的新见,需要怎样的心性和探索?研究王剑冰的创作,可以发现有关启示。

可以说,代表王剑冰水平的作品,都是他独自面对这个世界时的发现和感受。在与文友同行的采风游览中,王剑冰总是会有离开群体——掉队的时刻。掉队以后,剩下你一个人,你才真正看见天地间的事物,无论大或小,你和它们

---

[1] 刘海燕:著名评论家,中州大学教授。

才有深入对话的可能,如王剑冰的近作《大山包的女人》《观音山》,就是这样的作品。

王剑冰擅长写女性和水,也是共识。王剑冰"掉队"以后,发现和对话的也基本上是山中的女性,当然事实很可能是只有女性还在守护着那山,在那里劳作着,男人们都进城打工去了。在这些作品里,对话多于描述。描述是静态的、个人视角的,而对话至少是两种视角,是有张力、有现场感的。

《大山包的女人》这篇作品,就是写自己掉队以后,遇见当地驮马挣钱的女人——先是一群,"我"跟着她们的话语和眼光,最后视点落在一个落落寡合的女人身上,这个女人站着,不像其他女人坐着和躺着说话或做活,她背上的孩子被布单子蒙得严严的。

>我站起来向她走去。我说站着风大,这孩子冷不冷?她看了看身后说不冷。其实她是看不见的。我说孩子这么长期绑着会麻木的。她说没事儿,惯了。我问孩子多大。她说一岁了。我问一句她回一句。他爸爸呢?出门了。你是新来的吧?是,来了俩月了……

显然,这个女人没有和"外面人"谈话的对等心境,她本能地保护着自己,她是生活中的艰辛者,不想被优越者的目光打量得太清楚。

作者尊重生活的原生态,就这么一句一句地写下去,让读者看到不同处境的人对生活的看法差异有多大。如在知识分子看来,那些装点大山包的草割了当柴烧,可惜啦。可当地女人说,我们不知道你们怎么想,我们只知道生活。

我们这些城市人认为,山中的女人在冷风中牵着马做生意,很辛苦;可她们认为,幸亏外面人稀罕这大山包,女人还能找点儿事儿干。作者像写小说一样,对这些差异没有评价,而是选择性地呈现,让读者自己去判断,这样更能表现出中国社会不同阶层言行的出发点是怎样的。

>我说我们的人还没有从山崖边回来,要么我先给你十五块钱吧。她听了摇摇头,那一会儿你骑时再说吧。她似乎不愿意先接受施舍。

作者善良的愿望,或者说道德的施舍,被这个女人的自尊挡了回去。这个细节,让读者看到,不易的山中女人和优越的"外面人",在内心是对等的。

"我"回归团队坐到车上后,"忽然看见那个背孩子的年轻女人牵着马走在路边,马就是那匹毛色暗淡的土灰马,跟其他的浑身油亮的高头马没法比,价钱也许是最便宜的。她牵着马一直向前走……车过去的时候,她往路边让了让,仰头望望这辆暴土扬尘的车"。

看到这里,觉得心里很疼,这是一种很具隐喻意味的现实。城市人、文化人到此一游,什么也不能改变,或许还扬了她一身的尘土,让她愈加感到自己的灰头土脸。

"想起来,我竟有了悔意。"作者是说自己的心,还是替鲁迅以来的人文知识分子说的?中国现代文学一直沿袭着知识分子的这种反省与拯救心理,也有道德优越的成分。这篇散文如果不以这一句收尾,或许更好,这样结束,反而简化了前面的种种人生况味。

二、从人物的视野看山水,写山水里的人生

以王剑冰的近作《观音山》为例,这类以宗教文化为主题的景点非常难写,很容易落入俗套,大多数作者都是直接在文化常识中写,成为文化的拼贴,或资料的剪辑,再加上个人走马观花的浅观感。王剑冰写观音山,依然是"我不想跑了",作者对同一化的安排显然厌倦,于是离开群体,开始自由地行走、观察和了解。

在观音山负责宣传接待的女孩儿梅菊留下来和"我"及一位老者一起下山,天热,这个来自景德镇的打工女孩儿自己掏钱去为我们买茯苓糕。

作者从梅菊的眼睛来写这座山,行走天下的作者去过她的家乡江西的庐山、三清山、井冈山等,可梅菊说:我都没去过,我上的最大的山就是观音山。因此,观音山在她的眼里既亲切又充满神奇——她好像是观音山的主人,话语中带着某种自豪:"这座山是天赐呀,一千多年前就是佛教圣地,后梁时期山顶就有观音禅寺。""哎,你们看那云!"

梅菊的眼睛被观音山的神奇牵引着,作者随梅菊的眼睛看到:

> 几块厚实的云,像飞毯,正飘在观音的上方。一只鸟儿从山顶飞下,转

个弯又折上去,如一片旋着的纸,把蓝天擦亮。

作者的笔触在梅菊的视界和内心间不断切换,她的视界所及是观音山,内心是被观音山改变了的内心。这样既避免了视觉的审美疲劳,又深入到了人和山的深层关系。

梅菊在家乡和男友分手后,孤独、痛苦、迷茫,不知道怎么活下去,辞了职,来到观音山。

来了以后,每天都对着观音菩萨拜,念她大慈大悲,普救人间疾苦。慢慢地,就平息下来,眼里不再有泪水,流到心里的,也倒出来了。

梅菊说着眼睛看向远方,那是一条山隙,里面泉水淙淙,一道瀑布在更远处垂下来。

梅菊的眼睛连接起了山涧、水,心和山水接通了。这个连接特别自然、入心。

我慢慢喜欢上了观音山,观音山也接纳了我。这里没有落叶,天天满山葱翠,时时充满生机,情绪也就不会因季节而多变,正好适合养心。

我在这里,每天被这样的情景感染着,就有了心劲儿,沉闷的心情少了,工作热情也高了。慢慢地,看见上山的人就觉得亲切,想为他们做些什么。

在观音山里的生活,改变了失恋后难以自拔的梅菊,她悟到了也开始了更开阔的人生,对自然、人事都有了更深切的理解和关爱。

我们的车子开了。年轻人摆着手。梅菊说,老师,希望你们再来!
梅菊的一点黄,隐在观音山中了。

这是个开放式的结尾,梅菊在视觉里的消失,强化着内心的牵念。梅菊这个女孩儿,像山上的植物一样,沐浴着观音山水和神灵的恩泽,她由凋零而重获生机,再把恩泽、爱意传送给迎面而来的每一个人。这不正是"观音"的鲜活呈现嘛!以一个人物来写活一座山、一座山的文化,类似杠杆撬地球的原理。

对于读者而言,这种人物化的视角,更具有现场感和信任感,也更具有与山水的历时性连接。

三、自由的话语方式,端正美好的眼光,柔美的文字风格

王剑冰是一个很有文体意识的作家。他的散文作品融入了诗艺和小说艺术,如上述两篇散文采用的主要是对话体,以一个女性人物写活一座山,可以说是以小说笔法写散文,文体自由、灵活,以精短的篇幅建构起了丰富的艺术空间。王剑冰在《散文创作散谈》里曾讲过:散文写作可以运用诗歌的语言,也可以运用小说的语言方式,或是最自由的话语方式。最自由的话语方式比创意的语言方式更难操作,因为它表面上看起来随意,实际上用的笔力在内里。

王剑冰那篇知名度很高的《绝版的周庄》,便是诗性的笔法:

时间刚过九点,周庄就早早睡了,是从没有电的明清时代养成的习惯?没有喧闹的声音,没有电视的声音,没有狗吠的声音。

周庄睡在水上。水便是周庄的床。……我为周庄守夜,守夜的还有桥头一株灿然的樱花。

10年后,作者又以随意性的自由文体写了《水墨周庄》。这一篇更自然、更多元地表现了周庄的气息与神采。他写被水贯穿了的周庄,水边生活的慵懒情状,黎明是怎样一点点到来的,周庄四周的油菜花,周庄的静,等等。

融会各种文体的长处是为找到最自由的表达,一个成熟的作家,到一定艺术境界的作家,才懂得寻找这种内功。

正如作家孙广举在王剑冰的作品研讨会上总结的:王剑冰能够处理各种技巧,善于掌控各种表达方式,兼容、见证、吸收、借鉴、融会了文学的各种形式。

王剑冰看这个世界的立场是端正的立场,是深一层的端正和美好。他的作品里没有凛冽的激烈的东西,总传达着某种美好,很适合青少年阅读。当代作家的作品,适合青少年阅读的并不多,因为很多作品里有一种毒怨、阴郁和暧昧

的气息。

王剑冰的散文题材宽广,涉及山水、文化、历史、人物、日常生活等,但他更善于写水,写女性,写柔美的事物。他写这些时,距离一下就拉得很近,是我和你的关系,类似恋人般的关系,语调也非常轻柔,整个表达就像恋人的絮语,而且充满了古典的味道。"周庄系列"尤其典型,那是他住在此地,从早晨到夜晚,不同时段不同角度细细观察、体味的结果,心沉浸其中的结果。

王剑冰的每一篇散文,语言都打磨得玲珑剔透,称得上精品。他的文字是诗性的、柔美的,和河南作家大多具有的泥土气息、厚重风格很不相同。在王剑冰的作品研讨会上,散文家冯杰说,王剑冰更多的是北人南相,北方人写南方儒雅的东西,清新优雅,文笔潇洒。作家李佩甫更具发现性地说,王剑冰对南方的水土有一种亲近感,他的文字里含有大量的水气,含有大量的自然植物的气息。的确如此,王剑冰的写作性情与南方的山水文化气质更契合。

四、越来越重视思想的表达

从王剑冰 2014 年出版的新著《吉安读水》可以看出,他越来越重视思想的表达。继《绝版的周庄》之后,《吉安读水》这篇也被刻在石头上、留在时光中的千字文,有那么多的文化含量,可以说是浓缩的吉安文化史的漂亮解说。收在这本书中的《井冈读山》《艰难岁月两封书》《一生不渝的爱》《井冈女儿曾志》等,是写井冈山的,更是写革命史中的人物的,作者在历史与现实、自然与人文的纵横交错中完成了对历史的深度发现和精确表达。

对历史的深度发现,使这些作品有了重量,有了更深的根须。如《井冈女儿曾志》这篇,作者从他最擅长的细节发现写起:

> 在井冈山革命历史博物馆里,我看到一张放大了的照片,那是一个洋学生的形象:一个漂亮的留着一头波浪长发的女子,穿着一件时髦的苏联式的女装,领子和袖口缝着四条白道道,尤其是那双眼睛,透着灵气与精明,也透着女性特有的温婉与羞涩。
>
> 这就是曾志。
>
> 这样一个女学生,为什么会追随红军上井冈山呢?

作者抛出了历史之谜。随后他写了追随红军之后,这个女学生的命运:

> 她嫁的第一个男人不久即献身于革命,第二个男人又一次被敌人杀害。在井冈山时期,她跟的是第三个男人,红军撤离井冈山的时候,他们的孩子还在襁褓之中,没有办法带走,只好将其托付在井冈山的一户人家里。

新中国成立后,曾志找到了这个孩子,但她对这个孩子说:"是井冈山人民把你养大了,你就还留在这里吧。"

作为一个女人,她隐忍了多少苦痛……

作者最后写了她安眠的地方——两次才找到,因为隐藏在一片竹林里,标志不明显:

> 曾志实在是不想打扰谁。
>
> 那块不大的石头上是浅红的四个字:魂归井冈。

这篇散文,也就一千多字吧,两个细节激活了尘封的历史,一个是洋化的浪漫的青春女生的照片,一个是隐藏在这山林中的"魂归井冈"的墓碑。这中间有着巨大的历史黑洞,吸附着我们去思考。

写到一定程度,总是要以思想的敏感和力度去触及历史,触及那些无人触及的幽暗区域。从《吉安读水》可以看出王剑冰散文写作的这一趋向。

每一个作家都在属于自己的性情里写作,风格即局限,我们不可能要求一个作家拥有所有经典的好标准。多年来,王剑冰一直持续着相对端庄优美的风格,这是他的特色,另一方面,也可以说是他的局限,那就是缺少大的震荡。特别的经历,才会带来特别大的震荡,这特别的经历,指外在的,也可指思想带来的内心震荡,或曰心灵的历险。王剑冰这样一个儒雅的人,这样一个文字不断被刻在石头上的作家,或许更适合内心的而不是外部的震荡。在这种意义上,我期待着这个正在走向经典的作家写出大作品。

(原载《中州大学学报》2016 年第 1 期)

用诗绘就文化图谱

——谈王剑冰的文化散文

刘宏志[①]

在某种意义上,王剑冰是一个行者,他不间断地行走在中国的大地上。他所到的地方,都在他锦心绣口的描绘之下,在文字的世界里摇曳生姿。于是,这些美丽的地方,也便在文字的世界里,拥有了另外一种传奇的生命,周庄、吉安莫不如此。就王剑冰的散文来说,自然美景的描绘占据了大部分的篇什,他的代表作《绝版的周庄》也是此类散文的翘楚。不过,王剑冰的散文显然并不仅仅指向自然,也指向了人文。他对人文景观的描绘,对历史的反思,既富有诗意的韵味,也饱含深重的历史文化反思。

一

散文,顾名思义,便是发散之文,是对叙述的严谨性要求不高的文字。它不必像诗歌那样押韵合辙,严格讲究形体;也不必如小说那样,必须有一个故事的内核并且围绕着展开。它好像只需要顺着作者的思绪,自然而然地流淌出来即可。但是,显然散文并不是这么简单。从王剑冰的散文来说,我们可以清晰地看到,在他大多数的散文中,都有一个统摄点,以这个统摄点为基准点,呈现作家的发散性思维。这样,整篇文章从表面看似乎只是作家的一些漫无边际的思绪,但是这表面漫无边际的思绪的背后却有整饬的思路。比如他的名篇《吉安读水》,整篇文章看上去散漫无章,涉及内容极多,有井冈山,有文天祥,有古村

---

① 刘宏志:著名评论家,郑州大学文学院副教授、硕士生导师。

落,有欧阳修,有白鹭洲甚至还旁涉到1976年邻国打捞出的元代的沉船,可是,在这复杂的内容背后,却有一个"水"字贯穿始终,上述的诸多内容,都被作家用吉安的水串联起来了。又如《绝版的周庄》,这篇名文涉及内容也极多,有三毛,有富贵茶庄,有周庄的油菜花,还有周庄的夜、桥、水,不过,在这庞杂的内容中,作家强调的是周庄的"绝版",强调的是周庄独有的传统文化韵味,以及对这可能失去的担忧。在王剑冰的文化散文中,这样的散文不是孤例。事实上,他几乎所有的散文都保留着这一特色,在对文化的寻访中,他总是能敏锐地抓住所描述文化的最根本的东西。

《洹水南,殷墟上》是王剑冰寻访安阳殷墟之后的一篇散文作品。这篇文章首先描述了洹水,接着讲述洹水与中国历史的关系,"盘庚从山东迁都而来,必是先看中了这条水,于是中国最早最大的一个都市兴盛起来。洹水不仅提供了生活保障,还提供了冶炼以及制陶等工业用水。那都是当时最大的生产作坊。水与火的淬炼,使我们今天看到那些器物仍感到惊异"。接下来,散文抛开洹水,开始讲述司母戊大方鼎的发现经过及这个大方鼎在乱世能够留存下来的原因。接下来,第三部分,散文再次一转,开始叙述甲骨文,包括甲骨文的发现经过、甲骨文被毁坏的状况、和甲骨文有关的神奇故事及甲骨文的世界存在状况。散文的第四部分又转向洹水南殷墟上的人文历史描述:名士箕子曾在此感怀亡国之痛,以诗当哭,作有《麦秀歌》;袁世凯曾经隐居此地,策划推翻清王朝;毛泽东曾经感慨此地连土地都是古的。当然,散文也点出现在的殷墟对于中华民族的重要意义——台湾五百余人专程包机到郑州,然后直接去安阳,就是为了看看殷墟。散文的最后一部分,简单概括了洹水南殷墟上对中国历史文化的特殊意义。整篇散文涉及内容颇多,既有历史文化传奇,又有历史文物的发现过程,更有历史人物在此地洹水附近的活动。但是,在这仿佛复杂的叙述中,其实隐含着一条叙事线索,那就是,上述的所有的内容,无论是历史人物的活动,还是文物的发现历史等,都和洹水有关,都和殷墟有关。换言之,散文中所描述的所有历史、文物以及历史人物的活动有一个共同之处,那就是都是发生在这一片神奇的土地上的。通过这样看似散乱的叙述,殷墟、洹水独特的历史文化价值被呈现出来,这样,到散文最后,当作家指出殷墟、洹水的独特历史地位的时候,一切便都顺理成章地呈现了。文章特意点出殷墟是在洹水南,也强调指出了洹水对这块地域的重要性、洹水对这块地域能成为中华历史文化的宝库的重要作用。

《溱洧河边》是王剑冰对郑韩故城和溱洧河的一次文化寻访。这篇文章不长，不过两千余字，但是即便在如此短暂的篇幅中，作家也自由展开思绪，把文章书写的物理时间拉长到几千年。散文开篇很富有诗意："静静的，没有一点声响，就像走入了一个梦境。如果没有人说，你很难想象得出这块地方有多么古老。这就是郑韩故城和溱洧河。"由此，作家展开对这块土地的文化探索。从1923年新郑李锐在宅地中发现的稀世珍宝青铜莲鹤壶，联想起当时这块土地上的人们对生活的向往和追求。当然，谈到溱洧河，一定会说到《诗经》，由这条河，作家联想到了《诗经》中那么多鲜活的爱情，谈到了爱情给这块土地带来的稳定与繁盛。接着，作家又说到了黄帝故里，说到了这个地域下面发掘出的不同时期的文化遗址。最后，作家又说到伟大的诗人白居易。在短短的2000字中，这篇文章涉及如此多的历史遗址、历史名人，似乎有些乱。可是，在这乱中，却又有一定的线索可循，那就是，这所有的历史遗址、文化名人，都和溱洧河密切相关，那些鲜活的爱情，那些伟大的先贤，都是在这块土地的滋润之下生长起来的。由此，这块土地的古老、神奇、伟大在一片似乎杂乱的历史事实中，慢慢呈现出来。

对于散文，素有"形散神不散"之说，这其中显然是有深意的。形散，意味着作家思绪的自由展开、作家思维的扩散；神不散，意味着作家有鲜明集中的写作主旨。神不散的情况下，散文之形越散越好，因为它意味着能对叙事主旨有更为丰富的表达。但是，对于一篇散文来说，确定一个"神"，也就是整篇文章的统摄点，却不是一件容易的事情，它其实能表明作家对所描述对象的认知深度及作家是否具有匠心独运的灵巧构思。文章统摄点选择的高低，在很大程度上能够决定一篇文章的成败。王剑冰的散文，极其重视文章统摄点的选择，从用一个"水"来连接吉安的历史人文就能看出他的匠心独运。当然，这也是那么多人书写周庄，而只有王剑冰关于周庄的书写才能广为传诵的原因了。

二

王剑冰是曾经写过诗的，只是后来更加喜欢散文的表达方法，所以才专治散文。王剑冰的散文书写显然也是从他的诗歌写作训练中获益良多的。按照雅各布森的说法,诗歌属于隐喻的艺术,小说、散文都是转喻的艺术。其实,相比于应用文体,小说、散文、诗歌等艺术文体本身就是隐喻性的文体。但是,雅各布森要强调的是,虽然都属于艺术文体,但是诗歌相比于小说、散文等更强调叙事的文类来说,更具有隐喻性。正是依靠这个更为彻底的隐喻性,诗歌才能在有限的文字中表达更为丰富的意蕴。诗歌的隐喻性一方面是依靠诗歌整体思维的隐喻性建构来完成的,另一方面,便是依靠诗歌语言的高度隐喻性来完成的。毫无疑问,诗歌相比于小说、散文等文体,是更讲究语言的锤炼的。王剑冰的诗歌写作训练,带给他的散文书写最直接的好处便是——他的散文语言具有了独特的表现力。

王剑冰的散文语言极其形象,他善于打破语言的习惯性用法,利用词语新的搭配组合,构成一种语言的冲击力。王剑冰寻访古村落的散文《燕坊的馨香》,开篇这样写道:"车子停在村头,当即闻到了一股浓郁的芳香,咕嘟嘟直往鼻子里灌……"一般而言,提到"咕嘟嘟"这样的词,我们首先想到的会是水。事实上,"咕嘟嘟"这个词的确也是经常和水连起来使用的。但是,在王剑冰这篇文章中,他把"咕嘟嘟"和气息连起来使用,使得树木的香气的浓郁变得形象、可感。当然,这种语言的表现力除了带来表述的形象、生动、有冲击力之外,更多地带给散文一种诗意之美。这就使得王剑冰文化散文中的文化怀古又具有诗意的气息。作家走在徐州的大地上的时候,时时感受到古老的徐州的崭新的魅力,于是,在作家的意识中,"随处地走,总觉得有一双手,在悄悄擦拭着徐州,打磨着徐州,使徐州成了一个让人迷恋、思绪流转的地方"。徐州是一座城市,而不是一个玩具、一个模型。但是,在作家的这句话中,徐州倒好像成了玩具一样。于是,这个打磨着、擦拭着徐州的神秘的巨手就又构成一个独特的意象,既带给人奇妙的阅读感受,又富有诗意,当然,也引人深思。于是,在这样的情况下,文章的最后一句这样说道:"夜晚,漫山遍野的馨香,将覆盖徐州的睡眠。"馨香是一种无法把握的没有形体的气体,按照物理常识,是无法用来覆盖什么东西的。但是,在作家的文学叙事中,馨香是可以用来覆盖东西的,而且,覆盖的还是睡眠。这显然又是超出了常规书写的具有隐喻气息的句子。睡眠是生物的一种存在状态,这种存在状态,按照常识,是无法被覆盖的。而且,值得注意的还有,散文说的是徐州的睡眠,如上文所述,常识中的睡眠是生物的一种存在状态,此时,作家说徐州的睡眠,显然又是打破了常规的一种文学诗意化的表述,这里面隐含的有把徐州拟人化,当然,在这拟人化的过程中,作家对徐州的感情也跃然纸上。事实上,仔细分析这篇散文的最后一句话,作家在短短的十几个字里,连续使用了多种隐喻方式,从而使得文章充满了诗意的气息。

作为一个成功的散文家,王剑冰对散文语言显然是着意经营的。他不仅强调表述的诗意、意境的悠远,同时也强调叙述本身的节奏感。于是,在他的散文中,铺排对仗的句子比比皆是,这也让他的散文读起来朗朗上口,别有一番韵味:

> 我去井冈山,红色的精神衬托以绿色的资源。云涛雾海,朝霞晚艳。狭路迂回,翠竹障眼。黄洋界惊心,五指峰动魄。英雄碑高耸,纪念馆震撼。(《吉安读水》)

> 或愤然提笔,或幽然而诗,观乡野之风,吐清灵之气,与老农对晤,偕小儿游玩……(《放杖溪山款款风》)

> 我去狮子山、龟山、北洞山,探楚王地陵,读汉画像石,观兵马军阵。我去彭祖园、射戟台、快哉亭,感古韵风流,慨英雄成败。我去云龙湖、大龙湖、九龙湖,望烟波浩渺,湖天相映。我寻燕子楼,看飞燕绕梁;观黄楼,赞诗林盛会;攀凤凰山,听淮海动歌;访可染居,仰大家风范。(《放鹤徐州》)

为了增强散文语言的表现力,王剑冰散文没有囿于散文固有的叙述手法,而是主动学习其他类型的叙事艺术,大胆借用,这也让他的文化散文在叙事结构上更加自然从容,在细节表述中更加形象生动。在《燕坊的馨香》这篇散文中,作家运用了电影中常用的蒙太奇手法。燕坊人是通过经商挣钱,然后把燕坊村子修得高大峻伟的,散文中,作家在注视这一片老宅大屋的时候,联想到了燕坊人挣钱的方式,在这个地方,作家没有用明显的转折句子,而仅仅一句"眼前的时光滑到了明末清初",就把叙述的笔指向几百年前,过渡极其自然。在涉及历史具体事实的时候,作家还不厌其烦地运用小说的笔调,描述想象中的细节,从而让历史栩栩如生地呈现在读者的面前:

> 公元前627年的二月,天还是很冷,风从太白岭上刮过来,吹着那些纷

乱的旗帜呼呼飘飘的,就更是感到寒冷。大军过了函谷关,就下起了雪,雪花一直伴随着到了周朝的都城洛阳。战车在洛阳的城外威武而过,再往前就是滑国了,绕过滑国,过了虎牢关,百里奚的儿子孟明和蹇叔的儿子西乞、白乙商量着先安营扎寨,休息后便向郑国发动偷袭。(《退出历史视线的那个商人》)

显然,天还是很冷,风从太白岭上刮过来及纷乱的旗帜等,都是作家想象的结果。在作家的想象中,历史细节栩栩如生地呈现出来,这也让作家关于历史的叙事别有一番韵味。

三

王剑冰的文化寻访不仅仅是锦心绣口地描绘美好,他并不是单单用诗一样的语言来描绘大好河山、文化胜迹。事实上,在面对历史遗迹、先圣文贤的时候,他也努力要呈现出其中的复杂性。他诗一样的语言不仅仅是用来呈现美好,也同样用来表达曲折的历史脉络,以及复杂的现实批判。

《香山上的香山居士》是王剑冰对大诗人白居易的一次文化寻访。散文以对白居易辐射到国际的影响力的描述开端,接着,描述了白居易的政治作为,以及他重感情的性格特点。但是,作家并没有把文章停留在对白居易的赞扬上,接下来,文章毫不避讳地写出了白居易一生的一些污点,比如,他虽然在诗作中描述沦落的歌妓、闺中的怨妇等,表现他对女性命运的关注与同情,但是另一方面,他有些诗作却显现出了对女性的不恭;他超越政府规定蓄养多达十几名家姬,而且在老暮之后还把和自己相处得不错的家姬赶走了;不体恤他人疾苦,一首催命诗歌导致为丈夫张愔守节的关盼盼自杀;曾向朋友元稹的女友薛涛表达暧昧之意。这样,在王剑冰笔下,一个复杂多面的白居易就出现了:你可以说他是多情的——他曾经对初恋情人念念不忘,对自己的妻子也很不错,但是却毫不留情地赶走和自己相处不错的家姬;你可以说他是关心、同情女性命运的——他在多首诗歌中都表明了自己的这种立场,但是另一方面他却又写诗责怪关盼盼不肯为丈夫殉节,导致关盼盼自杀;你可以说他是重感情的,但是他却又向朋友的女友表达暧昧之意。一个复杂的、多面的白居易在作家一点点的叙述中，一点点地呈现出来。显然，王剑冰无意为白居易辩护，也无意去美化或者丑化白居易，他只是尽力写出这一个人的复杂性。当然，作家还是给白居易盖棺论定了一下，"一个人总有他的多面性。但白居易的文才是难以掩盖的，诗史上的'李杜白'，占有着重要地位"。毫无疑问，作家对白居易的这个评价是没有问题的。

如果说对白居易的书写是作家着意寻找一个文化伟人的复杂性，那么，关于圆明园的书写《圆明园之思》，则显然是作家对和圆明园有关的复杂历史脉络的一次严肃的探究和批判。圆明园对于中国人来说，已经不仅仅是一个园林、一个废墟，而是具有了多重复杂意义的文化符号。王剑冰关于圆明园的书写，也呈现出了潜藏在这废墟之后的复杂的思考。散文首先描写了按照圆明园模型新建的圆明新园的奢华场景，比如"蓬岛瑶台""九洲清宴""买卖街""方壶胜境""平湖秋月""上下天光""涵虚朗鉴""濂溪乐处""曲院风荷"等，但是，这种奢华与圆明园原址的废墟构成了鲜明的对比，也引发了作家关于圆明园众多问题的深入思考。首先，文章指出，圆明园虽然是中国园林代表性的作品，但是它其实不属于普通民众，它只是皇家的私属园林。所以，清末在圆明园遭受第一次抢劫之后，清廷也曾经试图重修圆明园，但是这个重修，不过还是利用全国资财满足皇族一少部分人的享乐需求而已，所以，也是没有价值的。当然，这不意味着今天的重修就有价值，因为即便今天这个园林的重修是为了面向大众开放，这个重修也是为了给自己遮羞，是为了让我们忘记自己民族曾经遭受的伤痛，"因而我们不能重修圆明园，我们不能利用我们好不容易积攒的财物和现代的科技手段像抹'疤痕灵'一样将历史的伤疤抹平。应该留着，世世代代，让中国的后辈们看看，强大和弱小是什么概念，文明与野蛮是什么概念"！

而且，针对圆明园被英法联军焚毁之后，又被国人抢劫毁坏，作家做了痛心的表述："清政府一天天走向末路而远离这皇园之后，各类人等对这里进行了疯狂的掠夺，这种掠夺一直持续到新中国成立。在几十年里，没有谁把它想作是一处国家的艺术瑰宝或用作人民的乐园，想发横财者有之，想抢占者有之，想破坏者有之，想出气者有之，想扫除者有之。不举更多的细证，仅从辛亥革命后军阀王怀庆拆掉圆明园围墙大运砖瓦石料开始，各色人等蜂拥而来，窃运残料的车辆络绎不绝，'哪天也得有一二百辆'，一年四季不停。这是何等壮观又是何等凄惨的场面，这轰轰隆隆的车队，竟然'几乎拉了二十年'！二十年，加起来有四百万车之多了。圆明园还能剩下什么？可在十年动乱时期，又'一次拆去八百多米残存大墙，一次运走五百八十二车石料，一次砍伐一千多棵树木'。"作家痛心于我们民族的不觉醒，面对浩劫留下来的遗址，我们没有反思自己的问题，我们没有把这个遗址很好地保留下来，时时刻刻警醒我们自身，落后就要挨打，反而出于各种目的，对这个历经浩劫的遗址又展开了破坏。在这个过程中，我们发现的是民族的某种劣根性，怯于公仇，勇于私愤，为了一点儿蝇头小利而忘却民族大义。在圆明园遗址遭受的持续破坏中，作家看到了中国人的愚昧和劣根性。所以，作家愤愤地说道："在我们自己正干着这件丑事的时候，也许英法人等正偷偷地乐着，一部分账单可以开到中国人自己头上了。"显然，圆明园带给作家的思考太多，关于圆明园，作家想要表达的东西也太多。这一片废墟带给作家的有关于封建皇室的专制以及穷奢极欲的批判，有对西方国家野蛮侵略的愤怒，也有对我们同胞愚昧等种种劣根性的反思。在这样的思考中，作家的批判不仅仅指向了历史，也指向了当下。

　　王剑冰的文化散文力图呈现所描述对象的博大、丰富和多面性，与他一般的游记相比，更多了对历史深沉的思考。不过，王剑冰的叙述语言却是一样地富有诗意，于是，他关于历史的描绘、关于文化的思考，也便带有了诗化历史的感觉，或者我们可以这样说，王剑冰的文化散文，是他用诗绘成的一幅中华大地上的文化图谱。

云自舒卷韵自流

孙永庆①

  王剑冰先生的散文创作颇似山泉,汩汩外溢,自然而然地汇成悠远俊逸之溪,慢慢浸润心扉,这是心底的流韵,心与心相读,使你情不自禁地和作者一起陶醉在优美的韵律中。这是我读王剑冰先生散文的总体感受。王剑冰先生的散文在多家报刊发表过,其散文作品有多篇被《散文·海外版》等转载,入选多种选本,有的还获过奖,已出版《有缘伴你》(太白文艺出版社)、《苍茫》(人民日报出版社)等多部散文集。其散文为何如此受欢迎?原因很多:故事性强,题材新颖,选材涉及社会的方方面面,满足各个年龄层次的读者需求,从浓郁的生活情趣到面对社会人生的思考,从现实生活到对往事的回忆,真实而多情地再现了多姿多彩的生活和纯真的情思。"散文一如诗,不应有什么定式,只要求真求新求义求情",这一创作宗旨融进了他的散文,其散文形成了真实之美和诗意之美。

一

  "真实就是美"(罗马哲学家普罗提诺)。散文的真实美,就是真实地写出作者的心灵世界,被写对象必须通过作者的心灵和意志进行再"创造",即"按照美的规律来塑造物体"(马克思),无论是表达人生价值和追求,还是反映近代风貌,或作者内心的剖析,都要做到"我手写我心",从而切切实实地表现出"真善美"和"假恶丑"。巴金先生的《随想录》之所以被誉为"当代散文的巅峰之作",

---

① 孙永庆:著名评论家。

是因为巴金先生"掏出来给读者的仍然是那颗燃烧的心"（巴金《春蚕》），是把自己真实的人格展示给读者。

读过王剑冰先生的散文，你会看到他的成长经历，下乡当过知青，经历了那场现在想起来仍让人心悸的唐山大地震，恢复高考后又到开封读大学，大学毕业后做了编辑，现在任《散文选刊》主编。这些散文是作家人生的记录，是通过长期艺术沉淀后的"重现"。《又是黄昏》《面对孤独》等篇，写"我"下乡时的生活，孤独是"我"的伙伴。《情洁如水》《大地震记事》等篇，真实地记录了唐山大地震的人和情，写作角度独特新颖，作者没有大书特书震后的惨状，以此来显示自己的亲历，而是通过生活琐事，把笔触伸向震后幸免于难者的心灵世界，使人感受到人间的真善美，使我们看到唐山大地震的真实层面和作者内心的真实情面。《眷恋》《你的深情是我家》等篇，写大学时的生活，作者多年后回忆大学时的往事，自然而然地融进了他对人生的感悟、对人生的思考和追求。

王剑冰先生的散文在写人记事时，从小说中汲取营养，运用小说的笔法，真实而传神地描绘出人物的某一层面，这样就能通过人物反映出心理变化的历程，读起来有一种亲历感，可读性极强。《歌王的白手帕》《悲剧明星》《哑巴朋友》《走进你的家门》《长街回首》等，以细腻的语言，展示了人物的心态，表现了人间的真情，使人物鲜活生动，非常感人，正如法国作家布瓦洛所说："只有真才美，只有美才可爱。"要达成真实的效果必须融进真挚的感情，情之切，感之深，写出来才动人。读王剑冰先生的散文，印象最深的是一个"情"字：真情的抒发，深情的倾诉。"文以情动人""情者文之经"（刘勰《文心雕龙》），这就要求写真情实感，但真正操作起来，让真情之心韵流贯于散文创作中，且始终保持不矫揉造作者亦不是很多。作家、评论家孙荪在评论王剑冰的散文时说："作起文来，则是一番真意、一份真诚、一颗赤心。""他在平凡的不起眼的日常生活中所以能捕捉到诗意，就是因为他内心有着与诗情对应的真意。你很难说是诗情唤起了真意，还是真意发现了诗情，两者常是互相促发互为因果的。"王剑冰写自己的故乡，写唐山大地震，写交往的名家，写普通人，写游历的山水，均富有浓郁的生活气息和时代气息，这是用诗人的胸怀拥抱生活的结果。

二

　　王剑冰以诗笔为文，心底的情感流韵表现得淋漓尽致。长期以来，散文创作形成了许多条条框框，妨碍了散文的发展。王剑冰说："墨守成规的老套子的散文、无病呻吟故作骄矜牵强升华的散文已如远去的水声。""散文细细腻腻地表现出来，那么随意自如真切彻底，这使一些生活的积累，在诗之外又找到了一个熔炉。"以此态度为文，其散文创作就摆脱了既定体裁的羁绊，凭着诗人特有的艺术感悟力，写生活之多姿多彩，叹命运之坎坷多艰，抒胸中之爱憎。他有诗人的才情、诗人的胸襟、诗人的思维方式，在散文的创作中运用丰富的想象和联想，将生活诗化。也就是说，散文的构思应具有诗的思维方式，"诗使她触及的一切变形"（雪莱《诗辨》），果真如此的话，构思出来的散文就注入了诗的情韵，读者在欣赏散文的过程中所形成的意象是浓缩了的生活美，如《绝版的周庄》《一只蜻蜓》等。

　　诗意的韵味还表现在其散文具有哲理美。王剑冰说："由于职业的关系，我更多地把视点投注在散文上，大量地阅读，潜心地研究，以掌握散文发展的动态和方向。也写出了一些札记和评论，编选过优秀作品专集。"长期读散文和研究散文的积淀，使其散文很自然地融入哲理。不像有些散文，故弄玄虚，使人读后不知所云，以为艰涩是高雅，以为这是哲理深蕴，而读者不愿受这些"雅品"的折磨。《红楼梦》是千古名篇，读起来比较轻松。三毛的散文风靡大陆，畅销不衰，你能说这些作品没有艺术性、不高雅吗？王剑冰先生写散文就是读了三毛的散文才提笔的。他的散文相对那些难涩的散文是"俗"了点，可读者很乐意读。无论是写人记事还是写景抒情，都包含着丰富的意蕴，自己和读者都受到人生真谛的启迪。

　　王剑冰先生的散文用朴实的笔法、真挚的感情、新颖的角度、自由的形式，表达作者的人格美和思想感情美，是心底流出的一曲曲美的乐章，让读者领略了其中的美质。愿创作之缘永伴作者，创作出更多更好的散文；愿阅读之缘永伴读者，读到更多更好的散文佳作。

（原载《滨州学院学报》1996 年第 1 期）

回归本源的文化精神

——王剑冰散文创作小议

张延文[①]

文学与时代的关系非常紧密,其中一个明显的标志就是在不同时期不同文体的地位会有相应的起伏升降。新时期以来,诗歌文体最先发声,在20世纪80年代红红火火;到了90年代,散文慢慢崭露头角;21世纪以后,却是小说一统天下。但即使是在散文最为热闹时,也没有形成一个万众瞩目的大局面,这或许和散文文体自身的特点有关系,虽然写作者众,但很难成名成家,一般的散文写作往往流于大众化,想要形成独特的个人风格非常困难。而一种文体的昌盛,是需要一大批名家名作的涌现为基础的。同为散文大家的贾平凹,2001年年初著文《读王剑冰的散文》,对此有过精妙的总结。在他看来,作家的散文写作要融入个人的生命体验,深刻生动独特;好的作品"在于让读者想到了什么,有多少唤醒"。

贾平凹对王剑冰的散文大为赞赏,认为他有才华,"站在了散文写作的每一次潮头上,没有简单和保守"。谈及王剑冰创作的风格,贾平凹指出:"如果仅从中国的中间画一条直线,东边余秋雨有余秋雨的面目,西边周涛有周涛的个性,中原郑州的王剑冰虽未有余、周的极致,却有他的中庸,中庸并不是平庸,它有它的浑厚和鲜活。他的一本散文集名为《苍茫》,这名字是他的追求,也是他的特色。现在他又不断有新作结集,其苍茫之色更浓。作为同志,我忽然想起了古人的诗句来祝福他,这诗句是:野旷天低树,江清月近人。"既苍茫辽阔,又浑厚鲜活,这切中肯綮的评价让我们不由得好奇,王剑冰是如何能够将这看似矛

---

① 张延文:著名评论家,郑州师范学院副教授。

盾的问题统一起来的。这也许仍和贾平凹提及的王剑冰的"中庸"有关系,他不会像余秋雨和周涛那样去走到"极致",而是深谙和合之道。

中庸在中国的传统文化当中有着至关重要的地位,它被先贤们推崇为人与社会、人与自然和谐相处的不二法门。作为中原人的王剑冰,谨守中庸,也算得上是一种本分,是其真心和真性情在创作中的自然流露。在接受一家刊物采访时,王剑冰谈到了自己的散文创作观念,在他看来,散文是一种发自内心的表达:"散文是多么好的一种文体,这种文体任何其他形式都不能代替,它来不得半点虚伪,就是真真切切地展现你的人格力量,展示人性中最本真的东西,而非要故意表现一种什么、高扬一种什么。就像你说的,凡是成为经典的作品,都是写出了人性中永恒的东西。"

来自生活,来自人的本心,并努力去展现人性中的本真,这可以说是理解和开启王剑冰散文作品的一把钥匙。如果说行万里路,读万卷书,全面深入地观察和思考生活,这是王剑冰散文创作的基本路径,那么,才情和坚持则是他在创作上能够日益精进的必要保证。王剑冰的散文《绝版的周庄》被刻碑于周庄,他也被周庄授予荣誉镇民的称号;散文《吉安读水》被刻碑于吉安的白鹭洲。类似的事件还有很多,能够将其文字刻于碑石,以流传后世,可以说是对他的散文作品的肯定和奖赏,这自然也是因为这些作品描绘出了该地域文化的精气神,传达出了在时间的长河里酝酿出来的醇美的人性。

云南文山州的普者黑景区,聚居着壮族、苗族、彝族等少数民族,在《普者黑的灵魂》中,作者将普者黑秀美独特的山水人文作为外景加以铺垫,然后才娓娓道出这里更为令人迷醉的是淳朴和独特的文化风情。撒尼姑娘小普,有着甜美的歌喉,带领客人去参观了撒尼少男少女的花屋和情人房;在这里,男孩子喜欢上哪个女孩儿,就会到花屋将姑娘背下来,到情人房去。这让他不由得想起,两千多年前,在郑韩故城边上的溱洧河边,郑国的青年男女曾在莲叶间咏唱爱情,这是《诗经》当中《郑风》的起源处,撒尼人接续起来的,恰恰是中华民族真纯自然的优良传统。在这里,快乐在宁谧当中生长,让人不由得去追问,普者黑的灵魂到底意味着什么呢?

一个好的写作者,需要有设境造境的能力,铺排的功夫也是必不可少的,这些恰恰都是王剑冰的拿手好戏。开封和郑州,都是古都,近年来,两城一家的建设规划也在火热进行中。在《东京梦华之赏》里,他以驱车从郑州到开封为引子,引出了古都开封曾经的骄傲和荣光,展示了大宋时期东京城的繁华气派。寻找事物发展的脉络,发现其内在的联系,需要宽阔的视野和超卓的见识。为了表现宋朝时期的阜盛,他找到了一种对比作为依据:唐朝的开元盛世年铸币是32万贯,而宋神宗时年铸币达到了506万贯。以通货来衡量社会生产和流通的总量,显然是具有说服力的,这要比那些繁复的细节描写要来得更为直观、客观,增强了文本的说服力。观看一场演出,对于普通观众来说,看过即忘,无非是一时的声色之欢,而被写入文字当中的《大宋东京梦华》的表演,被赋予了更为久远的魔力,这是通过一个观察者的灵魂净化过的日常事件,将个人的行为社会化,从而打破了笼罩在此时此地的场域界限。

中国现代散文里一直有美文的传统,比较注重形式方面的元素,比如精巧的结构、雅致的情调、优美的语言。美文适合朗读,容易产生整饬的美感,但却也有弊端,那就是会在无形之中削弱读者对作品内容的关注程度。王剑冰的散文也同样具备美文的基本质素,在结构、情调、语言上均有所长,但他胜在对虚实的把握、对形神的掌控,能够巧妙地实现情与思兼备。在《血脉大运河》一文当中,我们可以窥见一斑。"江南河流的有序构成了人们与水的贴近。""大运河,它原本是一条长久流在虚幻中的河流,就像黄河,让我感到一种宗教的色彩。"这种表达方式,带有极强的思辨色彩,通过类比、象喻、递进、转折等手段,逐步敲开语言的场域,将表达的层次引入一个丰富多元的立体时空当中,避免了单一化思维模式的产生。文章的结尾写道:"我只是打开了江南这部大书的封面,而嘉兴这一段运河,只是这书的一条窄窄的书签。"文弱的书生气质,隐藏在豪迈的情怀里,对意义进行了有效的拓展。

对于中国人的思维和行为习惯来说,东方社会独特的文化结构无疑是一种难以超越的局限,我们在讨论一个民族的文化传统时,容易陷入自我幽闭的怪圈。过于关注现实,从小我出发,跳脱与通透也无非是五十步与一百步的差异,这让我们的现代散文往往缺乏尼采的《查拉图斯特拉如是说》和海德格尔的《林中路》之类的作品,却擅长一厢情愿地将精神气质当中暧昧不明的东西说成是带有某种神秘的色彩,将迷醉于沉重的肉身的行为当作是热爱生活。我们可以从王剑冰的散文当中发现反思与省察,比如《圆明园之思》《女间》《驿路梅花》《紫荆关》《退出历史视线的那个商人》等作品,历史的烟云就像他笔下的景物:"雨越发大起来,瓦上起了白烟,缭绕着摇曳的草。""女间"这样具有地域特色和时代特点的在风雨飘摇之中即将消失的珍贵存在,在宏大的中国文化传统当中具有鲜明独特的符号价值,其所具备的潜在意义,在王剑冰的笔下得以留存。

《老子》有言:"知其雄,守其雌,为天下溪。为天下溪,常德不离,复归于婴儿。知其白,守其黑,为天下式。为天下式,常德不忒,复归于无极。知其荣,守其辱,为天下谷。为天下谷,常德乃足,复归于朴。"一个有智慧的君子,深知什么是雄强,却安守雌柔,这让他怀着婴儿般的单纯,具备永恒的德行,使得众望所归。这诸种高尚的品格形成朴素纯真,可以由此接近不可穷极的真理,胸怀天下,荣辱不惊,止于至善。老子这番高超的论断,在王剑冰散文的创作主题当中均有所体现,这应该也是他在审美方面追求的目标。春秋战国时期是中国古代散文蓬勃发展的阶段,出现了以《左传》《国语》《战国策》为代表的历史散文,以及以《老子》《论语》《墨子》《庄子》《韩非子》等为代表的诸子散文,可谓群星璀璨,闪耀在华夏文明形成期的星空。这也是整个人类文明史中最为重要的轴心时代的东方文明的重要代表。这些伟大的散文作品提出的思想原则,塑造了华夏民族的文化传统,在人类文明精神发展历程当中,同样也是重大的突破。王剑冰的散文写作,从其本源上来说,更接近先秦诸子散文,特别是《庄子》的传统,汪洋恣肆,纵横捭阖,体现出智者在精神上的大自由与大自在。庄子在讲到个人的语言风格之道时指出,"寓言十九,重言十七,卮言日出,和以天倪",王剑冰的散文笔法部分契合于此。

回到文明的发生期,对那些由于思想控制和僵化固化导致的人文精神的逐渐衰弱起到一定的提振作用,如有人可以做到这些,幸莫大焉!王剑冰的散文,在现代社会里,就是这样的一种"异数":她代表着一种非同质化的类型和样式,以富于诗性的"原始思维",展现出健康人性的光辉和力量。

2015 年 7 月 16 日于郑州师范学院

文化家园中的人文精神光辉

——读王剑冰散文集《大雪无言》

张 鹏[①]

古往今来,不少文学家、哲学家、社会学家、人类学家和语言学家一直试图从各自学科的角度来界定文化的内涵与外延。然而迄今为止仍莫衷一是,聚讼纷纭。一言以蔽之,文化是人们长期创造形成的社会现象,同时又是一种社会历史的积淀和传承。更为准确地说,文化是蕴含在物质之中又超拔于物质之外的能够被一脉相承的国家或民族的历史地理、风土人情、传统民俗、生活模式、艺术形式、行为选择、思维范式、价值理念等,是人与人进行交流互动的普遍接纳的一种意识形态。

近读王剑冰先生的散文《大雪无言》,我感受到了一种具象化的文化阐释意图渗透在字里行间,他在历史的罅隙中寻找文化的根脉,在自然的版图中巡视大地的风情,在人文精神的空间自由游弋。全书围绕文化解读这根主线组织材料布局文本,书写了关于文化、哲学和历史的丰富图景,展现了钟灵毓秀的中华文化魅力和独具神采的个性。王剑冰先生的散文雅致华美,他的写作赓续了文化散文的优秀传统,也汲取了诸多当代文化元素。感性与理性、飘逸与庄重、思想与心灵交织在一起,构成了他独特的散文风格。他博学多识的学养,总是掩饰不了赤子情怀的不经意流露;他凝练传神的笔触,揭橥的常常是生命、人性、智慧的秘密符码。他钟情于散文的自然随意和率性自如,注重散文的情感容量与心智弹性;他探索散文心灵质地的丰富内涵与宽广外延,同时也追求汉语写作自身的精致准确与精彩传神。他在 2014 年出版的散文集《大雪无言》,虽然

[①] 张鹏:著名评论家,泰山学院副教授,文学博士。

只是他文化散文篇章中的吉光片羽,但已充分展示他的散文个性和独特魅力。他从容的气韵、深厚的学识,让我们俨然看到一个文化散文大家的风范和气象。

文化寻根　精神皈依

　　王剑冰先生的散文表达着他对世界、生活和文化持久的热爱以及自己徜徉于精神家园中的乐而忘返。他的文化反思和精神漫游,使他对事物做出价值判断的同时,也迷恋于文化细部的独特构造和散文情怀的繁复表达。生活深度、意象表象、语言和感觉、理性彻悟和感觉表层之间的细微差异,都是王剑冰的散文主题,他的散文写作既是一次内心的探微索隐,也是一种语言的铺陈叙说。他为一个绵延幽深的意识世界向文化滑翔敞开了新的路数,他笔下难以索解的现实和历史的对接以及关于存在的诘问都从文化寻根开始。王剑冰重视散文内面的美学建构,对文体语言、散文结构、文化想象的方式深怀变革的激情,而他面对文化世界本然面貌兴致勃勃地进行辨析和考证,又说出那些不被洞察的人和事物,也是他向文化世界侃侃发言的不可分割的部分。文化寻根离不开不断地脱域,"所谓脱域,是指社会关系从彼此互动的地域性关联中,从通过对不确定的时间的无限穿越而被重构的关联中脱离出来,由脱域唤起的图像能够更好地抓住时间和空间的转换组合,这种组合一般而言对社会变迁,特殊地说对现代性的性质,都特别重要"。王剑冰的笔下有用心灵写就的实录,有轻逸飘洒的想象,有感人肺腑的人生片段和精神巡礼,这些文化体验,作为一种心灵的阐释,经由作家的觉悟和升华之后已经远远超越了文化胜迹的一般记述。

　　王剑冰的珍贵记忆和文化书写,还原了一段消逝的时光,也为人类的意志、勇气、挚爱、睿智和同情心,写下了不朽的颂歌。他在文字里重温了文化的意义,而关于文化片段的崭新理解,却需要我们每一个读者来共同领会和深入体察。在《女间》一文中,王剑冰写道:"女间,绝非为大户人家女子而设,正是这样,那些普通人家的女孩儿,才会聚在一起,传染着纯朴的情愫,结交着真挚的友谊。一个家庭的温饱问题尚待解决,居住条件成为次之一等的事情,而女孩子渐渐长大,狭小的空间,无论是大人还是女孩儿的私密,都成为一个问题。于是腼腆而羞涩的、处于青春萌动期的女孩儿,被家长送到了一处。女间这个词,便从民俗的岁月里艳艳而出。"在男尊女卑的旧社会,女间提供了平民女子逐渐适应社会化的空间,尽管这个空间如此逼仄和清淡。女间因而具备了地方民俗和人类学的质素,值得文化人类学探究其存在的合理性和必要性。淳朴的情感、相互濡染的姐妹情深,都化作了女间里漫长的时光。徐州作为中国九州之一,自古就是兵家必争之地和中原锁钥咽喉,王剑冰踏上这片土地自然感慨万千。在《放鹤徐州》一文中,王剑冰写道:"傍晚时分,我登上云龙山的最顶端,苏轼常到的放鹤亭还在。亭上望去,就看到那片杏花的色带,看到湖的光带,光带的四周是散发着楚汉色调的城市建筑。这时我就觉得,徐州的徐是舒缓的徐、悠扬的徐,徐州是徐徐的山水环绕的州。远处是楚王山,山上有神奇的五色土,五色代表着凝重沉稳、华彩雍容,代表着富丽多姿、明丽鲜活。这样说,它也当代表楚风汉韵、南秀北雄的徐州。想那个志向坚毅的放鹤人,是那般恣意地让鹤舒展于这片天地间。云雾渐起,湖水和花的光带变得朦胧起来。恍惚间,一点一点的,竟然落雨了。更多的花纷扬到地上和水中,感觉那花也是天上落下。夜晚,漫山遍野的馨香,将覆盖徐州的睡眠。"顾名思义,王剑冰感触到了徐州的城市文化内蕴,抓住了徐州的城市性格和文化底蕴。这是一种悠然轻缓的节奏,更是一种舒徐有致的情韵。王剑冰在历史的罅隙之间寻觅文化基因,在苏东坡放鹤的风神之间,在五色土的农业文明象征意识之间,在山光水色的情愫之间,进行了文化的追神摄魄并得出了令读者心领神会的结论。西湖边上的白堤,是白居易留给杭州的文化烙印,这是经世致用之学和诗情画意的完美结合,王剑冰采用文化观察的独特视角,抓住了白居易的文化贡献和历史意蕴。在《香山上的香山居士》一文中王剑冰写道:"那次去杭州,迎接我的是一场罕见大雪,壮观的降雪在西湖上,茫茫一片白。白堤,同这场雪对应了,堤上的柳在风中一斜一斜,枝条也成了白条。不知道白居易当年可曾经历过这等美景。白居易修建白堤,只为蓄水灌田,却成了西湖一个胜景。当时朝中很乱,朋党倾轧。白居易怕再被伤害,请求下去挂职,皇上批准了,先让他做杭州刺史,后又任苏州刺史,都是天堂之地。白居易很舒心,干得也好,留下了千古美名。如果不是小人当道,被贬谪或外派,白居易没有那么多的体察,中国的文学也不可能那么丰赡。"白居易的精神世界和人间情怀,被王剑冰准确地捕捉到了,雪中的白堤就是他投向文化史的深情一瞥。

王剑冰称自己的写作是对文化感和历史感的某种回应,也是对自我内心的一种深切关怀。他坚守自由、真实、独立的言说伦理,凝视文化内部的底蕴,尊重个体与现实、历史和文明之间的精神脉动,并试图由此重建民族文化的自信。王剑冰的文化散文叙事简洁、情感直白,在庄重的文化书写背后,不乏对历史人物的同情和超然。他把个人际遇与历史命运凝合在一起并且揭示出人类在存在论意义上的根本困境和文化出路。

自然素描　大地巡礼

王剑冰的散文在关注文化的同时也倾心于自然世界,他用纯正的语言书写关于自然和大地伦理的抒情散文,笔端流淌着平淡、日常的心绪,蕴含着诉不尽的温情与暖意。他的笔调质朴平实,大气从容,他深入自然世界的深处,展示了自觉的生态意识和成熟的叙事能力。

王剑冰诚挚地书写他近年采风、考察途中的所见与所思,"温暖和诗意"是这部散文集的鲜活内核。在宽阔明亮的意境中,王剑冰对各族人民的生活和命运,对人间万象、花草树木、山川风物,都怀着亲切敬畏之心,以多棱角的风格寻求丰富的自然经验与体悟的诗意表达和智性感悟。王剑冰的语言简单朴实而又稳重凝练,在不动声色的情感力量驱遣下,在一种灵动的日常书写里贯彻着一种通透的哲学锋芒,也浸透着一种内在的深沉情感和洞察世界的文学力量。王剑冰坚持个性化的自然审美,他思考生命价值的同时也寻找心灵方向,散文语言优美而朴素。他怀着一颗大爱之心,在幅员辽阔的大地上穿行,在芸芸众生的生命历程中感悟现实的土地和历史的星空,书写出一片神奇、凝重、深邃的散文天空,流贯其中的精神实质则超越了地域限制而具有普世价值。

王剑冰依托坚实的大地并迈向历史的纵深腹地,他开阔的文化视野和深厚的民族情感展现了对中国各民族生存状态和历史记忆的人文关怀。这是一部回归乡土世界、精神家园和生活本真的散文集,自然风物与文学血脉在这里水乳交融,弥漫着浓郁的大地气息并且浸润出温馨的民间情感。新疆位于祖国西北边陲,地域辽阔,物产丰富,极富生态价值、资源价值和旅游开发价值,王剑冰置身伊犁河谷,不禁心旷神怡,优美的文笔书写了草原上的丰饶气象和美丽景致。在《那拉提草原的丹花》一文中,王剑冰写道:"有人说,不到新疆,不知道中国之大,不到伊犁,不知道新疆之美。伊犁河谷是上帝赐给人类的一片宝带,上面洒满了翠绿和金黄,那是大片的湿润的草场和富饶的土地。我来的时候,阳光刚刚洒满河谷,草原泛着一波一波的光,就像一把喷壶在喷水,喷到哪里,哪里就光鲜起来。无边无际的草原一直铺展到遥远的山边,不,那草又上到了山上,一直翻到山的那边去了。"无边无际的草原,水草丰茂,牧歌回响,把我们带到了"天似穹庐,笼盖四野"的敕勒川一般的神奇境界。山无水不灵,水无山不秀,普者黑大大小小的山脉,雾霭升腾,山明水秀,各色植物争奇斗艳,古人题刻和图腾遗迹星罗棋布,王剑冰在山光水色和花木佳秀中流连忘返,他用文思泉涌的句子描述了普者黑的钟灵毓秀。在《普者黑的灵魂》一文中,王剑冰写道:"山从水里远远近近地长出来,大大小小竟有200多座。一些岚霭在山间断续着。单看一座山形,并不是太奇,一座座连起来看,就有些形状了。正是因了这样的形状,才有了甲天下的桂林山水。而这样的山水,在普者黑随处可见。这里没有'前人之述备矣'的名题,如果有些遗迹,也只是狮子山那些古人在石壁上凿琢的鸟图腾和生活图景。山都不算高,却葱翠。红椿、香樟、云杉往高上挺拔,红盏花、黑节草、马兰在崖壁间争妍。厚厚的植被,让人看不出有什么路径可以上去。而多个山却藏了洞穴在里边。有的能这边进去,另一边出来,有的划船可直接进入。月亮洞中,竟还有着一排能够铿锵发音的石磬,分别敲击,会发出不同的声响,乐调十分分明。早年栖息在山洞里的山民,闷烦了击磬而歌舞,该是怎样的乐趣。"应该说,普者黑的风光是自然世界千秋万代的造化,野趣中呈现出的是无为而治般的生态智慧和妙然天成。双乳峰的山光水色也是别有洞天,王剑冰乘车在盘山公路上仰观俯察,山间的光影晦明和云雾缭绕如梦似幻,扑面而来的自然景物闪现出圣洁的韵致。在《浪哨·梳花》一文中,王剑冰写道:"山路在盘旋,树林快速闪过,田野泛着绿与黄的光影。当双乳峰以独特的形象猛然出现在视线中的时候,着实给人造成了某种逼视与撞击,一声惊叫在心内响起。那是一双圣洁的物件,平时是不能挂在嘴边上的,更是不能毫无遮拦地入眼的,怎么就直接地裸露在了那里,怎么就那般真实、圆润,甚至乳头凸显,甚至感觉还有乳晕。云雾在上边缭绕,而阳光随时又会穿透云雾,将一束束细密的光芒洒落在乳峰上,散射出不同的光影,双乳峰也就有了亦真亦幻的感觉。看呆的时候,分不清是云雾在轻轻飘移,还是乳峰在微微颤动。"如此鲜活的文笔,自然而然地勾勒出了双乳峰亦真亦幻的观感,赋予这片奇山圣水以灵气和诗意。

王剑冰的散文充满智慧的感悟,精彩的细节描写,舒卷自如的文气,在有效地还原事物本身的质地、旨趣和深度方面,体现出智性的光辉。他因此而成为一个有深度思想的、妙趣横生的大地观察者和自然世界的忠实记录者,也使他在中国当代散文创作领域有了不可忽视的价值和意义。王剑冰让文学的翅膀从天空回到大地,首先让语言从所指回到能指,散文作为一种自由灵动的文体,它侧重于生活的细部和碎片,王剑冰以平常之心对个体生命的存在和生命所处的环境给予悉心关注并升华到哲学的高度。所以,王剑冰的散文语言流畅、文雅而又不乏智慧的光彩。王剑冰的散文注重观察并重视常识、现场、细节,让写作紧紧贴近事物本身并带给读者一种熟悉而又亲切的感受。王剑冰的散文以其一以贯之的创造精神形成了自己独特的风格。他在散文中对诗性精神的坚守使他的散文超越了客观书写和浮光掠影,他在自由开放心态下对大地及大地上朴素事物的抚摸和亲近,使他为当代散文提供了新的审美内容,他让自然进入人心,让人文和自然交相呼应、相映生辉。

历史追问　人文情怀

王剑冰的散文一直关注着有历史和人文重量的话题:文人与政治,个人与时代,以及知识分子的精神突围和心路历程。沧桑岁月之中历史话语草蛇灰线,虚实明暗之中人性纠葛淋漓尽致,一切都在那些细节和碎片之中浮沉彰显。王剑冰赋予散文这种自由随性的文体以历史沉实和人文痛感,他既探求历史本来之面目,亦饱含感同身受之同情。他回望历史遗迹的风雨万象,在多重奏鸣与和声中,共同体味历史人物的况味人生。史料伴随记忆,感性辐射理性,以省思之心约束情感的满溢,以人类之爱倾听历史深处的回声。那些来自历史深处的绝响,因为王剑冰的不懈记录,得以流传久远,历久弥新。王剑冰的文字谦逊平和而又沧桑沉痛。他的历史人文散文的写作,因为来自命运的叩问、灵魂的呢喃、人心的召唤,而深具睿智和理性的光泽。他的笔下那些悲欣交集的史料断片,经其冷静而理性的整合之后,依然洋溢着悲天悯人的情感力量,而他浩瀚的悲悯和理喻,也不时地挣脱时间的边界扑面而来裸呈纸面。他以生命的虔诚领会历史的暗示,以往事的灿烂化解无边的苦楚,以自己的娓娓而谈成功地反抗了遗忘,捍卫了历史的记忆和尊严。

王剑冰的历史文化散文作为一种文化史、精神史和专门史的表达,关乎的却是一个民族一往情深的往事和随想。王剑冰的坦然使他面对中华大地的历史文化遗迹和景观时既不夸饰也不渲染。他的历史感悟和文化分析井井有条,为喜爱他的读者所分享。唐代著名诗人牟融的《送范启东还京》诗曰:"官桥杨柳和愁折,驿路梅花带雪看。"驿路梅花的古老意象在王剑冰笔下被推陈出新,在《驿路梅花》一文中,王剑冰写道:"四十公里长的驿路使得很多空间和时间变得简洁。趟过梅岭的风,会感到顺畅多了,雨雪也发现了这样的奇迹,它们不再洒落得漫无章法,而将一条路铺展得明净莹白。多少年间,中国的丝绸、茶叶、陶瓷,经过驿路到达世界各地。杨贵妃爱吃的岭南荔枝,也是经过这条路快马送至长安,不知玄宗安排修路时,是否也安了私心。梅岭,是在梅中开了路,还是因路种了梅?不好找到确切的答案,路与梅就此相伴千年。坚硬与柔润、古朴与馨香和谐地融为一体,一些梅老去,新的梅长出来,石头将梅的根压住了,会抬一抬身子,让那些根舒展,抬起身子的石头有一天走失,新的石头还会补缺上去。"一条历经沧桑的驿道,连接着古往今来和历史人文,世界各地的物产在这里流通辗转,时间和空间在此铺陈聚拢,梅花的馨香和古道的风尘在此交相辉映,王剑冰展示了一种历史的深沉背景和悠然想象的融会贯通。郑州的弦高雕像,既是一种商业隐喻,更是一种历史回响。古老的郑州应该记住商人弦高的历史风范,他投身商海而报效国家。在《退出历史视线的那个商人》一文中,王剑冰写道:"又过了多少年,郑州紫荆山百货大楼前面,出现了一尊雕塑,是人们想象的商人弦高。郑州是应该记住弦高的,那是他们的老乡,值得说道的老乡。郑州被称为商城,一是因为这里是商都,有完整的商城遗址,还因为商铺林立,是全国商家抢占之地。经商的进货的,各种各样的口音在这里汇聚。尤其车站周围的店铺,早上五六点就人头攒动,在其他的省会是没有的现象。这或许与郑州人弦高没有多大关系。但是后来人们发现,越来越多的商家抬出了弦高,很多商界学术会、研讨班,会把弦高说成中国历史第一商人,也会将他的爱国举动和精神大力宣扬,以壮商家声誉。这是退隐的弦高没有想到的,或也是弦高不愿想到的。"历史总是表面上漫不经心,其实是在按照自己的逻辑铺演运行。这暗合了中国传统叙事文学"双重结构"的"叙事原始":"它属于超叙事层次,是叙事外的层次,二者的叙事时间和流转速度有着巨大差别。它以巨大的时间跨度,储存天人之道的文化密码(气息、味道、感受),并以湍急的时间流转速度的冲力,激发历史的发展逻辑和天人之道的对接和呼应,并引发人们对生命的不同体验。"隋朝开凿的大运河,是中国历史上惊心动魄的巨大工程,打通了南北水系,对中国文化的南北交融功不可没。在《血脉大运河》一文中,王剑冰写道:"人们选择自己的生存环境,更多的是依存山川俯仰的变化。运河首先表现出了人类对自身命运的挑战与安排。它借助了当权者的突发奇想,更多的是借助了普通劳动者的智慧与精神,既顺应江河竞流的法则,又顺应人类生活的自然,无疑是多年来得以见证的综合着多种艺术的精品。在帆影点点、号子声声里,不知有多少生活展现出了生机,有多少平民改变了自己的生活状态。而一个个城市和集镇也就应运而生、而勃发、而繁盛。更有了理念上的变化,很多人从传统的农耕经济转向了商运经济。这是一个时代的转变。运河边和黄河边、淮河边上人们生活的价值趋向,就此有了不小的分歧。"京杭大运河就是在顺应自然与改造自然之间做出了微妙的平衡,带来了商业繁盛、物阜民康和文化融汇,农耕经济一步步转化成了商业经济和航运经济,在帆樯林立和渔火点点之间,京杭大运河完成了自己沟通南北经济文化的历史使命。王剑冰突出书写了劳动人民的精神和智慧。

　　王剑冰的历史人文散文的文字绵密而深邃,也充满智性的光泽。他的通透和理性来自他对历史真相和精神疑难的不懈追问,如同他隐忍深微的生命感悟往往通过精准的细节解读和符号分析,走向清晰透彻和宽广舒展。他活跃的历史探索精神,拓展了文化散文的文体边界和表达疆域。他沉静明白的语言既有思索的深沉痕迹,也有洞悉事物本来面目之后的情不自禁。他所揭示的历史时代对人情冷暖的微妙影响,以及人与历史互相浸润的复杂境遇,既是对往昔历史的不懈追思,也是理解当代现实社会的重要参照和维度。

君子情怀,温润如玉

——读《王剑冰精短散文》

潘　磊[①]

散文从"载道"的文学传统中解放出来成为抒发个人性情的文体始于"五四",对"五四"时期的散文创作,鲁迅曾如此评价:"到五四运动的时候,才又来了一个展开,散文小品的成功,几乎在小说戏曲和诗歌之上。这之中,自然含着挣扎和战斗,但因为常常取法于英国的随笔(Essay),所以也带一点幽默和雍容;写法也有漂亮和缜密的,这是为了对于旧文学的示威,在表示旧文学之自以为特长者,白话文学也并非做不到。"朱自清也指出,"五四"时期散文创作"有种种的样式、种种的流派,表现着、批评着、解释着人生的各面。迁流曼延,日新月异;有中国名士风,有外国绅士风,有隐士,有叛徒,在思想上是如此。或描写,或讽刺,或委曲,或缜密,或劲健,或绮丽,或洗练,或流动,或含蓄,在表现上是如此"。经过较长时间的沉寂之后,20世纪90年代以来,散文又渐渐走上文学的前台,成为不亚于小说、诗歌、戏剧的重要文体,与此同时,一批批散文作家亦开始在文坛涌现出来,许多小说家、诗人和学者也纷纷从事散文创作。

与其他散文作家不同,河南的散文家王剑冰专事散文创作,因其独特的散文风格而在全国散文界占据一席之地。贾平凹曾经这样评价:"当今的散文写作,正处一段热闹期,遂使一些'竖子'成名。如果仅从中国的中间画一条直线,东边余秋雨有余秋雨的面目,西边周涛有周涛的个性,中原郑州的王剑冰虽未有余、周的极致,却有他的中庸,中庸并不是平庸,它有它的浑厚和鲜活。"贾平凹所说的"中庸"即儒家"执两用中"、道家"万物负阴而抱阳,冲气以为和"的

---

① 潘磊:著名评论家,郑州大学文学院副教授,文学博士。

"中和意识",是中国传统文化的基本精神。对于王剑冰来说,"中和意识"不仅陶铸着和为贵、和为美的思维模式和心理模式,而且陶铸着"以适听适,则和"的审美情感和审美态度。应当说,由"中庸"而来的温柔敦厚、儒雅翩翩的君子之风,"怨而不怒、哀而不伤"的温和、柔美、节制的古典审美趣味,正是王剑冰散文的最大特色。

一

王剑冰的游记体散文最为知名,他凭借着对自然山水、名胜古迹颇富才情的感受,以极其细腻、清新的笔触将自然风景、生活情趣和艺术创造熔铸在一起。如果说现代散文名家郁达夫是因时代的苦闷、人生的苦闷以"零余者"的姿态寄情于山水,那么长于和平年代的王剑冰则是以他的君子情怀去观照、点染山川美景。

在这些游记体散文中,作家行迹所到之处,都留下自己的感悟与情思。在《荒漠中的苇》中,面对戈壁荒漠,作家并没有一味赞叹沙漠的壮美,而是坦陈自己的感受:"慢慢地我也没有了什么兴趣。除了沙漠还是沙漠,而且沙漠的颜色还不是金黄色的,很多都是粗糙的暗褐色的沙石,在公路的两边铺向无尽的远方。"但于无趣与单调中,作家发现了苇,并以大量的笔墨来书写沙漠中的苇,与渤海湾、白洋淀大面积的芦苇荡比起来,沙漠中的苇"就像初生小女的头发,稀稀落落地表明着生命的再生"。即使如此,它们却是荒漠中生命力的象征。作家将之人格化,视为生命力极强的弱女子:"这该是植物中的弱女子啊,给她一片(不,哪怕是一点)水,她就敢生根、发芽、开花,摇曳出一片星火、一片阳光。"并由此联想到即使是弱者,它们仍然顽强地生存于世间,执拗地活着。作家写的是沙漠的风景,但最后生发出的是对生命的感受,整篇文章因此丰富起来。在《吉安读水》中,作家从"水"来解读吉安这座城市,"吉安是水带来的城市,古人依水而居,富足的水才会有富足的都市",并由此展开丰富的想象,守着这一道水,"文天祥得以横空出世","毛泽东在渼陂组织红军赤卫队攻城,挥洒出'十万工农下吉安'的豪情",以及执教于白鹭洲书院的周敦颐、程颐、朱熹等文化名人给这座水的城市增色生彩,这些想象给普通的游记增添了文化色彩。在《斜雨过大理》中,作家着重写了"洱海雨",观察可谓细致入微:"那雨无声,柔柔润润地飘来,轻刷刷地洒在田野里,洒在洱海里。遇有小风,斜斜地扭着腰儿在车前打个旋儿就奔到远方去了。"关键是自然风景之美又衬托出了在地里劳作的姑娘们的美:"那高挽裤脚露出的圆润健壮的小腿,那认真投入富于表情的笑脸,更有红白相间的白族服装,在雨中亮丽地同大片的绿点缀在一起。"可谓是情由景生,情景交融,意境优美。接着,作家笔锋一转,开始写雨中的苍山,别有一番情致:"青青苍苍起起伏伏的山忽浓忽淡地浴在一片雨雾里。山峰全是灰白灰白的云气,一大朵一大朵显现出画家运笔的功力,那么自如、洒脱地将黑灰色调调匀,然后狠狠地在水里蘸了蘸,寥寥几道重笔,就最后完成了这十分壮观十分大气的丹青水墨。"雨中的苍山、洱海在作家眼里成为一幅美丽的水墨丹青。古人强调,诗画一律,书画同源,而作家也在有意地营造出"诗中有画,画中有诗"的意境,作家也常常将自己细腻的内心体验,变成诗与画,时时追求诗情画意,使散文变成有形的画与无声的诗。在《有雪的圣彼得堡》中,雪中的圣彼得堡有着"古典而秀雅的风度":"傍晚的涅瓦河,冰层融化了一天,浮冰相互摩擦着碰撞着,一块块地漂过来,有白色的水鸟在上边立着,像一群穿着白色裘皮大衣的公主,在渡船上观赏两岸的风景。黑色的水鸟则像穿黑大氅的绅士,在另一些'游艇'上很傲气地望着这些公主们。"这些描写都颇具画面感,使人有如身临其境。郁达夫在《山水及自然景物的欣赏》中曾经说过:"自然的变化,实在多而且奇,没有准备的欣赏者,对于他的美点也许会琢磨不十分完全的;就单说一个天体罢,早晨的日出,中午的晴空,傍晚的日落,都是最美也没有的景象;若再配上云和影的交替,海与山的参错,以及一切由人造的建筑园艺,或种植畜牧的产物,如稻麦牛羊飞鸟家禽之类,则仅在一日之中,就有万千新奇的变化,更不必说暗夜的群星,明月的普照或风雷雨雪的突变,与四季寒暖的更迭了。"应当说,王剑冰就是这样的细致的自然观察者,一个好的游记体散文家也必然是一个训练有素的自然观察者。

　　对周庄的书写,是王剑冰散文的一大亮点。《绝版的周庄》《水墨周庄》等篇章中,作家仿佛将古镇周庄视为心仪已久的女子,"清凌的流水糅成你的肌肤,双桥的钥匙恰到好处地挂在腰间,最紧要的还在于眼睛的窗子,仲春时节半开半闭,掩不住招人的妩媚",尤其是这句"周庄,我叫着你的名字,你比我想象的还要动人。我真想揽你入怀。只是扑向你的人太多太多,你有些猝不及防,你本来已习惯的清净与孤寂被打破了",既是对周庄深情的告白,亦暗含着对于周庄过度旅游开发的忧虑、省思。过度的旅游开发破坏了古典、安静的周庄,而只有晚上的周庄仿佛才是作家心目中的意中人形象,"时间刚过9点,周庄就早早睡了……没有喧闹的声音,没有电视的声音,没有狗吠的声音",但"静"不是绝对的无声,"一两声狗吠,使这种静更有了深度与广度,这种静把周庄静成了一个亦梦亦幻的周庄"。在作家深情、诗意的笔触下,周庄的水,周庄的月,周庄的桥、船、油菜花都流淌着浓浓的诗韵和情致,充满了诗情画意:"三毛离去时最后亲了亲黄黄的油菜花,那是周庄递给她的黄手帕。""大批大批的舞者(蝴蝶)姗姗而来,拥绕着油菜花,拥绕着一个善于让人做梦的周庄。"雪中的周庄则"如暗恋的情人,披一身玉色的斗篷,斜斜地枕在晨阳里,将古朴与静逸半明半暗地写意出来"。除此,作家还特别写到周庄的建筑材料——瓦,将之审美化,它们和周庄如此和谐,相得益彰,"周庄只能生活在瓦片下,没有瓦片的生活,周庄活得就失去了意义",在作家笔下,瓦仿佛也已经人格化了,"瓦本身就代表了平民性,它不是用来装饰的,而是直接进入了生活",瓦如君子一样富于包容性,"瓦片不仅对同类表示出了友好,也对其他物种表示出亲切的包容。比如燕子或其他的鸟类飞过时忘掉的一颗草籽或瓜籽,瓦片会精心地为它们保存起来,不致它们死去"。这些散文篇章在为作家赢得赞誉的同时,古镇周庄也因之而更添姿彩、声名远扬。

郁达夫在《清新的小品文字》中曾说:"原来小品文字的所以可爱的地方就在于它的细,清,真的三点。""细"即观察细致、描写细密,"清"即题旨明晰、慎加选择,"真"即真切自然、毫无虚饰。应当说王剑冰的游记体散文也做到了以上三点,我们在细、清、真的文字中读到的是作家温润的君子情怀。

二

如果说游记体散文中作家是将自己的情感、意志、人格投射在自然风景上,那么叙事类散文则是作家人格志趣的直接呈现。除了游记体散文,王剑冰还创作了大量叙事类散文,或追忆童年时光,或讲述自己、家人的人生经历,或观照当下社会中的人与事,从中我们更能体会到作家中和、节制的审美追求。

在这些散文中,给笔者印象最深的是追忆童年时光的一系列散文《小庄夜归》《寂寥的田野》《春花与冬雪》《老屋·老人·老树》。王剑冰的家乡在遥远的渤海湾,正因为年少时离开故乡,故乡的记忆日渐模糊,成年之后便在记忆中以一个儿童的视角重构故乡,故乡从来也只属于远离故乡的人。乡愁自古以来就是人类共通的情感,故乡文化是绵延不绝的诗学传统之一。"现代乡愁的生命状态是漂泊。还乡不仅是回到童年和故乡,更是回到生命寄寓的灵魂故乡。"在近现代文学史上,怀乡也是一个挥之不去的母题。鲁迅、萧红、沈从文、师陀等人都拥有各自的童年与故乡,却又告别了童年,远离了故乡,在古老而又现代的大地上漂泊,从一个地方走到另一个地方,在行走中寻找,在寻找中行走。在他们漂泊流浪的生命体验中,"故乡"也变得愈加清晰,他们对故乡的情感也愈加深厚,于是才产生了《故乡》《呼兰河传》《边城》《果园城记》等经典的文学作品。王剑冰的这几篇散文也是怀乡之作,笔者更愿意将这几篇散文视为小说,它们都以懵懂孩童的视角叙述儿时记忆,文字纯净、流畅,富于诗意,于从容的叙事中展现人情、人性之美,仿佛唤醒了每个人的童年记忆。《小庄夜归》讲述"我"坐着大木轱辘车与爷爷回姑姑居住的小村庄,文中充满了童趣,譬如"牛便是普通的牛,车子却是极为好玩的大木轱辘,圆圆大大的周身铆了铁钉,箍了铁圈,滚过地面时发出一种隆隆的声音,显得凛然。想小人书上冲锋陷阵的战车,比这先进不了多少"。还有儿童的恐惧也是那么真实可感,"叫不出名字的鸟,张开羽翅占领了天空,陆地上仿佛只我和爷爷的牛车。轴响刺破寂寥时,我简直不敢回望了"。爷爷带着"我"到村子后,被好奇心鼓动着的"我"缠着爷爷即刻出村去看景致,夜尚不深沉,"此时的庄子已美于一幅画中了。依水而居的房屋错落在星天里,如一座孤岛,独享着这一色水天"。古朴的村落、纯真的童趣、美好的人性,颇有《边城》的韵味。《寂寥的田野》中的"我"跟随二叔去地里劳作,"我"只顾贪玩,"有只蚂蚱,很大胆地过来,让我一时不知如何对付它。就扔了土块,再扔了土块,它不慌不忙地引逗着我,一直引到一条小水沟的边上,才无声地飞跑了",二叔则在地里辛勤地劳作,"每挖一锨,二叔就要往手心里吐口唾沫。就这样不间断地重复着一个动作,一会儿的工夫,二叔的前边就成了鱼鳞样的一大片"。不谙世事的"我"怎么也想不通"二叔每天这样下地,一个人如何度过这寂寞的时光"。随着时间的流逝,"我"也渐渐觉得单调,蚂蚱到了眼前,也再无捕捉的兴致,"所有的声音就只二叔的唾沫声了"。等"太阳到了那根芦草上","我"才乘着独轮车和二叔回家。文章的最后是点睛之笔,二叔让"我"坐在独轮车上,但"我"不同意,径直拉着那绳子跑在前边,这时"天渐渐黑了",将孩童的纯真、善良勾勒了出来。童真给二叔艰辛的劳作涂上了一抹温情,也正因为这抹温情,才使二叔的辛苦并不那么苦涩、沉重。

《春花与冬雪》讲述童年的一段经历。按当地民俗,必须有一个男孩子押轿,媳妇才能娶进门,八岁的"我"坐着轿子进了村子,"好不脸红心跳,好像是人家把我娶进了村子,要么就是我来娶媳妇"。对女性朦胧的好奇心促使"我"想一睹新娘的芳容,但回来的路上,"我"只能坐在自行车后座上,"什么也不好再看,只一棵一棵树地向后跑着。慢慢地,我都快要睡着了"。等到结婚仪式举行,才看清了她"穿件水红的缎子袄,越发把脸蛋衬得粉粉白白"。在闹洞房时,"我"出于对新娘朦胧的好感,"挡在里屋门口,想起一点作用,终是力不从心,眼看着那些人拥进屋里"。在"我"童真的视野中,美丽的新娘善良、勤劳、整洁,"总是她一早一晚挥动着扫帚"。但两年后,新娘终是随丈夫去了远方,"她一走,院子里总像空了些什么。落叶多了。鸡粪多了。冷冷的寒风多了。后来就飘起了雪花,纷纷扬扬地白了世界"。文章将一个童年的男孩儿对于女性朦胧的好感刻画得如此动人,一个温婉可人的新娘亦仿佛立在读者眼前。《老屋·老人·老树》是记述童年记忆中的一对乡村老人。孩子们去他们院子里打枣,老人并未动怒,而是善意地端出一小筐红枣招待,不谙世事的孩童只是为了写一篇作文去帮助老人扫地、抬水,但老人回报以自己的专有产品——细长的麻绳,最终老妇人先走了,而老人也在雨中老屋坍塌之后故去了。文章最后,"只是苦了那棵枣树,从此再也没有结出过甜脆的枣子……"使人备感人生的酸楚与苦涩。这些小说样的散文以童真的视角去记述人生的况味,儿童的纯真、懵懂与人生的沉重、苦涩形成了极强的张力,在温情、童趣的叙述中,其实弥漫着淡淡的忧伤,这忧伤来自我们终究无法再返回童年,而人世间也并不是孩童眼中那样纯净。这些篇章都是对童年的追忆,淡化故事,重在诗境的营造,给我们展现出的是逝去的美,同时对平凡人的命运投注极大的兴趣和审美的眼光,使得美由绚烂归于平静无奇,归于自然调和的生命形式,从中透露出一种独有的人生态度和体悟生命的方式。在这些篇章中,我们仿佛能够体味出废名、沈从文、汪曾祺小说的气息。

《地震纪念日想起你》《相逢何必曾相识》《黄昏中的美儿》《排队的故事》都是记述青年时代的人生经历。《地震纪念日想起你》《相逢何必曾相识》《黄昏中的美儿》都是对唐山大地震的个人记忆。这些篇章都在忆念反思中自悔与自责,并在追悔与自省中使悲哀痛苦的心走向平静,从而达到作家自身人格的重构,也使读者受到心灵的净化。《地震纪念日想起你》是对在唐山大地震中失去生命的二姨的追忆,充满了忏悔与自责。二姨因为抱外孙女而被埋在了废墟之中,"我"不能原谅自己的是,因为二姨父成分不好,"我"不愿意去二姨家,因为"我怕说'划不清界限',怕受到某种牵连,怕影响前途。可那时二姨多么需要我的'光顾'呵。亲戚朋友疏远了,连我这个远方回乡来的外甥也是如此,如何不让她伤心?"时过境迁,当不正常的时代成为过去,留下的只有内心深处的忏悔,在温润的叙述中,体现出作家对历史的反思。《黄昏中的美儿》是对逝去的朦胧爱情的追忆。一个活泼美丽的女子仅仅因为父亲被抓过壮丁而受到村里人的歧视,即使她主动向"我"表达好感,"我"也只能逃避,"我不敢见美儿。我开始躲着那街角、那小路、那个软软的声音:'哎,下乡青年……'",因为"我想入团想参军想被招工想出人头地,想着有一天能离开这个窄小的天地",留在记忆中的是"那个浅红的身影在夕风里"。正是因为内心的忏悔,记忆中美儿的形象才会如此美丽。《相逢何必曾相识》则重在叙写地震中人与人之间的温情。一个陌生的姑娘从废墟中爬出,父亲已经不在,母亲牵挂娘舅,让她去寻找,等她找到,已经是一片废墟,她又急着回家看望母亲,天黑时走到"我"借住的舅舅家,一向精打细算的舅母也对姑娘心生同情,提供食物,还要留她借住一晚。而让"我"不能释怀的是,自己"头一次递过去的水,竟是犹豫的半碗……"作家自省的小事在许多人看来似乎微不足道,但正是在这些细小的事情中可以见到作家对自身人格的苛求。鲁迅曾说过:"我的确时时解剖别人,然而更多的是更无情面地解剖我自己……"自省是追求自我人格完善的一种途径,是现代知识分子最重要的品质,在对自我的省思中我们体会到作家对理想人格的追求。

这一类散文中还有观照当下社会平凡人生的篇章,如《安装工小马》《路边的鼾声》《小细节》等,安装工、卖烧饼的夫妇、建筑工人这些底层小人物进入作家的视野。作家没有居高临下,而是将之视为平等的主体去感受他们生命的悲欢。在《安装工小马》中,作家在平静从容的叙述中为我们展示一个打工者的生活,一个月一千多块钱,租的是郊外的房子,"起得早一点,睡得晚一点,腿和车子辛苦一点,就又能多余下钱了"。但即便如此,小马没有抱怨与不平,所考虑的也是"关键是把活干好,不能损坏了公司的形象"。正因为作家没有去渲染打工者的苦难,反而更具感染力,促使我们思考一个公平、和谐的社会应该给无数的小马们以什么样更有力的制度保障!《路边的鼾声》摄取的是建筑工地上打工者生活的瞬间。春日的黄昏,"他们横七竖八地睡着,睡得是那么香甜,以至路上各种各样的嘈杂声都不能将他们闹醒"。作家的观察可谓细致入微,"有的枕着自己的一只鞋子,有的枕着一根木头,有的干脆什么都不盖都不枕,就那么四仰八叉地躺在土地上,躺在阳光里"。从打工者各式各样的睡姿中,我们可以感受到他们平时生活的辛苦,但遗憾的是"一座大楼建好了,得大益的不是这些人"。或许是由于作家曾有在建筑工地做小工的生活经历,笔下才流淌着对底层小人物的体恤与感同身受的同情。还有,《小细节》中,凌晨 4 点,作家目睹的是人生的另一种风景,"一个男人正在狠劲地揉着一块面,那面似乎很不听话,因而男人就左一下、右一下地下狠,下狠也解决不了战斗,男人于是加上了拳头",女人"用木柴点着一个炉子,木柴棒子插得乱七八糟。那火一会儿红一会儿灰,一会儿又看不见了,聚成浓浓的白烟,反熏到了女人的眼睛"。这是平凡人日复一日的日常生活。"必定每天夫妇两个都在重复着这早晨的项目。很多熟睡的人不知道他们的这个项目,只知道他们后来开始收钱的项目。包括我。"这最后一句既是作家的自省,也是对我们的警示,触动着我们麻木的神经,唤醒我们对普通劳动者的尊重。

三

历史文化散文是王剑冰散文的另一个题材领域。自 20 世纪 90 年代以来,文化散文成为散文家们竞相追逐的创作领域,但文化散文的特点在于相对专业的历史知识、深厚的文化思想、富于才情的艺术感悟,这三个方面的融合方能成就优秀的历史文化散文。就王剑冰而言,由于他的文学积累和审美情趣,那些与中外文学名家进行心灵对话的篇章如《呼兰思绪》《孤独的梭罗》《竹园诗情》《你在我的感觉里》写得更为出色。在这些篇章中,长于艺术感悟的作家能够扬长避短,充分调动自己的文学积累,展开丰富的艺术想象,在文学前辈漫长的生命历程中寻求对于文学、生命的感悟。

《呼兰思绪》《竹园诗情》都是精致的美文,是探访萧红和薛涛故居时所引发的联想与感悟,从中可以见到作家以温柔敦厚的君子情怀对女性的同情性理解。《呼兰思绪》中,作家在呼兰小城的萧红故居感受女作家的文学与人生,征引、穿插了许多萧红作品中的原句,从中既可看到他对萧红的熟稔,也能见到其对萧红独特的理解与体悟。"你是个活泼向上的女子,是个性情不羁的女子,是个善动感情的女子,是个对什么都不甘心的女子。因而你的路总是那么难走。也许你的性格本就构成了你的悲剧命运。"这是作家心中的萧红。《竹园诗情》中写的则是女诗人薛涛。作者在一个秋日寻访滨江公园本是为了看竹,却无意中遇到了"薛涛井",由此展开对薛涛的探究,"翻看《中国文学史》,没有薛涛,《历代诗选》《中国历代文学作品选》,也未提及","是否因了薛涛是艺妓而影响了她的诗名?以使后人总是绕过她去,或在研究她时强调了她的艺妓生涯而淡没了她的创作成就"。其实,不仅是对薛涛,人们对萧红也是如此,对其私生活的关注远远超出了对其文学作品的关注。王剑冰深入女诗人的内心世界去感受女诗人在貌似繁华喧闹的一生中的孤独,尽管她与白居易、元稹、四川节度使韦皋都曾交好,但这样一个美貌且富于才情的女子内心深处是孤独的,唯有寄情于诗:"在她的早年和晚年都是孤独的,在她的盛年也是悲乐不由己,唯恐受挫唯恐失宠。她真正倾注一生的,还是诗。"文章最后,又回到了公园中的竹,竹与女诗人是如此和谐,契合了薛涛孤独的人生。

《孤独的梭罗》记录了作家去瓦尔登湖时对作家梭罗的体悟。对瓦尔登湖的自然风景,作家写出了它的变幻多姿,"一般说来,每天早晨,浅水比深水温暖得更快,可是到底不能温暖得怎样,而每天黄昏,它也冷得更快,直到早晨。一天正是一年的缩影。夜是冬季,早晨和傍晚是春秋,中午是夏季。冰的爆裂声和隆隆声在指示着温度的变化"。正是在这湖边,梭罗写出了《瓦尔登湖》。王剑冰写出了孤独的心境对梭罗的深刻影响,"你的思想仰赖于你的孤独。在孤独的氛围里,你充满智慧、充满悟性,你能看到很深奥的东西","是孤独给了你勇气与果敢。你与一个又一个暗夜相伴,与一个又一个寒冷相伴,迎受意外的风暴和冰雪,接受意外的事故与灾难"。作家还由梭罗的创作心境来审视、反思中国当下的文坛:"今天的作家怀揣着一个命题很难专职地在短时间内去完成一部'著作',谈不上深入、体味,更谈不上孤独。"这些评论确是中肯之言。

《你在我的感觉里》中,作家总能抓住独特的事物来写自己的朋友,譬如李存葆与烟:"烟是他的灵感","只要与香烟做伴,他就能找到文字的突破口,找到构思的源泉。那许是他的最基本的生活状态,香烟即是他生命的构成部分"。贾平凹与陶:"各式各样的陶瓶陶罐,展示着各式各样美的曲线,柔中带刚,刚中带柔。"为什么贾平凹会喜欢陶？"他是找到了一个氛围，一个灵感的启发地。……始终以'我是农民'自诩的平凹，也就同这些女子们一同在芳香的泥土中呕心沥血，挥洒汗水和歌声。细观平凹的字画，那种朴拙，那种柔韧，那种苍劲，可不就是在这种劳动中获取的精华？那该是秦地的特产。"这种对朋友的观察与品藻可谓精准。由人物品藻到人格品藻，这本就是古典文学艺术的审美观，所谓诗品、文品、乐品、画品等，引申而为作者人格美在各类文艺样式的作品中的表现。

现代散文大家朱自清曾说过："一篇优美的文学，必有作者底人格、底个性，深深地透映在里边，个性表现得愈鲜明、浓烈，作品便愈有力，愈能感动与他同情的人；这种作品里映出底个性，叫个人风格。"就他而言，生于动荡的乱世，他承认自己"是一张枯叶，一张烂纸"，因此他返回到儒家的人格理想，做"至诚的君子，人格的力量照彻一切的黑暗，用不着多说话，说话也无须多修饰"。他将散文的文体范式与人格理想结合起来，他痴迷于精神生活中理想人格的建构，必然执着地推崇人格品藻的美学观念，并通过创造意境，含蓄委婉地书写自我，从而创造出至真、至善、至美的审美境界。应当说，散文作家王剑冰也在前人开创的散文道路上努力践行着自己温柔敦厚、中和节制的美学品格。与朱自清所处的时代不同，在日益走向开放、民主、法治的现代中国，一个作家在"内修"自身人格的同时，亦是一个现代公民，其写作应该首先是渗透了公民意识的有社会责任感的写作。希望王剑冰先生继续坚持知识者的立场，创作出更多的散文精品。

（原载《奔流》2015 年第 12 期）

异乡人的精神原乡与他者的文化探寻

——王剑冰《吉安读水》解读

龚奎林[①]

在现代化进程中,科技日益改变着人类的思想、认知,传统文化逐渐在消亡的过程中离我们远去。在钢筋水泥的建筑群中,人与人之间更加疏远,温情也逐渐匮乏。当我们在日常生活中缺乏激情和温度的时候,我们只好把自己的橄榄枝伸向自然,尤其是还没有被技术主义改造的纯朴的山水自然中。这也许是我们人类的一种归宿,我们就行走在这种归宿中,而这种风景恰恰在王剑冰的笔下显得如此灵动而富有诗意,这是《吉安读水》最为亮丽的一点。作家王剑冰打通了传统文化走向未来的通道,激活了民族基因中的审美印记,从而呈现出一种生态诗学视域下的文化探寻。

对于庐陵文化而言,王剑冰无疑是一位异乡人,他从北方的粗犷走向南方的温润,这种温润恰好与作者北人南相的儒雅产生重构,于是,作家愿意在南方的山水中去挖掘先人的文化印记和后人的勤奋拙朴,因为他发现这也是作为异乡人的自己精神上的一个原乡,一个可以放置内心的地方。同时一直通过自己的笔触去触摸庐陵山水养育下的文化魂魄,从一个他者的身份逐渐转向成一个在场者的身份,去探寻庐陵文化的精神隐喻与文化想象,于是在庐陵文化映照下的庐陵先贤与革命先驱也就成为笔下的愿景。

[①] 龚奎林:著名评论家,井冈山大学人文学院副教授,博士。

一、自然山水的道德隐喻

仁者乐山,智者乐水,山的博大、宽广的胸襟往往塑造人的性格,而水是美丽温柔的,老子曰:上善若水。水的坚韧也就赋予了主体性性格,在山水养育下的人与自然也就具有了灵气,而这种灵气正好被异乡人王剑冰捕捉到,于是《吉安读水》非常详尽地把吉安文化地理一一解读,我们可以从山、水两方面看作者的努力。

人对水天然就有一种感应和亲近感,因为人作为有机生命体必须有水的滋养,水与生命的繁殖及欲望有着紧密的联系。水遇圆则圆,遇方则方,顺其自然,具有清凌凌的不与人争的柔性;但水又具有穿石之力,可以抵抗强权话语的掠夺,具有粗犷豪迈的雄性。故老子在《道德经》第八章中说:"上善若水。水善利万物而不争,处众人之所恶,故几于道。居善地,心善渊,与善仁,言善信,正善治,事善能,动善时。夫唯不争,故无尤。"这说明了水在道德上的启示:柔和而有韧性、与人为善、不争名夺利。因此,"水"作为人类的生命所自、生养所托,早已融入人类的早期记忆,而文学家在创作中对水的运用,既是恢复人类集体无意识中的淳朴记忆,更是表达出恋水情结的膜拜。"江西的南部,有一条美丽的水叫章水,有一条精致的水叫贡水,两条水流合二为一形成了更加美丽精致的水叫赣江。宏阔的赣江一路北去,串起了一个个明珠,其中一个闪着耀眼的红、迷人的绿的明珠就是吉安。"正是既有传统文化的宏阔视野,才能够在笔下把水上城的心境表达出来。"赣江北去,宏阔漫流,沿途不是雄奇的山势,即是陡峭的堤岸。"(《白鹭洲》)"赣江,是江西的母亲河,更是吉安的母亲河。从秦至清的两千多年里,赣江一直是沟通南北交通的大动脉。于是可以说,沿途的赣州、吉安等地都是水带来的城市,它们因水而发达。"(《惶恐滩头》)从文学地理学上来说,"水"的坚韧造就了吉安的山水文化和城市变迁及人物性格,这也使后来众多庐陵先贤和革命先驱愿意在这块土地上抛头颅洒热血,坚定自己的信仰,书写人生壮丽的篇章。同时,水也是柔软的,是风情万种的,作者写道:"在水一方,总是离不开水的滋养,总是离不开彼岸的盼望。芦花点点,缀上风的裙裾,想望在悄悄生长。""山间一条白练天降,降到下面就变成一个舞着的女子,这就是仙女瀑。""一只白鹭翩然而起,在水上盘旋了一圈,直至飞向了高远的天空。""这时的水则是安逸的。""许多的人在江边说笑着,玩耍着,他们的表情充满水的光泽。"这些诗性的句子又张扬出水的另一面,那就是水的母性、水的宁静、水的博大,而这不正是吉安人的道德高标吗?

当然,人对山也是有崇拜的,因为山外有山,因为梦想之外还有追求,因为我们不满足于脚下这方寸之间,我们还需要到外面的世界去寻找自己的方向与栖息的地方,"山"无疑又成为人类追求梦想的隐喻。作者写道:"上到金顶,却感到坚强的还有那些草,它们比树站得更高,树到这个高度已经站不起来了。草接替了树,汲日月精华、天地灵气,从山这边一直摇到那边,又从那边摇到山的另一边,十万亩的大草甸,浩浩汤汤,直把一个山摇动起来。"亲密无间的草具有坚强的气质,它们无惧严寒暴雨,无惧烈日雷鸣,相互之间手牵手,众志成城,谱写出万里草甸的盛世华章,"是千千万万的山石、千千万万的植物、千千万万的水滴构成了井冈山,是千千万万的生命、千千万万的呼唤、千千万万的信念构成了井冈山"。小草的坚强、山的高大、石的无惧、水的柔软无疑是庐陵群像和革命群像的生命力张扬的缩影,它们作为"人"的象征物构建起人类精神高标的隐喻。

二、异乡人的精神原乡

在技术时代,"人"逐渐被建构,他无法主宰自己的命运与想法,他的焦虑与困惑与日俱增,为了洗涤心灵的尘垢与世间的污秽,只有去寄寓自然,寻找自己的精神原乡。而自然既是外在自然的和谐,更是内心自然的自由。人在自然中吸收天地之精神,便驱散了焦虑、疲倦与压抑,世俗中的不安与邪恶在纯净中被宁静的惬意、自由的想象与心灵的解放所抑制,内心与自然产生和谐沟通,天人合一也就成为人追求的最高境界。王剑冰在作品中寄寓山水、自由表达内在的本真。正如海德格尔在《世界图画时代》中所说:"在技术越来越发达的社会中,在人的主观能动性作用越来越突出的社会中,人成为特殊的存在者,他可以给任何存在物提供尺度并且可以为任何存在物画出他们所必须遵循的路线……"于是王剑冰试图在《吉安读水》中寻找人心与自然的和谐,建构天人合一的诗性境界,从而寻找一个能安放过于浮躁和疲惫的心灵的精神原乡。而这个原乡就是回归自己的初心,寻找自己的精神家园。海德格尔在《荷尔德林诗的阐释》里谈道:"诗人的天职就是还乡。"

王剑冰通过文学创作从两个角度寻找自己的"家",一个就是上面所说的自然山水的写作,当无法从现实生活中获得纯净的世界时,他就从自然中寻找诗意的家园,于是就有了诸多叙述山水的佳作;第二个就是从传统文化中寻找我们的家,在庐陵文化的忠勇中寻找我们的生存之根。庐陵文化不仅造就了古代先贤的名士风流,也浸润到了成长在这块土地上的后人们的风骨之中,形成了一个个忠勇爱国的悲壮故事。如作者在《一生不渝的爱》中认为井冈好女儿"贺子珍是给毛泽东甚或说给中国革命带来某些希望的人,她坚定了毛泽东立足井冈山的信念,也坚定了井冈山人对山下红军的信任,在艰苦卓绝的井冈山斗争中,贺子珍始终陪伴在毛泽东左右"。贺子珍对革命、对毛泽东一生不渝的爱所呈现的忠勇无疑就是庐陵文化赋予井冈儿女的真情表达,作为井冈儿女的代表人物,她和她的丈夫一起去寻找没有剥削和压迫的光明世界,这就是他们抛头颅洒热血所追寻的精神"家园"。

是的,无论是文天祥"惶恐滩头说惶恐,零丁洋里叹零丁。人生自古谁无死?留取丹心照汗青"的豪言,还是欧阳修对家乡的深深眷恋,"忠勇"与"家",是深藏在每个人心底的温情,这也是生命中本真的东西。关于故乡关于家园的寻找,是我们每个人的归宿。当漂泊在外的心疲惫不堪时,最想要的是回家、回归故乡,回归到个体生命最初的地方。心灵能否安顿?家园何处寻觅?作家通过诗意之笔,试图回归人类的母题,对故乡皈依,探索可以安放心灵的家,驿动的心只有在原乡之家才能得到栖居的宁静。

三、他者的文化探寻

吉安自古乃文章节义之乡,具有厚重的历史底蕴和庐陵文化背景,在山水自然的灵气养育下,欧阳修、杨万里、文天祥、解缙等庐陵先贤就是从这里走向全国、走向世界。王剑冰流连于吉安的山水,解读庐陵文化的密码,《吉安读水》就如同一部地理山水文化游记,详尽阐释作者对中原文化之外的一种地域文化的抒怀。王剑冰在《庐陵文化》中写道:"一踏上吉安的土地,便知晓了庐陵文化。""在千年科举中,全国共录取进士九万八千名,仅江西就占了一万一千名,这一万一千名中,庐陵一地就近三千名。""比如文坛宗师欧阳修、抗元英雄文天祥、诗人杨万里、忠烈名臣胡铨、名相周必大、《永乐大典》主编解缙……由于庐陵名声远播,所以很多人以庐陵人为荣,像欧阳修,就在他的《醉翁亭记》中称自己是'庐陵欧阳修'。"这与其说是一个地域的缩影,毋宁说是一个民族的缩影,是一个在我们情感世界和文化底蕴中建构起的文化原型与集体无意识。作者并不执拗于这种介绍,而是深入庐陵文化的骨髓中去感悟、去凝练、去澄明。在文章《澄江一道月分明》中,他就描写诗人黄庭坚"一忽乡野一忽朝廷,一忽诗文一忽书画"。这是文学主人公的一生总结,也是作家本人自身的人生境况,这种人生的体悟只有依附在庐陵文化的视野呈现中才获得了升华。对杨万里的解读也是如此,作者通过《放杖溪山款款风》带我们走进了另一个人的内心世界,让我们读到了一个真实的不为人知的杨万里。

于是,美景、美情、美色就在诗情画意和古典雅致的语言中获得情理交融。作者走进燕坊古村、钓源古村、吉州窑、静居寺、渼陂古村,在这些代表庐陵文化高标的区域,作者用散文化的语言去挖掘文化符号,呈现文化密码,解读庐陵风情。在《燕坊的馨香》中,描绘了古朴乡村的真实生活场景,把庐陵文化的精细通过祠堂、老屋等建筑载体一一表达出来。通过作者的描绘,我们看到了一个个承载传统情怀的文化符号,它们凝聚起一幅庐陵文化地图,展现在读者面前。这不仅需要智慧,更需要勇气,还需要才情,只有这三方面都相互融合,才能对传统的文化有新的见地与解读,这是我对作为异乡人的王剑冰最为钦佩的地方,但也是我较为担心的地方,毕竟因为有"隔"在其中,所以有些创作有点儿蜻蜓点水,谈到却来不及深入,当然这主要是时间匆匆的原因,作者在"后记"中也已经如实说明。

总之,作家王剑冰以异乡人身份和他者视角流连在庐陵文化中,通过《吉安读水》的创作,描绘吉安的诗意与风土人情,挖掘自然山水的隐喻,探寻内心的精神原乡与文化想象,从而呈现一个区域内传统与现代转型之间的融洽与裂隙,反映出作家的主体自觉。这种执着与努力是值得我们尊重的。

在人文历史和自然风景之间诗意穿行

——游记写作学:以王剑冰作品集《吉安读水》为例

秦宗梁[①]

  游记既然是散文,散文所具有的品性它也都应该具备。
  王剑冰先生集诗人、散文家、散文理论家、小说家于一身,著作甚丰。他笔下的散文,既有诗人热切的诗性语言和散文家不凡的洞察力,也有小说家冷静客观的叙述。他走遍神州大地,以行吟诗人的风度,在人文历史和自然风景之间诗意穿行,留下了众多散文名篇佳作。2008年起,王剑冰应吉安人民的热情相邀,创作游记作品集《吉安读水》,2014年5月由百花洲文艺出版社出版。本文试从游记写作学的视角,对王剑冰的《吉安读水》进行解读。

一、游记:现场感应,凌空俯视

  游记是一种身临其境的真实的环境感应物。它应是一部地理的和历史的"报告文学"。游记是旅游文学。游记游记,边游边记,或是游了再记。这样有了作者生命的体验,游记作品才会有生命感和现场感。有了作者感情的灌注,游记作品才能有磅礴的生命气息,惹读者遐思,让读者产生亲切感和内心共鸣,而不是沦为一纸旅游解说词。
  游记在散文之中,原则上应该是感性重于知性。在《吉安的胸花——庐陵文化园散记》的开头,王剑冰这样写道:"叶子片片摇落。水边的小路覆了厚厚的一层,看上去曲曲弯弯的,一片红黄。一些叶子落在了水上,漂荡着像各自划

[①] 秦宗梁:著名评论家。

着船儿。水鸟远远近近,飞起又落下,园子的秋有了强烈的灵动感。"文章嫁接在优美的自然环境中,让读者有了身临其境之感。在《澄江一道月分明》的开头,王剑冰这样落笔:"我总觉得黄庭坚还是有幸的,他一忽乡野一忽朝廷,一忽诗文一忽书画。乡野让他体味世风民俗、自然景物,朝廷让他感知政事繁务、勤案累牍。他的幸还有一点,就是这个江西修水人,还到江西的泰和做了几年知县。泰和是个好地方,有澄江如练穿城而过,润滋沃野良田,而且这里民风淳朴,物产丰盛,使得这位大诗人总有雅趣余兴。建于唐代的快阁是他必去之处。这快阁高耸如峰,雄踞于重檐楼阁之上,且紧邻赣江,登临其上,宏阔入眼,豪情临胸。宋初太常博士沈遵任泰和县令期间,也常登阁远眺,因感心旷神怡,遂将原来的'慈氏阁'易名为'快阁'。"这样将黄庭坚和快阁娓娓道来,把读者的心一下子就拉近了,热乎起来!这样的游记散文,就有了日常人性的温度!

游记散文中景色物象的描写和文史资料的援引,彼此各占多大的比例,是有一定之规的。"情感""思想"的介入、景色物象的描绘、文史资料的征引,彼此在文中的分布,是遵循着一定的艺术规律的。"情感"过"度",则成抒情散文;"思想"超重,则成杂文或随笔;如果作家"情感""思想"的介入和对文史资料的征引所占的比重均超过了对景色物象的描绘,那么这种散文则不是游记文本,而是余秋雨式的"文化大散文"了。游记文本的写作之难,难就难在散文家对上述几个"度"的掌握。

王剑冰在这几个"度"里从容行走,游刃有余。在《庐陵文化》中,他将史料通过旁人告知的方式,让它在文章里活起来:"庐陵文化研究专家李梦星告诉我,这里常有'一门三进士,五里两状元'的奇谈。而明代建文二年的科考,进士前三名的状元、榜眼、探花全被吉安人拿下,下届的科考前七名也被吉安人囊括,创造了科举史上的神话。可想,这在当时是产生了极为重大的轰动效应的。""历数名垂史册的吉安名人,吉安人总是会说出一串名字,比如文坛宗师欧阳修、抗元英雄文天祥、诗人杨万里、忠烈名臣胡铨、名相周必大、《永乐大典》主编解缙……由于庐陵名声远播,所以很多人以庐陵人为荣,像欧阳修,就在他的《醉翁亭记》中称自己是'庐陵欧阳修'。"这样,静态的知性硬史料,就被作家巧妙地融入游历之中。

在《吉安读水》中,王剑冰采用史家的眼光,巧妙地将一则关于吉安的史料嵌入:"曾看到一条消息,在邻国海底打捞出一艘元代沉船,船上有中国瓷器近两万件,不仅有景德镇的产品,还有吉州窑的产品。原来吉州窑就在吉安。永和镇濒临赣江,有水又有瓷土,在宋代已是'民物繁庶,舟车辐辏'的瓷城,现今世界许多博物馆都藏有吉州窑的精品。踏上吉州窑址,遗迹竟有24处之多,尚能感受到曾经的火热场景。"再看《井冈读山》:"井冈山的纬度同冲绳、夏威夷一样,都属于亚热带。因而植被丰厚,森林覆盖率达到86%,整个山上,毛竹青青,林海荡荡,完全一个天然氧吧。时不时,还会有一阵细雨,像谁把着一只花洒。空气如此湿润清新,吸一口,竟然满腔透爽。"他用一个"花洒"来做喻体,轻轻松松地将井冈山的地理背景引入,却一点儿也不牵强。

游记散文的写作视觉应该是"俯视"的,只有高于对象,才能写出既不游离于对象又能超出对象的"形而上"的意蕴或韵致。王剑冰散文创作与理论并重,自然深得其中奥秘。王剑冰写吉安的成名散文《吉安读水》,2009年2月21日发表于《人民日报》大地副刊,就采用了这种凌空"俯视"的写作角度:"我俯视过吉安的地形图,发现赣江与富水勾勒出的,就是一只振羽而飞的白鹭。"这是作家现实场景的动态切入,与文章前面静态的历史背景,形成了动静结合的艺术张力。整篇散文笔调优美,大开大合,文字灵动。

在《玉笥山》中,他也是用居高临下的俯视眼光:"等我登临最高处的时候下望,我已看不见尘世间忙碌的凡人,只感觉白天与黑夜的时光暗暗重合,天地浑然一体,心中便也无限苍远空寥起来。"《春天的歌谣》则从山上落笔:"清明时节,细雨纷落,万物复苏,坚守一冬的井冈山,乍然开放出一条十里长廊的花海,那是杜鹃花,井冈山人叫它映山红。远远望去,像一道五彩霞光,映红了整个山谷。"井冈山"坚守一冬",拟人的修辞手法,让大山立刻就拥有了人的坚毅品格。《放杖溪山款款风》目光深远,仿佛由高处往低处推拉的电影镜头语言:"车子辞了赣江,蜿蜒西去,进入吉水,还向西,沿途黄土漫漫,芳草萋萋,感觉已进入丘陵地带。远山苍黄,夕阳正艳,究竟是要去向哪里?我没有多问。"《惶恐滩头》:"赣江,是江西的母亲河,更是吉安的母亲河。从秦至清的两千多年里,赣江一直是沟通南北交通的大动脉。于是可以说,沿途的赣州、吉安等地都是水带来的城市,它们因水而发达。"作者的目光和笔势,宛如从中国地图俯瞰赣江。我们甚至可以猜想:作者每到一处,最先看的或许就是当地的地图。只有这样,作者下笔才能从容不迫,才能对地理地貌的来龙去脉如数家珍。

二、初感：触类旁通,虚实相生

"熟悉的地方没有风景。"艺术的初感,指欣赏者对艺术品的第一个印象。初感非常重要。因为它对人的感觉器官是一种新鲜的刺激,感受最为敏锐和深刻。让一个外省的散文家来写吉安,或许正是从"艺术初感"的缘故考虑。

王剑冰的《钓源古村》,透露出的是一个异乡人好奇地打量千年钓源的陌生眼光："屋子里的生活也一定是有滋有味,甜美无限,你就看那一个个朱红鎏金的雕花大床,就能品出那些幸福人儿的生活质量。床上精雕细刻的不是麒麟送子、喜鹊登梅,就是竹节梅花、八仙过海。睡在这样的床上,晚间的梦都会是五彩缤纷的。而有些床,还设了暗道机关,若有突发变故,打开床的后板,可脱逃而去。"

王剑冰把吉安本地人熟悉的《青原山静居寺》,写得充满禅意和神秘气息："从寺庙的一侧去看七祖塔,一个年纪不小的僧人从一间房里出来,不仅衣衫陈旧,还趿着一双破了跟的鞋子。陪同的人说,有些僧侣受不了这样的清苦而换离了其他的寺院,但更多的崇拜者又慕名而来。静居寺一代代僧人传承着香火福音,使其钟声千年不绝,终成为青原派系,得到八方尊崇,其海外的信徒均尊青原山为祖庭,远涉千山万水来朝拜的人不计其数。"通过陈旧的衣衫、破了跟的鞋子这两个感情触发点,读者的心里就有了共鸣,禅意淡淡地氤氲在文字之中。

清人吴乔说："文章实做则有尽,虚做则无穷。"刘锡庆在《如何欣赏现当代散文》中指出："散文是一种'实''虚'结合、因'实'出'虚'的艺术。"虚与实是相对的：景为实,情为虚；今为实,昔为虚；有为实,无为虚；客观为实,主观为虚；经历为实,想象为虚；有据为实,假托为虚；行动为实,徒言为虚；当前为实,未来为虚；已知为实,未知为虚；等等。

请看王剑冰的《塘边的塘边》："30年代,郭沫若的脚步滑进了塘边,不知道是从安福过来顺道走走,还是拜望什么人。那时候的塘边应该比现在更像回事,但是这个善于留下文字的人物却只给塘边留下了飘然而去的身影,未免让塘边的后世人感到遗憾。很少能见到年轻人,偶有奶着孩子的少妇与老年人一同伴着一塘清水,年轻人大部分都出去了,村子明显显出了空寂,以前繁闹的景象只能在想象中跳跃。几个孩子在大门前的空场上玩绳子,退回去多少年,他们的童年或许更纷繁多彩,什么场景都会浓缩在这个远离闹市的村子里。"作者一会儿让"郭沫若的身影"飘然出现在塘边村的历史想象之间,一会儿又闪回到"孩子玩绳子"的现实场景。作者游走于"虚""实"之间,文字忽昔忽今,思绪腾挪闪转,摇曳生姿。

《白鹭洲》这样写道:"进入方形的或圆月形的小门,穿过青砖铺就的长廊,看到不同的碑石题刻、牌铭匾额,会感到有一种文化的味道浓浓地浸来。停住脚步,还真是听到了一阵阵忽高忽低的读书声。"作者妙笔生花,由"实"的碑石题刻、牌铭匾额,联想到"虚"的文化味道。这是一种诗意的想象,充分体现了散文"虚""实"结合、因"实"出"虚"的艺术技巧。《放杖溪山款款风》中,王剑冰从大师简陋、孤僻的墓园,联想到了大师寂寞的人生姿态:"归去时回首再看,一代大师的墓园显得简陋、孤僻,像他的生前。这或许就是他的人生姿态,不求富贵奢华,不图显赫声名,独留一溪芳草任由风吹去。车子回时,绕过一塘碧水,碧水四周新柳抽絮,夕阳的最后一抹霞晖落在了水底,一些风款款地浮上些许波纹。"

要使一篇作品内容饱满、味道浓郁,恐怕不能单靠临摹景物,还有赖于作者触类旁通,穿插一些谈论和联想。如果作者对与当地景物有关的历史、地理、神话、博物具有较丰富的常识,写出来的作品就必定饱满丰腴得多。在《塘边的塘边》,王剑冰这样写道:"三百多户人家都姓刘,第一个刘姓人家迁居此是在晚唐,时间走了一千年,走成了如今的规模。刘姓人很早就勤敏上进,有读书考成进士的,有做生意成了富商巨贾的,回家就盖起了大屋,一个一个的大屋环着水塘连成一片,有哥哥建起了八栋屋,弟弟就建起了大夫第。最大的院落名字叫'文明'坊,大院的教化必也离不开这个中华文化中最核心的词。斑驳于大屋上的词,初看见依然有一种久违的亲切感,那是因为我们听到了从一个偏僻小村发出的声音,这声音自明清以来一直萦萦不断,即使在十年动乱中也没有轰然倒下。'文峰耸翠文人起,明镜呈辉明德馨'的对联似乎成了塘边刘姓家族的一种精神。"文章既有"虚"的知性史料,又有"大夫第"的遗迹实体存在。作者竟然"听到"了这个偏僻小村自明清以来发出的萦萦不断的声音!虚实相生,作家奇妙的联想和诗性的语言深化了塘边的文化底蕴,升华了文章的主题。

"散文应是温软的、灵性的、朦胧的、质感的,它带给人的力量应是内部发出的,而不是表面的。"王剑冰是这样说的,也是这样做的。即使是一篇短短的千字游记,他也毫不吝啬才力,精心锤炼,让文章由内到外散发出温软的、灵性的文学光芒。

三、点染:以情染景,诗情画意

萩原朔太郎在《诗的原理》中指出:"由主观的态度所看到的一切,其自身即是诗的,能成为诗的内容。"苏联作家巴乌斯托夫斯基曾说过:"真正的散文是充满着诗意的,就像苹果饱含着果汁一样。"

大学时期就曾在《诗刊》上发表过作品的王剑冰,写散文时"不自觉地就利用上了诗歌的一些东西,比如文字的表现力,思想的凝练度"。王剑冰将诗歌的想象和散文写实的长处尽情发挥,巧妙使用"点"和"染"的艺术。"点"和"染"的结合,反映着情与景,即作者主观感受与客观物象之间的关系。刘熙载在《艺概》中说:"或前景后情,或前情后景,或情景齐到,相间相融,各有其妙。"这实际上是阐明了"点"与"染"相结合的几种不同方式。

《燕坊的馨香》以情染景,充满了诗情画意:"我走进'复初书舍',已经是破败不堪了,屋顶旧瓦滑落的地方,一缕阳光钻进来,把一幅蜘蛛的八卦图打得一片灿烂。走时迈过颓朽的门槛,极轻的脚步,还是有什么东西在身后落了下来,侧耳再听,听到了远去的琅琅书声。"在这破败却充满阳光的空间,作家竟然能神奇地听到"远去的"琅琅书声!在《赣江北去》中,王剑冰笔下诗意丛生:"江水滚滚,芳草萋萋,晃眼之间,那水已不是刚才的水,那草也不知是更替了多少年的草。江中的沙洲聚了又散,散了又聚,沙洲上的鸟儿起起落落,一个诗人将这景象引入感慨,一个画家把它永久置于画布之上。"《安福樟树》的开头犹如一位印象派油画大师的斑斓笔触:"车子在吉安大地上穿行,田野一片碧绿,那是连绵的群山,点染着最远的色彩。还有连在一起的稻田,像一张大唱片,旋转着最近的色彩。再就是那勾连起远远的高高低低的树。"紧接着,在这片如画的背景上,凸现了文章的主体意象樟树:"渐渐地,我对这些树感了兴趣。愈接近安福,这些树就愈加地往视野里钻。这些树棵棵树冠肥大,如伞如盖,蓊蓊郁郁,能遮严好大一片荫凉。"

类似这样以情染景的游记还有许多。《吉州窑》:"数百年以后,当我沿着赣江溯流而上,走入这片古窑址的时候,我依然有着某种兴奋。这个叫作永和镇的地方,紧靠着滔滔的赣江,四周田野平阔,绿林环绕,房舍村落点缀其间。仍有田牛横卧、鸡鸣狗吠,俨然一幅似曾相见的乡村图画。"《武功山,1918》,作家的笔下饱蘸诗情:"一个女孩向草丛中跑去,风卷长发,一时间不见了踪影,只听见快乐的呼喊从草的深处传来。草也是快乐的,当一种生命被长时间地荒芜和搁置,也会产生某种渴望。"《泸水禾水卢家洲》结尾:"转回头再看卢家洲,夕阳将余晖完全地覆盖了绿色掩映的村子,一些粉色的屋脊从绿色中露了出来,将红黄的光线反射在水田中,村子就像映在一面镜子中的画。"《塘边的塘边》这样写道:"我进到过一个大屋,一些雕梁画栋坍塌下来,幸福的蜘蛛在上面结网。"蜘蛛似乎是幸福的,它们哪里知道守着这些古老房屋的村民内心的痛楚。作者轻松地荡开一笔,貌似写蜘蛛的幸福,其实是反衬古村村民内心的忧伤。

《人民币上的龙源口桥》:"站在远处回望的时候,我竟把那桥和水看成了一面古老的铜镜,它映照出美丽的山水,映照出昨天的历史和一代又一代人永久的记忆。"此情此景,犹如一幅美丽的山水画,令人深思。《白鹭洲》结尾以景收束,感情寄托在几只"翩然而起"的白鹭身上,成为文章的亮点,余韵绵长:"登上白鹭洲后面最高的楼阁,只感到雄浑的江水直面而来,转而又沧浪而去。历史或许就是这样故去了,但白鹭洲和这江水永在。一阵清脆的叫声引我抬头仰看,几只白鹭翩然而起,像这时代的音符,翩然地远去了。"

游记里描写的旅行见闻、风土人情和历史掌故,对生态旅游无疑具有巨大的推动作用。王剑冰先生这本墨香飘溢的《吉安读水》,是一面让外界认识吉安的铜镜和风旗。我们有理由相信:拥有红古绿珍贵旅游资源的吉安,她藏之深阁的容颜和内蕴,通过王剑冰先生文学力量的助推,将传播得更久、更远!

在自然山水中融汇独特的体验

——读王剑冰散文集《喧嚣中的足迹》

李树友[1]

最近几年,在河南散文界,王剑冰的名字叫得很响。不仅仅因为他是《散文选刊》的主编,而是因为他创作势头强劲,不断有散文新作问世,不断有新结集的散文作品出版,并且经常获得如冰心散文奖等全国大奖,其作品还被选入上海市高中语文课本。《喧嚣中的足迹》就是他今年推出的一本散文集,集中地展示了他在喧嚣的社会生活中寄情于大自然,在自然山水中融汇独特的体验,寻找一片宁静的心灵栖息地的足迹,以及他作为一位全国著名的散文家与众不同的才华。

王剑冰的这本散文集,游记占很大比重,只有几篇是历史文化散文。我更欣赏他写的游记,他打破了传统游记从头到尾、移步换景、处处评点的写法,而是通过独到观察,独辟蹊径,采取单刀直入、集中彰显一个景观、将其写足写透、虽不及其余但能窥一斑而见全豹的新的游记写法。这种写法,不仅给读者一种很新鲜的感觉,而且对业余作者写好游记也是一种示范。譬如,《同里的小巷》放着同里的名胜古迹不写,突出写其小巷的幽静;《峨眉金锁链》放着峨眉的自然景观不写,浓墨重彩突出描写金顶的金锁链,并且以丰富的想象力将独特的体验和审美情怀化为画一般精美、梦一般空灵的形象感染读者,显示其鲜明的个性化特征,从而使心灵情感的开掘达到一个较深的层面。

王剑冰的散文总是实实在在地关注那些人性的永恒的东西,并且有自己的切肤体会。《绝版的周庄》是书中最有代表性的一篇。作者以独特的体验独出

---

[1] 李树友:评论家。

机杼,把古老的水乡古镇比喻成楚楚动人的女子,从一个个细节写其美轮美奂;把周庄的水比喻成周庄的床,把周庄的船比喻成周庄的鞋子,极力张扬周庄夜晚的宁静;甚至情不自禁地伴着"桥头一株灿然的樱花"为周庄守夜,将自己融入"民族味儿很浓"的周庄之中。作者以高超的表现能力,将一个丰满的韵味十足的艺术世界呈现在读者面前,读者欣赏的是自然的山水,品鉴的却是充满人情味的大千世界,读后不免悠然神往。这样描写周庄,在所有描写周庄的游记中,是绝无仅有的,也可以称得上是"绝版"。

在《历史的裂痕》《乾陵回望》《圆明园之思》等历史文化散文中,可以看到作者的又一种笔法。沉重的历史题材,作者写得很轻松,甚至很幽默,并且有自己的真知灼见,不时地使读者眼前为之一亮,不能不顺着作者的思维对历史进行反思。难怪《中国散文史》这样评价他的散文:"王剑冰以行云流水般的叙事模式,叙述自己所到之处的见闻与感受,于自然随意之中,抒发出独特的幽思,在诗情洋溢的意象里蕴含淳厚的文化精神。"

王剑冰的散文不仅选材严、开掘深、构思巧、结构妙,而且语言漂亮、鲜活、灵动,具有无拘无束、不黏不滞的明快风格。譬如写水之静,"宽大的水面像块柔亮的绸,小舟的剪,一点点把这绸给裁开了"(《普者黑的灵魂》);写水之大,"大豆和高粱默默地抑或是有些欣喜地迎受着漫上岸的河水"(《呼兰思绪》);写瀑布之壮观,"那一刻,每一滴水都发出了自己的声音。那是惊骇的声音,是撒欢的声音,是亢奋的声音"(《德天飞瀑》)。处处都写得不同凡响,令读者耳目一新,获得美的享受。著名学者、散文评论家林非先生是这样高度评价王剑冰散文的语言特色的:"他尽量选择种种单纯明朗抑或是纷繁绚丽的辞藻,通过汩汩流淌抑或是沉郁顿挫的方式宣泄出来。"

读王剑冰的散文,总给人一种宁静的感觉,总让人感受到一种浓浓的人文关怀,总能受到方方面面的启迪。

散文在行走中壮丽

——读王剑冰散文集《大雪无言》

付秀宏[1]

散文写作是行走和心灵相互印证的一种方式。王剑冰的散文集《大雪无言》,以山水卷轴、家国深情的心地镜像,开创了属于自己的独特的语言方式、叙述节奏和广博气息,生动而具象地落实在那拉提草原的丹花、飘峰山上的红霞、普者黑的灵魂等广阔意象之中,从容而淡定,悠长而深厚。

作为一代散文大家,王剑冰依持内心的虔诚与敬畏,连缀起中华大地上的大运河、北京鸟巢、岭南梅岭、江苏徐州、洛阳香山、黄河壶口、开封汴梁、内蒙古鄂尔多斯、云南曲靖等风景名胜,同时他秉承诗人的语言透境与悲悯,吟咏了列子、潘安、白居易、李商隐、杨开慧、季羡林、罗阳等古今人物,从而将行走中的诗情感念定格于氤氲着人文精神和生命光华的字字珠玑之间。

没有行走元素的散文作品,会让人感到有些缥缈;相反,山水风景的在场、生活元素的在场和历史人物的在场则别有一番天地,非常值得尊重。但这并不是说,它就是散文的内核。如果没有联想和镜像,这样的散文很难成为真正意义上的散文,因而一位散文家在真诚"行走"之外,更需崇尚内在的"质地"。"为关节装上翅膀",从而发掘散文家独特的直觉、心弦和肃然,这才是散文大家的艺术真谛所在。

我想,王剑冰在"为关节装上翅膀"方面做得相当令人称道。他将文化地域的精神位格和古今人物的个性气韵交融在个性品赏中,转而又从个人生活意识转向普世生存空间,在感知、体验、想象、理解、沉思与对话中,提升精神高度,凝

---

[1] 付秀宏:评论家,《绝妙小小说》月刊主编。

结象征色彩，使其散文品格既接地气又富才气，更具灵气。

虽然真实的行走见证直观，但正是这种直观可以开启一个散文家的内心、生活与外在山水风物，并经由"天人合一"联结为一个整体。在《大河壶口》这篇散文中，"天人合一"的哲学化语境让壶口瀑布把散文家的快乐与苦痛的悲鸣融于一身，其时王剑冰想到了自己的母亲，进而慨叹中华民族母亲河的精神气质。他运用以己度物的方式，使壶口瀑布带给人的感觉和情态与内心的情感巧妙结合起来，给予人无穷的震撼力。

王剑冰喜欢的写作主题，更多的是自然、山水、人物，既有儒家的奋力呈现，更兼道学的心灵寄托、佛家的仁慈开悟。书中缅怀先哲的散文《圃田的列子》，以触摸普通人的生存本质开悟坦荡心境，融通自然又超离于自然。圣人无语，借山水而言语；圣人有道，借山水而布道。宁静和谐的艺术意象源自亲身观瞻、体验和塑造，好的散文作品也是这样。

书中，王剑冰以他的广识博学，运用自己的情感和沉思方式，把对民族、地域、家国的寻根式心弦一一呈现，给予风物以宁静尊严，赋予人物以灵魂内涵，最终创造了人化移情的诗思空间。

散文家行走的目的，在乎心灵拨发，在乎时代原点、精神原点的叹问与兴答，王剑冰先生用生命和激情去拥抱山水风物美的节点和瞬间，使其复活，使其永恒。但是，行走散文的表述必须精致、熠熠闪光，以精美的语言去统领这方天地。王剑冰以其独有的语言特质，让我们听到了山水的呼吸和心跳，看到了一个个站在历史时空深处的伟岸身躯。

一篇又一篇散文具有多大的时空感，散文家就有多大格局。这个格局是人文与历史光芒的亮度，是人道关注的尺度，是人世经验的深邃回响力。王剑冰在生命情感与思想的行走之中，统摄以往、现在、自然、人文，最终发散为一种时空一体隐隐回响的格局。唯如此，散文家才能不断展开博大的卷轴，让作品在行走中壮丽。

（原载 2015 年 12 月 11 日《福建日报》）

一个散文家的"东京梦华录"

任 瑜[①]

故乡,对中国人来说,是生命中一个重要而微妙的存在。几乎在每个人的心中,都有那么一个或真实或虚幻的"故乡",几乎每一个写作者,也都曾或多或少地书写过属于自己的"故乡"。作为一个徘徊在文学周边的中国人,我也曾无数次心动,想要写一写我的故乡——开封,然而,也许是"近乡情怯",也许是面对的历史和现实太过深厚和繁杂,总是不知从何下笔,又如何下笔,所以,只能让这沉甸甸的"故乡情结"郁结于胸,也只能对这"不能诉诸笔端"的遗憾表示无奈。

突然间看到了王剑冰笔下的开封,备感亲切之余,我也松了一口气,觉得自己似乎可以不必动笔,也不必再遗憾了。因为,我的故乡已经在王剑冰的散文和随笔中,得到了我所希求的完整呈现。他已经把我想要写下的开封,以我远不能及的文笔和视野,动人地写了出来。

说起来,开封并不是王剑冰地缘上的故乡,但看起来,他对这方水土的熟悉和了解,并不亚于或者是更甚于"身在其中"的本地人。他曾目睹过柳园口的大浪、踏足过宽阔的林公堤,也深深知晓这座城池在历史与地理上同黄河的相依相偎、相生相杀。这让他感同身受地理解了这个"因黄河而生而灭、而灭而生的奇特的城市"。不过,做到这些倒也算不上特别和稀奇。王剑冰的难得之处在于,他能够站在现实的土壤上极目远眺、深深回望。他的目光穿过历史的迷雾,穿过浑浊的黄河,落到了古老的汴河之上,然后,他又沿着汴河追索到更为古老的鸿沟——汴河最早的水系组成。更难得的是,他不仅能以绵长的目光打量萦

[①] 任瑜:评论家,文学博士。

绕中原的汴河,更能以多情的文字来怀想这条河的斑斓和深度。

所以他才能深谙"开封"的真意。"开封"这个名字,与黄河和汴河息息相关。我竟是从他这里才知道,我们所说的"开封",不只是一座城市,不只是春雷过后河流的开封,也是都市的开封、人心的开封。开封后的汴河流淌着的,是清明时节的汴梁风情,也是王剑冰心中的大宋繁华。那些水陆和市面的繁忙景象,那些船只穿梭、车水马龙,那些勾栏瓦肆、歌楼舞榭,那些市井喧闹、茅屋灶火都洋溢着这个城市的活力和生机。而这活力和生机,又经由他的文字清晰可感地传达并弥散开来。我不知道他到底有多么喜爱这"东京梦华",但我能看到,他是如此迷醉地在清明上河园里流连、在大宋的时光中沉浸,又是如此恣意地想象着公元965年东京上元节的灯光和人流、想象着开封之后汴河两岸的宫殿和街市、想象着在汴河码头走过路过的古人。在他的想象和文字中,开封,或者说大宋汴梁,凝聚并显示着一个时代的鼎盛和荣光。

对于这个城市的人和物,他似乎有着特别敏锐的感受和体验。走在清明上河园中,他分明看到了前面走着的张择端。站在御街上,他又顺着朱雀门看到了早已寂寂无闻的大宋建筑师李诫。他从历史尘烟中看到了宋徽宗的徽光,从市井嘈杂中听到了欧阳修、苏轼、沈括、范仲淹、周敦颐、司马光、米芾、王安石、程颢、程颐、黄庭坚、包拯等人的脚步。在这些时候,他就像是一个膜拜前贤的后辈,肃穆而虔诚。可是,对于这个城市的芸芸众生,他又像是一个相熟的知交,亲切而贴心。他了解他们爱斗鸡、喜养花鸟虫鱼的习惯,也理解他们爱凑热闹的性子。如果可以,他很乐意跟大家一道,用样式各异的花灯来闹元宵,然后在清明时节相呼着并肩"上河"去。在他看来,这个城市的人们就像这个城市的菊花一般,慵懒、舒缓、散漫、无争,内里却驻着不屈的顽强的灵魂。至于开封的"物产"和大宋的"产物",从十指春风翩然霞彩的汴绣到汴河边葱茏的小草,从满城盛开的菊花到宋徽宗赵佶的瘦金体,从今人实景演出的《大宋东京梦华》到那些从开封府中走来的词人,他要么赞叹,要么誉美,要么追怀,要么感佩,总之,都是由衷地喜爱着的。

这就是王剑冰笔下既丰富又迷人的开封。它首先是他眼中的开封,他常常用"我看到……"来表达,因为他的文章是手眼相连的,他的笔写的是他眼中所见。但是,他的眼又连通着他的耳和鼻,也连通着他的心和脑。因而,他既能看到视觉中的影像和景象,也能看到声响和气味,还能看到种种情和感、思和想、知和识。他用身体和感官来熟悉这个城市的现实,又依托《史记》《闻见近录》《东京梦华录》《太平广记》《醉翁谈录》等来想象和感受它的前生和传奇,包括沧海桑田的历史洪流,也包括白驹过隙的细节瞬变。他既真诚地欣赏它曾经的庙堂鼎盛,也由衷地喜爱它喧腾的市井繁华,更自发地尊重它传统的风土人情。被如此这般写出来的开封,就变得很大很大。因为,这已经不只是他视线中的开封,也是他脑海里、心目中的开封,还是历史中的开封、传说中的开封,或者是被升华的开封。也可以说,他的开封,不只是开封,还是汴梁、汴京,也是大宋。大宋的繁华和烟火,在《清明上河图》中得以保存,也在王剑冰的文字中复现。比如那篇《开封开封》,分明就是《清明上河图》的文字版本。粗粗算来,王剑冰已经写下了数十篇有关开封的文字,它们既是真实的开封,也是虚构的汴京,组合在一起,就构成了王剑冰自己的"东京梦华录"。

我得承认,他把开封写得如此细致、如此美好,以至于我这个开封人,忘记了自己应该羞愧,只是一味地高兴,为自己的故乡高兴。同人一样,一个地方,能有这样的相知,能获得这样的欣赏和喜爱,难道不该为之高兴吗?更何况,这是一个曾被黄河水淹过六次城池的地方,这是一座曾历经繁华和苦难的城市,虽然如今它已经习惯了安稳踏实的日子,但曾经的那些波澜壮阔,依然需要我们去了解,也依然值得我们来书写。在这个意义上,我不该只是高兴,可能还应感谢,感谢他比一个开封人还要热爱开封。可是,就像他认为张择端不应是诸城人而该是开封人,在我的感觉里,不管王剑冰是哪里人,他其实也是开封人,该是开封人。所以,他对开封的书写和感情,是自然的,仿佛也是应然的。

然而他又不只是开封人。作为一个写作者,王剑冰的笔触伸得很远,也很广,从天南到地北,从亚洲到欧洲。全世界的各个角落,云南、黑河、那拉提草原、阆中,乃至土耳其和俄罗斯等地方,都在他的文字之中显影。显然,他去过很多地方,而几乎每到一地,他都会写下关于这个地方的散文或随笔。似乎对他而言,无处不可以入笔。我想,这也许是因为他总以散文的眼光看世界,世界便处处是散文,也便下笔即有散文了。不过,这并不是王剑冰作为散文家最突出的地方。让我印象最深刻的是,当他写一个地方的时候,他总是能写出那个地方的美和好来,而且,他还尊重和欣赏这些美好,比如他对开封的书写;有时,他简直是热爱这些美好,比如他对周庄的书写。他总是愿意也能够把自己笔下的土地和事物,当成平等对话的朋友,真诚地进行表达和倾诉。即便没有将之称为"你",在他眼中,它们仍然是活生生的被尊重的交流对象。即便有时不做深情的诗意的抒发,在平实的描写中,他也依然保持着情感上的诚恳和善意。所有这一切都说明,这是一个满腔热情的人。对于一个散文写作者来说,胸怀热爱,是多么重要的一种质素啊。因为,作为最自由也最本真的文体,散文最能显现出书写者的情怀和胸襟,尤其做不得假,当然也藏不住真,这就是余光中所说的"人品尽在文中"。而一个人心中有爱,眼中才有美和善,或者才能感受到更多的美和善,也更能写出真正地包含了善与美的散文。这不正是散文写作的"真意"之一吗?有评论家曾言,"散文的背后站着一个人",透过王剑冰的散文,我们看到的,正是一个胸中有爱的写作者。

近年来,王剑冰的散文写作可抒情也可平白,可诗性也可质朴,可繁复也可简练,颇有"随心所欲不逾矩"的意味。这一点,在他写开封的诸多文章中,也有鲜明的体现。可能他已经为自己找到了一种自觉又自如的写作状态,在这种状态下,写出自己的特色和个性,就像他对开封的那些书写,也是"题中应有之义"吧。

漂泊与回归 反思与追问

——论王剑冰的散文世界

娄晓凯[1]

走进当代散文家王剑冰的散文世界,不难发现,他的创作题材非常广泛,从深情温馨的故土之恋到厚重大气的历史文化反思,从神奇美妙的自然景观到真挚情感的诗意存在,林林总总,蔚为大观。王剑冰将他真挚的情感倾注在他散文的字里行间,在原本平淡的生活之中,在原本普通的自然山水之间发现诗意的存在,开拓出有意义的审美想象空间,以他的真诚和理性,以他的执着和与众不同,成就了当代散文文坛一道独特的风景线。

一、回望故乡:寻找心灵的伊甸园

也许,在中国文学漫长的发展历程中,故乡是一个古老而又年轻的主题。从古代到现在,思乡情结、故土之恋永远是文人墨客、诗人作家至爱的创作主题。而散文是一种情感艺术,它的独特在于它能最大限度地展示人的情感和心灵。在一定程度上,每一位散文作家也都有着浓郁的"故土情结",正如沈从文深情而又眷恋地书写遥远的故乡湘西凤凰、贾平凹不遗余力执着于家乡商州的风土人情,作为当代著名的散文家,王剑冰也在他笔端倾尽了对故乡——那苍凉而又辽远的渤海湾永远的思念与眷恋。与许多作家一样,虽然身居繁华的都市,王剑冰心中始终充盈着故乡的山山水水、故乡古老而温馨的村镇、故乡亲切善良的乡里邻人。也许那山并不挺拔,也许那水并不秀丽,那村镇亦不见得

---

[1] 娄晓凯:著名评论家,同济大学副教授,文学博士。

人杰地灵，但它们却作为故乡的象征永远鼓荡着他诉说不尽的情怀。于是，在王剑冰的散文创作中，他将思念的触角伸向记忆深处，将对故乡的思念、对友朋的回忆、对往事的追忆与感叹一点一滴罗致笔端，用诚挚的笔墨和情感铺衍成文，真挚动人而又诗意盎然。

在王剑冰的笔下，故乡渤海湾是辽远而又苍茫的。"家乡在遥远的渤海湾里。记忆里那般辽阔广大，放眼望去，四下里总能望见蓝天和大地的相接处。"不仅如此，这里还有长年流动不息清澈见底的河流，这里到处飘荡着细细长长的芦草，栖居着成群的野鸭、丰美的鱼虾，还有那一望无际肥沃的稻田，养育着世世代代生存于此的勤劳人民。故乡的人民是沉稳朴实、憨厚善良、自强不息的：坚强不屈惨死于敌人刺刀下的17岁少女王翠兰，如刘胡兰一样"死得壮烈，死得有价值"，令人肃然起敬（《远远的少女》）；一生憨厚耿直，不求于人，不向困难低头，备受人敬重，如落日般沉寂的爷爷（《落日》）；活泼漂亮却又红颜薄命，在地震中丧生的"姑奶奶"小荷子（《小荷子》）；还有温柔贤淑却命运多舛的三婶、勤劳肯干的二叔……王剑冰娓娓道来，亲切自然而又深情款款，同时还带有一种淡淡的伤感。故乡的人们是朴实憨厚的，他们世世代代祖祖辈辈在这块土地上繁衍生息，"日出而作，日落而息"，却感觉不到"荒凉寂寞和不如意"，而是自在充实；面对突如其来毁掉一切的大地震，这些勤劳朴实的乡亲又是那样坚毅和自强不息，他们互相安慰互相照料，他们没有怨恨，更没有"泯灭祖传的自强精神"，在废墟上重新规划整齐的新村，重建自己的家园。同时故乡也是贫穷落后的，人们不得不从事繁重的体力劳动去维持生存，由于村落壮大人口发展而导致河流干涸昔日繁荣不在，面对这些，王剑冰也感到深深的无奈和悲哀，字里行间流露出掩饰不住的失落和伤感。

"接近故乡就是接近万乐之源（接近快乐）。故乡最玄奥、最美丽之处恰恰在于这种对本源的接近，绝非其他。所以唯有在故乡才可能接近本源，这是命中注定的。正因为如此，那些被迫舍弃与本源接近而离开故乡的人，总是感到那么惆怅悔恨。既然故乡的本质在于她接近快乐，那么还乡又意味着什么呢？还乡就是返回与本源的亲近"，海德格尔曾在哲学著作《人，诗意地安居》中如是说。故乡不仅仅是记忆，不只是人到他乡之后对往事的留恋，更大程度上是一种心灵的自我调节，是一种自我安慰的力量。也正因为如此，文学史上才有那么多执着于还乡执着于回归的作者，如鲁迅、废名、萧红、沈从文等。作为一个从小就远离故土长期漂泊在外的游子,王剑冰又何尝不思念与回望自己的故乡,故乡也成了他创作的巨大源泉。同时,与乡村的宁静淳朴相比,城市无疑是喧嚣浮躁的,日益汹涌的商品经济和物欲化的生存状态使得人与人的关系更加淡漠,也加深了城市中人的孤独和寂寞,长期居于都市的王剑冰,时常在喧闹的都市回望自己安宁美丽的故乡,怀念质朴善良的乡情,也体现了一种漂泊之后的回归心态。在某种程度上,故乡成为他在城市失意后唯一的精神家园。

"家乡有我诸多感怀诸多的依恋。我热爱我的家乡人,爱听那全国人民都喜欢听的家乡话;我写出一系列关于家乡的文字,《远远的少女》写的是那可亲可敬的翠兰姑姑;《悠远的泥路》写的是儿时走过那条路的独特感受;《寂寥的田野》写出了家乡人的执着与艰辛;《小庄夜归》表现家乡人的憨实与淳朴。在回不去家乡的这些年里,只有这点文字的东西能填补我的空虚聊慰我的思念。""风风雨雨的家乡,辽远苍茫的家乡!"王剑冰曾经在散文《辽远苍茫的渤海湾》中真切地表达了他真挚的思乡情结和对家乡的深深依恋。也许真正的游子是无家可归的,他永远只是一个精神上的游子,不能还乡,即使要回,也只能在回忆里,在梦里,否则原始的神话就会坍塌。尽管王剑冰在他的笔端倾尽了对故乡的思念,尽管他描绘了故乡苍凉而又美丽的渤海湾风景、勤劳善良的乡民,但如前所述,他的字里行间依然飘荡着一种淡淡的伤感,是有感于故乡的贫穷人们生存的艰难,还是失望于现代文明的浸染而故乡的自然质朴不再了?很多时候,诗人作家们的还乡只是精神层面的,浮泛着形而上的色彩,无论是鲁迅、废名、萧红,还是沈从文、汪曾祺、贾平凹,他们也只是在文中建构一种精神家园,并以此慰藉在都市失意或疲惫的心灵。王剑冰也是如此,他在他的散文世界中轻轻挥洒他的故土之恋,寻找心灵深处的伊甸园;同时又在有意无意之间契合了中国传统散文一贯的表现姿态,从而使他的散文具有更加深刻的文化内涵和审美价值。

二、对历史的反思与追问:一种文化关怀

在当前的散文创作中,历史文化散文也是一个重要的主题,许多有影响的散文作者如余秋雨、张承志、周涛等同时也是创作历史文化散文的名家,不少有分量的散文名篇也都是以历史文化为题材。近年来,在王剑冰的散文创作中,

也出现了一批新颖独到颇有分量的历史文化散文。需要指出的是,在他的散文中,王剑冰并不单单对文化史、社会史中的历史现象历史人物做单一表面泛泛的描述,更不像小说家或影视编导那样任意"戏说历史",而是以散文的方式,以诗性的语言,捕捉有意味的细节、活色生香的情节、血肉丰满的故事,钩沉历史人物,探索历史文化人物的生活和命运,并以现代的审美眼光、现代意识进行观照和把握、反思和追问,给历史全新而又独到的诠释。

比如他的散文名篇《历史的裂痕》,"就在黄河岸边、邙山之巅,横向里现出一条沟壑,像谁猛舞利刃,在历史的深处划出的一道裂痕,这就是鸿沟",面对这条曾经"搅乱历史风云"、地势凶险的中原要塞,作者浮想联翩,感慨无限:他想起当年激烈的楚汉争雄,刘邦的奸诈虚伪和项羽的有勇无谋,刘邦的功成名就和项羽的霸王别姬、凄凉自刎、终生遗憾;历史的脚步匆匆向前,当年曾经威名远扬的难以逾越的鸿沟早已成为断壁残垣,当年曾经厮杀震天频繁激烈的鏖战也早已成为过眼云烟,留下来的只有"黄土漫漫,芳草萋萋",漫卷的狂风吹动不息。在这里,王剑冰以现代人的眼光审视历史,臧否历史人物,既展示了历史的真实和独特文化背景,又表达了作者自己独到的理解和审美体验。面对历史的苍茫世事的沧桑,王剑冰表现了一种穿越时空的反思与追问姿态,也正如王充闾对此的评述:"里面既有历史经验的升华,也有古今名家的感喟,文化涵盖、思想容量比较大。它的诀窍就在于作家是顺着情思的流向,对历史背景做审美意识的同化,以敏锐的、现代的眼光进行观照与思考,给予历史生活新的诠释,体现出创作主体因历史而触发的现实的感悟与追求,使作品获得较大的人生意蕴和延展活力。"

在《乾陵回望》中,他并没有局限于人们习惯的对武则天的否定和批判,而是对一代女皇武则天进行了全面而又周到的分析,既写出了她的残忍和卑劣,也点出了她在稳定政局、富民强国上所做的贡献;在《源远济水》中,他不仅追踪济水的历史来源,而且由眼前的济水联想到"千百年间民生的苦乐"、远古以来文明的不断向前发展;而在《圆明园之思》中,面对"一根根残败的石柱,一蓬蓬野长的乱草",面对旧中国沉重的屈辱,王剑冰则更多地表明了作为一个中国人强烈的愤慨。"这之间看过多少有关圆明园的书籍,每每看过,心内都会掠过一阵苦涩和某种失落","我的心隐隐作痛,一个主权国家,让人任意地抄家劫舍","记忆是抹不去的,何况是耻辱的记忆,何况是痛苦的记忆";在《孔林偶感》中,在《雾中望庐》中……王剑冰一如既往地书写着历史上的人事沧桑和风云变幻，并以一种现代的精神对其进行反思追问和批判，张扬了一种独特而又深刻的现代体悟和文化关怀，也充分展现出在当代社会和文化情境中王剑冰的某种文化情感和价值取向。

值得一提的是，在他的历史文化散文中，王剑冰也通过"诗性的语言"将史实、真实的自然和个人的哲思感叹完美地融合在一起，从而赋予他的散文一种独特的艺术氛围和深远的境界，原本普通的历史自然成为诗意的存在，并由此在他的散文中开创一种境界深远的审美想象空间，给欣赏者以更多的美感。

三、倾心于大自然：一种审美方式

如前所述，王剑冰的创作题材非常广泛。他的笔墨所至，不仅涉及真挚动人的故土之恋、新颖独到的历史文化题材，对自然界名山大川、秀丽山水的倾心热爱，也在他的散文中随处可见。在他的散文创作中，山水游记占了很大比重。庄子曰："山林与，皋壤与，使我欣欣然而乐与。"（《庄子·知北游》）在一定的时刻走向自然，走向最原始最本真的快乐，远离喧嚣浮躁的都市，摒弃世俗的是是非非、恩恩怨怨，在宁静的山水中寻找真实、寻找寄托，在对自然景观的审美观照中寻找心理平衡寻求内心的安宁，也是一种现代的审美方式。走进王剑冰的散文世界，我们可以欣赏"苍山月，洱海细雨"，蒙蒙中云南大理的景致绝妙，"青青苍苍起起伏伏"的远山，清凌凌的溪涧，田野间绿树掩映下灰瓦白墙的村子，红白相间的民族服饰，在细雨的滋润下，另有一番风情；我们也可以感受"险峻雄奇，神秘莫测，变化无常"的峨眉胜景、神秘的人间仙境香格里拉、波涛汹涌气势惊人的"奇天胜景"德天飞瀑……足不出户，便可以在他的散文中游山玩水，领略大自然的美妙神奇无限胜景。

"山川之美，古来共谈"，雄伟壮阔的名山大川、清幽僻静的深山幽谷、神奇美妙的自然景观，不仅能够给人审美愉悦之感，而且能够激荡人的情感，引人感慨。而我国的山水游记丰富多彩，源远流长，不少文人也曾徜徉于山水之间，寻求精神的寄托与慰藉。在这里，山水自然往往成为他们某种人生理念、世俗情感的寄托，他们的散文也充满了种种人生感慨和思索后的理性观念，而不单单是客观描摹自然。在某种程度上，王剑冰的散文也是这种传统的体现。他不仅在散文中用抒情的笔调描摹山水自然,还将自己的理性思索注入自然山水之间,从而使他的山水游记具有深厚的人文精神。在《普者黑的灵魂》中,面对由于地势偏远交通不便而得保"天生丽质"的世外桃源普者黑小镇,作者表达了不同的情感:既欣赏它"天生丽质""清秀纯朴"的自然风景,又在这里涤荡疲惫的灵魂,寻找心灵的安宁,"普者黑就是一片美好的心境。尘世烟云,荣辱盈亏,都会在这心境里消失得无影无踪","再归去就会想通许多东西,不亚于去哪里进行一次朝拜";同时还有对它的未来的深深忧虑:"星移斗转,沧桑变幻,许多景物已不似先前的模样。梁山泊已成一片旱地,白洋淀缩小了不知多少围,洞庭湖地早已是黄汤漫卷,普者黑却还是当年模样。"人类文明不断向前发展,原始自然风景却不断被浸染,作者感到深深的无奈,也表明了保护自然的深切愿望。在《峨眉金锁链》中,面对"天南地北,不远万里,不畏艰难"来峨眉金顶"挂锁祈愿"的"浪漫",作者被深深地震撼并心存感念;站在"横宽二百米,落差四十米"的德天飞瀑面前,除了欣赏它的"自然美、野性美",作者还心存奇想,想"金屋藏娇",希望它"长久如此,远离人迹,不被外物所扰",维护它的天生丽质而不被人为破坏,表达了他诚挚的人文关怀。

正如德国古典哲学家、美学家谢林所说:"艺术与自然的最高关系是——它使自然成为展现它所蕴含的灵魂的手段。"王剑冰将他的学识见解理性融入山水之间,在自然景物中寄托了他的人生理念和人文关怀,从而使他的散文既有理性的思辨,又涌动着不尽的艺术感染力,读来别有一番滋味。不仅如此,王剑冰在长期对山水景物的审美观照中,发现蕴含于其中的哲理和人生真谛,并将之诉诸文字,使他的散文具有一种形而上的哲理色彩,达到自然、情感、哲理三者的融合统一。比如《远方》用浅淡的语言倾心描绘"那岸奇景""绿岛行云""乔苗平湖""明仕田园"……自然景物由于作者真情的灌注、哲理的升华,而充满了诗意和情趣,优美的意境、丰富的情感、清纯的自然与精辟的哲理紧密结合,因景生情,因情生理,实现了诗情画意同人生哲理的和谐统一,颇能引起读者内心的审美冲动,从而触发他们对宇宙对人生更为深入的思索。

四、真挚情感的蕴含:最本真的诗意存在

著名散文评论家林非认为,"散文是一种充满了主观色彩的文学题材""散

文创作是一种侧重于表达内心体验和抒发内心情感的文学样式,它对于客观的社会生活或自然图景的再现,也往往反射或融合于对主观感情的表现中间,它主要是以从内心深处迸发出来的真情实感打动读者",在强调表现作者主观感受和内心世界时,"必须出于真挚和至诚",并在这些基础上充分强调与它无法分割的"思考的内涵"。事实上也正是如此。散文创作往往是作家真情的自我流露,它是一种最个人最隐秘的话语方式。也许小说可以虚构,散文则无法虚情假意,它是一种心灵的写作,是作者灵魂的本真显现。王剑冰散文深切地体现了这一点,从《有缘伴你》到《蓝色的回响》,从《远方》《苍茫》到《喧嚣中的足迹》,无论是深情地回望故乡、追忆逝去的欢乐,还是以现代眼光、现代意识追问历史、书写历史沧桑、钩沉历史人物,抑或是走向自然,在名山大川、高山流水中感悟人生,寻找心灵的安宁,王剑冰都在里面倾注了丰富而又真挚的情感,从而使他的散文闪耀着温情脉脉而又深情款款的动人色彩。他的这种真情这种至诚或深或浅,或急速或缓慢地流淌在他的字里行间,成为一道独特的风景线、一种普遍而又本真的诗意存在,使他的散文具有超越时空的审美特点,给不同时期的读者长久的感动和审美快感。

也许正如王剑冰在《〈蓝色的回响〉后记》中所言:"我以为散文是感情的体现。只有深深体味生活且对生活怀有无限追求、奋斗个性的人才能写出散文。我是怀着热爱来写的,热爱中蕴满思索、怀恋、渴望、感伤、忧怜、洒脱、苦恼、宽慰。"原本就是"至情至性"之人,所以王剑冰才能在平凡的日常生活中发现诗意的存在,才能在普遍的自然山水之间开拓出有意义的审美想象空间。很多时候,我们只是在尘世间穿行,也曾经历良辰美景、赏心乐事、世俗的悲欢离合是非恩怨,但却没有把握的冲动和思考的理性,我们只是匆匆过客。王剑冰却以他的勤奋、他的执着、他的真诚去领悟、去把握,并创作出这样一批闪耀着真诚、理性和诗意的美文,丰富了当代散文文坛,也成就了他的与众不同。王国维曾在《人间词话》中写道:"大家之作,其言情也必沁人心脾,其写景也必豁人耳目。其辞脱口而出,无矫揉装束之态,以其所见者真,所知者深也。"只有发自内心的东西,才能够感动别人,王剑冰也正是如此。

(原载《平顶山学院学报》2005 年第 6 期)

诗意的真诚

——论王剑冰散文的美学特征

娄晓凯

作为当代著名的散文家之一的王剑冰,一开始曾经是一位诗人,以诚挚动人的诗歌为诗坛所注目,近年来,更为读者关注和喜爱的则是他的散文。他以风格独特的大量散文,构筑起一个既清新明丽又蕴藉隽永的艺术世界,丰富了中国当代散文文坛。在此基础上,深入把握王剑冰的散文作品,具体分析他独特而又显著的美学特征,具有一定的文学意义和审美价值。

一、清新朴素的语言之美

走进王剑冰的散文世界,首先让人感受到的是他那清新隽永优美明丽而又耐人寻味的语言之美,那种清新自然如一缕轻风迎面扑来,沁人肺腑。海德格尔曾经说过:"语言是存在的家园,是人的存在地域,它能让人诗意地栖居。"而对散文而言,在某种程度上,它的语言既是形式也是内容,是作家个性气质、生命情调的显现,也是传统文化的凝结。读一篇好的散文,常常是"如啜香茗,余香满口",而枯燥乏味的语言,不可能组成美妙动人的篇章,更不可能给阅读者以审美愉悦之感。散文的魅力,也许在很大程度上取决于文章的语言。作为著名的散文家,王剑冰深谙这一创作原理。在他长期的创作实践中,他也非常重视语言的提炼和美感,从而使他的散文显得文采飞扬。正如著名评论家林非在《〈苍茫〉序》中所言:"他尽量选择种种单纯明朗抑或是纷繁绚丽的辞藻,通过汩汩流淌抑或是沉郁顿挫的方式宣泄出来,他竭力追求写得形象、跳宕和多变。"他的散文语言是美的个性的语言,不论是叙事散文、抒情散文,还是历史文化散文、山水游记随笔,语言都是那么清新朴素、简洁自然。

比如他的散文名作《绝版的周庄》:"你可以说不算太美,你是以自然朴实动人的。粗布的灰色上衣,白色的裙裾,缀以些许红色白色的小花及绿色的柳枝。清凌的流水糅成你的肌肤,双桥的钥匙恰到好处地挂在腰间,最紧要的还在于眼睛的窗子,仲春时节半开半闭,掩不住招人的妩媚。仍是明代的晨阳吧,斜斜地照在你的肩头,将你半晦半明地写意出来……"在这里,王剑冰别出心裁,他把古老的周庄比作一位古典优雅纯美的少女,虽然带着岁月的沧桑,但周身依然透着"迷人的韵致",在那里等待着注视着每一位来客。在王剑冰的笔下,千年古镇的墙屋成了少女"粗布的灰色上衣""白色的裙裾",回环曲折绕城而过的流水则"糅成你的肌肤",周庄有名的双桥则成了"钥匙",恰好挂在少女的腰间,一只只小船,则成为周庄"沾满了岁月征尘的鞋子"……王剑冰娓娓道来,这座古老的城镇在他的笔下变得那么美丽动人那么令人悠然神往。他并没有刻意张扬,一切景物却写得那样轻柔淡雅、朴实自然,"粗布的灰色上衣,白色的裙裾",字里行间透露着浓浓的诗情、深深的眷恋,真正是"画一般精美,梦一般空灵"(王充闾语),这也是《绝版的周庄》备受人们喜欢的真正原因吧。

同样的感觉、同样的浅淡自然不仅仅表现在《绝版的周庄》,《同里的小巷》《斜雨过大理》《水城》等都体现了他的语言创作特色。在《水城》里,他将江南古镇周庄与云南高原古城丽江进行了别具特色而又诗意盎然的对比,指出了江南小镇的"秀丽"、丽江古城的"拙朴","小镇构屋多用砖,古城建房多用石;小镇的水柔而软,古城的水凉而硬;小镇人说话吴侬软语,古城人出口浑厚粗声;小镇人性情温和,古城人肝胆火热;小镇四面环水,古城八面围山……"最后得出结论:"丽江古城是男性的,江南小镇是秀女的",但当细雨飘落时,"清新湿润的雨掠过灰色的屋顶,像谁在播洒音韵",屋檐下美妙的感觉则成为江南小镇和丽江古城共同的韵致共同的风景,"雨,对于两地方倒是一样的韵致了"。通篇文章漫流着一种清新宁静、舒缓温馨的韵律与情趣,读起来真挚动人。

刘勰曾在《文心雕龙·议对》中认为:"文以辨洁为能,不以繁缛为巧;事以明核为美,不以深隐为奇。"他在这里强调了语言的清新自然、简洁朴实之美。王剑冰的散文语言是不假雕饰的,又是经过锤炼的,简洁精练而又朴实自然,蕴含着作者丰厚的情感,含蓄蕴藉,余音袅袅,真正表现出"状难写之景,如在目前;含不尽之意,见于言外"的艺术效果,给欣赏者极大的审美愉悦之感。同时,由于王剑冰比较重视散文的语言,在他的散文中,我们还可以感受到一种声韵和谐、节奏鲜明、音节整齐的音乐之美,比如《绝版的周庄》《同里的小巷》《远方》等。也许真正优秀的散文都是声调婉转、韵律和谐,读起来顺口,听起来悦耳,极具音乐之美的。作为当代著名的散文家,作为一名"孜孜追求语言文采美"的作者,王剑冰也不例外。

二、含蓄蕴藉的意境之美

王剑冰的散文优美动人,不仅在于作者感情的真挚和语言的清新自然、文字的婉丽质朴,更大程度上也在于他善于在散文创作中营造一种独特的艺术氛围,一种深邃幽远、含蓄蕴藉的意境。这种和谐美妙的艺术境界,是情与景的水乳交融、物与我的浑然为一,故能深深地激动人心,使欣赏者如临其境,心驰神往,得到美的享受。无论是写景抒情的浅淡优雅、真挚动人,还是感慨历史文化的厚重大气、苍凉雄浑,王剑冰都通过诗意的描写,刻意营造一个内涵丰富的独特意境,引领读者进入一种艺术审美境界,在物我合一的氛围当中陶醉神游,感受一切,领悟一切。很多时候,走进王剑冰的散文世界,在他诚挚自然的叙述当中,往往会情不自禁地沉浸其中,在感情上接受文中审美意境的感染,进而产生一种阅读时的情绪激动。这正是意境的艺术感染力使然。

无论是《绝版的周庄》《同里的小巷》还是《水城》《斜雨过大理》,文中所表达的意境都很美。很多年前,现代派著名诗人戴望舒曾经作过一首著名的诗——《雨巷》,有多少人曾被那"悠长而又寂寥的雨巷""丁香一样结着愁怨的姑娘"及烟雨蒙蒙的氛围所触发感动,沉浸于哀伤忧愁之中,同时又感受到那一份独特的伤感凄凉。王剑冰的《同里的小巷》同样给人一种细雨蒙蒙的氛围,一种缠绵悠长、"烟水迷离"之致。在王剑冰的笔下,江南这条长长而又曲折幽深的"穿心弄",依然"烟雨蒙蒙","江南多雨,雨多不大,像一把花洒,一点点,一绺绺,柔柔的,疏疏的,将小巷的石板喷洒得光光亮亮","往日的雨也曾这么洒过","让人觉出某些情节来,觉出古旧小说的味道"。蒙蒙烟雨,小巷两边沾满岁月征尘的古旧房屋,在雨的滋润下更加光洁透亮的青青石板路,还有那"打着一把旧式雨伞,远远走来的少女",这一切构成一幅浓淡相宜的水墨山水画,浅淡而又不失优雅,清丽而又含蓄婉转。

如果说王剑冰的抒情写景散文给我们的是一种优美浅淡、余音袅袅的"烟水迷离"之致,那么在他大量的历史文化散文中,他所营造的意境则另有一番景象,它更表现出一种大气、一种慷慨、一种苍凉。无论是《历史的裂痕》《又望乾陵》,还是《源远济水》《圆明园之思》,我们都可以深切地感受到厚重的历史气象及其现实意义,读起来有种深沉慷慨之感。比如《历史的裂痕》,面对昔日曾经"搅乱历史风云,让人发出无数联想的鸿沟",作者追古思今,思绪翩然,在有限的空间勾勒出几千年前刘邦和项羽的楚汉之争,细述了刘邦的虚伪奸诈和项羽的缺少城府有勇无谋。刘邦胜了,但并不光荣;项羽败了,但虽败犹荣。"滚滚长江东逝水,浪花淘尽英雄,是非成败转头空,青山依旧在,几度夕阳红",历史早已成为过去,作者又站在鸿沟面前,回首历史上的风风雨雨,早已物是人非,斯人不再,心中所拥有的唯有感慨唯有遗憾。在这里,作者既有理性的分析,又有诗意的随想;既有幽默诙谐,又有明显的苍凉慷慨。同样的描述、同样的感慨也体现在他的《又望乾陵》《圆明园之思》中,在某种程度上,在他备为人称道的历史文化散文中,充盈着作者对历史富有激情与沉思的想象批判,也贯穿着对文化的反思和关怀。那种对历史人物的追怀,那种对世事沧桑往事不再的感慨遗憾,那种独到的领悟和体验,在他的散文中得以淋漓尽致的表述,从而开创了一种含蕴丰富的审美想象空间,引人入胜,让人回味无穷。

王国维曾在《人间词话》中谈道:"词以境界为最上,有境界则自成高格,自有名句。"在中国文学的发展过程中,历来的文论家们如钟嵘、司空图等也都强调"象外之象,景外之景""韵外之致,味外之旨"。吟诗作词如此,为文亦如此。长期以来,散文亦被人称作"美文",也许正是美在情文并茂、诗意盎然,美在优美隽永的意境。在散文创作中,作者的感情与笔下的景象结合而形成或温馨美妙或博大苍凉的意境,才能给欣赏者更大的审美享受。王剑冰的散文在很大程度上也得益于此。

三、真挚动人的情韵之美

郁达夫曾在《中国新文学大系·散文二集导言》中认为:"但渔洋所说的神韵及赵秋谷所说的声调,还有语病,在散文里似以情韵或情调两字来说,较为妥当,这一种要素,尤其是在抒情或写景的散文时,包含的特别多。"他在这里特别强调了散文的情韵之美。何为情韵？余树森先生曾对之做过明确的界定："情韵就是作者的内情与万物、心声与天籁的融合谐和，暗暗透入文字中来的一种情调和气氛。""散文作者对于生活，不仅要精观细察，而且要咀嚼吟味。他常常将自己置于万物之中，同宇宙万物神晤默契，故而其感受往往突破一般，超乎常人，更加深细而新奇。"王剑冰也是如此。如前所述，在他的散文创作中，他不仅苦苦追求清新隽永自然朴素的语言之美，善于营造优美而又含蓄的意境，更为引人注目的是在他的散文创作中，在他的字里行间，隐隐流动着一种独特的情韵之美，如暗香浮动，如薄雾轻笼。很多时候，欣赏他的散文，所感受到的不仅仅是画面之美，也不仅仅是语言之美，还是一种沁人心脾的气氛和情调，一种朦朦胧胧、影影绰绰的距离之美。这不能不说是王剑冰散文独特的审美特点。

如他的《远方》，"一切处于静中，又于静中变化着""山在水之远，天在山之远"；"驾舟人是在驾一种悟性。单调的方式，展示生活抑或心境，一种独语的美"（《乔苗平湖》）；"黎明从山那边飘过来，曦辉渐渐镀亮山间的美景""一切都沉在静中。世界大多数的人还没走出梦乡"（《那岸奇景》）；"无法用语言描述或者赞美这条氤氲着春气的界河，只能默默地感受着河的流动"（《归春河》）。王剑冰将眼前的自然景物与心中的真情完美地融合起来，诉诸笔端，真挚婉转而又情韵动人。如他的《晨雨中走进一个境界》，在微雨淅沥，笼罩在一片雨雾中的峨眉山中，"沿一条小路，蜿蜒攀来"，群峰古柏中竟有一座庵堂，住着清一色的年轻女尼，作者娓娓道来，是有感于她们青春妙龄却看破红尘，在青灯古佛前独享清寒；还是感慨于她们追求的高深、境界的超然，读后令人颇多感慨。林非曾在《〈苍茫〉序》中说道："从追求作品的情韵来说，在剑冰先生这几年的散文创作中，也留下了分外鲜明的痕迹。""如果说在《水城》里闪烁出来的，是一种清新、幽香与隽永的情韵，那么《源远济水》里迸涌出来的，则是一种奔腾与呼啸的情韵了。"事实上的确如此。在《水城》中，王剑冰将江南的小镇周庄与云南古城丽江进行了细致独到而又不失诗意的比较，委实清新自然、含蓄隽永；在《源远济水》中，作者由济水而联想到从远古到现在文明的传承发展、济水的来源、千百年间民生的苦乐，真挚的情感贯穿在文章的始终。由此可见，情韵之美始终弥漫在王剑冰散文的字里行间，构成他与众不同的审美特点，也给他的散文增添了许多美感。不仅如此，统观王剑冰的散文，行文的流畅自然，感情的真挚委婉，都在一定程度上促成了作品情韵的生成和表现，增添了他散文的艺术感染魅力。

  这十多年来,王剑冰勤勤恳恳,笔耕不辍,以他的努力和执着书写了大量的散文作品,给中国当代散文增添了光彩。如前所述,很多时候,在他的散文中,正是他那清新自然的语言、含蓄蕴藉的意境还有弥漫于字里行间的动人情韵,以及三者的完美结合,才使他的散文具有了独特而又显著的审美特征,带给我们更多审美愉悦之感。在商品经济波涛汹涌的今天,在物欲横流、喧嚣浮躁的当代都市,王剑冰的散文犹如一缕清新的风、一杯清淡的茶,疲惫时给你轻松,悲伤时给你慰藉。这也是王剑冰散文的独特魅力所在。

(原载《解放军艺术学院学报》2005年第3期)

高僧只说平常话

——浅读王剑冰《吉安读水》

剑　鸿[①]

王剑冰老师的《吉安读水》,我是一口气读完的,是把老婆孩子赶开,一个人对着台灯读完的。读完这些简约、纯美、朴素的文字,我获得了四个方面的启示。我想,这些启示也是每一个散文作者应该得到的启示。

第一点启示,什么是文字的生命力?怎样的写作才有价值?王剑冰老师在他的散文评论大作《散文时代》中提出过一种观点,越朴素、越自然、越纯真的东西,就越有生命力。我理解,这既是一种写作观,也是一种散文观,更是一种关于世界的价值观,甚至是一种关于人性的价值观。

第二点启示,什么叫作直指人心?什么叫作修辞立诚?我们今天所在的是禅宗七祖道场。禅宗讲究机锋棒喝、不立文字、直指人心,讲究高僧只说平常话。王阳明也说,凡作文字要随我分限所及。若说得太过了,那就不是"修辞立诚"了。我理解,这也是一种写作观,讲究切己而近思,自然而真诚。不写不说也就罢了,要写要说,就说人话,说真话,说自己的话,说心里话。

第三点启示,什么叫作艺术的书写?什么叫作平淡中见境界?读完《吉安读水》,我逐渐坚定或者说找到了一种散文书写方式。散文以自然为美,以自由为贵,庸常的生活、平凡的事物,能写出真味,就是境界。意象是必需的,但不必铺排;诗意是必要的,但不必矫情;叙述是必要的,但不必刻意;文化是必需的,但不必显摆;哲理是必要的,但不必说教。黑格尔说,哲学千万要小心,不要启发人的信仰。文学也要小心,千万不要企图改变人的观念。

[①]　剑鸿:作家。

第四点启示,什么是独抒性灵？什么是内在的独化？《吉安读水》实际上是一本地理山水文化游记。作者完全摈弃了陈旧的游记套路,没有将一路的经历、所见和所遇向读者和盘托出,只是截取行走吉安的一些片段和细节,这些片段和细节经过作者内在的独化处理,具有了不一般的艺术形态,让人感觉熠熠生辉。比如,写青原山僧人们的生活,写井冈山的雨、水、空气,写安福的樟树,写峡江的玉笥山。这些在我们眼中平常的风景,在王老师的笔下是另一种江南神韵。这种艺术再现是独特的,也是有高度的,在不经意间触动人的心灵,让我们在喧嚣的尘俗中迅速安静下来,让我们在心领神会中若有所悟。

山水锦绣作华章

——读王剑冰散文集《吉安读水》

付秀宏

以《绝版的周庄》享誉文坛的王剑冰先生,其新著《吉安读水》让我爱不释手。这是一本优美的散文集,王剑冰运用雅致的诗性语言,在抒情中融入理性思考,在叙述中透露生命哲理,既有一种性灵至纯之美,又有富于地域特色的哲理沉思,让我不禁对吉安心向往之。

"两条水流合二为一形成了更加美丽精致的水叫赣江。宏阔的赣江一路北去,串起了一个个明珠,其中一个闪着耀眼的红、迷人的绿的明珠就是吉安。"这种神奇的笔墨,一下把赣江水润泽的两岸风光连缀起来了。

庐陵是江西吉安的古称,在这里汇集了诸多元素,山峰叠翠、赣水欢腾、舟楫如织、白鹭齐飞,文人雅士、沃野田畴、理学之邦、红军摇篮、吉州窑陶瓷、白鹭洲书院……而重教传统曾使这里数度成为各种文明的发祥地,难怪白鹭洲书院堪称江南四大书院之冠,阳明书院更有"东南邹鲁、西江杏坛"的美誉。

王剑冰几次从郑州来到吉安,读美丽精致的水,读人文深厚的水,以"对万物亲"的诗性情怀,把吉安的山山水水、风物民俗当作自己不倦的初心。这是一种来自内心的情愫感动,一种与才气贯通的谦虚姿态。王剑冰跋山涉水,将吉安的山水与人文契合、历史遗迹与现今风范融合,将绵绵不断、惊世绝艳的才气蜿蜒成澄净而优雅的心灵玉带,激荡、热烈而纯美,令人颔首惊叹。

从《吉安读水》《井冈读山》到《安福樟树》《白鹭洲》,从《钓源古村》《吉州窑》到《青原山净居寺》《武功山,1918》,王剑冰身在吉安心系红色风云,胸怀山水思接历代人文,于润泽悠长处激扬时代豪情,于深沉清雅间放射理性光芒,将秋水的饱满涵养于长天的深邃廓远氛围中,把诗性的灵感绾结至智者乐水的儒雅潺流颂歌间。

吉安是一个迷人而神奇的地方，有滔滔汩汩、喷珠溅玉的赣江哺育，又有富水、恩江、沙溪和吉水的恩泽，在这里发现，在这里挖掘，在这里徜徉，会让人幸福而博大。王剑冰用散文魔笔与意境神韵，把最明净、最清澈、最闪亮的歌吟，献给了亦柔亦刚的吉安。

散文家王剑冰是山水风物大家，他说"吉安的水是偏男性化的"，因为吉安的水见证了"山"的生长。其实，在水一方生长的不仅是物化的山，还有旺盛的精神和骨气，更有很深的文化豪气与魂魄。在吉安读水，可以洗涤身体中的尘俗，过滤灵魂的浮躁，培固内心的绿洲，坚守无私的信仰。

"吾心即山水"，王剑冰化水为山，化山为魂，最终山水合一、魂魄俱在。当吉安山水从他的胸臆流出，山水的色彩、声音、动态，都化为他散文中瑰丽的意象、音韵和节奏。《吉安读水》显露了江西山水的慷慨风韵，激荡了井冈文化磊落苍茫、横绝千里的雄健风姿。

读完《吉安读水》，一股直透我身体的淋漓意象荡心涤腹。苏辙有云："气充乎其中而溢乎其貌，动乎其言而见乎其文。"王剑冰擅长气贯手法而不动声色，此气必是充盈的内气，需浩大、充足、丰沛的内力鼓动，故而王剑冰用慢工冶炼，不断融合历史、文化、山水、感悟、体验的种种气息，时而缓缓播发，恰如大珠小珠落玉盘；时而文思如潮，如海浪潮汐奔涌不息，既让人感到历史与文化的纵深感，又可体味山水情感、名胜心弦和思想认知的宽阔性。

刘勰曰："寂然凝虑，思接千载；悄焉动容，视通万里；吟咏之间，吐纳珠玉之声；眉睫之前，卷舒风云之色。"（《文心雕龙·神思》）这正是《吉安读水》书中气象的最好写照。我想，王剑冰写作之时，整个身心都融入吉安风物中，随着赣江的流泻而随物赋形，豪迈奔放，谛听心灵的足音。正是清词丽句与山水人物的相得益彰，王剑冰得取天地精髓，于是思如泉涌，气魄顿出。

正是有这种才气雄放的状态和神思奇发的助力，王剑冰构建了一处处绝美经纶的语言殿堂。从这个意义上说，他歌咏吉安就是歌咏一种恢宏的气魄，一种浮于天地的精神之气、民族之气，这也是此书的内核所在。在地方山水、人文风景中寄托情思，挖掘精神文化的深厚内涵，从恢宏大气的镜像下观照细致婉转处或悲怆或艰辛或温暖的力量，王剑冰心智气韵俱佳俱妙，真可谓"凌云健笔意纵横"。

（原载 2015 年 11 月 12 日《中国环境报》）

在审美的维度上铸造地域文化的徽章

——评王剑冰散文集《吉安读水》

赵庆超[①]

在奔向现代化和日趋全球化的时代发展语境中,地域文化的彰显与遮蔽一直是一个绕不开的话题,它个性化与多样化的留存样态和被作为挽歌或牧歌记载的悲怆身影,不断延伸到鲜活亮丽的审美碎片中。在这样的时空坐标中,不难发现王剑冰先生的散文彰显着鲜明而深厚的地域文化风貌,散文集《吉安读水》延续了《绝版的周庄》《天河》等文章的创作脉络,凭借其含蓄形象的审美话语充分激活了千年流传而绵延不断的民族记忆,对现代化视野中的文化发掘与历史传承具有重要的价值意义。

虽然从对广袤悠久的庐陵大地的熟稔度上看,王剑冰先生开始时还只是一位来自异乡的客人,但在《吉安读水》中,我们欣喜地发现,他已经成功地完成了从吉安文化"他者"到"在场者"的身份变化,而由原先的陌生的文化"旁观者"到关于吉安地域文化的娴熟自如的叙事抒情主体,显示出王剑冰先生细腻聪颖的审美悟性和敏锐的文化感知与接收能力,也为《吉安读水》鲜活的形象叙写、真挚的感情表达、深刻的文化挖掘奠定了坚实的基础。这种身份转换的自如、文化认知的深入和主体描绘的自觉在一些人看来是非常艰难的事情,到了王剑冰先生那里,却显得游刃有余,他乡异域的文化风景因为审美主体的踪影迁徙、视觉停驻和形象感知而显得神采飞扬,对于一个"外乡人"而言,这本来就不是一件容易做到的事情。

庐陵文化源远流长,历史记载悠久深厚,历经千年而长传不衰;革命摇篮遐

[①] 赵庆超:评论家,井冈山大学人文学院博士。

迩闻名,红色记忆代代承传,烈士英杰后人纪念。这些文化典籍和史实资料可谓汗牛充栋,影响深远。但与纯地方志式的史实梳理与资料汇编不同,《吉安读水》是王剑冰先生精心打磨的审美样本,他不断地拣拾连缀着熠熠生辉的语词碎片,为吉安这方土地搭建起迷人的文化景观,描绘出让人流连忘返使人神清气爽的心灵地图,构筑了绵延不绝的精神长廊。在遥远的回望里,庐陵的仁人贤杰从历史的烟尘中缓缓走来,把淳朴深厚的人格精神传递给我们;在温情的观照下,沾有英雄血泪的革命圣地庄严屹立,昭示着革命文化的生根发芽;在欣喜的注视中,吉安城区旧貌换新颜,以无限的生机奏响新世纪的发展号角。

所以说,在《吉安读水》中,不管是泰和的快阁晚唱(《澄江一道月分明》)、南溪的银塘柳影(《放杖溪山款款风》)、郁孤台下的江水与行人(《惶恐滩头》),还是那流瀑样的浓云(《井冈读山》)、缠绵悱恻的歌谣(《井冈歌谣》)、浩气长存的东固(《不能遗忘的东井冈》),更有那赣江之上的雄伟拱桥(《吉安读水》)、沙洲上翩然飞舞的白鹭(《白鹭洲》)、掩映于青瓦绿树之间的古村新貌(《钓源古村》《渼陂》《燕坊的馨香》),都形象地勾勒出吉安这个融红色摇篮、绿色宝库和文化家园为一体的审美"飞地"。这些令人流连忘返的文化风景多彩多姿,融"红""绿""古"各色主题于一体,绽放出庐陵大地古貌新颜的奇光异彩。

正是凭借这些"纸上的风景",《吉安读水》对吉安这一地域的文化描述变得难能可贵。它不仅从发生学的视角探测了庐陵文化发生的"前世",而且不无欣喜地关注到吉安当代社会发展的"今生"。在山与水的灵性孕育下,欧阳修、杨万里、文天祥、解缙等贤人达士从浓重的历史烟云中走来,留下了长长的文化身影;在赤诚的理想信念的感召中,毛泽东、贺子珍、曾山、曾志等革命英豪一路高歌,敢教日月换新天。这是一部文学化的地方志,它的魅力不仅来自对吉安大地的历史与文化版图的勾勒,而且离不开审美话语对地域文化的浸润与修饰。作家一次次深情的记忆回眸,在曾经烟云密布的战场流转萦回,在建功立业的英雄豪杰身上辗转留驻,把承载了千年的庐陵文化传统,定格在诗情画意、情理交融的审美瞬间。

在全球化强势推进与现代性肆虐蔓延的当前语境下,趋于整齐划一的现代化蓝图不断切割、遮蔽着地域化的民俗风貌和民族想象,消除地域差异的文化"祛魅"成为阻隔当代人"原乡"记忆的遗忘加速器。而《吉安读水》所彰显的文化怀乡与民族赋魅尤其值得重视,它凭借富有灵韵的审美观照,不断从记忆的深处打捞起吉安文化的精灵,带给人们鲜明的历史纵深感与经年沧桑感,并蓄积和铺垫着时代新变的发展路标。这种文化的找寻、身份的定位与记忆的铭刻对"原乡"缺失、心灵失重的当代人来说无疑有着丰富的启示。不管是对他乡异地生存奔波的游子们而言,还是对扎根于吉安热土献身家园建设的乡亲们来说,以文学审美的方式激活或突显长久萦绕在他们心灵深处的"原乡"记忆,何尝不是一件幸事或美事?

  吉登斯对现代化进程中的"脱域"化现象非常关注,对全球化强劲推进过程中的地域文化生存前景非常担忧甚至悲观,认为那些铭刻着地域版图的文化景观会在一体化的时代进程中岌岌可危,消失殆尽。这种担忧并非危言耸听,但读了《吉安读水》,我们会为它不断树立起来的地域徽章、文化路标、历史记忆感到欣喜,它在审美的维度上推开了一扇扇通向庐陵大地过去与现在的亮窗,把浸润着作家深情文化观照的地域风景呈现在我们面前,从而不断增强我们回归"原乡"的精神动力和面对故里的发展信心。

纯白如水,如水存在

——评王剑冰散文集《吉安读水》

何佳乐[①]

  王剑冰的《吉安读水》像水莲花一样不染尘埃,甚至连水莲花也无法形容它的纯洁。它不是脱胎于淤泥的,更不是扎根于淤泥的。它似乎一出生就是白色的。和它的主人一样,它像清晨没有云霞遮蔽的阳光,透明、轻薄。我诧异于这本书的纯色,几乎难以相信在这个时代还有这样怀着闪光的赤子之心的人。他的世界里,没有伪装,没有欺骗,甚至不曾有怀疑。他的世界里只有善,只有美,只有爱。作家用自己的真诚建造了一个房子,住在里面便能抵御外界一切的风雨,尽管可能没有"安得广厦千万间,大庇天下寒士俱欢颜"的普济众生的豪气,但是他用真、善、美建筑了一个世外桃源,在你被现实伤得遍体鳞伤的时候,给你一个港湾,为你治愈伤口,让你重新相信勇气、希望、梦想这些可能会俗气但是永远不会过时的东西。

  《吉安读水》不以辞藻绚丽博人眼球,也不以磅礴气势引人赞叹,更不以旷达飘逸惹人艳羡。它就像路边的街灯,即便有时会被人遗忘,但却是黑夜里重要的存在;它就像天上的明星,或许比不了月亮的夺目,但它的光芒却不会被掩盖;它像是森林里最常见的一棵树被淹没在众多树里,但若没有这棵树也便没有一片丛林。它是混入凡尘的,它是没有仙气的。然而,在这个充满猜忌、冷漠、浮躁和喧哗的时代,也许只有这样平实自然好似真情流露的文章才更能贴近这个时代人的心,那颗敏感、多疑、淡漠的心。它的语言就像你学生时代最常见面的同桌,只要一回忆它的面目就浮现在眼前;像是家里一件你熟悉到平常

[①] 何佳乐:井冈山大学人文学院中文系学生。

的摆设,它和整个家的记忆连在一起。那些文字如水一般缓缓地流过你的心,但你的心却不是它的目的地,而只是它要经过的一站。他不认识你,你也不曾见过他,却莫名对他有一种熟悉的感觉,好像他曾是你很亲近的人,只是记忆已经模糊了。尽管你们已不再深刻地记得彼此,但他冲你微微一笑的时候,你们之间的情谊似乎又都还在。油然而生的温馨感,让你生不出一丝一毫的抗拒。你默默地沦陷在这似曾相识的情境里,没有防备。

这是一部入目尽是美好、放眼全是光明的书,这是一本没有阴影的书。

一、历史经验的当下探寻

《吉安读水》可以说就是作家的游记,他四处寻访古迹,希望踏上古人曾经踏上的路,登上古人曾经登上的台阶,去体会、领略那些文人骚客的风流才气。

到了泰和的快阁,他像是循着黄庭坚当年的步履一步步地走近它,又一步步地攀缘上去,耳边仿佛有一个雄浑的声音在吟诵:

痴儿了却公家事,快阁东西倚晚晴。
落木千山天远大,澄江一道月分明。
朱弦已为佳人绝,青眼聊因美酒横。
万里归船弄长笛,此心吾与白鸥盟。

他不在乎如今这个蜷缩在中学一隅的快阁和当初黄庭坚见到的快阁相比已经产生了多大的区别。尽管历史与现实发生了巨大的分歧,显赫的名声和荒落的所在形成鲜明的对比,但他讲:"管它现在是在什么地方,反正我找着它了。"孩子气的话语中带着最真的想望,他只是追寻着内心最纯洁的欲望。然后他寻见了,随着月光望向远处,细白隆起的沙渚旁,真的有一条白练盈盈而出,好像时光从未走过。

即便如同古希腊哲学家提出的"人不可能两次踏进同一条河流"这个命题一样,世上不存在生活道路完全相同的两个人,但文学上就可能存在这样的奇迹:即使时代不同,即使情境有异,即使当时的"我"和当时的"你"全不相似,却好像仍能够触摸到彼此的心,可以感受到心的共鸣。文字就像是一个雕塑被留在原地,即便时代的一切印记都被历史的车轮碾成齑粉,有一天我们会像现在的历史一样被时间遗忘、被时代抛在脑后,但文字就是我们曾经留存的证明,只要这文字还在流传,在将来的某一天有人就有可能像他追寻黄庭坚的脚步一样,跟随着他的脚步来到这里,发出和他的先辈们相同的叹息,这一刻仿佛我们不曾死去。

追随众多名人的脚步,他来到惶恐滩。就是在这里,苏轼发出"七千里外二毛人,十八滩头一叶身。山忆喜欢劳远梦,地名惶恐泣孤臣"的感慨;就是在这里,文天祥写下"惶恐滩头说惶恐,零丁洋里叹零丁。人生自古谁无死?留取丹心照汗青"的豪言。他默默站在惶恐滩头,望着两岸的绝壁,听着水声的惶恐争鸣,看着嶙峋的怪石把江水挤成破浪碎涛。他就站在那儿,追忆着惶恐滩的历史,漫想着惶恐滩的现实。他想着那个天天守着这古老赣江水的女孩儿,原本只是活在诗句里的惶恐滩似乎就和他眼前自然的造物联系了起来,在他眼前活了过来,或者更贴切地说苏醒了过来。它一直活着,只是没有人意识到它的存在罢了。

他似乎真的能够穿越历史、沟通现实,他似乎真的可以用言语沟通心灵。他以最纯色的面孔面对古代贤达,用最纯粹的真诚传递心意。在造访了欧阳修的故乡——永丰之后,他似乎懂得了欧阳修对家乡的深深眷恋。王剑冰懂欧阳修"为爱江西物物佳,作诗常向北人夸"的骄傲;懂他七次上奏,只为为一任家乡父母官,为家乡百姓谋福祉的追求;懂他病逝颍州、魂散异乡的哀恸,甚至连哀恸也是不能的,已经逝去的他能做些什么呢?只留下我们这些后来者,为他深深遗憾罢了。但是作家就可以做得更多。从永丰回来,王剑冰来到新郑欧阳修的墓地,告诉他:"我去了先生的家乡,那里依然是'青林霜日换枫叶,白水秋风吹稻花'的美好景象。"若是欧阳修听到他的话,大概也会觉得有些慰藉吧。

现实里失落着历史的吉光片羽,文字里残留着历史的雪泥鸿爪。王剑冰笔下流淌出的文字化作锁链,把读者的心与历史勾连。他用文字架起一座桥梁,让我们不必再隔河遥望。总以为历史似乎离我们很远,却不想以手覆耳就能听见历史的呼吸,每一秒都能感到脚下大地的震颤,那是历史的心跳。

二、美的追寻

我是极爱映山红的。

在我的家乡,映山红是叫杜鹃花的,但我一直觉得这个名字与我印象里的映山红是不搭调的。清明,也正是梅雨时节。雨下得那么绵、那么密、那么黏。愁绪也细细地堆积着,像这雨一般浓稠。这正是一个伤怀的时节。但是,即使在这样惆怅的氛围里也总有一些生命不会被其左右,映山红就是这样。她开得那样红、那样艳、那样执着、那样顽强。在《春天的歌谣》中,作者说映山红这个名字就像一首民间的歌谣,带有雨露样的春天的气息。我倒觉得映山红有一种草莽英雄的霸气,她可以不在乎周围的环境是怎样的,因为那不会对她造成妨碍,她会毫不留情地把一切都破除。即便开在忧郁里,她也能燃烧激情。即使扎根愁怨,她也能释放热情。比起杜鹃花这个带着伤感、悲情色彩的名字,也只有映山红这个词可以完全描绘她的生命力、她的昂扬、她的勃发。映照整座山的红,该是怎样的威势啊!

作者愿意把映山红想象成山间的女子,健康、挺拔、美丽而不矫饰。我想作者该是极爱映山红的,因为他的文字也正是如此。我本觉得去为一个人的文字下一个定义是极难的,评论文章也是,但在这本书里我找到了这个词,这个被作者自己描述过的词。他描绘的似乎就是这本书。语言流畅自然而健康,文风朴素平实而挺拔,情境真实美丽而不矫饰。

作者用"老表"称呼当地人,用"大女""小女"称呼女孩子,他竭尽全力使自己的语言能更贴近吉安这片土地。他不是吉安人,却愿意放弃自己原有的语言习惯,去适应、去融入这个地方。这大概是文人专有的体贴吧。他不是吉安人,但在吉安他却没有感到任何不适。这里的人们用他们的质朴、纯善包容来到这里的所有人,无论你来自何方。他把吉安本地人称为老表,而老表其实是江西人对老乡的称呼。就好像这里也是作者的家乡,这些人也都是他的家乡人。如果他并不知道老表的含义,那真是一个美丽的误会。

读这些文章时,我就有一个疑惑,就是作者的年龄。按他取得的成绩,他的年龄应该是不小了的。但透过他的文字,你会发现他的心态似乎停留在最青春的年纪。

"阳光射入了我的眼睛,我急急地要跳下车,融入这南国的明媚中去。"这迫不及待的欢腾的心情,可不就还是个孩子吗?

孩子般纯净的眼睛,加上成人丰富的阅历,经由王剑冰圆润、通达的笔触,铺就了王剑冰独具特色的散文创作之路。

尽管写的是南方刺骨的湿冷,他却能从中摸出它刚硬中的柔、生冷中的暖。即使身体处在严冬,整个人都可能还在风中战栗、颤抖,他的心,那颗火热的心却仍在期待:

久久站立,等待另一种风,阳光的风,把一切吹透,吹红,吹暖。

他的语言仅仅是握着就能把冰冷的手心捂暖,仅仅是描画就能把现实的霜雪消融。

"黄洋界红红的太阳升起来,它带着红润、带着豪迈、带着绚烂、带着轰响,吸引了全世界的目光。"见到云霞他首先想到的仍会是朝霞而不是夕阳红,包裹在那具已经谈不上年轻的身体里的,确是一颗跃动的青春的心。他的文字透露出的仍是一股子朝气,一股子奔放潇洒的气势,一股子昂扬挺拔的魅力。心情低落时,看看这些文字便觉得心里空荡荡的地方被填满了。乐观就是有这样非凡的感染力。

"在水一方,总是离不开水的滋养,总是离不开彼岸的盼望。芦花点点,缀上风的裙裾,想望在悄悄生长。"没有暮气不代表不够细腻,充满朝气不代表失去底蕴。即使是在水一方这样一个已经遥远的意境,似乎仍可以被他的笔触勾勒。现在我们再难寻到如此至纯至美的意境,但在文字的世界里,每一个名词、每一道笔锋,都可能构造出这个彼岸。在文字的世界里,概念不再只是概念,在文字的世界里,会存在永恒的思想。

"坐井观天最早或是一个极美的意境。"这句话,比其他一切语句更能抓住我的眼睛。该是多么跳出格局的思维,才能完全打破一个已经顽固到深入观念的东西。如果从没有人告诉我"坐井观天"其实是见识浅薄的意思,在第一次看到它时我是不是也会这么想?那该是多美的画儿,光是想象,就已经让我无法自拔地爱上它了。可惜我已记不起第一次见这个词的心情了。有多少美丽的词,就这样淹没在我们的记忆里。"坐井观天",从里面往外看,一方天蓝,一孔明亮,仿佛天成了一张纸,只是薄薄地覆盖在你的眼睛上,比起去想拥有的世界太小,想着自己已经拥有了整个世界的家伙或许会更幸福。从外面往里看,坐井观天,只为等待一只从井口飞过的候鸟,这该是怎样一份孤独寥落的心情,这该是一种怎样的守望姿态,若久候不至,也只能让寂寞的时光继续蹉跎岁月。

三、水意象书写

宏阔的赣江一路北去,串起了一个个明珠,其中一个闪着耀眼的红、迷人的绿的明珠就是吉安。

——《吉安读水》

赣江北去,宏阔漫流,沿途不是雄奇的山势,即是陡峭的堤岸。

——《白鹭洲》

赣江,是江西的母亲河,更是吉安的母亲河。从秦至清的两千多年里,赣江一直是沟通南北交通的大动脉。于是可以说,沿途的赣州、吉安等地都是水带来的城市,它们因水而发达。

——《惶恐滩头》

与其说作者讲的是水、是河流,不如说他讲的是人文、是历史。他的文章的思路,就如同河流的脉络、榕树的根系。他写水、读水。他写赣江的柔情:它是母亲河,是维系着民生民情的生命道。他写赣江的险情:它是曲折河,是有着艰难险阻十八滩的天险路。以水为线索,告诉我们生活在这里的人们,告诉我们这里的人们生活着的土地。人活着离不开水,它是生命线,是生命的源泉。水就是土地,就是人民,就是一切。水的兴盛带来了农业、商业的繁盛,进而带来了文化的繁盛。有水,方有灌溉,方有水运、水路,方有舟、船、舫、舰。

上善若水,水善利万物而不争。水以它至柔之躯承载了中国厚重的文明发展史,以它至坚之性情千万年不改流向,以它至甘之乳汁孕育华夏子子孙孙。同时,它也承受了人民的汗水、泪水、血水。在水畔,仿佛还能看见纤夫佝偻着的身影,仿佛还能听见船工辽远的歌声。

逝者如斯夫,不舍昼夜。活在水畔的人是幸福的,他们不会懂水上人的寂寥。水畔的人以为水是柔情的,但水上的人知道水是无情的。水是大爱世人的,却不独偏爱谁。不然为何说时光像流水一样?不只因为它们都不舍昼夜,还因为它们一样从不为谁停留。这是水,博爱的水。

《吉安读水》讲到最多的水自然是赣江,而其中赣江讲得最多的自然是《赣江北去》。只是读到这个名字就有一种有别于这本书其他篇目的气势。赣江北去,让我想起"大河向东流啊,天上的星星参北斗啊"这句歌词,却又不同于这句草莽英雄式的豪迈之风,而是一种"道之所在,虽千万人吾往矣"的义士的气节。即使沿途还要容纳富水、泷江、禾水、泸水这些同样汹涌浩荡的支流,它所坚守的道,却是不会动摇半分的。

作者在文中讲:"在这条江上,不知上演了多少历史活剧。"苏轼被贬走过这条江,文天祥被囚走过这条江,这些人在当时都是响当当的大人物,他们有名气、有才气,他们为义而生,为义而活,一如这赣江的水,浩浩汤汤北流而去,纵千万人阻挡,此志不渝;纵此道唯吾耳,初心不改;纵前途多坎坷,心如磐石。他们都是义无反顾、无所畏惧地踏上这条道的,他们并非只能如此,只是他们的心让他们无从选择。

总之,作者用最自由的心,写下了最纯白的文字。只要是他心向往之的地方,他的脚步便一定要到达,真正做到行随心动,乘兴而来,兴尽而归,自由到近乎无所待的地步。他尽可能地贴近生活、贴近人群,这使得他的语言平实又清新自然。即使被刻在石头上,他的文字却不是沉重的。没有字斟句酌,也不要求你仔细推敲、细细揣摩,它并不要你的精心。它只是给你,却并不要求于你。它要让你觉得读这文章是场精神的抚慰,它要让你由里到外感到放松,而非难受。这才是他的目的,其他都是次要的。他要让你发现读书其实是一件很享受的事,要在阴郁的现实的土壤里开出明媚的花来,又仿佛给扎人的现实覆上一层膜,隔着真善美的滤镜,用孩子的视角,在真实里造出个乌托邦、桃花源。他笔下的世界是经过过滤、沉淀、蒸馏的,世界由液态被热蒸发成气态,一切杂质都被剔除,气态的世界轻薄得近乎透亮,又被冷却,最后从笔下流出。

他的文字就如作者自己的书名一样,《吉安读水》,像水一样的实用,一样的不可或缺,一样的舒缓干渴。它有水的流畅,水的细腻,水的通透。用水一样的文字,来读水,来写水,再合适不过。

人文与自然笔下的吉安

——王剑冰《吉安读水》解读

和娟子[①]

"有一条美丽的水叫章水,有一条精致的水叫贡水,两条水流合二为一形成了更加美丽精致的水叫赣江。宏阔的赣江一路北去,串起了一个个明珠,其中一个闪着耀眼的红、迷人的绿的明珠就是吉安。"这就是作者眼中的吉安——一个由水带来的城市。就像文中所叙述的"富足的水才会有富足的都市"一样,赣江、富水、恩江、沙溪、吉水等多条水系环绕下的吉安的确是一个富足而安乐的城市。不仅如此,因为天然的地理环境,吉安还有很多的历史名迹及秀丽风景:"这里有以万瀑争妍的白水仙,以高山草甸为一绝的武功山,以道家文化名世的玉笥山,以佛家发祥地传扬的青原山,更有'天下第一山'井冈山,这里还有庐陵文化啊。"简洁明了的笔触,寥寥数字,吉安的风景名胜就在作者笔下跃然纸上,仿佛一幅山水画卷在读者面前缓缓地铺展开来,让人不由得眼前一亮,心神更是备受震撼。而古为庐陵郡地的吉安,还素有"文章节义之邦"的盛誉。"唐宋以降,吉安科举进士近3000名,曾出现过'一门三进士,隔河两宰相,五里三状元,十里九布政'的人文盛况",除此之外"又有考证,毛泽东、刘少奇、邓小平、习仲勋的祖上是吉安人,还有康克清、贺子珍、曾山也是吉安人。吉安诞生了几百位共和国将军"。从文中不难看出,作者为写《吉安读水》做了大量的准备工作。他不仅游览参观了一些风景古迹,更阅读了大量的文献资料,其中也不乏与当地人的沟通交流。作者从不同的视野角度向读者介绍吉安,并帮助其更好地了解吉安。他取材广泛,视角独特,笔法简练,富有文采,吉安在他的笔下变得更

---

① 和娟子:井冈山大学人文学院中文系学生。

生动、更亮丽、更吸引眼球,让人迫不及待地去亲自游览一番!

一、古今文化交织下的吉安

沿着蜿蜒的乡间小道,作者来到一个千年古村——钓源。这里有"雕花镂空的窗扇",有"镶金镀银的匾额",也有"朱红鎏金的雕花大床"。作者用诙谐幽默的语气向读者介绍着这个千年古村:"往往是巷子窄得让人不敢快走,走快了不是撞脑就是擦肩。而这样的巷子里却会隐着一个一个的高门大扇,打开一扇进去便是一个奇妙的世界,有的还有一进一进的院落,让人想到藏而不露的先人的小心与仔细。那些小心与仔细还在于它的防洪功能上,在于那些大门一个个斜立,房角多建成弧形,在于村路的八卦布阵。凡生人来,多迷津不得出。还在于那七口水塘,像七星伴月,伴着欧阳族人的世外生活。"这是一个集古今文化为一体的村子,是一个与时俱进又保留古韵风采的村子。

茶文化是中国的一大特色,从古至今从未中断过。说起名茶,大家想到的大概就是龙井、碧螺春,或是大红袍。而在《狗牯脑茶》一文中,作者又提起了吉安的一个特色——狗牯脑茶。说到狗牯脑茶,作者这样描述:"水刚入杯,那茶像有着某种灵性似的,轻歌曼舞,似把一个'茶'字聚合又拆散。清清的一股茶香扑面而来,没有尝,就已有一种微醺的感觉。细品慢润后离去,真的说不清是清醒还是迷醉。沿着弯弯曲曲的左溪河畔的小路,踏着时隐时现的月光,那股茶香,似乎还在嘴边,而且越发浓烈起来。"清新自然的文字颇有些"茶不醉人人自醉"的意味,隐隐可见作者被那狗牯脑茶所俘虏,自然可见狗牯脑茶的独特魅力。作者最后以"三月清明雨打墙哟,阿妹背篓上井冈唉,有心等得郎儿来呀,泡过温泉品香茶哟……"作结,给文章增添了朴实真挚的色彩,地道的吉安歌谣更让人体会到当地人民的醇厚朴实。

作为一个有着厚重历史文化底蕴的城市,从吉安走出的历代名人自然不在少数。那些名垂史册的吉安名人更以庐陵人为荣,"比如文坛宗师欧阳修、抗元英雄文天祥、诗人杨万里、忠烈名臣胡铨、名相周必大、《永乐大典》主编解缙……由于庐陵名声远播,所以很多人以庐陵人为荣,像欧阳修,就在他的《醉翁亭记》中称自己是'庐陵欧阳修'"。吉安浓厚的历史文化气息更是随处可见,作者在介绍美景名区时,总穿插一些古人留下的诗词,这在不经意间让文章蒙上一层古风古韵的面纱,让人仿佛置身在古典雅致的殿堂不可自拔。

时代在进步,文化在革新。作者从古村、茶文化、历代名人等方面历数吉安的古今文明。在岁月的雕琢下,这些自古留下的文化更是人类不可替代的财富。作者从古今文化入手,立足时代背景,从而挖掘出不一样的吉安;在与时俱进的基础上保留自己的本色,让古今文化交织发展,不仅给吉安人民带来财富,更让吉安持久发展。作者独特新颖的立意角度,让文章在原有的特色上更添风采。

二、自然山水纵横下的吉安

山水自然一直都是文人笔下不可或缺的一部分。在《吉安读水》一书中,作者多次写到吉安巍峨雄壮的高山和宏阔浩荡的流水。在作者的润色下,吉安就像一幅风景秀丽的山水画卷,望之,让人觉得这里的风景就好像山水从画卷中脱离出来,变得活跃生动起来。作者在描绘山水时,以比喻、拟人等艺术手法为主,辅以简洁、精练的语言,偶尔穿插作者的内心感触,融情于景,情景交融,不禁让读者对吉安山水心向往之。

在《澄江一道月分明》一文中,作者这样描写眼前之景:"这是一片多么神奇的林子啊,蓬蓬茸茸遮盖了好大一片天地。一棵一棵的树木都显得粗壮无比,而且各具姿态。有的挺拔千丈,有的横生百米,有的就顺堤岸长到了水边,或探头弯腰,或勾肩搭背,或干脆就直没水中,仿如被那江水逗引得意迷心醉一般。"作者运用排比、比喻、拟人等艺术表现手法让眼前的林木富有人类丰富的情感姿态,使之更能触动读者的心灵。多种艺术表现手法的反复运用把作者所见之景描绘得活灵活现,在字里行间作者对眼前景色的喜爱之情更是溢于言表。

由水"读"吉安是《吉安读水》的一个亮点。有水的地方,就有人家。不管是古人还是今人,人人都喜欢临水而居。作为一个水带来的城市,吉安自然不乏各种水系。在众多水系中,赣江好比一个将军,率领各"将士"支流为江西各地人民服务。而吉安就处在赣江中游五百多里水路的辖区内,"这一段赣江,也是河流运输最繁忙的地段,不仅有连接上游的天险十八滩,更有十八滩以下平缓宽阔的水道"。在《惶恐滩头》一文中,作者对惶恐滩的印象是:"两岸是高山绝壁,硬是把一条江挤在了怪石嶙峋的险狭之处,汹涌而来的江水无路可走,就在这一地段挤成破浪碎涛,而又由于水下暗礁林立,那水声就更显得惶恐争鸣。"在动静结合的描写下,惶恐滩头的险峻跃然纸上,让人不见其景,便感其险;虽未亲临其境,却在心灵上与作者达成共鸣,一同感受那险峻带给人的强烈震撼。"江水滚滚,芳草萋萋",无论时间如何转换,汹涌北去的赣江依然奔腾不息。

在散文作品中,精练优美的语言是必不可少的。作者在描写吉安的自然山水时,语言简洁又不乏韵味。文章不但生动形象,而且在细微处包含着作者真挚的内心情感。从作者对井冈山的描述"云涛雾海,朝霞晚艳。狭路迂回,翠竹障眼。黄洋界惊心,五指峰动魄。英雄碑高耸,纪念馆震撼",以及对白鹭洲的描述"在白鹭洲上走,茂林修竹,曲径通幽。登上风月楼,青原扑面,风帆入怀"可以看出,作者将景与情巧妙地融合在一起,情景交融,不仅描绘了眼前之景,更抒发了胸中之情。这两处的文字描写尤为精彩,细细推敲之后不难看出作者认真细腻的用心。

三、战火情感缠绕下的吉安

说起吉安,总是与战火脱不了关系,尤其是1927年以后,井冈山革命根据地让吉安染上了一层红色。红色,也成了吉安的一个特色。狼烟起,号声缭绕,无论过去多少年,人们都不会忘却在战火中燃起的情感火焰。爱情、亲情、友情在战争中的百姓眼里是最朴实无华、最真挚、最感人的。在作者笔下,"军民鱼水一家亲"得到了最好的阐释。具有吉安特色的民谣也唱出了吉安百姓对红军战士的浓浓关怀。

1927年秋收起义失败后,毛泽东率领工农武装撤往井冈山脚下。在这里,毛泽东邂逅了挥舞双枪的侠女——贺子珍。"贺子珍每天为毛泽东打来洗脚水,帮毛泽东点拨煤油灯。那时毛泽东的脚上有伤,贺子珍每天给毛泽东洗脚上药,包扎伤口,无微不至地关怀照顾。"不久之后,"永新女子最终走入了毛泽东这个井冈统帅的生活,并随同他出生入死,走过两万五千里长征,十年相伴同甘苦,挥写出一曲曲折动人的爱情乐章"。贺子珍与毛泽东的爱情在战火中燃起,后来在民间广为流传。在《一生不渝的爱》一文中,作者详细介绍了他们的感情纠葛,而这一情感故事给战火纷争下的吉安更增添了一抹传奇色彩。情感的着色让吉安多了几分人情味。

　　战火下的爱情往往更容易触动人的内心世界。在《艰难岁月两封书》一文中,作者讲述了井冈革命烈士陈毅安与他的妻子志强的爱情故事。一个是智勇双全的一线战场指挥员,一个是明大义识大体的革命支持者,在国家面临灾难的时候,他们毅然决然地选择了舍小家护大家。作者在文中添加了一段陈毅安写给他未婚妻的信,虽然只是简短的一段文字,里面感情的真挚流露却让人读罢不禁潸然泪下。"陈毅安与志强的爱情就像高高耸立的翠竹和那些微微盛开的野花,装点着这座英雄的山峰。"爱情,是一个大家喜闻乐见的话题;战火中的爱情,更是一个大家感兴趣的话题。作者讲述战火中的爱情,更显心思细腻、构思巧妙。

　　"红军阿哥你慢慢走哎,小心路上就有石头,硌住阿哥的脚趾头,疼在阿妹的心里头……"这是江满凤——一个红军后人的歌声,这首歌或许不够荡气回肠,但是它千回百转缠绕在人的心头,让人心中百般滋味。作者笔下的吉安是在经受了战火的洗礼之后留下的,具备红军所特有的无私奉献的精神与勇敢无畏的品质。

　　在散文集作品《吉安读水》中,作者取材广泛,内容从古到今,从高山到流水,从一个英雄人物到一个感人故事,无一不使文章丰富多彩。作者灵活的笔法也给文章增添了几分恰到好处的灵气,而在景与情的处理中,作者融情于景,真挚情感的自然流露让人好似身临其境,从而让人对景物印象深刻,流连忘返。作者大胆地从"水"入笔,行文优雅从容,似一川秋水简净清明,视角的独特,加之间或以歌谣润色,使文章更灵活生动、更富有强烈的吉安的地方特色。

　　林非在《散文写作的甘苦》一文中说:"一个对生命的意义和人类的命运进行不倦思索的作者,哪怕是描摹许多普普通通的事情,总也能以小见大,蕴含着深邃的思想,反之就会变成平庸琐碎的饶舌,这样的写作就毫无意义了。"在《吉安读水》一书的创作中,作者很好地阐释了这句话。

只有"我"与"你"的古雅周庄

钱　虹[①]

　　周庄,一个数百年来默默无闻而安稳沉静的江南古镇。幽幽的窄弄曲巷,明净的粉墙黛瓦,一座座横卧在水巷之上的拱形石桥,一间间积淀着历史沧桑的明清宅院,处处透示出"小桥流水人家"的独一无二的古朴雅致。其"镇为泽国,四面环水""咫尺往来,皆须舟楫"的独特的自然环境,既构成了它那典型的水乡古镇风貌,也使它得以免遭历朝各代兵燹战乱而保存完好,20世纪80年代中期因旅美画家陈逸飞以周庄著名的双桥为素材的油画《故乡的回忆》被美国石油大亨阿曼德·哈默高价抢购,这位世界级名人访华时又将这幅油画当作礼品赠予中国领导人而声名鹊起。世人如梦初醒,重新端详周庄,竟然一瞥惊鸿。原本养在深闺人未识的泽国古镇,一下子成为"拂去了历史尘埃的一颗水乡珍珠"。周庄,从此失去了往日的安稳、平静与幽谧。《绝版的周庄》,正是作者王剑冰有感于周庄的盛名,经实地感受之后写下的一篇如梦似幻、柔情似水的抒情散文。

　　一般而言,以各地名胜古迹为创作素材的记游散文,大都抒发的是作者对其历史文化意蕴与现实生存境遇的绵绵幽情,如秦牧的《社稷坛抒情》等。余秋雨的散文《江南小镇》中头一个写到的就是周庄,其中对于小小周庄当年"竟安顿过一个富可敌国的财神"沈万三及其发迹和最后客死戍所的夹叙夹议,几乎浓缩了一部明代初期的江南经济发展史及仅具经济头脑而缺乏官场经验与警惕的一代大商贾的悲剧命运史。与此相比,《绝版的周庄》对其历史文化的深厚底蕴、耐人寻味的人文景观的思索与体察,只能算是一种点到即止的"轻描淡写"了。

　　面对周庄这样一个浑身散发着古朴雅致气息的名镇,作者并不太在乎它已

[①] 钱虹:著名文艺评论家,同济大学教授。

是一位历经九百余年岁月沧桑的龙钟老者,也不太在意它在历史上曾经人文荟萃、商贾云集,他基本上不想(恐怕也是不能)深究它那过于悠久而沉重的历史文化积淀,他就像是一位多情的诗人,旁若无人地对着这位相见恨晚的江南秀女抒发一己的柔情蜜意:"周庄,我叫着你的名字,你比我想象的还要动人;我真想揽你入怀。""周庄,我来晚了。"在作者眼里,周庄,是只有"我"与"你"的周庄,是无法移情别恋的一位梦中情人和抒情载体。

于是,首先想到了本文的题目。作者以《绝版的周庄》命名,似乎蕴含着几层意思:(1)周庄历经九百年历史风雨,比起"白发"苏州如今已经出落成一位"现代"美女,"远不是躲在深闺的旧模样"来,周庄可谓是一位"绝版"的江南古典秀女,"你可以说不算太美,你是以自然朴实动人的"。(2)周庄作为江南水乡古镇的独特韵味,体现在"一块石板、一株小树、一只灯笼,到一幢老屋、一道流水"之中,它的古朴雅致是得天独厚、浑然一体的,也就是说,你只能前来亲近而不可复制。(3)随着周庄知名度的不断提升,一批批慕名者、写生者乃至从社会名流到无名游客纷至沓来,"扑向你的人太多太多,你有些猝不及防,你本来已习惯的清静与孤寂被打破了",昔日沉静幽谧的水乡古镇名播四海,"然而,霓虹闪烁的舞厅和酒楼正在周庄四周崛起,周庄的操守能持久吗?"万一周庄这个被认为是"国内仅存的水乡古镇""晚节不保",步了"苏州的毁灭"的后尘,那今日的周庄不就成了此情留待成追忆的"绝版"古镇了吗?对于这一点,作者是满怀忧思的。

其次想到的是本文的表达方式:与其他叙述和议论周庄的散文不同的是,作者始终把周庄作为一个可感可知的对话者和难以割舍的有情人平等相待,在文中,"我"(作者)与"你"(周庄)之间的关系,自始至终都是亲近和互爱的,没有居高临下的恩宠,也无自惭形秽的景仰,唯其如此,他才会以一种浓郁的诗情画意、如歌如诗的柔声细语,梦呓般地抒发着"我"对"你"的爱慕之情。在情人眼里,周庄的美当然是独具丰韵的,尤其是周庄的夜景更是妙不可言:"周庄睡在水上。水便是周庄的床。""一只只船儿,是周庄摆放的鞋子。鞋子多半旧了,沾满了岁月的征尘。我为周庄守夜,守夜的还有桥头一株灿然的樱花。"读着读着,你会忽然发现,作者原来写的是一首优美深情的"周庄咏叹调"。

起码,《绝版的周庄》应该说是一篇声情并茂的散文诗。

(原载《名作欣赏》2005年第5期)

收藏周庄

——读王剑冰散文《水墨周庄》

雒青之[1]

本来我想《绝版的周庄》已然就是描写周庄的不可复制的散文绝品了，甚至觉得即使是它的作者王剑冰本人也难以再次企及周庄的梦光幻影。然而，当我读到王剑冰近期获得《文学报》举办的全国散文大赛一等奖作品《水墨周庄》时，不由得惊呼起来：不愧为周庄的知音，落笔即成周庄的符号！

尽管我知道把王剑冰称作"周庄的知音"难免俗套，但我与很多读者一样，似乎很难想象舍弃了王剑冰的周庄情怀和浓缩笔墨，究竟是王剑冰个人的遗憾，还是读者群体的遗憾，抑或就是周庄的遗憾？好在周庄已无憾可言，因了那篇绝响版的《绝版的周庄》，也因了这篇桨声般的《水墨周庄》。

那分明是两篇写给周庄的情话，又像是两个身段俏小的周庄丽人，以见素抱朴的韵致把周庄的光线、色彩、水汽、蝶舞聚合成看似漫不经心、实则均衡和谐的审美拼盘。

在许多作家关于周庄的文字中，不乏异常精美的叙说，也不乏清露流响的抒情。曾经以《绝版的周庄》一文为心路融入周庄的水路、乡路的散文大家王剑冰，则扮演着周庄的收藏者的角色，把偌大而又偌小的周庄锁定在无脂粉、无欲痕、无雕琢、无伪饰的真情实感中。他的笔力和笔触似乎与水天一色的周庄有着某种天然的亲和力，总是能够不露声色地参透周庄充满人文密度的细节之韵。有时只是疏疏朗朗的一小段或几笔文字，就撩动了一个有色块、有线条、有律动、有情调、有幻影、有质感、有呢喃、有呼吸的独一无二的周庄，犹如收藏了

---

[1] 雒青之：著名评论家。

周庄的一段寂静诗行或一曲草色风雨。

如水的梦将古典的波光轻漾在周庄,如梦的水将无忧的涟漪化作叠句唱词为周庄吟咏。王剑冰在《水墨周庄》中以水一般澄澈的思绪和淡然从容的文字,极具镜头感地把周庄的影像忽远忽近地送入我们的阅读。柔软而宁静的周庄在重重叠叠、晃晃悠悠的水声里,孕育着氛围精致却并不光怪陆离的诗样风情和水墨画般的独特气质。应该说,王剑冰对周庄的心灵感觉早已超越了一般性的游记文章,他就像酷爱瓦尔登湖的梭罗那样,只是恳切而坦白地保持着对自己心爱的事物的娓娓诉说。

在我看来,《水墨周庄》是王剑冰擅长的抒情散文中写得最由衷而自信的一篇倾情之作,他在短小的结构里所营造出的情中景、景中情,使如梦如水的周庄呈现着荡气回肠的动态美、静态美、和谐美。我觉得写周庄最难的是写出作者的"有我之境""无我之境"和"忘我之境",这不是技巧、技术乃至艺术的问题,而是心灵的问题。无疑,王剑冰笔下的周庄写的都是心上之语,是他至性深情的流露。他既没有作深沉样,也没有妖媚态,更没有作玄学之思或一切不近人情之态,他只是顺水推舟地让自己的心灵与性情滑入周庄,成为周庄之水的一部分,成为周庄之梦的某个无声之影或无影之声。所以他的文字是对周庄最好的独存元气的收藏啊!

历来有"画山容易写水难"的审美共识,偏偏王剑冰对水情有独钟,凡是写到关于水的散文,都温馨流畅不说,还荡漾着诉不尽的绵绵情思。《水墨周庄》一文满纸微澜,水汽氤氲,将周庄之水的异彩、意象、情趣、缱绻、婉约乃至慵懒刻画得润滑多姿、涟漪入心,一丝一缕细密洁净的水声水影都贯穿成他的文气文脉,颇能吻合他对散文品性的一向觅求:"坚韧与永恒、鲜活与纯美。"也许《水墨周庄》就是王剑冰写给周庄的水墨淋漓、柔情似水的缠绵情话吧!情话里的水之行迹可以当童话鉴赏,情话里的水之灵性可以当神话收藏!

在我心目中,王剑冰注定就是一个以笔为剑的作家,笔在手中,剑在心里,不怕败北,只怕剑折。我常常在他的散文里看到不屑隐蔽的心灵底色和诗性剑影。在《水墨周庄》中他再一次亮出了他对周庄浓得化不开的惯有情怀:淡雅的思恋、明丽的感恩、简约的倾诉、飘逸的激情、恬静的凝眸和悠远的遐想。他的散文写法很古典也很现代,将周庄剪影似的风景片段与内心温存的水色天光巧妙地交叠起来,使水的娇羞、光的爽净、声的轻盈、梦的缥缈、石的玲珑都显得那样节制又那样动情,仿佛在周庄每一处时空交错的皱褶里都泉涌着心灵的溪流,泉涌着剑心如琴的韵味。

与《绝版的周庄》相比,《水墨周庄》写得更有"水性":细腻而有灵气,渲染而不夸张。他把水墨画般的周庄,写得如水般淡定、温和、柔软,淡定而不失神采,温和而不失欢快,柔软而不失坚毅。他说"水贯穿了整个周庄",又说"也许水就姓周,而石头姓庄"。因而他将这篇情感湿润、思绪淋漓的《水墨周庄》写得水韵弥漫,水色缤纷,周庄仿佛收藏了天下最美的水,而"水使一个普通的庄子变得神采飞扬"。

倘若说王剑冰对周庄的情怀像水一样执着、一样清晰,那么《水墨周庄》最不可小觑的地方就是:用水一般的坚韧、轻柔去呵护周庄、体贴周庄、收藏周庄。《绝版的周庄》和《水墨周庄》都不是用来诠释和打扰周庄的,它们是周庄肌肤里的滋润之水,轻轻地收藏着周庄而又被周庄收藏⋯⋯

(原载 2004 年《宁夏日报》《文学报》)

王剑冰的周庄情怀

余继聪[1]

自古有一句话"才子佳人,往往多愁善感",看山山有意,看水水有情,这在我所认识的才子或者说作家中,王剑冰老师尤其突出。

一个作家对一个地方痴情,是可以理解的,比如沈从文痴情湘西小镇凤凰城,鲁迅痴情江南小镇绍兴,老舍痴情北京四合院,孙犁痴情白洋淀,贾平凹痴情关中小镇商州城。像周庄这种个性独特、小桥流水、小家碧玉、水灵温润的江南小镇,王剑冰对她痴情,也是可以理解的。但是他痴情的程度,十分罕见。

从几年前开始写《绝版的周庄》开始,他连续写出了《水墨周庄》《白色的飘飞的鸟》《周庄的蓝》《巷弄深深》《岁月中飞翔的瓦》《天堂回韵》等一系列周庄美文。

我最早读到他的周庄美文,是在好几年前了,那是他发表在《人民日报》的《绝版的周庄》,他用诗性水韵的文字,把一个我原本极其陌生的江南小镇捧到我的眼前。我一下子被这样精美的文字、被这样灵性的小镇迷住了。

周庄在当时基本还是一个长在深闺人未识的小镇,王剑冰却情人眼里出西施,一下子看出了她的独特韵味。他这么写道:"可以说不算太美,你是以自然朴实动人的。粗布的灰色上衣,白色的裙裾,缀以些许红色白色的小花及绿色的柳枝。清凌的流水糅成你的肌肤,双桥的钥匙恰到好处地挂在腰间,最紧要的还在于眼睛的窗子,仲春时节半开半闭,掩不住招人的妩媚。仍是明代的晨阳吧,斜斜地照在你的肩头,将你半晦半明地写意出来。""我真的不知道,你在那里等我,等我好久好久。我今天才来,我来晚了,以致使你这样沧桑。而你依

---

[1] 余继聪:作家。

然很美,周身透着迷人的韵致。真的,你还是那样纯秀、古典。""周庄,我叫着你的名字,你比我想象的还要动人。我真想揽你入怀。""周庄,我来晚了。"……王剑冰善于运用拟人手法,使得他笔下的周庄女性化、人情化,在他的笔下,周庄就是一个穿着很古典的一袭江南荷叶色裙裾的窈窕女子,在周庄的水边浣衣,或者独倚在周庄的桥头等他。

"绝版的周庄",这个题目也很独特,我当时翻开《人民日报》,视线一下子就被这个题目抓住了。

等到看完文章,明白了王剑冰老师的匠心独运。这样美丽的江南水乡小镇,真的是无法翻版的、无法模仿的、无可比拟的。这么精致、玲珑、美丽的文字也是绝俗的,可能也是难以模仿、难以再有人写得出的。

由于深受王剑冰和鲁迅情怀、王剑冰美文和鲁迅美文的影响,多年来,我也像梦寐思恋一位古典美丽的江南小女子一般,痴痴地暗暗思恋着江南水乡古镇周庄和绍兴。庄周梦蝶,我却是梦周庄,恨不得化为庄周梦里的那只蝴蝶,可以很容易飞越千山万水,去亲近叫我梦寐以求的周庄。

去年冬季,我到了江南的苏州、上海、南京和杭州,却与痴情多年的周庄和绍兴失之交臂,同事们不想去,只想逛大上海和南京城,我便落落寡合地被动跟着他们逛大上海,心中却遗憾着与王剑冰的情人周庄、与鲁迅的情人绍兴即将失之交臂,心中痛痛的,担心着今生再也没有机会远至江南。苏州城,离周庄已经非常近,几乎近在咫尺,我几乎可以想见周庄的水性裙裾飘飘,水韵随着一缕缕江南的风拂过我的面,她江南丝绸的水袖几乎飘拂过我的面颊;我几乎看见了王剑冰,一个拥有古典情怀的文人,穿着明朝的服装,走在周庄的石板小巷里,走在石桥上。我却只能够跟着同路的同事们离开苏州,离开杭州。周庄和绍兴,在他们眼里,远远没有大上海和南京城有魅力。

对周庄情有独钟的王剑冰老师,近日写了《情绪》一文,我读完后十分感动,他在文中说:"每次来周庄,都会有一个好心情,抑或是选择了一个心情好的时段,抑或是因了这里的环境。这次来也不知怎么了,一个人游子一般,一到周庄就心情郁郁的,看了那水极快地随着落叶流走。下了桥,不知道该往哪方走。太阳不知是落了还是原本就没有出来。光线是一点点在暗下去,游人们和庄里的人都不知去了哪里,好像就我孤零零一个人在桥上不知所措。似乎是要下雨了,或是早就滴了水滴,我抹了一下脸,才感到是自己掉出了泪水。左右看看没人,就索性不去管它了,让两行浊泪顺着风流。一些也许就滴落进水里去了。"真的是"感时花溅泪,恨别鸟惊心"啊!

周庄本无情,在情人眼里,它自然有情。才子才女们往往像看爱人一般看山看水,于是山水自然有了情态情韵,好似大老远跑去看一位许久不见或者难以日日厮守的老情人、旧相知,高高兴兴,怀着希望和激情而去,等到突然一见,不仅没有了欢喜,反而泪水啪嗒啪嗒一下子掉下来,是难免的。当然,像他们说的,这也如同贾宝玉,日日魂牵梦萦林黛玉,等到突然见到,一下子一句话说不出来,只有泪水不断地流。

王剑冰在近日写的《周庄的雪》中把周庄的风和雪写得如调皮的小姑娘一般美丽可爱。"雪落下的时候,周庄还在梦里,雪不想惊动周庄,在晚间完成了这次行动。""它是被风领来的。""北方来的雪,对周庄表示出了少见的亲近。""初开始它们不知道如何进行第一步,顺着水进来的都没有成功。顺着桥进来的,一部分留在了桥上。最有成效的是顺着瓦进来的,一大片一大片相连的瓦给雪带来了便利,时候不大它们就从天空召唤来更多的伙伴。""周庄醒来时才发现了这种魔景。"这些可爱、美丽的文字,本身也像调皮的、美丽的、有趣的风和雪,把一场司空见惯的雪写得有声有色、有情有趣,十分可爱。写落雪的文章可谓多矣,这么生动活泼、有情有趣,把风雪写得如小女子一般聪敏、轻灵、活泼、美丽的,我在此之前不曾读过。

王剑冰有一颗玲珑温婉敏感的心,能够感受到周庄细微的情绪变化,感受到周庄细腻的个性和情感。在《水墨周庄》中,他这么写道:"水使一个普通的庄子变得神采飞扬。""有人举手打了个哈欠,长长的声音跌落进桥下的水中,在很远的地方有了个慵懒的回音。""蝴蝶是最美丽的舞者,也是最实诚的舞者,它绝不像蜜蜂那样嘤嘤嗡嗡,边舞边唱。它就是无声地飞,无声地欢呼。你要是闭上眼睛听是听不见它的来临的,但你先看了它的来,再闭上眼睛,你就看见了它的舞了,它的舞甚至比睁开眼睛看还好看。你闭眼睛时间久了,那蝶舞着舞着就会舞到你的幻觉里去。"

王剑冰生活在硕大的郑州城,却恋着遥远的小小周庄,他喜欢古老的、文化韵味足的、土土的东西。在他的眼里,那些古老残破的宅子,那些狭窄的小巷,那些斑驳残缺的石板路,那些斑驳缺损的古石桥,无限美丽迷人。他在《巷弄深深》中说:"周庄说不清有多少条巷弄,几乎每条巷弄都从水边出发,而后一直向房屋的里边延伸,必然地会通向一个个生活的门口。""江南的小巷,自然也走过戴望舒这样的追梦文人。"他在《周庄的蓝》中写道:"那是一个纺花织布的作坊。""乡间喜爱的蓝花布,就是出自这样的纺车。至今周庄人还在用着这种布,他们用着做床单、做窗帘、做桌布。""蓝,乡间的女子多以之当作自己的名字。""蓝,叫着的时候,怎么就感到是叫着一个周庄的女子。"

周庄的水,因为石桥、房屋、巷弄,所以有了灵性。是周庄的灵性水使王剑冰才情滚滚,灵性飞涌,于是写出了无数灵性美丽的水韵江南文字。《白色的飘飞的鸟》说:"我这才知道了赵船娘的名字,眼前就飘出了一种景象:一汪泛着金光的湖水,一只朴旧的乌篷船,一片灿烂的霞光,一群白色的鸥鸟,一个女孩嘹亮的啼哭。这时我又看见了那种白色的鸟,白飘。"《岁月中飞翔的瓦》中说:"瓦,每次都是以四胞胎的形式诞生于母体,而后还要经过七天熔炼才能进入生活。"……

王剑冰是一个有爱心、有玲珑心的男人,怜香惜玉,这周庄在他眼里就是香、就是玉。正所谓爱屋及乌,王剑冰爱周庄,所以就连周庄的小虫子他也爱。别人讨厌,别处的小虫子他讨厌,但是周庄的小虫子他不仅不厌恶,甚至还有些爱。从王剑冰的美文来看,周庄就是个能使人内心变得水一般温柔、能让人长出爱心的地方。长久与美人相处,在美景中熏陶,人也变得高雅善良起来,甚至,美丽女子、美丽风景能使人心变得多情、高尚起来。王剑冰在近日写周庄的美文《老宅》中这么说:"比如小蜘蛛、小蚂蚁和一些叫不上名字的小东西,会爬上我的书本,同我一同阅读一段文字。它们还会爬上我的床,闻闻这里,嗅嗅那里,想找找我有哪些不合时宜的行为发生。"

王老师笔下的周庄,哪是庄,分明是人,而且还是爱人!周庄,性急的人看不得,一味喜欢颜色的人也看不得。唯有静下来,沉下来,屏住呼吸,细思量,才能深得其味。王剑冰正是这样的人。他像周庄里的一个白衣书生,不像沈万三一般忙碌着追逐名利,而是静心待在周庄的弄堂里、木板楼房里、青瓦下,静心读书,就像一个周庄土著书生那般读书,看弄堂,看周庄的乌篷船、河水、古石桥、浣衣女,看周庄的石板路,看细细碎碎敲打在周庄青石板上的一缕缕阳光。

我想,王剑冰肯定是遗憾生而不能为周庄土著人的,虽然他在一系列写周庄的散文中没有这么说,但是我明显可以感觉出来,这种感情在他内心很强烈。

周庄遇上王剑冰是幸运的,王剑冰逢着周庄也是幸运的。借助王剑冰等人描写周庄的诸多优美灵秀美文,周庄在沈万三以后再度得以展现她绝世的秀美,名气越来越大。写出一系列精致绝俗清丽的周庄美文,王剑冰在读者中的名气也越来越大。

贾平凹、王剑冰散文散谈

余继聪

近年来,看了散文大师王剑冰许多精美的性灵散文,有的还反复读过无数遍,比如《水墨周庄》《绝版的周庄》《周庄的月》《周庄的雪》《荒漠中的苇》《春来草自青》《天堂回韵》《浪哨·梳花》《同里的小巷》《白色的飘飞的鸟》《岁月中飞翔的瓦》《巷弄深深》等文章,阅读时都获得了醉人的享受。读完后,猛然觉得有点儿白居易听琵琶女弹琵琶的感觉,有"东船西舫悄无言,唯见江心秋月白"的美感,久久沉浸在巨大的美的享受中。

听着邓丽君美丽、清亮、清丽的小曲《茉莉花》,我爱上了江南。看了王剑冰写的许多江南水乡特别是周庄的清丽散文,我被江南迷惑折磨得都快魂不守舍了。

王剑冰是河北唐山人,工作、生活在郑州,不是江南人,却有一颗江南文人的才子心,是一副江南书生江南才子的模样和心态。他喜爱江南,笔下文字多水的灵韵,多江南古石桥的醇厚纯真,一篇篇文字在他的笔下似乎成了国画大师笔下的江南水墨山水画,很能勾引起人对江南对周庄的痴情痴狂。

一位大师,成名一方,成就了一方山水的名气。沈从文成就了湘西,孙犁成就了荷花淀,老舍成就了北京和青岛,希尔顿成就了香格里拉,杨丽萍成就了云南大理和西双版纳,王剑冰成就了江南特别是周庄。

王剑冰对江南、对江南的水有着万分的偏爱与敏感。我读《红楼梦》,由贾宝玉总会想到内心温柔聪敏的王剑冰。

近日看了王剑冰的一些照片,几张油菜花丛中的照片很吸引我,照得煞是美丽。

我发觉,散文大师王剑冰总是亲近庄稼,亲近泥土,热爱自然美。他总是保持着很平易的心态,喜欢的花朵也平凡,譬如油菜花,一种集体的平凡,平凡却无法掩盖它的美丽,无法掩盖它的巨大实用价值。平凡的油菜花聚集在一起,其惊人的力量、惊人的美丽让人震撼。大师喜欢这种平凡的油菜花,欣赏它们朴素的美丽,体现出大师博大的情怀,博大情怀中,装着最广大、最平凡、平凡得如油菜花一般的下层、底层、基层百姓,平凡如泥土,如油菜花、稻谷花、苞谷花和小麦花一般的乡村人……

早几年,我也曾被贾平凹的散文迷惑得神魂颠倒,对古城西安、对八百里秦川意乱情迷。《丑石》《月迹》《清涧的石板》《一棵小桃树》《哭三毛》《再哭三毛》《红狐》《一只贝》《古土罐》《吃烟》《好女不戴金》等美文,美得都令我叫绝,令我震撼,都很像秦川的一件古埙、古陶罐,都曾经令我反复玩味。

大师贾平凹与王剑冰,一个是很纯正地道浓厚粗犷的西北风味、黄土味道,譬如《秦腔》《丑石》《清涧的石板》《西安这座城》,一个是很正宗、很清丽灵动、很温婉柔情的江南味道,譬如《水墨周庄》《绝版的周庄》……

读散文大师贾平凹与王剑冰的散文,感受刚好相反,不过都是给人以惊人的享受、酣畅的享受。如果有夜光杯盛着葡萄美酒喝,其享受与读两位散文大师美文的感受大概也就差不多……

《绝版的周庄》:一种空间地理诗学的建构

刘 军[①]

按照加拿大学者弗莱原型理论的创意,每一民族文学传统中,皆有重要的文学原型深刻地影响着后世文学的迁延流变,且每一文学原型的流变过程中皆会延展出诸多的情结,烙印在本民族文人、作家、学者的心理曲线之上。对于中国文化传统而言,《诗经》中的"乐土",《老子》八十章中所描绘的"邻国相望,鸡犬之声相闻,民至老死不相往来"的大同社会情景,构筑了中国文统中最早的"理想居所"的文学原型,这一原型所结出的最大果实即为延续至今并绵延不绝的"桃花源"情结。不过,"桃花源"看上去固然美好,但终归于缥缈,只能作为心理上的想象性空间,以此去除现实的恐惧和忧虑。作为对务虚的补充,侠士情结和江南水乡情结则应运而生,作为可行的桥梁,用来平衡务实与务虚间的空缺状态。千古文人侠客梦,至于江南水乡情结呢,亦是烽烟遍地的景象。经济中心南移之前的两晋时期,这一情结业已实实在在地发生了,比如张季鹰去官返乡之举,即为明证。至于后世诗文中的描摹,则风流天下赏。"阳春三月,江南草长"句,白乐天的《忆江南》三调,张岱的湖心亭之举,诸如此类,不绝如缕。

摆在我面前的由散文名家王剑冰先生书写的《绝版的周庄》即是江南情结的产物。这部集子2008年初版,2012年再版,因缘此本书,作为外乡人的王剑冰成为周庄荣誉镇民中的一员。王剑冰先生久居中原,中原乃战乱饥馑频发之地,历史因袭,很难容下一颗柔软的文心,而王剑冰先生天生诗情,百炼钢化为绕指柔,于是,遇见周庄,发现周庄,书写周庄,就具有了某种必然性。

[①] 刘军:著名评论家,河南大学文学院副教授。

互联网时代,任何一个地理节点,皆很难成为绝对的陌生之所,哪怕是极为荒蛮之地,也会以影像、图文的形式与我们相遇。最近全球范围内火热的荒野求生栏目,实际上就混合了人们对偏远之地、对自然的窥探、求知、征服的欲望。恰如美国学者詹明信所言,这个世界已无纯粹意义的第一自然,文化成了第二自然。不过,事情的另一面则是,信息越多,你越不知道到底发生了什么!尤其是天下闻名的地方,比如周庄。毋庸置疑,自从周庄被画家陈逸飞重新发现之后,去过周庄的游人不可胜数,留下的感想、随记、游记等形式的文字也是数量惊人的。这种浮光掠影式的描绘,对于周庄这个大象的躯体来说,所涂抹的也就是其中的一个小点,而周庄依然是周庄,穿越历史的烟云,斜卧在河流湖港之上,至于你我这样的游人,则真正成了过客。进入事物的内部何其艰难!就如同我们随手触摸的石头,凸凹之处,了然于心,但对于内在的纹理,不免望洋兴叹。为了进入周庄的内部,打开其躯体内部的骨骼和纹理,作家多次来到周庄,在春和景明之际,在漫天飞雪之时,并一度以暂居的形式逗留于此。所以,在其笔下,不仅有常人所见的双桥、乌篷船、水道、着蓝衫的船娘,还有常人难以寻踪的巷子、古老工艺、老宅、雪景,等等。对一方水土的熟悉程度,单靠热爱和想象显然是不够的,不仅需要时间,更需要耐心以及一双会发现的眼睛。

《维摩诘经》中有一段谈因缘的话语,即"因谓先无其事而从彼生也,缘谓素有其分而彼起也"。在我看来,《绝版的周庄》这本文学集子,只能说是王剑冰与周庄结缘之后一个小小的结晶体,更大的结晶体在于文字之外,读者可隐约触摸到的作家的一份文化寄托。这种文化寄托作为一种心理情绪,建立在作家对以周庄为代表的江南水乡文化体系的深刻体认之上。从这个意义上说,《绝版的周庄》既是一个人与一个地方的心灵对话,又是一个人自我辨析、自我确立的精神旅途。回到前面的话题上,走过周庄,一段时间加上车马费用就可以了,但是若想懂得周庄,握住周庄的骨头,却需要一种文化诗学的坐标系的建立。

周庄的骨头到底在哪里?通过作家的素描我们可以看到,它首先是一种敬仰文化、尊重文化人的精神。源于此,所以会有迷楼里历史原貌的保存与再现,有逸飞之家和三毛茶楼的居所,无论是对本土的文化人,还是缥缈惊鸿影的外乡人,周庄的敬重始终如一。其次是一种包容精神下的收留,对于那些携带各种故事的外地人,周庄以其特有的情怀容纳了他们的进入,《绝版的周庄》中我们看到一位来自湘西的女子、一位以人名作诗的女性、一位撤离繁华都市书法功底甚好的女性，在这里皆找到自己的一份凭借，并借此安顿下来，成为周庄的一分子。最后是周庄自身的恬淡自守，这里曾拥有过张季鹰"人生贵得适意尔"的美谈，也发生过富甲一方后客死他乡的沈万三的传奇故事，这里有名流的汇聚，也有旅游热下游人如织的热闹，但周庄的沉潜，化掉了那些表面的浮华，并守拙于室。宠辱不惊之后，周庄以其特有的安静，融化世间之风雨烟云。折扇店平淡如水的老板娘、老手艺人富于节奏的敲打之声，作为周庄恬淡精神的符号载体，如垂柳般，在固定的时刻，倒影于河面之上。

莱辛的名著《拉奥孔》主要解决的理论问题为诗与画的界限问题。绘画为空间的艺术，文学为时间的艺术，这样的判断简单明了。不过，两者的区分并非绝对，诸如苏轼的诗画同源论就是一种调和论调，不同艺术种类之间，存在着相互汲取营养的情况。《绝版的周庄》作为一本散文作品集，在文本处理上，建立了时间、空间两个向度的坐标系。时间因素方面，上溯到周庄的缘起，并对其后重要的历史节点中的人物及其故事做了解读，当然，重点还是放在20世纪80年代之后，即周庄重新被发现，成为江南水乡的符号表征之后，周庄结缘了更多的外来者，成为闻名天下之地。空间因素上，周庄内部的格局，作者做了精细的勾勒，并以周庄为节点，扩展到整个江南水乡这一地域符号之中。时间绵长，空间纵横，王剑冰先生借助纸上的文字，建构了另一种空间地理诗学意义上的周庄。在这里，所有的细节和场景，一个背影，一处谈笑，被作者以诗化的文笔所捕捉，成为空间地理诗学氛围中结实的能指所在。得益于时空坐标系的建立，周庄摆脱了单薄的形象，走向立体。人物、故事、情景、建筑、传说、四季景色、信仰、习俗等要素，被统摄在一起，构成了一个丰满的完整体。

周庄对于王剑冰来说，在地理意义上作为异地而存在，但在文化意义上，因为这份独特的寄托，又内化成一种故乡。而对于艺术家而言，他们不过是这样一种人：他为那些天赋条件和技能较差的人，构造了一条回归的旅程。

（原载《南腔北调》2016年第9期）

不可复制的美

——王剑冰《绝版的周庄》读后感

王　妃[①]

西施蹙眉为美,东施效颦则惹人讥笑:美,难以效仿。

一幅木刻版画的完成,重点在于制版的过程,制版是对小稿的再创作。有人认为,版画最没有价值,只要你愿意,你可以无限复制下去。这是商用的想法,商用和艺术是两回事儿。在一个真正的版画家眼里,只有印制出的第一张画,才是他创作的成果,之后每复制一张,都不再有第一次的感觉。所以,版画家制版后会毁版,因为绝版的画才能体现最初创作的美,才最具收藏的价值。

周庄,在剑冰老师的文字里,就是一幅绝版的中国版画。

她的美,不可复制。

一、古典而安静的自然美

在江南水乡,像周庄这样保持古典韵致的地方有多处,如乌镇、同里、甪直等。但剑冰老师对周庄却情有独钟,周庄从名字开始就给了他最美的想象。他在《第一次的感觉》中这样写道:"周庄,周庄,就像一个周姓的女子,端庄地留在了美好的记忆里。"周庄,这个古典的美人儿,虽然隔着九百年的距离,却依然"纯秀、古典",那样神秘,以至于他按捺不住内心的激动,"周庄,我呼唤着你的名字,呼唤好久了,却不知你在这里。周庄,我叫着你的名字,你比我想象的还要动人。"所以,"我真想揽你入怀"。

---

① 王妃:作家。

正所谓情人眼里出西施。周庄的自然朴实是那样地打动人心：粗布上衣，白色裙裾，清凌的流水糅成了你的肌肤，双桥像一串钥匙别在腰际……多么灵动飘逸的画面，多么富有诗意的想象。设若周庄真是个女子，那她的脸蛋也是模糊在文字的写意之中的，但她的柔肤和自然朴实的气韵，那懒懒的、半倚半靠的身姿，已足以"让我怦然心动"，所以她终于等来了一个愿意为她守夜、与她一起入梦的男子，跨越三毛的孤独，踏过现代的喧嚣，倘佯流连在周庄的街角窄巷当中，穿行在周庄的白昼与夜色里，痴迷于周庄的每一棵树、每一朵花、每一片瓦、每一扇窗户、每一种颜色、每一个人……

剑冰老师用笔为我们勾勒了一幅《水墨周庄》，画中波光粼粼的水的灵气，荡漾着周庄的梦：水是周庄曼妙的丝袖，桥是系在腰间的蝴蝶结，慵懒的人们只是走动的风景。木质门的吱呀声落在水中会有明清古韵的回音，阳光淡扫蛾眉般次第被打开；那油菜大片的金黄与灿烂，仿佛美人的方巾；水和石头无隙地亲热着，在光影的效应里感受周庄的静。而《岁月中飞翔的瓦》，是周庄特有的头饰，它们亲密协作，与岁月抗争，用自己的方式表达着周庄的生活。九百年的风风雨雨，这些前世的泥土走到了空中，以自己的包容和本质浪漫的心，成全了一代代周庄人的梦。"瓦是最后的防线"，面对一片瓦砾，这样的人生感悟不觉又深了一层。

通览全书，终于释然，难怪作者如此钟情于周庄，无论是《从天上看周庄》还是《对门》，无论是《早上》还是黄昏，无论是《周庄的雪》还是《冬天的风》，不同角度、不同时间、不同天气的周庄都是那样自然、古典、安静，这样的美才恒久而耐人寻味。

二、清高质朴的人文气节

沈万三，富甲天下的传奇人物，多次出现在剑冰老师的笔下，带给他多少激情思绪的，不是沈万三的钱财，而是因为他的"商人气中恐有着较多的文人气，起码他少了某些富人的奸猾"。这个冒着傻气的商人，有"富则兼济天下"的大怀抱大气魄，他主动拿出钱财来修城墙、犒劳三军，不想自己却因此而差点儿送上性命。作者带着欣赏的眼光看他，是因为"沈万三的作为也许让我们看到了周庄人的性情"。周庄人什么性情？一是天下人都有的"人活着的时候，不愿意虚度光阴,总是要奋斗的"共性,再就是骨子里多少存着的书生意气吧。

张翰,一个辞官回家的文人,他和梭罗一样成为剑冰老师笔下的人物,他们的孤独是文人固守的孤独,更重要的是他们身上有文人的气节和淡泊的人生态度。所以说张翰"回家",其实已透出了作者对张翰辞官的主观看法:"说他逃避,还不如说他是厌烦。"另,作者推崇张翰,还有一个重要的原因在于他对母亲的至孝之心:"这些血性男儿,遇到什么事都没有在乎的,对自己的母亲却格外上心。母亲没了,就等于塌了天,世界一下子变得一片昏暗。"读到此处,我想到了剑冰老师自己,想到了他多年郁积于心的丧母之痛,真切感受到这才是他的肺腑之言。

周庄的文化味很浓,除了周庄本土的人物以外,还有那些走进周庄的名人所留下的梦,比如流着泪说还要回来的三毛,是周庄暂时收留了她的孤独。可惜三毛茶楼犹在,三毛却已作古。相似境遇的还有逸飞之家,同样让人唏嘘不已。

至于过去《迷楼迷楼》里的阿金姑娘,现在的哈默老头、改行的船娘和小王等,他们的质朴本色与周庄朝夕相处,他们在努力改变着周庄,而周庄也在改变着他们的人生。

三、装饰美的色彩基调

首先看《周庄的蓝》,靛青成蓝。这样的蓝,与整个周庄和谐成一体,添一分深则忧郁,减一点浅则直白。恰如其分的蓝,是周庄的基调。

至于油菜花的明黄,《白色的飘飞的鸟》,还有《岁月中飞翔的瓦》的灰,高悬的灯笼的红,这些斑斓,都是装饰周庄自然美的色彩。

四、让情绪澄明清澈

"这是一个可以完全打开自身的地方","在打开了这种形态的时候,其他的就都关闭了,你的烦躁,你的苦恼,你的忧伤,你的红尘思绪,你的喧嚣中的躁动,都变得一片空白"。

周庄是天堂,是释放情绪、让人心境空明的地方。那奇异的香、树上的鸟、石缝中的树,还有石板路、阿婆茶、飘荡的柳、周庄的狗、庄子、老墙、双桥、周庄的月……

动中取静,静中有动。这是周庄给我们营造的《境界》和《氛围》,人行在其中,久了,会产生莫名的《情绪》,有不知所措的恍然,"让两行浊泪顺着风流","一些也许就滴落进水里去了"。到底有什么委屈让人产生这样的情绪?这样的伤感是说不出来的,既然到了周庄就"再也忍不住了,或不想再忍耐",那就索性敞开了心扉吧,因为所有的情绪,"那水极快地带走了它们",还有什么大不了的呢?

剑冰老师是散文大家,他行文的美我不敢妄评。关于周庄,在未来,也许还有更多的人写出更美的文字,但在《绝版的周庄》中,我们看到两种美的自然结合,那就是文学艺术与周庄的韵致。这样缔造出来的复合美更加不可复制,因此,我们还应有更深的思考:如何保护好周庄原生状态下的美?如何才能留住文学艺术恒久与精致的美?

周庄成就了剑冰老师的文字;而他的文字,又成就了周庄的美名。

读《绝版的周庄》,我感觉自己就是一个空信封,贴上了那枚"绝版"的邮票,去周庄梦游了一番。待梦醒来,已满载着剑冰老师营造的意境之美,丰获而归,真是幸事。

(原载 2009 年 7 月 12 日《江淮晨报》)

柔水在美文妙画间流淌

——读作家王剑冰、画家杨明义联袂之作《绝版的周庄》

付秀宏

《绝版的周庄》是作家王剑冰的经典之作,更是画家杨明义的经典之作。联袂之书,高峰相握,柔水相依。王剑冰和杨明义以周庄的水镇风情、人情语境来感悟、描画、升华,写画之间,仿若亲切呢喃中的妙韵神出。当文字和画笔将周庄视为知己,"得一知己足矣"的笃定深情瞬间突破时空障碍,拉近了文字与画境之间的距离。

一

柔水在美文妙画间流淌,记忆在情思灵感中铺展,新文笔、新水墨勾画历史、人文的水乡风景,荡动起苏州、周庄的江南隐响,使周庄趋于绝版的形式再次呈现。《绝版的周庄》呈现的正是隐在水中的镇、隐在朝代中的镇、显在文化中的镇、显在风情中的镇的叠加总和,其水连同船、桥、青砖的魂魄,把大跨度的历史陈述氤氲成漫漫水袖或袅袅长笛。

周庄的雨丝开始飘了,王剑冰的眉眼里、杨明义的指头间飘起了周庄的雨丝。雨丝之在也,犹如周庄的年轮,隔了几个朝代,读来依然那样分明,更不要说周庄的水里没有一个"媚"字了。

说到底,周庄辗转于沈万三"隐与显"的现实和梦境里,就像雨丝时疏时密、时停时有。周庄的自然景象与沈万三的吉凶祸福、天道与人生之间,构成了在起起落落中悟道的对应关系:富甲一方与乐善率真,天真与盛怒,危崖与盛世,断裂与伤痕,绝顶与滚落,深渊与失足,大爱与灾难,言与罪……所有这些,在人事喧嚣与淡然自守、水乳交融与浑然一体的宏大隐喻中,周庄诗意的深沉与沧桑,在王剑冰笔下创造了既古老又崭新的境界,在杨明义心中描画出既清雅又魔幻的诗意。

周庄满眼都是人文,王剑冰的散文《绝版的周庄》被刻碑,陈逸飞的画和遗物陈列进纪念馆,三毛走过的茶楼叫"三毛茶楼"等,我想周庄的最美之处就像苏州人杨明义描绘的那样,它的美不在姿态,却在品味和深蕴。这样的品,这样的味,这么深地蕴含在那里,水缎缎、翠丝丝、软茸茸的,呈淡绿色,绝非飙到红与黑——像伤了力气,且又非淡得看不清。

若人文也有风骨,这样的风骨是添了柔情的;若人文也有知音,这样的知音是相互共鸣的,似孔子听到好音乐忘记了饥饿。也只有这样的周庄,才是品味充盈的周庄,才是绝版的周庄,才可以胜任一切姹紫嫣红的底色。

作家王剑冰和画家杨明义都是周庄的荣誉镇民,王剑冰具有传世价值的文字传达出周庄温暖、柔软和忧伤的气息,杨明义因1978年创作《水乡的节日》发现周庄,再介绍给陈逸飞、华君武、吴冠中,并被誉为"发现周庄第一人"。其实,周庄的文人气息,已经完全抛开了直观写实的格局,这使阅读周庄犹如聆听一个神的声音在那里讲述故事,因为周庄本身就是一幅绝版的文人画。

二

从《绝版的周庄》到《水墨周庄》,从《岁月中飞翔的瓦》到《周庄的蓝》,从《白色的飘飞的鸟》到《沈万三带给我的激情思绪》,从《周庄的收藏》到《巷弄深深》,从《独坐桥头的影子》到《走进周庄的人物》,从《两地水域》到《水把周庄隐藏在历史的深处》,从《三毛茶楼》到《周庄女子》,从《从天上看周庄》到《小豇豆,歪一歪》,王剑冰把周庄"坚韧与永恒、鲜活与纯美"的氛围写绝了,有人说《绝版的周庄》这本书就是江南版的《瓦尔登湖》,此话不假。

我认为,王剑冰深深地扎进了周庄的柔水,吮尽周庄的芳华,万事万物好像并没有变,只是时间决定了他在周庄遇见了谁,他的心决定周庄在他生命里的样子,而他的行为决定最后周庄的记忆留下了他。

对于将周庄带往世界的杨明义来说,他的创新水墨画古气与水墨、水乡相生,神韵与精巧、大气同在,沉醉与空蒙、迷离共存,被黄永玉誉为"到森林里找见金鹿的人"。杨明义以苏州、周庄水墨画的演进,不停创新着自己的独特国画景观,并循着中西方巧妙融合的一轴发展。

杨明义的水墨画既有古代也有现代的叙述特质,一方面它是一组追忆流逝岁月的作品,另一方面,画家又始终如一地以"墨"渲染着诗意的温暖,使意蕴进入周庄的建筑、桥、水、船和人的流程,使超现实形态与真实生活情景相互浸染。他的作品时而虚诞,时而超逸,时而开阔,时而深邃,将经过素描的画面一幕幕交替演绎,每一片段都有它自己的情景中心或人物中心,但又统摄约束于墨意的自由联想。在一种种神秘的体验中,杨明义将古镇与墨合为一体,并将墨的浩渺最终归于宁静,在审视中把周庄之美悬置于广阔人世的背景中。

作家王剑冰与画家杨明义的联袂之作《绝版的周庄》,被誉为中国最美的书,荣获杜甫文学奖,这是一部充满天性、神秘、晶莹、透明的作品,是一部洋溢着南方水乡魂魄、超越时空具有绝妙回响的作品。这本书赋予周庄以绝对的质朴与真诚,并以此构筑其无限神圣与尊崇。《绝版的周庄》并非浪漫色彩的乌托邦,而是水乡情怀、地域建筑与历史镜像的全息心灵对话。

这本书使周庄从现实时空进入超时空,各场景相对独立平行又相互勾连叠加,周庄的历史现世与未来、天性天籁、隐藏的宁静、存在与迷失、时间与流逝等都在其中,读之使人目光澄澈,神飞思翔。

王剑冰与杨明义不傲倪而钟情于周庄的万事万物、独与天地精神往来的广大深邃,从剑冰妙笔锦句的玻璃之心、明义墨间葱茏的水墨之心中来,从对山水灵境的反复体悟、凝视和时间、空间的相互交融中来,从对眼前景物与内心情感涌动天然而又自觉的和鸣中来,这是周庄的福气、水乡的福气,更是读者的福气!

(原载《金融博览》2015 年第 9 期)

尘嚣烟云的一曲绝唱

——读王剑冰散文集《绝版的周庄》

书女英慧[1]

欣赏绝世音乐,是需要一种氛围的。皎如飞镜临丹阙,绿烟灭尽清辉发。一缕轻盈的月光舞近,该是乐声响起的时候了。竹藤的座椅,淡香的清茶,渺渺的香氛,都不可少,否则,就委屈了那巧夺天工的韵律。

阅读当代著名作家王剑冰先生《绝版的周庄》一书,便一定要在这样的氛围里,似是品味着尘嚣烟云的一曲绝唱。

明代的《溪山琴况》中曾把古曲的最高境界比喻为"深山邃谷,老木寒泉;山静秋鸣,月高林表;松风远拂,石涧流寒;山居深静,林木扶苏"。点一下鼠标,把这些词从明代复制过来,形容《绝版的周庄》,竟是如此贴切。

举凡好的音乐,无不追求超越物化层面不受现实羁绊的一种意境。一曲《绝版的周庄》,每一弦每一音都溢满意境之美,每一词每一句都显现着"言外之味"和"弦外之响"。秀美的周庄,倚在清波微漾的河水的床;周庄梦里的蝶,环绕着油菜花的纷攘;路旁和沟渠旁,是彩笔无意间滴落的汁点;灰暗色调的瓦,在岁月中飞翔;无数的时光沉入水底,诞生了一个村庄;一群群白色的鸟,在空中自在地飘扬;从北方来的雪,描摹着一幅魇景;一幢迷楼,安静地躲在古镇深处;一声慵懒的哈欠,轻轻地坠入水中……一声声,一弦弦,你只需合眸静听,古镇的每处景、每个人、每只鸟、每片瓦、每幢楼、每条巷,便都生动地浮现,真切,却又似梦幻般迷离,引着你沉浸下去,无法自拔。凝神想来,可谓实境、神境交会,诗意、情意相融,以虚涵实、实中见虚,情景更替、虚实相生,活跃着轻扬律动

---

[1] 书女英慧:作家。

的无穷韵味。不由得发出一声叹息,那叹息便也成为曲中的一个清音,在空气里轻轻一颤。

好曲岂能不寄情?情感的抒发与阐释,是音乐艺术里不可或缺的旋律。《绝版的周庄》满满地洋溢着剑冰先生与周庄的绝世之情。这情真挚、悠远、深刻、绵长、迷离、缠绵,不浅淡、不媚俗、不妖艳、不张扬,在行云流水间,轻盈地流淌。剑冰先生是与周庄有缘的。多少年了,周庄一直穿着蓝地白花的裙裾等待他。或许是周庄学着古代的哪个女子,写了无数拨动心弦的诗句,放在一个透明的玻璃樽里,顺江而下,才惊醒了那个如在梦中的中原才子。他来了,来践一场前世的约定。他看到了周庄的美丽,也看到了周庄的沧桑。他轻叹着:我来晚了。可是周庄说,她只为这样的才子守候,只要他来了,就没有白等。这个才子,用他如水的情怀、出神的妙笔,写尽了周庄的神韵,吟出了一曲蓝地白花的绝唱。在他的眼里,周庄就是天堂。在这个天堂里,有叫不出名字的美丽的鸟儿,有在坚硬石缝中挤出的柔软的枝条,有古朴自然的石板路,有硕大圆满挂满乡愁的月。在周庄特有的奇异香气里,这个游子自在地放浪形骸,尽享天堂的美好。周庄也是多情的,她感受到了他的情怀。于是,她会在他快乐时环绕着他,在他寂寞时陪伴着他,在他陷落于忧伤情绪中时抹去他潸然而下的泪水。后来,《绝版的周庄》一文刻碑立于庄前,那或许就是周庄专门为他保留的一块神圣之地。自此,剑冰成了周庄的剑冰,周庄成了剑冰的周庄。

周庄人,是曲中不可或缺的音符。周庄出过许多大人物,其中有辞官归乡的张翰、富可敌国的沈万三,也有许多普通的人,天孝德的王龙官、名字叫霞鸥的船娘。还有一些人,从别处走进了周庄,比如三毛、哈默、会写藏头诗的女孩儿艺化、把周庄介绍给世界的陈逸飞。或许是爱屋及乌,剑冰先生似乎和所有周庄人和走进周庄的人都是朋友,能够畅快交流的朋友,比如沈晓煊、张奇寒、费幸林等。就连在桥头偶遇的女子、热情介绍周庄的导游,都在他的笔下形象鲜明。还有的朋友,无法面谈,却能神交,可以在三毛茶楼感怀三毛的周庄情结,在逸飞之家探究陈逸飞的心路历程。看着这些穿着古装、短衫、裙裾的不同的周庄人的影像,不由得想起剑冰先生说起周庄时的一句话:那是我的家啊!是啊,周庄是剑冰先生的家。他听着、写着周庄的故事,不知不觉,自己也成了故事的主人公,就像他听着、写着周庄的历史,却不知道,自己的身影已定格在周庄的历史中。现在,人们说起周庄,都不会忘了他这个重要的周庄人。以后的许多年里,会有越来越多的人,品味着他创作的这一曲绝唱,给这个从中原来的周庄人的故事,渲染上浓厚的传奇色彩,去讲述、流传和猜想。

美,有时无法用语言来形容。没见过这么美的书。书的封面用进口牛皮纸制作,大块空白,中间只有用手工贴的一张做成邮票样的周庄的水墨画,邮戳内有书名,人看了都会好奇地去摸摸,感受一下是否真的邮票。书的封面是活的,好奇地除去牛皮纸的外衣,就露出蓝地白花的内封和封底,就似穿着印花小衫的一个秀女,那样古典、秀雅又略带羞涩地站在你的面前。扉页是一幅水墨画,近景的一半印在透明纸上,远景则印在下一页纸上,画面有极强的纵深感。整本书潺潺流水般的文字中,都插着周庄的水墨画和素描写生,令你似在水上游、画中行。为书配画的画家杨明义,也是与周庄有着极深渊源的人,台湾著名美术家何情硕曾赞其"为水乡写境空蒙迷离,令人醉倒"。有这样淡雅的画作为背景,更彰显了绝世美文之美。2008年,《绝版的周庄》获评"中国最美的书",并被德国国家图书馆永久收藏。这一曲绝世佳音,代表着中国的古典秀雅之美,缭绕在更广阔高远的殿堂。

听着,品味着,这应是一支婉转的江南曲调。可是,仔细品来,丝竹悠扬中,却也能听到高亢的弦音。今年,剑冰先生所作《吉安读水》被刻碑立于白鹭洲上,成为他的第二篇刻碑之作。《绝版的周庄》似与这篇作品有异曲同工之妙,即都是在清雅淡然的叙述中,渗透出一种更深邃深刻的思想。周庄,就像一块飘浮的活化石,有着浓缩的历史。是《绝版的周庄》,拂去化石上历史的尘封,探寻着她数不清的远古回音,抒发着喧嚣世界中一段固化了的怀旧情绪,演绎着她的神秘、她的倩丽,她的一颦一笑,用封面上那枚小小的邮票,寄到那么多水波荡漾的心灵深处。一曲悠扬,演奏着周庄的神韵,却也传递着所有江南水乡的神韵,这神韵,是周庄的,是江南的,也是中国的。她所展示给世人的,是中国的江南水乡。

这是一曲怎样的绝唱?古朴、秀雅、端庄、婉约、迷离、梦幻、大气、悠扬,她带着古代的神韵,着蓝地白花的秀衫,托着久远的向往。再一个九百年之后,她依然会以今日一般的绝世之美,悄然流芳。

(原载2010年1月28日《光明日报》)

绝版的文字

赵 炜[①]

就如梭罗的瓦尔登湖、川端康成的伊豆、沈从文的湘西一样,王剑冰先生也有他的周庄。他的《绝版的周庄》《水墨周庄》等系列散文堪称绝版的文字。对于周庄,我想他是倾注了真挚、深沉的激情,因而,周庄,这个江南第一水乡,其风姿与灵魂在他的笔下,那样优美而舒缓地铺开在人们的视野里。

王剑冰的眼睛是有着很深的穿透力的。他不仅细腻温情地描摹着周庄秀丽的容貌、别样的风情,而且从周庄的水、油菜花、石板路、小船、明清遗留的门窗等这些特有的景致身上,去呈现周庄的活力与温婉,去探究周庄昔日的文化底蕴。他如一个痴心的恋人,留恋徘徊于周庄的各个角落,倾诉心底的私语;他又像一位考古学家,在一个个旧物身上,去考证它们曾经的光灿。他在历史与现代的对接与承续中,细细抚摩周庄特有的脉络。他最终以一个作家的激情与责任,把内心的惊喜与感触诉诸笔端,令读者从中获得了巨大的审美愉悦与强烈的共鸣。这也正契合他所提倡的散文观念:"地理散文写好了,便是带领读者进行一次心灵之旅、欣美之旅。"

比如在《周庄的蓝》中,他的眼光停留在乡间喜爱的蓝花布、织花纺布的作坊、祖母一样的老人、一个叫蓝的女子身上,去体察周庄的种种蓝,得出"蓝色调,其实就是周庄的色调"的结论。蓝,代表着纯净、淡泊、辽远、开阔等基调;蓝,是周庄生命的颜色,跃动着生命的激情。其实,周庄最打动人心的,还是它特有的文化魅力。王剑冰先生将这一点深深地融入所见所思中,并达至其境、其情和鸣的境界。因而,他将周庄的蓝写得清畅、纯净,静静地散发着生命的幽

[①] 赵炜:作家。

香,放射着哲思的光芒。

情感的力量使王剑冰先生的周庄系列散文质正而文美,其风格,其情韵,一齐融进读者的心里。《绝版的周庄》一文的开头两段是一种深情到极致的文字:"我真的不知道,你在那里等我,等我好久好久。我今天才来,我来晚了,以致使你这样沧桑。"他以无比怜惜疼爱的心情,以无比仰慕向往的动情,呼唤着周庄,拥抱着周庄,似乎他与周庄神交已久,有一种地老天荒的沧桑况味。他把周庄比喻为一位江南的古典秀女,怜之惜之,他更爱她的古朴与别致、端庄与内涵。所以,他以喷薄的才情、诗性的文字,把周庄的人、周庄的夜、周庄的雪、周庄的梦等,都抒写得那么可爱、那么灵性、那么脱俗与超然。他的情感已与周庄深深地融为了一体。绝版的周庄,是无法翻版与模仿的,同样,王剑冰先生对周庄抒情展怀的文字也是绝版而无法模仿的,仅从这一点来讲,他就是幸福的。

贾平凹先生在一篇评说王剑冰的文章里说道:"作家成熟,写作进入一定层次,文章愈进入了漫谈和杂说,随心所欲,无章无法,可读后却觉得每一句都是作家自己的生命体验。"可以说,王剑冰先生笔下的周庄,句句都是轻松漫谈式的,不仅令人感到亲切,更觉出浑厚与鲜活。那是他智性光辉的烛照,字字浸透生命的体验。"没有人能数得清纺车转动的圈数,但它却搅动了人生的年轮。""她银白的发与手中的线幻化在一起,让人想到生活走过的痕迹。""三毛离去时最后亲了亲黄黄的油菜花,那是周庄递给她的黄手帕。""一只只船儿,是周庄摆放的鞋子。鞋子多半旧了,沾满了岁月的征尘。"这样散发着最朴素的底色的浑厚的文字,在周庄系列散文里实在太多了,不时地激起读者心灵深处的回旋。

王剑冰先生谈到他在电视里第一次见到周庄的画面,心里就十分向往它,"周庄,周庄,就像一个周姓的女子,端庄地留在了美好的记忆里"。对远方的向往,实际上是对精神原乡的呼唤。远离尘嚣,暂时卸下生活的重负与缠身的俗务,王剑冰走向了周庄,亲历了周庄,去实现他的精神追索。其实,我们走过的岁月,只是历史河流中的一程,但我们始终向往着、希望着,因为生活在远方。这种精神的追索,使王剑冰的文字显示其深刻而大气的一面。他写周庄的一块石板、一株小树、一只灯笼、一幢老屋、一道流水、一缕阳光,无不呈现出宁静和谐的韵致,其实与他的精神走向是合拍的,带有深厚的哲学意蕴。

我是慕名来南充的

张　驰[1]

　　雨说下就下来了
　　最初是一滴一滴的
　　再抬眼的时候
　　整个古城都是这般润润的了

　　满街的石板路湿了
　　像刷了一层桐油
　　打伞的女孩
　　像飘逸于多少年前的哪个角落
　　一个个幌子
　　招扬着早晨的新鲜与迷离
　　两千三百年就在这新鲜迷离中过去了

——王剑冰《阆中》

　　著名作家王剑冰一篇《绝版的周庄》让周庄古镇成为闻名遐迩的旅游胜地。而在他笔下,南充的美景和悠久的历史,同样充满着无比诱人的魅力。2010年,当他不远千里来到南充采风时,静静地欣赏着蜿蜒流过的嘉陵江,他顿生灵感,连夜写下了赞美南充美景的散文《南充二题》。

---

[1] 张驰:《南充晚报》记者。

慕名而来　欣赏南充山水

在当年赴南充的中国散文名家采风团中,身在河南的散文名家王剑冰最早一个抵达南充。在他下榻的宾馆里,记者对其采访时,形象儒雅的王剑冰开口便说:"南充的美景别具风韵,蜿蜒的嘉陵江绕城而过,于山清水秀中掩藏着厚重的历史文化底蕴。我是慕名来南充的,这里不仅是名人伟人的故乡,也是一座别具韵味和魅力的城市。"

接下来的几天采风,无论是到蓬安,还是参观陈寿万卷楼,他都爱用相机记录下自己心仪的风景,并用笔记本记录下自己的每点感动。特别是在阆中古城和陈寿万卷楼,他驻足观看景点的碑文,阅读历史资料,并向同行的南充文学界人士详细了解这座城市的历史传奇。

据记者回忆,王剑冰当时站在陈寿万卷楼的围栏处,久久地向山下凝望,似乎在寻找着灵感。他说:"我没有想到,此次南充之行会给我带来如此多的惊喜,这里的山水风情让我太兴奋了。"

了解历史　感受无穷魅力

"阆中古城贡院和大片的古民居建筑,给我留下了深刻的印象。"王剑冰说,阆中古建筑保存如此之好、面积如此之大,在全国都很少见。而这座有着"春节文化之乡"美誉的古城,更是充满了古朴之美,以及传奇的神韵。

"阆中与我去过的周庄相比,不仅山水绝佳,更有着一种周庄无法比拟的历史厚重感。"在当地观看贡院"跨龙门"表演时,王剑冰对同行的文友说,阆中不仅具有厚重的人文历史,同时颇具民俗风情。譬如,原汁原味的山歌和民俗表演,现在在一些地方都很难看到,而这些恰恰是大家最感兴趣也最具地域特色的东西。

当年采风时,王剑冰与众散文名家夜宿阆中江边,观看皮影表演,并即兴乘船游江,兴致很高。在现场,他们也忍不住即兴跟唱歌曲,让人感受到浓浓的浪漫气氛。

连夜创作　撰文赞美南充

特别让人感动的是,在采风期间,王剑冰难以抑制创作冲动,连夜写下了《南充二题》的散文。文章中,他把阆中的山水美景与蓬安的司马相如文化融入笔端,描绘得生动而韵味无穷。

"很多动人的东西需要及时用笔记录下,如果当时的心情一过,激动也就散了,文章的感染力会减弱。"谈到连夜创作,王剑冰告诉记者,南充不仅给他留下了"山水城市"的印象,还有很多很多南充人未曾捕捉和感受到的历史人文风情。

面对一座古砖铺就的城市,几千年来掩藏于巴蜀秀美之地,王剑冰用力透纸背的文字和穿越历史的眼光,把这座城市细细品味。

之后,王剑冰南充之行所写的文章被刊用和选到书籍中,为全国众多读者所喜爱。于是,南充这座山水相依、古朴的城市被更多人所熟知,也有更多的外地友人来南充游山玩水。而王剑冰本人对此也充满着欣喜,他说:"其实,南充之美并非一篇文章可能尽述,而需要游人细细品味,正如我写《绝版的周庄》所说,千人眼中南充有千种风情。"

读王剑冰《绝版的周庄》

梁星钧[①]

徐志摩《再别康桥》云:轻轻的我走了,正如我轻轻的来;我轻轻的招手,作别西天的云彩……悄悄的我走了,正如我悄悄的来;我挥一挥衣袖,不带走一片云彩。王剑冰老师的《绝版的周庄》,也有一种同样的"轻""悄"之感。

作者把周庄喻为隔世多年的江南秀女,所以见她的脚步是轻轻的,生怕惊醒了这位纯秀女子的安静。作者先对这位代表周庄的秀女做了番素描:粗灰上衣,白裙(缀以红白相间的小花和绿柳),清水的肌肤,腰佩双桥之钥匙,半开半闭的双眼,斜阳照她肩头。这是名不虚传的古朴秀女,全然一副幽静之态。故"我"轻呼着你的名字来了,却来晚了。你已有了迎来送往的很多经历,所以有了倦怠和无奈。

该文以静入笔,角度是轻巧的,方式是奇特的,见周庄,也就是见美女。其幽静而古朴、水墨画般的人事图景,是他们的共性特征。其韵,可谓意味深长。

文章分三部分。前为走进周庄,写周庄的白天,表达对周庄的渴望、仰慕和思念,犹如对一位古典美女的怀恋,只恨自己姗姗来迟,惊喜于周庄的一些变化,却又担心这些变化,怕变化太多丢失了自然古朴的真容。后为静观周庄,写周庄的夜晚。"我"没睡意,周庄毫无嘈杂烦闹,故不打扰其宁静,只独坐桥头静观,为周庄守夜。晚上的周庄,亦如这位白天的秀女,早早地睡着了。睡在微微荡漾的水上,水为床(动荡是变换姿势),船为鞋(鞋旧有征尘)。"我"为周庄守夜,即为这位心爱的美人守夜。"我"同样只能是轻轻地、悄悄地、静静地,生怕扰其宁静,故与之保持了适当的距离。美女睡得香甜,周庄的夜很沉。"我"与

[①] 梁星钧:作家。

桥头的樱花一起陪这位熟睡的古典秀女周庄,一起沉醉在这个静谧的夜晚。

作者没有平面地写周庄,而在"走进"和"夜观"之间插入了周庄的过往,间入了两张名片。一张是历史人物沈万三,这是周庄史上的名人骄子。虽说史迹已去,但不乏财富的后继代表:颇负盛名的富贵企业和周庄合作,正在举办"富贵茶庄"奠基仪式。长发飘逸的女郎代表富贵茶庄,短发女子代表周庄。这使富贵、茶、周庄、女子在春雨中格外亮丽。一张是三毛,她走遍了世界各地,啥没见过,唯独深爱上了周庄(一来即哭,没日没夜地唠叨,吃不完的周庄小吃,最后是哭着走的)。前为周庄的经济文化传承,后寄作者对周庄的深深思念。

这是一种综合的笔法,也是一种凝练的意境。

现在风景游记难写,难就难在难逃导游解说词的窠臼。王剑冰先生这篇散文的视觉是独特的,不是常用的走走看看再穿插些历史人文情理,而是远观和高瞻,纳周庄万物于胸中,做了整体的构思和描图,将之形象地喻为一美女,白天观其形,近前去亲见,夜晚观其眠,感其幽静和古朴,领其静美之中凝含的人文,这样的把控、描画和赋神,揭示了周庄鲜为人见的一面。同时这篇散文的手法是多样的,综合了比喻、拟人等,不见痕迹的流露,致使我们分拆起来都不易。散文语言是诗性的。诗是文学的最高表达形式,所以,好的散文也是诗。

当然,对于一篇散文的旨趣表达,我们可以从多角度、以多种方式去考量和理解,甚至可超出作者的原意本意,再说,一篇好的艺术品,必定是意境含蓄而深蒙。这牵涉一个问题:艺术品的主旨到底明朗直白些好呢,还是耐人寻味点儿好? 我想大多数选择后者。这也是我们从本篇的阅读中得到的体会。

有人说本篇表现了作者对周庄自然景观逝去的担忧,因文章里说"有人说,周庄是以苏州的毁灭为代价的""是的……苏州现代得多了""然而,霓虹闪烁的舞厅和酒楼正在周庄四周崛起。周庄的操守能持久吗?"这些都表现出作者的担忧。我认为这也确为我们现今旅游文化建设的难点。不打造和建设人文景观吧,旅游热及相应的经济文化效益上不去;过于打造和建设吧,又恐失了真貌原貌。这是一个两难选择,"恰适"二字难写。可见作者对周庄保持古朴幽静的自然景观寄予了厚望。

作者心静而神清,故才闻到了一股股沁心沁肺的幽幽长长的斜风细雨滤过的纯净而温润的油菜花香,这些香气与周庄的梦境交织。同是写一个地方的自然景观和历史人文,但效果有分野。这就是因为理解与进入的角度不同。本篇的基调是静静的、幽幽的,以第二人称之呼唤,我轻轻地来,悄悄地看,幽幽地静观和感受。作者以这种轻、悄、静、幽,传递出一个重要信息:我们最好不要惊扰和打破周庄的原始古典之美。作者所表现出的心绪及行动也是诗意的,画面感强,一切都朦胧而幽远。作者用此角度,以近之、惜之、悔之、惊之、叹之的姿态,全方位调动起自己的感觉、视觉、嗅觉和触觉,以精美凝淡的语言来写诗作画,暗寓一种浓浓淡淡的情愫,传递出一种似远似近的微妙信息。作者取题为"绝版",而事实上周庄有变,还难免再变,这是否寓含着作者一种特殊的深意呢?我们的许多历史文化景区也面临着同样的问题及生存考验,我们研读这篇《绝版的周庄》,也许会得到一些答案。

理想生活的理想状态

——《绝版的周庄》赏析

陈洪金[1]

江南小镇周庄,被誉为"中国第一水乡",在文人墨客的笔下,它古朴的建筑、清澈的河水、座座相连的小桥,曾显得那么多情,而在散文家王剑冰的眼中,它更是成了一个江南的秀女,有着迷人的韵致。

在《绝版的周庄》中,作者采用抒情化的诉说方式——第二人称"你",而且周庄从一开始就不是一个刻板生硬的地理名词,而是一个古典、朴素、纯洁的女子:"粗布的灰色上衣,白色的裙裾,缀以些许红色白色的小花及绿色的柳枝。清凌的流水糅成你的肌肤,双桥的钥匙恰到好处地挂在腰间,最紧要的还在于眼睛的窗子,仲春时节半开半闭,掩不住招人的妩媚。"如此下笔,使《绝版的周庄》具备了人的灵性,在阅读中给了我们亲切的想象空间。

散文的特点之一,就是通过对具体事物的文字描述,表达作者最深沉的真情实感。在王剑冰眼里,周庄已经不再是一个陌生的风景名胜,而是一个神往了多年的好友,"我真的不知道,你在那里等我,等我好久好久。我今天才来,我来晚了,以致使你这样沧桑"。由于周庄与作者在心灵感应上贴得很近,寻常意义上的"游山玩水",在这里已成为了朋友之间一场早已约定的相会。有了这样的感情基础,作者在周庄的第一步便不再是庸常游客的东张西望、拍照留念,而是用心地去体验,去品味,去聆听,然后用最深沉的爱去倾诉。当然,爱是需要印证的,作者的高明之处就在于,他没有光凭着自己的一腔热情去讴歌和赞美周庄,而是记录了另外一位著名作家三毛对周庄独特的爱。"三毛是哭着离去

---

[1] 陈洪金:著名作家。

的,三毛离去时最后亲了亲黄黄的油菜花,那是周庄递给她的黄手帕。周庄的遗憾在于没让三毛久久留下,三毛一离开周庄便陷入了更大的孤独,终于把自己交给了一双袜子。三毛临死时还念叨了一声周庄,周庄知道,周庄总这么说。"不仅作者深爱着周庄,而且像三毛这样真性情的人更是深爱着周庄,大千世界中的千万众生,同样也会爱上周庄。在点与面的延伸叙述中,周庄的迷人魅力被渲染到了极致。

周庄,这个江南水乡的代表,始终是有生命活力的。一方面,文中所描写的景物,有着明显的动感,比如:"周庄睡在水上。水便是周庄的床。床很柔软,有时轻微地晃荡两下,那是周庄变换了一下姿势。""忽就闻到了一股股沁心润肺的芳香。幽幽长长的,经过斜风细雨的过滤,纯净而湿润。这是油菜花。早上来时,一片一片的黄花浓浓地包裹了古老的周庄。""轻微地晃荡两下""包裹"这些好似随手拈来的字词却在不易觉察到的动感之中散发出周庄独特的生命气息。另一方面,与此相应的还有宁静:"周庄就早早睡了,是从没有电的明清时代养成的习惯?没有喧闹的声音,没有电视的声音,没有狗吠的声音。""坐在桥上,我就这么定定地看着周庄,从一块石板、一株小树、一只灯笼,到一幢老屋、一道流水。这么看着的时候,就慢慢沉入进去,感到时间的走动。"这样宁静的背后,作者是在暗示周庄人的一种生活状态,周庄在匆匆忙忙的现代生活中,始终保持了自身的从容不迫。从周庄的夜色里,文章为我们勾勒出了理想生活的理想状态,现代人对美好生活的向往自然也蕴含其中。

品读《绝版的周庄》,总是让人不由自主地想起苏轼的《后赤壁赋》。同样是写景散文,《绝版的周庄》体现出了一种温暖、柔软、忧伤的气息,而《后赤壁赋》展示的则是清冷、寂静和伤感。《绝版的周庄》通过对周庄的体验,侧重于通过内心渴望的贴近与实现,从理想生活的角度抒发了对周庄的赞美;《后赤壁赋》则寄情山水,通过山水的清冷与作者内心的苦闷之间的互相映衬,营造出一种距离感,从而体现个人抱负与现实社会之间的错位。两篇佳作的对照告诉我们,对自然景物的观察与理解,往往是与作者主观的内心世界和所处的社会现状有着紧密联系的。于是,我们现在可以回到对标题《绝版的周庄》的理解上来了,"一千个人心目中有一千个哈姆雷特",同样,一千个人心目中也有一千个周庄。因为周庄承载着作者的个性化感受,成了作者内心感悟与具体现实高度交融之后的产物,所以文中的周庄在作者心目中是不可复制、不可模拟的,这也许就是《绝版的周庄》中"绝版"的寓意了。当然,也不排除"绝版"还有周庄是江南水乡中最后一个还没有被现代城市化进程磨灭、没有被现代工业污染的水乡这样一个含义,那么"绝版"也随之有了社会层面的警示意义了。

(原载《中学生阅读》(高中版)2007年第10期)

水墨点染的风情

——读王剑冰《水墨周庄》

梅玉荣[1]

就像作家沈从文与凤凰城紧紧相连、歌手腾格尔与内蒙古大草原息息相关一样,一看到"王剑冰"三个字,我就会自然联想到一个无比温婉的名字:周庄。

自从王剑冰《绝版的周庄》问世后,人们便认识了周庄,沉醉于周庄。无疑,王剑冰是周庄的代言人,他深谙周庄的底蕴,用一支生花妙笔,细致入微地描绘着周庄的风景,一点一滴地展示着水乡的神韵。

他的《水墨周庄》曾获第三届冰心散文奖,这是当之无愧的。这是一幅悠然惬意的画卷,又是一盏令人回味长久的茉莉花茶。读这篇长文,感觉有一帧黑白的时光底片,带着略显原始的古朴,慢慢展开,一丝丝苍凉,从字里行间沁出……

他从水写起,写到油菜、瓦片、石头、飞鸟、月亮,不急不缓,娓娓道来,与周庄的"慵懒"特质是相吻合的。他将声音描写得十分传神:"长长的声音跌落进桥下的水中,在很远的地方有了个慵懒的回音。"他写色彩也有神来之笔:"油菜整块整块地铺在大地上,仿佛江南女子晾晒的方巾,又仿佛是一块块耀眼的黄金。"他说石头与水的关系:"也许水就姓周,而石头姓庄。"如此奇妙的说法,令人耳目一新。更绝妙的联想还有:"一个叫庄周的人不就是弄混了,到底是自己梦到了蝶呢,还是自己在蝶的梦里?慢慢地我也快弄混了,我这里说的是庄周梦蝶,还是周庄梦蝶呢?"

他写周庄,并不限于写景,常通过作家独有的敏感与深邃的思索,来传达他

---

[1] 梅玉荣:作家。

对历史、人生、环境等诸多因素的感悟。写到瓦,他说:"瓦总是最后的底线。这个底线没了,生活也就失去了支撑的东西。"写到石,他说:"人都不知老去了多少代,而石头不老。石头就是周庄的证明。"

沉浸,陶醉,读这篇散文时宜配一支古曲,让心静下来,让世界的呼吸慢下来。循着作者的笔触,我们会跟他一起注视那些踏实沉稳的石头,观赏红灯笼晕染出的迷离夜色,甚至细细地观察掉落在地的残碎的瓦片,让目光随着一种叫"白飘"的鸟儿,掠过天空,或者仰望那轮又圆又大的月亮,想象着余光中《乡愁》中的那枚邮票的意境……

青年散文家余继聪曾评论道:"王剑冰是目前中国写周庄、写水乡的高手,尤其是写周庄,可以说是冠绝中国。他的一系列写周庄的散文,遣词造句十分讲究,十分认真,精雕细镂,像加工一件青花瓷,像细镂一件景泰蓝……读王剑冰的散文,如同在江南如烟的雨丝中,如同在周庄的蚕花船中,品一盏泉水煎清茶,看江南杏花烟柳,惬意得很!"

这并非过誉之词,王剑冰写周庄写到了骨子里。在他笔下,小桥、流水、人家、蝴蝶、油菜花等一系列温柔的意象,使读者似乎置身于一个静谧、温馨、浪漫的人间仙境。我们不仅可以感受到周庄细腻的内心,还可以感受到心灵的松懈与沉静。可以说,读王剑冰先生的《水墨周庄》,就是读周庄的一草一木、一山一水,就是读周庄的生命、周庄的灵魂,就是读自己的灵魂。

当你捧读这篇文章时,请用心,把这份水墨点染的诗情画意,从文字中唤出,化成一道值得细品慢咂的视听盛宴。

(原载《高中生之友》2015年5月中旬刊)

阔大的气势　诗性的语言

——《吉安读水》感想

胡刚毅[1]

金秋九月,全国著名作家王剑冰来到吉安创作采风,我有幸陪同参观青原区富田文天祥陵园、文家村,千年古村渼陂古村,净居寺和白鹭洲书院等地,深受感染,为他的谦和、平易近人所深深折服,更为他对事物观察细致、明察秋毫的严谨和执着所感动。数月后,在2009年2月21日《人民日报》的《大地副刊》栏目头条版面上,看到了他的大作《吉安读水》,反复吟读,余味袅袅,不绝如缕绕于心头。深感他的大作有以下几个特点令人拍案叫好:

一曰"大":大气势、大手笔、大内涵。该文不拘泥小花小草、小景小物,起笔就写章水、贡水:"两条水流合二为一形成了更加美丽精致的水叫赣江。宏阔的赣江一路北去,串起了一个个明珠,其中一个闪着耀眼的红、迷人的绿的明珠就是吉安。"开头气势不凡,大开大合,想象力极为丰富。正是"时代矫揉造作,散文必虚情假意;时代色彩单一,散文必清淡寡气;时代生机勃发,散文必豪放磅礴;时代多彩丰富,散文必风景无限"!

二曰"新":新颖、新鲜、新角度。吉安可以写的东西很多,有关"红""古""绿"就写了一沓沓书,还写什么?该文角度新,正是"横看成岭侧成峰,远近高低各不同"。因选择了独特的新视角,泗一点而散全豹。作者"写水",以水为线贯穿全文,以水为突破口,是意外之笔,更是惊人之题,一下把吉安写活了!鲜活干净的文字与簇新多姿的意象,如鲜活水灵的油菜花香,一下让读者们醉了!

三曰"美":水是美的,赣江水润泽太多的两岸是美的,语言是美的!作者在

---

[1] 胡刚毅:作家。

文中追求一种情理交融的雅致的诗性语言,并在抒情中融入理想,在叙述中透露着生命的哲理,既有一种性灵的至纯之美,又有寓于诗情的哲理沉思。文中散发出阵阵浓郁的味道,那是富有韵味的充满美感的诗情,意趣横生又妙不可言。作者把美感当作散文的龙骨,有可读感,有可感性,有韵律的美感,让读者从饱含哲思的意象中品咂出种种美的快感。

四曰"灵":文章充满灵气、灵动。"在白鹭洲上走,茂林修竹,曲径通幽。登上风月楼,青原扑面,风帆入怀……我俯视过吉安的地形图,发现赣江与富水勾勒出的,就是一只振羽而飞的白鹭。"世人见惯不惊的水,在作者笔下灵气四溢,充盈全文。这就使他的文章风格独特,为读者构筑起一个既清新明丽又蕴藉隽永的散文世界,也使他的散文意境如画,语言如诗,精神如歌。

五曰"畅":作者文笔流利、流畅,如行云流水娓娓道来,不急不缓,如春风徐徐而来。"我去井冈山……云涛雾海,朝霞晚艳,狭路迂回,翠竹障眼。黄洋界惊心,五指峰动魄……"作者运用了大量的比拟、排比等修辞手法,增强了语言的表达力度,构成了一种流畅的气势,使语言更富有张力、富有文采,节奏更加明快。文章时而激昂如交响乐,时而悠扬如牧羊歌,时而沉郁如月光曲;有时如草原一般舒展辽阔,有时如大海一般翻涌激荡,有时又如小溪潺潺,一路叮叮咚咚,撒一路流畅悦耳的歌吟。

六曰"深":文章情深意远,看得深,领悟得深,挖掘得深。作者以内在的直观体验去接近事物,以本己的心性去辨析、去感受诗情画意,呈现在本文中就是一种精神气质,一种最需要心灵性的艺术表达,一种自由自适的心境与状态,一种直达事物核心所在的深度。千年古村渼陂可记的东西很多,文人墨客写的也够多的了。作者仅写毛泽东旧居的一副对联"万里风云三尺剑,一庭花草半床书",这正是毛泽东一生的真实写照。作者明了"删繁就简三秋树,领异标新二月花"的诀窍,这是高超的深度写作手法!

七曰"精":庐陵文化博大精深,井冈山精神内涵丰富。林林总总,如何选材?作者写井冈山,写文天祥,写渼陂富水,写欧阳修、白鹭洲、吉州窑、榕树等,都是呕心沥血的精选。作者确实是一个文字的裁缝,进行了大量的筛选取舍,完成了一件较为精致的作品。文章以一种大巧若拙的手法追求精致,而又没有刻意地去制造故事的离奇,也不去雕琢华章丽句,而是以一种朴实无华的文风追求最高境界,打动千百万读者。作者拒绝伪饰与滥情,本真与自然成为他追求艺术精致的最高修辞。

八曰"细":作者观察细致,每到一处,聚神凝眸,照相机不离手,看到新奇的东西立马咔咔地拍。在渼陂毛泽东旧居的对联前,他一看,目光立即被拉直了,左看右瞧,上照下拍,来回穿梭,他慨叹道:"毛泽东选这一院落住下,可见他嗜书如命,白天指点江山,叱咤风云,晚上谈古论今,吟诗论文……"

在文天祥陵园,他见墓后是郁郁山林,前面是小桥流水,远方绵延起伏着重峦叠嶂,酷似一个个跪伏于地的大臣正叩首称服,他观察良久,惊叹不已,说:"卧虎山,名不虚传!真一幅'一水护田将绿绕,两山排闼送青来'的山水画屏。青山有幸埋忠骨,这里的一草一木是幸福的,它们与忠魂永在!"他有一双发现美的敏锐眼睛,善于观察、勤于观察。因为观察细致,写起来就细腻、细密,如毛毛春雨,"润物细无声",不知不觉中感动了人、打动了人。"细节决定成败",此言不虚也!

笔补造化天无功

——王剑冰《洞头望海楼》简评

涂国文[①]

在中国现当代文学史上,以大海为题材的散文名篇,前有现代作家鲁彦的《听潮的故事》,写于20世纪30年代;后有当代散文家王剑冰的《洞头望海楼》,写于2013年。前者以对自然山水的艺术书写取胜,后者以对自然山水的文化思考取胜;前者重在表现对象的自然美,后者重在表现对象的文化美;前者彰显文学品位,后者彰显文化品位;前者跌宕起伏、情景交融,后者笔走游龙、议论风生。二者各有千秋,互为映衬,堪称写海散文的"双璧"。

没有文化的山水是瘠薄的山水。在中国山水文化的审美意识中,自然山水与传统文化有着密切的内在关联。纯自然山水只有进入文化审美的价值体系中,与文化融合、与文化交相辉映,才成为完整意义上的有魅力的山水,即文化山水。文化山水由这样三个层面的审美对象组成:自然山水、物质遗存(亭台楼阁等)、文化书写(诗词曲赋等)。对自然山水的审美,相应表现为风光景物、情景交融、天人合一、文化创建这样几个由低而高的层级。

文以景生,景以文传。滕王阁、鹳雀楼、黄鹤楼、岳阳楼,正是因为王勃、王之涣、李白、范仲淹的诗文,才流芳千古。近年来,当代散文家王剑冰先生为周庄、吉安白鹭洲、郧西天河、洞头望海楼等景点撰写的散文,屡屡被刻碑于当地,亦当代山水文化一风雅韵事耳。以自然山水为书写对象的散文,要把景写好不是一件太难的事情,写景写得好的散文多如牛毛,《洞头望海楼》等散文何以能从万千写景散文中显露峥嵘?笔者认为,堂奥在三:

---

① 涂国文:作家。

一、文化审视。王剑冰先生的散文对自然山水有着一套自成体系的现代文化价值评判和审美评判标准。《洞头望海楼》中,一句"楼在古代不仅是一个地理制高点,更是文化制高点",就使散文对洞头望海楼的解读,站上了一个现代文化审视的制高点。正是在这一高屋建瓴的现代文化视角的统摄下,次第呈现的自然奇观、历史文化、生活场景、山水哲理和人性之美,才浑然成了一个壮阔悠远、丰盈醇厚、流光溢彩、浑然一体的审美客体,并由此生成了一种高迈深邃、直击人心的艺术魅力。

二、结构精巧。《洞头望海楼》具有非常精巧的艺术结构。其一,采用复合型结构。表层的形式结构和深层的文化结构一明一暗,并驾齐驱。表层结构抒写景与史、景与人、近与远、今与古的关系,深层结构则表述一种现代自然山水文化审美价值体系。两重结构蛇行盘曲,交错圆合,形成一种艺术的圆融。其二,骨架匀称,节奏规整,舒疾有致,大气从容。散文景思相生、远近相间,针线绵密、脉络清晰。

三、语言蕴藉。《洞头望海楼》完美地体现了王剑冰散文凝练、诗意、智性的审美特征,可谓字字珠玑。散文在自然山水、历史文化、现实生活和心灵世界中穿梭,神思渺渺,题材如此宏阔,用字却只有1170个,可谓语言凝练的典范。散文语言浸润着一种隽永的诗意,如把日出东海写成"大海正在迎娶朝阳"、把洞头百岛比作"大海呈献的项链,链坠就是富丽堂皇的望海楼"等设喻,就是例证。而散文对自然山水所做的惜墨如金的节制书写,以及对山水文化所做的哲学思考,更使《洞头望海楼》充满着一种智性之光。

没有文化的山水是残缺的山水,而文化,就是那块补天的顽石——这就是王剑冰先生的散文《洞头望海楼》带给我们的文化启迪。

望海楼上读吴越

——王剑冰《洞头望海楼》读札

赵 瑜[①]

在我的记忆里,中国的名楼都在唐诗里,黄鹤楼、滕王阁、鹳雀楼,莫不如此。最晚的岳阳楼,也在宋人的辞赋里。

而如今,又一座名楼在王剑冰的散文里活了:望海楼,东海的风在这里,东海的云也在这里,一座吞下吴越三千里风物的名楼,在王剑冰的笔下耸立起来。读他的《洞头望海楼》,瞬间便被他文字里的涛声打动。

巧合的是,我恰好去过望海楼,吃过洞头的鱼,和施立松一起去的望海楼。楼是新修建的。

站在楼上,看东海的浩大,我觉得,这浩大应该是属于诗歌的,唐诗真好,一句诗便让一座楼永远刻在人的记忆里。而这一次,我在望海楼旁侧的碑刻上读完了王剑冰的美文。

王剑冰习散文多年,擅长借物抒怀。果然,一登上望海楼,他便看到东海的海面,风吹来云,吹来阔大与空旷。他觉得,在楼上看海,海便是一本书。他这样写他看到的大海:"海是如此的浩大,一直扩展到无际的天穹,这样的海与天,才真的是海阔天空。有时海蓝得像一湾油漆,随便一泼,都把洞头泼得鲜艳无比。有时海像中原的沃土,片片鳞块,凝聚着无以言说的力量。""风云漫卷,时光变幻,英雄淘尽,沉舟新帆,海是多么深奥的大书!每一个来看海的人,都会有不同感受。一个阅尽江河的人来到洞头,登上望海楼竟然哭了,对着容千江万河的海喃喃着。在他那里也许觉得过去都是白活了。在大海面前,个人喜忧得失是那么微不足道;登楼望海,会望出一片敞亮,只带走海的深沉与宽广。"

[①] 赵瑜:著名作家。

海是深奥的大书，是啊，吴越所有河流的水都流向东海。站在望海楼上便可以看到，数千年来从吴越大川小溪中汇聚而来的波涛，汹涌也好，澎湃也好，终于成为一本书中一个普通的句子，成为游客们观看的内容。

一个登过山、涉过江的游客，本来以为自己所观看的世界已经足够丰饶，没有想到的是，登上望海楼，所看到的东海才是真正的辽阔，才是真正的深远。大海有足够多的内容将观众的视野拓宽、延伸，让人的心境也随着阅读的海水的宽阔而释然，甚至有了新的人生参照。这是王剑冰在望海楼上的所思所想，他写出来，也就照亮了后来者。

除了风声和海浪，在望海楼上，还可以看到洞头县的全景，看到上百个岛屿的表情，以及农桑繁忙时的喜悦。

望海楼在一千多年前修建，如今的望海楼乃是在旧址上重修。建筑是生命的一种，岳阳楼也是经过不停的重修，才得以保留下来。在重修后的望海楼里，布置了洞头本地的风土和民俗展览，这个渔民建立起来的小县城，因为渔民的勤劳才渐渐兴盛起来。王剑冰的笔下只一句，便将这渔民的生活点燃了，仿佛，我们听到鞭炮声和音乐声："一群帆在眼前划过。洞头民俗专家说，那是开渔节后的出海。帆将海剪开又缝上，海鸟像撒出的鲜花，和云彩一同填满天空。听说，等鱼汛结束，还会举行盛大的迎头鬃仪式。现在的望海楼里就有丰富的民俗风情展示，走进去就像走进海洋生活的会客厅。"

即使在没有这些渔民标本生活展示的旧时，渔民在打鱼回来的时候被游客们站在望海楼上看到，不也是一场又一场迎接他们人生收获的仪式吗？

《洞头望海楼》不仅写了海上的风和洞头的物，还写了一座楼带给人们的暖意，他是这样抒情的："大大小小的岛在云霞间时明时暗。光线掠过龟岩峰、大石滩、仙叠岩、半屏山，洞头百岛像大海呈献的项链，链坠就是富丽堂皇的望海楼。当地渔民说，远远的船上，看到望海楼就像看到灯塔，感到一阵温暖。是啊，望海楼已成为游子心灵的归宿。"

王剑冰一定在洞头走遍了海边的各处景致，才登上了这望海楼。所以，在他的眼里，望海楼成了一粒吊坠，就挂在洞头人的颈上。他如同一个银坊的老工匠，亲手打制了这条项链，如今，他用笔将这条项链送回到洞头来，刻在了洞头望海楼的边上。

（原载《浙江作家》2015年第11期）

不一样的海

——读王剑冰《洞头望海楼》有感

叶明旭[①]

从出生到现在,几乎不曾远离过洞头的那片海。无论他乡还是梦境,海在我熟识到几近模糊的印象里,总如老母一般的沧桑而又静默、倔强而又孱弱。

也许是从脱离了对船的依赖开始,海在我们这代人的眼里,就远不是诡谲凶恶、雄浑壮烈的旧模样了。在现代文明的冲刷下,海更像一个从远古走来的女人,渐渐地扔了大棒、脱了兽衣,围上背巾、系上围裙,用那操劳过度而日显贫瘠的双乳,有心无力地哺育着她的一众儿女。

而在外乡人的眼里,在他们那或短或长,或粗鄙或金贵的镜头里,海又被再度褪去物产的外衣,袒胸露乳、搔首弄姿,一如那欢场卖笑的女子。

生而为海永远的子女,我总在有意或者无意地嫌弃乃至憎恨着她的这一番变化,然而在午夜梦回时,却又常困惑于自己何以不曾留意过她真正的模样。

直至今日,我读到了王剑冰的《洞头望海楼》。

循着王剑冰的目光,我看到了洞头洋上娇羞的朝阳、款款的海风,看到了洞头变幻的天穹、无际的群帆,还有那在东海之巅的望海楼,以及维系在那望海楼上,绵亘一千五百余年的漫卷诗情。原来,洞头的海依然年轻着,还是那样的壮硕、那样的多情,一如传说里的渔村后生,还在迫切地等着迎娶自己的新嫁娘;原来,洞头的海依然丰盛着,还是那样的宽厚、那样的勤劳,一如慈爱的老母亲,正在殷切地迎候着归家的孩子;原来,洞头的海依然美丽着,一如珍藏了千年的古卷,一旦展开,扑面而来的还是那样魅惑的诗情和笑靥……

---

① 叶明旭:作家。

在王剑冰的文字里,我竟读到了与我印象中远不一样的海。

"一个阅尽江河的人来到洞头,登上望海楼竟然哭了,对着容千江万河的海喃喃着。在他那里,也许觉得过去都是白活了。"我不知道,是什么样的天赋异禀,能让王剑冰看见洞头这不一样的海,这不一样的景,这不一样的情。但我知道,在王剑冰登临望海楼顶、远眺洞头诸岛时,在他的心海中泛起浪花的,一定有着和永嘉郡守颜延之、温州刺史张又新共通的心绪,还有宝岛诗人余光中在题写"洞天福地,从此开头"时的无限感慨和赞誉。

我还猜想,在王剑冰提笔写下这篇《洞头望海楼》时,他深邃的眼眸,一定也在回望那"绝版的周庄"。面对那沧桑许久的周庄,姗姗来迟的王剑冰曾经疑惑,太多太多扑来的人及四周崛起的舞厅和酒楼,还能让周庄的操守持久吗?还有宁波的天一阁、郧西的天河、白鹭洲的水,以及那绝无仅有、弥足珍贵的一切美丽,是否都对这车马的喧嚣有了太多的无奈和厌倦?

但是这回望,一定是宽慰并且欣喜的。

是旅游开发的商机,才让海岛居民重新认识了海的价值;也是纷至沓来的游人,才让这沉睡千年的望海楼重新焕发出生机。正如一幅画,要有品、藏、售、赏,才能体现它的品质和意义;正如一片海,要有风、帆、鱼、浪,才能展露它的鲜活和魅力。

"回首再看望海楼,就像一座佛,沉稳,端肃,云烟缭绕,将佛境一点点化开,整个地氤氲在了洞头上方。"在王剑冰的笔下,汪洋恣肆的海渐渐浓缩为一个岛,奇峰突兀的岛渐渐浓缩为一座楼,云蒸霞蔚的楼又渐渐浓缩为一座佛。透过这座佛,泪光中恍惚看见有霞光万道,氤氲着我的家乡、我的海……

感谢王剑冰,让我知道原来我的家乡、我的海是如此不同、如此美丽。

存活在心间的诗意

——读王剑冰《洞头望海楼》

施立松[①]

一些风景,如果读得久了,就会渐渐沦为庸常,沦为熟视无睹。所谓,熟悉的地方没有风景。

望海楼是我时时在读的风景,一抬头,一回眸,它就在经意或不经意间,出现在我的视野里。是的,它据守在洞头岛的最高处,接纳所有目光的询问、抚摸、膜拜,乃至交流。有一天,天地苍茫,雾霾像一道咒语,封缄了尘世间所有明净和空澈,远远地凝望望海楼,心间吉光片羽般地泛上来一句:"回首再看望海楼,就像一座佛,沉稳、端肃,云烟缭绕,将佛境一点点化开,整个地氤氲在了洞头上方。"嗯,是王剑冰先生《洞头望海楼》里的句子,如同一道阳光的箭矢穿透了沉沉的雾霾,直抵人心。或许,这就是文字的力量吧。

王剑冰先生登览望海楼时,我是陪同。那一日,风和日丽,望海楼在蔚蓝的海天之间,衔一片片洁白的云絮,把日月天光润泽过的赭色光芒,一点点揳进蔚蓝里。这蔚蓝,这洁白,于我是寻常的颜色,就如同这望海楼,虽然在岁月中走失多年,此际簇新地站在这天地间,也寻常如外出多时的邻里,重又衣锦还乡。这寻常,其实已不寻常。在雾霾肆虐神州大地的当下,蓝天和白云都成稀罕之物,偶尔一现,便惹来无数惊叹。而望海楼也不寻常,1580多年的风雨沧桑,足以泯灭所有踪迹和印记,望海楼却能凭借一首唐诗,在风烟俱寂中重又站了起来,施施然走回人们的视线里。是以,王剑冰先生说望海楼"是文化制高点,成为畅叙抒怀的审美特指""站在瓯越锦绣百岛俱现、天海宏观一楼独览的望海

---

① 施立松:作家。

楼,襟怀当更为恢廓""这样的海与天,才真的是海阔天空"。

站在望海楼上,四野空旷,风平浪静,浩瀚的大海正用温润的掌心静静地呵护着一枚熔金的朝阳,霞光泼墨似的涂满天际,也涂满海面,望海楼沐浴在柔美温暖的霞光里。我仿佛看见王剑冰眼中闪过一抹惊艳。这惊艳化为文字,是如此深情款款:"大海正在迎娶朝阳,朝阳的目光吻遍望海楼每一个细节。"仿佛望海楼是大海与朝阳捧在手心的孩子,再怎么疼爱都不为过,让与望海楼比邻而居的我,似乎也同承了天地这一份浩荡的恩泽。

海也是我日日所见,涛声和浪涌曾经伴随了我整个童年,五光十色的渔火,曾是我年少时眼中最美的风景。黑夜里,与哥哥挤坐在窗台上,在满港的渔火中,寻找父亲的那艘船,红绿红绿蓝,这一串灯语,简单而俗艳,却是父亲的坐标,找到了,便心安:风口浪尖讨生活的父亲,又一次平安归来了。那时,海在我小小的心里,布满童稚的乐趣,也充塞着无边的恐惧。王剑冰先生笔下,海是一幅浓墨重彩的油画,更是一种饱经沧桑后的智慧:"有时海蓝得像一湾油漆,随便一泼,都把洞头泼得鲜艳无比。有时海像中原的沃土,片片鳞块,凝聚着无以言说的力量。""风云漫卷,时光变幻,英雄淘尽,沉舟新帆,海是多么深奥的大书!"确实,年齿渐长,也能时常体会到"在大海面前,个人喜忧得失是那么微不足道",而"登楼望海,会望出一片敞亮,只带走海的深沉与宽广",应该是每个海岛人登楼望海后,身体里涛声和海风长年熏染出来的渔家情怀被一一唤醒后磊落和坦荡的文字表达。

以为会因熟悉而渐渐消失在心中的风景,却因了王剑冰先生的一支妙笔,重又云淡风轻地走回诗意里。王剑冰的《洞头望海楼》注定是望海楼以文字形式存活在人们心间永不泯灭的诗意,是洞头文化册页里的一枚绚丽辞章。

海阔天空望海楼

——读王剑冰《洞头望海楼》

刘 创[1]

中国人喜欢拔地而起的霸气,连写首诗都要"危楼高百尺",这个"危"不是危险,而是巍峨,为的就是"手可摘星辰"。造楼,自然是为了站得高看得远,气势永远是人类向往的最高境界。现代城市里几十层上百层的高楼,在密集的黄金地段上聚集了蚁穴般的高密度的办公和生活区,那是人类的物质需要,而在地广人稀的广袤天地间也要突兀地建上几座,这就是人类的精神需要了。比如普通人只需在海边走走,退潮时摸几只甲壳类的海洋生物,惹几声欢笑便算是与海亲近了一回,而偏偏有人要登高一呼,发望洋之兴叹才算过瘾,于是,"天风振袂上危亭""一千五百年前,永嘉郡守颜延之一来洞头就被美景陶醉,随即在岛上筑楼,以望东海"。于是,读王剑冰的《洞头望海楼》,"气吞吴越三千里,名贯东南第一楼"。雄浑笔意,绵长史思,便在这不长的小文里如水涤尘,把一个霸气的望海楼,糅得硬挺挺又绵软软,刚柔并济,登斯楼也的急迫之情,原来可以仅在一篇文字里,就沉淀成宁静可触的情感需要,一楼一海,一山一船,无论历史走出了几番轮回,终是还要回到这楼上,望一望,叹一叹。远远的,那楼是望夫归的村妇怨,也是盼丰收的渔海情,望海,一望就是几百上千年,人望得累了,让这楼,替人守着期盼。

"楼在古代不仅是一个地理制高点,更是文化制高点,成为畅叙抒怀的审美特指。""筑楼与造塔的意义一样,都是为了某种寄托与信仰,所建却有一个根基,比如大雁塔于西安、黄鹤楼于长江,根基就是厚重的文化历史。那么望海楼

---

[1] 刘创:作家。

的根基呢？该是博大的天然造化。"王剑冰的字像这楼一般厚重里透着淳朴。若是没有楼，中国的海洋文化里就总感觉缺失了一些什么纯粹艺术渴望中的满足，这让很多记忆和联想都过于苍白，似乎连胡思乱想的念头都站不稳脚。楼是一片海的脊梁，也是海拔高度上的铭记，是烙印，在心上，一旦贴敷了就再也撕不开、扯不掉，这海就有了魂，有了名胜，也有了归程的指向。"光线掠过龟岩峰、大石滩、仙叠岩、半屏山，洞头百岛像大海呈献的项链，链坠就是富丽堂皇的望海楼。当地渔民说，远远的船上，看到望海楼就像看到灯塔，感到一阵温暖。是啊，望海楼已成为游子心灵的归宿。"在思乡意义上，海永远不需要灯塔，一座楼，足矣。

望海楼是哲学意义上的客观存在还是仅仅为一种生理需要？答案似乎一直依稀着，也似乎永远不必说清，你只需要知道，它在那里，一直。这就够了，望海楼的沉稳不在于有多大的名气、多大的排场，它只是在一篇文字里悄然自重，不怒而威，最难得的，是它的安静，不与天下名楼争雄伟、争名望，夫唯不争者而莫能与之争，望海楼就是这样淡然出世，甚至连世俗的争一争，都免了。免了就免了，它不动声色地就成了神，藏愚守拙地甘于寂寞，偏偏越是这样，越占了望海人的心。它让所有的望海人都明白，恪守淡泊，才是海的精要，才是最彻底的自我确认。

王剑冰的字不长，轻手轻脚又淡淡爽爽。文字是不需要太精雕细刻的，太精致的文字反倒失去了诗意，"不敢高声语，恐惊天上人"，如此直白简浅才是高深的好诗，望海楼想必也不希望太多的人用太多烦琐华美的文字给它的雕梁画栋再做修饰，它要的，是默默地耸立着，作为一种纯粹理想化的符号，在海边，站着，"就像一座佛，沉稳，端肃，云烟缭绕，将佛境一点点化开，整个地氤氲在了洞头上方"。

望海楼，和这篇属于望海楼的文字，其哲学意义就只有一个：想家了，望望海，望望望海楼。楼在哪个方向，哪个方向就是家。

绘入仙境的望海楼

——读王剑冰《洞头望海楼》

戴婉贞[①]

头枕波涛,身披日月,望海楼,它屹立在东海之滨已逾千年。有人形容它"气吞吴越三千里,名贯东南第一楼",它更是以一千多年的高龄一跃成为"中国名楼"。这段历史的开启者是永嘉郡守颜延之。一千五百年前,他到洞头"一望",就被美景陶醉,随即在岛上筑就望海楼。过后四百年,温州刺史张又新心中的"一望",将望海楼"望进"了《全唐诗》。而今,王剑冰到百岛洞头"一望",便用简短的一千多个字将望海楼"绘"入了仙境,如此传神、如此温暖、如此唯美。

都说人容易忽视身边的风景,生活在洞头三十多年,无数次远望望海楼,虽有意会处却始终无法言传,王剑冰却说"站在瓯越锦绣百岛俱现、天海宏观一楼独览的望海楼,襟怀当更为恢廓",便如同顾恺之的"点睛之笔",寥寥数语便烘托出了望海楼得天独厚的优势。正如他在《洞头望海楼》一文中所写的:"那么望海楼的根基呢?该是博大的天然造化。中国幅员辽阔,真正意义上的名楼并不多,真正意义上的望海楼也许独此一座,难怪有人说'气吞吴越三千里,名贯东南第一楼'。"

王剑冰写望海楼,不局限于景物描写。他以虚实结合的方式写下了两个小故事。一个阅尽江河的人来到洞头,登上望海楼竟然哭了……几年前,台湾那里来了位矍铄老者,四下里走,不停地看,兴奋而惊喜地念叨"洞天福地,从此开头"……在他的笔下,望海楼不只是一处风景,更是有温度的一处标识,是"游子

[①] 戴婉贞:作家。

心灵的归宿"。

　　许多人都说王剑冰的散文语言是美的个性的语言,不论是叙事散文、抒情散文,还是历史文化散文、山水游记随笔,语言都是那么清新朴素。他在《洞头望海楼》一文中的语言也是美感十足。他说:"洞头百岛像大海呈献的项链,链坠就是富丽堂皇的望海楼。"在结尾处,他更是将望海楼比作一座佛,"沉稳,端肃,云烟缭绕,将佛境一点点化开,整个地氤氲在了洞头上方"。王剑冰以他细腻的笔触、富有灵性的想象,将望海楼绘入了仙境。

　　如果你曾经到过望海楼,或许王剑冰的《洞头望海楼》会勾起你许多美好的记忆;如果你从未到过望海楼,或许你真应该带上这篇文章到望海楼"一望"。

楼上的散文

李丹崖[①]

从《绝版的周庄》开始,我读王剑冰先生的散文已有些年头。总觉得王剑冰先生的散文在境界上高出一般写作者一筹,设若散文创作是一座楼台的话,他的散文总是建在高山上,气韵深蔚,清绝出尘,有淡淡的香火气息。

《洞头望海楼》是我在《人民日报》的《大地副刊》上读到的,看完第一段,洋洋洒洒,大笔勾勒,人物"我"的出场,坐标系的定位,"海的声音传来,灌得满楼都是",一个"灌"字,足见气势,望海楼俨然一条隧道,被海的声响敲击得轰然作响,这是声感十足的文字,第一时间冲击你的感知力。紧接着,"清爽潮湿的风猎猎入怀,那是海送来的问候",看得人额头似结露珠,裙裾似有湿意。

好文字总有一种力量,三两字,传情达意,不必饶舌,毋庸赘言。

散文的视角很重要,如果说第一段是近景的话,那么,第二段就是大全景了。苍茫的日出,既言明了时间概念,又宕开一笔,把人的注意力拽到了邈远的时空,时间与空间总是你中有我、我中有你的,空间点明之后,王剑冰先生把我们带到了"一千五百年前",永嘉郡守颜延之出场,他是"望海楼之父";温州刺史张又新出场,他是望海楼的"宣传部长",一句"天风振袂上危亭"把望海楼录入了《全唐诗》。

人制造建筑,是人的功绩;建筑遇见人,是建筑的幸运。望海楼很幸运,岁月让它遇见了生命中的贵人,这贵人当然也包括王剑冰。

无论是楼,还是塔,发起建造它的人都有某种独特的情愫在里面,要么是虔诚的信仰,要么是镌刻一段历史,要么是祭奠一段时光。望海楼的诞生与矗立,

---

[①] 李丹崖:作家。

在王剑冰先生看来,都有其独特的人文意义。望海楼与世间的诸多"它建"一样,亦是"地理制高点,更是文化制高点",也是人们心中瞭望潮平海阔的一座灯塔。

喧嚣千年的海水涨了又退,退了还涨,望海楼就立在那里,记录时光,也是一种邀约,邀请达官显贵,也邀请文人墨客;邀请海上渔夫,也邀请普通游客。楼是一张请柬,在邀约日出,见证海上生民的"日出而行,日落而返",也见证了时光流变下,人世变迁。

在王剑冰的笔下,望海楼是一副圆规,以此为基点,沿着海岸线画圆,于是乎,龟岩峰、大石滩、仙叠岩、半屏山,洞头百岛纷纷入怀,乡情与故园气息也借由此楼,一次次撩拨着远行人的神经。

怀旧何以寄托,恐怕对于在望海楼边生活的人(或者说是以望海楼为文化地标的人)来说,望海楼就是一种维系。王剑冰先生,就是把这种维系、这枚纽扣打磨得如此光鲜的人,甚至可以说,他是这枚纽扣的精湛雕工者。文字是他的刻刀,视角是他的针脚,思路是他的线。密密而缝,于是,一件鲜亮的文字披风加在你身上,也在无形之间温暖着读者的心灵。

借楼说文,我更喜欢把王剑冰先生的散文看成是"楼上的散文"。

去洞头看楼

周 莹[1]

洞头,一个熟悉的名字,一个遥远的地理位置,它早已刻在我的生命里。那里,有蔚蓝的大海,有飞翔的海鸥,有传世的文字,有威武的古楼。

洞头的楼,称为望海楼。我在天涯,望海楼在海角。我和望海楼之间的距离,可以称得上千里万里。

去洞头看楼之前,我脑海里已经有了望海楼的模样了。望海楼这副清晰的模样,来自散文大师王剑冰老师的文章《洞头望海楼》。这是他 2014 年 1 月 15 日发表在《人民日报》的《大地副刊》上的作品。我阅读这篇作品的时间是在一年零两个月后的某个午后。

读完这篇望海楼的文章之后,我忘记了湖北的黄鹤楼,也记不得湖南的岳阳楼了。唯有浙江洞头的望海楼,成为我记忆的原野上一枚醒目的古楼标签。站在黄鹤楼或者岳阳楼上,都是看不到海的,只能够看江。世间古楼甚多,唯有古色古香的望海楼,可以看到海的辽阔。海是江的融合,楼是房的回归。楼和海之间,仿佛是一座雕塑不可分割的左膀右臂。一旦分割,就失去了应有的生命。楼和海之间,又好比一对深情相拥的恋人,互相对视才会溢出真情。于是乎,楼和海之间的休戚与共,有了一种神秘的诗性,有了一层浪漫的微妙,还有了一份大气的唯美。

我从《洞头望海楼》这篇散文中,看到了望海楼多重境界的美。"大海正在迎娶朝阳,朝阳的目光吻遍望海楼每一个细节。"这样的望海楼,美得有动作。"一个阅尽江河的人来到洞头,登上望海楼竟然哭了,对着容千江万河的海喃喃

---

[1] 周莹:作家。

着。在他那里,也许觉得过去都是白活了。"这样的望海楼,美得有感情。"当地渔民说,远远的船上,看到望海楼就像看到灯塔,感到一阵温暖。"这样的望海楼,美得有慰藉。"望海楼已成为游子心灵的归宿。"这样的望海楼,美得有灵性。"登楼望海,会望出一片敞亮,只带走海的深沉与宽广。"这样的望海楼,美得有视野的深度。坐北朝南的望海楼,是永嘉郡守颜延之的"杰作"。他筑楼就是为了观海。这样的望海楼,美得有历史的厚重感。

洞头的望海楼,是一座静默的楼,静默得有了人情味;一座威武的楼,威武得有了庄严的肃穆;一座历史的楼,历史得有了深层的文化品位。面对这样的楼,还能无动于衷不去看看吗?千山万水、千辛万苦,也阻挡不住看楼的心。

站在望海楼上,大海的美景,欲穷千里目,更上一层楼的高度,熏染着游人的嗅觉和视觉。游人可以抬头看蓝天白云,低头看沙滩浪花,再次平望,远处是辽阔无垠的大海,回头呢,则是洞头县的全景。楼房、街道、行人、车辆,视野开阔,一览无余。

气吞吴越三千里的望海楼,将会成为人类心中的一座佛雕。它不仅耸立在情感世界里,也应该耸立在精神世界里。它让众生的精神生活有了一种导向,追求旅游休闲的思想占领了生活的主要频道。它让众生的灵魂趋于一种辽阔和光明的层面,愿意抵达一种超然的境界。看了望海楼的人们,思想有了较大的转变,从关注内心,走向关注自然,从注重自我,走向注重他人,从传递温暖,走向播撒关爱。

从《洞头望海楼》这篇文章的描述里,我看到了望海楼的另一层寓意。

望海楼,人类的眼睛,洞察自然与宇宙的和谐;望海楼,大地的阶梯,延伸渔民的生活,引领迷茫的心灵,让他们再次吐露心灵的花朵,绽放生命的芬芳;望海楼,眺望未来的窗口,从中感悟活着的真谛,摒弃无为的劳顿,认识旅游的情趣、休闲的乐趣、审美的妙趣。

看楼,我想去看楼呀。

我想去看楼的愿望,越来越强烈了,强烈到有一股无形的力量,在我的胸腔里忽左忽右地冲撞着心扉。《洞头望海楼》一文中所呈现的楼,美得无与伦比。我想象着某个清晨登上望海楼看海的情景:晨曦的微光,轻轻地从海里蹦出来,像一匹明洁的丝绸,映照着望海楼。碧波荡漾的海水,舞动着绚丽的朝霞,静静地流淌着。一圈圈细白的浪花,敲打着出航的渔船。阳光稀稀疏疏地洒在海面上,似乎有几十万个小酒窝,在海面上回旋。每一圈波纹,都像一根轻柔的琴弦,等待望海楼上游人们的指尖慢慢滑过。

倘若,能在炎炎烈日下,登上望海楼,看一眼海,那一个"爽"字,简直无法形容。洞头的望海楼,让我沉醉。王剑冰的美文,让我迷恋。望海楼的古朴,盛满了心灵的酒杯。望海楼的宏伟,吸引着游人的眸光。

王剑冰老师笔下的望海楼,已经不是楼了。它在我眼中,具备人的感性、神的理性、佛的美学。"不是楼"的望海楼,吸引着看楼人的心。一颗看楼的心,充满了憧憬的情愫,跳跃着,升腾着,越来越明朗,在云雾中摆出了飞翔的姿势。

洞头的楼,让我魂牵梦萦,如碧玉静静地泊在我美妙的梦里。

望海楼上,望海,心爽;望海楼上,望洞头,景美;望海楼上,望颜延之,敬畏;望海楼上,望大师王剑冰,睿智;望海楼上,景仰古人的胆识、作家的思想。

登一次望海楼,活着的此生,就值了。

楼和海,是洞头最亮丽的风景。去洞头,不仅要看楼,还要看海,更重要的是去望海楼读读碑刻上王剑冰老师大气磅礴的美文。

渴望和想象,搭建成了一座飞翔的桥梁,直抵望海楼。我要穿越这座桥梁,飞跃千山万水,去洞头看看王剑冰老师笔下的望海楼。身体和灵魂,结伴而行,一起上路。

受了美文的感召和吸引,我决定择日就出发,去洞头看楼。

诗性洞头

——读王剑冰《洞头望海楼》

陈海英[1]

我是洞头土生土长的孩子,打小就在中心街跑来跑去,街小人也简单,只知道冬至要做粿吃汤圆,元宵要追灯看舞龙。红喜事去讨糖,遇上白事怀揣几枚钉或吐一口唾沫躲得远远的。碰上外乡人便热情地介绍本地的吃食和习俗,却全然罔顾脚下每一寸土地的厚重。每一种物的存在必有它的由来,每一种习俗的延续必有它的历史渊源,对于越来越葱茏的新景物、新气象,所有描述都只是欣喜和憧憬,完全忽略了它的深度。

初读王剑冰的《洞头望海楼》便被其优美的语言、准确的意象深深吸引了,跨地域、跨时代的灵动得心应手,一度带我更深入地了解了一次洞头。恍见蓝天白云、鸥鸟争鸣的渔村景象,又若遇文人骚客行吟争鸣的潇洒影踪。

一个外来的人,初见望海楼,初接触本地地理风俗人情,并在短短一两天内能如此精确地将洞头定位,如此精确地解读望海楼,其洞察力着实让人惊讶。他创造的语境自然而然地让人欲罢不能,读着读着犹见一雪色长衫的书生临海长吟,谈古论今。浪花扑打着礁石,风猎猎地穿过他的袍袖,于是他的影像便如他的文字一般深刻了起来。

洞头的海是多彩的,因水域不同,色彩也界别分明,深处的水幽蓝深邃,浅处则掺杂泥沙而显得浑黄笨拙,他只需一个词"油漆"便把这一切烦琐的描述全囊括了,读来不禁会心一笑。每一次坐船或是海边闲坐,望着波光粼粼的水面,总觉得水底下有一股无穷的、浩瀚的力量在主宰,却不知要怎样去形容,久了便

---

[1] 陈海英:作家。

有一种抓不到痒的痛苦。而他用"鱼鳞"两字便轻易地解开了茅塞。其意象之准确不得不让人叹服。

　　望海楼,谁也不陌生。当初建好时,我便在东屏公园仰望它,并指着它对着天上的宫阙说:"我,要到那里去!"而王剑冰则道:"回首再看望海楼,就像一座佛,沉稳,端肃,云烟缭绕,将佛境一点点化开,整个地氤氲在了洞头上方。"形象而生动地诠释了望海楼的身份地位,将文化底蕴沉潜了下来。他把楼比作佛,佛是高高在上的,不沾风尘的,却又是平民化的。文章深入浅出,不露声色,当我们回过味来时,已中了王剑冰老师的圈套。我是很乐意中这种圈套的,这圈套回味悠长。

阆中,为你打进才华的楔子

——读王剑冰《阆中》

袁　勇[1]

很多作家到一个地方走马观花一番,回去都要写点儿文字,一来向世人昭显自己的才华,二来也得对那地方官员的接待作答。但那些文字,经意不经意间总是被作者自己惯有的写作定式所框束或挟持,而对所写的那个地方总是"欲说还羞",好像始终揭不开新娘子的面纱,进入不了那秘密的洞房。王剑冰的《阆中》,流淌着阆中本身的味道。虽然来得匆匆,与阆中的亲密相融,却完全是"大婚"新人的那种相融。王剑冰在《关于散文的写作——在郧西〈天河〉座谈会上的发言》里谈到《绝版的周庄》和《水墨周庄》两篇散文的区别时说:"我在《绝版的周庄》之后又写过一篇散文,叫《水墨周庄》。我是觉得《水墨周庄》的那个自然性比《绝版的周庄》还要注重。为什么呢？是因为我当时写作的那个心态是自然的、平和的,同十年前我去周庄的激动不同,十年前我几乎没有到过这样的水乡,猛一看见激动得不行,文字如歌脱口而出,十数年后再去,并且在周庄住了下来,感觉就不一样了。我有了仔仔细细看这个水乡的时间,也是由于水乡见得更多了,不那么激动了,是不是像一个人的婚前婚后？"

我赶紧找来他《绝版的周庄》和《水墨周庄》仔细读了,和他自己的感觉一样,《绝版的周庄》里因为激动,"我"就多了,虽然用了最能代表周庄的元素;《水墨周庄》里"我"弱了,或者说是有意"隐藏"起来了,虽然还是用了那些元素,文字反而更"周庄"了。王剑冰把两篇文章的前后感觉比喻成"婚前婚后",太准确绝妙了！《绝版的周庄》和《水墨周庄》里那个婚前婚后的女子,从被拉

---

[1] 袁勇:著名评论家。

入洞房到闲淡开放,作者也从一个亢奋的新郎变成了一个恬然的赏客了。那么,《阆中》呢?《阆中》是另一个女子,既拥有《绝版的周庄》里那个女子的身段,又兼具《水墨周庄》里那个女子的魂魄。那么,王剑冰理所当然地就从新郎、赏客变成了藏娇揣玉的户主了。

王剑冰的《阆中》,写雨中阆中的一天。从早上打在枇杷叶、瓦、额头的三滴雨开始,就把一个声与色、雨与人相融的阆中推到了读者眼前。谁都不知道,那雨是王剑冰设置的道具。因为雨,他才能更朦胧更唯美地融入阆中。而他简单的几句白描般的勾勒,在道具的浸润下,一个滋润、恬淡、气韵生动的轮廓诗味十足地浮现出来了,然后慢慢展开。先是开门的响动声,接着出场的是神秘赴约的狗、打伞的女孩儿、招扬的幌子,一天就这样井然有序地开始了。王剑冰似乎真是阆中的户主,在他看来,两千多年都是这样过的。从门响动的那一刻起,他看都不看,就知道哪些主儿走哪条巷到哪里去。第三节从闻香说到美食。"街巷里穿行,闻到一种香,奇异的带有点酸甜的香。看了幌子,才觉出是一种醋的味道。"终究道出了自己的真实身份:一个貌似户主的极其现实的外来"吃货",对阆中的醋、张飞牛肉、米糕、边鱼闻香下马,食过不忘。这一节从声、色到味渐次展开,把一个主客双重身份的人的食欲也渐次调动起来了,阆中与"我"在不知不觉中已经处于交感之中了。

四到九节写在滕王阁的所见。"站在滕王阁四下望去,阆中是一片瓦的世界,六十多条街巷的瓦,就好像一片灰色的翅膀叠压着翻扑着。以前阆中每个街巷中心都有一座楼,一个叫吴宓的清人登上我站立的地方,看到的还是'江山十二楼'……"对于一个怀揣古意的人来说,在滕王阁看阆中古城,首先映入他眼帘的肯定是叠压着翻扑着的青瓦。古城的青瓦能体现遥远的古意。青瓦是看得见摸得着的器物,是实的。但清代的江南文人吴宓是另一种古意,是虚的。实和虚从一个视角自然出现,无论是青瓦还是清人吴宓,都只不过让人莫名心荡,滋生一种怀古之痒。沉溺古意会让人变重。王剑冰开始把目光投向嘉陵江。"哪里一个女子在喊叫,喊的什么听不懂,抑扬顿挫的尾声极快就沉进了江里。而后哪个巷口又有人叫喊,声音的开始像从水中弹起来。"江水翻荡着人声,一沉一弹,一条江就有了人味。从江引出纤夫,从纤夫喜欢城中的女子转而说到"女人场",以及亮花鞋的习俗。文人的骨子里总有侠骨柔肠,正所谓食色,性也,命之本也。再把目光收回来,看另一边的桑海,联想到"风吹乱花衣"的阆中丝绸:"连通着丝绸之路的古道,将阆中丝绸源源不断地输往西域,还有一些是顺着嘉陵江去往南洋。我努力想象当年的马队相携于途的身影,看不到了,他们消失在了千百年的时空中。"一个文人什么都可以打开,就是不能打开阆中的山水人文,像王剑冰这样"大婚"后自诩为"心态是自然的、平和的"沉稳男人,在阆中滕王阁一不小心,就进入了阆中灵荡神飘的历史人文的巨大迷雾里。他看见了曾经繁华的巴郡首府,看见了走出五百多进士和举人的队列,看见了一个孔子的后人,看见了陈寿、司马相如、杜甫、陆游……王剑冰突然有些把持不住了,他想到了李白:"李白在这里住上一住,就不致空寂中寻月而逝。李白一直没有找到灵魂所依的故乡,我觉得,他是把阆中错过了……"王剑冰飘荡起来了,在阆中滕王阁上做逍遥游,当时他是怎样从山上下来的,我不在场,所以无法知道。但王剑冰这里无法把持的飘荡既充满真情实感,又丝毫没有人为故作。所以,在他惊魂撩魄说李白那句"他是把阆中错过了"时,我同时异常清晰地看见了奔突在王剑冰心底的那幻魅无名又狂压不住的灵魂高蹈之火……

但是,节奏总得缓下来。无论为人为文,不能让感性的虚妄之火过度地烧烤自己。投石入水,波圈荡尽总归要宁静。节奏是文字最好的创可贴。王剑冰深深知道这一点。从山上下来,慢慢穿行于古城的院落之间时,王剑冰忽然揭起了秘境阆中的大红盖头:"我觉得阆中的'阆'就在于那个门里的'良',那自然的生活,那清阔的江水,那千古遗留的民风,还有'庭院深深深几许'中走出的女子,如此多的'良',当然是该叫'阆中'了。"我写过一句至今都自鸣得意的话:高门出良人,阆苑孕仙士。王剑冰在阆中悟出"阆"字的真味在于门中之良。王剑冰在前面谈《绝版的周庄》和《水墨周庄》创作时所说自然的平和的心态,到这里,应该说他心里肯定有无限感慨,不可能自然平和。前面说《阆中》既拥有《绝版的周庄》里那个女子的身段,又兼具《水墨周庄》里那个女子的魂魄,也重点落脚在这个"良"字上,在失德的当下,"良"是多么沉痛的一个方块字啊!因为这个时代,世风不古了,花也乱为人容了。所以,无论是周庄、平遥,还是丽江、阆中,我们都得保护好我们的山,保护好我们的水,保护好我们的古城人文。说穿了两个字,保护好我们的良知!

第十一节说雨停了,光线漂到哪片瓦上,瓦上就会亮闪一片。这里的"亮"字和上一节的"良"字相互映照,意味深长。然后应和文章开头的枇杷叶和瓦,透过瓦看天上的星星,想起了最早创出太初历的阆中人落下闳,觉得阆中真是很高蹈了。然后解舟亲水、上岸,准备以沉寂来消化今晚漫长的时光。早晨到夜晚,时间上看似画上了一个圆,可这些文字留下的气息、散发的味道却似千年沉香,在你不经意之间忽然香浸心脾。

就这么读了《阆中》,本想就他创作的特色、技巧谈些感受,没想到读了他在《关于散文的写作——在郧西〈天河〉座谈会上的发言》一文后,只有莫言了,因为他讲座中所讲的,也就是他自己多年创作经验的总结,并且完全适用于《阆中》一文的创作:一个作家,对于文字,首先一条要心怀真诚,要有真情,也就是真性情;写作要自然,不要刻意……有些东西看似自然,其实不自然;写作要求新,就是耳目一新,不重复别人的,也不重复自己的。我没有想为谁写文章,我只是为我自己写。也许基于这一点吧,文章另显了山水……

阆中的人文山水,本来就是一块楔子,哪怕你的精力或文字出现看不见的暗隙,只要你懂得打进这块楔子,会把你撑得鼓鼓的。

2015 年 3 月 13 日深夜

灵犀不负江山秀

——品读王剑冰散文《阆中》

何希凡[①]

作为一座聚散了两千多年历史烟云的古城,阆中属于我所工作的南充市辖区,两城相距不过一个多小时的车程。像我这样的读书人倘要去领略一下古城风韵,或者去凭吊一下历史遗踪进而写一点咏怀古迹的文字,较之那些坐飞机乘火车几经转道方能抵达心中圣地的远客,就难免涌起几许"近水楼台"的优越感。然而,我们的优越感并未化作书写阆中的实力与实绩:本地也不乏有才华的文人写过阆中,但貌似烂熟的浅尝和太近的审美距离使得那些花絮般的文学表达并未成为扩大阆中知名度的利器。要知道两千余年岁月打磨出来的阆中,其所能吞吐涵容的哪里只是万余平方公里的蜀北南充!我深深地感到,千古兴亡古阆州,江山更待名人讴。

王剑冰是散文名家,更是捕捉地域神韵的高手,其著名的《绝版的周庄》使他与周庄光芒互照,但阆中之能摄入王剑冰笔底,也许并非始发于作者的心动神驰。记得五年前的一个春天,南充市党政齐邀各路散文名手沿嘉陵江采风创作,是为"全国散文名家南充行",而作为全国四大古城之一的阆中,自然也就成了名家们倾情书写的重镇。这无疑是一次群贤毕至的风雅盛会,但其高情相邀之下仍难避奉命写作之嫌。从古至今,文人在同一命题召唤下的风雅际会虽有佳作,然仍不免凤毛麟角:会稽兰亭雅集只留王右军之翰墨风流,南昌滕王阁唯余王子安之妙笔灵光,采石矶边太白楼上的诗会独让黄仲则技压群英……我知道,群贤齐聚阆中为的是群讴阆中,但文人的集体性书写中很可能就隐含着群

[①] 何希凡:著名评论家,西华师范大学文学院教授、硕士生导师。

讴的陷阱。名家不愧为名家,他们谁也不愿意在高手如林之中隐没了自己矫健的身手,适时的邀集为他们提供了一次肝胆相照山川增色的集体旅游,也为他们提供了文学创作活动中必要的精神竞争平台。试读诸名家的阆中吟唱,群讴绝非千部一腔的合奏,而是多部乐章的混响,他们多以独立的个体生命创造来激活各自的看家本领,从而为自己心中的阆中古城传神写照。正是因为沉醉于这些超群拔萃的生命创造,从河南远道而来的王剑冰所写的《阆中》又一次拨动了我这个距离阆中太近之人的心弦。

来到阆中,王剑冰并不急于呈现人们熟透了的阆中景观,更没有端起一副指点江山、激扬文字的架势,而是随机性地捕捉到阆中的雨:

雨说下来就下来了,最初是一滴一滴的,首先打在枇杷叶上,而后打在一片片瓦上,叶子和瓦发出的声音不尽相同。有一滴打在额头上,顺手一抹,一脸的滋润。再抬眼的时候,整个古城都是这般润润的了。

不难看出,写雨的不期而遇并非是刻意为之的,但雨打枇杷、雨打屋瓦直至雨打额头,雨点从物到人的点击敲打,简直就像钢琴家演奏的和谐旋律,这旋律在作者心中奏鸣,叩击着他流淌涌动的灵犀,脸上的滋润感瞬间化作整个古城滋润的通感,阆中顿时就与那些干燥喧嚣、就连呼吸都困难的现代都市有了生命质感的不同。我以为,对于一般写手而言,写出这种质感并不是特别困难的事情,而王剑冰却要从这富有质感的古城里读出岁月的"新鲜迷离"。于是,湿润光滑、宛若刷了一层桐油的石板路,刚从门缝里钻出来又极快消失的狗,打伞的女孩儿,招摇的幌子,一切都把这"新鲜迷离"填充得那样鼓胀饱满。这只能是阆中的神韵,也只能是岁月浸泡出来的古阆中的历史神韵,而这独特的神韵又沟通了江南古镇的神韵,让人想起戴望舒笔下悠长的雨巷和撑着油纸伞的姑娘。我想,倘没有作者的灵犀与古城的默契,没有作者丰富的阅读经验于不经意间的挥洒交融,要写出这人人都似曾相识而只为读者心中独有的阆中神韵实在不可思议。

在湿润而新鲜迷离的古城,王剑冰沉醉于一种浓郁的异香之中,"奇异的带一点酸甜的香"。于是,已被现代商业广告爆炒得滥俗的阆中醋、张飞牛肉、桑叶甜糕和嘉陵江鯿鱼便被这奇异的香味带出。王剑冰无意用高华的文字与那些滥俗的广告较劲,他是在用生命拥抱阆中,用心灵品味古城!因此,当作者站在滕王阁放眼四望,阆中那一片瓦的世界掀动起他满腔的诗情画意,纵然那"江山十二楼"的胜境已成为历史的记忆,仅仅剩下的两座楼阁也足以令他"欣欣然荡荡然"了,因为真正的文人并不强求历史的复原,他思接千载、神驰万里的想象,足可让他仅凭岁月的残留从历史的有限记载抵达历史的可能性胜境。

真正的地域书写都是生命个性的书写,苏轼以西施写了西湖之秀美,如果有人突然貌似创意地来一句"欲把西湖比张飞",那可真是对西湖生命个性的暴力改写了。阆中聚散着川渝灵性、巴阆古风,兼以嘉陵江三面环绕所铸就的江城格局,她是婉约秀美的,王剑冰不仅传神地绘写了江流婉转所构成的女子身段与丰姿,而且以水汽、水晕写出了她的惺忪与妩媚,更以龙一样腾挪滚动的云团闪电写出了阆苑仙境的神奇与神秘。阆中水灵湿润的女性化魅力,自然要引发人们对山水养人醅也养人的古城女子的遐想与窥探,于是,亮花鞋等古老民俗便成了美女亮相的绝佳契机,而在王剑冰笔下流淌着的正是皇宫选美、桑海锦绣、古道丝绸这些与阆中美女绝色巧手相系的古城特产。

阆中的生命个性不仅是自然的绝妙造化,更是灿烂悠久的人文甄陶。王剑冰注意到了山水与名士的因缘,于是牵引出五百多进士和举人队列如何从阆中走出,那个叫孔安国的孔子的后人又是如何留驻阆中而终老于此,进而想象以皇皇一卷史书凝聚三国风云的南充陈寿、以《子虚》《上林》之大赋"润色鸿业"的蓬安司马相如理应到此濡染灵气、焕发才思,而杜甫、陆游慕名而来,其心境为之豁然开朗不就是有力的明证吗?就连未能前来的李白也在王剑冰的阆苑山水赞羡中带上了难以涂抹的遗憾!这是该来而未能来的遗憾,而画家范曾在他的《崂泉铭》中说李白来了也留下遗憾:"太白挟旷代之才,耽餐紫霞,忘著雄文。"要知道,再耽恋山水的名士也不可能足迹踏遍,能成为李白未及览胜未及书写之遗憾的山水胜地,那该是多么令人心驰神往!"那自然的生活,那清阔的江水,那千古遗留的民风,还有'庭院深深深几许'中走出的女子",都成为王剑冰对阆中之"阆"门里的那个"良"字最有力的诠释。

王剑冰的灵犀在阆中古城释放得如此云舒云卷,已然没有辜负这"嘉陵第一江山"之灵秀了,但当他忽然看到天上闪烁的星星,他仍禁不住要叩问:"哪颗是落下闳呢?"而这不经意的仰望与叩问就成了绝妙的点睛之笔。作为创制了西汉太初历的阆中土著天文学家,落下闳的光芒穿透两千余年的时空隧道,充盈着历代阆中人的精神底气,他无疑是阆中最令人心旌摇荡的人文雕塑。我以为王剑冰尤其没有辜负这位历史巨人对阆中、对中国、对世界的遗赠:

> 这个最早创出太初历的阆中人,也等于将阆中闪向了太空。

这是王剑冰情萦阆中、魂凝阆中、笔纵阆中、才倾阆中的神来之笔,落下闳光耀天际,阆中也因此光耀天际。设若阆中没有落下闳的伟大贡献,阆中的人文精神重量之锐减是可想而知的。一个饱受中原文化濡染的散文家能够如此深悟截然不同的川渝文化灵性,足见他对阆中的书写中流淌着多少赤子的精诚。

我知道,王剑冰不仅是散文名家,也是散文编辑家,而且还是散文研究家,说他集作家的才气和研究家的学养于一身,实非虚言。能像他这样才气与学养相互映照的人应该是不可多得的。他之所以能超越于我们对阆中近距离的审美观照,其超卓的灵犀绝非即时性拥有,而是他漫长而坚韧的生命修炼、学识积淀和创作历练的结果,不过他的学养没有演绎为散文创作中露才、逞才的无节制张扬,更没有堕入掉书袋的陷阱,一切都妙合无痕地吞吐于灵犀朗照的传神写照之间,因此,要领略王剑冰的散文胜境乃至生命胜境,不妨先用心品读他不负天地造化而妙手偶得的《阆中》。

羊年新春正月十九于蜀北嘉陵江畔之小城书斋
(原载《中州大学学报》2016 年第 1 期)

笔下阆中,纸上情怀

——读王剑冰《阆中》有感

素罗衣[1]

提到王剑冰先生,就跨不过他《绝版的周庄》。写得真够绝的,文辞之美,构思之妙,令人倾倒赞叹。我至今记得初读此文的惊艳,一点不亚于袁中郎遇到徐文长"灯影下,读复叫,叫复读",只差拍案而起了。

如果说剑冰先生笔下的周庄是与人世有隔的大家闺秀,那么阆中到了他那儿,就成了市井里动人的小家碧玉,接地气,有烟火,但仍然不失文气和秀美,家风严正,书香不绝,自有一股子诱人的魅力。

许多散文作者,都是以游记名篇开手的,如朱自清、俞平伯等。名胜古迹那么多,灵山秀水那么多,不同感兴,各为文章,自是好事,但游记难写,大家也有共识,一不小心就写成了导游指南或者流水日记,毫无趣味可言,这也是现状。可剑冰先生跳出了这个怪圈。

我曾写过两篇关于阆中的文字,老实说,一篇假正经,流于晦涩,一篇滥抒情,过于浓艳,总之是惺惺作态,极尽铺排之能事,比不得作者的心与物游,自然天成。

作者写景如画。

一条四处打量又很快消失的狗,一位从容的打伞女子,桑海、黄米糕、保宁醋,女子莫名的叫喊,与阆中各有渊源的士子们,消失在时空里的纤夫与马队,天上的星星……这些毫不相关的事物,被他遣诸笔端,再经他一布局,阆中就活了,既庄重自持,又活泛亲切,显得格外曲折有致。

---

[1] 素罗衣:作家。

作者叙事如剧。

他的写作是有章法的。如蛇行灰线,藏于草木间,你若细细观察,就看得见。他移步换景,以时间为序,交代游踪:白天,他穿街走巷,爬滕王阁,看街景,眺嘉陵江,再穿行大院作坊;晚上,江中行舟,赏月,听船工号子……最后,夜深了,落在"沉寂"二字上,以冥想做了收束。文章戛然而止,文韵却不绝如缕,给你一种低回的趣味,让你反复思索,回念不已。如此按部就班,而又含蓄有致,比起那些一清到底、缺少余味的文字,不知高明多少。

作者抒情如诗。

他笔底常带感情。"李白一直没有找到灵魂所依的故乡,我觉得,他是把阆中错过了。""阆中是一片瓦的世界,六十多条街巷的瓦,就好像一片灰色的翅膀叠压着翻扑着。""而后哪个巷口又有人叫喊,声音的开始像从水中弹起来。"这样的叙述别具一番画意和诗情,不矜持,不隐匿,风行水上似的,有什么话便说什么话,就是打个比喻,也快利清白,凝练生动,很是逗人看。

其实,细心的读者不难发现,作者的写作是有"阴谋"的,看似任心闲话,实则匠心独运;虽然偶有雕琢,却又鲜见斧凿痕;即便取材者微,但是所得所见者大。

他以声衬静,用掉落地上的枇杷、隐约飘来的嘉陵江号子,突显阆中之夜的恬静和美好;他以古喻今,追忆江边的纤夫,缅怀消失了的丝绸古道,盘点与山水相通的名人雅士,显然意在突出阆中悠久的历史积淀和浓郁的人文气息;他善于在细微处见精神,又善于捕捉与整合总体印象,随物赋形而胸有成竹,心与手称而又开合有度,把阆中的幽静、秀美、古雅、神秘和丰饶写得入木三分。

在语言上,《阆中》几乎脱尽铅华,已从《绝版的周庄》的极富诗意,蜕变为此篇的克制诗意,白话之中又穿插着口语,追求起"谈话风"来:"雨说下就下来了。""阆中的女子看不得呢。""杜甫一来就喜欢上了,来了还要来。"这些句子不炫奇,不斗巧,平易畅达,像酒后茶余的笑谈,给文章增添了活气,读来格外生动,只使人"欣欣然荡荡然",不使人疲惫。

如今中文日渐西化,地道中文原有的美德,早已不存,措辞简洁、句式灵活、音韵铿锵,这种健康的语文生态,正遭受严重侵蚀和破坏。而作者是有写作自觉的,因为有深厚的古典文学功底,语言自然清通高妙,且又借鉴了西方句式的跳跃活泼,古为今用,洋为中用,兼容并蓄,见笔见墨,见性灵,见智慧,当然好看。

路程乃心程。

散文最是自由不拘,是最见个人才情和性情的一种文体。读《阆中》,除了能感知作者深厚的学养,体味他观察入微、传形写影的功夫,也不难看出其温和宽容、精细风雅的性情。

作者写道:"阆中的'阆'就在于那个门里的'良'。"他还说,"阆中是一个既适于古人审美趋向、又合乎现代精神气质的所在"。这样的结论,是不是要有几分自在、几分智慧才悟得到? 阆中如作者,神秘而有容,是虚怀,也是广博。在这里,显示出作者敏锐的、悠闲的、接受一切又同情一切的态度。

《阆中》我读了好几遍,每一遍都有所获。作者描世态,抒人情,没有感伤,没有激动,只有完全的陶醉,以浪漫而又无夸饰的态度娓娓道来,那么自然,那么醇厚,既没有过度抒情,也没有强行说理,不铺不排,不蔓不枝,只用自己明晰的感受,给出读者具体的印象或者一个真切而明白的指引,喏,阆中就是这样子的,阆中就在那里,你爱看不看,看到什么,随你。

明净的思想,清澈的理智,坦露的性灵,超脱的雅致,小品散文该有的冷峻清逸,此文都有了。我想,就散文的文学属性和表现功能来说,《阆中》可以称为美文了吧。如果散文也有百媚千红,那我大爱美文这一种。

"慢慢走,欣赏啊!"

——读王剑冰散文《放鹤徐州》

田崇雪[①]

阿尔卑斯山谷中有一条宽阔的公路,公路两旁风景绝佳,风景绝佳的路旁有一块十分醒目的标牌,标牌上有一行非常温馨而又意味深长的提醒:"慢慢走,欣赏啊!"

我认为,这大概是阿尔卑斯山最好的广告词了,以至于让著名的美学家朱光潜先生念念不忘,几次三番地想起、提起、讲起,并非常认真地以此为题,撰文谈美。

当散文家王剑冰先生的散文《放鹤徐州》不经意间闯入我的阅读视野的时候,我便突然想起阿尔卑斯山这句早已声名远播的"广告词",想起来,应该送给徐州,送给书写徐州的王剑冰先生,送给任何一个初到徐州的异乡人。

一、探索徐州:发现徐州的哲学——隐逸

"初到徐州的人会醉的。原来不知道有那么多的好,徐州的好是藏着的。"

这是王剑冰先生《放鹤徐州》中一段景物描写之后发出的惊诧不已的感慨。看似不经意,却道出了徐州最容易为她的匆匆过客所忽略的特点——"美而不彰",在这个声高价昂的时代,徐州,的确亏大发了!

是年岁不老的缘故吗?非也,"自古彭城列九州",徐州六千年的文明史几乎与整个国家的文明史等长。是文化不丰的缘故吗?非也,无论科学还是人

[①] 田崇雪:著名评论家,江苏师范大学文学院教授、博士。

文,无论宗教还是哲学,无论政治还是军事,文化遗存,琳琅满目。是地缘不利的缘故吗?非也,北国锁钥,南国门户,东桥头堡,西丝绸路,八方辐辏,五省通衢。是经济不强的缘故吗?非也,虽然至今仍然不能与富庶的江南苏、锡、常相比,但其经济总量已经跃居全省第五,依然稳坐淮海经济区龙头老大的位置。

那么,到底是什么原因使得徐州"美而不彰",只有等到真正莅临徐州、驻足徐州、走进徐州之后才能真正领略其千般景致万般风情的呢?

《放鹤徐州》发现了答案,却并未直率地点明,而是内蕴于不到两千字的语词林中。我给出的解读是徐州人一贯奉行的不事张扬的低调哲学——隐逸。

"徐州的好是藏着的",一个"藏"字道出了徐州这一方水土一方人所信奉的哲学。

徐州的缔造者彭祖是隐逸的。作为先秦道家先驱之一,彭祖并没有多少彪炳史册的功业可以展览,其为人津津乐道的是"食"、是"色"、是"生"、是"修",对千秋功业无欲无求,对吃喝玩乐孜孜以求,这似乎有点儿不怎么励志。

刘邦集团的核心成员、"汉初三杰"之一的张良是隐逸的。这世间谁能真正做到功成身退、功成不居,视功名利禄为敝屣?张良能做到!针对张良的"从赤松子游",一向目空一切的李白都由衷地感叹:"叹息此人去,萧条徐泗空。"(尽管张良不是徐州人,但其功业、精神却早已融入徐州这块土地,成为徐州文化的一部分)

"道教创始人"张道陵是隐逸的。"三诏不就",志在青山,足见其对功名利禄的淡漠;道袍青衫,远离尘嚣,足见其对人生意义的追寻。

云龙山人张天骥是隐逸的。满腹才华,却不愿意出仕,醉心于道家养生之术,隐居于云龙山西麓,躬耕自资,奉养父母,法林和靖梅妻鹤子,与苏东坡诗酒唱和。

"藏"的哲学,深刻地影响着徐州文化。低调为人,高调做事,至今仍为徐州人所践行。

徐州的"美而不彰"似乎还有一个现实的原因。也许正是因为徐州独特的地理位置——是必经之地,非目的之地——才使那些南来北往东进西退的旅人成了这座城市的匆匆过客。要办事,北上北京,南下南京、上海,哪一座都市都比徐州先天具有政治资源、经济资源之优势。要旅游,东往连云港,直通东洋大海,西向郑州、西安、兰州,直达中原腹地、关中沃土、西域重镇,哪一座城池都比徐州先天更具有自然、历史、人文资源风光之优势。飞机而来、高铁而去的过客是无法领悟徐州氤氲着的如此美丽的烟水气的，留在人们记忆深处的便只剩下那些因频繁的战争而带来的烟火气。

我想，大概王剑冰先生也作如是想，才有其"徐州的好是藏着的"吧？

"藏"着的"好"，当然不能走马观花蜻蜓点水一览无余，需要"慢慢走，欣赏啊！"

二、书写徐州：眉批徐州的诗学——大气

这里钟灵毓秀，不仅出有刘邦、项羽、张良、萧何、刘裕、朱温、李昇、李煜等数十位帝王将相，更有张道陵、刘向、刘禹锡、刘知几、陈师道、李可染等数百位精英。

这是《放鹤徐州》为我们列举出的专属徐州的厉害角色。

是的，徐州人是低调，但徐州人也不是一味地低调，徐州人一旦高调起来会让整个世界都为之震惊的！因此，徐州虽然没有江南那般多山多水多才子、贵胄世家、群英荟萃，然而，徐州人却拥有着自己"以一当十"的独特诗学——不鸣则已，一鸣惊人，排山倒海，大气磅礴！

"大丈夫当如是！"这是刘邦初见秦始皇时的高调咏叹！是"野心"还是"雄心"？刘邦的不凡之处在于既"临渊羡鱼"又"退而结网"，硬生生地将"野心"变成了"雄心"。所谓"一介布衣提三尺剑而取天下"，风云鹊起，一举跃上了那个秦末抗暴的大舞台。其实，这还不是刘邦最高调的，刘邦的最高调应该是那曲《大风歌》。刘邦不是诗人，一首《大风歌》却破空而来，孤篇独绝。

"彼可取而代之！"这是项羽初见秦始皇时的高调叫板！是"理想"还是"狂想"？项羽虽然并非徐州人，但其都在彭城，无论如何也可以算半个徐州人了。这一嗓子可谓是声振屋瓦，让整个大秦王朝震惊，比起那些前仆后继的刺客们如何？其实，这也不是项羽的最高调，项羽的最高调应该是那曲《垓下歌》。项羽也不是诗人，一首《垓下歌》却呜咽千载，英雄末路的悲歌让后世的多少诗词黯然失色！

张良上文已述,从圯上受书、佐策入关、斗智鸿门、暗度陈仓,一直到自我放逐,张良可谓是识大体、顾大局、知进退的高标。该高调的时候高调,该低调的时候低调,做人如此,真大智慧也!

李煜就更不得了了!"帝王之中写诗填词的"并不少见,但"把个诗词填写到无人能及堪称词中帝王"的却并不多见!"问君能有几多愁,恰似一江春水向东流!"虽属哀音,但却磅礴!

> 丰沛的风云,托起了一个大汉江山。

的确,不论时间还是空间,不论政治还是经济,不论文化还是军事,大汉王朝从肇始的那一天起似乎从来就没有小气过,汉大赋的美学风格就是铺张扬厉。

都说"不以成败论英雄",普天之下,谁能做到?徐州人能做到!

徐州人并没有因为刘邦的成功就毫无原则地哄抬他,他们更了解这位乳名唤作"刘三"的老乡的长处、短处。徐州人更没有因为项羽的失败就妖魔化地抹黑他,而是同样地推崇他的秋风戏马、霸王别姬。徐州人既雕"歌风台",也塑"戏马台";既建"淮海战役纪念馆"纪念那些为自由而战的将士,也建"台儿庄大捷纪念塔"纪念那些为独立而殉的先烈英灵。

"这是一个大气之地。"王剑冰先生如此慨叹,我想,徐州人不自卑,当得起!

三、阅读徐州:欣赏徐州的美学——鹤仪

> 错把徐州作杭州。
>
> 鹤意云心。
>
> 徐州的徐是舒缓的徐、悠扬的徐,徐州是徐徐的山水环绕的州。

在这个追求"速度"几乎到"拼命"的时代,王剑冰先生在《放鹤徐州》中还能发现徐州的"慢",不能不说是慧眼独具。

是的,"早点""快递""快餐""快运""捷运""高铁""飞机""多拉快跑""时

间就是金钱,效率就是生命。""保 8"……整个国家都陷入了一种"速度与激情"的狂欢。然而,"狂欢"过后呢?"灵魂"被远远地甩在了后面。

我们只懂"快",我们不懂"慢";"快"是一种美学,"慢"同样也是一种美学。

记得早先少年时
大家诚诚恳恳
说一句是一句

清早上火车站
长街黑暗无行人
卖豆浆的小店冒着热气

从前的日色变得慢
车,马,邮件都慢
一生只够爱一个人

从前的锁也好看
钥匙精美有样子
你锁了人家就懂

这是木心先生的诗《从前慢》,最生动地道出了慢的美学。想来"慢腾腾"的徐州人最应该共鸣于这种美学。徐州、徐国、徐人,徐州人的"慢半拍"应该是由来已久的,这种"慢"的美学早已积淀在徐州人的血液里、骨髓里、基因里。与其把徐州人的"慢"道德评判成"懒",倒不如将其看成是这个时代最应该有但又最匮乏的一种审美评判上的"休闲"。是的,是"休闲"。可不是吗?发端于欧洲的"休闲"已经成为一种波及全球的新的美学风潮。

为了这种"慢"的美学,米兰·昆德拉还专门写了一篇小说《慢》。他说,"慢"是指在没有汽车、电话的 18 世纪,出门要靠"笃笃悠悠"的马车,消息要靠"磨磨蹭蹭"的信件,那时候有"古时候闲荡的人""游手好闲的英雄",而这些到了"快"的 20 世纪,"随着乡间小道草原、林间空地和大自然一起消失了"。在机器革命了自然的世界里,生活被装置上发动机,开足了马力,于是我们开始了转瞬即逝的生活。速度是出神的形式,这是技术革命送给人的礼物。悠闲的人是在凝视上帝的窗口。凝视上帝窗口的人不无聊,他很幸福。

如此看来,"慢"是一种早已被我们忘却了的优雅心境,一种努力追寻的"清福"。

由此,王剑冰先生为这种"慢"的灵魂寻找到了最恰当的载体——鹤。

他们一个个如御风之鹤,翩然在博大浑厚的册页中。

这是王剑冰先生眼中的徐州先贤,可算是为六千年的徐州文明史寻找到了最好的意象和注脚。

鹤是隐逸的、自由的、大气的、仪态万方的,鹤是散漫的、优雅的、高贵的、脱俗的,鹤是徐州文化精神的最好象征。

如果说"美是自由的象征",那么"鹤就是自由的魂灵"。

英国的狮子、德国的天鹅、法国的雄鸡……倘若为徐州寻找一种鸟作为市鸟,位列仙班的鹤大概最能担得起徐州精神的象征:隐逸、长寿、悠闲。《放鹤徐州》中所呈现的徐州精神它都具备。

王剑冰先生的文字非常清新、朴素、淡雅,不急不躁、不温不火,与他笔下的徐州精气神非常契合,读来使人异常安静。四大文类中,小说重在形象塑造,诗词重在意象经营,戏剧重在矛盾冲突,各有偏好,各有分任,唯有散文,可以一身多任,八面威风:可叙事(不逊色于小说),可抒情(不亚于诗词),可议论(不让于论文)。因此,就性情而言,我偏好散文。在散文的诸般定义中,我最欣赏的就是"散文就是自由",而"自由"则是一种非常高甚至是最高的审美境界。

王剑冰先生选择了散文。

王剑冰先生选择了用散文的形式书写徐州。

王剑冰先生将自己书写成了一只自由翱翔的仙鹤,云游到了徐州。

王剑冰先生的《放鹤徐州》应该是对数千年徐州文明精神召唤的默契与回应。

一景生百情　一城贯千秋

——拜读《放鹤徐州》

王景陶[1]

无疑,《放鹤徐州》应是一篇游记。观赏山水之美而心生感触亦是山水文学应为之法:孔子北游,有农山之叹;庄子与惠子游,有濠梁之争;屈原被放逐,游于沅、湘之地,方有《涉江》等篇……故而刘勰《文心雕龙·辨骚》中有论述:"论山水,则循声而得貌;言节侯,则披文而见时。""吟讽者衔其山川,童蒙者拾其香草。"然而《放鹤徐州》又不是一篇普通的亲近自然、描绘山水之美、反映观赏之乐的游记,它既不同于谢灵运山水作品中以一己之心为本的"感心""赏心""悟心"等审美意味,也有异于欧阳修的"意"在"山水之间",它们虽已是千古名篇,却终究脱离不了抒私人之情、发个人之思的樊篱,表现的只是自己空灵、闲静、冲淡、和悦的襟怀心境。而此文一景可生发百般热情,徐州这一城让其贯通古今,抒的是国家兴盛之大情,发的是歌古颂今的哲思,表达的是自己激荡、炽热、绵邈、澎湃的对徐州乃至国家的满腔痴情,其内涵的深浅、眼光的远近、境界的宽窄都截然不同。

作者应友人之邀来到异乡徐州,但他没有丝毫游子的惆怅:他把徐州当作自己的家乡,他钟情于徐州的每座山峰、每条河流,他亲近徐州的每一个人、每一段历史。他走遍徐州的山山水水,足迹所至无不随形涌情,因景思人,临场怀古,这种极为自然的意识流动显示了文章的天然特色。他赞山颂水,但山水花草只是他情感与思想的载体,是便于他于动人的诗意中钩古观今的媒介。在他的胸怀中自然美景已不只是审美对象,而成了精神家园。于是,作者把丰富多彩的大自然看作生命形态与生存方式的象征,在文中借助自然景物表现徐州的

---

[1] 王景陶:著名评论家。

美丽与丰厚及自己的个性气质和人格风度:"粉红的杏花一层一层,从云龙湖边一直燃到半山腰,仿佛在赶赴一场经年之约。远远看去,红装素裹,霞绯满天。"这段声色并茂、动静相间、远近相宜的诗化描写既放眼整个春景,又实写眼前杏花,更铺下了徐州整体的暖融融的色调:光明、亮丽、和谐的社会美及自己心胸的明亮、坦荡、温情。不着痕迹地由自然美让人看到社会美,悟到人格美,这是作者的高明之处。其内涵已超越《世说新语》中李元礼"谡谡如劲松下风"、司马昱"轩轩如朝霞举"等名言妙词。这种把自然景物和社会与人的襟怀熔于一炉,把自然美高度主观化、心灵化,并进而社会化的娴熟技巧,在游记中是极为罕见的。

此文是作者在徐州眼之所观、心之所至、情之所生、意之所往的产物,也是情感诗性天然漫步的痕迹和结晶,它在情感意境和语言上都有着生命诗性的看似随心所欲实则巧夺天工的匠心独运所呈现的艺术个性。姑且不说其魂之所摄的简洁灵动的散化结构,也不讲那丰厚、深远、美妙的意境,只看这满含着诗情画意的语言就足以令人击节赞叹了。该文语言真挚而智慧、深刻而含蓄、意味浓郁而隽永,仿若浑然天成,不断引发读者丰富的情感与浩瀚的想象。诸如:"初到徐州的人会醉的。原来不知道有那么多的好,徐州的好是藏着的。"一个"藏"字内蕴无比丰厚,既揭示了徐州的一个特点——虽有厚重的历史内涵与可以彪炳史册的业绩,却不张扬、不轻狂,你要真正领略它、认识它,需要独具慧眼灵心,仔细寻找,品味它的"好",同时还提出了唯物辩证法的一个基本原理——认识任何事物,都要有一个由表及里的过程。随意的一句话,深藏着人文社会哲理,可谓妙笔生花。他写那些出自徐州的数十位帝王将相、数百位精英俊彦,用一句"他们一个个如御风之鹤,翩然在博大浑厚的册页中",想象自然、贴切,把别人写俗了的历史事实用一个巧妙的意象和诗化的语言表现得新颖别致,而又切中题目,让人遐想无垠。而结尾一句"夜晚,漫山遍野的馨香,将覆盖徐州的睡眠"在给人无限美妙的境界同时,又撩拨人多少情怀、多少思绪……作者以诗入文,诗的美感让全文更加优美动人,诗的意蕴让全文更加丰厚隽永。作者也不断地以个人的深切体验打开徐州厚重的历史,放眼古城美好的现在,同时拨开读者的心扉,让读者走入诗的意境。这意境中有美景、有历史,也有社会现实。自然景观让诗意和诗情更加娓娓动人,历史的内蕴拓展了全文的意蕴,而现实的人文环境又让文章产生一种强烈的召唤力。这些都在不断地引发读者自己独有的观察、思考与体验——这正是此文强烈的艺术魅力的一种显示。

《放鹤徐州》除了用美妙的诗化语言、浓郁的诗意情感、深邃的诗性意境状眼前之景、怀千古之人、抒一腔挚情、发广阔哲思,并以天工巧手把它们织成一匹华丽而厚重的锦缎,还别出心裁地在其上增添了一朵鲜艳的花朵——巧妙运用的象征手法。鲁迅喜欢俄国作家安特莱夫作品中所表现出的现实主义与象征主义的结合。而一些大家名作也都是运用象征手法的典范,如屠格涅夫的《门槛》、狄更斯的《小杜丽》、海明威的《老人与海》、茅盾的《白杨礼赞》……王剑冰先生自然也深谙此道。他为了使思想融于形象,而形象又体现出思想,使具体生动的形象和他企图使读者领悟到的抽象的思想毫不生硬地融合起来,在此文中运用了三个意象:一是"御风之鹤",它有着多重含义。苏轼任徐州太守时,其好友张山人养鹤、放鹤、召鹤,苏遂有名作《放鹤亭记》问世。"御风之鹤"既实指自然之鹤,又以此喻徐州历代杰出人物,慨叹这"江山如画"的徐州"一时多少豪杰",从而构成了直观而俏丽的人文景观。如联系文章题目,"鹤"还有更深的含义,不但比喻自己在徐州自由舒畅的游览与悠长深远的情思,更暗示徐州这座厚重的古城,如同象征吉祥的仙鹤正在腾飞于九天,翩然于史册,这实是对徐州的高度赞美。二是在悄悄擦拭着、打磨着徐州的"一双手",这双巨大而无形的"手",暗喻着历代勤劳、善良、豪爽、坚韧的徐州人民,正是他们创造了徐州壮丽的历史及幸福的现实,他们不但把徐州的外貌打磨得亮丽多姿,而且一直是徐州丰厚、美好内涵的根基与核心,这是作者用艺术手法诵唱的对徐州人民的颂歌。三是"五色土",这意象概括了作者对徐州的整体印象,是作者游览徐州后内心体验的诗性囊括,也是对异乡他人的真诚赞颂;徐州汇集了凝重沉稳、涵盖雍容的"北雄"和富含多姿、明丽鲜活的"南秀"。作者自己也欣喜地沐浴着楚风、聆听着汉韵醉在徐州。可见,这些意象形象鲜明,寓意深远,意味入心不绝。在一篇千余字的短短散文中,这种自然、逼真、毫无斧凿痕迹的象征手法的运用与象征性艺术形象的成功塑造,表明剑冰先生的散文艺术已臻于炉火纯青的地步。

《放鹤徐州》确实是一篇美文,而且它的美包含着真和善的品质及力量,它歌颂的不仅是徐州一时一地,更是光明的时代、前进的社会、健康的生活。由此,我们可知剑冰先生超越家乡的界限,热爱并歌颂异地的景物和人文历史的原因:在他心中,真、善、美是没有界限的,他热爱、追求、歌颂一切真、善、美的事物、精神、品德——这样的人,本身自然也是真、善、美的人。

爱与美的交融

——读王剑冰先生《天河》

陈义祥[1]

和王剑冰老师神交已很久了,那是在《绝版的周庄》里。在这篇唯美的散文里,我看到了一个唯美的古镇,感受到了一位文人对美的向往和赞美。尤其是文中流露出的对这样一个唯美的古镇在现代文明的冲击下的前途的忧虑,在心头久久挥之不去。对美的爱与怜惜,这是文人心中最深沉的情感,也是文人肩上永恒的责任。拜读先生的《天河》,同样感受到这样的情怀。

天河是一条穿越郧西全境的河流,是郧西的母亲河。天河水滋养着一代代郧西人,滋养着厚重的郧西文化。郧西美丽的神话传说也使天河朦胧神秘、家喻户晓。许多人慕名而来,先生就是其中的一位。先生"极为向往天河",是带着"朝拜的心理"而来的,《天河》里弥漫着先生对郧西这块土地深深的爱与怜惜。

最让先生热爱的是郧西的"悠久与宏阔"。这个位于天、汉交汇处的地方早在远古时代就有了人类的足迹。神雾岭白龙洞猿人化石,枣树凹、庹家湾新石器时代遗址诉说着郧西历史的悠远与久长。这里是人类的发祥地,有人类共同的祖先,连日本人的寻根之旅也不愿错过,当然也是我们中华民族的根系所在,所以,先生有"朝拜的心理"。

最让先生向往的恐怕是天河的"浪漫与神秘"了。古老的土地上"会有最早的传说""传说绝对来自生活中景、生活中人、生活中事"。在天河之畔,世代流传着许多神秘的传说,其中最有影响的当然是牛郎织女的故事了。散落于天河

---

[1] 陈义祥:作家。

沿岸的牛郎庙、金钗石、石公公、石婆婆等遗迹又印证着传说,让神话与现实水乳交融,似真似幻。"七月七到来时,曲曲长长的天河会聚起很多女孩子。说这天织女会传授给她们更多的爱意和工巧。""男孩女孩相约而来,天河边谈爱,天河里嬉耍,构成一个个咏爱的故事。"因而,天河成了人间的爱河,甚至,随便走进一个人家,便可能发现天河边的爱情。在先生的眼中,这里俨然成了爱的圣地。

再就是这块古老土地上的自然与古朴,也深深吸引着先生。不管朝哪个方向,离城走几里,你都会发现茂密的丛林,这里有野生的奇花异果、飞禽走兽,清泉奇石随处可见。随意掬一捧,都会沁人心脾;顺手捡一块,"都可读出所思所想"。先生爱这里神奇的传说,"就这么得到了一块梭子样泛着银色斑点的石条"。郧西出美女,"让人养眼的天河,处处是清新柔美的好颜色",还有"牛郎般淳厚的后生",他们善良、厚道、好客,走过去一招呼,"竟招呼来一杯好茶","山里的热情和秀美使这个早晨变得温馨",在先生的笔下,这里是历史遗落在现实里的"世外桃源"。

《天河》这篇优美的散文洋溢着先生浓浓的爱,他爱这里的历史地理,爱这里的奇山奇水奇石,爱这里神奇浪漫的文化,爱这里自然淳厚的风土民情。因此可以说,《天河》是爱与美的结晶。

《天河》经年

——品读王剑冰美文《天河》

高 齐[①]

> 历史道路的远长,致使人的名字走着走着就走失了,还有村庄的名字、城市的名字。河的名字却不会走失。我现在就站在一条河边,它的悠久与宏阔让我有一种朝拜心理。

这是五年前,也就是2010年,河南著名作家王剑冰先生在郧西创作的散文《天河》的开篇语,《天河》是当年先生在湖北郧西采风时邂逅一条叫天河的河流后,文思泉涌迸发出的情感浪花,很快这篇情感真挚文笔优美的美文便在《人民日报》上刊登,让无数人通过先生的心灵音符对这条河流充满遐想。如今,天河所在地的郧西人更是将这篇字字珠玑情深意长的美文雕刻在当地最大的广场中的一个石碑上,深山小城简单纯朴的人们觉得只有这样才能和王剑冰先生唱和共鸣出对这条河流的情感!王剑冰先生的名字在郧西的历史道路上不会走失,只会随着天河水亘古不息的流淌而温暖很多人的心头。

是的,一晃五年,美文《天河》让多少个红尘男女心生向往自不可知,但是有着本土情结的我和无数与我一样的天河人常常会在天河河畔徜徉之际脑海中涌出"叫作天河的水穿越了郧西全境,一路流出两岸的田园风光与山石奇景……" 2015年七夕节前夕,又特意在王剑冰先生的博客中欣赏这篇散文,原文当然早做至宝一样收藏了,但作者博客中加配的采风时的原始图片,让人更能

[①] 高齐:作家。

真切地体会到为文者对天河的"朝拜心理",也正是这种真情实感,使这篇散文在灿若星河的散文中情不自禁地入脑入心!

正如作者所言:"一个作家,对于文字,首先一条要心怀真诚,要有真情,也就是真性情。我就是怀着一种对天河的真性情来写作的。儿时,我们哪个孩子没听说过牛郎织女的故事呢?那是一个老祖母讲的老得不能再老的故事。但是对于一个一个的孩子,又是一个新得不能再新的故事。牛郎织女的故事太美太美了,在我的心里美了很多年,最后在郧西这个地方让我看到了天河、听到了更多的关于他们的故事,这是心里埋着的那颗种子的开花、结果啊,所以我会写出这篇文章。"作者的这段话和冯骥才先生《感受散文》中的一段话有异曲同工之妙:"散文大都是心中事,如果说小说是从别人那里折一段绿枝,插在自己心上,散文便是从自己心里钻出来的芽子,谁知这种子是什么时候埋在心里的,谁知这种子埋多久才发芽。散文不易碰到,散文几乎是等来的。"按照冯老的这个散文"种芽论",王剑冰先生的散文《天河》的种子是在儿时就有,经年无数,然后在郧西天河发芽开花结果,天河经年,等到《天河》,这种"等到"于王剑冰先生、于天河、于《天河》珍贵无比! 也唯有多年的情感沉淀,加上事实的触碰,才会让一篇描写景物的美文充满了厚重的质感:"人类的衍生总是根系纠结。一群日本人沿着汉水艰难地跋涉。七夕传说也在他们心中久存,多年的研究使他们觉得牛郎织女的故事就产生于天、汉相汇处。只是山路越来越崎岖,雨越来越大,寻根之旅不得不终止,他们后来才知,天河已在咫尺。如果不是最近开通的高速公路,山高路险之地没有多少人能走进来,现代的工业文明与生活方式多少年都离此很远,以致水质如此晶莹透彻。这水在不远的下游汇入丹江水库,通过南水北调工程进入北中国的千家万户,成为另一种意义的民族源流。"

作者说:"牛郎织女的故事太美太美了,在我的心里美了很多年。"天河是承载着爱之美的河流,有爱才有美,正是因为在作者的心里"美了很多年",《天河》里字字生情,美轮美奂:"沿河的乡野,屋宇散落着自然,花草蓬茸着微风。稻田像一个个唱片,水牛旋转着唱针。一个女子,屋前默默做着针线。走过去招呼,竟招呼来一杯好茶,山里的热情和秀美使这个早晨变得温馨。"

散文是作者心中事,也唯有心中事作者才可以让自己的文思缠缠绕绕遐思无限:"很想找到天河流去的地方,沿着这条水,走到尽头竟是汉水。两条有着民族渊源的水构成清流相聚的胜景。'天汉'也成为一种天文地理文化相交的符号。牛郎庙在天河峡谷之上随时间老去,老去的还有天河旁的古街,很多门楣塌落,断壁残垣诉说着曾经的繁闹。居住在这里的人已经很少,但他们却记着老辈人留下的传说。随处都是精美的石头,河边随意捡拾都可读出所思所想。我就这么得到了一块梭子样泛着银色斑点的石条。"

因为有美、因为有爱、因为有事,天河默默流淌经年,同样是因为美、因为爱、因为事,《天河》轻轻传诵经年!——"夜,沉静的黑笼罩了世界,感觉到空无的放大。天空愈显高远,有一抹星的河流隐现,那是银河。俯首天河,一水碎银。这时感到夜也是存在,是有的一切。站在天汉相交处,站在汉魏古诗中,站在延续千年的传说里,站在天地对应的方位上,总有种说不清道不明的感觉。"

这一切,天河都懂!

2015 年七夕节

邂逅王剑冰的《天河》

陈　琳[①]

生活在天河畔,也许是熟人眼里无风景更无风情的缘故吧,天河在我等愚人眼里就是一条小河,而且围绕在小城周围的那条支流,以前还常常干涸,让人想起那首"我的故乡并不美,低矮的草房苦涩的井水,一条时常干涸的小河,依恋在小村周围……"可是,今天,王剑冰老师笔下描绘的那翩若惊鸿、婉若游龙的天河,震撼了我的心灵。

  天上的天河,流淌人间的传说;
  人间的天河,流淌天上的恋歌;
  神奇的故事,美丽了天上人间;
  无悔的守望,美丽了思念的眼波。
  梦里的天河,滋润心中的寄托……

耳畔想起这首《永远的天河》,歌词写得真美!"沿河的乡野,屋宇散落着自然,花草蓬茸着微风。稻田像一个个唱片,水牛旋转着唱针。"多有诗情画意啊!原来,我们一直生活在画中,却总在嫌弃着这片贫瘠的土地,惭愧!

水因怀珠而媚,山因孕玉而辉,而天河,因牛郎织女的爱情传说,变得更加浪漫、神秘。尤其是夜晚的天河畔,"俯首天河,一水碎银。这时感到夜也是存在,是有的一切。站在天汉相交处,站在汉魏古诗中,站在延续千年的传说里,站在天地对应的方位上,总有种说不清道不明的感觉"。欣赏至此,情不自禁地

[①] 陈琳:作家。

把王剑冰老师笔下的天河神韵,忘情地镌刻于灵魂深处了。

　　喜欢这样的自己,一卷文字,一曲管乐,安然端坐于岁月的一隅,邂逅那一段段温暖的文字。邂逅一段美丽的文字,一如邂逅一段优美的故事,也就在不经意间,邂逅了王剑冰老师的这一篇《天河》,他执笔,澎湃,落笔,恬静……打动了我,整篇不单纯按题而作,而是深解天河,关于它的历史,地理,以及从古到今的传说,简洁清晰,方寸之间,天地纵横,把独一无二的天河绵亘在精确的"沙盘"中,鲜活的文字,气魄宏大,境界辽阔。可真是:

　　　　永远永远的天河,不再有寂寞
　　　　让多少向往停泊,见证那缘分的集合
　　　　永远永远的天河,护佑着连心锁
　　　　让多少浪漫汇聚,见证那真爱的执着……

虚实相生　水到渠成

——读王剑冰美文《天河》有感

李秀峰[①]

2010年,中国当代著名散文家、河南省作协副主席王剑冰赴郧西天河流域采写的散文《天河》,以轻灵优美的文学语言深情描绘了郧西天河的神奇传说。此文于2010年7月12日在《人民日报》副刊发表,随后入选全国多省市语文试题。

这是王剑冰继《绝版的周庄》《吉安读水》之后又一篇碑刻散文。2013年8月6日,郧西县在天河文体广场隆重举行了王剑冰散文《天河》石刻落成揭幕暨"荣誉市民"授牌仪式。县政府领导向王剑冰颁发了"郧西县荣誉市民"匾牌。非常幸运,我也应邀见证了这一激动人心的时刻。

次日,在郧西县委党校学术报告厅,我还有幸聆听了王剑冰先生的文学讲座。王先生亲切、健谈,天河、爱情、文学等话题由他娓娓道来,令人如坐春风里、胜读十年书。

郧西读者对美文《天河》给予一致肯定,《天河》的发表为提升郧西知名度、美誉度,促进天河七夕文化开发和文化旅游产业建设发挥了重要作用。

王剑冰说:"我能够写出《天河》这篇文章,我觉得是天河之美对我的一种打动,另外是七夕这个古老的爱情传说对我的吸引。爱情永远是人生的一个谈论不完的话题。"

散文《天河》开篇就别具匠心,吸引读者。"历史道路的远长,致使人的名字走着走着就走失了,还有村庄的名字、城市的名字。河的名字却不会走失。我

---

① 李秀峰:作家。

现在就站在一条河边,它的悠久与宏阔让我有一种朝拜心理。"大师以哲思般的语言揭示了历史、自然的悠远、永恒与人生、自我的短暂、卑微。大师内心朝拜的这条河叫什么名字呢?读者的心一下子就被抓住了。

  一个作家,对于文字,首先一条要心怀真诚,要有真情,也就是真性情。我就是怀着一种对天河的真性情来写作的。儿时,我们哪个孩子没听说过牛郎织女的故事呢?那是一个老祖母讲的老得不能再老的故事。但是对于一个一个的孩子,又是一个新得不能再新的故事。牛郎织女的故事太美太美了,在我的心里美了很多年,最后在郧西这个地方让我看到了天河、听到了更多的关于他们的故事,这是心里埋着的那颗种子的开花、结果啊,所以我会写出这篇文章。

接下来的文字简练、朴实、自然、虚实相济、诗意盎然。

"叫作天河的水穿越了郧西全境,一路流出两岸的田园风光与山石奇景,还流出一个美丽的故事,流出那么多织女样秀巧牛郎般淳厚的后生……儿时我十分相信姥姥讲的故事,极为向往天河。"流淌着诗意的句子,见证了王剑冰儿时对天河的向往及如今对天河的一见钟情。

作家别出心裁,在文章里想象出了一对儿"男孩儿""女孩儿"相约而来,天河边谈爱,天河里嬉耍。这也许就是现实版的"牛郎织女",或许是传说里牛郎织女的原型。作家还把"苏小妹三难新郎秦观"的文坛佳话穿插进来,相互映衬,很有韵味。

作家念念不忘古诗里的"河汉清且浅"的(天)河、汉(江),对河汉交汇的奇观、对天河之水赞不绝口,"很想找到天河流去的地方。沿着这条水,走到尽头竟是汉水。两条有着民族渊源的水构成清流相聚的胜景""这水在不远的下游汇入丹江水库,通过南水北调工程进入北中国的千家万户,成为另一种意义的民族源流"。

王剑冰说过,要细微地、主观性地去观察事物、去观察人。不管是文学、摄影、绘画,还是其他的艺术,多观察绝对没坏处。"天河""天河旁的古街""牛郎庙""七夕""乡野""屋宇""花草""稻田""水牛""喜鹊""巧女""玉簪"这些郧西人熟知的名词散见在这篇美文里,赋予了灵动色彩,连郧西人酿造的葡萄酒也被大师美其名曰"织女红"！一个外地人，竟然对郧西上津、香口、观音、涧池、夹河这些"充满神秘美质"的地名如数家珍！唐王朝"为皇宫挑选的上百美人因安史之乱而阻留上津，美女就代代衍生在了天河四周"，连郧西为什么出美女，他也知道！"天河，处处是清新柔美的好颜色……随处都是精美的石头，河边随意捡拾都可读出所思所想。我就这么得到了一块梭子样泛着银色斑点的石条。"王剑冰敏锐的观察力及他满怀的赤子之心从他在天河边捡到的一块梭子样的石头里再次得到见证！

文章结尾，回应开头，又写了一条河，令人回味无穷。作家王剑冰描写自己"站在天汉相交处，站在汉魏古诗中，站在延续千年的传说里，站在天地对应的方位上"，仰观天上"银河"，俯察郧西"天河，浮想联翩，万语千言汇成一句'天河，它连同着爱情一道永恒'"。诗人王剑冰，在永恒的天河与浪漫的爱情之间画上了一个天作地合、水到渠成般的等号。

作家王剑冰，作为"郧西县荣誉市民"，当之无愧；大师王剑冰，他的美文也定会跟天河一道永恒！

一条流淌着爱情的河流

——读王剑冰散文《天河》

魏荣冰[1]

大地上纵横交错的河流,犹如地球密布的血管。每一条河流都喧响着不同的声音,流淌着不同的故事。每一条河流都负载着它所流经的土地的复杂血统和隐秘历史。

河流因此成为许多作家聆听和倾诉的对象。美国黑人诗人兰斯顿·休斯在《黑人谈河流》中写道:"我了解河流:我了解像世界一样古老的河流,比人类血管中流动的血液更古老的河流。"诗人通过"河流"这一高度凝练的意象,完成对黑人历史的追溯和故土的寻根。著名作家王剑冰在《天河》中写道:"天河,它连同着爱情一道永恒。"作家通过"天河"这条独一无二的河流,在回溯神话传说与眺望烟火尘世的二元艺术思辨中,完成对永恒爱情的指认与命名。

《天河》源自天河。天河既是一个地理符号,又是一个爱情符号。天河发源于秦岭余脉鹘岭东南山麓,流经湖北省郧西腹地,在郧西县南部天河口注入汉江,天汉相连,蔚为壮观。清初学者顾祖禹在《读史方舆纪要·卷七十九·湖广五》中描述天河:"出县西北界虎鸣峪,驾山而下,经县南达汉水,如自天来。"天河不仅与牛郎织女传说中的天河同名,而且地表流向也与天上的银河走向惊人一致,并且在农历七月初七相互叠合,天地对应,堪称双璧。为什么人们要将天空中那条美丽的光带命名为天河?是缘于经天之河的浪漫想象,还是缘于地上天河的命名嫁接?古人相信星相学说,讲究天地对应,认为日月星辰悬于天际成为表象,山川万物附于地面成为形体。《周易·系辞上传》云:"天尊地卑,乾

---

[1] 魏荣冰:作家。

坤定矣。卑高以陈,贵贱位矣。动静有常,刚柔断矣。方以类聚,物以群分,吉凶生矣。在天成象,在地成形,变化见矣。"可能借此引发联想,命名浩渺宇宙中那条美丽的星河为天河。

一条河与一个传说,在古老的东方智慧中互相照亮。天河承载的七夕文化积淀使它所流经的郧西成为七夕文化的故里,是牛郎织女爱情故事广为传播的地方。牛郎织女爱情故事的核心内涵包括勤劳善良的人性光辉、忠贞不渝的爱情追求、和谐稳定的家庭观念、祈福乞巧的生活理想、和合圆满的东方情调、天人合一的哲学思想。天河也因为牛郎织女故事的传播而波光潋滟,摇曳生姿,成为一条流淌着爱情的河流。

《天河》的美学价值在于,王剑冰先生并没有陷入与一条河流的纠葛,也没有局限于一个传说故事的翻写,而是"站在天汉相交处,站在汉魏古诗中,站在延续千年的传说里,站在天地对应的方位上",以天河为坐标和纽带,基于牛郎织女爱情故事价值维度和美学品质的审视与检析,把美丽的天河作为表征,以天河的神话底色、历史渊源、两岸风情、爱情传奇为向度,以文化的思索、精巧的结构、诗性的笔触,提炼了牛郎织女故事所包含的爱情元素,摹写了天河流域的田园风光,截取了天河岸边演绎的爱情片段,在这种形象的描绘与再现中,提升了爱情的质地和品位,将我们带入一个如梦似幻的唯美境界。

个人与时代之间总存在一种吊诡的宿命:既不可过度亲昵,也不宜过分疏离。过度亲昵容易被时代的泥沙挟裹,丧失个性脸谱;过分疏离则容易被时代抛弃,陷入历史虚无主义的乌托邦。爱情观是这种宿命的一个显性注脚。在一个泛物质化时代,古典爱情已经风化成为一枚书签,夹进唐诗宋词发黄的册页里,当下爱情则大举进入市场并日渐被物欲淹没。《天河》所展开的画幅,与其说是对天河两岸纯真爱情故事漫不经心的讲述,毋宁说是对人类精神委顿和心灵沦陷的修复和疗救。这也使这篇散文具有手术刀般的心灵穿透力。

法国符号学家托多罗夫认为:"对作品审美价值的判断取决于作品的结构。"《天河》采用了以诗性具象天河为链的链式结构,取材讲究,裁剪得体,结构与内容浑然一体,不露斧凿痕迹,尤其结尾"天河,它连同着爱情一道永恒"更是使人"执卷留连,若难遽别"(李渔《闲情偶寄》)。谢榛在《四溟诗话》中说:"结句当如撞钟,清音有余。"结尾虽只有短短一句,但以少胜多,古老的河流与美好的爱情合二为一,融为一体,爱情依附于河流,河流见证着爱情,水乳交融,一道永恒。

《天河》的语言颇见功力,清新自然,简练畅达,生动传神。王剑冰先生是当代散文名家,又兼诗人身份,对语言有着苛刻的要求,达到了极高的造诣。在这篇千字短文里,既有多种形式的修辞手法,又有独具匠心的语言策略。"叫作天河的水穿越了郧西全境,一路流出两岸的田园风光与山石奇景,还流出一个美丽的故事,流出那么多织女样秀巧牛郎般淳厚的后生。"依凭一个"流"字的拈连之功,便将自然风光、传说故事、现实生活熔为一炉。"屋宇散落着自然,花草蓬茸着微风。稻田像一个个唱片,水牛旋转着唱针。"传神的描写,优美的语言,寥寥数笔,便将天河两岸独特的自然风光逼真地呈现在读者的眼前。

台湾散文巨擘余光中先生说:"散文,是一切作家的身份证。"王剑冰先生充盈灵性与智性的《天河》,是他散文思想的又一次成功实践,先生抱持悲悯情怀,携带独特的乐音,不仅给我们营造了一个虚幻唯美的艺术世界,也带给我们一个浪漫神奇的精神世界。

语言,抖落一串文字的幽香

彭林家①

语言与文字的训练来自意识与潜意识的交融,它们在散文诗的旅程上扮演着篇幅短小、灵动鲜活的角色,隐隐约约地蕴涵着诗的情绪和幻想,具有浓郁的诗意,形象生动又蕴含哲理。因此,能够很好运用语言文字的总是那些不同于常人的智者。王剑冰先生那些心怀生活的热情和成功运用语言的例子,为我们散文诗界找到写作的妙意和文字的乐趣;我们也从先生对散文诗观点的认知和启示中,感受着某种审美趋向。

品读王剑冰笔下的《石窟》:"我们无从知道雕凿者的构制方式,布局何以偶显零乱又条理有致。"无法想象的思考是一种远古遗风的幻象,在现代思维的辐射中,自然难以找到古文明的脉络或者人性神思的折射背影。因此,诗家开始从外进入内心的探索:"创造的才华,覆盖了整座山峦。即使是局部也这般生动。这是古阳洞、宾阳洞和卢舍那大佛的铺垫。"那么,宏观的集体文化以"覆盖"二字为支撑点,转动着局部的潜意识信息挖掘,反射着面与点的主题意识和宗教意识的超然情感:"洞窟使北魏这个小朝代在历史中明亮了许多。第一声凿音从那时响起,一直响了四百多年。叮当的敲击,如飞鸟一次次漫过美丽的伊何。"百年的猜想,千年的沉寂,单是一个"北魏"就会让人想起拓跋珪在平城(今山西大同)定都,孝文帝推行汉化政策。佛教的兴起,促进了封建化和民族融合。一个"漫"字则是这种精神的衣钵,使伊河两岸的龙门石窟潜藏着芸芸众生对佛教的继承和发展。从地理资料来看,伊河是黄河南岸支流洛河的支流之一,源于熊耳山南麓的栾川县陶湾镇,流经嵩县、伊川,蜿蜒于熊耳山南麓、伏牛

---

① 彭林家:评论家。

山北麓,穿伊阙而入洛阳,东北至偃师注入古称雒水的洛河。洛水是流经古都洛阳的一条著名河流。那么,与洛水汇合成伊洛河撑起的"伊洛文明",映现着西方历史学家眼里的"东方的两河文明"。由此,作者开始思索石窟的另一种状态:"冷峻的山岩,不开花,不长草,不生温柔,只生佛。"

是啊,任何生命的存在都是一种佛的法缘,因缘而生,没有独立不变的自性。佛是人们的一种精神寄托,不仅是平常百姓的心理依靠,而且也是能人心法的智慧启悟,强调利他为民,具有普度众生的功效。为此,诗人心魂进一步拓展:"假如赋予这些洞口以语言,漫山遍野回荡的,必是一片雄浑的诵经声。"这里用拟人的手法,让洞口说话,让无言的情感化成有声的情绪,从而将主体意识杜撰为充满意象的文本。在客体与客体意识的交流中,修辞立诚,形成渐悟性的禅心而使人与物之间产生某种神秘的联想:"这是大大小小拥挤的永不打烊的铺面,每个都储藏了巨大的精神物资。风雨之中,万念之上,佛端坐其中,不仅经营着信仰,也经营着艺术。"那么,这种精神的幻象和思想的外延,除了景物的铺垫和情感的释放,更重要的顿悟是在"信仰"与"艺术"这两个词语中将文章进行主题上的升华。信仰是对某种理论、思想、学说极其信服进而作为行动的指南。艺术是通过形象塑造来反映思想感情的一种社会意识形态。二者结合就构成了虚与实的阴阳统一,也就是宗教意识的超自然力量在非物质文化遗产的载体上得到显现,成为双层经营的现代文明和局部象征修辞的具体表现。

为此,作者自信地说:"众多的脚步自喧嚣中走来,在这里找到各自的收获。"诗文假如就这样结束了,意识也就是意识了,失去了留白空间的凝重遐思和不定点的空间回味。因此,在潜意识的深入延伸中,佛到心知的名家继续调动心理的能量写道:"其又是龙门山的一个个穴位,摸索这些穴位,整个东方都灵动起来。"这些具有吸引力的文字,无意之间就把我们带进东方穴位的世界,当其潜意识的思想辐射在人体之中,这里任何穴位的触动就会直接影响世人的目光。无疑,这会放大《石窟》存在的历史价值,呈现艺术本身的内视点与想象。也就是说,散文诗是典型的内视点文学,将读者心灵视点和精神视点带到一个意想不到的艺术世界。因此,以情感反观内在的精神视点、比照一切披露心灵世界的精微之处,仿佛就是一种中国人的骄傲和佛教文化的觉悟。

从潜意识上看,对于一个大作家来说,无论是凡是圣,必然要克服先天的五行所带来的心理阻碍,如同修行的圣人那样化性化情,从色到空的旅途中要不断地在习性中否定自己,形成反常化的艺术程序,增加感受的难度和时间的延续,获得一种陌生化的文字组合和思维结构。显然,《石窟》的象征意义和艺术之痕,是从集体潜意识的千年古文明中挖掘出的一组具有佛教思想的原始意象,无论是创作手法还是语言表达,都是在一种意识与潜意识的对接中,不断地推动着散文诗的艺术创新。

(原载《2015 年中国散文诗年选》)

纯净的甘山

王　剑[①]

温婉,浑厚,鲜活。读王剑冰的散文,是需要一种氛围和一种情调的,如同在江南如烟的雨丝中,就着一支古曲,欣赏那红灯笼晕染出的迷离夜色,朦胧中蕴含着静美,苍远中摇曳着醉人的神韵。

《甘山之甘》透显着一种迷人的意境之美。文章中,作家的眼睛、耳朵、鼻子、舌头全面向大地敞开,捡拾着深秋时节甘山上的无限诗意。甘山的色彩是艳丽的:阳光是让人魂牵梦萦的"亮";柿子树是整棵整棵地"红艳",像挂着一树的红灯笼;清清的溪水上漂了一层红红黄黄的叶,"像一条泼满胭脂的香溪";晚间的地坑院,无边的漆黑中,"一孔孔的窗子透出一格格的光亮"。这些颜色是大自然的杰作,在我们眼前挥洒成一帧缤纷的和谐的画卷。而甘山的声音是遒劲的,充满了原始的野性:每一片叶子都在风中旋转,"满树都是红色的响""纷纷地扬,哗哗地响,整个甘山欢动了";"叶子唰唰啦啦地落""伴着响的还有蜿蜒而下的山溪""笑声"或者"雨声"。这些声音不管是喧闹还是低沉,柔软还是坚硬,都是来自甘山的天籁之声。它们和那些艳丽的色彩一起,带给我们一种久违的亲切,让我们融在甘山红韵悠远的意境里,不由得"迷了眼""乱了心"。

《甘山之甘》也展示了一种人性美和风俗美。甘山之"甘"不仅仅甘在果实的丰饶,更在于人性的纯朴。且不说穿越数千年时光的地坑院生活的温馨,也不说那个天生丽质、被大唐"摘走"的杨家女子,单就那些"甘山散文"般的山村女孩儿而言,她们的落落大方,对家乡难抑的自豪,对爱情的大胆追求,以及对

[①]　王剑:作家。

文学的热爱,都在对甘山之"甘"做着最好的诠释。应该说,甘山的水、甘山的特产、甘山的红和甘山的笑,这些都是甘山风情中不可或缺的音符,它们"让人心甘地、情愿地来,心甘地去,留一生的好想头"。

《甘山之甘》的语言很纯净,跳宕而多变。譬如,"满树都是红色的响",这是信手拈来的通感,已经是很精微的表达了,然而,"(她)像一颗红透的柿子,被大唐摘走了"一句更绝,既融合了甘山的眼前之景,又留足了历史的邈远,其中"摘"是神来之笔,更是散发着饱满的诗意的光芒。

(原载 2012 年《中学生阅读》)

永远的桂花香

——读王剑冰《八月桂花》有感

兰　心[1]

我是在剑冰老师的博客上，看到这篇文章的。初读这个题目，眼前不由得一亮，几乎有些迫不及待地去读它。这缘于我对桂花独特的情结。我的童年是在南国度过的，我曾经居住的大院里，有两棵高大的桂花树，每到秋季，两树繁花，簇簇拥满枝头，偌大的院子，处处氤氲着桂花的甜香。尤其逢了雨天，微风习习，雨丝斜飞，桂花一朵一朵扑簌簌飘落，整个小城都浸润在桂花绵绵的香馨里……长大后回到北方，很长一段时间，无缘再与桂花相见。然而，桂花留给我的印象太深了，以至于每到八月的季节，我总会忆起她的甜香，忆起那一簇簇小米粒一样的花朵。

我欣喜有人也喜欢桂花，更欣喜有人写下关于桂花的文字。我想知道，桂花在一位著名作家的眼里和心里，有着什么样的形象和感受。

开篇的文字没有桂花，而是意外地引领我走进位于大别山的新县鄂豫皖烈士纪念馆。纪念馆的空气很凝重，亦如作者的心。于是我看到一串串用月份细心串起的名字——鄂豫皖根据地牺牲的烈士名单。上到红军高级将领，下到普通的红军战士，更有一些年轻坚强的女性。一月，二月，三月，四月……每一个月都有一份牺牲的烈士名单，都有一个个惨烈而感人的故事。而每一个故事，都似一幕幕激烈的影像，撼动我的心扉。尤其让我感动的，是作者特意一字一字摘录下的张泽厚烈士的一段日记："昨天我在河里洗被子，我正在洗着，听见天空中像下雪一样的响了一阵，我仰头一瞅，啊！原来是一群小鸟在空中飞着

---

[1] 兰心：作家。

响呀!"如作者所说,这个"画面中闪现出一个昂扬着青春的生命,一颗活力烂漫的心"。而透过这个感性的画面,我同时看到了一颗向往美好、自由、和平的心。想到这颗年轻美好的心为了今天的幸福和平而逝去,我的心很疼,不由得热泪盈眶……

当然,我还是记着这篇文章是该有桂花的,也还疑虑着这篇题目为"八月桂花"的文章,怎么长篇幅都是关于烈士的文字。但由于文章的气氛太凝重,故事太感人,它吸引着我依旧沉浸其中。一月二月三月四月五月直到九月,一路读下来,甚至还有一些不该成为烈士的烈士,发生在他们身上的或壮烈或令人遗憾的故事,同样被作者细心记录下来。我突然想,设若他们冥冥有知,人们未曾将他们遗忘,一位作家正用他的文字,用一颗真诚崇敬的心引领着人们把他们缅怀,他们孤寂的灵魂,会不会深感慰藉……就在这时,我看到了文字里的桂花,一丛一丛的,长在纪念馆外。密密匝匝小米一样的黄花,开在夕阳中,在十月的风里,"把扑棱棱的香气浓浓地泼洒"。于此,我的心怦然而动,目光跃回开篇时那一串用月份串起的名字,又落到下面一段撼动人心的文字上:

> 石头以沉默替代了歌声。沉默是巨大的,轰然一般的乐曲,像雨、像风,洒过我的肩头。一月二月三月四月连起的八月啊!一棵棵绿树挂果了,一块块庄稼收割了。有人说,看见农村的草垛了吧,一丛一丛的草堆起来,才堆成那个垛。活着的人就是草垛的尖尖,不知有多少生命把他们垫起来。

是了,桂花香在八月里,为了这一季的芬芳,之前要历经多少寒霜酷暑,来一月一月、一点一点酝酿积聚她的清香。而我们今天桂花般甜蜜幸福的和平生活,不也是那一月一月里,一个一个逝去的英烈,用生命为我们打开的吗?

"我以前不认识桂花树,没有想到它的花是那么微小,正是其微小,才要更多的花一齐开成阵势。让人怀想、让人涌泪的八月,八月的花落在地上,也还是香尘一片。"我恍然,为此篇布局的严谨、构思的精巧深为感佩。原来,我记忆中的桂花,远远不可与作者笔下大别山的桂花相比,这里的每一粒桂花、每一缕萦绕空中的桂花香,都是烈士们不朽的英魂啊!

《八月桂花》如一块沉甸甸的石子,在我平静已久的心湖里荡起层层涟漪。

我相信，每一个读过这篇文章的读者都会与我有同样的感受。记得曾读过鲍霁谈散文写作的文章，在说到散文的立意、结构和情致时，他说，立意是一篇文章的灵魂，结构是一篇文章的骨架，情致则是一篇文章的血肉。我觉得他说得真好，如果要为这个说法找一个典范，那么《八月桂花》真是太合适不过了。纵观全篇，一脉幽香始终贯穿其中，而这脉幽香，便是桂花香一样的用生命为我们打下江山的无数英烈。《八月桂花》的立意深且远，有了如此灵魂的文章，怎能不引起读者的共鸣呢？而其布局构思，更是出人意料之外，可谓曲折委婉，又不落痕迹、自然而然地引人入胜。这篇文章最打动人心的，还是它的情致，这是一篇血肉丰满的文章。作者把含蓄炽热的情感隐匿于桂花香中，借物抒怀，尤其是烈士日记和文章结尾部分，真正是以情动人，融情入理，与主题丝丝相扣。与其说《八月桂花》以结构精巧取胜，不如说它是以意取胜，以情感人。譬如此时我写着这篇读后感，耳畔一直萦绕回响着《十送红军》的民歌，文中的影像，历历在目……

　　西方一位哲学家说："一个人如果骄傲，即使身为天使，也会沦为魔鬼；如果谦卑，虽是凡人，也会成为圣贤。"《包容的智慧》作者之一星云大师亦说："为什么要谦卑？因为我们没有什么可骄傲的；为什么要自尊？因为我们没有什么可怯懦的。"每当我读剑冰老师的文字，时常就会记起这些话……他的文章字里行间隐含的善良悲悯的情怀，对生命的平视和敬重，对社会强烈的责任心使命感，无时不透示出他的人品。我想，这才是写好文章的关键所在。因为一个作家，首先要有着好的人品，才能有一个好的文品，才配写字，才能书写出好文章。这，也正是王剑冰老师得到无数读者敬重的缘故。

把最美的情感写在文字里

——《清明上河》读后感

朱 霞[①]

初识作家王剑冰,是从他的《绝版的周庄》开始的。

作为一名文学女青年,一直以来我都喜欢阅读。《绝版的周庄》是河南省杂文协会副会长杨长春推荐给我的,跑遍郑州大大小小的书店,都称断货。最后,在当当网买到了此书。

记得拿到书的那天,我熬过了一个不眠夜,文字的精美、情感的细腻让我对此书爱不释手,一晚上阅读了两次。居然有了一种想再去一趟周庄的冲动。

周庄,我原是去过的,在那里停留了两日。只可惜我没有王剑冰老师观察得那样仔细,跟着旅游团走马观花,更没有细细体会周庄的韵味。闲暇时间,我再读此书,心里居然充满了宁静,好的文字带给人的享受是无法用语言形容的。此后,我又在网上购买了两次《绝版的周庄》一书,作为送给朋友的礼物。

2013年,我负责给开封清明上河园策划一本图书。清明上河园是以宋代画家张择端的传世作品《清明上河图》为蓝本,并在《清明上河图》的故地——七朝古都开封,按原物1∶1的比例复原再现的大型主题公园。

我立即想到邀请王剑冰老师为清明上河园主笔,但又怕我的资历不够被拒绝,那段时间这个问题一直困扰着我。杨长春副会长得知后帮我联系了王剑冰老师,第一次见到王剑冰老师是在电话预约后的半个月,之前他在南海采风,风尘仆仆归来的第二天我们见面了。在我的印象里,王剑冰老师是大作家,应该是很严肃的一个人,第一次见面,王老师温文尔雅,谈笑风生,一杯茶没喝完,我

---

① 朱霞:河南大河大图文传播有限公司策划。

们就完全没有陌生感了。

我不知道王剑冰老师在动手写《清明上河》之前是否提前拟定好了大纲,因为文章让人在阅读时有种欲罢不能的感觉。他观察仔细,用细腻的文字来表达对诸多事物的情感:"透亮的光线闪现得到处都是。柳树在水旁将光线分出了绺,一绺一绺地交给了风。桥的边缘镀了一层光,那层光先是从桥下漫延上来,漫上桥而后就漫上了人们的肩头和脸庞。我已经感到了一种温暖,那是另外的一些温暖传给我的。我拥挤在温暖中,呼吸着新鲜的空气,呼吸着清脆的、甜蜜的、高亢的、低沉的笑的声音。我不知道我要到哪里去,我的脚不自觉地随着不同的脚在走,把自己慢慢地升到河上,升到虹桥的最高处,升到殿宇的最高处,升到云的最高处,让目光散漫或者凝聚。有小人高举着风车,风车是彩色的,风也转成彩色的了。几个人吹起了柳笛,嘀嘀哇哇一群绿色的蛙鸣。猛地一声锣,铜的声音黄黄地炸开来。哪个店铺开张了。船老大在吆喊着河南梆子,那一声劈喉哑嗓拐了好几道弯还没有拐完,听得人差一点儿就背过气去。一个女孩儿叽叽咯咯的一阵笑,将头上插的一枝野花笑散了,纷纷扬扬撒了一地。我看到了大宋的时光,大宋鼎盛时节的清明,是否也是这个样子?阳光必定是一样的,快乐必定是一样的。必定会有波澜壮阔的水,会有船,而且那个时候的船会更多,更繁忙。船是主要的运输工具,一条条船离岸或者靠岸,给这个清明带来不同的兴奋。我的眼下也走过了一条条的船,船上的人怎么也是穿着大宋的服装?而且拥挤的人群里,也有不少穿着这样的服装。我不知道是时光错乱了,还是我的意识混乱了。而笑声是真实的。人们喧嚷着,将我拥向前去。那些旗幌子在风中摆,我又看到了那些光线,那是东京汴梁的光线?分不清是昨天的还是今天的了。我不知道我是如何上到河上,又从河上下来。清明上河园里的人就像一股水流,在桥上桥下涌动着,同河水汇在一起,同春天汇在一起。我成了水流的一分子,跳荡着,滋润着,同其他的水分子传递着欣喜与快乐、幸福与渴望。又一个清明到来了。"

《清明上河》文字的精美,让清明上河园的李琦爱不释手。一次我们闲聊的时候,他竟然能背诵其中的一段文字,由此可见他有多么欣赏和喜欢这些文章。"有些小道上铺了石块,草从石块的缝隙伸展出来,像给那些石块抹缝似的。而有些干脆爬到了石块的上边来,脚踩在上面,软软的,我知道那些草不怕踩,那是一种扒地草。一些草上了墙,顺着墙角、窗户、门框,一点点爬上去,房子有多高,草就能爬多高,甚至比房子爬得还高。有些草就是爬高了,在上面仰着头等着,它或许以为房子还会长。这样的草也爬到了城门上。我从清明上河园的围墙看出去,看到了那片绿色覆盖的古朴,草顺着城的根部攀上去,形成了一个圆弧。没有谁能胜过草的,草是那么庞大的队伍,草是那么坚强的生命,草有那么坚韧的性情。或许这就是宋代的草,将大宋埋没在一年年的新绿中……"背诵完,李琦还笑着说,他现在给别人介绍清明上河园就用这段文字,朗朗上口,每介绍一次就是一次对文学的享受。

元宵节的夜晚,我和王剑冰老师一起去清明上河园看灯展,一路上聊起好多趣事,聊起了小时候自己糊的纸灯笼,聊起了过节放鞭炮的欢喜。王剑冰老师是热爱生活的,热爱生活中的各种乐趣,淡雅而不孤寂,繁华而不彰显,独立而不失温暖。他从容、淡定地面对眼前的世界,行走在理性之中,生活在感性以里,用文字把生命里的美好情感和对生活的热爱留给读者。

舞者用妙曼的舞姿来表达喜怒哀乐,画家用丰富的色彩表达生活的悲欢离合,而王剑冰老师用他细腻的感情来书写他对生活的热爱。

我知道,热爱生活的人,必定是对生命有认知的人,是站在生活之上体验现实本真的人。看王剑冰老师的散文,如徜徉在如梦的岁月里看风景。

流水光色　无限壮美

乔忠延[①]

寻寻觅觅,顾顾盼盼,满眼繁华,时而却惋叹凄凄清清,这是我在散文天地里追寻了好几年的感觉。

真真切切,迷迷蒙蒙,明明手捧书卷,却如同置身于梦境,这是我读王剑冰先生《清明上河》一文的感觉。

自然这第二种感觉缘于第一种感觉,长久的追寻,长久的失落,即使为伊消得人憔悴,也踏破铁鞋无觅处。岂料得来全不费工夫,蓦然回首,那人却在灯火阑珊处。因而,对这全不费工夫的得来,竟然不敢轻信,似乎仍是追寻路上的幻觉和梦影。

接下来当然是另一种情景,随着幻觉的消散,我如饥似渴地饕餮,而又酣畅淋漓地饱享。我读完了《清明上河》仍然觉得难解馋渴,禁不住再读;再读,兴味未减,禁不住写下一些令自我陶醉的感兴。

一

笔下柔情似水,书卷开阔壮美。

这是我喜爱王剑冰先生散文《清明上河》的直接原因。倘要解析,柔情似水与开阔壮美是两种意象、两种风格。前者细腻、柔美,后者大气、壮美。在我读过的有限的作品里,在我熟知的有数的作家里,就个人风格而言,要么从属前者,要么从属后者。倘若二者皆能操持,也是在不同的文章当中,分而用之,或

[①] 乔忠延:著名作家。

柔,或刚,绝少有双管齐下者,皆因为柔和刚分属两个不同范畴,弄不好会鱼龙混杂、非马非驴,读来像吃一锅夹生饭,味同嚼蜡不说,不碜牙就是万幸。《清明上河》一入目,就颠覆了我久有的成论。谁还敢坚持冰火不可同室,刚柔难济一纸?这篇文章就是以柔写刚、以柔见刚的范本啊!

初读该文,我真低估了文章所要承载的精神文化容量,以为不过就是一般的借景抒情而已。"水的光影泛上来,映在一张张脸上,脸上便有了光泽,那是春天的光泽、清明的光泽。一场雷声过后,桑树、柳树开始拱芽,到处弥漫着好闻的气息,深吸一口,满肺里都是那种清爽。"的确,这样柔媚的文辞,这样明丽的景观,最容易触发人的内心情感,使人有感而发,将郁积在胸中的块垒倾泻出来,融进春天勃发的景象,岂不快哉!再往春天的深景踱步,才隐隐觉得轻慢了这纸上的景致。你听有了笑声:"人们喧嚷着,将我拥向前去。那些旗幌子在风中摆,我又看到了那些光线,那是东京汴梁的光线?分不清是昨天的还是今天的了。"渐渐就要进入历史深处,与大宋指点江山的皇帝见面了,不过,先看到的不是他们,而是夜色里的灯笼。灯笼不仅给人光亮,而且构筑起富足、喜庆、奢华的景象。"东风夜放花千树,更吹落,星如雨。"那辉煌的灯笼照彻高墙厚窗,照亮宋仁宗失眠的眼睛。他慨叹一声,醉醺在华光万状的奢靡里。他的慨叹,他的醉醺,不足为虑,关键在于突如其来的下一句:"这如何不让遥远的金人眯起妒忌的目光呢?"这一句,不生僻,不怪异,放在通篇文字里贴切适意,却暗含了即将出现的刀光剑影、血雨腥风。至此,我才领悟作品的妙处,心生感慨:这是流水一样的文质。

《清明上河》如一枝红杏昭然眼前。无疑,这是流水一般的散文,但是,其承载的重量,却远远超过了各类散文的负荷。柔美,承载了刚健,承载了壮阔。显然,王剑冰先生跳出了既定的模式,拓展了散文的空间。

二

读《清明上河》,读到文学家姜夔,我顿时停住,回味《白石道人诗说》里的话语:"人所易言,我寡言之;人所难言,我易言之。"我看中的是后一句"人所难言,我易言之"。我想借此句来说明王剑冰先生对当代游记创作的突围。

当代游记创作陷入困境已不是一天两天了,我期待突围也有很长一段时间了。这困境的出现和戏剧的没落同因一个对手,即影视的迅速普及。

我没有和王剑冰先生就游记创作进行过交流,却固执地认为,他的头脑是清醒的,并且矢志要做突围尝试。从他的《绝版的周庄》《三星堆随感》等作品,我已捕捉到了他突围的踪迹。《清明上河》一书不再是尝试,而是突围的成功之举。用历史的经典去解析王剑冰先生的游记,可能刘勰《文心雕龙》里"登山则情满于山,观海则情溢于海"最为相宜。一个"情"字就化解了游记创作多少年的困境、多少人的困惑。

可要把这个"情"字运用自如、运用圆润,还真不是件易事。首先需要的是性情,是作家独异于他人的性情。有了这性情,同样的山、同样的水,才会具有不同的个性风貌。诚如我所说的那样,王剑冰先生用似水柔情画出了壮美丹青、壮美沧桑,成为这个时代的唯一。仅有如此性情,还只是铺垫个底色,或者基调。凡大气之作必须融入世情、国情。世情、国情是站立于时代峰峦,俯瞰尘寰,引领正道的关键所在。走进一个火药馆,他能打开千年历史大门,将中国神奇的火药和东罗马帝国的灭亡扭结在一起;环顾瓦肆勾栏,他能看见宋朝的繁华和繁华中的奢靡,进而道出盛世里隐藏的危机;在"印刷馆"徘徊,他能瞭望到宋代的一个文化革命,影响着世界历史的进程;碰上一个卖冰糖葫芦的,他也能生出"什么东西,一旦容易得到,就没有了稀罕劲儿"的感慨……文若春华,思若泉涌,涌出的是沧桑镜鉴,涌出的是人生哲理。这才是游记文学应该承载的东西,这才是影视媒体难以企及的境界。

我以为王剑冰先生实现游记创作的突围,道理就在这里。

三

沛然从肺腑中流出,殊不见斧凿痕。

读完《清明上河》,未及掩卷,我便吟出宋代释惠洪《冷斋夜话》里的这一句。显然,以此句对应王剑冰先生的散文风格似乎没有什么不恰当的。这对应也是我将该文视为水质散文的立足基点。仔细玩味这"沛然从肺腑中流出,殊不见斧凿痕",其明示了王剑冰先生的散文特色,道出了他和诸多散文家的明显区别:区别就在于对学识、对思想、对诗意决然不同的运用。如果散文有高下之分,那达到高点的标志应该是文化含量,而文化含量就体现在学识、思想和诗意上。新时期以来的散文突破了往昔心狱的禁锢,很快达到了这样的峰峦。本该在高耸的峰峦更上层峦,揽月折桂,然而,市场的喧嚣,金钱的狂潮,却撩乱了本该清净的身躯,作家心绪的浮躁使散文止步于此、徘徊于此。

一篇长文当然更需要思想,王剑冰先生深得此中要领,字里行间,都闪烁着思想的光芒。那思想是水到渠成的渠水,或是水波载浮的舟船。他将思考的结晶化入意象,每一株草,每一朵花,抑或是一件瓷器都是思想的外化。他写草,草不张扬,草是悄悄地绿。他写瓷器,写到钧瓷的开片,连宋徽宗也沉迷其中,给那些纹路起名字,什么蚯蚓走泥纹,什么冰裂纹,什么鱼子纹。据说,一件瓷器开片要经过六十年之久,宋徽宗自然无法看到全过程。然而,王剑冰并没有这样写,他笔下的文字是:宋徽宗"自己将一件大宋瓷器打碎了"。思想在他的作品里不是万绿丛中一点红,而是万绿丛中皆有情,不经意间那一株不起眼的小草就会给人亮眼的启示。

诗意萦绕着文章,文章萦绕着诗意,丽句与深采并流,偶意共逸韵俱发,引领着我漫游清明上河园,心神畅怡,精神昂扬,早忘了肢体的困倦。

吟咏之间,吐纳珠玉之声;眉睫之前,卷舒风云之色。这才是王剑冰先生文章的质地。

文章的高下之分最后的较量也在于胸怀,在于气度。

品味出这般感觉,信笔写下这点感慨,权当对王剑冰先生水质散文的一点粗浅认识。

2014 年 1 月于尘泥村

王剑冰先生的新浪博客

俞　胜[1]

王剑冰先生的新浪博客开通于2008年2月1日,第一篇博文是篇杂谈,叫《回忆的深处(二)》。我猜想,那时候他开博客,可能是有点儿无心插柳的意思,既然有别的作家开了博客,那么我也来开开又何妨。我这么猜想,论据是在他的博客中,我没有找到《回忆的深处(一)》。您想想,如果您是有心插柳的话,您能不把《回忆的深处(一)》放到开篇?可无心插柳,柳却成荫。截至2009年9月17日14时,他的博客访问量已达到近17万人次,柳树不但成荫,而且枝繁叶茂得很。

剑冰先生的博文多为散文,有写景的文章,有写人的文章,还有散文诗话。他写景的文章自然是不必提了,一篇刻石的《绝版的周庄》即可明证。他写的《佛境》一文,澄澈清明得有丝丝的禅意。写人的文章多关注一些底层的小人物,展现这些人物身上善良、美好的品德,读得让人心里暖暖的,如《我经历了唐山大地震》系列。

我原有不知天高地厚,要为剑冰先生的文章写一篇评论的打算,可真要动笔时又想,给他写评论实在不是一件容易的事:一是因为他的文字这么优美,晶莹剔透得如一只美丽的白玉盘,你要是在白玉盘上添锦绣,没有真功夫,只会点上一块黑斑,想来这样的评论,剑冰先生也必不愿意看,也必不乐意让我写的。二是因为剑冰先生已是名声在外,许多年来,也不知道有多少人写过读他文章的评论,大家小家,短短长长,真不知有几何哉?北齐人颜之推说:"读天下书未遍,不得妄下雌黄。"即使我不知天高地厚,敢于妄下雌黄,没准儿我所发的"真

---

[1] 俞胜:著名作家。

知"是别人早已发了的呢？如果有"英雄所见略同"之处，不免有"瓜田纳履"之嫌，我想也是不美的事。三是因为我读了剑冰先生的博文后，发现有许多网友跟帖，个个都评得到位，皆有真知灼见，一想，何不摘录一二，以飨读者？

网友"兰心"说："喜欢剑冰老师的文章，尤其欣赏其朴实、自然、隽永的文风，而文字中不经意间流露的善良、悲悯的情怀，以及文章敏锐独特的视角、深刻的思想，更是令兰心敬仰。"

网友"蒋淑玉"说："王老师的散文代表了当代散文的一个高度，是真与美的结合。清新明朗、淡雅洗练的语言，或深远或雄浑或沉着或清奇的意境，字里行间蕴含的忧患意识和社会责任感，强烈地叩击着读者的心，仔细咀嚼，满齿留香。"

网友"弓力"说："就我个人对剑冰先生散文的学习认识，有三点印象最深。一是游记类、行走类文字，所占比重虽然很大，但在构思和表达上，既不愿重复别人，也不愿重复自己，一直不懈努力与追求。二是写人记事类文字，抓特点与'画眼睛'的本领。三是历史文化类散文，史料运用与情感抒发、哲理升华、思想开拓等方面衔接转换的功力。文学创作，说到底无非就是'发现'与'表现'四个字。剑冰先生恰在这四字上为我们做出了榜样。"

网友"书女英慧"评他的博文《我经历了唐山大地震》系列："在这些或飘逸或深刻的文字中，总是能感受到剑冰先生的善良和挚诚。7月28日，这个大灾大难的日子，一直深刻在先生的记忆中，先生用这样真诚动人的笔触，记下一个个人、一件件事，还有对那些人和事的怀念和牵挂。也就在这些对人和事的描写中，透出先生善良美好的内心世界。"

您看，网友的跟帖岂不要比我勉为其难写的强百倍？

读剑冰先生的博客，我尤其佩服他以一颗真诚的心来对待每一位网友。他在回复网友的跟帖中说："对待别人写你的文章，你把它挂到博客上，也是对人家的尊重与回报的一个方式。"正是因为这种尊重，他的每一篇博文，网友跟帖少有"捧臭脚"的，每一篇博文，他自己是认真地写，网友是认真地读和评，而他对于每一位网友的跟帖都认真地回复。每一篇博文后面的跟帖，如果您从头读下来，简直就如同上了一堂生动的文学评论课。

在网络文学蓬勃兴起的今天，有人担忧，网络文学的盛行会对优秀传统文学造成挤压。但通过剑冰先生的博客写作，您可以看到，网络只是传播手段，网络文学与传统文学并没有本质的分野,而且网络还给作家提供了便捷的与读者互动的平台。在网络这个园地里,如果不栽种上鲜花,那么杂草就会横行疯长。

相信剑冰先生的博客实践将会为更多的传统作家"触网"提供一些有益的借鉴。

我看王剑冰

张桑麻[1]

近期,我迷上了王剑冰。

网络上找不到他的电子书,我无奈之下找到了他的博客,不惜力气,弄了整整一天半宿才把他博客里面所有的东西都复制下来,并奉若神明地存到我硬盘上的一个文件夹天一阁里。天一阁,那是我的一个大书库,里边各家各派的书本称得上汗牛充栋。

其实对剑冰先生我早已知晓,和他的相识,要往前推好几年的时光。那时,我还正在黑龙江的农村种田。闲了,写几篇文章,也看书。一年到头,在小城隔三岔五地买上那么三两本杂志,有《读者》,再就是由先生主编的《散文选刊》,在村庄里看得津津有味。当年读过的文章,如今大都没印象了,只有两篇,铭心刻骨。一篇是冯骥才的《水墨文字》,另一篇就是先生的《绝版的周庄》。

当时读了《绝版的周庄》,只是觉得美,贯穿全篇的拟人方式把周庄写活了。在作者的笔下,周庄是一位江南的古典秀女,她可以纯朴曼妙,也可以眼帘低垂,她住在水上,"所谓伊人,在水一方"。当时也并未感到多么惊讶,觉得一个杂志社的编辑应该有这样的文笔。如今,却震撼了。没想到他在工作之余居然写出了那么浩繁的篇什,而且涉足那么宽泛,这是我所不知的。然而浩繁和宽泛并不意味着多而杂乱、多而草草,他的每一篇居然写得都相当精致,精致得有如苏女手中执着的团扇,扑面有股幽幽的香气。他舍得花大把的时间去构思,而决不会去匆匆落笔,他遵循着老杜"语不惊人死不休"的执着,从中不难看出一种书家对待文字的虔诚与严肃。

---

[1] 张桑麻:作家。

不得不承认,他首先应该是一位诗人。因为他最早是以一位诗人的姿态步入文坛的,并最终出版过三部诗集,他也曾经是河南诗歌学会的一名负责人,而且他还出版过散文诗集,且由于他的成就,他获得了中国散文诗九十年重大贡献奖。这动静应该足以让大地摇一摇了,可我孤陋寡闻,居然一点儿都不知道,只知道他是一位名副其实的散文家。这都源于他在散文上所取得的巨大成就,以至于这散文的光芒让前面的那两颗星都黯淡失色。

王剑冰的散文,我品了。入口,有一种清新和淡雅,那应该是青菜的味道。读他,你尝到了文字的美,却绝不会腻。余秋雨的文字也很美,但和剑冰先生比,显得腻烦了,有了那么点儿婆婆妈妈;刘亮程的文字就更是细密和纠结,严得一根针都透不进去,那文字,急性子读不了。但剑冰的不同,他大开大合,咏今博古,天地合一。读他的文章,有如风行水上,让人畅快。他的文章篇幅多不大,这很像快餐,你还没觉得怎样,就已经恰到好处地读完了。仿佛是一张弓,正要拉满的时候,停住了,从而有了一种圆妥的完美和意犹未尽。读过,又不会觉得心里空空,文章中的人文和历史形成了一个个珍珠般的亮点,在心里沉淀下来,不觉间又增长了见识。基于此,那文章往往都厚重和丰满,达到了一种很深远的意境,达到一种苍茫。对,是"苍茫",这还是贾平凹评价的两个字,也是先生所追求的一种风格。这两个字,有着沉甸甸的分量。

我觉得,剑冰先生的文字像他的人。他的人我见过,高高的个头,浓眉大眼,一身儒雅,书卷气很重,是个美男子。他的举手投足都有一种学者的风度,他的散文也如此,有一种儒雅的风度,那是一种态,就好像是一个人端着架儿谈吐,你感到了,但你却觉得很自然、很美好。西施就有态,尽管是病态,但那态楚楚动人,人见皆怜。王剑冰的文章就从书卷里透出了一种态,但那态是绝对向上的、阳光的,像举着叶丫的仙人掌。

我还是愿意相信他是诗人,因为他的语言太诗性、太美,这种诗性的美也势不可当地延伸到他的散文和小说之中,就像他的小说《暖暖》和《卡格博雪峰》,依然一如既往地该美美,该清新清新,我行我素的一种风韵。

很艳羡和佩服剑冰先生有着固定的工作,还能走祖国那么多的地方,甚至还去了俄罗斯和别的国家,可谓千山万水走遍。他的见多识广,他的博采众收,使他的思想和阅历更加丰厚,也使得他的文章更加精彩纷呈和有底气。在当今的中国,能够有如此魄力的,我想除了余秋雨,那便是他了,就像我看到的那句话:余秋雨虽然封笔了,但文化大散文还在。这个文化大散文的守望者,无疑就是王剑冰了,他对文化大散文有了一种传承、发扬和独树一帜。那是一个完全属于他的世界。这个我们有目共睹。现在,先生有两篇文章在旅游景点被刻碑,想能千古。《绝版的周庄》以一堵老墙的形式立于周庄蚬园路,《吉安读水》则立于江西吉安的白鹭洲上。对于一个文人,这是莫大的荣耀。

很难想象一个人搞散文能搞得这么有声有色。我以前还一直悲观着,认为自己只会写散文,却不愿意尝试也不能写小说。如今,中国的文坛有了三个人的存在,我就相信,单纯地搞散文,也大可以有一番天地和作为。我的身上有着腾腾的劲儿了。那三个人是余秋雨、刘亮程和王剑冰。

阅读王剑冰

刘琼仙[①]

写下这个题目,鬼都知道我在说大话。

我认识王剑冰老师吗?

到过周庄的人,是应该认识王剑冰老师,也应该懂得王剑冰老师的《绝版的周庄》的。我是到过周庄的人,可我却没有认识王剑冰老师,也不懂《绝版的周庄》。这么说来我是没有到过周庄的,更是浅薄的。但我不怕他人知道自己的浅薄。就像雪,敢于晾晒于太阳底下,将自己的质地一览无余地铺展开来一样。两千多年前的孔子说:"知之为知之,不知为不知,是知也。"这,就是一个人的质地,一个人应具备的最基本的质素。这么认真地阅读王剑冰老师,正是为了让自己的质地再有韧劲些。

认识王剑冰老师,纯属偶然,也隐含一定的必然,一切都缘于《绝版的周庄》。《绝版的周庄》是我打开周庄的一把金钥匙,也是阅读王剑冰老师的一把金钥匙。而王剑冰老师,则是打开中国文明之旅的一把金钥匙。

说偶然,那是因了一次学期期末测试监考,《绝版的周庄》(选段)就出现在四年级期末测试卷的阅读题中。当然,这偶然的因素,更主要的是因为周庄,是我曾到过的周庄勾起了我读《绝版的周庄》的欲望。说必然,那自然就是《绝版的周庄》的名气了,否则,怎么可能出现在学生的考卷上呢?而且是小学四年级的考卷!我想,那教研员该不会是刚从周庄回来,或是刚刚让《绝版的周庄》浸润得不能自禁了吧。否则,怎么可能这么急迫呢?小学四年级,这阶段的学生能读得懂吗?刚读罢,我就禁不住这么想:这次,这些孩子肯定考砸了。这不,

---

[①] 刘琼仙:教师。

一阅卷,发现孩子们都把周庄当作人了。从阅卷时的闲谈中获悉,我们的很多老师都以为周庄就是一个人的姓名呢,就连我们的教导主任也误入了这"藕花深处",说她一直读了好多遍,才读出那么点儿眉目来呢。

话又说回来,一读,我情不自禁地就喜欢上了《绝版的周庄》那灵秀而又不失厚重、轻盈而又不失朗润的文字。我想,那文字肯定注入着牛顿的万有引力,否则,我怎么就深深地让那些文字给吸引住了呢?这不,回家后我立马在网上搜索,便邂逅了《绝版的周庄》,同时也邂逅了王剑冰老师(那当然是王剑冰老师的博客了)。

邂逅是美丽的,而阅读,更是一种美丽的邂逅。

当然,像我这般没有一点儿文化底蕴,又没有一定水准的人,是没有资格,也没有能力阅读王剑冰老师这样重量级的作家的。但,我又偏偏喜欢阅读他,甚至喜欢阅读如王剑冰老师这般经典级的人物。这么说来,自己还真有那么一点儿自不量力。因而,当然也就只能读读而已,最终注定还是说不出什么名堂来的。

王剑冰,其文有剑的气魄、雄姿,也有冰的清纯、朗秀、温婉。我想,其人也一定兼具了剑与冰的品性吧,都说文如其人嘛。再看那照片,一副稳健又不失温和、坚毅又不失淡然的样子,犹如雄劲的山,亦如沉静的海。

放假这十几天来,就常常泡在网上,赖在王老师的"家"里,沉迷于王老师一篇篇意境悠远的散文诗和尚古、厚重的散文里,迟迟不愿归去。得知王老师就是《散文选刊》的主编、编审,并负责选编每年的《中国精短美文精选》,我难已拴住心中那匹激动得几乎脱缰的野马了。正好儿子提议上书店购书,便特别注意《2011年中国精短美文精选》,封面上赫然印着"王剑冰选编"几个字。儿子看我宝贝似的捧着这本书,便从我手中轻轻抽出瞅了瞅封面,笑着问:"妈妈,我猜您肯定是看了这五个字才买下的吧?"儿子知道我每天都在读王老师的博文,故意笑着将了我一军。"这还用问!"我毫不掩饰地说。回到家,我马上打开书柜,找到《2010年中国精短美文精选》,封面上赫然印着"王剑冰选编"五个字,我禁不住拍了一下脑门儿,顿时羞得无地自容,怎么就……唉……

俗话说,有眼不识泰山。我怎么就……

大自然本就是条生态链,作家当然也有作家链了。而作家链就链接着一个又一个的作家群。这不,因了这周庄,又让我发现了孙勇的散文《雨打周庄》。

一看,又发现了孙勇的《认识王剑冰》一文,这让我对王老师有了更深的了解。当然,还了解到王剑冰、孙勇、刘震云等皆为河南作家群中的经典作家。无独有偶,军旅作家孙勇的一名访客——一个江苏的女学生,如周庄的柳,飞入了我的视野。当然,更让我感兴趣的是她所说的那一句话。她说,在考试时《绝版的周庄》是必考例文,她(应该是个高中生吧,因为《绝版的周庄》入选了高中教材)考砸了。呵呵,原来,也还有更为高一学段的学生,竟然也与我们的学生一样,面对《绝版的周庄》,同样考砸了。这,不得不令我们深思。是我们的学生都不了解周庄、不了解王剑冰老师,还是我们的学生,包括我们的老师,对于周庄、对于王剑冰老师都不甚了解?不,应该说,我们的学生,包括我们的老师,对我们的中国文化和中国文明都知之太少了。我们还有很多很多如周庄这样的空白,需要我们从阅读一个个"周庄"、阅读一个个"王剑冰"中去补白、充实和丰盈。

　　阅读王老师的散文,如《阆中》《一个人的故居》《古城夕阳》《驿路梅花》《渭水源头霸陵桥》《陇西威远楼》等,都弥漫着浓浓的民族气息,给人优美、尚古、厚重之感,那优美、尚古与厚重都凝结于对景物的轻描淡写之中,读后余味无穷;如《绝版的周庄》《春秋那棵繁茂的树》等则给人周庄般的悠远、婉约、沉静之感;如《春天的木棉花》《井冈情歌》等又给人积极进取、奋发向上的情愫,仿佛燃烧着的太阳。那一首首精致、优美的散文诗,既让你有种乌兰图雅吟唱《站在草原望北京》的兴奋、激动和酣畅之感,又让你仿佛置身于"蒹葭苍苍,白露为霜。所谓伊人,在水一方"的境界之中。如:"这是水的梯田,不断长出珠玉,长出雾岚,长出轰鸣。""梯田一年四季都丰收着,丰收着德天胜景。"(《德天瀑布》)"拳击五洲雷电,掌推四海烟云,以东方的名义,向世界证明一个民族的个性。""站成翻舞的浪,站成凝止的风,以岩的形式,让海拔上升。""心如磐石,身如磐石。既然选择了坚硬,就以坚硬为符。软弱,找不到象征。"(《中岳雄魂》)"红叶必定携带了爱的基因,旗语一般舞动沉醉千年的诗章。女孩子来,会采摘这层林尽染的心事,将想望变成永恒。""打开一个夹着红叶的本子,里面许会有这样的话语:我把我的青春给了你,我把我的爱情给了你,我把我最后的火热给了你——我无悔。"(《红叶情》)

　　这哪里是文字?这分明就是一种心声,是一种文化,是一种艺术,更是中华文明的一种艺术大呈现!

　　读着这些文字,总能让人感到一种源远的东西在汩汩地流溢。读着这些文字,仿佛在读一条条脉络分明的路,一条条贯穿古今、连通五湖四海的路。而这路上,总是溢满熏香,一路芬芳。读着这些文字,又仿佛在读着一幅水墨周庄,妙不可言,言不尽意!读着读着,你就成了周庄的柳、吉安的水、古城的夕阳……不知不觉间,便仿佛走进了那连绵不绝的画卷中……

对了,可别忘了,还有那《双桥》,那可是周庄的一把钥匙桥,它打开了周庄的过去,也打开了周庄的现在和将来。如今,它真正成了一把打开周庄文明的钥匙、打开周庄财富的钥匙,更是打开中国文化文明之旅的一把金钥匙。有了它,我们才不忘在生活生冷时,安然地走出那装饰得很好的房间,赶快去买一把新鲜的韭菜和半斤肉,然后两人包一盘饺子,让那些生冷在热热的水中七上八下。

第二辑

王剑冰其言

"鸣访名谈"之王剑冰

马晓鸣①

马晓鸣：作为鲁迅文学奖第二、第三、第四届评委,您觉得被挡在鲁奖门外的散文作品是否存在共性的问题？能否为准备申报鲁奖的作者支下招？

王剑冰：不能说有什么共性,如果有的话,就是有好多的好作品没有入选鲁迅文学奖。我们不好说一个奖项就说明什么问题,不能说评上奖的就是经典,评不上的就不如评上的。最好的口碑来自读者,最好的检验尺度是时间。我们提到一个作家,后面一定跟着他的代表作在心里,如果提到一个作家的名字,而不知道他的作品,这个作家起码是有着缺失的,对于获得鲁迅文学奖的也是如此。

马晓鸣：怎么会想到编选一套"鲁迅文学奖散文获奖丛书"？能否说说这套丛书背后的故事？

王剑冰：编这套书只是出版社的想法,找到我,我去做而已——当然也是我乐意,想着汇总起来是一个文学与历史的积累,这个积累或许还有一点儿意义。后来也只是编了四届的作家。因为找这些作家容易,征集作品的过程有些难。每个人都有自己的事情、自己的写作,有些是与别的出版社签了约的,有些是刚给其他的社交了稿子,什么情况都有,而我还有自己的事情、自己的写作。所以,能把前四届的弄齐出版出来,还真是不容易。

马晓鸣：评判一篇散文作品的优劣,您的标准是什么？

王剑冰：无论什么事物,都有一个共同的审美标准,那就是看着好看,看着舒服、顺眼、入心。

---

① 马晓鸣：《贵州民族报》记者。

马晓鸣：都说"中国第一水乡"周庄的出名一是因了陈逸飞的画，再就是因了王剑冰的文。《绝版的周庄》不但被刻碑于周庄，还入选上海高中语文课本、成为高考模拟试题、载入多种选本……《绝版的周庄》能如此影响深远，在您看来，这篇散文主要"绝"在什么地方？

王剑冰：这一点还是请你看网上的评论为好，我自己说不大好，其中同济大学教授、著名文艺评论家钱虹有这样一段话："与其他叙述和议论周庄的散文不同的是，作者始终把周庄作为一个可感可知的对话者和难以割舍的有情人平等相待，在文中，'我'（作者）与'你'（周庄）之间的关系，自始至终都是亲近和互爱的，没有居高临下的恩宠，也无自惭形秽的景仰，唯其如此，他才会以一种浓郁的诗情画意、如歌如诗的柔声细语，梦呓般地抒发着'我'对'你'的爱慕之情。"可能，还有语言的表达方面。

马晓鸣：有人称您的散文理论著作《散文时代》是中国目前较为全面又较为前卫地论述新时代散文的理论著作。如果您以第二人称、以一位批评家的身份来看这部著作，它的成功和不足之处有哪些？

王剑冰：首先说它的不足。它应该是我个人的一部花费精力的理论作品，但是不可能那么全面、那么客观，赞赏的东西多，批评的东西少。成功之处也可以看网上的评论，其中有中国散文学会原会长、著名理论家林非先生的话："很高兴地读完了王剑冰先生的这部散文理论著作《散文时代》，深感他对于当前散文创作整体的现状，真是有着高瞻远瞩和钩深致远的把握。对不断涌现出来的名家佳篇，他从思想与审美的视角，分别做出扼要和简洁的评点，既可以使许多朋友更好地了解大概的情况，又能够引起进行欣赏的兴致。他还在这样微观剖析的牢固的基础之上，升华出不少宏观的理论见解，对于当前散文创作拓展过程中间所取得的成绩，以及存在的若干需要解决的问题，都阐述了自己很有启迪意义的看法。"

马晓鸣：近年来，有一种现象，就是许多曾致力于小说、诗歌、评论、艺术的作者都转行向散文进军，这其中不乏名家大腕，这样的现象是什么原因造成的？

王剑冰：我认为有两个方面的原因。第一个是这些人本身就是文学能力较强的人，知识与生活的积累到了一定的程度。他们在本行当里已经很有成就了，再进到其他文学样式中完全是轻松自由的，写作散文没有一点儿问题。第二个就是有些人在本行当的作为没有引起世人足够的重视或者说了解，只有靠散文转行,争得重新露脸的机会,而他们在原有的行当中的一些长处,正好运用到了散文之中,不管这种应用是否合理,比如小说中较为细致的描写,这样就使得散文产生了多样化趋向,而读者是不需要分析一个门类应该怎样操作的,他看的是好看,这样,有些人靠散文找到了一条捷径。这个或许就是当前散文创作的形势。

马晓鸣：当前,中国散文创作正处在盛世,在热闹的背后是否存在什么令人担忧的问题？如何才能让散文创作健康发展？

王剑冰：我曾经说过,由于阅历的不同、知识积累的不同、生活层面的不同,作家作文的形式和内容也就不同。这样也就构成了散文创作的多样性。不能要求每个人都写成文化大散文,或写成精短美文,或写成哲思小品。还有一些自以为走在前面的人,将以往的文章统统视为传统的写作,唯以为自己的(或自己发现的)是先锋的。也许这些作品确实是先锋的,有新鲜感,有引导意义,但回过头去就会看到,散文何时不在变革着、发展着？不知不觉之间出现了"新生代","新生代"后面出现了"晚生代","晚生代"后面又会出现什么代？关键是写作本身,写出的东西是否被人认可、被人记住,而不是自己随心所欲、随波逐流。更可怕的是没有那种能力,却自认为有那种能力,而且还有人在后面跟着叫好的。叫好的当然未必是真心的。这就是社会出了问题,致使文学也出了问题。这就要求要有人敢于说真话,尤其是那些专家。

马晓鸣：放眼四顾,从事当代散文批评的人寥寥无几,您是从事创作又埋头研究的两栖型专家,您认为是什么原因造成了散文批评的落伍？散文的发展与繁荣需不需要理论的导航？

王剑冰：任何一个文学门类都是需要理论建设的,有的可能需要的多一些,有些可能需要的少一些,不一而足。作为散文,应该是,真正的好散文需要理论的推举,不好的散文需要理论的指导。关键问题是,现今的有些散文,是叫不上散文的,你也不用去跟他进行散文的理论。导航呢,散文本身就是一个自由得不能再自由的文体,你还能给它导航到哪里去？导到无边无际的大海中去,还是导到狭窄的河道里去？前者是不必的,因为其本身就在大海之中;后者是狭隘的,也不可能回得去。

马晓鸣：您担任《散文选刊》主编后,主要施行了哪些方面的改革？现在的《散文选刊》与您主政的时代相比,您认为最大的变化是什么？

王剑冰：我是1997年由副主编接任主编的，到2009年卸任，十一二个年头，留下了许多辛苦和遗憾。我对这个刊物是有感情的，我相信那句话，长江后浪推前浪，后来总比前面强。

马晓鸣：河南散文创作队伍目前在全国来说处于什么水平？河南作为文化大省，您作为省散文学会会长，您将如何带领大家"冲锋陷阵"？

王剑冰：河南的散文放在全国来比较，只能是中上水平。要有那么一批人在全国叫得响才行。我们正在努力，每年都要搞些活动，并且编辑本省作家散文丛书，不断激励、推举、团结，争取慢慢树立一个集团军的形象。

马晓鸣：您曾获中国现代文学馆、《文艺报》等权威单位联合评选的"中国散文诗九十年重大贡献奖"，您认为您在散文诗方面的主要贡献是什么？

王剑冰：散文诗是个不大被人重视的门类，应该为它鼓与呼。本人一是不断地进行散文诗创作的实践，写了一些关于散文诗的评论文字，再就是每年都编有散文诗的书籍，参加散文诗方面的活动，在上面也发发言。

马晓鸣：在您看来，散文诗是属于散文还是诗的范畴？您同时从事散文和散文诗创作，您认为它们之间最大的区别是什么？

王剑冰：我说过："散文诗具有雍容、高雅、凝练、细腻的个性特征，同时又具有深邃、哲理、精神的思想内涵。如此，写散文可以随意而不拘形式，写诗要求凝练而具有韵致，散文诗的创作就在两者的相交点上，或者说边缘上：一方面有散文的自由，一方面有诗的韵致。"散文诗应该是精短的散文，散文诗应该是横排的诗歌。前者要求它优于散文的长篇大论，在散文中它是精粹的、短小的、诗性的，这个诗性不一定是诗的外露，而是内在的表达。后者要求它比诗歌自由，有诗的意境、诗的思维甚至诗的语言，但又不是诗歌本身。

马晓鸣：近年来，随着散文的受宠、诗歌的降温，散文诗成为走红的文体活跃在文坛，您觉得当前的散文诗创作应注意些什么问题？

王剑冰：对此我没有更新的观点，我还是引用我在北京的一次发言吧：社会生活色彩斑斓，着眼点是否再大一点儿、广一点儿，散文诗过去就吃了小花小草的亏，我们是否去看看麦浪，读读梯田，甚至它们下面的东西；是否去走走工地，逛逛菜场，甚至棚户窄巷。我们只有让文字表现的东西色彩斑斓，才能使散文诗色彩斑斓。

在散文、小说、诗歌和散文诗中，最容易犯毛病的恰恰是散文诗，太容易雷同,太容易矫情,太容易图解主题,太容易做作。我们只有正视这些弱点,才能使散文诗达到一个新的高度,从而进入文学的主流。

马晓鸣:您每年都在精心编选《中国年度散文诗精选》,与邹岳汉先生主编的《中国年度散文诗》并驾齐驱,成为散文诗一道独特亮丽的风景线。在编选中,您与邹岳汉先生的不同之处主要体现在哪些方面?

王剑冰:没有总结过。我是按照自己的审美要求来编辑的,也没有分类。当然,编进去的也是良莠不齐。为什么呢?因为每年不可能有那么多脍炙人口的好东西,只有少部分的可圈可点,但是,作为一个全年的总结性的文本,选出来供读者参考、研究、借鉴,也就只能这么选。如果是精选的话,三分之一就够了,那样也不成为一本书了。所以,只能尽可能地广泛涉猎,争取读者的基本认可。

马晓鸣:您曾到过贵州,请说说您对贵州的印象。

王剑冰:贵州好啊,贵州是少数民族地区,山多,水多,自然景观多,民族的遗存多,被破坏的相比内地要少。这样就有很多东西保留下来,值得我们心向往之,所以我经常到贵州去走一走,看一看,去补充精神,呼吸新鲜空气,体味纯正民风。

马晓鸣:贵州各民族文化丰富多彩,您认为该如何处理好保护传统文化和发展经济的矛盾?

王剑冰:很是怕那些公路、铁路穿堂而过,带来了外边的东西,也破坏了自然的东西。这是一个矛盾体,一方面要发展,另一方面要保护,解决这个问题,不是我等能办的事情,只是希望尽量地保护地方的民族特色、自然特色、文化特色,因为这是有别于其他的根本,随着时间的推移,这种根本会越来越显现,失却了这个根本,就失却了贵州的特色。

马晓鸣:几年前,余秋雨先生在游历贵州黔东南原生态文化后写下了一些漫谈随笔,对宣传和提升黔东南知名度起到了积极作用。借用名人效应带动旅游业,假如您是一个地方的决策者,您认为应注意些什么?

王剑冰:一个地方为了推广,借用什么正当的手段都是无可厚非的,什么能快速地提高当地的知名度,引来越来越多的好声音,都是可以一试的。

被碑刻的作家

——访著名散文家、评论家王剑冰先生

杨少君①

杨少君:身影人物,榜样力量。这里是团中央分类引导青年工作活动案例《身影》在线访谈节目。我是主持人杨少君。谈到《身影》节目,大家都知道是一档引导青年的大型访谈节目。那么怎样引导青年?从哪些方面引导青年?团中央通过总结归纳,于2010年11月19日在《关于开展分类引导青年工作的实施意见》文件中给予了指导。其中,要求积极邀请有影响力的党政干部、专家学者、社会名人到青年中开展有较高思想含量的面对面交流活动。散文,是青年人喜闻乐见的。有抒情的,有叙事的,有哲理的,工作闲余,饭前饭后,三五分钟就可以赏读一篇短小精悍的散文。散文也成为大家记录和表达思想情感的常见体裁,很多青年网友的散文写得非常赏心悦目,有的已经在各大报刊发表,成为小有名气的作家。为了给大家提供一次和名师交流的机会,今天我们邀请到了全国鲁迅文学奖第二、第三、第四届评委,著名散文家和评论家王剑冰先生。有请王剑冰先生。

王剑冰:主持人好,《身影》节目的广大青年朋友们,大家好。

杨少君:在《娘亲》一文中您提到了阎维文的歌《母亲》,您说您喜欢这样的一首歌,每回听到这首歌眼里就泛起泪花,您同时又害怕听到这首歌,是因为您没有了妈妈。您说:"我知道失去妈妈的滋味,我也知道唱这样的歌心里是什么感觉。"能否和广大网友聊聊您的母亲和故乡?

王剑冰:母亲,到现在来说,去世整十个年头了,一晃眼的时间。我还经常

---

① 杨少君:在线访谈节目《身影》主持人。

在梦里梦到母亲。每回梦到母亲都是在干什么啊,拿个什么东西啊,母亲在其中跟我交流着……然后醒了。母亲走了十年了,好像她还在我的生活中。所以我真的是感慨万分。当时听《母亲》这首歌的时候,满眼掉泪。还有这样的歌词!那么的生活、自然,能让你想到自己的母亲。我的母亲呢,跟我的感情非常深,因为父亲早就当兵了,他最早当兵在东北,后来参加抗美援朝,后来又在山东。母亲生了我,并带着我在河北的农村慢慢地长大。那个时候生活是很苦的,所以我小时候和母亲相依为命。我们还去地里捡过花生,遛过红薯……后来随军到山东也是最苦的阶段。母亲为了带我们几个孩子,自强、刻苦、任劳任怨,从不向别人伸手,从不向别人借钱。通过自己的辛勤、节俭,把这个家庭操持好,把孩子供养大。我的母亲受了很多的苦,却没有享受到什么福。当我们这些孩子都大了的时候,她该享福的时候,她老人家却和我们永别了。在她有病期间,恰恰是我工作最繁忙的时候。那时候刚接任主编也就是两三年时间,正想把一个刊物做活、做大,有自己的想法,按着这个想法要去操持,要去实现,不断地往外跑,开会,研讨,组稿,见作家。那个时候母亲在病着,每次和母亲说:"妈,我又得出差了。""去吧。"尽管她在病着,还是支持我去。我记得是《十月》在贵州组织的一次活动,我去了半路上又回来了,我觉得不能离开母亲。人家说"家有母,不远行",我的母亲都病了,我还往外跑啥?回来以后,母亲问:"你怎么回来了?"我说:"我觉得我不能去,我得守着您。"母亲说:"我好好的,你快去。"她还是把我逼走了。母亲在我的人生中,给我的就是鼓励,就是支持,就是力量。她从来没有想把孩子拴在身边。所以,我从母亲身上学到了很多的东西。记得那年周庄因为授予我一个荣誉镇民的称号,要我去参加一个会。当时母亲已经是在病重当中了,我想拒绝,我就和母亲聊这件事情,我说:"我不去了。"母亲说:"人家想叫你去一趟,你这是摆什么架子啊?你还是要去。"在这种情况下,我去了。而当活动结束的时候,母亲不在了……母亲在她最难的时候,我做儿子的并不知道。母亲心里知道啊,但是她还是要支持你的事业、你的活动、你的人生,丝毫没有考虑她自己。所以我说,我什么时候听到关于母亲的话题,听到关于母亲的歌谣,我都会感动。母亲刚去世的那些年里,我总觉得母亲还活着,恍恍惚惚的。在街上走着,从后边看某个老太太有点儿像母亲的身影,便加快脚步跟到前面光想喊声"妈",生活状态十分不好。到现在为止,我几乎没有为母亲写过文章,因为不敢提笔。

杨少君：伟大的母爱！在这里，我代表广大青年朋友再次向这位母亲道一声感谢。王老师，从您的文章了解到，您经历了唐山大地震，能给广大网友讲讲您记忆中的唐山大地震吗？从中您有怎样的感悟？

王剑冰：地震它就是个自然灾害。唐山大地震是什么样子？在中国最困难的时候，那一年，周恩来去世了，朱德去世了，毛主席去世了，当然，地震的时候毛主席还在，但那时已经很困难了。在那个时候，唐山竟然地震了，唐山是什么概念？它是占中国百分之一的 GDP 的产地。现在我们说起唐山，是个污染比较严重的地方。为什么严重呢？煤矿、钢铁、水泥、陶瓷，什么它都要贡献，它怎么能不产生污染呢？所以在那种情况下，唐山所有的烟囱都在繁忙地冒烟。干什么？就是在为中国争气加油。唐山人辛苦啊，每天早起的那个自行车大队从乡下的路上一直挤到城市里去，到晚上又从城市顺着那个路回来。我的那些亲戚们，都是在这个大队里挤着。而我刚刚到那里去下乡，还成不了这个拥挤的自行车大队的一员。闻着唐山的那个气味，都充满了感情。感觉到要是当这样一个工人该多好啊。水泥厂的、煤矿的、陶瓷厂的，让我干什么都行。但是这个地方却地震了。上百万人的城市，那么多的企业，地震了，全塌没了。中国的经济，因为唐山地震，陷入了最困难的时期。唐山的地震是毁灭性的、全覆盖的、全颠覆的，几乎没有什么生存的余地。到处都是坍塌，到处都是死人，这种残酷，在人类历史上，绝无仅有。这个事让我赶上了。我没有被砸里，跑出来了。还得说到母亲。母亲在河南，都急疯了，拍了多少电报。每天父母要去邮局发个电报，寄一封信，心里才安稳，但是根本就到不了我那儿。我从来没收到过，我在那个时候，就是背着个半自动步枪，到处站岗放哨，根本不知道父母在家里煎熬着。我的母亲，在那一年头发全白了。等我回来的时候，地震已经过去一两个月了，回来，他们就像做梦一样，以为我这个孩子早就没有了。那个时候，我经历了这么一场地狱般的灾难和动乱以后，我对人生有了另外的理解。生命太宝贵了，而生命又太易逝了。你得来了这个生命，你就得珍惜。所以后来，不管吃什么苦，受什么罪，遭什么难，我都不在乎了。因为我经历了一次生死。它对我的影响，是终生的。

杨少君：从资料获悉，您是在河南上的大学，并长期工作在河南，能否谈谈您眼中的河南，以及河南对您的文学创作乃至整个人生的影响？

王剑冰：我的老家在河北，叫冀东平原。小时候在老家度过，中间不断地回去。但我大部分的时间是在河南生长。中原的沃土,真的是沃土,在中原的这个沃土上,我慢慢地长大。过去的中原,面积广阔,包括山西、山东、河北、湖北,这些地方都叫中原。我们现在狭义的中原就是河南。这个地方真的是中国文明的发祥地。它不只是有一条黄河,还有嵩山、太行山、王屋山、伏牛山、大别山。它的广义的东西是深层的。我们最古老的、最多的人类聚集地,就是在河南。中国最辉煌的朝代,北宋,都城在河南。当然,唐代也有一部分。那个时候,河南聚集了多少经济、科学、文学的人才,太多太多。唐宋八大家,光宋代的文学家就占了六个。虽然后来南迁了,但是南迁的也是中原的血脉。历史上三次大的南迁,好多人都是从中原过去的。来寻祖寻根的,不都回到河南来了吗?所以这个河南呢,不能用一句话概括,它真的是厚重的、博大的、深广的。有些话题说到河南人,丑化河南人。河南人实际上像中国人一样,这么大一个群落,各种人都有,各种各样的事情都会发生。河南这个地方太好了,是中国的粮食主产地。它有山、有水。有句话叫逐鹿中原,得中原者得天下。都跑到这里来闹斗争,把中原人折腾苦了。日本鬼子进中国来,可能好多地方没进去过,但是他们把河南糟蹋得不轻,河南还闹了一次黄河大决口。所以,河南人遭受的痛苦太多。它慢慢变得贫穷,穷了就要思变,就要想办法。整个来说,我觉得河南人还是实在的、朴实的、能干的、能吃苦的。你看看中国很多地方的打工仔,河南人!保姆,河南人!收破烂的,河南人!最苦的,都让河南人干了。这些行当的这些人,恰恰也来自河南最艰苦的地方。我生活在河南,我得益于河南这个地方。因为你能在这里长期地生活,你了解了这里的风土人情,了解了这个地方的文化历史,然后你在这里受到滋润,这滋润有时候你是不知道的,是潜移默化的、一点点濡染的、渗透的,我写的作品,有很多都沾这里的光。河南作家的语言是有特性的。因为河南人说话就有特性,他们的语言很好,如果把河南这些老百姓的话语运用到文学作品里边,是动人的。为什么说中原作家群也是一个受瞩目的群落呢?是因为河南的这些作家还是能够坐得住的,所以出来的作家也比较多,尽管他们有很多到了北京,但是他们的根儿还是在河南。

杨少君:1993年,您加入了中国作家协会,您怎么看作家加入作协这件事?

王剑冰:作为一个在中国的文学写作者,尤其现在这个时代,我还是强调一个自由。很多人写作是有目的的,很多人写作也是没目的的。写作是自己的、个体的,我们怎么说都行。你在手机上发信息,弄个什么备忘录,你都是在写,有些人记日记,记的这些东西是想让别人看吗?不一定,但是有些写得很好、很动情。有些人热恋了,有些人失恋了,他都会写出在自己看来前所未有的东西。那种文字,过后看一看,自己把自己感动万分:我怎么会有这样的话语呢,这简直是一篇好的文章嘛。这个时候如果不发表,还是他自己的。自恋或者自感,拿出去发表不用改,几乎就能把编辑、读者感动。这样呢,他很轻易地就成了一个写作者。现在很多人都在玩文字,不会了,手机上查查,能查出来。中国这里那里,出了这个作家那个作家,先锋派作家、"90后"作家、"00后"作家,都不稀奇。这些作家,就像过去打游击一样。那么你得有个番号,你得有个集体,你归我整编吧,我得给你弄个东西。那么,需要吗?我觉得中国作协也没有这样。我觉得写作是非常自由的,你想找地方发表,只要那个地方接收;实在没地方发表了,你可以弄网上去,甚至比纸质媒体的影响还大。加入不加入作协,没有人强迫你,完全是自愿的。加入作协是很大的荣誉吗?你没有加入作协,你写得很好,大家都认可,你是不是一个作家?是。你加入了作协,你最后写不出来东西,你是作家吗?别人不认可。所以加入作协只是个形式,进去了你自己可能会不断地激励自己。不加入作协呢,可能激励性稍差一点儿。但是这在个人,个人要是真的喜欢写东西,你不加入任何组织,你照样干得很好。就像我们的个体户一样。他自己干得很好,他有这个能力,最后成立一个集团,不也搞得很好吗?一个写作者首先端正的态度不是奔哪个组织去,而是奔文学的哪个高峰去。

杨少君:您被散文界称为两栖人才,并多次被鲁迅文学奖评委会邀请为评委。您怎么看获奖作品的标准?

王剑冰:这个话题有些重,我也不是什么两栖人才,就是在写散文的时候,搞一些文学研究。对于评奖这件事情吧,作为评委会是严肃的,但最后评出来的作品,或者说人,能不能服众,这是另外一回事儿。每一次评奖出来,都会有这样那样的说法,即使是诺贝尔文学奖。我们很多人都觉得中国的很多作家早都该是诺贝尔文学奖得主了。但是直到前年,才给了我们中国的莫言一个。中国的作家就那么差吗?不是,各种各样的因素在里边,所以评出来的奖,可能会不尽如人意。凡是得奖的都是顶尖的、优秀的?凡是没得奖的,都是不如人家的?不是那么一回事儿。很多没得奖的作家作品,可能比得奖的还好,只是有各种各样的因素在里边。因为它不是老百姓评出来的,不是读者评出来的。读者投票评,可能是另外一回事儿。所以,这个呢,也不必太看重。一个人写作的口碑在读者那里。还有时间,这个时间在历史那里。一旦时间走过了,如果获奖的这个人还存在在历史当中,还存在在口碑当中,就站住了。我们说一个作家后面应该跟着一个代表作,这是起码的,有些作家跟着好几个代表作。但是一提有些作家,我们想不起来什么作品,这个代表作没了、丢了,这就麻烦了。我们一说臧克家,起码后面跟着《老马》《有的人》,跟着短短几句,我们也知道。艾青,《大堰河》。我们能够这样地来跟,就行了。说一个作家,作品呢,找不着了,这样说,这个作家是不成功的。但是从现在来看,不光鲁迅文学奖、茅盾文学奖,好多的作家,在中国的读者当中,作品和人失散了。

杨少君:在北大首届中国散文论坛上的演讲中,您特别强调了"散文发展中的个性化问题",什么是作家的创作个性?您认为一个青年作家应该怎样坚守自己的创作个性?

王剑冰:个性化创作,其实每个人都会说,这是个老话题。哪个出名的作家没有个性呢?他肯定有他自己的个性。如果没有了个性,这个作品无味无意,你看不下去。所以说,一个作家的个性十分重要。他的作品所体现出来的风格、品质、道德、修养,都在他的个性上。我们可以说是他的内养功,是他的气质,是他的天生的造化,是他的生活渗入到他身体里的机能。

比如他的语言,比如他的性情,比如他的感情,没有了这个东西,我们找不出来这个作家是个什么样子,是个什么情感,是个什么品德,统统是苍白的。小说有时候会把作家隐藏在情节和人物的背后,但是也隐瞒不住自己的那种观点。比如有些人把一件事物写得特别的丑陋,甚至到恶心的地步,这个人就显现出带有某种龌龊性。体现得最重要的是在散文上。这个人的气质、修养、人格在他的散文中跑不掉。所以,在散文写作里,你的个性化体现得越足,就越能感知到你的情感,越能引起我们的共鸣。像那一年的春节晚会,突然唱出了一首《常回家看看》,唱得大家热泪满眶。一篇好文章也是一样。写上百篇的文章,哪怕有一篇文章被人认可了,我觉得也是成功了。就怕写了一百篇文章最后没有被认可一篇。个性化创作,一个作家坚持了,可能就会出来好的东西。你作了那么多词,谱了那么多曲,上台了,也录音了、刻盘了,怎么没被人记住呢?个性化不足。

杨少君:据说您的文章常被列入中考和高考的试卷命题,您怎么看这件事情？

王剑冰：先有 2011 年山东高考语文试题选用了《澄江一道月分明》，最近的一次是 2013 年福建高考语文试题里的一篇《瓦》，那个《瓦》不长，记得当时发表在《人民日报》上的是 1100 字。我对瓦的感情很深，写瓦的时候充满了感情。其中有一段，说外面下连阴雨，房子漏了，娘说出去一下，她就出去了，冒着雨，从那个墙角爬上去，我就看到瓦挪动了一下，屋里的滴水就停止了。娘冒着风险，浑身湿淋淋地把屋子给弄好了。我写了那句话："鳞是鱼的瓦，甲是兵的瓦，娘是我们家的瓦。"可能出试题的人觉得，这样的东西，即使是在考场上，也能引发考生内心的情感。回答问题的时候，一方面是考试，一方面起到了教育感悟作用。我觉得现在出题的人，越来越从文学性，还有知识性、趣味性、励志性、思想性各方面去渗透。比如《藤》《荒漠中的苇》等，都入了试卷或者模拟试卷。我想一个是文章不长，揭示出来的意义可能会有一些，能给人一种启示。《荒漠中的苇》，说在西部的大沙漠里面穿行的时候，偶然看到那么一小片水，水里长着几根芦苇。这几根芦苇绝对不是人种到那里面的。而芦苇本应该是在江南有水的地方，我说芦苇是一种集体形象，它左来摆摆，右来摇摇，那是集体的舞蹈。它绝对不是在西部，个人的独舞。它是哪儿来的呢？是鸟把一个生命放在这里了？但是即便放在这里了，那水马上就要干了，还是能长多高长多高，能长多久长多久。这就是苇作为生命，它的意义。它没有办法选择，就像我们有些人。我记得我写过一个《藤》，也是好多地方把它当成了考试题。我是在广东看到了藤，那藤在地上铺陈了很大一片，我找了好半天没有找到头尾，找不到。然而中间冒着几个小芽芽。它某些部位还活着。就像一个人半身不遂了，他还在动着。人们你上到这儿，他上到那儿，爬高上低地照相。有人说，这个地方原来有棵大树，这个藤是和大树一起往天上长的，后来树慢慢地老死，扑嗒一声倒地上，藤也掉地上。树死了，藤还活着，它不能往上长，它可以横着长，它就在那儿摊着，就那么活着。这藤，让我想起腾飞的"腾"，那是它生命力量的最后一搏。它在翻腾，像海浪一样。我还想到了疼痛的"疼"，我觉得它是"疼"的，在这么多年的岁月当中，它就那么被甩到那里了，跌下来的时候多"疼"啊，那么多人在上面翻腾着，没有人把它当成什么东西，它确确实实在"疼"着。它的生命被赋予了很多的元素、很多的意义。我在文章里还提到一个女人，我在医院里看到的。那个女人走路的时候头几乎抵在地上，脸就冲着地走，手就在地上挪。她挪着,她肚子里裹着个孩子。很多人当时看不起她,挤来挤去的,没把她当回事儿。你可以把这个人不当一回事儿,但是你不能不把她怀里抱着的孩子当一回事儿。生命就是这样,就像藤上有几棵小芽在生长着。学校拿去当考试题,可能也是考虑到对孩子有启示意义。

杨少君:您的多篇文章被地方刻碑,这件事对您有什么启发?

王剑冰:一个作家的作品被刻在石头上,是个好事情,但是也不是刻意追求的。这个真的是一个不太好说的话题。目前来看有三篇作品,一个刻在江苏的周庄,题目是《绝版的周庄》;一个刻在江西的吉安,叫《吉安读水》;一个刻在湖北的郧西,叫《天河》。这些文章都是写了当地的文化历史、风土人情,或者是对这个地方写出了自己的一种情怀。我写这些作品的时候,是认真的,认真地走,认真地看,然后回来认真地写。像《天河》写了三年以后,才发酵那么一个结果。这一点只能使我认识到,当你对一个作品认真地对待的时候,对你的文字十分负责的时候,会在某一个方面被人家承认。如果你对这个作品写作的时候不那么在意,很随意地去写一个地方,写一个感悟,你总是这么随意地对待你自己,最后你哪一篇文章也没有站得住脚。这一点给我的启示就是:做一个作家,应该严肃地对待自己的创作。一个作家的写作,应该是带有感情的、带有激情的。不管这个作品是长的还是短的,每一次写作都不要轻易地处理它。有些地方刻碑刻完了我才知道,这一点就说明了,你哪怕连一个标点符号都应该在意。也有些作品,比如说我挂在我的博客上,有些网友说了:你这句话好像不通,我一看,汗颜啊。说明我应该时刻地学习,不停地进步。你只是偶尔达到了一个高度,你还没有在这一高度站稳脚跟,你离这一高度还远着呢。怀着这样的心对待自己的写作,可能会慢慢地进步。所以,它越来越激发我或者触动我:对待一个新的写作话题的时候,还是认真点吧。除非你不想拿出来,你哪怕放在博客上,都得认真一点儿,这是一个作家严肃的写作态度问题。所以刻碑事小,它对我的触动是大的,提醒是大的。

杨少君:2014年2月14日,中国社会科学院专家张江、高建平、陆建德、刘跃进、党圣元等发出"文学家要做正能量的发现者和传递者"的呼声。您怎么看文学的正能量?

王剑冰:我基本上同意这个观点。文学,应该是向上的。有没有向下的呢?也有。那就是我们所说的低俗的文学。低俗的文学给人看了以后,可能是龌龊的、萎靡的、痛苦的、不堪卒读的。这样的东西,我觉得不可取。你总是要在某些方面,给人一些向上的、向善的东西,给人点儿什么启示才好。我们不说为政治服务了,但是你应该为精神服务,应该为民族服务。你是中国大地上的一个人,你应该为这个民族、为这个民族的精神提供点儿什么吧。这个,我觉得就是正能量。就像一个人走在大街上,看到这个人在看着,那个人在看着,你这口痰没地方吐,可是等走到没有人的地方,就吐了。你污染的不是那一小片环境,污染的是你自己的灵魂。我们的写作也是这样,不管有没有人看着,约束不约束,都应该以一个正常者的心态,来给人某些东西,哪怕一个剧不写成正剧,写成悲剧,悲剧不也是把什么东西挖出来给人看吗?看了以后人悲伤了也会有某种感想、某种觉醒吧,也是正能量。并不是说一味地歌颂就是正能量。这一点来说,呼吁写作者对这个社会有所贡献,而不是站在社会之外,我觉得是应该的、必要的。

杨少君:据说北大要招收写作专业硕士生,您能否谈谈您对这件事的看法?

王剑冰:北大要招收写作专业硕士生,我理解的就是招收一些年轻的、成熟的、有潜力的写作者,进入学校的殿堂,一边创作,一边进修。这是高校里边的一个新生事物。这个事物来得太晚了,要在我年轻的时候有这么个地方,我肯定会激励自己去好好地创作,不说北大,其他的学校也好,进去进行一番研究。它肯定会招一些非常成熟的作家,进行文艺理论方面的引导。这些人呢,在读研究生这一段时间,起码能有一个很不错的成绩出来。这样对他今后的人生是个大提携。这也说明,现在的高等学府,对于创作这一块,也慢慢地放下了姿态。你创作好了,也能进入我的学校了,并且是研究生。我想它会推动一大批的年轻人,不是走上文学创作,而是把文学创作这个事情做得更好。怎么做得更好呢?就是写出更好的作品。不是你认为更好的作品,是大家认为更好的作品。我觉得对中国的文学,应该是做了一个新的贡献。

杨少君:王老师,现在写作的青年越来越多,无论是用电脑、手机,还是用笔去写,喜欢文学的人也越来越多,能否给大家谈谈文学和青年成长?

王剑冰:谈论文学和这些青年人的成长,我觉得太有必要了。因为文学它实际上是人学。它反映的都是一段段的、一个民族的、一个国家的生活、历史。它免不了在里面出现人物、人的性情,出现它所描写的地方的背景。你看旅游散文,好的旅游散文就等于带着你走了一趟。你在这里边看到了当地的文化、当地的景象和风情。

我们看《水浒传》，我们能知道宋代的生活场景、民俗、社会；我们看《西游记》，会让人发挥很多的想象。人们会想着，我要是孙悟空就好了，我能拔下一根毛一吹就变成一匹马，驾驭着就走了。不管你看哪样的文学作品，慢慢地，你可能想试试，试试就发现了自己的创作才能。青年人要多读书，只要看得多了、写得多了，慢慢地就成熟了。看是必需的，现在有好多人，问他们一些东西，啥都不知道。谁跟谁都联系不起来，那个时代出现过什么样的人，这个人在什么阶段写过什么东西，都不知道。大量的时间不要花费在网上、游戏上，花在书上是很好的，它能净化人的心灵。我听说那些书法家，上午临帖，下午创作。都成了"家"了，人家还要再临帖，就是不断地学习，不断地把别人的营养融到自己的作品里去。写作也应该是这样。你要有一段时间读文学名著，然后你再练习，一方面培养了自己的性情，提升了自己的内质，另一方面，对你的创作绝对是有好处的。你可能没有发现，写的时候，优美的词句不断地出现。哪来的呢？连你自己都不知道。那是你慢慢地读的、积累的结果。所以文学写作者，要不断地读书，向名著学习，向名家学习，也向自己身边同时成长的人学习。

杨少君：《身影》节目是一档发挥榜样典型的激励示范作用，培养青年成才成功的节目。通过今天的访谈，您对《身影》节目有怎样的感受和建议？

王剑冰：以前我不熟悉这个节目，后来看到你们给我寄来的《身影》的书，又看到你们以这种采访的形式让一个人谈他的人生观念，我就知道这件事情你们做了很长时间了。《身影》这个题目也很好，猛然一看不知道它是什么，但是，你仔细去想想，《身影》非常有意义。它不是一个人的形象，它是身影，身影是人走过了后面还有个东西，这个东西在跟随着你，或者这个人消失了，这个东西还在。所以《身影》这个名字起得很好。一个一个的身影，排列在你们这些年的时光当中，它就构成了一个群体、一个大的景象。在什么样的背景下呢？我觉得就是你们设定的由团中央这么一个后备的支持，对青少年进行引导和教育。这么大的一群人，来自各行各业的，来谈自己的人生、经历、认识，时间长了加入的人越来越多，留住的身影也越来越多，它的意义就越来越显示出来。我觉得这就是你刚才所谈的正能量。过去没有正能量这个词，这是个新词，这个新词就像你们《身影》一样，《身影》也是一个新词，这种身影慢慢地渗透到孩子们的群落里面，远远地看着这些身影，跟着这些身影，这些孩子们可能不会走太偏的路。他们自身也会慢慢地看到自己的身影。所以,《身影》的意义,我感觉是长久的、深远的。感谢这个节目。

杨少君:感谢王老师今天抽出这样一个时间和我们交流,真的感到受益匪浅。王老师在今天的访谈里给我们讲解了作文和做人。只有端正了做人的态度,端正了对创作的态度,才能有好的作品出来。我想今天在节目前广大网友已经急着看今天的访谈稿了,稍后我们将今天的访谈稿上传《身影》访谈群共享,同时刊发在《身影》官方网站。王剑冰老师的访谈视频专题将在近期上传中国网络电视台《身影人物》视窗,大家届时可以登录观看。祝王剑冰老师在新的一年有更多的好作品奉献给读者。再次感谢。

(根据《身影》节目影像录音整理)

白鹭会客厅:从《吉安读水》说起

——访著名散文家王剑冰

安　然[①]

王剑冰先生的新作《吉安读水》自2月21日在《人民日报》发表以后,《井冈山报》《吉安晚报》纷纷在第一时间予以转载,晚报更是应读者要求先后转发了两次。3月中旬《江西日报》也予以刊发。此文既出,"洛阳纸贵",好评如潮。在市民工作、休闲、生活的不同场所,有关《吉安读水》的话题不绝于耳。可以预计的是,这篇作品将融入吉安的文化史,随赣江水奔流传承。借此契机,记者联系到了王剑冰先生,于是有了这篇专访。

安然:从你的名篇《绝版的周庄》,到近期口口相传的美文新作《吉安读水》,你用高超的文学手段赋予了散文文本强大的力量,这种力量不会比一个鸿篇巨制弱。你此前对自己的美文产生的轰动效应可有足够的估计?

王剑冰:谢谢,只是一种随意的、认真的写作,是没有估计到有这样的反响的。

安然:你是在2008年的七八月间到达吉安的,从实地采风到作品面世,时间长达半年,终于出手殊妙,"孕沙成珠"。这是一篇充满智性的作品,它匠心独运,跳出吉安写吉安,抓住"读水"这个独特的视角,"泗一点而散全豹",把吉安的地理人文政治、昨天今天明天,通过赣江、富水、恩江、沙溪、吉水等多条水系轻轻而结实地绾结在一起,令人叹服。它行文优雅从容,似一川秋水简净清明,有着强烈的"剑冰气质"——清静、温馨,如吟如歌,如烟如缕。此样解读你本人

[①] 安然:《井冈山报》记者。

是否认同?

王剑冰:你总结得太好了。我只是找了一个下笔点。当时在吉安行走的时候就想找一个下笔点,但一直拿不准,确实是拖了近半年的时间才写出来。这也说明我的笔太笨拙。

安然:任何一个散文大家的作品,都能品读出独特的精神气质。比如你的作品,我想用八个字形容:秋水长天,诗意潺流。这种散文风骨的形成是否源于你早年的诗人身份?请简要地介绍一下你的创作史。

王剑冰:我最早确实是先写诗,那时在大学,文学刚复苏,到处都是写诗的,诗歌成了最热门的文学形式,而散文似乎不来劲。我记得最早在大学里发表在《诗刊》上的诗就是《我是叮叮当当的洒水车》,表明经历了暗夜后的清醒、欲有所作为的激昂。后来毕业还写了一段时间的诗,我比较喜欢诗的凝练。写散文是20世纪90年代初的时候。那时长了岁数,有些东西经过沉淀了,生活的节奏缓慢了,就试着写散文。慢慢发现,散文表达的东西比诗歌更细致。当然写作中不自觉地就利用上了诗歌的一些东西,比如文字的表现力、思想的凝练度。也写过中、长篇小说,在语言的运用上都感到了最初练习诗歌的好处。所以我觉得开始不管以哪种形式进入文学,都是一种积极的准备。

安然:我注意到在一次访谈中,你谈到了散文界的革命取得了成功,梁山水泊重新排座次。散文写作在当下,要木秀于林实在有相当的难度。在这种情况下,普通散文作者坚持写作的意义何在?要有怎样的写作理念和技巧才能写得出一两篇让人记得住的作品?

王剑冰:这个实在是不好说,我觉得散文写作,要把握三个问题:一是有热情,不管是经历过还是正在经历什么样的生活。二是坚持,必须不断地写作,这样会练习思维与文字的能力。三是学习,要看别人好的东西,积累更多的养分和经验。

安然:相比诗歌和小说,散文因其参与者众而被认为是最容易掌握的文本,散文真的是进入文学殿堂的捷径吗?你希望看到的散文写作是什么样子?是种莲花还是水葫芦?

王剑冰:散文是一种随意的文体,说实在的比写诗和小说来得快。操练文字可以从诗歌开始,也可以从散文开始,似乎从散文开始更容易些,因为就像说话一样,写散文就是把所思所为用文字的方式表现出来,但很容易造成江河奔流,泥沙俱下。好散文有,随意性的文字也不少。好的散文也确实是不好写。李存葆就说,写一篇散文的精力胜于写一个中篇小说,那是因为他认真对待散文的结果。不可轻视散文的写作,否则就是对这种文体的随便。就像一下子引进的水葫芦,本想装点水面改善水质,结果生长得十分迅捷,反而造成一种污染。而莲花确实是比水葫芦美妙的植物。它美丽了几千年,几乎伴随了人类的生长史,但是它不泛滥,生长的最初甚至还很艰难。我们看过季羡林先生的《清塘荷韵》,他撒在池塘里的莲子等了三年才见了结果。那是一个漫长的守护与期待。好的散文也应是这样的。

安然:我理解你所说的"种莲花",就是要坚持散文的个性化。如你的秋水长天,如史铁生的智性思辨,如贾平凹的圆融拙厚,如余秋雨的天马行空。令人不得不关注的是,近年先后获得"人民文学奖"的格致和塞壬,她们的文风凛冽,叙事尖锐,笔锋粗粝,以绝对的"反抒情"在散文界取得了一席之地。那么,"摒弃抒情,注重叙事"是不是散文发展的必然方向呢?

王剑冰:你对散文还是很了解的,而且很有研究。必须强调散文的个性化,没有个性的东西是没有生命力的,凡是成熟的作家都形成了自己的风格,这就是个性的东西。散文写作有一段时间是以抒情为主的,好像散文就是抒情的文字。后来强调本真的写作,反抒情就是提倡要写生活,不要虚妄的东西。格致与塞壬的风格也是不一样的,格致的散文里有抒情的东西,而塞壬更实在一些。抒情的东西不能全部否掉,要看是真切的还是一种矫情。而且诗性文字的运用还是可以放在文章中的,那是调味剂和润滑剂,否则就显得干涩。抒情与叙事,我觉得主要是把握度的问题。

安然:说点儿题外话吧。我看到你朋友岳熙写的东西,你失去了母亲,竟然痛苦到十年不能为她成一字,而对别人写母亲的文字总是大加举荐;在街头碰到老人,你会把她想象成母亲,会悄悄地跟在后面走一段路;在黄河壶口,你一个人对着汹涌的波涛大声地呼唤妈妈,呼唤得满眼涌泪。这些细节真的很打动我,是怎样的一位母亲,让一个笔端奔流着诗意的儿子爱至无语无言?我又记得你形容一个女子的好,是这样说的:你长得像一首诗。那么,我就一厢情愿地认定你的母亲大人,就是你心中永远低吟的一首诗,是一首比大河更长的诗。清明到了,请允许我代表读者为她遥点一炷香,寄予最深切的敬缅。也期待你有一天能够把对母亲的大爱诉诸笔端。

王剑冰：谢谢你,你是一个很仔细的人。我们每一个人的母亲都是伟大的,她们都有相像的地方,我时常想到母亲、梦到母亲,我总是感到母亲还在。我会在有一天写出关于母亲的文字的。

安然：今年是《井冈山报》创刊六十周年,在这个时间节点上,能够采访到你这样的大家是我们的荣幸。恳请谈谈你理想中的报纸副刊是什么样子的。请对吉安的广大读者说几句话。

王剑冰：吉安是一个迷人的地方,有那么多可看的地方、那么深的历史文化,办这样一份报纸,以及这样一个副刊,是很有意义的事情。报纸副刊是不好办的,一要注重大众性,还要注重精致性。对吉安的读者我想说,我很喜欢吉安这个地方,这是一个极好的养人的地方,祝愿大家在这方水土的滋润下愉快、健康、幸福。谢谢!

关于写作的话题

——访著名作家王剑冰

王远白[1]

王远白:您最近到了贵州沿河,请谈谈您对贵州沿河之行的体会和印象。

王剑冰:沿河是第一次到,很惊喜,先是感觉行程很遥远,但遥远中却有一个惊喜等在那里,这个惊喜就是乌江,就是沿河的风情,所以就有了一篇文章叫《沿河·乌江》。

王远白:您以前到过贵州吗?请谈谈跟贵州的缘分和往事。

王剑冰:到过贵州很多次,最早对贵州的印象,是"文革"中贵州的红卫兵串联到我们那个小城,在台上表演节目,唱的歌是《我爱贵州》,由此对贵州生发好奇和向往。大学毕业后第一次出差是到贵州、云南,走访了贵阳和安顺,后来再去,看了百里杜鹃,到了遵义。后来又无数次地去,我写了《开阳》,写了《浪哨·梳花》。贵州太奇妙、太厚重,山水风光、人文风俗,十分有特点,而且人很好,是我常去不烦的地方、永久向往的地方。

王远白:您是著名作家,尤其以散文著称,您以前跟贵州的作家(尤其是散文方面的作家)有交往吗?请谈谈您跟贵州作家的交往故事。

王剑冰:最早认识的贵州作家有李宽定、余未人、何士光等,那时叶辛也在贵州,他们都写有散文。叶辛招待我吃饭,然后去看百里杜鹃,也在李宽定家里吃过饭,那时友谊很淳厚,后来认识了欧阳黔森、张劲、赵剑平、喻子涵、刘照进等,都成了好朋友,和他们多有交流,也了解他们的创作情况,有时在哪次活动中就见一面,感觉很好。还知道秦连渝、润清云、邓春源、周光智、贺少华、吴学

---

[1] 王远白:《贵阳日报》记者。

良、陈德根、王鹏翔、许雯丽、伍秋明、史天云、刘红娅、申元初、喻丽娟、申辽原、郑健强、刘毅、胡红莲、张仕慧、何思鸣等一大批写散文、研究散文的作家,所以说贵州是一个散文重镇。

王远白:请描述一下对贵州散文作家的印象。

王剑冰:他们都很认真、很刻苦,也很用心,对散文有自己的观点和看法,身体力行,在全国报刊发表了不少作品,有的作品很是出彩,我很喜欢。

王远白:请您评价一下贵州的散文创作。贵州的散文创作处在一个怎样的水平?未来的潜力有多大?

王剑冰:贵州是一个独特的地方,生活在贵州的作家是有福的。他们能够占有地域优势、人文优势,而他们写出的文字也有特别之处,有一种浓浓的乡土味道、地域味道,所以特别耐读。贵州写散文的很多,但以集团军的形式在全国站定的力量还不够。但是,只要把握住地域特色,潜力是十分巨大的,而且是整体的潜力。

王远白:请谈谈对当前国内散文创作的走向、特点的看法以及未来的一个发展方向或者趋势。

王剑冰:大散文、新散文的热潮似乎过去了,但散文的写作一直没有停止,作家们都是一种自己的、自觉的写作状态,至于怎么写,都是个人的事情,关键是写出特色、写出个性。作品终究是要给人看的,长的、短的、文化的、生活的、抒情的、叙事的,都可以展示,关键是展示后的反响。我觉得散文还是要回归本色,语言是一大关,可以是质朴的、自然的甚至是乡土的语言特色,可以是诗性的语言特色,突出的是运用,我比较喜欢前者。我说不好散文的走向和趋势,散文一直都是散文的面目,换过来换过去,变过来变过去还是回到散文的面目上来。

王远白:请谈谈您的学术研究。

王剑冰:我一直在关注着散文的写作,曾经有理论集《散文创作谈》《散文时代》,这两部著作都获得了省政府的文学奖项。后来还有评论集《文本现场》和《聆听》,都是对当下的作品进行解读或研究的作品,凑成了集子。

王远白:在写作等方面,您接下来有何打算和计划?

王剑冰:我正在创作一部乡土特色的散文集《地气》,这部散文集将着重写中国乡村那些逐渐逝去的曾经长期存在于我们生活中的物件、人们同这些物件之间的故事及情感,如乡间的老屋、砖与瓦、耕牛与农具,更主要的是人与人之间的关系、这种关系在各个时期的反映。

农村是一个特殊的生活场景,是整个社会的一个缩影。现在不少的乡下人愿意到城里去打工挣钱,是因为他们自己的劳动收获不能和城里的收获相等,他们熟悉的按照季节农时的耕种劳作,不被当作是一种十分抢手的手艺,打的粮食也不如在城市搬砖盖瓦值钱。这就大大削弱了农村人的积极性,以至于离开土地的人越来越多。这里边有一种情愿也有不情愿。实际上他们不怕顶着烈日走,不怕披风受寒,洒血流汗。他们手捧着黄土有时不免脸上荡漾着一丝无奈,一旦丢弃土地他们心里不知道是什么滋味。在那样的场景里,他们甚至会为一点宅基地、一点小农具、一点良种而打架争斗,但还是掩盖不了那种本分和质朴。乡村是我们祖辈生活的地方,每一块泥土、每一颗沙砾都堆积着他们几代人的感情。城里人不会对自己居住的城市有太多的感情,虽然许多地方给他们的生活提供了极大的便利。譬如超市、学校、医院等。但是各种不良的环境及噪声都使他们厌倦,这个时候我们会想到曾经生活的乡村。于是又出现了一种现象,一些人越来越往乡村靠拢,置地买房子,去享受走失了的田园生活。但这只是一种另类,还不是多数,并且属于有钱的个体,说明人们对乡村的认知发生了一点儿变化。而我一直以为,有着乡村生活经历的人,生活会显得更加丰富一些,尤其是对写作的人来说,那是他们丰厚的取之不尽的创作源泉。人们相聚在一起,说起最美好的事情,总是会谈论一些乡村的场景,日出而作日落而息的规律的生活、月朗风清的乡村给他们独有的自然恩宠,孩童们有更多的玩耍的地方和机会。知了的叫声、青蛙的鸣响、虫子的啁啾,都成为天籁之音。沉浸到这样的环境里,会感触到一种深邃和美妙。

现在我们已经对端午节、七夕节、中秋节等传统节气开始重视,对将要消失的民间艺术进行抢救,而这些都是来自农村,我们不能忘记渐渐发生变化的农村,要把那些记忆整理出来。乡村正在萎缩,人们对乡村的认识也在不断地发生着变化,但是无论如何都不能改变我们对乡村的情感,那是一种具体的又是抽象的情感,它时时会缠绕在我们的生活中,又时时左右着我们的思想,还会不断地跑进我们的梦中。我们不能把乡村割裂开去,不能让乡村越来越淡出我们的生活。其实很多的年轻人尤其是农村的年轻人对乡村的感情越来越淡漠,这是十分可悲的,而更多的老年人、中年人,不愿放弃那份感情,那是因为祖祖辈辈的影响,中华民族是一个讲究落叶归根的民族,海外的人们还不断地来寻根祭祖,这个根与祖不在城市,而在乡村大地,在一条条河、一道道山间。

所以我想念儿时的乡村,想念所有被称作乡村的土地和村庄,我想用自己的笔再去走一趟,把那些以前用过的东西再找回来,把遇到的人物再在意念里遇一遇,把那些故事告诉更多的人,把一种记忆和情感用文字永远地记住。我还想用文字对那些逝去的人给予缅怀,对那些忘却的重新给予铭记。

难忘那个火热的年代

——王剑冰访谈录

姜红伟[1]

姜红伟：有人说20世纪80年代是中国大学生诗歌的黄金时代，您认同这个观点吗？您如何看待20世纪80年代大学生诗歌运动的意义和价值？目前，诗坛上有这样一种观点，认为20世纪80年代大学生诗歌运动是继朦胧诗运动之后、第三代诗歌运动之前的一场重要的诗歌运动，您认为呢？

王剑冰：中国大学生诗歌的黄金时代除了20世纪80年代，还真的是找不到了。那是一个特殊的时代，大学生诗歌运动是压抑很久的火山喷发，是一群青年的集体大释放。

那次诗歌运动，可以说是席卷了整个中国的校园，恢复高考制度的头两届大学生是这次诗歌运动的主力，他们中大龄青年多，大部分是老三届的，经多见广，思想较为成熟，思考得也深刻。还有就是前两届的学生长期生活在底层，不是下乡就是劳动，很少是应届毕业，这些人进入校园后，渴求知识的愿望十分强烈，一个是恶读、恶补，一个是善于接受新事物、新思维、新动向。而新诗热潮给他们注入了活力，而且诗歌是表达诉求、传递情感最快捷的文学样式。所以，比起其他文学样式，诗歌更容易被大学生所接受、所运用。

这样一次难忘而意义重大的诗歌运动，给中国文学以极大的冲击和影响，使得中国文学迎来一次深切的变革和发展，不管是诗歌还是小说、散文、戏剧，都不断地改变着原有的形象，而由写诗又走向其他行当的，不管是文学行当，还是其他的行当，都带有着一股子诗人的气质，那个影响是深入骨髓的，它甚至锤

---

[1] 姜红伟：诗人。

炼了一个人诗性的灵魂。

关于20世纪80年代大学生诗歌运动是继朦胧诗运动之后、第三代诗歌运动之前的一场重要的诗歌运动的提法,可以这么认为吧,因为大学生诗歌运动持续了四到五年甚至更长的时间,以后这些学生毕业,到了各个岗位和地方,火种一般地散落在民间,对于第三代诗歌运动必然起推波助澜的作用。

姜红伟:投身20世纪80年代大学生诗歌运动,您是如何积极参加并狂热表现的?

王剑冰:那个时候就觉得时间非常重要,每天都要抓住时间,不是读就是写。我就读的学校是河南大学,其前身是1912年建校的河南留学欧美预备学校,在开封,因为当时的河南省省会就在这座古城。河南大学在东北面的城墙前,学校被半圈城墙围着,附近有千年铁塔和铁塔湖。湖边、城墙上下、阅览室、外系教室、大礼堂边的树丛、操场边上,到处都是阅读和写作的好地方。每天不上课的时候就早早出门,一个人溜走,找个地方不再动身。一个人容易静下来,不要说话,不要分心。写的东西五花八门,但是对诗歌的热情越来越高。写了一本再换另一本,实际上最开始的写作是迷茫的,不知道路子怎么走,就看人家,慢慢发现还有一个如我一样的痴迷者,那就是陈同学。我是在外系一间教室发现他的,我看他趴在那里不停地抄着,一张白纸的下面垫着一层层的复写纸。等我开始投稿的时候,我才知道,一篇稿子投出去要等三个月的,三个月没有消息你才能再投别处。那个时候胆子小,让等三个月就等三个月,一年里有几个三个月呀,时间就那么等没了,写的稿子也不知道行不行,检验的标准就是人家留用了没有。那个时候,每天下课就往回跑,跑到宿舍楼下看信,那信一堆一堆的,凡是厚厚的一个信封的,大都是来自报刊社的退稿信,是谁的谁抓起就跑,不好意思啊。

我总是见陈同学每天都能抓回厚厚的退稿信,他怎么能写那么多的诗歌?我有一次忍不住问他,实际上是向他取经,我怀着十分谦逊的姿态,在松柏夹护的小道上看见他就迎了上去。他比我岁数大,是带薪上学的,那个时候带薪上学说明人家已经吃公家饭了,而且上学公家还发着工资,你就显得低人一头了。我很谦虚地问他诗歌的问题,他竟然很给面子,从一个塑料文件夹里拿出哪个诗人给他的信、哪个编辑给他的信,其中就有苏金伞,那是我们省诗歌方面的泰斗级人物。我立时就肃然起敬了,原来人家都有联系呀,我怎么就不知道这些呢？陈同学还说,他每天都能写出七八首诗。我一听就蒙了,七八首？我一天有时一首都写不出来呀,这怎么能成为诗人？而且他给我传授投稿经验。他说你要去买白纸,用复写纸起码誊写四份,这样可以寄四个地方,省时间,要不你总是抄写,那得花费掉多少时间。我们的时间是不够用的。我如醍醐灌顶一般,于是每天加速地写,说实在的,都不知道写了点儿什么,而用复写纸誊写的稿子很少有命中的。等我做了编辑,我最不精心的就是誊写稿,谁知道你又给了谁去？凡是只抄写一遍的稿子我都会认真对待,退稿的时候还用挂号信,唯恐给人家弄丢了。我记得我写过一首《中午》:

大家看天的时候
天上有一只鸽子在飞
我这时看着地上
地上有一只影子
我独享了这影子
黑闪电一般钻进路的那边去

大家看你的时候
我只看着一只鸽子
那鸽子抖着翅可它没有飞走
那鸽子是我的一颗泪
在你胸前的围巾上
你站在路的那边
你望着大家时你又打开了另一种目光
给我自己
这才是真正的目光
前面的目光是后边目光的影子

这首诗写的是一种感觉,我想谁都会有这样的感觉。那是一个中午,我看着一幅画,就"看"出了这首诗,诗写出来给寝室的同学看,他们经常看我的诗,然后评价,我很感激我的那些室友。当然他们总是给我鼓励,说好的多,说不好的少。就这首诗却产生了争论，有的说很好，有的说不知所云。但是很快传开，并且有人抄了去再读给其他人，很多人认为这是一首情诗，并且认为是我个人的经历，这个经历有点儿私密。我把这首诗投出去，总是石沉大海，再投还是石沉大海，就灰心了，觉得这可能不合报刊的口味，就不再投了。这首诗后来被我作为一张纸夹在什么地方了，直到毕业以后翻东西才想起来，就又投出去了。那时已经是1986年，发在什么地方我记不清了，我说过我把积攒了两箱子的样刊、信件弄丢了。我还弄丢了冰心为我题写的书名、臧克家、马烽、孙谦为我写的书法，让我遗憾至今。后来这首诗又在报纸上发过，在散文诗的杂志上发过，还被选入多种选本。只是当时退稿或石沉大海让人迷惘。却有人喜欢它，过了很多年还有人连同《我是叮叮当当的洒水车》一并提起，说完全是两种不同的风格。我觉得一个人的写作，不可能都是一个腔调，在不同的情绪不同的背景下会有奇怪的发声，那种声音甚至连你在后来都感到奇怪。

说实在的，那是一个迷茫的慌乱的紧张的兴奋的时期，像一只刚飞上蓝天的小鸟，急慌慌地满世界乱窜。

姜红伟：当年，您创作的那首《我是叮叮当当的洒水车》和《我在待业青年小店上班》很受读者喜欢，能否谈谈这两首诗的创作、发表过程？

王剑冰：那个时候是刚刚结束十年动乱不久，一切都处于恢复和变革的状态之中，一代被耽误了的青年，内心既充满着空虚、苦闷、彷徨，又充满着期待、向往和希望。《我是叮叮当当的洒水车》，就是一种怀有热情和向上的青春的热望，"洒一路晶莹的雨花，降一街绚丽的虹霓，唱一城激越的欢歌"。那种热望充满了新时代的激情，"我从东方地平线上走来，一直走向那美好的时刻""装九派流水，洒一天大波，冲一条崭新的大道，洗一个透明的中国！"这也是一个新时代大学生的心愿，从没有过高理想的生活底层走进大学，就像一棵枯藤猛然遇到雨露开花一样，一切都感到新鲜和美好。尽管心内还有着诸多阴影，但天亮了，洒水车是从早晨的地平线上开来，最早最清新地唱响新的一天。

《我在待业青年小店上班》则是写一个待业青年心内的一景，那景象里充满了热情和期待，尽管政府没有分配工作，不能走进校园学习，但是也应该开始新的生活，以自己的热情换取欢快的笑脸。这样就"不再孤单""把往事和忧郁扔在一边"。一个被社会抛弃但不愿颓废的青年，就这样在社会的一角发出了自己的心声："我在我的知青小店啊，天天张着渴望的双眼……"我写作这首诗的时间是 1979 年冬天,当时是写了一组,包括写一个残疾的鞋匠在大学门前为大学生钉鞋子,以使那些大学生走得更远。还写了一个青年坐在田间写诗,写得很得意的时候,看到一个姑娘不停地看着自己,以为是艳羡呢,谁想那浇水的姑娘是想让自己挪开身子,因为水就要流进这块地了。这是一个小资情调的大学生诗人对生活的再认识。等等吧,那个时候,还不敢投稿,只是先把一首《听房》给了新创刊的《河南青年》,发表后才有了信心。

投给《诗刊》的勇气来自那个陈同学,他是当时最先在《诗刊》发表作品的河大学生,这给了我力量,我就在 1981 年 5 月左右将一组诗稿投给了《诗刊》,随后《诗刊》就回信说留用了《我是叮叮当当的洒水车》和《我在待业青年小店上班》,其实我觉得后两首比前两首还有些味道,不知道编辑为什么喜欢前者。信是打印的,没有编辑署名。两首诗发表于 1981 年第 12 期,后来入选了由潘洗尘主编、北方文艺出版社 1985 年出版的《中国当代大学生诗选》。

我那天并不是第一个知道的,是同寝室的同学发现后买回来的。那个时候下课跑的有两个地方,一个是宿舍楼下,去看信;一个是学校的书店,去买书。都离中文系的红色飞机楼很远。那个同学每天去书店,我每天去看信,所以他先发现了买回来向我祝贺,我为此心存感激。我成为第二个在《诗刊》上发表作品的河大在校学生,因而引起了一阵轰动,校报和广播站分别转载、广播了,墙报上也登载了,同学诗人都来庆贺,我为此像以往一样,用大提包买回来花生瓜子糖,谁来都给一把吃着。那个时候就像过年串门,总有人过来串一串,而不久《奔流》《飞天》《梁园》和省市报纸也发了我的诗歌,我就不断地拿稿费请客。后来就不用我出马了,同学们高兴地拿着我的稿费弄回来烟酒小菜,直接搞起了会餐,并说,希望天天有这样的欢乐。

姜红伟:在大学期间,您参加或者创办过诗歌社团或文学社团吗?担任什么角色?参加或举办过哪些诗歌活动?当年各大高校经常举办诗歌朗诵会,给您留下最深印象的诗会是哪几次?

王剑冰:当年中文系前两届学生还真没有创办诗歌社团,倒是后两届学生成立了铁塔诗社和羽帆诗社,这两个诗社请师哥师姐当顾问、当指导,倒是红红火火,他们出壁报、油印诗刊,一直坚持了多少年,直到创办者离校了,在校的还在坚持着。似乎现在还有这两个诗歌团体的活动。当年学校里经常举办各种诗歌朗诵会,一般由诗社和学生会发起组织,有的还发奖,朗诵会设在小礼堂、阶梯教室或者露天广场，不只是中文系，但是中文系最频繁。我记得最深刻的一次是诗歌朗诵比赛，我朗诵的不是自己的诗作，是郭小川的《团泊洼的秋天》。后来想起来很傻，因为那首诗太长，把情绪拉得都没了，应该找一首短的。光背那首诗就花费了好长时间。背一首短的呢，短、平、快多好。不懂，就觉得那首诗好，来劲儿，有情绪，后来觉得，还是更深沉、更低缓一些的好。

姜红伟：请您介绍一下您投身20世纪80年代大学生诗歌运动的"革命生涯"，您最大的收获是什么？最美好的回忆是什么？当年，大学生诗人们喜欢交换各种学生诗歌刊物、诗歌报纸、油印诗集，对此，您还有印象吗？

王剑冰：那个时候中文系是很吃香的系，吃香的原因主要是以为能出诗人，而这个诗人的概念包括作家，也就是说一听说是中文系的就必然会写诗，会写诗就会写小说写散文，而那个时候，写小说和散文没有写诗成气候，因为大家都写诗，诗人就最让人羡慕，能够发表诗歌的当然就更是不一样。而那个时候在学校和系里各种各样的壁报上发，也是颇不容易的，因为也是精挑细选上的，也要过一个编辑班子的眼，最后过大家的眼。那个时候只要是壁报栏，你就看吧，不管什么时候围着的都是人，提着暖瓶的，那是去水房打水去或者回来的；端着脸盆的，那是去澡堂子的；拿着书的，那是去上自习或者从书店回来的。反正有事没事的都会围一圈人，哪个系的都有，有的还会拿着笔抄写。说实际的，你发表在报刊上，与你发在壁报上一样抢眼。外系的也出现了不少诗人，但是大家总是觉得中文系是诗人成堆的地方，所以有人就会去蹭中文系的课，不管是上大课还是上小课，总有人搬着凳子往教室的缝隙里坐，中文系的学生就觉得很奇怪，哪里的啊？但是人家才不管你露出的是什么眼神。尤其那些女孩子，就那么往男生的桌子跟前一靠，对着你微笑一下就什么都有了。要是碰上矜持一点儿的，连对你微笑一下都没有。当然，微笑了的，可能还会收获一份微笑，往下会收获什么就不清楚了，因为也能看到后来靠着的那两个就慢慢熟悉了，下次还靠在那个地方，或者还希望靠在那个地方，那个地方就有了一种意义，甚至后来连晚自习也在一起了。往往是外系的女生靠成谱儿的多，中文系是夫子系嘛。而且往往靠过来的女生会发现，中文系的学生并不是十分热衷于课堂，她只要一斜眼睛就会发现，这夫子正在课堂上写诗呢！诗人原来就是这样产生的呀！于是就有了交流，课堂上无非是安娜·卡列尼娜之死、卡西莫多形象的意义、关关雎鸠为什么安排在了《诗经》的首篇，好玩儿，但好像是传道授业解惑的,不是栽培诗人的,而且有些老师明着说,中文系不是培养诗人作家的,即使是上写作课,老师也强调写作课只是研究写作的方法和意义,而非几堂课就能把你弄成一个诗人作家。可不是,你看看那些讲写作的,有几个是诗人呢?还是自己弄吧,这就是外系的同学渐渐发现的秘密,中文系的那些诗人都是"不务正业"的,你看看阅览室里,凡是在书架上不停地翻看一本本报刊的,没有几个是正经的书呆子。真正的书呆子是趴在教材上认真研究做笔记的人。就我们这些写诗的,我知道,笔记大都是凑合的,而诗却写满了各个地方,有时一时救急,写得手腕子上都是。去打饭,一伸手,就伸出一手诗去。那个时候,中文系的食堂里总是有外系的,似乎觉得跟着中文系的吃一顿就会"腹有诗书"一样。不过也有中文系去外文系、物理系吃的,那都是别有用心的。中文系的夫子们多数还是在自己的食堂里打饭,所以临毕业的时候,中文系剩的光棍最多,浪漫的是中文系的诗人,而不是中文系的夫子。可是我的浪漫却始终没有出现,我钻的阅览室、古城上、铁塔湖边、小树林里,都是能产生浪漫的所在。

对了,中文系的宿舍紧邻铁塔公园,早读的时候,学生们都会翻过墙去,散在铁塔周围,围墙对学生实际上不起作用,墙上还有为女学生进出挖的墙洞,猫腰就过去了。这样过去的就不只是中文系的了。那天我靠着一棵大树读诗,就有一个女学生过来问我是不是中文系的,我说是,女生就说她是外语系的,想问问《桃花扇》中的那首诗。昨晚大礼堂刚放了《桃花扇》的电影,想是当时一个问题困住了这个喜爱文学的女生。我就随便说了几句,女生说你能不能写下来,明天我还来,你再给我好吗?第二天我就把对那首诗的理解写好给了她。谁知道她又问我写不写诗,我说写,写不好,她显得很高兴,说她最喜欢读诗了,说能不能把我写的给她看看,她说她看过好多诗人的诗,我不知道她说的诗人是中文系的还是哪里的,抑或是报刊上的。我只好满足她的要求,也满足我的虚荣心。说起来那女生不难看,虽不是那么招眼,但看起来挺耐看的那种。这样不就熟了吗?诗给了她,她都加了评语又送回来,说实在的,那些批点都很到位,我后来的进步还多亏受了她的批点。后来那段墙还是被堵上了,可能是学校考虑到安全问题,也可能是公园的人干的,反正学生们不能再顺利地过去了,我们也就不大见了,偶尔在路上见到,当着随行的同学,也只是点一下头表示问候就过去了。

前面说了,人们对中文系的感觉就是对诗人的感觉,所以艺术系办了一次画展,他们标为"向前看画展",将一些有创意的画作展了半层楼,有人专门到中文系打招呼,让诗人们去关注关注,于是画展外面走廊的墙壁上,就贴满了诗,针对画展的创意和艺术,更多的是赞扬那种大胆,画展里有不少先锋派的东西,还有人体,很逼真,当时震呆了不少人。那是什么时期?记得后来过了很长时间,北京搞了一次人体摄影展,街头排起了长长的队伍。艺术系的画作不亚于人体摄影,而且在画展门口负责看守的听说就是那几个女模特,一时间争议不小,很多骂声留在纸条上飘摇。但是中文系的诗人们给先锋的艺术家们以更大的声援,他们的诗成了动力,我看到不少艺术系的人在抄那些诗,似乎让人感觉,当时只有诗和艺术走在了前面。后来的结果证明,艺术系和中文系走成朋友的为数还不少,有些还走成了家庭。

　　艺术系里有一个青年教师叫孔令更,这也是一个诗人,而且是一个先锋诗人,中文系的诗人总是会登上他住的小楼,那样一座一座的小楼在河大有一排,是最早建校的时候盖的,木制的楼梯楼板,谁一上楼就能听到特别大的声响,诗人的声响总是持续不断地响到孔令更的那间小屋去。那小屋实在是小啊,几个人就塞满了,诗人们就那么塞在里面聊诗,聊得热火朝天,孔令更声音不大,激动起来同样还是没有多大发声,但是让人更加感到深不可测,感到那深不可测里才是诗。后来孔令更离开学校去了开封的杂志社,杂志叫《中岳》,执掌了诗歌的生杀大权。现在来看,他还不如做他的老师,那个时候因为诗有些人都疯掉了。很多疯掉的人去走黄河,丢掉分配去专一地写诗,诗中自有黄金屋、自有颜如玉。还真是,我发现诗人们找的朋友都不错,而且都是因为诗。程光炜、易殿选都是在学校谈成的对象,而他们两人比我们高一届,都最早上过《飞天》的《大学生诗苑》,最早让人刮目,也就最早被写诗的包围。他们就总是面带着善意的微笑,迎接那些崇敬的笑,走在饭堂里,走在小路上,总是有人说,那就是谁谁谁。这是一种力量,支撑着诗人们向《飞天》、向其他的刊物大踏步地进军。

　　我上《飞天·大学生诗苑》的时间比他们晚,我记得我投了很多次稿子,才收到了一张手写的纸条,那个时候都是打印的退稿签,上面印的都是官话,什么经过研究不予采用什么的。我后来当了编辑,也是将那种经过研究不予采用的小笺极快地夹在稿子里退掉,不退你能发吗?每天一麻袋一麻袋的来稿,一个月就那么一本杂志,怎么能盛下那么多的热情?可我那天就收到了一张手写的小条,是说我的《织机(外一篇)》留用了,请不要再投他处。下面的名字是张书绅。张书绅的大名经常在诗人中间传颂,今天终于看见手写的这个闪光的名字了。过了几个月,《织机》才发出来,而《外一篇》没有发,可以想到是版面的原因。后来,那个《外一篇》连同我重新寄去的稿子一同发了,张书绅先生的在意可见一斑。

张书绅先生是我心中的一个神,他是个什么样子的人?一定是个中年人了,甚至进入了老年,因为他的心里充满了善良和宽厚,那个时候没有哪家刊物会像《飞天》那样,把不小的版面给了大学生,不知道他们吝啬的原因,结果就是,全国的大学生都把目光聚焦在《飞天》上,阅览室的《飞天》成了抢手货,每天一开门,同学们都会疯抢座位和报刊,《飞天》破损得最快。人们记住了《飞天》,也记住了兰州,那么远的一个地方,《飞天》成了它最好的广告。而诗人们却是记住了张书绅,要不是太远的缘故,我想会有很多人结伴去看他。我终究没有见过张书绅先生,但是在心里我早就见到他了。当了编辑以后,我就知道当时他是多么废寝忘食地认真对待着一个个大学生的来稿,他的心里有一份责任啊,而这个责任是教育部或者团中央给他的吗?不是,但是同学们好像觉得中国有那么一个地方,在有意地关怀着自己,关怀着一种热情和热望,关怀着中国新时期文学的发展。张书绅也许不知道,在静静的夜晚,他的名字被寝室里的同学们一遍遍幸福地提起。

到我做编辑20年后,我去一个地方讲课,一个已经做了老师的人跟我说,他还保留着我给他写的退稿信,里面的鼓励让他激动了很长时间,并且激励着他坚持下来。他说他把我写给他的四封退稿信装在镜框里挂在了墙上。我听了十分惊讶和感慨,我早就不记得他的名字了,而且也没有采用人家的稿子。我没想到,一个编辑的鼓励对一个学生作者是那么的重要。在那个时期,一个编辑的作用竟然那么大,胜过了一所学校的写作老师。

记得后来张书绅先生还要了一次照片,那是很久以后的事情了,照片印在了封面上,很多在《飞天·大学生诗苑》里发过诗歌的作者形象都印在了封面上,那个时候,《飞天·大学生诗苑》已经停办了。我曾拥有过一本《飞天·大学生诗苑》纪念刊,厚厚的一大本,可惜连同我留的样刊样报都丢了,是由于单位搬家,搬完了没有及时去将那两个大纸箱子弄走,可能人家以为是不要了,就当作废品处理了。处理的岂止是一些样刊,还有我一直保存着的我与张书绅和其他编辑的来往信件,还有我写了那么多的诗稿。

样刊里有三期《大学生》,那是河大学生会编的,编了三期就停了,可能是经费的原因吧,三期里两期有我的诗歌,什么名字都忘记了。当时看到散发着油墨香味的《大学生》很是高兴,在自家的刊物上发表东西并不是件容易的事情,因为盯的人更多,当时学校里还有一份校报,上面也发表学生作品。还有广播,每天开放的时候播放,也会播放学生的作品,这些都是促进啊。所以河大后来出来了一个作家群,这个作家群里不少是诗人,或者先写诗而后转为写作其他文类,比如我,现在基本上不写诗了,以写散文、小说、评论为主了。但是诗歌是前提,它历练了我的文学,我感谢诗歌。

姜红伟:在您的印象中,您认为当年影响比较大的诗歌刊物有哪些?哪些诗人的诗歌给您留下了比较深刻的印象?

王剑冰:那个时候,《鹿鸣》《希望》《无名文学》都有很大影响,更别说《绿风》《萌芽》《青春》《飞天》了,再往上,就是《人民文学》《诗刊》。不过,在大学生诗人的心目中较为看重的,就是《飞天》和《诗刊》。诗人嘛,就是北岛、江河、顾城、舒婷、骆一禾、王家新、徐敬亚、王小妮、梁小斌、吕贵品、孙武军等,都为我所喜爱。

姜红伟:投身20世纪80年代大学生诗歌运动,您的得失是什么?有什么感想吗?

王剑冰:当然,在学校宝贵的四年时光里,写诗、读诗占了不少时间,在文学上有了历练,使我后来走上创作之路。这一段时间是个摸索、实践并且认识自我的过程。没有这一段对诗歌的痴迷,就不可能在学校期间对自己今后的方向有明确的认识,所以毕业分配的时候,先是分到了省级行政单位,后来调整到了杂志社,再后来搞了专业创作,算是走了一条开始就认定的路。这是积极投身当时大学生诗歌运动"得"的一面吧。有得就有失。"失"的一面呢,那就是在知识的积累上肯定有些缺失,时间都是那么多,该读的书你没有那么多时间读了,还得后来需要的时候再补上。入校的时候,学校给了中文系学生一个必读书目,到毕业的时候我也没有读完。直到现在,我还在读。

姜红伟:目前,20世纪80年代大学生诗歌运动这一现象已经引起研究者的高度关注。请问,您对今后大学生诗歌运动历史的研究有什么好的意见和建议吗?

王剑冰:肯定有学者专家对此感兴趣,就像你对此的兴趣一样,随着时间的推移,必然有一些人会认识到这一现象的重要性,那是一个不能绕过的诗歌现象,因为是一个大的群体,这个群体在多少年间直至目前都还在活跃着,起着作用,成为几十年间文学创作的中坚力量。所以这样的一部书虽然只是一种简单的总结,但它必然会引起更多的关注,引发研究者的注意。

姜红伟:当年您拥有大量的诗歌读者,时隔多年后,大家都很关心您的近况,能否请您谈谈?

王剑冰:由于喜爱写作并且在校期间发表了作品,我毕业分到了当时的《奔流》杂志社,编的是小说散文,但还是写诗,后来到了《散文选刊》,专业就更加集中了,不得不整日地关注散文、学习散文。一个散文编辑不熟悉散文,不知道散文怎么写,就不大清楚散文的走向,所以就逐渐地放弃诗歌,写起散文来。由于诗歌的缘故,我写起散文比较得心应手,当然,在大学的时候,也写过散文,并且发表过。这样,在出了《日月贝》《欢乐在孤独的那边》等几本诗集以后,就连续出版了《苍茫》《蓝色的回响》《有缘伴你》《在你的风景里》《远方》《绝版的周庄》《喧嚣中的足迹》《普者黑的灵魂》《王剑冰精短散文》《荒漠中的苇——王剑冰励志散文》《吉安读水》《大雪无言》《金色的麦秸垛》《清明上河》等十几部散文集,还出了一部长篇小说《卡格博雪峰》,发了几部中篇。由于研究的需要,也写了大量的文学评论,出了评论集《散文创作谈》《散文时代》《散文现场》《聆听》,其中大部分都是散文方面的。做了十几年的主编后,我开始搞专业创作,时间更加充裕了,就开始看大量的书,也是恶补吧,其中好多是应该在大学里看了的,而有些是主动重读的,比如那些中外名著。有了时间,写作更加有了计划性,对自己的要求也更加高了,专业了嘛。除了《绝版的周庄》被刻石在周庄以外,散文《吉安读水》被刻石于吉安白鹭洲,散文《天河》被刻石于湖北郧西天河广场,散文《洞头望海楼》被刻石于浙江洞头望海楼。我还在写着,时间充裕了反而又觉得时间不够。这是有事干的缘故,那就好好干下去吧。

散文诗要革命

——访散文家、评论家王剑冰

赵宏兴[①]

赵宏兴:你在很早以前就写散文诗了。

王剑冰:是的,早在20世纪80年代,广西民族出版社出版的"中国99散文诗丛"里就有我的一本。

赵宏兴:你是从散文诗开始起步创作的?

王剑冰:是从诗歌,然后过渡到散文诗的。

赵宏兴:这其中你有什么感受?

王剑冰:过去,我接触过一些诗歌作者,他们写了很多的诗歌却发表不出去,因为发表诗歌的门槛太高,园地太少,我当时就给他们出点子,建议他们把这些诗歌用横排的方式寄出去,它叫啥东西别管它,先给你发表了再讲。后来有的作者成功了,给我来信表示感谢,说这种成功是"曲线救国"。成功之后,再转过来写其他东西,就好办多了,编辑就有点儿高看他了,比从来发不出去的要强。我举这个例子,说明一个问题,散文诗假如要是竖排的话,可能是一首诗。所以从这一点来说,诗和散文诗是很难界定的,有时候是很接近的。散文诗作家与诗人气质是相通的,对事物总是用一种诗性的眼光去看待,激情在里面涌动,首先打动的是自己。这个诗性的东西,你想要把它表达出来,你还要用诗性的语言,所以写着写着不是散文诗就是诗了。

赵宏兴:现在你是一个著名的散文作家了,还写不写散文诗?

王剑冰:写,但不多,是应用式的,如配个图配个明信片什么的,不是自觉

---

① 赵宏兴:著名作家,《中国当代散文诗》主编。

的,自觉的功夫我基本上花在散文上了。

赵宏兴:我看过你的散文《绝版的周庄》,它选入上海高一语文课本,还有全国初中语文读本七年级下册,我觉得这里面有很重的散文诗痕迹,你是如何看的?

王剑冰:但我当时是不自觉的,实际上我们有好多写作都是不自觉的。我当时只是进入一种诗性的境界里去写,那种诗意肯定不是散文的,现在想来应该说是散文诗的,这个时候你说《绝版的周庄》是散文诗,我觉得还舒服点。

赵宏兴:你多次呼吁散文诗要大包容,从你编的散文诗选本里也能反映出这个观点,我们应该如何理解这个大包容?

王剑冰:为什么我编的那个散文诗年选里有许多别类作家呢?小说家也好,散文家也好,理论家也好,我就想把他们拉过来,叫他们承认散文诗,让他们认识到你的作品已经"触电"了。接受散文诗的人越多,那么影响也就越大。这就有点儿像跑马圈地。你要先把土地尽可能多地圈过来,然后再搞开发利用。如果你连土地都没有,光在那里谈开发,不是纸上谈兵吗?

赵宏兴:你说得很有道理,生物进化学也是这样。一个物体,越是包容生命力才会越强。散文诗除了大包容以外,还有哪些事情要做?

王剑冰:散文诗的革命。散文诗为什么没有进行革命呢?就是因为第一没有人重视它,第二它没有成为大气候。

新世纪以后,首先是诗歌,进行了几次大胆的革命,革命到现在,旧的、原有的,包括曾经很红火的朦胧诗人已经很少写诗歌了,为什么?因为革命成功了,后来的不知道多少代多少代的诗人把他们挤跑了。散文也是这样。20世纪80年代初的时候,有一批散文家,包括一批著名的女散文家,经过革命,后来都偃旗息鼓了。之后,小说界来了一大批人,他们在情节上成熟了;诗歌界来了一批人,他们在炼意上成熟了;教育界、知识界来了一批人,他们在知识的把握和题材的深度上成功了;再加上评论的,加上艺术的,散文的新面目出现了,这些人一来不得了,他们上了梁山后,重新一排座次,把原有的梁山好汉挤到后面去了,新的好汉不断地进入,原来的觉得不是对手或悄悄地下山了。这是散文界革命的成功。

那么散文诗至今没有人来冲击它,它一直在那里孤芳自赏,总觉得自己本身就很漂亮。这是它的悲哀之处。我们今天来看,有的人写了一辈子的散文诗都没有大的突破,文学界其他名家涉猎的也很少。这说明,散文诗内部没有那种自觉和行动,来革自己的命。这样一来,对散文诗的长久的坚持,年轻的后生感到没劲。他们写出了新鲜的东西,比如,很多从诗人过渡到散文诗来的人,自觉或不自觉地写出一些篇幅稍长一点儿的、题材稍大一点儿的文章,有些就得不到散文诗界的认同。这样纯粹留在散文诗界的青年作者就少了,他们或被冠以散文家的头衔,或又去写了诗歌和小说。那么,带有诗性特征的长些的文章算不算散文诗呢?这是争论的焦点,而最终的结果我觉得应当是明了的。因为,散文诗再不能满足于原有的小题材、小情趣、小见解、小篇幅这种概念了。

散文诗的革命还要盯在抒情上,我不是不喜欢抒情性,我也难以逃脱散文诗的抒情性。我自己的亲身体会,散文诗如果一味地抒情,就会重复性太大,不光是重复别人,还有重复自己。因为目前散文诗短小,它的产量很大,这样它就不能做到每首都不一样,而且散文诗的抒情,最容易形成押韵和排比,这是散文诗的大忌。当然,朗诵的诗和散文诗在题外,因为那是为了舞台效果。从阅读的效果来看,作者写的时候很有劲,但你读的时候特别没劲。

一味地抒情,最容易堕落为矫情,矫情的写作在散文和诗歌里已经站不住脚了,但最容易在散文诗里出现,所以我说要开拓我们的视野,把它的题材拉得更广泛些。只有这样,我们才能说散文诗的革命是成功的,散文诗作家的作品才能够让人信服,才能让更多的大作家们来从事这个行当,并引以为豪。

赵宏兴:革命这个词好,让我想到了创新,希望散文诗通过这个途径能够走出一片新天地。我们一向认为,散文诗是横的移植过来的文体,但我们在对国外散文诗的介绍上往往有些错位。

王剑冰:如果我们只是介绍泰戈尔、纪伯伦这些作家的话,就会感觉到散文诗领域太小巧。这样的话,将来的散文诗就没有大的成就,也很难出现大的人物。世界上有许多不同于泰戈尔、纪伯伦的作家,他们也是散文诗人,如琼·佩斯、奥·帕斯等。

赵宏兴:你每年还为长江文艺出版社编一本年度散文诗选,这和漓江出版社的年度散文诗选共同为散文诗作者提供了一年一度的快乐大餐。

王剑冰:但我在编选时,还是感到了难度。

赵宏兴:难度在哪里?

王剑冰:就是我上面说的,雷同性的东西太多了,想把书编得多样化,难度非常大。从这一点上来说,以我对散文诗的理解,我会把一些诗性的散文,放到散文诗中来。

赵宏兴:我最近看了程光炜编的一本散文诗,他跟你的思想是一样的。他把培根的一些文章也编了进去,还有尼采的、卡夫卡的等。其实这也是散文诗,是另一种风格的散文诗。这些都是散文诗界过去没有注意的,现在,把它们作为散文诗选进来,给我们研究散文诗开阔了视野。

如何把散文诗从众多被淹没的文体里界定出来,这就需要评论家来做,而散文诗的评论却一直是一个弱项。

王剑冰:是这样的。天津百花文艺出版社推出了一套"后散文丛书",这些作者原来都是诗人,他们的那种叙述、那种语言、那种认识事物的理念,和我们原来的散文都不一样。散文觉得这东西新鲜,把它拿走了,实际上把它拿走的应当是散文诗,但散文诗界没有人去做这样的事。

赵宏兴:这给散文增添了新鲜的血液,造成了散文诗的贫血。我一直认为一些散文诗文体或作者的流失,给散文诗的研究带来了不利的影响。

王剑冰:实际上那些人不写诗后,首先走的是散文诗这条路子,但是如果没有人给他们冠以散文诗人的头衔,而给他们冠以散文家的称号,他们何乐而不为呢?其实,我们应该及早地把他们拉过来。这是什么坏事呢?你硬是不要人家,或者说这些人的出现散文诗评论家没有敏锐地发现,这就构成了散文诗界的缺失。

(原载《散文诗世界》2007 年第 12 期)

王剑冰：在色彩纷呈的"散文时代"

蒋 蓝[①]

2013年仲夏，笔者应邀参加黑河市委宣传部和百花文艺出版社《散文海外版》杂志联合主办的"全国著名作家黑河行"大型采风活动，见到了李存葆、赵玫、赵本夫、陈世旭、邓刚、于坚等知名作家。晚上大家喝酒喝得尽兴，纷纷唱起了家乡的民歌，南腔北调，都是记忆中的老歌。王剑冰有点儿正襟危坐，目不斜视，待在一旁沉默。他不大喝酒，也不唱歌，不找人搭腔，好像也没有跟着吆喝，就这么一味枯坐，一副老僧入定的架势。情绪就好像一股水浪，一浪接一浪的，每每冲到他这里，水浪就低下去了，这让大家多少有点儿不适应，所以他悄然游历在大家轮流演唱的圈子外。

我知道，王剑冰的业余爱好其实很多：喜欢书法、摄影、游泳、旅游，还喜欢音乐，作过词谱过曲，还会拉小提琴和二胡，会吹小号。他曾经是中学和大学文工团的一员。

第二天一早，我见他独自站在黑龙江的江堤上，面对800米宽的黑龙江，用一台装有长焦镜头的尼康相机在拍照，就走过去跟他聊了起来。在清晨5点钟的朝阳下，他的心情不错，给我看了几幅刚刚抓拍到的照片，色彩感觉很特别，构图方式也有些与众不同。看来他对于图像的感觉与他的文字一样富有个人性发现。他说，每到一个陌生地方，一见特异景色他就会激动，不断拍照，不过是把通达临界感觉的多条道路都走了一遍，这样做未必是想成为摄影家。我发现他的抓拍极快，但也颇慎重，不是随意而拍，好像是一直在等候一种造型，直到它现身，与感觉相遇时，他按动快门，记录下了感觉被赋形被定义的证据。

[①] 蒋蓝：著名诗人、散文家，《成都日报》记者。

我们面对着俄罗斯阿穆尔州首府布拉戈维申斯克市,它与中国黑河市是中俄4300多公里边境线上唯一一对距离最近、规格最高、规模最大、功能最全的对应城市。他指着浩淼的黑龙江悄悄对我说:"我三四点钟就起床了,决心在江里畅游一下,不然如何体验黑龙江?! 江水好凉啊,而且流速超出想象。我奋力游了几十分钟,痛快极了……"谁说作家不敢冒险? 看不出啊,沉默的王剑冰悄悄做了所有与会者不敢一试的事情! 就是说,他属于在默然中敢于突然刺出反手剑的剑客。

我们谈到散文,谈到周庄的流水给他豁然一激的灵澈;我们谈到四川,他提到他写的《阆中》一文里的句子:"解一只小舟入水,不知是江在行或是岸在行。岸上的景物一映水中,包括房子、房子里的灯、灯透出的人影。一条鱼跳起来,将这一切打散了。月亮在水中晃了晃又聚合起来,如一枚古镜。'呦儿呦儿呦……呦吼呦吼嗨……'哪里飘来嘉陵江号子,随之又远了。没有了打更声,整个阆中陷入一片沉寂中。条条街巷会以这种沉寂来消化今晚漫长的时光了。"看得出,他的每一个字似乎很平直,但字里行间却又灌足了底蕴,那无疑是对阆中千年余脉的描写——这是嘉陵江给他的灵感。看起来,黑龙江带给他的切肤感受,又将会有另外一股雄浑之流的演绎。

我们置身于一个鱼龙混杂的"散文时代"。王剑冰认为:"时代矫揉造作,散文必虚情假意;时代色彩单一,散文必清淡寡气;时代生机勃发,散文必豪放磅礴;时代多彩丰富,散文必风景无限。"这也道出了我们这个"散文时代"的特点。而追求更为纯粹的散文,恰是严肃散文家的本色。

写过诗的作家总是有点儿特异

蒋蓝:你是以诗人身份开始散文、小说写作的,何时开始写诗的?

王剑冰:20世纪80年代的大学生少有不喜欢诗的,当时河南大学走出来的诗人就有程光炜、易殿选、孔令更等。记得是1979年,我的诗《听房》,是写一对新婚夫妇的对话,发表在《河南青年》上,那是我发表的第一首诗。后来在《飞天·大学生诗苑》《诗刊》《奔流》《百花园》等刊上连续发表了不少诗作,后来我也出版过几部诗集。写过诗的作家总是有点儿特异,恰在于写诗歌接受的语感训练与感觉训练,这是任何其他文艺方式不能代替的。

蒋蓝：毕业后你开始当文学杂志编辑，为何用较大精力转入散文写作？

王剑冰：这还有一个故事。我尽量做到编、写两不误。记得我已出任《散文选刊》副主编了，周末恰逢我值班，老主编看见我，语重心长地说："别学我！干了一辈子仅仅成了一个编辑匠。你一定要写作。没有作品，仅当编辑是站不住脚的。"这个话对我影响很大。我绝非小看编辑，而是的确有很多文学编辑，在职时好像很风光，一旦退休了，他的所谓写作就自动终止了。因此我花了很大精力来创作散文。说起原因，一是伴随阅历增加，有些情愫、感觉好像更适合散文表达，第二也在于当时席卷全国的"散文热"。

蒋蓝：您的许多散文都与乡村有关，这仅仅是因为你熟悉乡村吗？

王剑冰：在乡村的慢生活时光里，我找到了一种很适合我心境的诗意与节奏。因为一个作家只有彻底慢下来，才能仔细打量生活、品味细节。跟随时代列车赶路的人，感受到的恐怕多是焦躁、不安、冒险的光与影。比如说乡村建筑，过去农村大部分是茅草房，在那里面生活很舒服，暖和不亚于瓦房，照样防雨雪，能使用上百年。先盖瓦房的一定是少数人，以瓦和砖的房屋形式显示身份，以致人们互相影响，慢慢改成了瓦房。瓦房的出现是住房的一种革命。革命未必都是好的，比如食品的革命，革命到最后是吃细粮，粗粮都不要了，后来人们又开始革命，又要吃粗粮，认识不断地在变化。后来就又革了瓦房的命。而瓦在一些地方还一直坚守着。我跟你一样，喜欢走一些乡村，这些乡村还是南方多一些，而我们的感觉是一致的，从高处往下看是一群的翅膀。福建土楼，一圈一圈的，全是瓦的句号。瓦很有意思，可塑性、可变性、可持续性在它身上都能显现。这些感受，也是近年我着力研究"瓦文化"的一个契机。我已经写出了上万字有关瓦的散文《瓦语》，但仍在修改。

蒋蓝：作为"鲁奖"散文评委，你评判散文优劣的标准是什么？

王剑冰：无论什么文学，都有一个共同的审美标准，那就是看着好看，看着舒服、顺眼、入心。比如余秋雨的散文，"文化大散文"并非余秋雨发明，而是评论家的提法，余秋雨之前就已有此类散文：作家运用散文的形式描写历史事件、解说历史场景、反观世事生活、透视人文景观。余秋雨的出现是将这种形式扩大了，余秋雨以他扎实的文化功底和他的睿智使笔下的山水、历史和人文具有了艰深的刻度。在第二届"鲁奖"评审期间我曾提议，余秋雨的《文化苦旅》和《山居笔记》成为散文界乃至文坛亮点，余秋雨也因而成了一块绕不过去的碑石。无论他后来如何,"鲁奖"是应该考虑的。

与周庄结下的文字缘

蒋蓝:媒体上有这样的说法,"中国第一水乡"周庄闻名天下,一是因陈逸飞的画,再就是因你的散文。《绝版的周庄》不但被刻碑于周庄,还入选上海高中语文课本,并成为高考模拟试题、载入多种选本。《绝版的周庄》这篇散文主要特点在什么地方?

王剑冰:1999年我写出此文,发表于《人民日报》,2000年即被周庄刻碑。这一点我自己说不大好。同济大学教授、著名文艺评论家钱虹有这样一段话:"与其他叙述和议论周庄的散文不同的是,作者始终把周庄作为一个可感可知的对话者和难以割舍的有情人平等相待,在文中,'我'(作者)与'你'(周庄)之间的关系,自始至终都是亲近和互爱的,没有居高临下的恩宠,也无自惭形秽的景仰,唯其如此,他才会以一种浓郁的诗情画意、如歌如诗的柔声细语,梦呓般地抒发着'我'对'你'的爱慕之情。"另外,还有语言表达上的诗意。后来我看到一个周庄题材的征文,就再写《水墨周庄》参赛。这篇文章没有了《绝版的周庄》的热烈与诗性,反而更趋于冷峻,散文意味更足,有点儿近似《瓦尔登湖》的语调。经评委匿名评选,此文获得了唯一的一等奖。

蒋蓝:在两篇文章的基础上,你再写成了一本书《绝版的周庄》。

王剑冰:是的。2003年应周庄的邀请,我开始着手这本书的写作,到2005年完成了十几万字,期间去过多次。这个时期,我已经在写毛笔字了。写书法的心情,与周庄深夜和黎明时分那种空寂的感觉颇为和谐。书里提到的很多人与事,均是真实的,在散文里我反对主题性的虚构,尤其是那种将失败的小说改成散文的行为。

蒋蓝:书里你特别提到过一个特异的女孩儿。

王剑冰:我在周庄游历,很注意行人的不同之处。我发现一个女孩儿,她天天坐在桥头,木然,心事重重。几天下来,她显然也注意到我在观察她。在接下来的时间里,我和她没讲一句话,仅仅是相望。她后来走了,在旅馆里留下一封信,大意说她准备是寻死而来的。因为发现我的反复观察,突然感到生活的阳光,她找到了活下去的勇气……我不知道她的名字,她也未必能看到这本《绝版的周庄》,但我觉得我在写作中,获得了更广阔的胸襟,写作变得意味深长。这本书在2006年出版后,获得了"中国最美的书"大奖,2012年获首届杜甫文学奖。

蒋蓝:《绝版的周庄》形成了一种散文与城市联姻的模式,很多地区在效仿。你接着又写了江西吉安、江苏徐州、四川阆中,三个城市为你的散文刻碑。何时也可写写成都?

王剑冰:我没有刻意而为,的确是缘于这些城市的历史感动了我。在吉安,那里有一个一般人不知道的"东井冈",红色根据地的人民有很多烈士后代,其苦难的历史让我感怀。一个四十多岁的女人为我唱当过红军的爷爷教会她的山歌:"红军哥啊你慢慢走,小心路上有石头;硌住阿哥的脚趾头,疼在妹妹的心里头……"这个女人在当卫生员,独自抚养两个娃娃,生活很艰难。但她在汶川大地震发生后,捐献了10万元钱给灾区。她的钱是多年演唱山歌的收入,她认为自己不能把这笔钱用于享受……如果我没有这样的田野考察与感受,无论有多么好的散文文体,也是失色的。写这样的散文未必就是歌颂,我拒绝高调路线,只是带着重新认识这块红土地的感情。在这篇《吉安读水》的散文里,我写道:"看着滔滔的赣江,我突然想起,在中国,众多的水是向东流的,而赣江的流向是北,向北流的还有湘江。毛泽东的'湘江北去'一叹千秋。许多的风云人物、风云事件生活与发生在两江周围。这两条并行北去的大江,可有着某种喻示?"

时代必定要造就一批新散文家

蒋蓝:在主办《散文选刊》期间,你重视散文新现象,推出了很多实力散文家。

王剑冰:谈谈目前影响较大的新散文。在20世纪90年代,一些刊物就已经用"新散文"为栏目推出作家作品了。十数年过去,新散文家一部分沿袭了自己坚守的创作个性,一部分却也无可奈何地融入了大众散文的洪流,或者被铺天盖地的大潮淹没。由此也可见出,新散文只是一个概念化的东西,就是一只篮子,开初是想放进去一些最具新鲜感的花朵,但什么最新,并没有一个具体的指导性界定。当初放进去的一些被称为新散文的东西,有些已经枯萎了,成了没有香气的干花。

蒋蓝：有广义的新散文，也有狭义的新散文。

王剑冰：新近的新散文就是祝勇、周晓枫、张锐锋、庞培、朝阳、宁肯等作家的作品。有的是尽最大可能地从饱含思想汁液的现实中脱离出去，以闪耀着彩釉的词句解说缥缈的空间，借以制造一些夸张的声势。有的是完全的"纯散文"的反动。"纯散文"一直是一些散文家及评论家坚守的可怜的阵地，新散文以其夸张的气势，试图将散文写成鸿篇巨制。有的是不厌其烦地进行考古性发掘，古旧的历史、古旧的场景、古旧的事件、古旧的人物，通过字画、影像、回忆、旧物开发出来。与众不同的是叙述手法的变异，把原本顺畅的讲说形式折断、穿插、掺和，使读者的思路不断警觉地转向、惊讶地升沉。如果将这些材料一条条抻拉开来，就会发现作者运用了何种聪明的手法。这些作家首先是智慧的，智慧地运用了事件、人物、史实，运用了词语和叙述方法。

蒋蓝：互文性、跨文体、非虚构写作等，正在成为新时期散文的某种文体特征。

王剑冰：新散文家往往离体制散文较远，他们不是传统散文的束缚者，有的对传统散文的研究可能并不深刻。他们甚至常常对自己的创作表示怀疑，并时时否定自己……如果时常地保持冷静的头脑，倒还是好事情，一旦晕晕乎乎就十分可怕。以前讲各领风骚多少年，现在的散文现场却是各领风骚三五年。细心的读者会发现，三年左右就会有一些新面孔出现，如果也用"新散文"来框起来，那就是"新散文"的篮子里又有了新鲜的花朵。这些新鲜的花朵还会掩盖那些再次失去香色的干花。就目前来讲，一些作家不满足于旧有的散文的做法，以自身的创作实践力图走出一条新路，这是好的，让人感到星火的流动，是否能形成燎原之势，还要看公众的响应度及他们的持久性。所以新散文不是以单一的感觉光柱扫视单一的事物，它要从多个视角去探索、去解析，它会将无数个事件连缀在一起，从中找出可能的东西。

（原载 2013 年 7 月 29 日《成都日报》）

我以仁心读吉安

——著名作家王剑冰谈散文集《吉安读水》创作

刘丽玲[1]

著名散文家、评论家王剑冰,曾任鲁迅文学奖第二、第三、第四届评委,也担任过本报"白鹭洲文学赛"的评委。熟悉他的读者都知道,关于吉安,先生有个脍炙人口的名作《吉安读水》。

2008年,王剑冰第一次结缘吉安,他发出惊叹:吉安,我来晚了!

2009年,散文《吉安读水》在《人民日报》发表,更多的人由此认识了吉安、记住了吉安。

至2014年,王剑冰先后三次重访吉安,读井冈山、武功山、青原山……读赣江、富水、泸水、禾水……读"澄江一道月分明"的黄庭坚、"放杖溪山款款风"的杨万里、"留取丹心照汗青"的文天祥……他读燕坊的馨香,读钓源的古雅……他更喜欢白鹭洲,要知道,《吉安读水》就刻碑于洲上的中学。在吉安,他走到哪儿,写到哪儿;写到哪儿,走到哪儿。

2014年5月,同名散文集《吉安读水》问世。写下名作《绝版的周庄》的剑冰先生说:"吉安,就像周庄一样,成为我生命里的又一个关注点。我热爱这个地方,它雄厚大气,自然而美好,有很多值得我探求和学习的地方。我已经把我的情感深深地融入其中。"

2015年5月,王剑冰携《吉安读水》再次来到吉安并出席"王剑冰作品研讨会"。研讨会上,井冈山大学人文学院汪剑豪博士用了"温然爱人利物"六个字来概括;吉州区委宣传部秦宗梁则说这本书写得"举重若轻";井冈山大学人文

---

[1] 刘丽玲:《井冈山报》记者。

学院教研室主任赵庆超博士认为《吉安读水》延续了《绝版的周庄》的脉络,他称赞:一位异乡人,成功完成了对吉安文化的旁观。

剑冰先生谦虚地称"我算是一个慢工而不出细活的人"。两年时光,剑冰先生仁心读吉安,妙手著文章,对吉安的情怀诚挚、热烈、浓郁。这份执着与深情,值得用心去品读。

几个月过去,研讨会上对于文学的热烈和虔诚犹在耳际,近日,本报记者就《吉安读水》专访了作家。

刘丽玲:王老师您好,您之前四次到吉安来读水、读山、读庐陵文化。吉安的山水、人文给您留下怎样的印象呢?

王剑冰:我之前光知道"十万工农下吉安",知道井冈山,却从没有来过,更不知道井冈山就在吉安,真是孤陋寡闻。中原跟吉安比起来,前者像是一片辽阔的苍原,吉安则更像是一座美丽的公园。这里不光有灿烂的文化、厚重的历史,更有历史上一系列熠熠生辉的名字。这些人名,一个个都值得深究探寻,因此说这是一个值得仰望的地方。一个人对一个地方产生敬仰,心也随之发生变化,于是会想着去探寻:为什么这里会产生这么多的名人?我想我若能成为一个吉安人,我会为之骄傲的。

"公园"里还有一片山水。井冈山、武功山、青原山……山围绕在"公园"的四周,令人目不暇接。而吉安众多的水则像赣江的分动脉、毛细血管。水滋养人,滋养物,滋养山。吉安的山,险峻、雄秀,但这里水的力量,更给人一种震撼。"三千进士冠华夏",因了水的滋养,才文人辈出;白鹭洲守的是水;渼陂、塘边、钓源,都有水。水,让村子神秀、水气盎然;守着水读书、思考问题,或许是不一样的。

我五次来吉安,还没来够。吉安人很热情,告诉我还有哪里哪里没看到,我感觉我还是在走马观花。我想说,一个人对一个地方的热切探寻,就是对这个地方注入了感情。吉安有乡村秀女的质朴,又融合了现代气息,如今她质朴依然,但气质变美了。同时,我也观察到吉安人在细节上很下功夫,做的依然是文化的大文章。我看到庐陵文化生态园、阳明书院、后河公园、书画院等,这都是为吉安传统的美增色。

刘丽玲:您特别谈到吉安的古村落很多、很美,请谈谈您的感受。

王剑冰：我更愿意从文化的角度去解读吉安的古村落。可以说正是由一个个村落，像一棵棵树一样构成了吉安的文化森林。吉安好的古村据说有 20 多个，这是让人引以为豪的数字。吉安的古村长期沉睡，似乎一走进都能听见它的鼾声。多少很有成就的商人、很有修养的文化人曾经在这里生活，他们的追求与信仰真比我们一些现代人还高。如今这些村子空阔了、安静了，但并没有毁灭，依然存在，只是处于休眠状态，人一走进来，气息一下就接通了。

这些古村落其实就是一个个文字，构成了吉安的生活史、文化史、繁华史。反过来说，我们的古村也需要一个相对平静平和的社会，相对长远的没有战争没有破坏的历史，才对得起"吉安"两个字。吉安说的是地名，但实际是针对人的。人心走失了、走散了，那才是真正可怕的。

刘丽玲：您可以具体地谈一点儿写作经验吗？

王剑冰：要有悯心。不是怜悯，是良心、爱心，要时刻对周围抱有不同于别人的极大的关注。写作不是不会写、不能写，而是不知道怎么写。我们缺的是"写细"，有些是可以粗略写，有些就一定要往细里写，才能写出韵味。

文字要有感情。写任何文章，都要让人在文字里读到你、看到你。散文是要拼人格的。要把个人展现在文字中，散文应该是有弹性、有温度、可感可触的。灵感往往伴随感情而至，感情不具备，不要动笔。

我们的常用字也就 3000 多，怎样排列组合，让大家喜欢读，是个值得思考的问题。散文有诗性语言、平民大众的语言，最难得的还是平民大众的语言、生活化的语言，关键是怎么运用好。

我主张读杂书，音乐、绘画、哲学等都要读。建议读"高"一些的书，这就像下棋，跟高手对弈，进步绝对快。

我们说写作是一种劳动，有个中的辛苦，也有其中的愉悦。我写《绝版的周庄》只用了一个小时。写周庄就像与心仪女子的惊遇，像写一封信表白一样，充满喜爱与惊奇，没有压力，随感而就。而写《吉安读水》则充满敬畏。一个是舒心的，一个是敬畏的；一个是惊艳的小女子，一个是你长慕久仰的尊者。所以《吉安读水》出来就远不如《绝版的周庄》那么快、那么愉悦，而是有一种负重感。这种负重经历了五个月。

这些都不能算作经验，每个人有每个人的方式。如果提几点建议的话，一是要慎重。不仅仅是对题材慎重，还有对自己的慎重，哪怕一句话，落笔下来都要站得住脚。二是要拿出真情实感,尤其是游记散文,要有感情,无造作,无痕迹。三是写不出时不要着急,慢慢等,在等的过程中去思索、学习,灵感到了就会水到渠成。

刘丽玲:请您对吉安的文学现状给出一点儿建议。

王剑冰:也许是由于吉安文化的厚重,吉安人自古有喜爱读书、写作、书画的一个传承,这似乎也是一个脉络,像开封一样。所以,吉安能一代一代出现优秀人才,不足为奇。但目前吉安的创作放在全国来讲,可能一时还没有出现令人振奋的人和作品,这里有一个数量与质量的问题,也是对文字的敬畏的问题。我们试想一下:两年快速地写出两本书和花两年时间打磨出一篇文章,会是怎样的结果?

你们的"白鹭洲文学赛"做得很好。我做过评委,吉安有人才,真的有人才。这拨人很有思想,这些人、这些作品,水平其实与我们都不相上下,我相信吉安的文学早晚会繁荣起来。

(原载 2015 年 11 月 21 日《井冈山报》)

写作与阅读

——对著名作家王剑冰先生的访谈

孙永庆[①]

孙永庆：从你出版第一本散文集《有缘伴你》就喜欢读你的散文，又读了你的散文集《苍茫》《远方》，对《翩然于古诗的鸟儿》比较偏爱，可能是当时我正迷恋古典文学的缘故。

王剑冰：《翩然于古诗的鸟儿》还被中央电视台录了节目。但是现在看起来，那个时期的文字还是稍欠成熟，只是喜欢动笔，想起什么就写什么，一腔热情在胸，笔就很随便。

孙永庆：读了1999年你写的《绝版的周庄》特喜欢，我当时就推荐给学生们阅读，这篇散文也很快被选入中学语文教材，当时的语文教材编写组有没有说入选的理由？

王剑冰：没有，就是一纸通知，说到根据教育什么章程，没有稿酬之类。

孙永庆：教材中的《绝版的周庄》有删节，不如读《苍茫》中的原文有味儿，我是这么感觉的。

王剑冰：其实那是我写的两个版本，第一次写的就是选在《苍茫》中的，投给《人民日报》发表的时候是我自己删压了，当时觉得还是简单点儿好，后来编集子的时候，看到了原来的初稿，觉得也还可以，就选入了初稿。你喜欢，可能就是我写作的第一感觉，我就是那么一气呵成。

孙永庆：我们读那些优秀的散文，能够读出作者独特的思想在里面，就像范仲淹的《岳阳楼记》。

[①] 孙永庆：作家，教育工作者。

王剑冰：那些优秀的散文是在时间的大海淘金淘出来的，越长远越能看出一篇作品是否优秀，是否能传下去。传下去的就是优秀的。《岳阳楼记》是时间筛选出来的金子。所以什么都要有一个等待，等待接受时间的检验，有些一时热闹的，过后就沉寂了，因为被时间抛弃了。

孙永庆：我又想起作家林非先生为《苍茫》写的"序言"，在谈到你的《乾陵回望》时说道："他在《乾陵回望》中，对武则天的抒写与分析，真是在侃侃而谈中显得全面而又周到：一方面指出她为了争夺专制帝王的权力，竟残忍、卑劣和丧尽人性地扼死自己亲生的骨肉，确实比蛇蝎还要狠毒；另一方面又指出她待人大度的一面，更紧要的是在国家逐渐富庶起来的过程中，她也做出过卓越的贡献。剑冰先生把自己的这些见解匀称地播撒于整个篇章中间。像这样的布局和谋篇，就比我所写的《从乾陵到茂陵》要好得多了。我并非不懂得应该对武则天进行全面的评价，可是当我想到她为了争权夺利，竟先后杀害过自己的好几个儿孙时，就只顾到热血沸腾地抓住道德评价的这一个侧面，狠狠地鞭挞和诅咒着她的残暴与丑恶，而放弃了政治的、社会的及经济方面的种种评价尺度。道德评价固然是十分重要的，不过如果只是单独和片面地抓住它而不及其余，肯定就无法获得全面和准确的结论。阅读了剑冰先生的这篇散文之后，真像是听到了他催促我警醒的呼声。怎样进行全面和深邃的思索，这确乎是散文创作中一个举足轻重的问题啊！"你怎么看？

王剑冰：林非先生过誉了，一个人对于一个问题、一个人物的看法在写作中可能角度不同，透出的观念也不尽相同，这就是多元性，这样看着好就这样看，那样看着好就那样看，就像看庐山一样。但我内心还是感谢前辈的鼓励。

孙永庆：我们再说语文课本中的散文。我觉得你的散文写作，就没有受到杨朔的《荔枝蜜》等课文的影响。有些学者认为这些课文把学生的思维都模式化了，作文就是歌颂式的"八股文"，课文当然对学生有影响，但更重要的是我们的考试制度造成的，这不能归罪于语文教材。

王剑冰：作家的写作和语文教材的编写是两个概念。语文教材要考虑很多问题，内容呀，思想呀，技巧呀，文字呀，比较严谨一些。作家就随便得多，他可能没有考虑那么多，下笔有一种随意性，实际上越是随意，越显得自然、流畅。杨朔散文在他那个时候，应该还是属于新散文的，是对老套的散文的反叛，所以有好一阵子杨朔散文热，还是有其热的理由的。至于后来人们觉得他进入一种套路或者模式，那是因为散文进步了，文学发展了，这是好事情，认识到了就是好事情，若再按照老的路子走，就不大好办了。而文学和教育似乎是两个领域，做到步调一致总是有个过程。对学生产生的影响也不尽相同，对后来喜欢写作的可能有一些负面的影响。

孙永庆：我觉得杨朔等的散文，当然有它的时代局限性，但像散文的诗意美还是应该学习的。

王剑冰：散文的诗意美，看从哪一个角度看，杨朔是把散文当成诗来写的，这是他对散文的态度，而非行为，很多人是把诗看作文学的最高形式的，这个诗未必是现在我们说的诗歌，而是一种内涵，比如说这个女孩子像一首诗，那是多么高的评价，是她的面容像一首诗，还是身材像一首诗？恐怕都不好说，而是有更多的表述在里面。把散文写成诗一样的美好，我同意。写成诗意的美，那要看是写什么样的内容、什么样的心境，而更主要的我觉得还是它的内涵，而非形式。如果一味地追求形式，就可能陷入矫情，那样就过了。不知道我说得对不对，是不是跟你的意思一样。

孙永庆：散文的写作尽量去政治化色彩，写出人性中那些永恒的东西，才能成为经典作品吗？

王剑冰：确实是这样。散文是内心的表达，包括思想、情感、认知，为什么要写散文呢？就是想表达，想诉说，如果你的表达和诉说带有政治化的色彩，那还能让人看出你的内心吗？人家看不到你的内心，你这个人就消失了，只留一个虚假的空壳。散文是多么好的一种文体，这种文体任何其他形式都不能代替，它来不得半点儿虚伪，就是真真切切地展现你的人格力量，展示人性中最本真的东西，而非要故意表现一种什么、高扬一种什么。就像你说的，凡是成为经典的作品，都是写出了人性中永恒的东西。

孙永庆：在这一点上，林非先生在《苍茫》的"序言"中说得好，最理想的散文"即最能够触发读者长久感动的，最能够唤醒读者回忆起或向往着种种人生境遇和自然风光的，最能够引起读者深深的思索的，最能够在艺术技巧和语言的文采方面满足读者审美需求的，这样就能够使得自己撰写的散文作品，达到最为理想的境界"。

王剑冰：我同意林先生的说法，他说的四个方面代表得很全面，而且我觉得，有些是能够融合在一起的，融合在一起最好，更理想。

孙永庆：你经常到学校做报告，也和学生们交流过，中学生要想写好散文，需要做哪些方面的知识储备？

王剑冰：我觉得还是要多读多看，广泛性地接受知识，选择性地阅读精品，还要多练习、多动笔，写作也是一种知识。不断地积累，既积累阅历，又积累经验。

孙永庆：作家贾平凹在《远方》"序言"中说："王剑冰也是先作家而后主编，他这个作家主编不是那种坐在书斋里的文化人，他跑动得那么多，每到一地所写的文章当然有游记的味道，也要抒情，但他的文章大开大合，高谈阔论，想象力极好，正是我喜欢的那类。"这段话对中学生写好散文有什么启示？

王剑冰：多走走还是好的，长见识，增阅历，然后试着记下来，当然不是泛泛地记录，而是要有感而发，所谓因景生情，情要真切，不虚浮，便会有好的收获。

孙永庆：我们谈了散文的写作，你不仅出版了多部散文集，还出版了散文评论集，你能否谈谈阅读对你的影响？

王剑冰：我过去是写了不少的散文方面的评论，因为看的这方面的文章多了，又由于工作的原因，就不得不写一些感想，由此也就知道了散文的发展与变革，这是阅读的好处，只有阅读多了，才好有话谈。后来搞了专业创作以后，读的东西就更加广泛了些，主要是古今小说以及历史文献之类，这样也就更开阔了视野，多类文体进行比较、交融，从中受到启示和提示。所以阅读很重要，每天都要拿出一定时间阅读。阅读是一种永无止境的学习。

孙永庆：你怎么看网络盛行带来的碎片化浅阅读问题？能否谈谈对多媒体阅读的感想？

王剑冰：网络时代是一个不可避免而又生机勃勃的时代，它必然会对旧有的传统的东西形成冲击，这个还真得适应才行，不能一味地反感、反对、推拒，而是接纳吸收于我有用的东西，而且更多的信息量是以前所不能比的，这种信息对我们的写作并无害处。网络文学也是一种新生力量，有些还是很有成就和前途的，将来一些有影响的作家也会在他们当中产生。

孙永庆：你对中学生阅读有什么建议？

王剑冰：多读名著，名著是认可的经典，不要把有限的时间放在无效的泛读上去，我所说的泛读指的是随意的无目的的浏览。要读高出自己水平很多的东西，就像对弈，要找比自己高很多的高手进步才快。

孙永庆：根据你的读写经验，能否为中学生推荐部分散文书籍？

王剑冰：还真的不好说。中学生嘛，读读法布尔的《昆虫记》、芥川龙之介的《罗生门》、梭罗的《野果》、波德莱尔的《巴黎的忧郁》、叶芝的《凯尔特的薄暮》、纪伯伦的《沙与沫》、屠格涅夫的《爱之路》，还有《蒙田随笔》《爱默生随笔》《海伦·凯勒自传》；国内的，先看看沈从文的、汪曾祺的、鲁迅的、张爱玲的、朱自清的、梁实秋的、孙犁的……

（原载《初中生》2016年第3期）

语言是一个作家最重要的能力

——国际图书博览会上访著名作家王剑冰

刘 婷[1]

刘婷：河南有博大精深、源远流长的中原文化，您怎样理解地域文化对一个作家创作的影响？您此次带来什么作品？正在进行什么创作？

王剑冰：一个作家的生活是有根底的，这个根底影响着他的创作，包括语言、风俗、习惯等，更重要的是那种骨子里的精神气质。地处中原的河南人，见识的多，经历的也多，受的苦更多，因而性格比较耿直，这些都会进入作家的写作视野，带出中原的特色。我带来的作品是散文集《绝版的周庄》，是全部写江南水乡周庄的散文，还有《喧嚣中的足迹》，是一种行走散文，其中部分是对中原的解读。另外是两部理论集《散文时代》和《聆听》。我现在正在写作关于中原乡村的散文，是带有地域色彩、反映乡间生活的作品，然后会出一个集子。

刘婷：您作为河南作家代表，参加此次国际图书博览会中国作家馆文学中原崛起系列主题活动，对有地域特色的文学作品在传播中的作用，有什么评价？

王剑冰：中原有着深厚而悠久的历史，中国的历史怎么走，都走不丢中原这一块。中原的文化与历史紧紧相连，历史有多深，文化就有多丰厚。翻开史册丰赡的文化典籍，文学又是其璀璨的章节。作为一个中原人，一个中原的写作者，实为骄傲和自豪。数千年间，中原出现了很多耀眼的人物、很多华彩的诗章，成为后人永远学习与追寻的典范。

时代进入新的纪元，中原发生了巨大的变化，农耕文明渐渐远去，但深藏于这片沃土下的生活习俗和质地淳朴的精神追求，却光灿并独特着，作为一个中

---

[1] 刘婷：《北京晨报》记者。

原作家,应该明晓并肩负起自己的使命,自觉地坚守并深刻挖掘、展示出不同于其他地域的语言、风俗、生活、性格的作品,更好地反映出中原这块土地的特色。

中原作家有着良好的传统,也有着自己的风格,相信通过这次活动,会有一个促进,使之更遵循一个走向,更有一个飞跃,以达到更好的目的。

刘婷:河南诞生了当代文坛中很多著名的作家,可谓文学大省。您认为河南文学繁荣的原因是什么?河南文学处在什么样的态势之中?有没有一些区域性的不足?

王剑冰:河南人多,写作的人也多,按照比例也就多些。另外,河南作家能够沉得住,放得下,在喧嚣中沉入书房,但并不是封闭自己,而是冷眼看世界,思考和审视自己的写作,这样才能出现一批好作品。处在什么样的态势中我还说不好,不足肯定是有的。河南作家还应该很好地向其他地域的作家学习,取其所长,补己之短。不故步自封,才能认清自己,向前发展。

刘婷:我们总说,中国文化"走出去",您认为中国当代文学走出去还要在哪些方面进行努力?作为一个作家在创作中怎样把握个人特色、地域特色和被国际读者接受等方面的因素?

王剑冰:个性特色是最重要的,没有个性就没有特色,中原作家笔下的中原特色越明显,就越出彩,越能赢得读者。另一个问题是语言问题,语言的问题解决不了,就不会出好作品,也打不出去。语言是一个作家最重要的能力,能力不够的,就是还没有做好创作的前提准备,或者说是智性先天不足。全世界都一样,一个能够获得公众认可的作家,语言占主导地位。

吉安的水是男性的

——《今晚八点》栏目专访著名作家王剑冰

舒 浩[①]

差不多一年了,当代著名作家王剑冰又一次回到了吉安。2008年的9月,王剑冰先生也是这样辛勤地徜徉在吉安的山水之间,行程忙碌,却不乏诗意。于是,就有了2009年2月21日《人民日报》上那篇诗意的《吉安读水》。

《吉安读水》真是读到吉安老表的心坎里去了。赣江、富水、恩江、沙溪、禾水,哪一条不是占据着吉安人心里面最清澈、最深情的记忆?就连孩提时屋前的那条无名小溪,也和夏日里游来游去的小鱼虾一样那么清晰。古往今来,描写吉安的文章不少,而真正从"水"的角度看吉安,又能将吉安看得这么透彻的,王剑冰先生可以说是第一人。

踏着水的痕迹,王剑冰先生带着全国的读者拜访了革命摇篮井冈山、民族英雄文天祥、北宋文坛领袖欧阳修、《永乐大典》的主编解缙、千年书院白鹭洲、宋代瓷城吉州窑等。吉安的魅力,就这样悠悠然地流进了每一个读者的心里。

2009年6月一个清风徐来的日子,王剑冰先生又一次来到了风光旖旎的白鹭洲。行走在兼具风声、水声、鸟鸣声与琅琅读书声的林荫小道,庐陵之水再一次让先生感怀。由"水"出发,王剑冰先生接受了《今晚八点》栏目的专访。

舒浩:您好,王老师。首先非常感谢您的《吉安读水》,它让我们吉安人换了一个角度重新认识了一回吉安,也让全国的读者认识并了解了吉安。通过一系列的水,您将吉安的地理人文展现得淋漓尽致。我们也知道,从2008年9月份

[①] 舒浩:吉安电视台记者。

深入吉安采风到 2009 年 2 月份《吉安读水》公开发表,之间经过了长达半年的酝酿。在这么严谨的酝酿之中,您最终为什么会选择以"水"作为入手点?吉安的水给您留下了什么样的印象?

王剑冰:吉安这个地方,水资源非常丰富,它是由南向北流的,水旁边有吉州窑,出现了这么多的人物,出现了这么好的历史,还出现了井冈山革命根据地,这个地方的水让人能够想到很多东西,所以我觉得这个水的柔情、水的刚性,结合在一起非常有特点。

舒浩:"水"在您的散文里似乎并不少见,而事实上,水对于任何一个地方来说,都绝不仅仅是养一方人那么简单,例如在《绝版的周庄》里,您是这样说的:"周庄睡在水上。水便是周庄的床。床很柔软,有时轻微地晃荡两下,那是周庄变换了一下姿势。周庄睡得很沉实。一只只船儿,是周庄摆放的鞋子。鞋子多半旧了,沾满了岁月的征尘。"看得出周庄的水也是深深地打动着您的,那么,您觉得周庄的水和我们吉安的水有什么区别?

王剑冰:吉安的水应该是男性的,周庄的水或许是女性的。那种江南的小桥流水,构成了小桥流水人家那种小生活、小氛围,而吉安这个地方构成的是大生活、大氛围、大视野,所以它不一样,在(吉安)这个水旁,它生长的是山,生长的是旺盛的精神、人的骨气,生长的是一种很深的文化。

舒浩:在这短短的几天采风时间里,我们也知道您在我们市委宣传部朱黎生副部长的陪同下一直马不停蹄地在走进吉安、感受吉安,您也确实看到了一个不一样的吉安,那么,您觉得您对吉安的这种了解和接纳是不是已经达到了最高点?吉安在您的眼里还有没有值得继续玩味的地方?

王剑冰:从井冈山下来,走了好几个县,每一个县都有自己的特点,都有自己的文化,每一个县都能如数家珍一样数出一大堆东西,所以,我感觉到这趟行程半天转一个县简直是时间太紧张了。要深入挖掘那种喜爱、那种向往、那种依恋,使人感觉到不是来一次、两次就能够尽意。当然,这一次走访之后,假如重写《吉安读水》,我会写得更丰厚一点。那个时候还是匆匆而来,匆匆而就。

舒浩:比如说我们的白鹭洲,其实上次您采风的时候就已经来过这里了,您在《吉安读水》里是这样说的:"在白鹭洲上走,茂林修竹,曲径通幽。登上风月楼,青原扑面,风帆入怀。"今天您又重登了一回风月楼,有什么别样的体会吗?为什么如此钟情于白鹭洲,也是因为它的水吗?

王剑冰：这个白鹭洲我实在是喜欢，因为它不只是一个洲，它里面有很深的文化含量。2008年来这里，走在学校后边的时候，看到学生们都在静静地上课。然后我到后边的书院，站在书院的高处看着赣江水北流，就会想到源源不断的庐陵文化的流淌，在这个洲上，有多少学子走出来啊。这是我们民族精神的延续、民族文化的延续。

舒浩：既然每次到吉安都有不一样的感受，那您会不会把这种不一样用文字表现出来，写出更多关于吉安的美文？

王剑冰：我从去年来吉安，就喜欢上吉安了。这次再走的时候，我觉得这个喜欢是对地域文化、庐陵文化的喜欢，早就对这片土地向往着，但是不知道庐陵文化这么深厚，所以这次走的时候，它促使着我想写一些什么。对周庄也是这样。写了《绝版的周庄》，后来周庄人就说，能不能以《绝版的周庄》为题写一本书？就真写了这么一本书。那么《吉安读水》能不能作为一个书名呢？我想或许可以。

舒浩：真的可以吗？那太感谢了！相信那将是一部能充分体现吉安深厚文化底蕴的著作。能有这么一本书，那也是吉安之福啊。

散文就是拼人格

——《散文家》杂志独家专访王剑冰

雨 馨[1]

雨馨：王老师你好，我是《散文家》杂志的编辑，我很早就读过你的《绝版的周庄》，后来就一直关注你，喜欢你的作品。我们刊物创刊以后，社长曾交代说要采访你，正好在这次会上遇到了，你看，我们能就散文的话题聊一聊吗？比如我们刚才谈到创作灵感的问题，你说散文写作要靠情感的带动才能动笔，在你的实践中，你觉得这一点十分重要吗？

王剑冰：当然，文学创作是一种灵感与激情相交融的劳动，没有灵感，硬性写出来的文字，文学的热情、文学的能力都找不到。小说、诗歌、报告文学如此，散文更是如此。并不是说散文需要抒情，其实抒情的散文并不是我们所激赏和追求的，但是任何一种以散文的形式进行表达的文字，都需要灵感的点燃。

而灵感不是等在那里的，它是激发出来的，提醒出来的，催生出来的，它的出现也许是蓦然回首的灯火阑珊处，也许是忽如一夜春风的万树梨花。所以有了创作的准备，你还得等你的灵感，等情感的触碰，等欲望的萌动，等你的丰沛的情感追随你的灵感春风化雨，才容易使文字发出温度，生出火花。

雨馨：王老师，刚才我们还谈到了情怀，也就是散文写作的真性情，你能否就此再谈一谈？

王剑冰：我是这么认为的：一篇好的散文，是一定能够看到一个作家的情感脉络的，就是我们通常所说的情怀吧。散文是一个个体写作，一种自我的倾述，一种内心的反映。你的认知，你的感受，你所表达的事情，全都需要在情感的框

---

[1] 雨馨：《散文家》杂志编辑。

架下进行,没有情感,出来的文字是干涩的、枯燥的,没有弹性,没有水气,没有力量。

比如我们喜欢的《岳阳楼记》《醉翁亭记》《陋室铭》等名篇,我们都能看出作家流畅、生动的情感脉络,看到作家内心的真实反映,让人每读一次,都有感于心,引起美好的共鸣。带有情感的散文,文字的鲜活性、结构的跳跃性都体现出来。即使你觉得属于理性范畴的东西也是含有情感的,只不过他的情感更隐更深。

有些人一辈子不写什么东西,但突然某一件事情的触动使他动笔,令他刻骨铭心。比如我曾经读到的《臭臭,我想你》,臭臭是母亲唯一的孩子,他很小的时候就得了不治之症,一种严重的眼疾,结果母亲和家人倾尽全力却无力回天,臭臭还是被病魔带走了。这个母亲就把她痛失儿子的真实感受写下来,也许这个母亲从来没有写过散文,她也不是为了写一篇好散文、成为一个好作家去写作。她只是为了倾诉。她有文学基础,加上她的真情实感,就使人记住了这篇文字。由此可见,真性情是散文的灵魂和生命力。

雨馨:我很认可王老师的观点。另外,我曾经听你说过,散文创作是真实的写作,是真实人性的展现,或者说散文就是拼人格的,请你再讲一讲这个话题。

王剑冰:可以这么说吧,散文从骨架到内容都必须真,真实的,真诚的,真情的。散文的真,它连着你的性情,你的品格特征、道德标准以及认识事物的价值观,说到底,散文是个人人格的展示,无法躲藏。不管你是叙述个人的还是他人的小事件,或是文化的、历史的、人生的大题材,和对应的叙述对象的情感全是相通的,和你的实践、观念、立场、知识、品性全是相通的。

散文里的真,不能拿假的来搪塞,不能带着面具说话。比如写自己的感情纠葛,有些人就敢于忏悔,敢于揭示自己的隐私和弱点,有些人则怕人笑话,隐着藏着掖着,坦坦荡荡的一个人全然不见。还比如,有的写亲人,想写却不敢写真,好像非高大上不行,不敢写出他的缺点他的卑微甚至丑陋的一面。你看到这样的文字就觉得不真切,云遮雾罩般,里面的张扬实为本真的空虚,看不到作者自己,更别说看到他的内心,感受到他的人格力量。比如你读到哪个人的文字,明显地感受到他的偏激、狭隘、极端,也能够感觉到他的虚伪、做作、清高。他的为文似乎是一种显摆、一种炫耀、一种声明,因而你感到了不舒服,看不到期望的那种好。那或许就是因为作者的人格、学识、修养、品性哪个方面出了问题。

所以，散文创作需要实实在在地端出自己，不矫情、不隐藏，坦呈一颗赤子之心。

雨馨：王老师，你曾经谈到语言问题。我们通常注重小说的语言、诗歌的语言，散文创作中，为什么也要强调语言的重要性呢？

王剑冰：散文也是文学的一种，当然也要强调或者说更要强调语言问题，一篇散文好读与否，很大程度上取决于语言。

我们总是强调，一个作家的个性特色是最重要的，没有个性就没有了特色，这个个性特色就包括语言，语言是一个作家最重要的能力，能力不够的，就是还没有做好创作的前提准备，或者说是智性先天不足。语言的问题解决不了，就不会出好作品，也打不出去。

我们所说的语言，并不是非要在文章中遍地黄花，彩蝶飞扬，那样反倒是腻歪得不行。语言是个人长期学习、实践、借鉴、运用的结果，是个人独特的个性的展现，实际上也是一个作家聪慧、睿智的标志。有的人用语并不华丽，但很生活化，很耐读，看上去写得很轻松，实际上他一字一句都经过了斟酌。有的人才华横溢，词语惠美，也是一种风格。无论哪一种，只要能够赢得读者，就说明是一种成功。我们读那些名家名作，一定会被他独到的语言所倾倒，全世界都一样。一个能够获得公众认可的作家，一定是语言大师。

雨馨：王老师，我在阅读和编辑的过程中，会感觉散文和小说也有不好区别的时候，有的你看着像是一篇散文，却被放在了小说的栏目里；有的小说会出现散文化倾向，有些散文则强化了描写，写得像小说的味道。过去曾经有过跨文体写作，二者可以因某些相通而化用一种文体吗？

王剑冰：小说可以是虚构的，也可以是亲身经历的、真实的，但小说的真实仍然允许作者的加工，在某些事件某些人物中加进大量的虚构成分，这个是没有微词的。但是散文不行，散文不能违背散文的道德规范与行为准则，它即使有虚构，也只是在枝枝叶叶上的勾画，而不能在主干上用彩。

当然，作家在写作的过程中，只是因为经历有感而发，写出来后才发现有些文体特征不是太明显，明显的是他的文字色彩、他的叙述能力。比如史铁生的《我那遥远的清平湾》，有人把它评成了优秀小说，也有人把它收进了优秀散文集里，这篇文章就具有小说和散文二者相通的元素。所以，我认为，作为一个写作者,想写一个经历,写成什么体裁事前不必太在意,只要倾心去写,写得好就行。

我们强调散文和小说不一样,是因为散文的基本要求是你的经历、事件、情感都必须是真实的。现在有人把过去写的小说修改修改当成散文去发表。他里面的事件都是假的,甚至人物也是假的,由于有情节,有故事,有描写,带有了可读性,一时骗过了编辑和读者,但是时间长了,就会露出马脚。

说到跨文体,曾经有一段时间流行跨文体写作,它会将长于叙述的文字甚至带有评说的文字放到这一文体中来,实际上,跨文体跨的还是散文性,它不可能跨小说,或者跨评论,因为散文的文体特征和范畴更宽泛些。

雨馨:现在有人喜欢写长散文,觉得写起来过瘾,能够涵盖很多东西,而写短散文则费力。我看到你也写过长散文,比如写大运河的篇章《血脉大运河》,还有今年《天涯》第一期上你发的《乡间的瓦》,但是你又多写短散文。我感觉,短散文是十分不好写的,它既要把要写的东西写进去,又必须做到精练好读,确乎是很不容易。王老师,能就这一点谈一谈吗?

王剑冰:从五四直至20世纪80年代,应当说篇幅长的散文是不多的,似乎长了就跑出了散文的范畴,成了另一种文体。散文的话语也就总是在一定的字数内框着,意思肯定能表达完,表达不完的,就会另加题目。即使有一些长文,也并不为理论界所重视。

到了80年代末,余秋雨的文化散文被散文界接受和认可,长散文之风就越刮越猛了。长的散文,确实能涵盖很多东西,能有更多的表达,甚至能将报告文学和小说的东西容纳进去,将演讲、报告的东西容纳进去,这也是大批小说家、报告文学作家、理论家加入散文创作的原因。容量的扩大,要求所叙述的事件、描画的人物、表达的思想必须具体而深厚,层面也相对多起来。作家在写的时候,有一吐为快、一泻千里的感觉;读者读起来,也会有一种过瘾的感觉,能够品嚼出相通的东西。当然,这是指成功的长散文而言的。也有人故弄玄虚,一写必洋洋洒洒万言甚至更长,东征西引,全是人家的东西,扎煞着架子吓人。这种拉杂冗长的文章,则是散文的败笔,既不能让人产生共鸣,也不可能让人卒读。

话又说回来,并不是能写长文章才是散文高手,才是满腹经纶的大家学者。精短美文的制作不比长散文容易。近百年来留入史册的、选进教科书的还是以精短美文居多。这也像小说一样,长篇易写,短篇难工。长的东西,可能会隐藏些粗糙;短的就不行了,你必须精打细磨,不得有一点暇疵。模特大赛,要选出更好的,光看一身长衫不行,还必须看看穿泳装的效果。而往往有些人在这时败下阵来。这就是艺术的残酷、真实的残酷。

由此说,对散文的要求越高,散文就越不好写,尤其是精短散文。

雨馨:说得好。随着时代的发展,越来越多的人开始行走,也就有了越来越多的游记类的散文,随之也就有了一个说法,说实际上游记类散文并不好写,弄不好就会成为解说员,有掉书袋的感觉。您提出有些散文的写作需要"化"着写,你能结合自己的作品具体谈谈吗?

王剑冰:散文是属于情感的文学,无法把很多资料硬塞进去,那样会削弱主观感受,当然史料性的东西如果需要的话,有些可能会加强文章的厚重感,但是这个加强也需要让材料"化"进去,融成自己的话语才好。现在不少地方的历史文化已经人所共知,你还要详写细描地在这上面下工夫,肯定是不落好的,倒不如不去碰触或者暗里绕道走好,也就是写你的感受、你的关注、你的发现。说到底,是你在游在记,人家要看你同别人走得有哪些不同,能否从你这里得到什么启发、什么美感。

确实的,地域类的散文不太好写,弄不好就落套走偏。破题难,找"点"更难。就我而言,有时我反复去一个地方,很多次还是找不到感觉,找不到一气呵成的意脉,总是不想动笔,也绝不敢动笔。为此,我也许会独自在那里闲逛,或者遇到一个当地人,站在河边和他聊聊天,了解他们的生活,当地的历史、地理特性、气候甚至方言习惯等等。只有觉得到了火候,找到了游离于史料之外的点,到了灵感闪现非写不可的时候,才会直抒胸臆,写出属于自己的作品来。我肯定要读一读地方志或有关的资料,但是我也要提醒自己不要陷进去,而是通过自己的感性认识通过自然的语言功能展示出来。并不是我写的都成功了,其中有我写的《吉安读水》《放鹤徐州》《阆中》《日照》等,你可以批评批评,看是否合乎我的说法。

雨馨:有的我读到过,比如《阆中》《天河》,我都挺喜欢的。里面看不出材料的堆积与缠绕,读着很自然,但又觉出了深厚的东西。王老师,现在写散文诗的人很多,有人不把它同散文放在一起,但不少散文刊物也刊登这类作品。散文诗是文学的另类吗?它究竟同散文有着怎样的异同呢?

王剑冰:确实,现在有不少人创作散文诗。有人说散文诗应该属于诗的范畴,也有人主张说散文诗应当归入散文,这样争论的结果是一直没有定论。

我以为,散文诗既然和"散文"与"诗"连在了一起,那么说它属于诗也好,归入散文也行,它进入哪个队伍都应当受到欢迎。

若细致而论,散文诗应当是一种有着诗的内在韵律,又像散文那样自由活泛的文体。而最主要的是这种文体都不须长,多是精短的、纯粹的,表达的东西往往是单纯的。如果它的诗性很明显,或者叙说的篇幅很长,那还不如排成竖排的诗行或就叫作散文呢。

也可以这么想,诗与散文本就是亲兄弟,体例自由,语言灵动。泰戈尔说过:"我不反对散文应有诗意,诗应有散文的严肃性。"这样的主张,可能就在散文的写作中,将一些短小精悍的文字另列出来,诞生了散文诗。因为后来的写作中,散文不一定全是诗性的东西了,将散文当诗来写,更多地是写成了散文诗。

在现代写作中,文体的界定已经不是什么严格的事情了,而更多的诗歌作者转行搞起了散文。值得琢磨的问题是,有不少人在诗歌界耕耘多年不闻不名,搞起散文后却快速出名了。我说,正是由于他们多年拣词炼意,也就在语言的描写上更有特长。细观这些作家的文章,有一些可以说是散文,而不少的,就是散文诗。

雨馨:另外,很长一个时间里,我们都觉得散文批评是一个弱项,散文创作需要散文批评来引导或者说纠正,可是散文批评又显得跟不上趟。你觉得散文创作需要散文批评吗?或者说散文批评能够顺应散文创作吗?

王剑冰:较之红火的散文创作来说,当代散文批评实在是一个弱项。

散文批评落伍,主要有两点原因:一是老的批评家受旧的散文观念影响较深,而对于新出现的散文写作理念又不能完全接受,所以要么不再发言,要么发言就老调重弹,让人感到陈旧不堪,不要说具有指导意义,不误导就是好事了。

二是所谓的先锋批评家,理论上确实是走在了写作的前面,在这些人的眼里,上线的作品总是少得可怜,棒子一舞,抡倒一大片,让人疑惑,散文是否走到了尽头。而仔细看去,他们推崇的那些人物、那些作品,同被贬斥的相比并不让人刮目,反倒让人怀疑是否借机将"哥们"拉了进来。这样的批评,尽管在理论上有某种借鉴意义,但实际中又往往矮了下去。也就出现了服不服人的问题。这不利于散文的健康发展。

说狠一点,散文的发展或许并不怎么需要理论的指导,有没有它都行。散文照样写出来,照样发展着、变革着,但是无论怎么发展变革,最终一点还是可看好读,给人以美感。你说呢?有些批评家的提法比如曾经界定的"小女子散文""小男人散文"什么的,又有什么意义呢?

我倒觉得,如果批评家没有太大的本领,不必在前面扯旗放炮,可在后面归纳整理为好。

雨馨:王老师,我们聊了不少的话题,都聊得很好。我知道散文创作的话题还很多,我们今天先聊到这里,等有了时间,我们再接着聊。谢谢您能抽出时间接受我们的采访。

王剑冰:好的,谢谢你。

(原载《散文家》2017 年第 1 期)

"他是个认真对待散文的人"

——访我校七八级校友、散文家王剑冰

杨志军　孙　维[①]

"毕业后我经常回来,每次回到母校都觉得时间并未走远,眼前熟悉的一切总让人回忆起昨天的什么,感觉很亲切。岁月的流逝太快了,而人的记忆却是很坚强的。"初次相见,他将自己的母校情结娓娓道来。

他是中国当代散文界响当当的人物:获得过第一届及第三届冰心散文奖、首届郭沫若散文随笔奖、中国文联理论奖、河南省政府文学奖、中国散文诗90年重大贡献奖等,是第二、第三、第四届全国鲁迅文学奖评委,河南省作家协会副主席,中外散文诗协会副主席,河南省散文学会会长,《散文选刊》主编,享受国务院特殊津贴专家。他更是一个多年来笔耕不辍、至今仍坚持每天清晨5点起床写作的作家。他就是我校七八级校友王剑冰。10月1日,他特意从郑州驱车返校,参加七八级校友入校三十周年大型纪念活动。中午时分,我们如约在南大门见面,采访随即进行。博客上的他温文儒雅,现实中的他谦厚随和。和他交谈,如沐春风。

"我是叮叮当当的洒水车"

1978年是高考制度恢复的第二年,王剑冰这个原本在田间地头劳动的知识青年顺利考入了河南大学中文系,搭上了这列通往新生活的列车。机会猛然而来,得之不易自然要分外珍惜。没有浮躁,满怀激情,王剑冰抱着对知识的汲汲

[①] 杨志军、孙维:河南大学学生记者。

渴求，每日穿梭于校园里每一个可以安心读书的角落。铁塔湖畔，便是王剑冰常去晨读的地方。他还和同学们一样，晚上喜欢到别的院系去上自习。少了些熟识的面孔，自然也就少了闲侃、聊天的时间，这倒不失为一个自律的好方法。

"那时候的学生几乎没有睡懒觉、逃课的，清早起床，校园里到处都是读诗、背英语的学生。"学习的热情在校园里空前高涨，王剑冰坦然承认自己的专业课不是最好的，不过爱好练笔的他觉得自己"更适合学中文"。拿着自己用心雕琢的诗作散文，他活跃在一群热情奔放、意气风发的青年学子中间，以笔做剑，以文会友。虽然那时候作家梦还很远，但只是那么一份天赋、一腔热情，便足以让他在河南大学校园的诗坛上小有名气了。

时隔多年，他还清晰地记着自己发表的第一首小诗《我是叮叮当当的洒水车》。"洒一路晶莹的雨花，降一街绚丽的虹霓，唱一城激越的欢歌。我要冲刷杂乱的轨迹，我要荡涤昨日的污浊。……"吟着这诗，仿佛也看到了先生年轻时的样子：富有追求，渴望奉献；荡涤灰尘，遍洒清波。像一辆叮叮当当的洒水车，一路奔向黎明……

这首诗发表于1981年第12期的《诗刊》杂志。一封薄薄的采用通知在学校里引起了不小的轰动。要知道，当时的文学阵地极为匮乏，能在国家一流刊物上发表诗作，在很多人看来是遥不可及的。笔友们纷纷向他表示祝贺，只是他们也未必料到，这在冥冥之中又让王剑冰向文学殿堂迈进了一步。

"他是个认真对待散文的人"

成为一个作家似乎并不难，而想要在领域内成一番气候就不那么容易了。一个作家要有自己的代表作、有自己的符号更加难得。如同提到王剑冰，我们便不能不提那篇《绝版的周庄》。它作为"当代散文中极精粹的一篇"，刚被《人民日报》刊出便吸引了社会各界的眼球。它曾先后入选上海高中语文课本，福建、山东、广西语文试卷，成为历次高考模拟试题，并被选入《百年百篇经典美文》《中国当代散文经典》等40多种文学选本。后来周庄还将其全文勒石铭刻，以一堵老墙的形式立于周庄蚬园路，让《绝版的周庄》永恒地存在于享有"中国第一水乡"称号的周庄，美文共赏之。

王剑冰确实是个名副其实的散文家。自河南大学毕业之后，他在省文联做编辑,后来又到《散文选刊》做主编。编辑的岗位"福利诸条件虽不优越",却给他提供了继续深造的环境和机遇。"没有简单和保守,再加上他的才华,他是不能忽视也无法忽视的。"贾平凹先生称"他是个认真对待散文的人"。多年来,他先后出版了《苍茫》《喧嚣中的足迹》等多部散文集,主编了若干散文年选,到北京大学等高等学府论坛举行关于散文的专题讲座……正如省文联原主席南丁所说:"热热闹闹,红红火火,出息成中国当代散文界相当量级的人物。"

王剑冰似乎有"两个脑袋",同时进行着形象思维和逻辑思维。一是文学写作,成就一代散文名家,一是探讨钻研,促其具有学者风范。按他自己的说法,正是一个主编的责任"迫使"他不断进行理论的研究和阐述,提升学术素养。数十年编辑工作,占了他事业生涯的大半,位置的责任要求他"心胸之宽博,目光之广大"。为编好选刊,他兼收并蓄,大量阅读各种报刊上的散文。阅读量之大,放眼全国,鲜有出其右者。作为一个有心人,他还做了大量读稿笔记,撰写理论、评论文章在相关报刊发表。所谓聚沙成塔,当多年的积累被整理出来时,我们蓦然发现它已蔚然而成大观,这便是他刚刚出版的《散文时代》。全书洋洋洒洒三十余万言,涵盖了繁杂丰富的有关当代散文观念、状态、态势等全方位的信息。它欢呼与改革开放新时期同步的散文新时代的到来,对散文新时代的起步发展、繁荣昌盛做了细密的梳理和全景式观照,对散文创作的成就做了全面总结,堪称"为散文时代立言"。采访中,笔者有幸获赠一本,大略翻阅,其内容之厚重大气,已略见一斑。

美文美男王剑冰

王剑冰任《散文选刊》主编时,南丁曾有"温馨提示":"要坐得住,要投入,要心无旁骛。"对于这些,王剑冰是有深切体会的。他在回忆自己的30年轨迹时说:"时间对于每个人都是平等的。要认真做事,不能潦草。沉下心来,才能有所收获。"散文创作,编辑,评论,他以这么一种三位一体的身份在散文界取得如此显赫的成就,不能不归功于他的这种性格。朋友岳熙说他"不喜喝酒,也不抽烟,稍显得离群",又解释说"这却给他节省了更多的时间使得他能更好地创作"。这话,或许正合了王剑冰的意思。

然而王剑冰又绝不是那种"坐在书斋里的文化人"。写作之余,他也有很多爱好。他喜欢旅游,跑动很多。他擅长摄影,其抓拍速度令人叫绝。他出行时,总有些有艺术价值的东西被他敏锐地捕捉到,有关于文学的,也有关于图像的。王剑冰觉得,正是因为广泛涉猎,才让他的感觉得以相互渗透,艺术细胞也就更加活跃了。

创作的时候,他是认真严谨的;平日里相处,他是沉稳而不失幽默的。他的文风,是朴实中庸的;而有时奇谲的想象却能唤起读者灵魂深处的感动。美文美男,果然名不虚传。

王剑冰先生以前曾到河大做过讲座,他给学生们的印象是"敏锐",不过他觉得当前学生似乎对网络文化关注过多。其实多读些文学名著也是必不可少的。毕竟,以后走上社会就很难再有这样静心读书的机会了。采访结束,先生站起身,认真地同我们一一握手,这才挥手作别。

自言自语就是最好的散文

刘明霞[1]

近日,《散文选刊》主编王剑冰应邀来惠州讲学,本报记者刘明霞对其进行了独家专访。

《散文选刊》推选好散文的标准是好看

刘明霞:王老师,因那篇《绝版的周庄》我们记住了你。这些年来,你对文学的坚守令人敬佩。作为《散文选刊》的主编,你总是站在散文创作的潮头。你认为推选好散文的标准是什么?你对当下散文创作的现状有何看法?

王剑冰:推选好散文的标准跟选择其他好东西的思维是一样的,散文的好看包括语言的好看、故事的好看、叙述的好看及所提示出来的意象的好看。意象所表达的不一定是我们要求闪光的东西,只要好看就行。现在许多人的创作已经历了文化大散文和纯美散文的写作等阶段。当下,一些年轻作家更容易追逐自我、个性的特征,这种特征可能更加迎合他们的内心、他们的个人生活感念。这样一些作品反映散文创作更加自由、宽泛。

每个人创作时都在发挥自己的长处

刘明霞:有评论家认为,当代散文无论从哪个角度看,成就都远远落后于现代散文。你觉得这种评判恰当吗?你认为当代散文怎样才能从根本上获得新

---

[1] 刘明霞:《惠州日报》记者。

的艺术启示?

王剑冰:我不大接受这个评判。时代向前发展,文体也在变化。20世纪二三十年代出现的作家,有他们各自的生活背景和范围,而我们现在的时代背景比他们要广大得多,现在散文创作在揭示文化的深度、历史的厚度、思维的广度方面都超越了他们那个时代,在散文文本的追寻上比他们走得宽远。好的作品能举出很多,足以与他们那个时代的作品相媲美。现在散文的创作形式更加丰富,每个人都在发挥自己的长处。如:文化知识比较丰厚的,可以进行文化散文的创作;个人生活体味比较深刻的,可以进行生活化散文的写作;对汉语的驾驭比较成熟的,可以进行纯性散文,也就是精美散文的写作。不管进行什么样的散文创作,最终是要看你能否吸引、打动人。至于当代散文怎样才能从根本上获得新的艺术启示,我认为,第一是来源于生活,第二是来源于知识,第三是来源于思考,还来源于作家通过自己的知识与积累对事物的重新认识与整理。

我们好多文字最初都是写给自己的

刘明霞:朱光潜将散文分为三等:"最上乘的是自言自语,其次是向一个人说话,再其次是向许多人说话。"他主张散文面向个人,把姿态放低。你认同这一说法吗?

王剑冰:我认同这种说法。自言自语是一种最私密的行为方式,我们好多文字,最初都是写给自己的,如对一个人爱慕的独白、单相思的自语,所追求的是那种孤独、伤感、无奈、痛苦和甜蜜。还有一种私密,比如,对亲人的怀念,特别是对已故亲人的怀念,只有有感才会发出来。自言自语就是最好的散文。其次是向一个人说话,就好像现在我们交谈一样,必须真挚,即使是争执与争吵,所表现出来的也应该真实。通过汩汩流淌抑或是沉郁、顿挫的方式宣泄出来。至于向许多人说话的散文,由于时间关系,我就不讲了。

刘明霞:有的作者喜欢花很长时间精雕细刻一篇散文,恨不得字字珠玑,你认为有必要吗?

王剑冰:这太可笑了。散文是自由而随意的文体,你可以认真去对待一篇作品,但用不着去精雕细刻,尤其是当代散文的创作,有感而发是散文最真实的境界。

刘明霞：相比小说和诗歌，散文的技术特征是否更少？

王剑冰：是这样。散文其实是无技巧的，但这个无技巧中又隐含着大技巧。越是纯天然的东西，越被人喜欢，就像一个天生丽质的少女，又如我们现在追寻的那种自然的乡野。

刘明霞：在《绝版的周庄》里，你认为与你内心一致的东西是什么？

王剑冰：在《绝版的周庄》里，最多的还是淳朴，那是跟我们的生活，哪怕是想象中的生活相一致的东西，而这种东西可能越来越离我们远去。正因为如此，我们才会考虑在我们的文字中表现一种什么，留下一种什么。

越是宁静、自然的东西，越难以驾驭

刘明霞：每个作家都有自己的创作理念，你以理论思考、创作实践和编辑工作及大大小小的文学活动实践着自己的创作理念，你认为你的创作理念是怎样的呢？

王剑冰：我长期从事文学工作，对散文这种文体有更深的了解，熟悉了更多的作家朋友，掌握了大量的信息，在总结的过程中，在活动的过程中，也是学习，近水楼台先得月，学到了些创作方法，不断修正自己的创作理念。比如，1999年我写了《绝版的周庄》，几年后我再写时，已对这种创作手法厌倦了，感到某种不足，后来我又写了一篇《水墨周庄》，就写得比较纯然。叙述的方式更加舒缓，内质里透出的情感更加温软，如"水贯穿整个周庄"这样的句式更难写，越是这种宁静、自然的东西，越难以驾驭。这与朱光潜和贾平凹的说法是相通的。

（原载 2008 年 5 月 25 日《惠州日报》）

关于《吉安读水》

2008年,应邀第一次踏上吉安这块红色的土地,我有了一种从感性到理性的认识。以前吉安只是在我恍惚的记忆里,那个记忆包括毛泽东诗词中的"十万工农下吉安",而吉安的方位、吉安之地有什么,都不知晓。来到之后,才把吉安同庐陵文化、同井冈山,同赣江,同欧阳修、文天祥联系起来,着着实实地让我发出了由衷的感叹,这种感叹也像十年前我去周庄一样:我来晚了。吉安,就像周庄一样,成为我生命里的又一个关注点。我热爱这个地方,它雄厚大气,自然而美好,有很多值得我永生探求和学习的地方。我已把我的情感深深地融入其中。

在朱黎生、李梦星、贺小林、胡刚毅等人的相继陪同下,我第一次走访了吉安的半数地域,了解了庐陵文化的深厚渊源,感受了赣江之水的汹涌宏阔,踏访了井冈山上的红绿资源,闻听了白鹭洲上后学的琅琅书声。归去后半年时光一直沉浸在对这块丰厚土地的回味之中,一直没有动笔,甚至没有打一个草稿,怕走不好第一步而毁了自己心中的那份美好。直至有一天突然有了感觉,这种感觉还是第一天行走时在心中猛然一亮的那个"水"字。

我觉得是那个"水"浸染了这块土地,浸染了这块土地上的文化与历史、人格与精神。有了这个"水",这个地方就活了,变得灵动起来,变得荡漾起来,然后再想到吉安的名字,这个既有诗意又有生活还有祝福的名字,是对这块土地最好的解说和最好的寄望。由此,我写出了《吉安读水》。

随后这篇文章发表于2009年2月的《人民日报》。不久,井冈山人又邀我再上井冈山,去感怀一下红色井冈中的绿色景致。按说井冈山这样一个地方,我是早就该去了。这第二次去,我又走访了更多的没有走到的地方,以及平常的人们不好去的地方。我在感知这一座山与其他的山到底有什么不同,还有这里的人、这里的植被、这里的水流以及这里的民歌与民情。我用了很大一块时间待在博物馆里面,我在观察着、记录着、回味着、感念着,我甚至会对一片发黄的纸页和一双绣花鞋好奇不已,会把兴趣放在一个女子照片的袖口上。而后我回去了,仍然沉淀了三个月,没有轻易动笔,或者说,我一时还把握不了自己所掌握和收集的素材及井冈山人送给我的厚厚的书籍。后来我干脆不再看这些东西,并且让我的思绪沿着井冈山的那些山脉蜿蜒而去,我才慢慢地感觉到我应该写些什么。于是,有了《井冈读山》,此篇发于2009年10月《人民日报》,并且获得井冈山和《江西日报》联合征文的一等奖。

此后,《吉安读水》的碑刻落成于白鹭洲书院,我就和吉安人有了一个共同的想法:能否以《吉安读水》为书名,围绕着赣中吉安的人文历史与风情写一部散文集?于是我有了三下吉安的举动,结识了更多的朋友,这些朋友包括当地执政的领导,还有通晓吉安历史人文风情的专家和学者。我走访了吉安所有的市县区,到了许多应该到的地方和原本不知晓的地方。

渐渐地,我开始有了一些大致的构想,但这种构想的实施仍然不是顺畅的,这中间被其他的采访和写作所干扰,时间往往不大够用。有时候一篇文字要等好多天才能成形,有时候心血来潮一天或成就一两篇,断断续续从第一篇《吉安读水》算起来,两年时光过去了,比之勤奋者,我算是一个慢工而不出细活之人。

说实在的,尽管去过吉安三次,但是这种踏访仍然是走马观花式的,由于时间的原因,不能沉淀下去。记得第三次踏访时间最长,但是也是一个县只待个一天半晌,该上的山不及临顶,该看的水未及尽头,想见的人期而不遇,还时时会被风雪阻隔。这之中陪我走访最多的是黎生兄、梦星兄、贺小林弟,他们为了我能把吉安写好,也倾注了很多的精力和时间。其实他们本身就是"吉安通"和有成就的学者、作家,然而,正因为他们热爱吉安,想让我把吉安写好,便无私地把自己的所知所感传导给我,使我对吉安不仅有了一种感性接触、理性认识,还有了一种感情的交织,因为我们已经成了彼此交心的挚友。

初稿写出后,传给吉安人去看,而后听从他们的意见和建议,又做了某些添加与改动,终成了这本小书。这部书稿只是我一份粗浅的学习笔记,其中的缺憾还望读者尤其是吉安父老审读后给予校正,以便在再版时得以充实。

对《奔流》杂志所谈

创作是快乐的,当然也伴随着写不出、写不好的痛苦。好在灵感时时光顾,能够经常与汉语文字进行十分亲密的接触。

中国的语言博大精深,有着永远探索不尽的东西。当你真正理解并找到它的某种美妙的时候,真的是有一种迷醉的欣喜涌现在心头。

灵感是跳跃着的,及时抓住才不会错过。有时灵感就像牌运,海浪般一层层地来。而失去了,会多少天找不到感觉,所以要善对迅疾而来的文学女神。

热爱不是结果。热爱只是一个念头、一段感情。热爱就要去实践、去体验、去观察、去思索、去学习。路有很多条,得去探、去问、去走。

时间总是不够,在一时无法完成长篇创作时,只能先写短的。其实长的短的都一样,就像长衫或短衣,只要精神、有气质,人家看着好就行。但要追求代表自己水平的、广众认可的东西——就是代表作。一个人光知道他是写东西的,但写过什么东西说不上来,就说明还没有代表作。哪怕就那么一首短诗,人们记住了,就立住了。不是一两个人认可,是社会认可,挡都挡不住。

一个人的写作能力是一种天分,后天的努力和勤奋只是成功秘诀中的一小部分。没有这种天分的人怎么努力也不行。他会先天地缺少悟性,缺少智性,缺少创造性。

散文创作不能来虚的,内容的主干和情感都要是真实的,但是应该允许某些枝节的虚构性。

散文要透出你的品位、你的人格、你的精神向度。但绝不是一味要求政治性、思想性,更不是表白与口号。

散文的叙事应当细致、完整,注重描写,把一件事情讲清楚并不是一件容易的事情。而叙事性的散文往往会在这上面走弯路。

抒情性的散文最不好写,少有佳作,因而最好不要轻易去涉猎。纯粹的抒情往往会写成无病呻吟。

最害怕在文章中看到感叹词和感叹号的堆砌与滥用。

把一篇文章写得有看头,也就是有意思,是当前应当提倡的。这个意思就是生活的意思、语言的意思、叙述的意思,因而也就有了思想的意思。这比单一地去强调意义要好得多。有意思了自然会产生意义,而追求意义未必会写出意思,也就使文章空洞干涩,味同嚼蜡。

创作手法如同插秧,不行还可以改换。而语言就好比秧苗,本身不行就出不来好东西。所以语言是始终应该着力追求的。

追求语言不只是追求形式上的美、韵律上的美、辞藻上的美,更应是一种自然的美、自由的美、朴实的美,韵律躲藏在词语间,感染人的东西隐在叙述中。这比前面三种都要难。明白这一点并且为之努力,说明是对汉语有真正的理解,也真正摸索到了门路。

寻访郑州那些历史人物

离我居住的地方不远即有座版筑的土城墙,上面长满了荒草和各式各样的树木。冬天的时候上面铺满了皑皑的白雪,从高处会感到像一条银色的长龙,逶迤折向很远。春天的时候上面又开满了野花,一种说不准的芬芳随着小风四处荡漾。

这就是郑州的商代遗址。有了这个遗址就有了历史的见证,加上其他的见证,郑州最终作为中国最古老的城市,走入了八大古都的行列。

作为一个郑州人,我们都又增加了一份自豪。

随着经济建设的发展,郑州越来越大气了,越来越漂亮了。老郑州已发展成为一个现代化的大都市。在不断地审视生活的这块地方的时候,我往往会回顾它的过去,就像一个人,总想知道他是怎么走过来的,有哪些经历、哪些故事。

于是我开始更多地寻找,就像顺着那道苍莽的古城墙一直往前走,总想走到它的尽头一样。

渐渐地,我就越来越知晓郑州的一些细节的东西,这些细节成为解读郑州的重要部分。其中一项,就是我更多地关注了郑州的名人故里。

这是由杜甫故里、黄帝故里开始的,因为这两个人的故里早有定义,而我最先走入的也是这样两处地方。后来,也就是十年前,郑州市旅游局评了一个郑州市十大历史名人,有黄帝、子产、列子、韩非、杜甫、许由、李诫、郑虔、白居易和陈胜。我才知道了更多的出自郑州的人物。

而让我动笔采写的是陈胜。我当时一阵惊喜,那个辍耕之陇上怅叹久矣、怀有鸿鹄之志的搅乱历史风云的猛士,竟然是郑州登封人。

我去开封,刚过了圃田的高架桥,就看到一个"列子故里"的牌子,牌子虽然不起眼,但让我猛一激灵,那个讲说了《愚公移山》《杞人忧天》《高山流水》等故事的寓言大王原来就在这里啊!我立即就对这个地方崇敬起来。

慢慢我还知道了申不害、郑国、纪信、管仲、高拱、嵇康、许衡、刘禹锡、李商隐都是郑州人。这是一个怎样的列队啊,这些历史上的风云人物,竟都在一个地方聚齐了,他们中有中国历史上最伟大的政治家、军事家和文学家,由他们串起来的故事,可以说就是半部中国史了。

我怀着浓厚的兴趣,先去了登封,那里的名人多,文气重,而且遗迹较为集中。我去找高拱,因为他在现在的城里。我转了很长的时间,只是找到一些看起来很老的房子,里面原来是住过人的,现在搬走了,像变成了仓库之类,但仍然不是他的故居。

我登上了高高的山顶,我去找许由住过的地方。还真找到了一处所在,是当地一位老乡领着找的。一打听许由,都知道。这位老乡自告奋勇地领着我走了好一阵子。我总是问,还远吗?他总是回答说不远。

我们从山上下到了半山腰。刚刚下过一场雨,路有些泥泞,满脚踩的都是黄色的黏土。但我终于见到了一棵好大好粗的树,一看就是一棵古树,起码有上千年了。而那口许由洗耳池更老,它不知道存在了多少年。老辈的人都是听更老辈的人说的。这口不老泉,一直供养着周边人们的生活。"大跃进"的时候,两百人集中在这一片大炼钢铁,用的就是这一口泉水。说起许由的故事,他们更是口若悬河。

还有杜甫故里,当地政府已拨出巨资在原有的基础上进行修复改造,实际上也是恢复原有的旧貌。原来杜甫故里一定是一片很宽阔的地方,群山连绵,黄土起伏,修竹茂密,杂树生花。不远有水,是泗河,还有黄河和伊洛河。只是后来由于杜甫一家的搬离,这里渐渐成为更多的后人的聚居地。这次改造后就好了,相信不久会有一个更接近杜甫故里的景观出现。

我曾经找寻过陈胜故里,只是年代久远了,只发现一点儿可以追寻的痕迹,那是在阳城也就是现在告成的老城墙围子里。我还是希望这种痕迹再重些,建一个什么场所,将有关陈胜的介绍放进去。

在采访的过程中,我还寻找过李商隐当年在郑州古城墙附近的居所,那个叫里仁街现在叫西大街的地方,以及在他住所附近,他常登临并赋有诗作的夕阳楼。那首诗后来被刻石而名扬天下:"花明柳暗绕天愁,上尽重城更上楼。欲问孤鸿向何处,不知身世自悠悠。"似乎是李商隐一生经历与命运的写照。我站在西大街西南的一片古城废墟上,面对着西下的落日一阵感慨。这个地方是写《老郑州》的赵富海告诉我的。我们都有同感,希望能恢复一处院落,让我们的寻找有一个栖息地,希望再建起那座气势恢宏的夕阳楼,让我们的郑州更有古都特色。

值得高兴的是,近些年郑州市以及郊县都重视了名人故里的保护和整修,也加大了宣传力度。这是因为看到了这些名人所带来的社会效应。由此我心里又有了底,我开始更深入地积极地找寻,并且开始动笔。

我试着尽可能准确地引领着读者去解读这些名人的故里以及他们的故事,以增加对郑州的真实感觉与了解。而这也成为我今后深入写作的一个基础,一种带有着原始本真色调的积累。

我写《八月桂花》

我曾两进大别山,感触很多,但都无法理出头绪。大别山是红色根据地,从这里走出了成百上千的将军和高级干部,很为当地人所骄傲。当我踏上这片土地的时候,心里就充满了崇敬感,见到每一个人也充满崇敬感,想他们是不是什么人的后代。越往深处走,越感到脚下沉沉的。当地的干部告诉我,几乎每一家都有人为革命献出了生命。

我看到现在的这些百姓生活的水准并不高,房子也还是老的多,生产方式也是多少年前的方式,路上有人荷锄赶着牲畜回家,头戴着破旧的草帽,高挽着裤腿,嘴里叼着一支大烟袋。有人就告诉我说,这个老人就是当年的失散红军,和他一起起事的已经在中央了。而在我看来,那就是普普通通的农民。跟他们聊起来,他们没有出过远门,也就不可能去过北京,他们的眼神有些呆滞,言语木讷。但他们还会唱红军歌。去一些村子,弯曲的小路上,有些老牛就躺在路中央,任由你怎么鸣喇叭也不会起来。有人就说,这里的人啥人没见过,连牲口都不会在乎你的到来。

乡亲们却朴实,你走进一家人家,人家里的人当年不是军长就是师长,人牺牲在战场上,家里的人送你时还要给你手里塞上花生和大枣,说着还回来看看的话。

我走进鄂豫皖烈士纪念馆,比第一次来看得更认真。我真的想看看那些烈士,想知道他们更多的东西,想记下他们的名字,想找出我心中疑问的答案。

活动后来的安排是去看大别山山顶的风景,说看了红色再看绿色,那绿色里有山顶的溪流和蓝湖,还有满山遍野的丛林。我没有去,我提出再进纪念馆。我觉得还没有看够。就这样我记下了那些名字,我发现了牺牲和遇难的区别,我看到了烈士的日记和袖标,我看到了那些破旧的服装和用具。纪念馆里几乎没有什么人,陪着我的人也出去等在外边了。我独自一人时感受到了那些数字、那些灵魂、那些我去过的地方和知道的人名带来的压抑和恐惧。一种情绪山涛一般压过来。

我走出来时,看到那块石头,上面刻着鲜红的《八月桂花遍地开》,我似乎听到了那首耳熟能详的大别山民歌的曲调。我看见那么多的桂花树,一树一树的桂花落了一地,芳香也随之四散着。阴历八月,就是阳历10月了,10月是建国的日子,也是丰收的日子。我就想到,桂花其实在每年的1月就开始积蓄酝酿了,只是到10月才吐露她的芬芳。那些自1月起每月都有人献出生命的名单,也是如此。我已经记录了一些名字,那只是极有限的烈士,他们为了"八月桂花"的花开和10月的幸福献上了自己的汁液。我甚至看到了远处农家的麦秸垛,那么高的麦秸垛,究竟垛了多少麦秸在其中?那同样引发人的联想。

我思绪纷然,感情却集中起来,在心里沉实。随之就有了那篇《八月桂花》。文章在《随笔》《羊城晚报》发表后,《读者》等报刊很快进行了转载。我在文中没有图解感念性的东西,我们今天的写作已经不是口号的堆积了,也无须拔高些什么。

我在意的是生命,那些桂花样可爱、可惜和可贵的生命。

我写《绝版的周庄》

那是电视画面中偶尔的一闪,周庄的名字跳了出来。都这个年代了,竟还有这么一个去处,古朴而别致。可惜画面闪现得太快了,没能很好地一睹她的芳容,只是记住了"周庄"的名字。周庄,周庄,就像一个周姓的女子,端庄地留在了美好的记忆里。

又是一年过去,中国作协来电说有一个全国性散文研讨会,地点恰恰就是周庄。周庄就又在心里敲了一下。周庄方面的热情促成了这次会议。东西南北各方人士相聚在了江南水乡。

我是那般忐忑地走进了周庄,就像去见一位心仪已久的人儿。想望、渴盼及对周庄的神秘感交叉感怀。可惜白天太扰,看了这点儿,丢了那点儿,进去不远,便迷了路径。在好奇心的驱使下,我端着相机不停地揿动快门。这是我第一次走入江南的水乡,且是蓄满明清风格的水乡,我真的感觉来晚了,孤陋寡闻,这么好的一个地方,竟就让那么多人先行睹了去。照了照片,画了彩画,写了文章,周庄的风韵,我已是赶上了个末场。

这样想着,懊悔着,行走着,四外观望着,脚不够使,眼不够用,心内热热的,白天看了,晚上又去了,宾馆在外边,并不觉远,三天的时间,不知跑进去多少趟。心内对一处美妙地方的情感,释放着,聚拢着,一行行文字也就渐渐吐露出来。我将周庄想象成一个古典秀女,将灰瓦白墙看成她的衣装,人说"眼睛是心灵的窗户",那就将窗户视为眼睛吧。

说女人是水做的,周庄内外全是润润清水,正像她的肌肤。还有周庄的标志——双桥,周庄称它为钥匙桥,说它的形状像一把古旧的钥匙,这把钥匙就让它挂在腰间吧,而双桥也恰在周庄中心,是主要的景点。

我已感觉到,周庄没有变,变的是周庄走过的时代,由于交通的原因,原来周庄只能靠水路进出,使周庄的面貌未有大的改变。正是因为这种没有大的变化,才使得今天的人猎奇一般拥向周庄,一览周庄的古朴、纯雅。周庄对这股热浪是无奈的,且又是欣喜的。她无法想象自己会成为一个视觉的中心,就像农家的手工艺人,想不到自己的手艺会震惊联合国。周庄也是如此,陈逸飞的一幅《故乡的回忆》将周庄带到了美国,世人皆惊讶中国还有这么一个去处。

其实,古苏州原本何尝不是这样呢,周庄即是苏州的缩影,可惜苏州影响太大,不像周庄躲在水中逍遥了半个多世纪,苏州抛头露面,被人改造来改造去,渐渐地变了模样,因而我说"苏州脱掉了罗衫长褂,苏州现代得多了"。苏州是无辜的,也是无奈的。那么周庄呢?当我看到周庄外围闪烁的霓虹灯和酒楼,心里不免发出"周庄的操守能持久吗"的疑问和担忧。

而周庄又必须是要生活的,要前行的,周庄人利用她的影响,在外围进行发展,以使周庄的操守更有资本。我也参加了一些合作项目的奠基仪式,其中就有"富贵茶庄",富贵企业是台湾的著名企业,富贵二字同周庄连在一起有些意思。周庄的一个重要人物沈万三曾经富甲一方,没有人知道他有多少银两,只知道他曾帮助朱元璋建造过三分之一的南京城,并花钱犒赏过三军,朱元璋反将他治罪。沈万三的形象是透着富贵仁善的。富贵企业的代表是一个长发飘逸的女子,同周庄的形象有些照应,而周庄一方的代表又是一位年轻女子,因为茶这么一种善舞于水的美好植物,一下子让我将周庄同富贵、茶、女子连在一起,产生了一种诗性的联想。

既然将周庄想象成一个秀女,又很容易联想到刚听到的故事。台湾女作家三毛来看了一次周庄,三毛爱激动,如我一样,一来到周庄,四下里撞,看哪儿都亲切,吃小吃,唠闲嗑,见谁都亲切。临走又让车子停下,一个人跑进油菜花地里,大把大把地捧着黄花儿掉泪,三毛是在回去不久用长筒袜上吊自杀的。她在周庄不知是何样心情。她不断地跟周庄人说,我还要来,还要回来!可惜她永远不能回来了。听到这段话,我眼前立时显现出一片灿然的黄色的小花,远远望去,那不就是一块黄手帕吗?日本电影《幸福的黄手帕》中,女主人公为了等待自己的丈夫回来,按照约定,每年都在屋前斜斜的绳子上系一块黄手帕,直到那些手帕飘扬成了小旗。黄手帕即是一种召唤、一种耐心、一种情感。油菜花和黄手帕就这样一下子联想在了一起。

  周庄的古朴更明显地在晚间显现出来。九、十点钟,就没有多少声音,电视的声音、狗吠的声音、吵闹的声音,隐在了一片水的沉静中。

  这使我感到周庄是在水上入睡了,水成了周庄的床。这样又看到了船儿,自然而然想到鞋子的形状。

  晚间守着周庄的时候,就有了一种贴近感,近距离地看着静静的周庄,如同看着熟睡的妻子,目光扫过她的点点细部,明显的,又是隐晦的,哪怕一点儿动静都会在意万分。我一直在想,为何对周庄有如此的感觉?大概是因为北方中原与南方水乡的地域不同,距离产生了美,差异形成了奇。再是看多了浮华人生,突然融入另一种状态,怀旧的心理得以释放,似是找到了一个灵魂寄托的故乡。因而《绝版的周庄》才会一蹴而就,没费多少时间和脑汁。绝版,是觉得再不会出现这样一个保存完好的地方。题目也是在一闪念中写出的。

  多少年后,我又看到了更多的类似于周庄的地方,却都不会产生如此喷涌的激情了。可想文学同生活一样,第一次的相知、第一次的感觉是多么的珍贵。

小小说是小说的精短章

小小说的出现好像并不早，但是一出现就受到欢迎，而且是越来越受欢迎。就好像小品的出现，原来舞台上光说不唱的只有话剧，相声是只站在那里比画，利用语言色彩吸引观众。所以小品是相声和话剧的精短章，小小说呢，应该是小说的精短章。由这个精短章可以看出，它综合了小说的各种特点，就像一件儿童服装，领子、袖子、扣子什么都不能少，只是样式小、布少了而已。虽然样式小了，反而要求得更精致了，为什么呢？因为服务对象不同。小小说的服务对象应该是广众，这个广众就是普通读者。我见过摆摊的一边摆摊一边看小小说，但是你很少见他们拿着厚本小说读的。小小说是快餐文化，越是今天的快节奏生活，越成为一种急需品。这个快餐是雅快餐，非等同于地摊，仍然属于纯文学的范畴，也就为广大文学创作者所接受、所喜爱。真正接触小小说这个创作群体才知道，那可真是一支雄壮的队伍，不次于其他的行当。

《小小说选刊》有个奖叫"小小说金麻雀奖"，这个定位很准，大鸟也是鸟，麻雀也是鸟，零件配置基本一样，麻雀比那些大鸟灵活，隐身性好，危险性低，吃得少，发愁的事情少，幸福指数反而高。小小说这个麻雀，也仍然是人物、情节什么的五脏俱全，而且对语言、故事、结构要求更高，是浓缩型的、精练型的，不是篇幅短人家就收编你，篇幅短只是表面结构，内里的装修讲究得多。

我写小小说，完全是随性。最近因了一个长篇小说的写作，其中的小情节让我有了某种感觉，拉出来，不就是小小说吗？于是连续构筑了几篇诸如此类的稿子，见了杨晓敏就说，能不能帮助看一下。杨老兄真是热情，很快看了，看了就说好。而且将一部分很快发在了《百花园》的头条位置，这可是一种大鼓励，我就还得好好弄下去，以感谢小小说对我的认可。我感觉，小小说也是严肃的文学创作，还真要凭借语言文字及对文学多年的把握认真对待，来不得半点儿的马虎。

第三辑

王剑冰其人

向王剑冰先生致敬

廖华歌[①]

这题目我是借用著名作家贾平凹对王剑冰先生为人为文的评语。原本我自定的题目是电视剧《士兵突击》中许三多对袁朗说的那句"比佩服还好",仔细想想,还是觉得用现在的这个似乎更能表达我的心声。

每年的北京"两会"上,一些代表、委员在共商国是之余,总少不了谈及河南文学,而当大家说到河南的散文时,王剑冰先生必是最受称道的一个!我很吃惊,慨叹他们虽非"圈内之人",却对文坛情势了如指掌;我自然更以此扬扬得意,骄傲自豪得仿佛人家是在夸赞我自己——不是吗?作为一个河南人,作为一个一直称他为剑冰兄(此并非年龄的原因,而是在艺术上他永远都是我心目中的老师和兄长)的散文写作者,我深感在分享着剑冰先生这份殊荣的同时,又实实在在被他文字的光芒照亮!我何尝不知道,王剑冰先生的散文代表着河南乃至全国散文前进中的审美……那些代表、委员们纷纷告诉我,他们曾带着自己的孩子去周庄,在被刻碑的王剑冰先生的那篇《绝版的周庄》前认识剑冰并久久站立,归来后不仅孩子们背诵此文,他们自己也都会背。如此,这篇入选上海高中语文课本并被翻译为多国文字的散文,与《吉安读水》《天河》《洞头望海楼》《八月桂花》等文章已永恒地走进时光之中——现在,未来。

我与剑冰先生相识于1987年——严格说是与他的诗相识而并非人。那时候他是河南诗歌学会的一位负责人,诗歌写得很是了得,我在《诗刊》或别的报刊上凡读到他发表的作品都爱不释手,一一剪贴,至今我也未向他说起过当初自己是如何狂热地喜爱着他的诗。几年后真正与他相见,是在一次颇

[①] 廖华歌:著名作家。

具规模的全省文学创作会上,其时他的散文已华光灼灼、引人瞩目,而给我的印象是:尽管他的人和文一样都很帅气俊美、清雅高洁,但姿态很低,内敛和善,文质彬彬……我讶异不已,一个能把诗写得那么出色的人,怎么一出手,散文竟也如此大气象、如此超好呢?我自己别说是追赶了,连欣赏都目醉神迷、望之莫及!

王剑冰先生一路走来,用他的作品走出了独特的"这一个"的美好风景!集诗人、散文家、散文评论家、编辑家于一身的他,对中国散文界的影响和意义不言而喻。至少,在我所认识的作家中,没有谁能像他那样全面推进地去做,而且做得这般令人钦佩且充满敬意!我常常想,倘若能够只取一样做得像他那般好,就心满意足、毕生无憾,然而,便是一样也万水千山终难抵他之境啊……在王剑冰先生的名字后面,是一长串闪闪发光的名号:享受国务院特殊津贴专家,河南省作家协会副主席,河南省散文学会会长,中外散文诗协会副主席,全国鲁迅文学奖第二、第三、第四届评委,曾任《散文选刊》主编多年。已出版散文集《苍茫》《蓝色的回响》《有缘伴你》《绝版的周庄》《喧嚣中的足迹》《普者黑的灵魂》《王剑冰精短散文》,诗集《日月贝》《欢乐在孤独的那边》,文学理论集《散文时代》,长篇小说《卡格博雪峰》……但剑冰先生从来都不在意这些,包括那些屡屡斩获奖项的作品,一旦完成就全部交给读者和时间,似乎那种文坛风华已与他无关,他关心的是人类本身,是生命的品格和质量,是这个世界的温度与和美,他的全部心思和注意力已彻底转向了下一篇和下一部,如一个永远的旅人,他翻过一座座山,蹚过一道道河,脚下的泥泞,扑面而来的风霜雨雪,金钱、名声、地位、美色等世俗的各种诱惑,人生历程中一次次遭受的磨难和击杀,都在他专心致志地向前行走中,化为温暖之光,成为他艺术生命的吟唱!上帝不会直接给你所需要的东西,有时给你的甚至是你所需要的反面,但只要你能在凄风苦雨中穿行又轻易不喊伤痛,终究会得以成就。剑冰先生正是这样被成就的。我从没和他交谈过这方面的事情,但我分明能感觉到他的心底有荆棘之根,浸透了泪血,了不起的是,他从不纠结萎败在一己之苦痛上,而是全然放下,不,应该是他将其作为生命的另一种营养,在荆棘之上,开出静美的花朵,把爱意和芬芳传递给一颗颗心灵,从而成就了文学的王剑冰。

王剑冰先生的散文一直是我所喜爱和崇仰的。作为他最忠实的读者,我除了叹服、钦敬、仰望,实在是没有资格狂言妄语,说到底也只是一己的读后感而已,何况,这种庸浅的读后感连稍及皮毛都谈不上呢。好在,向来宽厚良善的剑冰先生是绝不会在意我的无知乱语的。我非常赞同著名散文家王充闾及著名作家贾平凹对他散文的评论,他们是大家,说出了我想说而不会表达的心里话!当今不少散文都贫血缺钙,直接经验丧失,大而无当,思想苍白,缺乏心灵本相的展示而流于浅表,虚假轻飘得令人不堪卒读!在此情景下,王剑冰先生的散文就显得更有洞见、更非同寻常。他的散文格局很大,空间广阔,意蕴深深,却又结结实实一点点情真意切地自然写来,犹如春色从山脚款款漫向山顶,每一棵树、每一朵花、每一株小草,都被春无声而暖暖地给融了,尘世万物不但有灵性,还有各个不同的生命故事。而且最难能可贵的是,他往往能做到在别人结束的地方开始,在别人钻探终止的地方开始他思想钻头的起钻,如此他可以发掘到大地深处的黑暗,再用手执的灯盏把那黑暗一点点照亮。剑冰先生始终将笔触探入当下现实与人性的细微处,给生存和人文以深度关怀,诗性而颇具承载力的文字透出深深的思考和悲悯,在悲悯和爱中呈现出对人生世事及自然万物的敏感体验和独特领悟,具有鲜明的生命意识,作品产生的是一种高品位的文学思索,而思索和期待使生命有了一种超越世俗的尊严和美丽。那善良仁慈之心,那满怀天地恩义的大爱,那在生活的暗夜里闪射出的人性之光,不仅充满了智力美学,更是生命最本真本色的特质。这种豪华落尽的简静,如冰中取火更见功力。他是最有超越性力量的写作者,语言里潜伏着生命密码,他将文学性、历史性和人性之间的纠缠,复杂的、相互回响的、相互观照的回旋,将荒寒和暖意构成一种关系,从而执着而深邃地确证着温度、信念和希望。正因此,剑冰先生的散文模仿不来,他自成一格,无人能真正步其后。

王剑冰先生用他散文的艺术高度引领和影响着河南散文,这种重大而又特殊的贡献非他莫属。对此,我们河南文艺界、河南的散文作家无不认为,河南的散文创作之所以能在全国散文创作中占有十分重要的位置,老中青散文家已形成方阵,用自己不断探索与创新的高品质作品,连连摘取各项大奖,剑冰先生功不可没!一直以来他对这支队伍,甚至对全国散文的发展与超越殚精竭虑,倾尽了心力!他从1995年开始写当年的散文漫谈,每年一论,一直写到了现在。同时,应出版社之邀,他几乎每年都要主编一部被公认为极具权威性的《散文年选》。这需要阅读大量的散文作品,需要对散文现状和走向以及怎样才能实现坚守与突破的一系列的思考与把握,需要对当代散文深入骨髓地了然于心,需要钟情、挚爱、担当、无怨无悔的散文精神……我无数次暗下叹惋,倘若把投入在这上面的时间和精力全都运用到他自己的创作上,那结果该是怎样的卓然与荣耀?可是,他没有这样,而是全力召唤、推动着众人共同前行!中国文学、中国的散文史上将会永远记下这浓重亮丽的一笔!而持续十多年至今的每年一次的河南省散文年会,每次围绕大家最关心抑或最困扰的一个主题,具体深入地探讨、研判,相互碰撞直到豁然澄明!剑冰先生对与会的每位作者的作品都烂熟于心,有极认真、中肯、本质的点评及既有建设性又具前瞻性的指导,这样的会议,谁都不愿错过,我们常像盼望节日一样期盼着……无论是对老散文家还是青年作者,剑冰先生都一以贯之地给以信心和鼓励,特别是他做《散文选刊》主编时,发现、培养、激励了一大批青年作者,为今日的中原散文以集团军的梯次形式出现备足了后劲。我和我们这些写散文的人曾不止一次地在一起谈论:如果没有王剑冰先生优秀作品的导引,如果没有他一直以来不遗余力为河南散文所做的种种努力和巨大贡献,如果没有他对文学作者们不厌其烦的鼓励和帮助,如果……不敢设想,任何一个"如果"一旦出现,河南散文都不可能呈现今天的景观,便是我自己,怕也早已放弃散文创作,断乎不能坚持至今!从这个意义上讲,王剑冰先生功在当今,泽及其后,无人能比,不可替代,河南的散文、河南的散文家永远对他心存感激——不论是现在还是今后……

2007年,我随河南省文联组织的文化考察团赴刚刚获取诺贝尔奖的著名作家奥尔罕·帕慕克的家乡土耳其考察。临行,我特意带了一本剑冰先生的散文集《蓝色的回响》,以供旅途品读。那晚,也即我们将要回国的前夜,几天来一直为我们导游、汉语讲得相当好、对中国历史颇为了解、被我们大家一致称赞的吉来先生,忽然有些期期艾艾地跟我商量,希望我能满足他的心愿,把他前天从我手中借去阅读的剑冰先生的那本散文集留给他,他说他太喜欢了,可又一时难以买到。那种满目的恳求和渴望,令我的眼前立时浮现出在我生活的那个城市,众多并不认识剑冰先生本人的文学青年,却对他的作品很是崇尚挚爱、钟情痴迷。我的目光一下子潮湿了,无论如何不忍拒绝。当听到我同意的回答后,他立时激动得手舞足蹈,那样子绝不亚于获得了一件稀世珍宝!记得回来后我还专为此写下了一首诗,其中有这样的句子:……你的作品是我们/走向世界的/通行证……在意义的天际/爱不会沉睡/我们连同时光一起/蹲下匍匐/向你行注目礼……

最优秀的艺术家永远都在路上。毫无疑问,王剑冰先生在文学之路上已走出了足够的里程,他仍旧义无反顾地向前走着、走着,直到成为拓荒者,留下别人不可抹去的足迹!阳光在风中舞蹈、流动,春意正浓,春色纷呈,对于他,生命的意义就是写作。他写着,前方将是又一全新而优美的风景……

感觉王剑冰

刘　敏[①]

因缘巧合,感谢赣江源江西石城旅游文化节的举办,感谢石城遍地的荷花、独特的丹霞和悲壮的红色记忆吸引了大师们到石城采风,让我在若干天的时间里,与大师们有一个亲密接触的机会,于是,对王剑冰有了一个完全不同的印象。

济南的班机准点到达,在一阵阵裹挟而过的人群里,闪出一个酷酷的墨镜男,拉着个不大的皮箱,朝我伸出手,用力一握:"我是——王剑冰。"至于他是如何在拉着皮箱前行的瞬间判断出没举牌子的我是来接他的,眼神藏在墨镜后,可以感觉,却不可以发现。此后,走在充满故事的南庐屋,走在可远观可近看的百亩荷花园,走在通天寨步移景换的蜿蜒山路上,走在赣江源头莽莽苍苍的原始森林里,他和大伙一样,戴着草帽,挽着毛巾,紧抿双唇,依然是标志性的墨镜,只是惜语如金。只有他手里的相机才知道,墨镜后面的眼睛一直在对着近景远景构图,然后是不断的合焦,咔嚓咔嚓,咔嚓咔嚓,用他独特的视角记录下千姿百态的荷花、喜笑颜开的游人和芸芸众生的劳作,细细地品味着赣江源头的奇山异水和风土人情,谁都不知道他酷酷的外表下构思着怎样的一个巨作,就像当年他去周庄。

说到周庄,不知是周庄造就了王剑冰,还是王剑冰造就了周庄? 但可以肯定的是,周庄的前世今生乃至于有多或者无多的来日引发了王剑冰对于文化遗产的深深思考,《绝版的周庄》被刻于石碑,长久地保留在那个原本默默无闻的江南小镇,作者被授予"周庄荣誉镇民"称号。不过,面对今天如潮的游客,不知

---

① 刘敏:作家。

道王剑冰是否后悔自己让周庄暴得大名,打破了那儿原始的清静。有思想的人都很痛苦。通过"文化遗产"这个词,可以将王剑冰与其他名家做一个比较。

有些名家喜欢在小心翼翼地挖开一个历史的地洞后,把自己置于其中,用他独特的视角,细细地触摸洞里的种种痕迹,找一个可以下手的地方,竖起一根高高的旗杆,然后站在旗杆上洋洋洒洒深邃博大地宏大叙事——道士塔是这样,平遥城是这样,写十万进士也仍然是这样,细致入微的描摹、栩栩如生的对话、进退失据的困惑、忧国忧民的感情触目皆是,初见粗看自然是让人叹服的,然而除了叹服之外并无其他。

王剑冰却不是这样。他悠然行走于诗歌与散文之间,写诗写出了诗者的韵,写散文写出了散文的味——《日月贝》《欢乐在孤独的那边》《八月敲门声》与《苍茫》《蓝色的回响》《远方》《绝版的周庄》《普者黑的灵魂》让人领略到理性与感性相互交融的最佳状态,一点儿也不像某些诗人写散文,总觉得晦涩难懂,或者散文家写的诗歌,看起来恍如分行的句子。更让人称奇的是,他还有长篇——《卡格博雪峰》,选取最可以做文章而别人极少用来做文章的大学,尤其是毕业前夕的"非典型社会",抓住这感情最紧张和问题最密集的间隙做文章,用一本酷酷的长篇铺陈出社会万象,透视出背后的典型社会形态,让人在广见闻的同时长智慧,这就是一个作家最了不起的成就了。再从他的理论研究看,评析数百作家作品,他对于"大散文""新散文""小女人散文""先锋散文"以及新生代作家、女性作家、新锐作家等话题,有着独到的见解,细致入微地烛照出当下语境里东西南北中散文的种种;《散文创作谈》《散文时代》《散文散文》顺手拈来新人、新事、新现象和新出路,与昔日司空见惯的寻常话语相碰撞,让人耳目为之一新。

也许是石城秀丽的风景让他们眼前一亮吧,面对莽莽群山,面对通天寨的大地之阳和大地之阴,大家暂时忘记了文学,忘记了生活。大自然的鬼斧神工与人们的笑逐颜开被王剑冰一一收入镜头。深夜九寨,温泉流水在静谧的星光下揉搓着灵魂深处的污垢,峡谷丹霞,微风细树聆听着片片似有若无的絮语,在同行人深情的蒙古小调中,摘去墨镜的他也和我们一样,一个池子一个池子泡将过去,把所有的尘世俗务甩在身后……

绝对绝版

——初识著名散文家王剑冰

吕铭康[①]

这些年,因为王剑冰的散文创作,我又喜好散文,故而一直非常关注他。他的散文,具有感情真挚、文字清新、想象奇特、耐人寻味的独特艺术风格,而往往令我手不释卷,浮想联翩……记得2001年,我主编《新世纪艺术散文选萃》一书时,曾主动打长途电话向素昧平生的王剑冰约稿,他立马应允并迅速寄来,为此书增色不少。但我们始终无缘当面结识。

2009年冬至日,王剑冰应邀来青岛师范学校讲授《文学与人生》。尽管这些天天气奇冷,我还是毫不犹豫地赶去听课。

这是我与王剑冰第一次见面,却留下难以忘怀的深刻印象。因我自己就一直讲课,所以我对他人讲课总是非常挑剔,而他讲的课则是一直深深地吸引着我。他谈写作与做人、谈写作与真诚、谈知识的积累、谈学习与体味、谈想象与思考……娓娓道来,如数家珍。他学识渊博,口才极佳,深入浅出,生动形象。我虽是坐在相当空旷而气温极低的礼堂里,两个小时的课却是在不知不觉中过去,结束时我还意犹未尽。唐代文学家韩愈在《师说》中指出:"生乎吾后,其闻道也亦先乎吾,吾从而师之。吾师道也,夫庸知其年之先后生于吾乎!"此时,年过花甲"奔七"的我,更觉得应该"从而师之"。

王剑冰才华横溢,出口成章。顿时,"绝对绝版"这四个字涌入我心头。

午餐时,我们近距离接触。我发现他是位很平和的中年人,且有丰富的阅历——下过乡、亲历过唐山大地震。谈及2002年我的约稿,他一直是记忆犹新。当

[①] 吕铭康:作家。

我把刚出版不久的拙著《青岛与京剧》送给他时,他对我说:"前些日子就关注到这本书,现在得到了还有您的签名,感到很高兴。"这真是我意外的惊喜。他表示,历来就很酷爱国粹、民俗,理所当然地对京剧产生兴趣。在饭桌上,与我们在座的同好们聊了许多。因他下午还要到另一所学校演讲,我们饭后就匆匆握手言别了。

王剑冰多才多艺,平易近人。我的脑海里再次跳出了"绝对绝版"这四个字。

之所以总是想到"绝版",那是因我太喜欢王剑冰的经典散文《绝版的周庄》之故。

周庄,这是众所周知的江南旅游景点。讴歌周庄的诗文数不胜数,而唯有王剑冰的《绝版的周庄》最为引人注目。在文章的开头,王剑冰别出心裁地用拟人的手法来写周庄:"你可以说不算太美,你是以自然朴实动人的。粗布的灰色上衣,白色的裙裾,缀以些许红色白色的小花及绿色的柳枝。清凌的流水糅成你的肌肤,双桥的钥匙恰到好处地挂在腰间,最紧要的还在于眼睛的窗子,仲春时节半开半闭,掩不住招人的妩媚。仍是明代的晨阳吧,斜斜地照在你的肩头,将你半晦半明地写意出来。"美,是到处存在的。能够从人们司空见惯的事物上发现美,能够独辟蹊径地表达出来,这是相当难能可贵的。

他还写道:"周庄睡在水上。水便是周庄的床。床很柔软,有时轻微地晃荡两下,那是周庄变换了一下姿势。周庄睡得很沉实。一只只船儿,是周庄摆放的鞋子。鞋子多半旧了,沾满了岁月的征尘。我为周庄守夜,守夜的还有桥头一株灿然的樱花。这花原本不是周庄的,如同我。我知道,打着鼾息的周庄,民族味儿很浓。"这里不仅有拟人,而且还把那里的船只看作是周庄的鞋子。这是何等美妙的想象与联想,富有极其浓郁的诗情画意。

多年来,我总是为散文大师朱自清《荷塘月色》的绝妙艺术特色所陶醉。读到《绝版的周庄》后,我才发现还有这样美妙绝伦的美文。加之这次能够与王剑冰面对面,自然就更想到了"绝对绝版"四个字了。

我知道,《绝版的周庄》已经入选上海高中语文课本,并被刻碑于周庄,他还被周庄授予"荣誉镇民"称号;还有他的散文《吉安读水》被刻碑于吉安白鹭洲;散文集《喧嚣中的足迹》被中国现代文学馆和宁波天一阁藏书楼收藏,散文集《绝版的周庄》被德国国家图书馆收藏;曾获全国首届冰心散文奖、全国第三届冰心散文奖、全国首届郭沫若散文随笔奖等。

怎么样?我"绝对绝版"的评价恰如其分吧……

散谈王剑冰

岳　熙[1]

一

我和剑冰认识较早,他的创作成就一直是我关注并肯定的。剑冰的主要成就是散文的成就,这包括散文作品和散文理论。但早先他还是一位诗人,他在上大学期间就在诗刊发表过作品,后来出版过三部诗集。20世纪80年代的时候,他还是河南诗歌学会的一名负责人。剑冰在散文诗的写作上也有收获,他出版过散文诗集,主编过散文诗的书籍。由于他的成就,他还获得了中国散文诗九十年重大贡献奖,这个奖项是由中国现代文学馆、《文艺报》等权威单位联合评选的。

在散文创作方面,剑冰有自己的追求,散文家王充闾曾经这样评论过:在有些散文中,剑冰善于超越情感与激情,抵达一种智性与深邃,在似乎抽象的分析与演绎中,激活读者为习惯所钝化了的认知与感受,渗透到感觉的深处,揭示出人类文化历史的底蕴和精神流程。它们或以其对于心智的思索和启发,把形而上的哲思文学化,以诗性的语言表述自己的生命意识;或以独特的感悟、生命的体验咀嚼人生问题,思考生命超越的可能;或对现代文明破坏原始诗意生活提出质疑,希望回归那种澄明的、诗意的人生状态。它们以其终极的追问,带领读者进入较大的思索空间,在冥思遐想中得到启发和妙悟。我举一个例子吧,他的《八月桂花》,写了一大批为了今天而牺牲的人,结尾处没有激昂的口号式的

---

[1] 岳熙:评论家。

东西,但给人的感染却大而深得多:

> 走出来的时候,霍然看到一丛丛的桂花树,密密匝匝地开在夕阳中。像小米一样的黄色的花儿,在风里飞旋着,把扑棱棱的香气浓浓地泼洒,地上早泛起一层层的金黄。
>
> 阴历的八月,正是桂花飘香的季节。多少棵树啊,涛涌成花的海洋。桂花丛中,有一块巨石,上面用红字镂刻着一首歌曲——《八月桂花遍地开》,那是耳熟能详的大别山民歌,是人们从一月二月开始的寒冬季节等来的歌。树丛中没有别人,石头以沉默替代了歌声。沉默是巨大的,轰然一般的乐曲,像雨、像风,洒过我的肩头。一月二月三月四月连起的八月啊!一棵棵绿树挂果了,一块块庄稼收割了。有人说,看见农村的草垛了吧,一丛一丛的草堆起来,才堆成那个垛。活着的人就是草垛的尖尖,不知有多少生命把他们垫起来。
>
> 我以前不认识桂花树,没有想到它的花是那么微小,正是其微小,才要更多的花一齐开成阵势。让人怀想、让人涌泪的八月,八月的花落在地上,也还是香尘一片。

剑冰的散文《水墨周庄》《永远的少女》《历史的裂痕》《云梦草原》《八月桂花》《翩然于古诗的鸟儿》等文章被选入了《考试报》《与名师对话》《中学生必读》等中学辅导教材。还有的上了中央电视台的《读书》节目,被拍成了MTV。

从理论上来说,剑冰对于当代散文创作一直是用心琢磨的,从1995年就开始写当年的散文漫谈,每年一论,一直写到了现在。他还是中国社科院《中国文情报告》(年度)散文部分的撰稿人。他的理论文章多发于《人民日报》《文艺报》《文学报》,不少被《中国人大复印报刊资料》转载。他的理论著作曾先后获得中国散文学会和河南省政府的奖项,最近他又出版了一部《散文时代》的理论专著。北京大学、北京师范大学等学府都请他去做过散文专题讲座。他现在成了散文方面的权威专家,贾平凹在八年前就这样说过:"王剑冰是个认真对待散文的人,以他的理论思考、创作实践和编辑工作及许多文学活动,是对新时期散文做出了贡献的人。正因为他以自己优秀的创作为依据,所做的理论方面的思考与整个散文界的写作没有脱节,他的主编的身份又使他站在了散文写作的每一次潮头上,没有简单和保守,再加上他的才华,他是不能被忽视也无法被忽视的。当朋友去河南出差时,我叮咛朋友一定去拜会他,并带去一句:向王剑冰先生致敬!"

我知道,剑冰每年要撰写数万字的理论文章,而找他作序写书评的总是在他那里排着队。

要说散文与诗歌和散文诗还是比较接近的,互相的感知与语言的运用都有关联,但剑冰还写长篇小说,他的《卡格博雪峰》有30万字之众,出版后曾在《羊城晚报》《绍兴日报》《九江日报》《济宁日报》等八家报纸连载,《海峡》《红岩》《创作》《中华文学选刊》等大型刊物也进行了选载,雷达、林非、阎纲、李存葆等人都对此书有过专论。据说剑冰还写有一部小说没有脱稿,他一直找不到一个整块的时间去创作。我是想,等剑冰有了空闲,他会再整几部小说出来的。他现在的时间有些散,所以他只能写些片段性的东西。

二

说剑冰不能不提那篇《绝版的周庄》,那篇散文已经成了当代散文的名篇。大家说到周庄的出名,一是因了陈逸飞的画,再就是因了王剑冰的文,这篇文章产生的影响太大了。我记得我们是在20世纪90年代去的周庄,剑冰随后就有《绝版的周庄》发表于《人民日报》,当时周庄的领导就给剑冰写信,称此文是写周庄的最好的散文。果然这篇散文影响甚广,被选入上海高中语文课本,被福建、山东、广西选入语文试卷,又成了历次高考模拟试题,还被选入数十种散文选本,其中有《中华百年游记精华》《百年百篇经典美文》《中国当代散文经典》《全国初中课外阅读》等书。基于这篇文章的影响,周庄专门为剑冰颁发了周庄"荣誉镇民"的证书,将他与其他为周庄做出突出贡献的人排列在周庄的荣誉榜上。周庄还把《绝版的周庄》全文刻石,以一堵老墙的形式成为周庄的一个景点,以永久昭示其人其文。2006年《文学报》举办以周庄为题的全国散文大赛,剑冰以新作《水墨周庄》参赛,又拿下了唯一的一等奖。我知道这篇文章是剑冰为周庄写的一部书《绝版的周庄》中的一篇。《绝版的周庄》的书稿剑冰用了两年的时间,最近终于写出来了,他是认真的,用他的话说,是不敢轻易地交稿。周庄的领导看后即刻打来电话,表示十分满意。这部书周庄会做成一部礼品书发行。

2006年,剑冰在周庄小住了几天。他很珍惜这几天的时光,每天都定了闹钟,先是在5点起床,起来即往庄子里边赶,但他发现还是有些晚,阳光已经照到庄子的屋瓦上了,走动的人们也不少。于是他又4点半起床,这样他就跟上了日出。正是初夏时节,阳光正好,透亮又清明,照射的地方都净白净白的。他就坐在桥头用笔记下了这种感受。

而庄子里的人大部分是在5点半开始起来,一个个的房门渐渐有了响声。人们开始做着一天应该做的事情。剑冰是这样记述的:

一个小店正在开张。

女主人不厌其烦地取下一块块门板,正如她昨晚不厌其烦地一块块地装上。

装上或取下这些门板,也许就显出了周庄人生活的节奏。

一些时间就在这样的节奏中消失了。

门板一块块抽取的时候,一些红红绿绿的物品就显露出来。不像城里的卷闸门,猛一打开,里边的东西就一览无余。

周庄的每个小店都不会这样。

这就有了一些神秘的感觉。在早晨,一个一个的店铺,一块一块的门板都在依次打开,仪式一般,表明又一天生活的开始。

剑冰对周庄有着一种十分亲近的感情。剑冰是北方人,但他的家乡紧靠渤海,是地地道道的水乡。另一原因可能是他离江南较远,对于江南的生活感到新鲜,所以出现在他的文字里的感觉就是全新的。在周庄很多人都知道他,他同周庄人真正地成了朋友。周庄人也认为他是周庄的代言人。在网上点击他的名字,很多都与周庄有关。

三

表面看剑冰是一个不善于交流的人。他不熟悉的人,总是不大同人家过多地交谈。熟悉他的人都说,其实他是一个很热情的人,也爱开玩笑,说起话来幽默风趣。当然他的沉实稳健还是多于活泼的。

我和他曾多次同行，他总是像在思考着什么问题。后来我才知道，在近十年的光景里，剑冰是怀有痛苦的，那是因为他的母亲。从发现母亲有病，到治疗，到失去母爱，剑冰一直没有解脱掉那种对于母亲的深深的情感。剑冰对母亲是极孝的，但是他又不得不面对自己的无奈。最后母亲还是走了。剑冰总觉得是自己没有为母亲找到更好的大夫，没有带母亲去北京治疗。在母亲查找出病因的时候，剑冰还在云南参加由他组织的全国散文年会，为此也耽误了几天时间。这都成了剑冰内心的愧疚。他曾跟我说，人一旦失去了母亲，就好像失去了一切，天都塌了，让你觉得你的奋斗再也没有什么意义，那个最知心、知疼、知冷、知热的人再也不见了。我无法劝慰住剑冰，就总是见他陷入沉思之中。那次在黄河壶口，他一个人对着汹涌的波涛大声地呼唤妈妈，呼唤得满眼涌泪。这一幕我没有看到，我是在他写壶口的文字中发现的，他把母亲说成是一条大河，而只有在这样的地方这样的环境中才能吐出心中的块垒。

母亲去世后，剑冰为了排遣心中的苦难，曾跋涉于途，去了很多僻远的地方，他似乎是在寻求什么，但他仍然没有摆脱深深的痛苦。母亲生病的时候，他曾拜过大大小小的庙宇，母亲走后，他对此再也没有了心思。我曾看到剑冰写有关于别人母亲的文章，但他没有写关于自己母亲的文字，他说他一直无法动笔。得知他人母亲生病了，他会反复告诫人家要多尽孝道；看到人家写母亲的文章，他也极力推荐。有一个基层作者送一部关于母亲的书让他看，他写出了洋洋洒洒4000字的评论，他感到是遇到了知音。剑冰曾跟我说过，在街上看到老太太，他就往母亲身上想，母亲如果活着，也是这样苍老了；母亲如果活着，也是这样幸福地走在街上，享受着儿女们的关怀；母亲如果活着，自己就不会满街找不到依托。他有时会把别的老人看成自己的母亲，跟着人家半天。

我总感觉，自从失去了母亲，剑冰变得有些怪怪的，他有些处理不好人际关系，甚至同家人的关系，有些人就不会理解他，他也不需要人家的理解，他没有办法进行自我的表白，他甚至也不明白自己怎么了。一个人的时候或在一个特殊的环境里的时候，他就会偷偷地哭，大声地哭，哭自己的母亲。剑冰其实是一个十分可怜的人，他往往在这个时候没法与人交流。人家的母亲好好的，人家同你所想的不同，人家不知道你内心的苦痛，人家也无法帮助你解脱心中的苦痛。因而剑冰总是一个人默默地独享了这种苦痛。他在等待着时间的逝去。

而这些是要以消耗生命为代价的。剑冰曾不止一次地在某些场合的演讲中,表明过世间的大爱莫大于母爱,他会列举很多的例子,自己说得掉泪,也把别人说得热泪横流。

我不知道如何帮助剑冰,我也在等待着时间,但我不知道要等待多久。我有母亲,这也许正是我无法理解剑冰的理由。

四

除了写作,剑冰的业余爱好很多,他喜欢书法,喜欢摄影,喜欢游泳,喜欢旅游。我后来知道,他还喜欢音乐,他作过词,也谱过曲,还会拉小提琴和二胡,会吹小号。他曾经是中学和大学文工团的一员。其他的我没怎么见识过,但我见识过他的摄影。他对于影像的把握像他的文字一样富有智性和灵动性。每到一个地方,只要有好的景色,就会调动他的积极性。他的抓拍速度是令人惊奇的,再看他照的图像,果然就有些与众不同。他同人出行,也许别人只收获了一种东西,而他既收获了文学作品,也收获了摄影作品。我觉得这也说明他的机敏,他对艺术的感知与把握表明了这一点。

我觉得剑冰也有他自己的不足,他这家伙不喜喝酒,也不抽烟,这就使他少进了一些场合,少接触了一些人,也就稍显得离群。给他打电话,他总有事,即使坐下来他也灌不了几口酒,让人同他尽不起兴来。

当然,这样也可能给他制造了更多的时间和机会,使得他更多地进行他的工作和事业,我也说不好。

我读剑冰

李梦星①

很久很久没有读到写吉安的好文章了,很久很久没有见到谁能把吉安写得这么宏丽、这么丰饶、这么诱人了。王剑冰先生的《吉安读水》一出,我眼一亮,心一颤,拍案叫绝!盼望得太久了。许多年来,我们写吉安,总脱离不了红、古、绿三字经,也许是"只缘身在此山中",也许是欠火候和动力,总提炼不出精华,上升不到新的高度。剑冰先生这一"读水",我等豁然开朗。原来,水的特质和气度,才是吉安人文的概括,是吉安历史辉煌的原动力。上善若水、水滴石穿、廉泉让水等词的含义便是注脚。更妙的是,水居然还能像书一样读得有滋有味。不愧是名师高手,用水串联起吉安历史的珍珠,塑造起全新的形象。此佳作的精处妙法自有人说,我只是谈谈陪剑冰先生"读水"的感受。

去年秋初,受老友朱公黎生之邀,一块儿陪同剑冰先生去吉安各地走走。以往,我多是陪同文史专家去看人文名胜。这次陪大作家便有些兴奋和激动。我在榕树下等候,想象着著名作家,应该是长发遮耳、戴着眼镜、修长清瘦的老者。可迎面走来的是身姿矫健、不胖不瘦、俊朗儒雅的中年人,那眼睛深邃而锐利。他在硕大的榕树下盘桓好久,望着滔滔的赣江若有所思。他说,刚从井冈山下来,满脑子尽是绿山和红色故事,现在走进了另一种境界。闲谈中,得知我与剑冰先生虽身处南北两地,却多处相同:同龄,恢复高考之初同届考上大学,学的同专业。我比黎先生虚长一岁,于是三个没戴眼镜的同代人,年轻时有同样的经历,有共同的话题,对人生、社会、文学的看法也大致相似,于是,相互交流,轻松而随意。不同的是我对吉安的人文掌故了解较多,甚至熟视无睹,而剑

---

① 李梦星:文史专家、作家。

冰先生却能从我们司空见惯的事物中,以独到的眼光去发现提炼,去敏锐地捕捉细节。在白鹭洲书院,看完了风月楼就回转了,他却返回岸边,看了许久;在杨万里的家乡,看完陵墓很晚了,在车上见到远远的田垅中的廊桥问道,这桥叫什么?我说原来叫南溪桥,杨万里当年就是在溪边筑园作诗的;在欧阳修的故乡永丰沙溪,他多次问泷江在哪儿,沙溪是否为江名;在文天祥纪念馆及其陵园,在吉州窑和渼陂,他总对我们不以为然的东西细细观察,时而好奇地询问,时而默默沉思。

其实,不用我多费口舌,学富五车的他早就对吉安的名人、名作了然于胸,只是来实地感受一下,来寻觅用艺术手法表现的激情和灵感罢了。我们告诉他,吉安先贤最典型的人格特征是"忠"和"正"两字,吉安人文历史发展最大的动因是吸收和容纳了当时的先进文化,早就有了宋明两代经济和文化的繁荣,剑冰先生认真地倾听着、思索着。他终于发现了最能体现这些特征的艺术形象,那就是水,水的坚定、水的宽容、水的柔美、水的博大。这多么精辟。为什么我辈就想不到呢?看似简单,却含义丰富。

是否善于发现和提炼,也许是大人物和凡人的区别。剑冰先生一路走来,总是啧啧赞叹吉安人文之优、之盛。他说,走了全国许多地方,每处都有特色和亮点,但吉安留下的印象太深刻了。他说,这次虽是走马观花,可这花太灿烂了,太迷人了,随意抽出一朵也能让世人惊羡。见他对吉安如此热爱,我在感谢之余又有些惆怅不安。他在文中说,生活在这里的人是"有福的"。而我们,是否会惜福呢?还有,在外面的世界,有多少人知道吉安人文的辉煌呢?是否扬优成势结出了硕果呢?这些本都不是我思考的问题,算是杞人忧天吧。我只知道地方文化的推介和宣传,越来越被各地重视,这与经济发展水平高低关系并不很大。发达的东南沿海很注重地方传统文化的影响力,欠发达的西部更重视。剑冰先生的代表作《绝版的周庄》,碑刻在年门票收入过亿元的景区,编入了上海中学课本。

剑冰先生问道,吉安有没有几套介绍名人名胜的丛书?我说没有。有没有专门研究推介地方文化的阵营?我说基本没有,多是散兵游勇。他笑了笑说,现在的没有就为今后的有留下了空间和潜力。

剑冰先生的佳作一问世,我辈雀跃叫好。一个人、一个地方、一个民族都是这样,光荷包里有鼓鼓的钞票恐怕还不够,何况我们的荷包还不太鼓,更需要文化的传承和认同,需要脸面和自尊,需要自信与创造,这些都是万金难买的。从剑冰先生的读水中,就能读到这些反思。现在这篇文章被刻碑在了吉安的白鹭洲,成了吉安永久的记忆,这是很好的事情。

(原载 2009 年 5 月 3 日《井冈山报》)

我和散文家王剑冰

符昆光[①]

二十几年前,我已经是《散文选刊》的忠实读者。也是从那时开始,我就知道《散文选刊》有位编辑叫王剑冰。当然,那时我不可能预见在二十几年后,我会和他相见,并得到他悉心的指点。

几十年来,王剑冰已经硕果累累。他已成为《散文选刊》的主编、我国著名的散文家和散文理论家。他著有诗歌与散文集《日月贝》《蓝色的回响》《在你的风景里》《苍茫》《有缘伴你》《欢乐在孤独的那边》《远方》《绝版的周庄》等,理论集《散文创作谈》,长篇小说《卡格博雪峰》,中篇小说《路雪儿》。作品曾获全国首届冰心散文奖及其他各类奖项60余种,并被《羊城晚报》等报刊连载,被电视台推介,拍成电视散文,其作品还被选入上海市高中语文课本。他也是鲁迅文学奖第二、第三、第四届的评委。

去年,我去沈从文的故乡湘西的凤凰古城寻找我的恩师——我国散文界学术泰斗林非时偶遇王剑冰。第一次见到他,他正坐在学术会议的主席台上。看到红色纸牌上写着王剑冰三个字,我马上想到他一定是《散文选刊》的王剑冰。

王剑冰表面看上去四十多岁,但是我没想到他已经五十出头,孩子都出国留学了。

在会上,王剑冰的讲话,让我深受启发。他说,大家都知道中央电视台有个节目叫《非常6+1》,非常精彩。其实我们散文也有"非常6+1",即是"自然性、修饰性、社会性、个人性、精锐性、厚重性"加上"好看性",一篇散文如有其中一些特性,绝对是一篇好散文。他接着说,好看性不是说全部好看,有某一点儿好

[①] 符昆光:作家。

看就行了。如文字精美、自然性好、意境好或个性好,抓住一点即可。

有一天的傍晚,我同王剑冰等人沿着沱江,去拜谒沈从文的坟墓。沈从文的坟墓是一块立在半山腰的石头。王剑冰头戴着鲜花编织的花环,一路上妙语迭出,但当他站在那块石头前时,他默默地摘下花环放在石头上面,并深深地鞠躬,眼里饱含热泪。当时我就想,王剑冰也是个性情中人啊。

从凤凰回来几个月之后,我在北京的中国现代文学馆又见到他。那次是因为我有一篇散文得奖而站在领奖台上,他是作为评委坐在主席台上。由于时间太仓促,这次我们没有做进一步的交流。但是从北京回来之后,我阅读了王剑冰大量的著作,包括他的散文和散文理论等。

王剑冰是唐山人,且经历过唐山大地震。他是属于大难不死的人。对地震那段经历,直到现在他还心有余悸。他最初写诗,后来改写散文诗,再后来就写了大批散文。因为他经常到各地组稿或讲学,他的文章绝大部分充满游记的味道。王剑冰的散文,单纯明朗,语言纷繁绚丽,以行云流水般的叙事模式,叙述自己所到之处的见闻与感受,于自然随意之中,抒发出独特的幽思。王剑冰的散文,有很大一部分,都具有散文诗的韵味,辞藻华丽,给人美感,这也符合他的散文观。王剑冰认为,散文诗发展到今天,再不能是小题材、小情趣、小见解、小篇幅这种孤芳自赏的概念,应大胆突破,写出一些篇幅稍长一点儿、题材稍大一点儿的文章,甚至可以在散文创作上加上散文诗的元素。如《绝版的周庄》《水墨周庄》就是很睿智、很优美、很散文诗化、品位又非常高的散文。

第三次见到王剑冰,我怎么也没想到会是在我们湛江。

湛江师范学院文学院的林书记一直约我给他们学院的学生讲课,由于水平和时间问题,我一直没有应允。5月初,他再次给我打电话谈及此事,盛情难却,我接受了他的邀请。手机临收线的时候,林书记说过几天《散文选刊》的主编王剑冰到文学院讲课,问我认不认识他。我听了之后眼睛都睁大了。我对林书记说,我们算是老朋友了,他什么时候来,请你提前给我打招呼。

5月6日傍晚,我打电话向林书记询问王剑冰来湛的情况,林书记一直没接电话。我只好直接打电话给王剑冰,可惜他关机了。为防意外,我给王剑冰发短信:"据说你到湛江师院讲课,是吗?什么时候?"过了三个多小时,王剑冰没有给我回复,我有些急了,再次给王剑冰发短信。这次王剑冰给我回了短信:"我在湛江,刚给学生讲完课。明天下午3点钟还要给老师讲课,有空过来。"我喜出望外，第二天下午两点钟我提前赶到了师院。王剑冰见到我也很兴奋，他拍着我的肩膀对湛江师范学院的刘海涛副院长说："我们是老朋友了。"

据刘院长在教师交流会前的介绍，王剑冰昨天给师院的学生演讲的题目是《当代散文的发展与变革》，很遗憾我没有亲耳聆听他的演讲。刘院长特别提到，散文能不能虚构的问题，在学院里师生们的争论有好长一段时间。学生们昨晚能得到王剑冰老师的肯定回答，他心里很高兴，学生们也很满意。王剑冰在这次散文交流会上一再提到这一话题。其实在凤凰的时候，王剑冰也提到这一问题，只不过当时我不太重视。

散文能否虚构，我过去很迷茫。经过一段时间的研读，我发现各家有各家的看法，差异更是一个在天南，一个在地北，越听越迷茫。对他们的观点，谁是谁非，我无法做出客观的评判。当然我有我的思考，尽管我的看法不一定成熟，但是作为学术讨论，我当然希望能和王剑冰这样的散文理论名家作进一步的商讨，并得到他的指点。

在古汉语时期，散文是一种官僚式的、文人式的、清高的封闭性文体。20世纪"五四"之后，白话文革命才使散文走向平民，并越来越平民化。散文的宽容性、兼容性、透明性、精短性越来越被大众所接受并喜爱。在生活应用上，随处可见散文，散文在网络等媒体里，几乎是统帅。

一句话，大众之所以喜欢散文，就是因为散文的真情性、实感性、精短性。读者从散文里更容易进入作者的内心世界，与作者分享人生的酸甜苦辣，分享人生成功或失败的经验教训。散文作者如一味用虚情假意来写散文，还有人愿意阅读吗？读者的眼睛是雪亮的，人的本性，就是喜欢明亮的东西。我本有意在晚餐后和王剑冰讨论这一问题，因为王剑冰在湛江高校当教授的两位同学要和他互诉几十年来的离别之情，我只好留下疑问，待以后有机会再向他请教。

我和剑冰老师

沈晓烜[①]

2008年11月,由江苏教育出版社出版的《绝版的周庄》一书,获2008年度"中国最美的书"的殊荣。拿到散发着油墨芳香、印刷精美的《绝版的周庄》,一口气拜读了剑冰老师的二十几篇散文,非常激动。

与剑冰老师十年的交往,一一浮现在眼前。

清楚地记得,那是1999年4月。周庄旅游艺术节期间,中国当代散文研讨会在周庄召开。我,一个周庄人,作为研讨会的工作人员,自始至终陪伴着这一批中国当代散文界的权威人物和顶尖笔杆子。

认识剑冰先生等,是4月12日上午,我领着他们进了宾馆的房间,介绍了自己的身份,诚恳地代表东道主表白了为研讨会"服务好"的承诺,同时也流露出自己对文学的爱好……

一连几天,我陪同23位客人游览水乡古镇。春意盎然,作家们兴致勃勃,赞不绝口。节日的周庄敞开胸怀,拥抱着这一批来自祖国四面八方的客人。

剑冰先生拿着相机,一会儿跳上摇晃的小船,一会儿爬上高高的石桥,尽情地感受着水乡的每一个景点和旖旎的风光……因为他老是"掉队",我不得不回头招呼这位沉浸在某种意境中的客人。他在双桥那边照个不停。看到我等着,他歉意地对我连连说:"我,来晚了,来晚了……"我被他忘情的投入感动了,竟然也激动得说不出话来。

当晚,剑冰先生独自游览了迷人的水乡之夜。次日,他赞叹地对我说:"周庄,太美了;周庄的夜,太容易让人产生幻觉……"

[①] 沈晓烜:周庄旅游文化学者,原为周庄学校领导。

当时我就想：一个生活在周庄半个世纪的我，一个第一次来到周庄的他，两颗心竟然贴得如此之近，原因是什么？我陷入深深的思索之中。

如今我终于明白了，剑冰先生对周庄的理解、对周庄的赞美、对周庄的感悟，来自他对周庄的感情，还有他创作的灵感与天赋。

不久，《人民日报》刊登了剑冰老师第一篇写周庄的散文——《绝版的周庄》。

《绝版的周庄》书中《朋友》一文中，剑冰老师用了十小节，写到了我：

> 我在周庄的这段时间里，总和一些朋友在一起，或喝酒或喝茶地聊天。
>
> 中间不乏当地的文化人，这是周庄引为自豪的文化人，他们是周庄最初的释者，而后充当了周庄的使者。
>
> 虽早已退休，却没有成为闲人。
>
> 对周庄的诸多认识都源自他对周庄的本原情感。
>
> 我第一次到周庄时，他是作为周庄的形象使者引领我步入一个个让人惊奇的所在，使我回去后写出了《绝版的周庄》。
>
> ……

在剑冰老师全书中，居然有十来处提到了我，怎能不让我激动万分！

书中，剑冰老师也多次写到了费幸林、张寄寒、任永东、赵伟东……我们真的成了好朋友。

十年交往中，我们除了电话联系、短信问候以外，剑冰先生每次来到周庄，我们都陪同他一起游览古镇，走访民居，拜访人物，参观沈万三故居、三毛茶楼……他搜集、整理和积累了丰富的第一手资料，剑冰老师用他"喷涌的激情"把二十余篇"不可复制"的散文绝品结集，终于出版了。

期间，散文《绝版的周庄》入选上海市高中语文课本，又被刻碑于周庄古镇区，他被周庄授予"荣誉镇民"。他的《水墨周庄》获得"我心中的周庄"全国大赛的头奖，又获得第三届全国冰心散文奖。他的《岁月中飞翔的瓦》被《新华文摘》选发并成为高中毕业达标试题，而其他文章《周庄的蓝》《天堂》《周庄的月》《早上》《周庄的雪》等也都在报刊发表，形成他宣传周庄的一个高潮。我们每每看到，都会奔走相告。

荣幸得很,《绝版的周庄》一书出版前,我为他的全部手稿进行了校对工作。

能够为我钟爱的家乡竭尽全力、发挥余热,也算尽了我的一份职责。

能够为剑冰先生做些事情,是我的荣耀。

谨以此文,祝贺剑冰老师。

《绝版的周庄》,好!

致王剑冰的信

吴忠波[①]

剑冰老师,您好:

今收到您的倾心之作《长岛十二石记》。逢今日离您上次来岛整一个月,见文思人,心潮起伏,念想备至!

您是上月 19 至 21 日来岛,我们亦是第二次握手。此行更加深了我们的友谊。三天的长岛之行,留下许多难忘之事。至于您自己的感受,显然是一次比一次好。这从您健谈的语言中,以及您对我的评价中,能够领会出来。这次选择,实现了您对长岛和对我的承诺。那就是"我还会再来长岛,再来看你的"。我也知道,您是在排得很满的日程间隙,挤出时间来履行这一诺言的。再度来岛的情感因素,依然是那样的简单和执着。正像您说的那样,这种感情与其说是对长岛的,不如说是因有我的因素,而产生的对长岛的一种莫名的眷恋。这是我大胆而执迷的感觉。

这次长岛之行的安排,我委托旅游局原先的手下同志直接服务。因为我工作的原因,只是在间隙插空的时间里,去陪个一时半刻。在岛上,你们用一天半的时间看了陆上的全部景点。期间,王副局长、张主任和导游小孙参与服务。在餐食上,我做了些特色的安排。由于您是第二次进岛,我猜想您的兴趣,当然不在看几个景点,但是时间太紧,加上第三天安排海上游,又因有雾而取消。同时,有了与我第二次见面,想必能弥补这样的缺憾,也是一种高兴吧。而我感觉亏欠您的,就是没有时间来陪您,哪怕是看一个景点。您没有能到海上游,到黑山庙岛等海上岛屿去探险;还有就是到高山看岛,到砣矶领略古岛渔村和石林

---

① 吴忠波:长岛文化学者。

怪礁,到南北隍城、大小钦岛,去乘风感受边陲小岛之风情——这是我对您的亏欠!

对于您此次之行,我是收获颇丰。说心里话,我是非常盼望着您的长岛行的。见面那刻,依然是兴奋不已,激动有加。傍晚驻足交谈,大排档街边、海卵石广场的夜话,以及房间里彼此的交流,这些都像常见面老朋友的聚会,丝毫没有陌生的感觉;彼此心灵的沟通,简直是不可思议。您的眼睛仍然是那样的柔和,像个大哥的感觉;您大不了我几岁,却有长者的风范和大家的庄重。语言交流非常平和,没有想象中多年未见的激动,只是我仍然那样,说起话来滔滔不绝。但是从您的言谈以及朋友们、文友们对您的崇拜之中,更加感受到您的人格魅力和领军人物之风范。至少我认为,您应该是中国散文界排行前位的人物,尽管您不曾承认,只是将余秋雨、季羡林、毕淑敏等散文大家尽数我听。可能与文娱界其他明星大腕不同,您具备谦逊的品格、低调的性格、厚重的风格。您丝毫没有因什么家、什么腕而使自己迷失,也从不给人留下另类的高人形象,留下高不可攀、拒人千里之外的印象。尽管您外来的邀请很多,单位的稿约频繁,追星者和粉丝常常跟踪追击,扰乱您的作息和时间,但是,您总是那样温和又礼貌地面对,从没有任何厌烦和不快的表示,以至于作为您的朋友,都不忍心给您带来麻烦,为您添乱。

从进岛的那一刻,您丝毫没有放松对长岛的观察。您的感受,从故地重游,到体味亲情孝心;从老友相逢,到挖掘海岛人文情怀;从边走边听边看,到感受美景风情,长岛之行,又给予您许多的愿想。早晨天刚刚亮,您就起来,到前边的滩上现场写着长岛,写着感受,竟写了一两千字。您要写的东西,丝毫不用别人为您策划。您的笔,就是您多彩职业生涯的"感受器",美好的情感源于心、流淌于笔端。没有任何东西能够妨碍您的才情跳跃。

您对我说,您要写长岛,写您心中那个如海外小镇的长岛,写因好友而爱上的那个始终难忘的长岛。我说好哇!王老师,您写吧,写一篇您满意的长岛,长岛人不再给您命题目,也不需表达他们什么愿望,您就写一个您心目中的长岛。长岛人也不会限制您每次登岛必写,一次、两次,还希望您第三次、第四次来长岛,可以用三到五年来写长岛,写出个《绝版的周庄》之后的绝版的长岛。

如果说有人给您出题目,或者决然苛求写文章,那么这个人就是我。如果您愿意,那么您就写长岛的组成部分,也是我的爱好、我的追求,就是那个天然海石画,也是人们说的印象派画作的一种——长岛天然石头上的画作。因为此画的发现人和版权持有者是我。至于说时间嘛,什么时间都行,只要您有时间,但不要耽误您专门的时间,说到底是不管多少年都行,只要我们的友谊仍然存续,只要我的追求不愧不怍。

您听懂了,那样细心,那么善解我意,您说:"是海石画吧,你拍的海石画,你们岛上丰富多彩的海石画。我听你说过,你介绍得滔滔不绝,激起过我的兴趣。刚看到你的《长岛天然海石画》一书,那是我从未见过的,是天然的艺术品,是超出人间的大美。我被现实中的海石画各类作品所感动。你给我的《太行独影》《虢国夫人游春图》,完全是大自然的手笔,令人震撼。你告诉我这些美景,都在海岛海边或景边,我在游览中,确实也发现了它们的存在,现实中的东西不仅美不胜收,而且有海的陪伴和游人的观赏,你的海石画更是夺目耀眼——我已知道该是个什么样的东西,让我醉心,让你满意。"

感动至极、至深,我做了一件令您此次来岛最高兴的事情。那就是在您临行前,送去了 12 块长岛美石。这是怎样的石头啊!它是十年前我从南隍城岛捡到的,放在我家玻璃瓶中十年的心爱之石,是达到苏东坡先生"五彩斑斓,或作金色"标准的绝美品质的长岛球石之代表。其实,这是我手头最好的,且是兼具观赏与把玩双重功能的 12 块石头。这些年,我不大送给别人石头,一下子送出 12 块,那是怎样的一种勇气,又是怎样的一种情谊。我是这样想的,好石可送好人、送名人、送能使好石美名远扬的人。您就是最佳人选。我等着送它已有很多年,关键是送给您,我丝毫没有吝惜的感觉。

您知道我为什么送 12 块美石?因为您来长岛的第二天,我就找来苏东坡《北海十二石记》等诗篇。我告诉您,我研究苏公赏北海长岛石,并写了《苏东坡与北海石》论文,发表于 2007 年 7 月号的《收藏》杂志。我将多年研究《北海十二石记》的体会,大致地讲述给您听;我把苏公爱长岛石的痴迷、对大海和海岛风物的怀念讲述出来与您一起分享。虽然苏公爱北海十二石的图谱,与我赠送的不一样,但是这些石头都在苏东坡《北海十二石记》中有所记叙。古有苏东坡赏北海砣矶 12 石,今有王剑冰得南隍城 12 石。其中的感受自不必说,对我的意义不言而喻。

更深层次的意义,就是我对您的期望和愿想。不管写长岛也好,写海石画亦罢,抑或写新 12 石记,我都想在长岛,真正留下您的东西。从地域和历史传承看,不仅大文学家苏东坡为长岛美石留下了诗记美文,而且历代文人墨客无不"跟帖"述怀。在苏公的文章中,对长岛奇石、海市蜃楼、砣矶鲍鱼均倾注了感情,饱蘸了笔墨,留下了千古名篇。之后的元代《张生煮海》杂剧,明代吴承恩《西游记》之三岛求方小说,清乾隆及各代文人赞美砣矶砚的诗记流传甚广,多有遗存。杨朔的散文《海市》、吴祖光的《长岛观日出记》、梁衡的《长岛读海》,都是现代作家对长岛的留墨。而新世纪伊始,您是唯一对长岛怀有真实情感的散文家。您那书信式的述事诗文般的散文,放不过长岛的仙山美景和朋友情怀。如同您写的《长岛情》:"亲情的情,友情的情,爱情的情。"抑或您写的周庄:"我真的不知道,你在那里等我,等我好久好久。"

是的,我们都知道,长岛也等了您太久。长岛是古代中国人最向往的地方,承载着秦皇汉武求仙之希冀,亦是道教仙家文化之历史发源。同样我们也相信,长岛是新的世纪中国最耀眼的地方,作为环渤海新地标,又是京津门户、妈祖文化重地、旅游天堂,长岛具有不可估量的前景和发展空间。

我的最大愿望,就是您因长岛而留笔墨,长岛因您而留芳名。苏东坡居登五日,怀想长岛不能进岛;您两次进岛尽情观览整五天。苏公爱岛留佳作,我们何尝不希望您登岛撰文天下传?

最后一天的行程,时间过得太快。提前吃饭,匆忙上船,心中的感情难以表达。我紧紧握住您的手,心里有说不完的话。好在,我们已在灵坡留下了合影,在福艺坊也存了底片。留下的除了美好的回忆,还有王老师给我和长岛的留言:"长岛精神""长岛天然海石画""天造自然,长岛灵魂""长岛无拙笔,仙山出文章"。

书短意长,词不达意,望指正!

此致
敬礼!

忠波于7月19日午后(2008年)

走近王剑冰

侯修圃[1]

牛年冬至那天,天气特别寒冷,北风裹着雪粒像针刺,冻得人瑟瑟发抖,我下意识地紧了紧衣服,拉低了帽盖走进青岛师范学校礼堂。哦,礼堂里高朋满座,春潮涌动。只见一位中等身材、风度儒雅的中年帅哥闪亮登场,全场响起雷鸣般的掌声。他,就是我仰慕已久的著名散文家王剑冰先生。

剑冰先生此次应邀来青岛讲学是青岛文坛的一件大喜事,必将在青岛文坛刮起一阵王剑冰热。今天是首场报告,此后他还要给青岛其他大中专院校作多场报告。我在想,剑冰是见过大世面的,他不仅在北京大学、北京师范大学这些顶尖级的大学作过学术报告,而且多次做过鲁迅文学奖的评委并写过理论专著。今天这场报告对他来说,那是小菜一碟。只见他面对一千多名师生不紧不慢地娓娓道来。他从"相思扣"的故事切入,导入"文学与人生"的主题,列举了贾平凹、梁晓声、余秋雨、舒婷等作家的故事以及他爷爷、姑姑等人的故事,作为主题报告的佐证。整个报告跌宕起伏、引人入胜;语言幽默诙谐、妙趣横生,把文学与人生演绎得五彩缤纷。两个小时的报告,礼堂里鸦雀无声,使人觉得不是在听报告,似乎是在寒冬里沐浴着春风,又像久旱的禾苗逢甘露,诗意的语言犹如春天的小溪"叮叮咚咚",流进莘莘学子的心田……

打量剑冰那富有磁性的面孔,我陷入对往事的思索。

1997年,我订了一份《散文选刊》,在阅读中逐渐认识了王剑冰。开始他是副主编,一年后出任主编,刊物面貌焕然一新。且不说选家眼光的高超,也不说手持一刊饱读天下美文的特点,单说读每一期刊物的卷首语就是一种美的享

---

[1] 侯修圃:作家。

受。每期都是王老师亲自捉刀,有的从一个细节写起,有的从一篇文章切入,有的综合一个地域的特点,有的分析一个作家群……篇篇美文,字字珠玑,不仅吊起读者的阅读胃口,而且是一种诱惑,使你不得不读,不忍不读。这好比你要吃一桌大餐,先喝一碗"佛跳墙"的高汤,那滋味只能意会,不能言传一样。看官请注意,他是十年如一日,期期如此,谈何容易,从中足以看出剑冰先生办刊认真、追求完美的情操和丰厚的文化底蕴。

时间如流,万物皆变。

然而,不变的是《散文选刊》每年都要发一篇全国的散文形势综论评述。这篇评述不是泛泛一般地评,而是高屋建瓴、分析深刻、见地独到地评。谁敢一年一篇?唯有剑冰先生。

《散文选刊》读久了,就想对主编有更多的了解。

2002年年初,我看到一则启事,王剑冰先生出了3本书:《有缘伴你》《苍茫》《散文创作谈》。我立马把书款寄去,3月份,剑冰先生就把书寄来,应我的要求,他在《散文创作谈》的扉页上题写了"王剑冰"三个字,字字龙飞凤舞,看得出,作家有"雄姿英发,羽扇纶巾,谈笑间,樯橹灰飞烟灭"的儒雅。这三本书,令我如获至宝,放在案头床边,反复阅读。读着读着,犹如听一位大家述说人生故事,犹如与作家进行心灵的对话,犹如走进剑冰的人生轨迹。

不经过严冬的人,不知太阳的温暖;不经过大难的人,不知珍惜人生。剑冰先生恰恰经历过血与火的洗礼和生与死的考验。所以,他能感悟人生的真谛。

王剑冰生于河北省唐山市,童年是在驻青岛部队大院里度过的。剑冰从小受部队文化的熏陶,他身上具有传统文化的美德和创新的精神追求。后来他随父亲转业到了河南,中学毕业后,回到故乡唐山郊区。那年他17岁。他住在舅舅家里,参加蔬菜队4排的劳动。1、2、3排多是青年男女,在大棚里劳作,像工人一样上下班,这对剑冰来说不能不说是一种诱惑,但诱惑归诱惑,他心里明白回乡就要听从组织的安排。他被安排在4排,这是男女老幼凑合的一个排,在野外干活,活儿比较杂。尽管如此,他和大家一起日出而作,日落而息,过着农村社员一般的生活,相对安然。

他热爱农村,热爱生活,热爱美好的事物,对爱情也处于朦胧状态。比如,在庆祝"八一"建军节前夕,各单位都在准备节目。他随队去陡河水库时,看见数百名身穿红色泳衣的姑娘方队挺着青春的胸脯,甩动着手臂从眼前经过。他惊呆了,体内一股热流滚动。这是一种青春期的躁动,实乃人之常情。比如,他对美儿朦胧的爱意、对队长大午的敬意。他感受到了生活的美好,可是,这一切在"7·28"一夜之间破灭了,这就是唐山大地震。几十万人的生命啊,说没就没了。"活着与死亡就这么简单。"幸免于难的剑冰说。

大难不死,必有后福。他大学中文系毕业后,走进了河南省文联当《奔流》文学月刊和《文艺百家报》编辑,1990年调入《散文选刊》,后任副主编、主编,前后干了20多年。一般人认为,当编辑就够忙的了,哪有时间搞创作?其实不然,"剑冰先生的精力真是太充沛了,既在写散文和评论,又在写诗歌和长篇小说。……从而使他散文创作的风格变得更为鲜明和绚丽,还形成了自己多姿多彩的艺术面貌"(林非语)。十年前,他在《人民日报》发表的一篇《绝版的周庄》轰动了文坛,打破了文坛沉寂的局面。权威人士说,如果当年没别的作品,一篇《绝版的周庄》就足以使该年度成为散文界的丰收年。果然如此,上海人把此文选入高中语文课本,周庄人把这篇美文雕刻在石碑上作为镇庄之宝,王剑冰也被周庄授予"荣誉镇民"的称号。

这些年,剑冰先后推出了《苍茫》《蓝色的回响》《有缘伴你》《王剑冰散文选》《喧嚣中的足迹》《普者黑的灵魂》等多部散文集,还有诗歌集和长篇小说以及理论专著《散文创作谈》《散文时代》等共计16部,可说著作等身。不仅数量多,而且质量优。特别是《散文时代》,是中国作协重点作品扶持项目,洋洋洒洒30多万言,总结了改革开放以来散文的趋势与发展,分析了各个散文流派的优劣,对诸多有实力的作家、作品做了中肯的评价,并提出了散文创新的理论问题,在继承传统和不断创新方面有重大的理论建树。为此,他先后荣获多种奖项。他是中国散文界中凸显的一座高峰。贾平凹说,东有余秋雨,西有周涛,中原有个王剑冰。王剑冰的散文有"野旷天低树,江清月近人"的风格。不错,读剑冰先生的散文犹如盛夏吃冰激凌,那感觉犹如一股清新、淡雅的幽香扑鼻而来,使你欲罢不能。

这次他来青岛讲学,我连续聆听了三场报告,当面感受大师的风采。在闲聊的时候,我问他:"当前散文发展突飞猛进,流派纷呈,你是如何看待的?"他笑了笑说:"散文发展与变革的步子是快的,出现了很多新观念、新做法,值得探讨与研究。我觉得这二三十年间,中国散文确实迎来了一个时代的结束,而又迎来了另一个时代的开始。散文作为一种文学式样,在这个充满生机的时代里还将会有更新的变化,不变是不对的,但变来变去总还是要有真正意义上的好散文。"

剑冰先生说的是肺腑之言。学习和研究剑冰的散文,不难发现,在这场发展与变革中,剑冰始终是时代的弄潮儿、散文改革的开路先锋。

我在写这篇文章时,正是春末季节,阳光明媚,绿树盈眼,窗外一溜亭亭玉立的樱树花满枝头,像红云彩霞打扮着这艳丽的春天。此情此景,颇有"人间四月芳菲尽,山寺桃花始盛开"的意境。我心头忽然涌起一个念头:剑冰先生多姿多彩的散文,不正是在打扮着散文明媚的春天吗?

(原载 2010 年 7 月 8 日《作家报》)

"阳光不锈"的联想

徐宜发①

作家讲课特有滋味儿。王钢讲课让我感慨一番,王剑冰讲课让我浮想联翩。这节课王剑冰怎么讲出了"阳光不锈",一听就让我忘不掉的这么一个词,新鲜感与好奇心让我又想到了一些事。我们的生活都能像阳光一样永不生锈吗?这是诗人般的情调,这是文学家的情怀。

王剑冰,著名作家,出版了几百万字的诗歌、散文、小说集,多次获得重大奖项,有的作品还被收录到教科书。我与王剑冰相见于10年前,那时我还在郑州铁路局工作,中央新闻纪录制片厂的导演艾辛,来郑州拍摄纪录片《大动脉》。郑州是中国铁路的交通枢纽,创作这样的作品不能没有郑州。创作班子里的成员几乎都认识王剑冰,有人提议大家一起见个面,那是我第一次见到王剑冰。不多日,我的第一本散文集《我心永恒》出版发行了,从这本书里剑冰知道我忙里偷闲也爱写点儿小文章,相互之间有了很多共同语言。同城相居,来往方便,自然我们成了朋友,他还常把我的作品推荐到一些报刊里。

这些年来,农民工已发展成为一支不可替代的建设大军,人们的现实生活已离不开农民工。然而,他们外出打工面临的困难和不便也不少,解决这些问题有时并不是难事,关键是对农民工的感情。我在职期间曾协调处理他们遇到的一些看似难以解决的难事,经认真办理都解决了。有一天我躺在床上思来想去,从我的工作实践角度思考怎样能为农民工打工提供一些方便,便起身写了一篇《多为农民工想一想》的文章,情真真,意切切,先是刊登在报纸上,剑冰看到后很快又在《散文选刊》上登载,还帮我推荐收录在《精短美文》一书,让更多

---

① 徐宜发:作家。

的人能了解到农民工的难处,设身处地地为他们想办法、办实事。2009年,我要出版第三本散文集《我书我心》,电话里想请剑冰老弟作个序,他很爽快地接受了我的请求。不几天,剑冰为我写的《大气而真切,质朴而纯然》6000多字序言发到我的邮箱,打开细读,深受感动。一位赫赫有名的文学大家,能这么精心地为我这个不知名的文学爱好者写序,我能不感动嘛!更让我难忘的是我们都有博客,他常到我的博客里浏览,每次都很用心地留下评论,给我鼓励,给我力量。

剑冰讲课侧重散文写作。我理解其中的奥妙概括起来就是三句话:一是情感要真,真情实感,实实在在;二是语言要美,有吸引力,读起来朗朗上口,是一种美的享受;三是意境要深,给人们以启迪和启发,在人们的心目中能引起反响。这些都是散文的基本要素,要写出鲜活的好散文也是不容易的。凡是作家都有与众不同的敏锐眼光和敏捷的大脑思维,善于发现生活中的亮点,立意动笔才能写出好文章。几年前,剑冰在大海一样的来稿中选用了一篇《阳光不锈》的散文。稿子不长,很有新意,作者雨晴。文中这样写道:"一辆客车停在小镇的街边,一位坐在车里的诗人从车窗往外望去,发现有个店铺的招牌上写着'阳光不锈'几个大字。多么富有诗意的名字啊!诗人有一种说不出的激动与感动。真没想到在这样的小镇上,竟然散发着如此浪漫的气息。诗人猜想,这家店铺的主人一定是个儒商,是个仙风道骨的智者。一会儿,汽车开动了,刚才挡在车窗前的硕大的树冠向后退去。诗人这才看清楚原来那个招牌上写的是'阳光不锈钢厨具'。诗人觉得大煞风景,真后悔看见了这后面的几个字。"剑冰是在讲故事,讲得我们大家都竖着耳朵听,唯恐漏掉哪一句。文学创作要有善于发现的眼睛,往往是不经意的一件小事,就能撬动你的灵感,给人以新的视野、新的思维。

我打心眼里感谢那位诗人。一个再普通不过的店名,经他这么一拆解顿时升值。在人类的世界里,唯独阳光不会生锈,倘若把爱情比喻成阳光该是多么浪漫,那些犹如阳光一般生活的人该是多么甜美。1979年,一首《我们的生活充满阳光》唱响大地,传唱了几十年依然深受大众的喜爱。阳光是人的生命中不可缺少的物质,万物生长都离不开阳光。诗人以其独特的视角发现了阳光不锈的本质,岂不是人类的又一大发现吗?

阳光不锈的命题引起了众多文人的好奇,王剑冰又以《文学阳光不锈》为题写了一篇文章,还被博友转帖收藏。

我国是一个多民族的国家,丰富的语言给人们带来无尽的遐想。剑冰在讲课中谈到,有一次,他们一拨儿大文人到云南采风,要去的地方是"普者黑"。乍听起来"普者黑"这三个字不挨边,他与余秋雨坐在一起,在汽车上琢磨来琢磨去,到底也没弄清是什么意思。到了地方才弄明白这是彝族的语言,意思是"鱼虾多的池塘"。不解释,我们这些人怎么也不会把"普者黑"与如画的美景联系起来。普者黑果然很美,一望无际的荷花洒在清凌凌的水面上,荷叶翠绿,花色繁多,亭亭玉立,清香洋溢,令人陶醉。抬头远眺,一座座山峰紧紧相连,郁郁葱葱,百态千姿,美在心里。凡是到过普者黑的人,再遇到这三个字绝不会茫然,一种美感自然而然便会从心中升起,就像说到"西施"眼前浮现的是美女一样,就连我这个没有去过普者黑的人,听了剑冰的讲课心中也会荡漾着一种幸福感。

2007年夏天,我到新疆伊犁那拉提大草原,一位父辈支边扎根在这里的河南小老乡为我们做导游,从他身上已经找不到家乡味儿了,家乡的模样他也全然不知。这干燥无味的"那拉提"三个字从他口中一出,立马变了样。那拉提是蒙古族语言,意思是太阳照耀的地方。相传当年成吉思汗西征,一支蒙古族大军由吐鲁番出发沿天山深处向伊犁集结。虽然时值仲夏,山中仍是风雪迷漫,寒气袭来,饥肠辘辘的蒙古族将士更是疲惫不堪,岂料一过山岭,眼前竟是一马平川。宛如锦毯的莽莽草原上,繁花怒放,清泉密布,流水潺潺,仿佛到了另一个世界,将士们顿觉心旷神怡,忽然间云开日出,艳阳高照,人们不禁齐呼:"那拉提,那拉提。"于是一个形象化的地名诞生了,并延续流传至今。太阳照耀的地方,一个富有诗意的地方,阳光给人们带来了希望,带来了梦想。剑冰也曾去过那拉提,还写了一篇散文《那拉提草原的丹花梦》贴在博客上。他这样写道:"我来的时候,阳光刚刚洒满河谷,草原泛着一波一波的光,就像一把喷壶在喷水,喷到哪里,哪里就光鲜起来。"好美的诗句,阳光能给诗人带来激情与灵感。在我国辽阔的土地上,有许多以太阳命名的地名,世界各地也同样有与阳光相联系的地名,这是人们对阳光的向往和赞美。自古以来,人们赞美太阳、歌颂阳光,字字句句都充满了对生活的热爱和陶醉。

诗人的眼光有着很强的穿透力,无与伦比,洞察一切。"阳光不锈"是诗人用他那独特视野得来的新发现,传递给人们的是一种生活的激情,热爱生活,创造生活,感悟生活,生活的阳光永不生锈。

爱是散文的太阳

——在文字里走近王剑冰老师

何林子[①]

一

王剑冰这个名字第一次出现在我的视野里,是在我阅读《百年百篇经典美文》的时候。这本美文集精选了1901—2000年间的精短美文,蔡元培、李大钊、鲁迅、林语堂、朱自清、冰心、沈从文、季羡林、贾平凹、王蒙、张晓风、林清玄等作家的精品文章,让人赏心悦目,心境沉静开阔。这本值得珍藏的经典美文集的主编就是王剑冰老师。

空闲的时候,我喜欢轻轻地捧起这本集子,静静阅读,仿佛在聆听大师们的心灵独白,那样的时刻宁静而美好。

因为喜欢这本书,很自然就记住了为编排《百年百篇经典美文》而辛苦努力的主编王剑冰老师。

那时,只是记住了王剑冰这个名字,并没有真正阅读王剑冰老师的文章。

二

事情真的就那么巧,正应验了一句俗话:"无巧不成书。"

---

① 何林子:读者。

我想,我和王剑冰老师的文字是有缘的。

2008年下半年,我在网上与一位报纸的编辑严兄相逢。与严兄相遇是因为我给那家报纸的文学副刊投稿,没想到我幼稚的文字竟然得到了从未谋面也没有任何交情的严兄的认可,严兄给予我很多鼓励。随后,严兄给我寄来了刊发我文字的样报,还给我寄来了两本书,其中一本书就是《散文时代》。

拿起《散文时代》,一个熟悉的名字映入我的眼帘——王剑冰!在王剑冰这个名字后面,不是两个字"主编",而是一个字——"著"。《散文时代》,王剑冰著,河南文艺出版社出版,中国作协重点作品扶持项目。

在封面上,我看到了这样一段话:

散文应是自由的、真情的、人性的、精神的。
散文应是温软的、灵性的、朦胧的、质感的。
它带给人的力量应是内部发出的,而不是表面的。
如果我们能够从一篇散文中感受到心灵的观照,感受到温热的性情,感受到语言的张力与弹性,感受到从中溢放出的睿智、机诡、幽默、真实、洒脱……那么,这即是我们追寻与认同的好散文。

我入迷了,在王剑冰老师的文字中我读到了散文所应该具备的深刻内涵。谢谢严兄,谢谢王剑冰老师!

三

翻开《散文时代》的目录,我就被深深吸引,从目录中能想象出王剑冰老师阅读之广博。

王剑冰老师对不同时期有影响力的散文作者的作品进行了列举、分析和研究,充分展现出王剑冰老师对散文研究的深入和细致。

我喜欢王剑冰老师在文章中所说的话:"爱是散文的太阳,只有爱,才会让散文观照每一个角落,把霉变的东西晾晒,使柔弱的东西坚硬,让美丽的东西闪光。"

阅读《散文时代》,就像在和一位渊博的学者对话,就像在聆听一次别开生面的文学讲座,气氛热烈,充满激情,娓娓道来,平易近人。

每一章节的文字中,无不散发出一种修养的闲适、旷达的深涵和冷静的智慧,洒脱自然而富有韵味。

好书不厌百回读,我觉得这句话用在此处恰如其分。

四

更让人开心的是,前不久,在朋友们的建议下,我在新浪网申请了一个博客,随心随意写一些随笔和日志,权当在文字里自恋。

我对博客不太熟悉,串门时,竟然意外地闯进了王剑冰老师的博客,于是,马上在自己的博客里链接了王剑冰老师的博客。

在王剑冰老师的博文里,我看到了平凡普通的小人物门卫张师傅的善良和责任感,我读到了一家公司的热水器安装工小马的热情和敬业以及对生活的乐观态度,王老师在文章中说:"我记着小马说,干一个月虽然工资也不高,但小马挺满意的。小马说钱拿多少是小事,关键是把活儿干好,不能损坏了公司的名誉……小马是个很敬业的人。我想我要是有一个公司就让小马做个总经理助理什么的,小马是个可用的人,而他的准妻子能做部门经理。可我笨得不会经营什么公司。"

对于一个平凡的敬业者,王老师对打工者小马充满了敬意,甚至埋怨自己笨得不会经营什么公司。

那种心底自然流露的善良在王剑冰老师的文字中时时涌现。

生活中普通的人和事,生活中容易被人忽略的细节,在王剑冰老师的眼里都成为传达真、善、美的感人的瞬间。小小理发店里的小夫妻、收废品的老人和他开小车的孝顺儿子在王剑冰老师的文字里闪现出炫目的光芒。

善良的人总是看到这个世界上美好、善良的一面,善良的人总是容易发现生活中平凡人身上的朴实和善良,对生活充满炽热的爱和细心的王剑冰老师总是能看到这个世界上那些让人难忘的善良的人和事!

王剑冰老师的文字处处释放着人文的关怀,儒雅大气,善良和通达在字里行间里流动,喜欢王老师的文字!读王老师的文章,有一种醍醐灌顶后大彻大悟的感觉,让人感受到这个世界是那么让人感动,那么美好,自然,朴实,纯真。

五

让人感动的细节是,王剑冰老师对每一个到他博客留言或评论的人都会给予回复和感谢,从没有以一个知名的作家的姿态高高在上。

最初收到王剑冰老师的回复和问候的时候,我有些惊讶,出乎我的意料,因为我也拜读过一些和王剑冰老师差不多的知名作家的博文,有时也会忍不住留言或者评论,但不是每一个作家都能像王老师这样给每一个留言和评论以温和的回应。

王剑冰老师在百忙之中还会抽出时间阅读像我这样的普通博友的文字,王剑冰老师在我的博文《有一种想念,无处放置》后评论:"情感闪现于跳跃的文字间。"简单的一句评论,给了我很多鼓励。或许王剑冰老师只是出于习惯,只是一个不经意的举动,但正是这样平凡的举动,让我看出了王剑冰老师对一个喜爱文字的人的支持和鼓励。

王剑冰老师开博客仅仅一年多的时间,博客点击量已达 20 多万次,关注人数达 300 多人,多篇文章被网站首页推荐。

正如王剑冰老师说的那样——

爱是散文的太阳,只有爱,才会让散文观照每一个角落……

走近王剑冰老师的文字,你会感到生活赋予的温暖。

王剑冰老师用文字、用行动诠释着这份博大的爱,在不动声色中,在平和委婉的文字中透出高深的境界,于平凡中闪出智性的火花!

附 录

王剑冰散文入选试卷索引

《绝版的周庄》

2008年福建省普通高中毕业班试卷

江苏省新沂市钟吾中学九年级阅读专练

福建省惠安县莲山中学2012—2013学年八年级试卷

浙江省杭州市长河高中2011届高中试卷

2003年福建省高中毕业班达标试卷

2004年广东省顺德地区高中毕业质检试卷

2004年广西玉林市初中毕业升学试卷

2007—2008学年潍坊市第一学期九年级期中考试试卷

翠园中学初中部2007年初中毕业模拟试卷

安化二中高二试卷

江西师大附中2013届高三模拟试卷

2013年孝感市中考试卷

湖北省竹山县茂华中学检测试卷

凤凰语文论坛六年级阅读理解练习

2010—2011学年福建省莆田一中高一试卷

2009年贵州省晴隆一中高中毕业班强化训练卷

福建省晋江养正中学2012—2013学年八年级月考试卷

福建省漳州初中毕业暨高中阶段招生试卷

江苏省2009学年泰州市胡庄初中八年级期末考试试卷

上海师大附中2009—2010学年高三试卷

江苏省兴化市周庄高中试卷

江苏省江阴市2015—2016学年七年级试卷

（上述试卷见于华语网、学优文库、品范文网、免费语文教学资料、中小学题库、中国教育新闻网、学习方法网、豆丁网、中国大学网、小精灵儿童网站、中小学作文阅读答案网、17教育网、喜课网、中国知网、空间、高考学科网、中考学科网、21世纪教育网、语文网、资讯网、考试与招生、问他网、第一文库网、精英家教网、可圈可点题库系统、道客巴巴、上学吧、学优高考网）

《瓦》

2013年普通高等学校招生全国统一考试（福建卷）试卷

2015届江苏省高考一轮复习试卷

2016届贵州省高考一轮复习试卷

浙江省衢州市溪口2014届模拟试卷

2012届江西省南昌二中高三试卷

福建省漳州八校2015届高职高考12月联考试卷

山东省枣庄市第十六中学2015届高三试卷

（上述试卷见于道客巴巴、作文网、豆丁网、小精灵儿童网站、百度文库、学优高考网、新课标语文高考研究、华语网、苏教版高中语文教学网、中华考试网、教育文库网、高三语文、上学吧、复习指导、百度作业帮、魔方格、高考学习网、淘豆网、爱学啦、高考资源网）

《澄江一道月分明》

2011年普通高等学校招生全国统一考试（山东卷）试卷

2012—2013学年苏陈中学初三第二学期期末考试试卷

（上述试卷见于百度文库、道客巴巴、小精灵儿童网站）

《阆中》

甘肃省庆城县驿马中学高一上学期期末考试试卷

北师大万宁附中2013—2014学年上学期期末考试高一年级试卷

江西师大附中等四校2012—2013学年下学期期末联考高二试卷

2013—2014学年江西省高三暑期摸底考试试卷

2012—2013学年河北省邢台市大方中学高一上学期期中考试试卷

江西省上犹中学2014届高三暑期摸底考试试卷

福建省晋江市季延中学 2013—2014 学年高一上学期期末考试试卷

福建师大附中 2011—2012 学年下学期期末模块测试高二试卷

重庆市一中 2011—2012 学年高一上学期期末考试试卷

吉林省吉林市普通高中 2011—2012 学年高一下学期期中考试试卷

驿马中学 2013 年高一上学期期末考试试卷

高考直通车官方网站 2014 学年高一上学期期末考试试卷

中考网　少年文摘报 2013 年全国高考模拟试卷(2)

语文学习资源网　莲山课件 2013 年高二下学期期末考试试卷

第二教育资源网 2013—2014 学年下学期高二期末复习检测试卷

（上述试卷见于天利考试信息网、河南文科豫文网、河南省文科学科专业网站、中小学作文阅读答案网、漠阳资源网、语文学习资源网、小精灵儿童网站、魔方格、百度文库、豆丁网、精英家教网、道客巴巴）

《荒漠中的苇》

2010 年全国普通高等学校运动训练、民族传统体育专业单独统一招生考试模拟试卷

2013 年湖南省衡阳中考试卷

江苏省吴江市 2009—2010 学年九年级第一学期期末考试(苏教版)试卷

昆山市 2009—2010 学年初三上学期期末考试试卷

江苏省扬州市邗江区 2015 届九年级上学期期中测试卷

山东省 2012 年高三模拟试卷

2014—2015 学年第一学期九年级期末考试试卷

2013 届江苏省高二 5 月质量检测试卷

2014—2015 学年山东省德州市高二上学期期中考试试卷

2010—2011 学年江苏省南京市三中初一期末考试试卷

安庆市高三模拟考试试卷

山东省新泰一中 2012—2013 学年高二上学期期中考试试卷

2014 届天津市南开中学中考一模试卷

2008—2009 学年潍坊市奎文区八年级期中考试试卷

2015 届江苏省高考二轮提优导学专题训练试卷

福建省宁化城东中学 2015 届九年级下学期语文试卷

山东省日照一中 2013 届高三语文试卷

（上述试卷见于 360doc 个人图书馆、中华文本库、语文网、学优文库、风米教学网、书村网、豆丁网、百度文库、魔方格、道客巴巴、雨露网、中华文本库、中小学作文阅读答案网、高考学习网、听三零音乐网、西祠胡同、乐乐课堂、东星资源网、宇文网、E 书联盟、明师教育、21 世纪教育网、81 军事网、上学吧、书利华教育网、学科王、中国图书网、甜梦文库、可圈可点题库系统、精英家教网、中考网、学优高考网）

《吉安读水》

洋思中学 2011 年中考语文模拟试卷

2012—2013 学年第二学期苏陈中学初三语文试卷

山西省太原五中 2010—2011 学年高一下学期试卷

江苏省兴化市戴瑶中学 2013 届九年级第一次模拟试卷

（上述试卷见于中小学题库、魔方格、百度文库、道客巴巴、五星文库、豆丁网、精英家教网、21 世纪教育、乐乐题库、天利淘题、教育城、上学吧、360doc 个人图书馆、E 书联盟、作文网、范文网）

《济水之源》

江苏省前黄中学国际分校 2014 届高考适应性语文试卷

四川省重点中学 2014—2015 学年高一上学期期中考试语文试卷

山东省泰安市 2014 届高三第二轮复习质量检测试卷

（上述试卷见于济水初二语文家教、中学资源网、海达范文网、百度文库、书利华教育网、道客巴巴、豆丁网、中学教学网、学优高考网、文章写作网、360doc 个人图书馆、17 教育网、济源列表网）

《雨中桃花源》

安徽省合肥市 168 中学·皖智教育联谊校 2013 届高三上学期联考（第四次）试卷

（上述试卷见于语文试卷学优文库、豆丁网、中小学作文阅读答案网、作文网、中国大学网、道客巴巴、万方数据、中考网、学优高考网、百度文库、知网空间、百度作业帮、海达范文网、临颍语文网）

《古藤》

北京市东城区 2007—2008 学年第二学期高三统一练习卷（一）

2013年北京大学自主招生考试模拟考试试题

山东省济南市历下区2013届九年级5月二模学业水平阶段考试试卷

浙江省杭州市二中2014届高三第五次(3月)月考自选模块试卷

扬州市2010年中考语文模拟试卷

浙江省2009年新高考重点中学联考调研试卷

广东省梅州市重点中学2012—2013学年高一试卷

长春市第二实验中学高三年级试卷

2013届浙江省温岭市东浦中学九年级上学期联考试卷

2008—2009学年江苏盐城中学高三试卷

江苏省靖江市2011届九年级下学期试卷

上海市青浦区2016年高三语文试卷

浙江省温州市十校联合体2016年高三模拟试卷

2011年深圳市初中毕业生升学试卷

南开中学2011届高三上学期期末考试试卷

2008年北京各区模拟阅读题总汇

西藏拉萨中学2011届高三月考试卷

浙江省杭州学军中学2009届高三月考试卷

2014—2015学年江苏省东台市第一教研片八年级试卷

浙江省海盐县元济高中2010届高三模拟试卷

2009年北京高三一模试卷汇编

（上述试卷见于中考网、百度文库、中学教学网、语文学习资源网、中学语文在线、百年教学网、新东方网、新东方在线、拇指教育、满分五、罗湖教育信息网、精品学习网、精英家教网、道客巴巴、豆丁网、可圈可点题库系统、魔方格、7C教育资源网、阿呆语文网、21世纪教育网、E书联盟、360doc个人图书馆、百度贴吧、七彩教育网）

《黄水仙》

广东省珠海市紫荆中学2012届九年级模拟试卷

2011年河北省中考语文模拟试卷

（以上试卷见于魔方格、精英家教网、道客巴巴、上学吧）

《拜谒三苏园》

南通市2014届高三一模试卷

江苏省南通市2014届高三第一次调研测试卷

江苏省盐城中学高三试卷

浙江省桐乡第二中学等三校2014—2015学年高二上学期期中考试试卷

（以上试卷见于中学资源网、中学教学网、百年教学网、华语网、复习指导、中小学题库、道客巴巴、高考阅读锦囊、上学吧、豆丁网、新矩吧、考试网）

《天堂回韵》

江苏省姜堰市2011—2012学年上学期七年级期中考试试卷

（以上试卷见于华语网、魔方格、精英家教网、上学吧、豆丁网、知网空间、满分五、百度文库、道客巴巴、零五网）

《甘山之甘》

江苏省兴化市2014届高三上学期期中考试试卷

河南省南阳市2013—2014学年高一上学期期末考试试卷

（以上试卷见于万方数据、学优高考网、道客巴巴、维普网、可圈可点题库系统、21世纪教育）

《岁月中飞翔的瓦》

冀州中学2009—2010学年下学期期中考试试卷

2009届河南省郑州市高中毕业班第二次质量预测试卷

（以上试卷见于魔方格、乐乐课堂、答案网、百度文库、新东方在线、问他网、华语网、福清语文教育网）

《明湖春柳》

重庆市南开中学2015级高二(上)期末考试试卷

江西省赣州市六校2013—2014学年高一上学期期末联考试卷

山东省济宁市鱼台一中2013—2014学年高一上学期期末模拟试卷

浙江省富阳市实验中学2015—2016学年高一月考试卷

（以上试卷见于道客巴巴、百度文库、7C教育资源网）

《和平的声音》

2010年哈尔滨市初中毕业调研测试试卷

（以上试卷见于道客巴巴、豆丁网、百度文库、91中考网）

《那一池按季开花的荷》

2013年秋季湖北省部分高中联考协作体高二试卷

（以上试卷见于百度文库、知网空间、豆丁网、论文网）

《大雪无言》

山东省烟台市2013届高三3月诊断性测试试卷

2014年广州市第六中学高三三模考试试卷

广东省东莞市南开实验学校2014—2015学年高二上学期期中考试试卷

（以上试卷见于实用类文本阅读、道客巴巴、学生资源网、精英家教网、91高考网、高中语文题库、豆丁网、百度文库、魔方格、看题库、上学吧、天利淘题）

《干涸的鸿沟,历史的裂痕》

2009届山东省高青县实验班高中期末考试试卷

四川省邻水中学高一上学期试卷

梅州市初中毕业学业考试试卷

湖南省益阳市箴言中学2013—2014学年高一试卷

江西省上饶中学2012—2013学年高一试卷

山东省临沂市某重点中学2015—2016学年高一上学期试卷

辽宁省实验中学2009届高三上学期期中考试试卷

湖南省2007届高三十校联考第二次考试试卷

（以上试卷见于百度文库、学优文库、魔方格、中学教学网、豆丁网、百年教学网、快乐学习（全国站）、中小学作文阅读答案网、第二教育网、道客巴巴、高考直通车官方网站、精英家教网、出国留学网、范文大全网、天利考试信息网、书利华教育网、教育文库网、问他网、可圈可点题库系统、上学吧、学优高考网）

《天河》

福建省晋江市季延中学2013届高三上学期试卷

云霄二中2013届高三（上）阶段检测试卷

福建省安溪一中、德化一中2012年高三联考试卷

（以上试卷见于上学吧、魔方格、百度文库、秦楚网、可圈可点题库系统、道客巴巴、百度贴吧、豆丁网）

《道口·书院·秋声》

全国重点名校2015年高考试卷精选分类汇编

福建省泉州市 2015 届高三 5 月模拟试卷

（以上试卷见于华语网、高中语文题库、高考学习网、百度文库、道客巴巴、可圈可点题库系统）

《古道秋风》

北京市大兴区 2015—2016 学年高三上学期期末考试试卷

（以上试卷见于风采教学网、名作欣赏、河南文科豫文网、读览天下、阅读理解）

《春秋那棵繁茂的树》

2016 年济南市高考模拟考试试卷

（以上试卷见于阅读理解、高中语文、17 教育网、中学资源网、道客巴巴、河南文科豫文网、百度文库、千教网、豆丁网、顺风考试网、飞翔资源网、百度阅读、中学教学网）

《草之吟》

2011 年口腔执业医师备考题

（以上试卷见于中学语文、豆丁网、初中生之友、知网空间、万方数据、道客巴巴、语文教学与研究、小学生作文网、海达范文网、360doc 个人图书馆）

《驿路梅花》

湖南省长沙市一中 2015 届高三高考模拟试卷

（以上试卷见于道客巴巴、汉典、百度文库、学优高考网）

《日照》

2013 日照一中高三质量检测试卷

（以上试卷见于百度文库、学优高考网）

《周庄的雪》

江西省南昌市三校 2017 届高三第三次联考试卷

（以上试卷见于图书馆、学网资讯）

王剑冰著作索引

《日月贝》(诗集),广西民族出版社,1991年版。

《欢乐在孤独的那边》(诗集),中原农民出版社,1991年版。

《在你的风景里》(散文诗集),广西民族出版社,1992年版。

《蓝色的回响》(散文集),海燕出版社,1993年版。

《有缘伴你》(散文集),太白文艺出版社,1995年版。

《苍茫》(散文集),人民日报出版社,2000年版。

《散文创作谈》(理论集),广西人民出版社,2000年版。获第三届河南省政府文学奖、全国首届冰心散文奖理论奖。

《卡格博雪峰》(长篇小说),太白文艺出版社,2000年版。2001年2月至6月在《羊城晚报》《浔阳晚报》《绍兴晚报》《济宁日报》《烟台日报》等连载。同时,四川《红岩》、福建《海峡》、湖南《创作》等大型期刊进行了选载。

《路雪儿》(中篇小说),《海峡》,2001年第6期。《中华文学选刊》2002年第6期选载。

《远方》(散文集),河南文艺出版社,2003年版。

《绝版的周庄·故乡》(与人合著散文集),新疆柯文出版社,2003年版。

《喧嚣中的足迹》(散文集),北岳文艺出版社,2004年版。获第四届河南省政府文学作品奖。

《谁让我疼痛》(长篇小说),漓江出版社,2004年版。

《散文时代》(理论集),河南文艺出版社,2008年版,被列为中国作家协会重点作品扶持项目,获第五届河南省政府文学作品奖文学评论一等奖。

《绝版的周庄》(散文集),江苏教育出版社,2008年版,获"中国最美的书"、首届杜甫文学奖。

《普者黑的灵魂》(散文集),河南人民出版社,2009年版。

《文本现场》(评论集),大众文艺出版社,2009年版。

《王剑冰精短散文》(散文集),大象出版社,2011年版。

《荒漠中的苇——王剑冰励志散文》(散文集),海燕出版社,2012年版。

《聆听》(评论集),大众文艺出版社,2013年版。

《大雪无言》(散文集),敦煌文艺出版社,2014年版。

《金色的麦秸垛》(儿童文学集),海燕出版社,2014年版。

《吉安读水》(散文集),百花洲文艺出版社,2014年版。

《对语》(评论集),光明日报出版社,2015年版。

《驿路梅花》(散文集),河南文艺出版社,2015年版。

《清明上河》(散文集),河南大学出版社,2016年版。

《或天涯,或咫尺》(散文集),大象出版社,2017年版。获第六届河南省政府文学作品奖。

《水墨周庄》(散文集),漓江出版社,2017年版。

《古道秋风》(散文集),民主与建设出版社,2017年版。

《云南的色彩》(散文集),云南人民出版社,2017年版。

《文字视界》(评论集),大众文艺出版社,2017年版。

《澄江一道月分明》(散文集),文心出版社,2017年版。

《大象中原》(散文集),大象出版社,2018年版。

《那年好大雪》(散文集),河南大学出版社,2018年版。

《塬上》(散文集),河南大学出版社,2018年版。

《老城记》(散文集),大象出版社,2018年版。

《探秘大江之源》(纪实文学),大象出版社,2018年版。

《生命的重量》(纪实文学),郑州大学出版社,2018年版。

编者后记

刘宏志

对于剑冰老师,我是先闻其名,再读其文,最后见到本人。念书时就知道河南有一个王剑冰散文写得很好,也还记得当年读到《绝版的周庄》时对作者的锦心绣口的惊讶。后来留校教书,专做文学研究,工作关系,多次见到剑冰老师,发现文如其人在剑冰老师这里倒是非常贴切,其人温文儒雅,其文温润如玉。

剑冰老师是写诗出道,中途转入散文。从个人创作角度,不知道剑冰老师的这个改变是否正确,因为我们很难预料如果他坚持写诗,今天会达到什么样的高度。不过,我们可以肯定,剑冰老师的这个转变对于中国当代散文是一件好事,时至今日,剑冰老师已经先后有《绝版的周庄》《吉安读水》《天河》《洞头望海楼》等一系列作品成为中国当代散文的名篇,为中国当代散文贡献良多。著名评论家孙荪先生曾说,写散文"在散文史上能留下一两篇也就不虚此生了,现在剑冰已经留下好几篇了,已经可以称为不朽了"。此话有理,文学史是越写越薄的,虽然当下中国文学创作、散文创作颇为兴盛,但是随着时间的推移,当下的繁花乱眼在未来注定不可能留下多少的。所以,某种程度上,这是很多写作者的悲哀,穷一生写作,最终仍不能留下只言片语。当然,也正因为如此,能写出《绝版的周庄》这样一系列精妙佳作的剑冰老师是值得研究的。

剑冰老师由写诗转入散文写作,我觉得,写诗的经历应该还是给他留下了很多。剑冰老师写散文也一直强调诗性,以是否达到诗的标准和境界作为评价散文的基本标准。这个观点显然深刻地影响了剑冰老师的散文创作。看他的散文,虽然长短句参差不齐,却总有诗的意境。另外,剑冰老师的散文语言应该也是受惠于写诗良多。我曾经采访过坚持声称自己是一个诗人的著名散文家冯杰,他也谈到过诗人写散文的问题。他说诗歌和散文文体不同,要求自然是不同的,不过,诗人入散文写作,有一个优势,那就是语言问题解决了。剑冰老师的散文,其语言干净利索而又富有诗性,《绝版的周庄》能够被选入中学语文教材,《瓦》《藤》《阆中》《荒漠中的苇》《澄江一道月分明》等名篇多次入选各类试卷,其实都说明了他散文语言的纯正与诗性。对于作家来说,作为专业的文字书写者,他们还有一个责任,就是不断为民族语言提供一种新的表达的可能性,以及提供语言表达的模板、范本。从剑冰老师作品被引用的情况,我们可以确定,在我们这个时代,在给大众提供汉语言使用范本方面,剑冰老师是作家中的佼佼者。

另外,值得一提的是,剑冰老师不仅仅是一个散文的创作者,还是一个散文的研究者,而且成果斐然。这也说明,剑冰老师的散文创作完全是一种自觉的创作,是用自己的创作践行着自己的理论主张。当然,这样说来,剑冰老师的散文也就更值得研究。基于此,我们编辑这部剑冰老师的研究资料,希望能够为以后关注剑冰老师的创作、研究剑冰老师创作的朋友们提供一些帮助,为后来人提供一份从不同角度对剑冰老师的解读。

从不同的性质分类出发,本文集共分为三个部分:

一、王剑冰其文。这个是本书的主干,其实也就是王剑冰研究论文选。剑冰老师深耕文坛多年,创作涉及散文、诗歌、小说多种文体,众多的研究者针对剑冰老师不同文体的创作都有评论,评论数量委实庞大。我们只能以具有代表性,或者对王剑冰老师的创作有独到阐述为选择标准,依据体例,选择一定数量的文章。另外,虽然剑冰老师近年来专治散文,且散文成就最大,但是间或也有诗歌、小说以及散文理论的创作,所以,从研究资料的全面性角度考虑,我们也选入对剑冰老师的小说、诗歌和散文理论进行评论的论文,以期为以后研究剑冰老师的研究者提供一个更为全面的资料。

二、王剑冰其言。这个也就是王剑冰访谈录。作为一个知名作家,剑冰老师多次接受各种媒体的访谈,这些访谈涉及作家对于散文的看法、对于文学的认知,也有作家对自己创作历程的回顾。对于王剑冰研究来说、对于把握王剑冰创作精神来说,此类访谈显然意义重大,因为,它比较直观地呈现出了作家的艺术主张。

三、王剑冰其人。这个也就是王剑冰印象记。这部分我们选取了王剑冰老师的朋友、读者的部分文章,尽可能全面地提供一个王剑冰的剪影。如果说前面两部分更多涉及的是剑冰老师的创作,让我们看到的是文章中的王剑冰的话,那么,这一部分,是借助剑冰老师众多朋友、读者的眼光,给大家提供一个现实中的王剑冰的形象。这些文字有些出自剑冰老师多年的朋友,有些则出自和剑冰老师偶然交往的文友、读者,身份不同,视角不同,但是无一例外,这些文字都是有温度的文字,这些文字显现出文人之间借助文字达成的理解和认同,也显现出剑冰老师温润如玉的君子情怀。

　　后面的附录部分,包括王剑冰散文入选试卷索引和王剑冰著作索引,以期为以后的研究者提供一个比较全面的王剑冰的创作情况,以及他的创作在当下这个时代被接受的情况。

　　编辑这部书的过程,也是我学习的过程。这个学习,既是对文学同道对王剑冰老师的研究的学习,也是对王剑冰老师为人为文的学习。所以,我从这个工作中受惠良多。在编辑的过程中,在阅读那些充满温度和感情的文字的时候,作为一个文字工作者,我也有深深的感触,在当下这样一个电子媒介影响力无远弗届的年代,在当下图像、视频满天飞的时代,文字依然有其独特的魅力,让我们感慨,让我们温暖。

2017 年 10 月 26 日于郑州